中国古典小说丛书

包公案
海公案

[明] 安遇时 著
[清] 李春芳 著

江西美术出版社
全国百佳出版单位

图书在版编目（CIP）数据

包公案/（明）安遇时著.海公案/（清）李春芳著.--南昌:江西美术出版社,2018.10（2020.5重印）
　ISBN 978-7-5480-6170-0

Ⅰ.①包…②海…Ⅱ.①安…②李…Ⅲ.①侠义小说—中国—明代②侠义小说—中国—清代Ⅳ.①I242.4

中国版本图书馆CIP数据核字（2018）第139055号

出 品 人：周建森
企　　划：北京江美长风文化传播有限公司
责任编辑：楚天顺　康紫苏
责任印制：谭　勋

## 包公案　　海公案
BAOGONG'AN　　HAIGONG'AN
（明）安遇时　著　　（清）李春芳　著

| | |
|---|---|
|出　　版：|江西美术出版社|
|地　　址：|江西省南昌市子安路66号|
|网　　址：|www.jxfinearts.com|
|电子信箱：|jxms163@163.com|
|电　　话：|010-82093808　0791-86566274|
|邮　　编：|330025|
|经　　销：|全国新华书店|
|印　　刷：|河北盛世彩捷印刷有限公司|
|版　　次：|2018年10月第1版|
|印　　次：|2020年5月第2次印刷|
|开　　本：|690mm×960mm　1/16|
|印　　张：|40.25|

ISBN 978-7-5480-6170-0
定　　价：94.00元

本书由江西美术出版社出版，未经出版者书面许可，不得以任何方式抄袭、复制或节录本书的任何部分。
版权所有，侵权必究
本书法律顾问：江西豫章律师事务所　晏辉律师

# "中国古典小说丛书"出版说明

所谓"古典小说"云者，其义有二焉：一曰，但凡古代之小说，皆可谓之"古典小说"；一曰，但凡技法未受泰西影响之小说，亦可谓之"古典小说"。然此特就今人之观念言之耳。

揆诸坟典，"小说"一词，出自《庄子·外物篇》，其言曰："饰小说以干县令，其于大达亦远矣。"由此观之，庄子所谓"小说"，不过琐屑之言，以其无关道术，故以小说名之耳。

炎汉成、哀之世，刘向、刘歆父子典校秘书，检讨百家学说，取桓谭《新论》"小说家合丛残小语，近取譬论，以作短书，治身治家，有可观之辞"之意，把《伊尹说》《鬻子说》诸书，归为"小说家"之书，而《汉书·艺文志》（以下简称《汉志》）继之。夷考其说，"小说家者流，盖出于稗官，街谈巷语，道听途说者之所造也"（语出《汉志》），此亦非后世之小说也。

唐修《隋书》，其《经籍志》立论本诸《汉志》，以小说为"街谈巷语之说"（《隋书·经籍志》语）。当此之时，小说之名虽同，而其类目稍广，举凡《燕丹子》《世说》《迩说》之属，皆可入诸小说名下。

后晋修《唐书》，其《经籍志》立论与《隋志》无异，以《博物志》隶小说，此为"神异志怪之书"入小说之始。

天水一朝，欧阳文忠公撰《新唐书·艺文志》（以下简称《新唐志》），以《列异传》《甄异传》《续齐谐记》《感应传》《旌异记》等"史部·杂传类"之书移于"小说类"。至是，小说之部类日夥。

及元脱脱修《宋史》，《艺文志·小说类》承《新唐志》之旧而增广之。

明胡应麟以小说繁夥，派别滋多，于是综核大凡，分小说为六类：一曰"志怪"，一曰"传奇"，一曰"杂录"，一曰"丛谈"，一曰"辩订"，一曰"箴规"。至此，小说一类已蔚为大观，脱《汉志》"街谈巷语"之成规。

清修"四库"，《总目提要》（以下简称《提要》）别小说为三派，"其一叙述杂事……其一记录异闻……其一缀辑琐语"，而又损益之。考诸《提要》，则损益可知：一曰，进"丛谈""辩订""箴规"为"杂家"；一曰，隶《山海经》《穆天子传》诸书于小说。小说范围，至是乃稍整洁矣。其分目虽殊，而论述则袭诸旧志。

曩者宋元明清之史志，难觅"平话""演义"之书，此特士夫习气，鄙其为末流所使然也。史家成见，一至于斯。今人刻书，自当脱古人窠臼。

说部诸书，以文体分，有"白话""文言"之别；以体裁分，有"话本""传奇""演义"之别；以内容分，有"佳话""世情""侠义""家将""神魔"之别。细玩其文，既有劝世之良言，亦有"诲淫诲盗"之糟粕，而抉择去取，转成读说部书之第一要务。以此之故，编者特于说部诸书择其精者，辑之而为"中国古典小说丛书"，凡百余种。

然说部之书浩如烟海，其精者又何限于区区百十之数？此次出版，难免遗珠之憾。然能俾读者因之而省择取之劳，进而得窥说部精要，示人以津梁，则尚不违出版"中国古典小说丛书"之初心。

说部之书，多出自书坊，脱误错乱，在所难免，故于"取其精华，去其糟粕"外，尚需广施校雠，始得成其为可读之书。以此之故，编者多方搜罗以定底本，精排其版以美其观，躬自校雠以正讹误，然后付诸枣梨，装订成书，以飨读者。

限于编者学力有限，书中疏漏之处，在所难免，尚祈广大方家、读者诸君不吝批评斧正。凡能指出书中一二谬误者，皆为吾师，吾人不胜感激之至。

戊戌仲夏上浣，邵鹏军序于丰台晓月里

## 总　目

包公案……………………………………………………………………001
海公案……………………………………………………………………317

# 包公案

# 目　录

## 卷之一

一
萧淑玉误吊遭非命　恶和尚思淫杀弱女……………………002

二
丁娘子忍辱报仇冤　性慧僧匿妇扣人夫……………………006

三
蒋光国诬告命难全　克忠妻记账示凶犯……………………009

四
陈月英含舌诉冤屈　朱弘史语蹇露劣迹……………………014

五
邹琼玉挽发表真情　王朝栋讨药陷冤狱……………………020

六
李善辅贪黩害好友　高季玉认物知杀机……………………028

七
葛藤叶带彩释疑团　鞠举人谒友身先死……………………032

八
游子华酗酒逼死妾　方春莲私奔沦为娼……………………037

九
刁船户分审露马脚　宁商人认货凭鼎字……………………041

十
张雅子作联招冤魂　堂侄子具状告谋杀……………………045

## 卷之二

一
刘都赛观灯害阖家　黄叶菜露底知真凶…………………………………048

二
刘义子冒功成驸马　崔长青赴京辨真伪…………………………………053

三
吴员城偷鞋谋人妻　韩兰英知情自缢死…………………………………058

四
宋秀娘施善落圈套　刘和尚蓄发配佳妻…………………………………060

五
葛富户恤龟得昭雪　陶歹人杀友示锦囊…………………………………063

六
谢思泉绝处遭祸殃　砍柴郎贯恶谋财命…………………………………066

七
汪家人害主设奸计　吴十二求友临江亭…………………………………068

八
淫妇人插钉杀亲夫　陈土工验尸问杨氏…………………………………071

九
三屠夫被告无姓名　一血衫叫街识真的…………………………………073

十
两光棍撮谷屡得手　一靛子作记追贼身…………………………………076

## 卷之三

一
彭监生丢妻做裁缝　王明一知情放生路…………………………………080

二
孙氏子下毒害张虚　谢厨子招认求宽恕…………………………………083

三
孙船艄谋财杀情妇　冤和尚落井误坐牢……086

四
白鹤寺飘叶索冤债　小妇人殉节送皂鞋……089

五
支弘度试假反成真　轻狂子受托变死鬼……091

六
假奶婆借宿成奸情　小婢女露言陷鱼沼……093

七
隔墙贼劫财坑店主　宋商客认银报仇冤……096

八
叶广妻惹奸招窃贼　吴外郎备银露赃物……099

## 卷之四

一
陈顺娥节烈失首级　章氏女献头全孝悌……104

二
周可立执孝惊神明　吕进寿仗义疏钱财……108

三
许弟兄怀恨断人嗣　乳臭子探访示线索……112

四
李贼人再盗错认妓　谢家门冤屈白于世……115

五
陈军人新婚被捕杀　刘惇娘怀恨守节操……118

六
黄屠夫谋妻杀至友　李氏女再嫁明真相……122

七
秦长孺孤弱被虐死　柳继母狠暴杀子孙……125

八
冯陈氏奇妒绝夫嗣　卫母子身死化冤魂……………………… 127

## 卷之五

一
袁仆人疑心杀雍一　张兆娘冤死诉神明……………………… 130

二
蒋天秀责仆应死凭　小琴童卖鱼认凶身……………………… 133

三
鲍家子责仆屈万安　红衫妇污衣挞周富……………………… 136

四
丁千万谋财焚尸骨　乌盆子含冤赴公堂……………………… 139

五
贤嫂娘有言不便说　小牙簪插地喻情理……………………… 141

六
王三郎殒妻捉念六　真凶犯现身凭绣履……………………… 143

七
高尚静许愿失银两　叶街坊还银无芥蒂……………………… 146

八
石哑子献棒为家产　胞兄长辩白翻供词……………………… 148

九
愚乡邻报怨割牛舌　官府令行禁寓深意……………………… 150

十
无赖子途中骗良马　识途骡饥饿逐刁棍……………………… 152

## 卷之六

一
金丝鲤妖媚迷秀才　郑善人虔诚动观音……………………… 156

二
何岳丈具状告异事　玉面猫捉怪救君臣 …… 160

三
尹贞娘题联考新夫　查雅士愧赧失佳偶 …… 166

四
徐淑云赠银助国材　庞学吏贪心杀雪梅 …… 169

五
邱一所抢伞耍无赖　罗进贤骂官怨不平 …… 172

六
邹樵夫卖柴误失刀　卢生员昧心辱斯文 …… 174

七
红牙球入帘牵真相　潘官人出门斩假鬼 …… 176

八
施桂芳游园入奇境　何表兄避讼蒙冤屈 …… 180

九
张大智无才误学生　杨家子失教不敬师 …… 184

## 卷之七

一
曹国舅害民被正法　包龙图迅雷沛甘霖 …… 188

二
宋仁宗认母审奸臣　刘娘娘私赂露机关 …… 193

三
梅商人遇祸悟神签　姜氏女沐浴化冤魂 …… 197

四
张兄弟误认无头尸　两客商匿妇建康驿 …… 199

五
李中立杀友地窖中　江玉梅遗子山神庙 …… 203

六

邱家仆直言道奸情　　汪牙侩灭口借龙窟……………………………… 208

七

积善家偏出不肖子　　恶奴才反累贤主人……………………………… 211

八

冉佛子行善竟夭亡　　虎夜叉无德却善终……………………………… 213

九

三官人殒命落水中　　船艄公催客换娘子……………………………… 215

十

卖缎客围观被剪绺　　假银两试探辨真贼……………………………… 217

## 卷之八

一

江幼僧露财命归西　　程家子索债买度牒……………………………… 222

二

五里牌谋财杀郑客　　土地爷搬银惊官府……………………………… 225

三

众蝇蚋逐风围马头　　木印迹暗合出根由……………………………… 227

四

夏日酷盗布已销赃　　衙前碑受审再勘实……………………………… 229

五

孙生员饱学不登第　　王试官昏庸屈英才……………………………… 232

六

小卒子劫营放大火　　游总兵侵功杀边民……………………………… 235

七

梅先春争产到官府　　倪知府遗嘱进画轴……………………………… 238

八

翁长青留文须句读　　瑞娘夫贪财却无知……………………………… 241

九

李秀姐性妒遭绞刑　张月英知耻自投环 ……………………………… 243

十

晏谁宾污贱害生女　束妇人虽死留余辜 ……………………………… 246

## 卷之九

一

马客商趱路遇劫匪　戴帽兔释疑缉正凶 ……………………………… 250

二

兄与弟引路劫孤客　鹿和獐入梦释疑团 ……………………………… 255

三

富家子恃财污曾氏　山寨中遗帕留贼名 ……………………………… 257

四

王表兄图财财竟失　赵进士爱女女偏亡 ……………………………… 261

五

二漆匠杀人由奸情　一继子坐狱因诬陷 ……………………………… 265

六

老僧人断义舍契子　胡举人感恩救美珠 ……………………………… 269

七

乳下痣为凭夺人妻　细问由勘问出笑柄 ……………………………… 273

八

大白鹅独处为毛湿　青色粪作断因饲草 ……………………………… 276

九

三和尚杀人值周年　一妇祷告逢救主 ……………………………… 278

十

贲典史赴任遭惨杀　贺怡然登科葬遗骸 ……………………………… 280

## 卷之十

一
罗承仔感叹惹是非　小锥子画钱记窃贼……………………284

二
萧屠户猪门杀一桂　大蜘蛛卷上释季兰……………………287

三
任知县为政徇私情　齐监司通融屈人命……………………290

四
有钱人能使鬼推磨　注禄官可教人积善……………………293

五
伍豪绅争婚兴讼事　刁乞丐换货取金银……………………296

六
刘仙英私奔缘作戏　杨善甫受诬因宿奸……………………299

七
水朝宗醉渡遇劫难　阮自强卧病受牵连……………………304

八
孙诲妻美貌生风波　柳知县昏庸失俸银……………………308

九
老妖蛇作孽遭雷击　郑府尹至德受拥戴……………………311

十
良家妇求子遇淫僧　程监生遭难诵经文……………………314

# 卷之一

一

## 萧淑玉误吊遭非命　恶和尚思淫杀弱女

　　话说德安府孝感县有一秀才,姓许名献忠,年方十八,生得眉清目秀,丰采俊雅。对门有一屠户萧辅汉,有一女儿名淑玉,年十七岁,甚有姿色,每日在楼上绣花。其楼近路,常见许生行过,两下相看,各有相爱之意,时日积久,遂私通言笑。许生以言挑之,女即微笑道肯。

　　其夜,许生以楼梯暗引上去,与女携手兰房,情交意美,及至鸡鸣,许生欲归,暗约夜间又来。淑玉道:"倚梯在楼,恐夜间有人经过看见不便。我今备一圆木在楼枋上,将白布一匹,半挂圆木,半垂楼下,汝夜间只将手紧抱白布,我在楼上吊扯上来,岂不甚便。"许生喜悦不胜,至夜果依计而行。如此往来半年,邻舍颇知,只瞒得萧辅汉一人。

　　忽一夜,许生因朋友请酒,夜深未来。有一和尚明修,夜间叫街,见楼上垂下白布到地,只道其家晒布未收,思偷其布,停住木鱼,寂然过去手扯其布,忽然楼上有人吊扯上去。和尚心下明白,必是养汉婆娘垂此接奸夫者,任他吊上去,果见一女子。和尚心中大喜,便道:"小僧与娘子有缘,今日肯舍我宿一宵,福田似海,恩大如天。"淑玉慌了道："我是鸾交凤配，怎肯失身于你。我宁将银簪一根舍你，你快下楼去。"僧道："是你吊我上来，今夜来得去不得了。"即强去搂抱求欢。女怒甚，高声叫道："有贼在此！"那时父母睡去不闻。僧恐人知觉，即拔刀将女子杀死，取其簪、珥、戒指下楼去。

次日早饭后，其母见女儿不起，走去看时，见杀死在楼，竟不知何人所谋。其时，邻舍有不平许生事者，与萧辅汉道："你女平素与许献忠来往有半年余。昨夜许生在友家饮酒，必定乘醉误杀，是他无疑。"萧辅汉闻知包公神明，即具状赴告。

> 告为强奸杀命事：学恶许献忠，心邪狐媚，行丑鹑奔。觇女淑玉艾色，百计营谋，千思污辱。昨夜，带酒佩刀，潜入卧室，搂抱强奸，女贞不从，拔刀刺死。遗下簪珥，乘危盗去。邻右可证。托迹黄门，桃李陡变而为荆榛；驾称泮水，龙蛇忽转而为鲸鳄。法律实类鸿毛，伦风今且涂地。急控填偿，哀哀上告。

是时包公为官极清，识见无差，当日准了此状，即差人拘原被告、干证人等听审。

包公先问干证，左邻萧美、右邻吴范俱供：萧淑玉在沿街楼上宿，与许献忠有奸已经半载，只瞒过父母不知。此奸是有的，特非强奸，其杀死缘由，夜深之事众人实在不知。许生道："通奸之情瞒不过众人，我亦甘心肯认。若以此拟罪，死亦无辞；但杀死事实非是我。"萧辅汉道："他认轻罪而辞重罪，情可灼见。女房只有他到，非他杀死，是谁杀之？必是女要绝他勿奸，因怀怒杀之，且后生轻狂性子，岂顾女子与他有情。老爷若非用刑究问，安肯招认。"包公看许生貌美性和，似非凶恶之徒，因问道："汝与淑玉往来时曾有人楼下过否？"答道："往日无人，只本月有叫街和尚夜间敲木鱼经过。"包公因发怒道："此必是你杀死的。今问你罪，你甘心否？"献忠心慌，答道："甘心。"遂打四十收监。包公密召公差王忠、李义问道："近日叫街和尚在何处居住？"王忠道："在玩月桥观音座前歇。"包公吩咐二人可密去如此施行，讨出赏你。

其夜，僧明修复敲木鱼叫街，约三更时分，将归桥宿，只听得桥下三鬼一声叫上，一声叫下，又低声啼哭，甚是凄切怕人。僧在桥打坐，口念弥陀。后一鬼似妇人之声，且哭且叫道："明修明修，你要来奸我，我不从罢了。我阳数未终，你无杀我道理。无故杀我，又抢我钗珥。我已告过阎王，命二鬼使伴我来取命，你反念阿弥陀佛讲和。今宜讨财帛与我并打发鬼使，方与私休，不然再奏天曹，定来取命。念诸佛难保你命。"明修乃手执弥陀珠佛掌答道："我一时欲火要奸你，见你不从又要喊叫，恐人来捉我，故一时误杀你。今钗环戒珠尚在，明日买财帛并念经卷超度你，千万勿奏天曹。"女鬼又哭，二鬼又叫一番，更觉凄惨。僧又念经，再许明日超度。忽然，两个公差走出来，将铁链锁住。僧惊慌："是鬼！"王忠道："包公命我捉你，我非鬼也。"吓得僧如泥块，只说看佛面求赦。王忠道："真好个谋人佛、强奸佛。"遂锁将去。李义收取禅担、蒲团等物同行。原来包公早命二公差雇一娼妇，在桥下作鬼声，吓出此情。

次日，锁了明修并带娼妇见包公，叙桥下做鬼吓出明修要强奸不从因致杀死情由。包公命取库银赏了娼家并二公差去讫，又搜出明修破衲袄内钗、珥、戒指，辅汉认过，确是伊女插戴之物。明修无词抵饰，一款供招，认承死罪。

包公乃问许献忠道："杀死淑玉是此贼秃，理该抵命；但你做秀才奸人室女，亦该去衣衿。今有一件，你尚未娶，淑玉未嫁，虽则两下私通，亦是结发夫妻一般。今此女为你垂布，误引此僧，又守节致死，亦无玷名节，何愧于妇？今汝若愿再娶，须去衣衿；若欲留前程，将淑玉为你正妻，你收埋供养，不许再娶。此二路何从？"献忠道："我稔知淑玉素性贤良，只为我牵引故有私情，我别无外交，昔相通时曾嘱我娶他，我亦许他发科时定谋完娶。不意遇此贼僧，彼又死节明白，我心岂忍再娶。今日只愿收埋淑玉，认为正妻，以不负他死节之意，决不敢再娶也。其衣衿留否，惟凭天台所赐，本意亦不敢欺心。"包公喜道："汝心合乎天理，我当为你力保前程。"即作文书，申详学道：

> 审得生员许献忠，青年未婚，邻女淑玉，在室未嫁。两少相宜，静夜会佳期于月下；一心合契，半载赴私约于楼中。方期缘结乎百年，不意变生于一旦。恶僧明修，心猿意马，觑夜直上重楼；狗幸狼贪，粪土将污白璧。谋而不遂，袖中抽出钢刀；死者含冤，暗里剥去钗珥。伤哉淑玉，遭凶僧断丧香魂；义矣献忠，念情妻誓不再娶。今拟僧抵命，庶雪节妇之冤；留许前程，少奖义夫之概。
>
> 未敢擅便，伏候断裁。

学道随即依拟。

后许献忠得中乡试，归来谢包公道："不有老师，献忠已作囹圄之鬼，岂有今日。"包公道："今思娶否？"许生道："死不敢矣。"包公道："不孝有三，无后为大。"许生道："吾今全义，不能全孝矣。"包公道："贤友今日成名，则萧夫人在天之灵必喜悦无穷；就使若在，亦必令贤友置妾。今但以萧夫人为正，再娶第二房令阃何妨？"献忠坚执不从。包公乃令其同年举人田在懋为媒，强其再娶霍氏女为侧室。献忠乃以纳妾礼成亲，其同年录只填萧氏，不以霍氏参入，可谓妇节夫义，两尽其道。而包公雪冤之德，继嗣之恩，山高海深矣。

二

# 丁娘子忍辱报仇冤　性慧僧匿妇扣人夫

话说贵州道程番府有一秀才丁日中，常在安福寺读书，与僧性慧朝夕交接。性慧一日往日中家相访，适日中外出，其妻邓氏闻夫常说在寺读书，多得性慧汤饮，因此出来见之，留他一饭。性慧见邓氏容貌华丽，言辞清雅，心中不胜喜慕。后日中复往寺读书月余未回，性慧遂心生一计，将银雇二道士假扮轿夫，半午后到邓氏家道："你相公在寺读书，劳神太过，忽然中风死去，得僧性慧救醒，尚奄奄在床，生死未保。今叫我二人接娘子去看他。"邓氏道："何不借眠轿送他回来？"二轿夫道："本要送他回来，奈程途有十余里，恐路上冒风，症候加重，便难救治。娘子可自去看来，临时主意或接回或在彼处医治，有个亲人在旁，也好伏侍病人。"邓氏听得即登轿去，天晚到寺，直抬入僧房深处，却已排整酒筵，欲与邓饮酒。那邓氏即问道："我官人在哪里？领我去看。"性慧道："你官人因众友相邀去游城外新寺，适有人来报他中风，小僧去看，幸已清安。此去有路五里，天色已晚，可暂在此歇，明日早行；或要即去，亦待轿夫吃饭，娘子亦吃些点心，然后讨火把去。"邓氏遂心生疑，然又进退无路，饮酒数杯，又催轿夫去。性慧道："轿夫不肯夜行，各回去了。娘子可宽饮数杯，不要性急。"又令侍者小心奉劝,酒已微醉,乃照入禅房去睡。邓氏见锦衾绣褥,罗帐花枕,件件精美。以灯照之,四边皆密,乃留灯合衣而寝,心中疑虑不寐。及钟声定后,性慧从背地进来,近床抱住。邓氏喊声:"有贼!"性慧道:"你就喊到天明,也无人来捉贼。我为你费了多少心机,今日乃得到此,亦是前生夙缘注定,不由你不肯。"邓氏骂道:"野僧何得无耻,我宁死决不受辱。"性慧道:"娘子肯行方便一宵,明日送你见夫;若不怜悯,小僧定断送你的性命!"邓氏喊骂闹至半夜,被性慧强行剥去衣服,将手足绑缚,恣行淫污。次日午朝方起。性慧谓邓氏道:"你被我设计骗来,事已至此,可削发为尼,藏在寺中,衣食受用都不亏你,又有老公陪。你若使昨夜性子,有麻绳、剃刀、毒药在此,凭你死吧!"邓氏暗思身已受辱,死则永无见夫的日子,此冤难报,不如忍耐受辱,倘得见夫,报了此冤,然后就死。乃从其披剃。

过了月余,丁日中来寺拜访性慧,邓氏认得是夫声音,挺身先出,性慧即赶出来。日中方与邓氏作揖,邓氏哭道:"官人不认得我了?我被性慧拐骗在此,日夜望你来救我。"日中大怒,扭住性慧便打,被性慧呼集众僧将日中锁住,取出刀来将杀之。邓氏来夺刀道:"可先杀我,然后杀我夫。"性慧乃收起刀,强扯邓氏入房吊住,再出来杀日中。日中道:"我妻被你拐,夫又被你杀,我到阴司也不肯放你。若要杀可与我夫妻相见,作一处死罢。"性慧道:"你死则邓氏无所望,便终身是我妻,安肯与你同死。"日中道:"然则全我身体,容我自死罢。"性慧道:"我且积些阴功。方丈后有一大钟,将你盖在钟下,与你自死。"遂将日中盖入钟下。邓氏日夜啼哭,拜祷观音菩萨,愿有人来救他丈夫。

过了三日,适值包公巡行其地,夜梦观音引至安福寺方丈中,见钟下覆一黑龙;初亦不以为意,至第二三夜,连梦此事,心始疑异,乃命手下径往安福寺中,试看何如。到得方丈坐定,果见方丈后有一大钟，即令手下抬开来看，只见一人饿得将死，但气未绝。包公知是被人所困，即令以粥汤灌下，一饭时稍醒，乃道："僧性慧既拐我妻削发为尼，又将我盖在钟下。"包公遂将性慧拿下，但四处搜觅并无妇人，包公便命密搜。乃入复壁中，有铺地木板，公差揭起木板，有梯入地，从梯下去，乃是地楼，点灯明亮，一少年和尚在坐。公差叫他上来，报见包公。此和尚即是邓氏，见夫已放出，性慧已锁住，邓氏乃从头叙其拐骗情由，害夫根源。性慧不能辩，只磕头道："死罪甘受。"包公随即判道：

> 审得淫僧性慧，稔恶贯盈，与生员丁日中交游，常以酒食征逐，见其妻邓氏美貌，不觉巧计横生，赚其入寺背夫，强行淫玷。劫其披缁削发，混作僧徒。虽抑郁而何言，将待机而图报；偶日中之来寺，幸邓氏之闻声。相见泣诉，未尽衷肠之话；群僧拘执，欲行刃杀之凶。恳求身体之全，得盖大钟之下。乃感黑龙之被盖，梦入三更；因至方丈而开钟，饿经五日。丁日中从危得活，后必亨通；邓氏女求死得生，终当完聚。性慧拐人妻、坑人命，合枭首以何疑；群僧党一恶害一生，皆充军于远卫。

判讫，将性慧斩首示众，其助恶众僧皆发充军。

包公又责邓氏道："你当日被拐便当一死，则身洁名荣，亦不累夫有钟盖之难。若非我感观音托梦而来，汝夫却不为你而饿死乎？"邓氏道："我先未死者，以不得见夫，未报恶僧之仇，将图见夫而死。今夫已救出，僧已就诛，妾身既辱，不可为人，固当一死决矣！"即以头击柱，流血满地。包公乃命人扶住，血出晕倒，以药医好，死而复生。包公谓丁日中道："依邓氏之言，其始之从也，势非得已；其不死者，因欲得以报仇也。今击柱甘死，可以明志，汝其收之。"丁日中道："吾向者正恨其不死以图后报仇之言为假，今见其撞柱，非真偷生无耻可知。今幸而不死，吾待之如初，只当来世重会也。"日中夫妇拜谢而归，以木刻包公之像，朝夕奉侍不懈。其后日中亦登科第，官至同知。

## 三

## 蒋光国诬告命难全　克忠妻记账示凶犯

　　话说西安府乜崇贵，家业巨万，妻汤氏，生子四人：长名克孝，次名克悌，三名克忠，四名克信。克孝治家任事；克悌在外为商；克忠读书进学，早负文名，屡期高捷，亲教幼弟克信，殷勤友爱，出入相随。克忠不幸下第，染病卧床不起。克信时时入房看望，见嫂淑贞花貌惊人，恐兄病体不安，或贪美色，伤损日深，决不能起，欲兄移居书房，静养身心，或可保其残喘。淑贞爱夫心切，不肯与他出房，道："病者不可移，且书斋无人伏侍，只在房中，时刻好进汤药。"此皆真心相爱，原非为淫欲之计，克信心中快然。亲朋来问疾者，人人嗟叹克忠苦学伤神。克信叹道："家兄不起，非因苦学。自古几多英雄豪杰皆死于妇人之手，何独家兄。"话毕，两泪双垂。亲朋闻之骇然，须臾罢去。克忠疾革，蒋淑贞急呼叔来。克信大怒道："前日不听我言移入书房养病，今必来呼我为何？"淑贞悄然。克信近床，克忠泣道："我不济事矣，汝好生读书，要发科第，莫负我叮咛。寡嫂贞洁，又在少年，幸善待之。"语罢，遂气绝。克信哀痛弗胜，执丧礼一毫无缺，殡葬俱各尽道，事奉寡嫂淑贞十分恭敬。自克忠死后，长幼共怜悯之。七七追荐，请僧道做功课。淑贞哀号极苦，汤水不入口者半月，形骸瘦弱，忧戚不堪。及至百日后，父母慰之，家庭长者妯娌眷属亦各劝慰。微微饮食舒畅，容貌逐日复旧，虽不戴珠翠，不施脂粉，自然美容动人，十分窈窕，但其性甚介，守甚坚，言甚简静，行甚光明，无一尘可染。

倏尔一周将近，淑贞之父蒋光国安排礼仪，亲来祭奠女婿，用族侄蒋嘉言出家紫云观为道士者作高功，亦领徒子蒋大亨，徒孙蒋时化、严华元同治法事。克信心不甚喜，乃对光国道："多承老亲厚情，其实无益。"光国怫然不悦，遂入内谓淑贞道："我来荐汝丈夫本是好心，你幼叔大不欢喜。薄兄如此，宁不薄汝？"淑贞道："他当日要移兄到书房，我留在房伏侍。及至兄死时，他极恼我不是。到今一载，并不相见，待我如此，岂可谓善。"光国听了此言，益憾克信。及至功课将完，追荐亡魂之际，光国复呼淑贞道："道人皆家庭子侄，可出灵前无妨。"淑贞哀心不胜，遂拜哭灵前，悲哀已极，人人惨伤。独有臊道严华元，一见淑贞，心中想道：人言淑贞乃绝色佳人，今观其居忧素服之时，尚且如此标致；若无愁无闷而相欢相乐，真个好煞人也，遂起淫奸之心。迨至夜深，道场圆满之后，道士皆拜谢而去。光国道："嘉言、大亨与时化三人，皆吾家亲，礼薄些谅不较量；惟严先生乃异姓人物，当从厚谢之。"淑贞复加封一礼。岂知华元立心不良，阳言一谢先行，阴实藏形高阁之上。少俟人静，作鼠耗声。淑贞秉烛视之，华元即以求阳媾合邪药弹上其身。淑贞一染邪药，心中即时淫乱，遂抱华元交欢恣乐。俄而天明，药气既消，始知被人迷奸，有玷名节，嚼舌吐血，登时闷死。华元得遂淫心，遂潜逃而去，乃以淑贞加赐礼银一封，贻于淑贞怀中，盖冀其复生而为之谢也。

日晏之时，晨炊已熟，婢女菊香携水入房，呼淑贞梳洗，不见形踪，乃登阁上寻觅，但见淑贞死于毡褥之上。菊香大惊，即报克孝、克信道："三娘子死于阁上。"克孝、克信上阁看之，果然气绝。大家俱惊慌，乃呼众婢女抬淑贞出堂停枢。下阁之时遗落胸前银包，菊香在后拾取而藏之。此时光国宿于女婿书房，一闻淑贞之死，即道："此必为克信叔害死。"忙入后堂哭之，甚哀甚忿，乃厉声道："我女天性刚烈，并无疾病，黑夜猝死，必有缘故。你既恨我女留住女婿在房身死，又恨我领道人做追荐女婿功课，必是乘风肆恶，强奸我女，我女咬恨，故嚼舌吐血而死。"遂作状告到包公道：

> 告为灭伦杀嫂事：风俗先维风教，人生首重人伦。男女授受不亲，嫂溺手援非正。女嫁生员乜克忠为妻，不幸夫亡，甘心守节。兽恶克信，素窥嫂氏姿色，淫凶无隙可加；机乘斋醮完功，意料嫂倦酣卧。突入房帷，恣抱奸污。女羞咬恨，嚼舌吐血，登时闷死。狐绥绥，犬麇麇，每痛恨此贱行；鹑奔奔，鹊疆疆，何堪闻此丑声。家庭偶语，将有丘陵之歌；外众聚谈，岂无墙茨之句。在女申雪无由，不殉身不足以明节；在恶奸杀有据，不填命不足以明冤。哀求三尺，早正五刑。上告。

此时，乜克信闻得蒋光国告己强奸服嫂，羞惭无地，抚兄之灵痛哭伤心，呕血数升，顷刻立死。魂归阴府，得遇克忠，叩头哀诉。克忠泣而语之道："致汝嫂于死地者，严道人也。有银一封在菊香手可证。汝嫂存日已登簿上。可执之见官，冤情自然明白，与汝全不相干。我的阴灵决在衙门来辅汝，汝速速还阳，事后可荐拔汝嫂。切记切记。"克信苏转，已过一日。包公拘提甚紧，只得忙具状申诉道：

> 诉为生者暴死，死者不明；死者复生，生者不愧事：寡嫂被强奸而死，不得不死，但死非其时；嫂父见女死而告，不得不告，但告非其人。何谓死非其时？寡嫂被污，只宜当时指陈明白，不宜死之太早；嫂父控冤，会须访确强暴是谁，不应枉及无干。痛身拜兄为师，事嫂如母，语言不通，礼节尤谨。毫不敢亵，岂敢加淫？污嫂致死，实出严道；嫂父不察，飘空诬陷。兔爱得计，雉罹实出无辜；鱼网高悬，鸿离难甘代死。泣诉。

包公亦准乜克信诉词，即唤原告蒋光国对理。光国道："女婿病时，克信欲移入书房服药养病，我女不从，留在房中伏侍，后来女婿不幸身亡，克信深怒我女致兄死地，故强逼成奸，因而致死，以消忿怒。"克信道："辱吾嫂之身以致吾嫂之死者，皆严道人。"光国道："严道人仅做一日功课，安敢起奸淫之心入我女房，逼他上阁？且功课完成之时，严道人齐齐出门去了，大众皆见其行。此全是虚词。"包公道："道人非一，单单说严道人有何为凭为证？"克信泣道："前日光国诬告的时节，小的闻得丑恶难当，即刻抚兄之灵痛哭伤心，呕血满地，闷死归阴。一见先兄，叩头哀诉，先兄慰小人道，严道人致死吾嫂，有银在菊香处为证，吾嫂有登记在簿上。乞老爷详情。"包公怒道："此是鬼话，安敢对官长乱谈？"遂将克信打三十板，克信受刑苦楚，泣叫道："先兄阴灵尚许来辅我出官，岂敢乱谈？"包公大骂道："汝兄既有阴灵来辅你，何不报应于我？"忽然间包公困倦，曲肱而枕于案上，梦见已故生员乜克忠泣道："老大人素称神明，今日为何昏昧？污辱吾妻而致之死者，严道人也，与我弟全不相干。菊香获银一封，原是大人季考赏赐生员的，吾妻赏赐道人，登注簿上，字迹显然，幸大人详察，急治道人的罪，释放我弟。"包公梦醒，抚然叹曰："有是哉！鬼神之来临也。"遂对克信道："汝言诚非谬谈，汝兄已明白告我，我必为汝辨此冤诬。"遂即差人速拿菊香拶起，究出银一封，果是给赏之银。问菊香道："汝何由得此？"菊香道："此银在娘子身上，众人抬他下阁时，我从后面拾得。"又差人同菊香入房取淑贞日记簿查阅，果有用银五钱加赐严道人字迹。包公遂急拿严道人来，才一夹棍，便直招认，不合擅用邪药强奸淑贞致死，谬以原赐赏银一封纳其胸中是实，情愿甘罪，与克信全无干涉。包公判道：

　　审得严华元，素迹玄门，情迷欲海，滥叨羽衣之列，窃思红粉之娇。受赏出门，阳播先归之语；贪淫登阁，阴为下贱之行。弹药染贞妇之身，清修安在？贪花杀服妇之命，大道已忘。淫污何敢对天尊，冤业几能逃地狱？淑贞含冤，丧娇容于泉下；克忠托梦，作对头于阳间。一封之银足证，数行之字可稽。在老君既不容徐身之好色，而王法又岂容华元之横奸？填命有律，断首难逃。克信无干，从省发还家之例；光国不合，拟诬告死罪之刑。

## 四

## 陈月英含舌诉冤屈　朱弘史语蹇露劣迹

话说山东兖州府曲阜县，有姓吕名毓仁者，生子名如芳，十岁就学，颖异非常。时本邑陈邦谟副使闻知，凭其子业师傅文学即毓仁之表兄为媒，将女月英以妻如芳。冰议一定，六礼遂成。越及数年。毓仁敬请表兄傅文学约日完娶，陈乃备妆奁送女过门。国色天姿，人人称羡，学中朋友俱来庆新房。内有吏部尚书公子朱弘史，是个风情浇友。自夫妇合卺之后，陈氏奉姑至孝，顺夫无违。岂期喜事方成，灾祸突至，毓仁夫妇双亡，如芳不胜哀痛，守孝三年，考入黉宫，联捷秋闱，又产麟儿。陈氏因留在家看顾。如芳功名念切，竟别妻赴试，陡遇倭警，中途被执，惟仆程二逃回，报知陈氏。陈氏痛夫几绝，父与兄弟劝慰乃止。其父因道："我如今赴任去急，虑汝一人在家，莫若携甥同往。"陈氏道："爷爷严命本不该违，奈你女婿鸿雁分飞，今被掳去，存亡未知，只有这点骨血，路上倘有疏虞，绝却吕氏之后。且家中无主，不好远去。"副使道："汝言亦是。但我今全家俱去，只汝二位嫂嫂在家，汝可常往，勿在家忧闷成疾。"副使别去。陈氏凡家中大小事务，尽付与程二夫妻照管，身旁惟七岁婢女叫做秋桂伏侍，闺门不出，内外凛然。不意程二之妻春香，与邻居张茂七私通，日夜偷情。茂七因谓春香道："你主母青年，情欲正炽，你可为我成就此姻缘。"春香道："我主母素性正大，毫不敢犯，轻易不出中堂。此必不可得。"茂七复戏道："你是私心，怕我冷落你的情意，故此不肯。"春香道："事知难图。"自此，两人把此事亦丢开不提。

且说那公子朱弘史，因庆新房而撼动春心，无由得入。得知如芳被掳，遂卜馆与吕门相近，结交附近的人，常常套问内外诸事，倒像真实怜悯如芳的意思。不意有一人告诉："吕家世代积德，今反被执，是天无眼睛。其娘子陈氏执守妇道，出入无三尺之童，身旁惟七岁之婢，家务支持尽付与程二夫妻，程二毫无私意，可羡可羡。"弘史见他独夸程二，其妇必有出处。遂以言套那人道："我闻得程妻与人有通，终累陈氏美德。"其人道："相公何由得知？我此处有个张茂七，极好风月，与程二嫂朝夕偷情。其家与吕门连屋，或此妇在他家眠，或此汉在彼家睡，只待丈夫在庄上去，就是这等。"弘史心生计道：我当年在他家庆新房时，记得是里外房间，其后有私路可入中间。待我打听程二不在家时，趁便藏入里房，强抱奸宿，岂不美哉？计较已定。次日傍晚，知程二出去，遂从后藏入已定。其妇在堂唤秋桂看小官，进房将门扣上，脱衣将浴，忽记起里房透中间的门未关，遂赤身进去，关讫就洗。此时弘史见雪白身躯，已按捺不住，陈氏浴完复进，忽被紧抱，把口紧紧掩住，弘史把舌舔入口内，令彼不能发声。陈氏猝然遇此，举手无措，心下自思道：身已被污，不如咬断其舌，死亦不迟。遂将弘史舌尖紧咬。弘史不得舌出，将手扣其咽喉，陈氏遂死。弘史潜迹走脱，并无人知。

移时，小儿啼哭，秋桂喊声不应，推门不开，遂叫出春香，提灯进来，外门紧闭，从中间进去，见陈氏已死，口中出血，喉管血涸，袒身露体，不知从何致死。乃惊喊，族众见其妇如此形状，竟不知何故。内有吴十四、吴兆升说道："此妇自来正大，此必是强奸已完，其妇叫喊，遂扣喉而死。我想此不是别人，春香与茂七有通，必定是春香同谋强奸致死。"就将春香锁扣绊死，将陈氏幼子送往母家乳哺。

次日，程二庄上回来，见此大变，究问缘由，众人将春香通奸同谋事情说知，程二即具状告县：

  告为强奸杀命事：极恶张茂七，迷曲蘖为好友，指花柳为神仙。贪妻春香姿艾，乘身出外调奸，恣意横行，往来无忌。本月某日，潜入卧房，强抱主母行奸，主母发喊，剪喉杀命。身妻喊惊邻甲共证。满口血凝，任挽天河莫洗；裸形床上，忍看被垢尸骸。痛恨初奸某妻，再奸主母；奸妻事小，杀主事大。恳准正法填命，除恶申冤。上告。

当时知县即行相验。只见那妇人尸喉管血涸，口中血出。令仆将棺盛之。带春香、茂七一干人犯鞫问。即问程二道："你主母被强奸致死，你妻子与茂七通奸同谋，你岂不知情弊？"程二道："小的数日往庄上收割，昨日回来，见此大变，询问邻族吴十四、吴兆升说，妻子与张茂七通奸，同谋强奸主母，主母发喊，扣喉绝命。小的即告爷爷台下。小的不知情由，望爷爷究问小的妻子，便知明白。"县官问春香道："你与张茂七同谋，强奸致死主母，好好从直招来。"春香道："小妇人与茂七通奸事真，若同谋强奸主母，并不曾有。"知县道："你主母为何死了？"春香道："不知。"官令拶起，春香当不起刑法，道："爷爷，同谋委实没有，只茂七曾说过，你主母青年貌美，教小妇人去做脚。小妇人道，我主母平日正大，此事毕竟不做。想来必定张茂七私自去行也未见得。"官将茂七夹起问道："你好好招来，免受刑法。"茂七道："没有。"官又问道："必然是你有心叫春香做脚，怎说没有此事？"当时吴十四、吴兆升道："爷爷是青天，既一事真，假事也是真了。"茂七道："这是反奸计。爷爷，分明是他两个强奸，他改做小的与春香事情，诬陷小的。"官将二人亦加刑法，各自争辩。官复问春香道："你既未同谋，你主母死时你在何处？"春香道："小妇人在厨房照顾做工人，只见秋桂来说，小官在那里啼哭，喊叫三四声不应，推门又不开，小妇人方才提灯去看，只见主母已死，小妇人喊叫邻族来看，那时吴十四、吴兆升就把小妇人锁了。小妇人想来，毕竟是他二人强奸扣死出去，故意来看，诬陷小妇人。"官令俱各收监，待明日再审。次日，又拿秋桂到后堂，官以好言诱道："你家主母是怎么死了？"秋桂道："我也不晓得。只是傍晚叫我打水洗浴，叫我看小官，他自进去把前后门关了。后来听得脚声乱响，口内又像是说不出，过了半时，便无声息，小官才啼，我去叫时他不应，门又闭了。我去叫春香姐姐拿灯来看，只见衣服也未穿，死了。"官又问："吴十四、吴兆升常在你家来么？"秋桂道："并不曾来。"又问："茂七来否？"秋桂道："常在我家来，与春香姐姐笑。"官审问详细，取出一干人犯到堂道："吴某二人事已明白，与他无干。茂七，我知道你当初叫春香做脚不遂，后来你在他家稔熟，晓得陈氏在外房洗浴，你先从中间藏在里房，俟陈氏进来，你掩口强奸，陈氏必然喊叫，你恐怕人来，将咽喉扣住死了。不然，他家又无杂人来往，哪个这等稔熟？后来春香见事难出脱，只得喊叫，此乃掩耳盗铃的意思。你二人的死罪定了。"遂令程二将棺埋讫，开豁邻族等众，即将行文申明上司。程二忠心看顾小主不提。

越至三年时，包公巡行山东曲阜县，那茂七的父亲学六具状进上：

> 诉为天劈奇冤事：民有枉官为申理，子受冤父为代白。枭恶程二，主母身故，陷男茂七奸杀，告县惨刑屈招。泣思奸无捉获，指奸恶妻为据；杀不喊明，驾将平日推源。伊妻奸不择主，是夜未知张谁李谁；主母死无证据，当下何不扭住截住？恶欲指鹿而为马，法岂易牛而以羊。乞天镜，照飞霜。详情不雨，盆下衔恩。哀哀上诉。

包公准状。次日，夜阅各犯罪案，至强奸杀命一案，不觉精神疲倦，蒙眬睡去。忽梦见一女子似有诉冤之状。包公道："你有冤只管诉来。"

其妇未言所以，口吟数句而去道："一史立口阝人士，八厶还夸一了居。舌尖留口含幽怨，蜘蛛横死恨方除。"时包公醒来，甚是疑惑，又见一大蜘蛛，口开舌断，死于卷上。包公辗转寻思，莫得其解。复自想道：陈氏的冤，非姓史者即姓朱也。次日，审问各罪案明白，审到此事，又问道："我看起秋桂口词，他家又无闲人来往，你在他家稔熟，你又预托春香去谋奸，到如今还诉什么冤？"茂七道："小的实没有此事，只是当初县官做杀了，小的有口难分。今幸喜青天爷爷到此，望爷爷斩断冤根。"包公复问春香，亦道："并无此事，只是主母既死，小妇人分该死了。"包公乃命带春香出外听候，单问张茂七道："你当初知陈氏洗浴，藏在房中，你将房中物件一一报来。"茂七道："小的无此事怎么报得来？"包公道："你死已定，何不报来？"茂七想道：也是前世冤债，只得妄报几件。"他房中锦被、纱帐、箱笼俱放在床头。"包公令带春香进来，问道："你将主母房中使用物件逐一报来。"春香不知其意，报道："主母家虽富足，又出自宦门，平生只爱淡薄，福生帐、布被、箱笼俱在楼上，里房别无他物。"包公又问："你家亲眷并你主人朋友，有姓朱名死的没有？"春香道："我主人在家日，有个朱吏部公子相交，自相公被掳，并不曾来，只常年与黄国材相公在附近读书。"包公吩咐收监。次日观风，取弘史作案首，取黄国材第二。是夜阅其卷，复又梦前诗，遂自悟道："一史立口阝人士，一史乃是吏字，立口阝是个部字，人士乃语词也。八厶乃公字，一了是子字，此分明是吏部公子。舌尖留口含幽怨，这一句不会其意。蜘蛛横死恨方除，此公子姓朱，分明是蜘蛛也。他学名弘史，又与此横死声同律；恨方除，必定要向他填命方能泄其妇之恨。次日，朱弘史来谢考。包公道："贤契好文字。"弘史语话不明，舌不叶律。包公疑惑，送出去。黄国材同四名、五名来谢。包公问黄生道："列位贤契好文字。"众答道："不敢。"因问道："朱友的相貌魁昂，文才俊拔，只舌不叶律，可为此友惜之。不知他还是幼年生成，还是长成致疾？"国材道："此友与门生四年同在崇峰里攻书，忽六月初八日夜间去其舌尖，故此对答不便。"诸生辞去。包公想道："我看案状是六月初八日奸杀，此生亦是此日去舌，年月已同；兼相单上载口中血出，此必是弘史近境探知门路去向，故预藏在里房，俟其洗浴已完，强奸恣欲，将舌入其口以防发喊。陈氏烈性，将口咬其舌，弘史不得脱身，扣咽绝命逃去。"试思此生去舌之日与陈氏奸杀之日相符，此正应"舌尖留口念幽怨"也，强奸杀命更无疑矣。随即差人去请弘史。及至，以重刑鞫问，弘史一一招承。遂落审语道：

审得朱弘史，宦门辱子，黉序禽徒。当年与如芳相善，因庆新房，包藏淫欲。瞰夫被掳，于四年六月初八夜，藏入卧房，探听陈氏洗浴，恣意强奸，畏喊扣咽绝命。含舌诉冤于梦寐，飞霜落怨于台前。年月既侔，招详亦合。合拟大辟之诛，难逃枭首之律。其茂七、春香，填命虽谓无事，然私谋密策，终成祸胎，亦合发遣问流，以振风化。

## 五

## 邹琼玉挽发表真情　王朝栋讨药陷冤狱

话说潮州府邹士龙、刘伯廉、王之臣三人相善，情同管鲍，义重分金。后臣、龙二人同登乡荐，共船往京会试。邹士龙到船，心中悒怏。王之臣慰解道："大丈夫志在功名，离别何足叹？"士龙道："我非为此。贱内怀有七月之娠，屈指正月临盆，故不放心。"之臣道："贱内亦然。想天相吉人，谅获平安，不必挂虑。"士龙道："你我二人自幼同学从师，稍长同进黉宫，前日同登龙虎，今又彼此内眷有孕，事岂偶然。兄若不弃，他日若生者皆男，呼为兄弟；生者皆女，呼为姊妹；倘是一男一女，结为夫妻。兄意何如？"臣道："斯言先得我心。"命仆取酒，尽欢而饮。后益相亲爱。至京会试，龙获联登，臣落孙山。臣遂先辞回家，龙乃送至郊外嘱道："今家书一封劳兄带回，家中事务乞兄代为兼摄一二。"臣道："家中事自当效力，不必挂念，惟努力殿试，决与前三名争胜。"遂掩泪而别。臣抵家见妻魏氏产一男，名朝栋。臣问是何日，魏氏道："正月十五辰时。邹大人家同日酉时得一女，名琼玉。"臣心喜悦，遂送家书到龙家。龙妻李氏已先得联登捷报，又得平安家信，信中备述舟中指腹的事。李氏命婢设酒款臣，臣醉乃归。自后龙家外事臣遂悉为主持，毫无私意。数月后，龙受知县而回，择日请伯廉为二家交聘，臣以金镶玉如意表礼为聘，龙以碧玉鸾钗一对答之。及龙赴任，往来书启通问，每月无间。臣越数科不中，亦受教职，历任松江府同知。病重，遗书一纸于龙，中间别无所云，惟谆谆嘱以扶持幼子。既而，卒于任所。龙偶历南京巡道，得书大恸，亲往吊奠。臣为官清廉，囊无余剩，龙乃赠银百两，代为申明上司，给沿途伕马船只，奔柩归葬。丧事既毕，欲接朝栋来任攻书，朝栋辞道："父丧未终，母寡家贫，为子者安敢远行？"龙闻言颇嘉其孝，常给赀以赠之，令之勤读，而家资日见颓败。十四岁补邑庠生，龙闻知甚喜，亦特遣贺。

自后，朝栋惟知读书，坐食山崩，逐至贫穷。而龙历任参政，以无子致仕回家。朝栋亦与伯廉往贺，衣衫褴褛。偶府县官俱来拜，龙自觉羞耻，心甚不悦。朝栋已十六岁，乃托刘伯廉去说，择日完娶。参政遂道："彼父在日虽过小聘，未尝纳彩。彼乃宦家子弟，我女千金小姐，两家亦非小可人家，既要完娶，必行六礼。"朝栋闻言乃道："彼亦知我家贫无措，何故如此留难？我当发奋，倘然侥幸，再作理会。"竟不复言。

一日，参政谓夫人道："女儿长成，分当该嫁。"夫人道："前者王公子来议完亲，虽家贫，我只得此女，何不令其入赘我家，岂不两便，何必要他纳彩？"参政道："吾见朝栋将来恐只是个穷儒，我居此位，安用穷儒做门婿？谅他无银纳彩，故尔留难。且彼大言不惭，再过一年，我叫刘兄去说，既不纳彩，叫他领银百两另娶，我将女别选名门宦宅，庶不致耽误我女。"夫人道："彼即虽贫，喜好读书，将来必不落后。彼父虽亡，前言犹在，岂可因此改盟？"参政道："非汝所知，我自有处。"不意琼玉在屏后听知。次日，与丹桂在后花园中观花，见朝栋过于墙外。婢指道："这就是王公子。"各各相盼而去。琼玉见朝栋丰姿俊雅，但衣衫褴褛，心中暗喜。至第二日，乃又与丹桂往花园。朝栋因见女子星眸月貌，光彩动人，与婢观花，意其必是琼玉，次日又往园外经过。琼玉令丹桂呼道："王公子！"朝栋恐被人见，不敢近前。婢又连呼，生见呼切，意必有说，竟近墙边。琼玉乃令婢开了小门，备以父言相告。朝栋道："此亲原是先君所定，我今虽贫，银决不受，亲决不退。令尊欲将汝遣嫁，亦凭令尊。"琼玉道："家君虽有此意，我决不从。你可用心读书，终久团圆。你晚上可在此来，我有事问你。此时恐有人来，今且别去。"

朝栋回去，候至人静更余，径去门边，见丹桂立候，乃道："小姐请公子进去说话。"朝栋道："恐你老爷知道，两下不雅。"丹桂道："老爷、夫人已睡，进去无妨。"朝栋犹豫，丹桂促之乃入。但见备有酒肴，留公子对坐同饮。朝栋欲不能制，竟欲苟合。玉坚不许，乃道："今日之会，盖悯君之贫耳，岂因私欲致此；倘今苟从，合卺之际将何为质？"朝栋道："此事固不敢强，但令尊欲易盟将如之何？"玉道："我父纵欲别选东床，我岂肯从。古云：一丝已定，岂容再易。"朝栋道："你能如此，终恐令尊势不得已。"玉道："我父若以势压，惟死而已。"遂牵生手，对天盟誓。既而又饮。时至三更，女年尚幼，饮酒未节，遂乃醉倦，忘辞生回，和衣而睡。生欲出，丹桂道："小姐未辞，想有事说，少坐片时，俟小姐醒来。"生往视之，真若睡未足之海棠，生兴不能制，抱而同睡。玉略醒，乃道："我一时醉倦，有失瞻顾。"生求合，玉意绸缪，亦不能拒，遂与同寝。鸡啼，二人同起。玉以丝绸三匹，金手镯一对，银钗数双授生。临别，又令次夜复入，生自后夜来晓出，两月有余。

一晚，朝栋偶因母病未去，丹桂候门良久，不见生来，忽闻有脚步响，连道："公子来矣。"不意祝圣八惯做鼠窃，撞见冲入。丹桂见是贼来，慌忙走入。圣八遂乃赶进，丹桂欲喊，圣八拔刀杀死。陡然人来，琼玉于灯下见是贼至，开门走至堂上暗处躲之。圣八入房，尽掳其物而去。玉至天微明，乃叫母道："房中被贼劫。"参政道："如何不叫？"玉道："我见杀了丹桂，只得开门走，躲藏于暗处，故不敢喊。"参政往看，见丹桂杀于后门。问玉道："丹桂缘何杀于此？"女无言可答。参政心甚疑之。玉乃因此惊病不能起床。

参政欲去告官，又无赃证，乃令家人梅旺到各处探访。朝栋因母病无银讨药，将金手镯一个请银匠饶贵换银，贵乃应诺，未收，朝栋出铺。梅旺偶在铺门经过，望见银匠桌上有金手镯一个，走进问道："此是谁家的物件？"银匠道："适才王相公拿来待我换银的。"梅旺道："既要换银，我拿去见老爷兑银与他就是。"匠人道："他说不要说出谁的，你也不必说，勿令他怪我。"遂付与梅旺拿去。旺回家告参政道："此物像我家的，可请夫人、小姐来认。"夫人出见乃认道："此是小姐的，从何处得来？"旺道："在饶银匠铺中得来的，他说是那王朝栋相公把来与他换银的。"参政道："原来此子因贫改节，遂至于此。"即去写状，令梅旺具告巡行衙门：

告为杀婢劫财事：狠恶王朝栋，系故同知王之臣孽子，不守本分，倾败家业。充肠嗟无饭，饿眩目花；蔽体怨无衣，寒生肌栗。因父相知，往来惯熟。突于本月某日二更时分，潜入身家，抱婢丹桂逼奸不从杀死，劫去家财一洗。次日，缉获原赃金镯一只，银匠饶贵现证。劫财杀命，藐无法纪。伏乞追赃偿命，除害安良。上告。

时巡行包公一清如水，明若秋蟾，即差兵赵胜、孙勇，即刻往拿朝栋。栋乃次早亦具状诉冤：

诉为烛奸止奸事：东家失帛，不得谬同西家争衣；越人沽酒，何故妄与秦人索价？身父业绍箕裘，教传诗礼。叨登乡荐，历任松江府佐。官居清节，仅遗四海空囊。鲰生樗栎，名列黉宫。岳父邹士龙曾为指腹之好，长女邹琼玉允谐伉俪之缘。如意聘仪，鸾钗为答。孰意家计渐微，难行六礼。琼玉仗义疏财，私遗镯钗缎匹；岳父爱富嗔贫，屡求退休另嫁。久设阱机，无由投发；偶因贼劫，飘祸计坑。欲绝旧缘，思媾新缘；贼杀婢命，坑害婿命。吁天查奸缉盗，断女毕姻，脱陷安良，哀哀上诉。"

包公问道："既非你杀丹桂，此金镯何处得来？"朝栋道："金镯是他小姐与生员的。"包公道："事未必然。"朝栋道："可拘他小姐对证。"包公沉吟半晌，问道："你与琼玉有通乎？"朝栋道："不敢。"似欲有言而愧视众人。包公微会其意，即退二堂，带之同入，屏绝左右。问道："既非有通，安肯与你多物？"朝栋道："今日非此大冤，生员决不敢言以丧其德；今遭此事，不得不以直告。"遂将其事详述一遍。包公道："只恐此事不的。倘事果真，明日互对之时，你将此事一一详说，看他父亲如何处置，我必拘他女来对证。果实，必断完娶；如虚，必向你偿命。"朝栋再三叩头道："望大人周全。"

　　包公次日拘审，士龙亲出互对，谓包公道："此子不良，望大人看朝廷分上，执法断填。"包公道："理在则执法，法在何论情？朝栋亦宦家子弟，庠序后英，何分厚薄？"乃呼朝栋道："父为清官，子为贼寇，你心忍玷家谱？"朝栋道："生员素遵诗礼，居仁由义，安肯为此？"包公道："你既不为，赃从何出？"朝栋道："他女付我，岂劫得之？"邹士龙道："明明是他理亏，无言可对，又推在吾女身上。"包公道："伊女深闺何能得至？"朝栋道："事出有因。"包公道："有何因由？可细讲来。"朝栋道："春三月，因事过彼花园，小姐偶同婢女丹桂观花，相视良久而退。生员次日又过其地，小姐已先在矣。小姐令丹桂叫生员至花园，备言其父与母商议欲悔婚，要叫伯廉来说，与银一百退亲，只夫人不肯。小姐见生员衣衫褴褛，约生员夜来说话。生员依期而去，丹桂候门，延入命酒，遂付金镯一对，银钗数双，丝绸三匹。偶因手迫，无银为老母买药，故持金镯一个托饶银匠代换银应用，被伊家人梅旺哄去。其杀死丹桂一事，实不知情。望大人体好生之德，念先君只得生员一人，母亲在疾，乞台曲全姻事，缉访真贼，以正典刑，衔结有日。"包公道，既然如此，老先生亦箝束不严，安怪此生？"参政道："此皆浮谈。小女举止不乱，安得有此？"包公道：

"既无此,必要令爱出证,泾渭自分。"朝栋道:"小姐若肯面对,如虚甘死。"士龙心中甚是疑惑:若说此事是虚,我对夫人说的话此生何以得知?倘或果真,一则不好说话,二则自觉无颜。心中犹豫不决。包公遂面激之道:"老大人身系朝纲,何为不加细察?"士龙被激乃道:"知子者莫若父。寒家有此,学生岂不知一二?"包公道:"只恐有此事便不甚雅。既无此事,令爱出来一证何妨?"士龙一时不能回答,乃令梅旺讨轿接小姐来。梅旺即刻回家,对夫人将前事说了,夫人入室与女儿备说前事。小姐自思:此生非我出证,冤不能白。旺又催道:"包老爷专等小姐听审。"小姐无奈只得登轿而去。二门下轿,入见包公。包公道:"此生说金镯是你与他的,令尊说是此生劫得之赃。泾渭在你,公道说来。"小姐害羞不答。朝栋道:"既蒙相与,直说何妨,你安忍令致我于死地?"小姐年雏,终不敢答。包公连敲棋子厉声骂道:"这生可恶!口谈孔孟,行同盗跖。为何将此许多虚话欺官罔上?重打四十,问你一个死罪!"朝栋婴儿之态复萌,乃睡于地下,大哭而言道:"小姐,你有当初,何必有今日?当夜之盟今何在哉?我今受刑是你误我,我死固不足惜,家有老母,谁将事乎?"小姐亦低首含泪,乃道:"金镯是我与此生的,杀丹桂者不是此生。其贼入房,灯影之下,我略见其人半老,有须的模样。"包公道:"此言公道,饶你打罢。"生乃洋洋起来,跑在小姐旁边。小姐见生发皆散了,乃跪近为之挽发。参政见了心中怒起,乃道:"这妮子吓得眼花,见不仔细,一发胡言。"小姐已明白说过,因见父发怒越不敢言。包公道:"令爱既吓得眼花,见不仔细,想老先生见得仔细,莫若你自问此生一个死罪,何待学生千言万语?况丹桂为此生作待月的红娘,彼又安忍心杀之?"参政道:"小女尚年幼,终不然有西厢故事么?"包公道:"先前真情,已见于挽发时矣,何必苦苦争辩?"参政道:"知罪知罪,凭老大人公断。"包公道:"若依我处,你当时与彼父既有同窗之雅,又有指腹之盟,兼有男心女欲,何不令速完娶?"参政道:"据彼之言,丹桂之死虽非彼杀，实彼累之也。必要他查出此贼，方能脱得彼罪。"包公道："贼易审出，俟七日后定然获之，然后择日毕姻。"参政忿忿而出，包公令生女各回。

是夜，朝栋回家，燃香告于父道："男不幸误罹此祸，受此不美之名，奈无查出贼处，终不了事。我父有灵，详示报应。"祝毕就寝，梦见父坐于上，朝栋上前揖之，乃掷祝筶一双于地，得圣筶若八字形。朝栋趋而拾之，父乃出去，朝栋遂觉。却说包公退堂，心中思忖，将何策查出此贼。是夜，梦见一人，峨冠博带，近前揖谢道："小儿不肖，多叨培植。"掷竹筶而去。包公视之，乃是圣筶若八字形。觉而思道：贼非姓祝即名圣或名筶。次早升堂，差人唤王相公到此有事商议。朝栋闻唤，即穿衣来见包公。包公将夜来梦见掷竹筶事说知。朝栋道："此乃先父感大人之德，特至叩谢。门生是夜亦曾焚香祝父，乞报贼名，即梦见先父亦如此如此，梦相符合，想贼名必寓筶中。"包公道："我三更细想，此贼非姓祝，即名圣，或名筶；若八字形，或排第八。贤契思之，有此名否？"适有一门子在旁闻得，禀道："前任刘爷已捕得一名鼠窃祝圣八，后以初犯刺臂释放。"包公道："即此人无疑矣。"即升堂，朱笔标票，差二人魆魆拿来。公差至圣八门首，见圣八正出门来，二人近前，一手扭住，铁锁扣送。包公道："你这畜生，黑夜杀人劫财，好大的胆！"圣八道："小人素守法度，并无此事。"包公道："你素守法，如何前任刘爷捕获刺臂？"圣八道："刘爷误捉，审明释放。"包公道："以你初犯刺臂释放，今又不改，杀婢劫财。重打四十，从直招来！"圣八推托不招，令将夹起，并不肯认。包公见他腰间有锁匙二个，令左右取来，差二人径往他家，嘱咐道："依计而行，如有泄漏，每人重责四十，革役不用。"二人领了锁匙到其家，对他妻子道："你丈夫今日到官，承认劫了邹家财物，拿此锁匙来叫你开箱，照单取出原赃。"其妻信以为实，遂开箱依单取还。二人挑至府堂，圣八愕然无词争辩，乃招道："小人是夜过他宅花园小门，偶听丹桂说道：'公子来矣。'小人冲入，彼欲喊叫，故尔杀之，掳财是真。"包公即差人请参政到堂，认明色衣四十件，色裙三十件，金首饰一副，银妆盒一个，牙梳、铜镜，一一收领明白。包公判道：

> 审得祝圣八，素行窃诈，猖獗害民；犯刺不悛，恣行偷盗。杀侍婢劫掳财物以利己；误朝栋几陷缧绁以离婚。原赃俱在，大辟攸宜。邹士龙枉列冠裳，不顾仁义；负心死友，欲悔前盟。箱束不严，以致怨女旷夫私相授受；防闲有弛，俾令戴月披星密自往来。侍女因而丧命，女婿几陷极刑。本宜按法，念尔官体年老，姑从减等。王朝栋非罪而受丛脞，合应免拟；邹琼玉永好而缔前盟，仍断成婚。使效唱随而偕老，俾令山海可同心。

王朝栋择日成婚，夫妇和谐，事亲至孝。次年科举，早膺鹗荐，赴京会试，黄榜联登，官授翰林之位。

## 六

## 李善辅贪嘿害好友　高季玉认物知杀机

话说宁波府定海县佥事高科、侍郎夏正二人同乡，常相交厚，两家内眷俱有孕，因指腹为亲。后夏得男名昌时，高得女名季玉。正遂央媒议亲，将金钗二股为聘，高慨然受了，回他玉簪一对。但正为民清廉，家无羡余，一旦死在京城，高科助其资用奔柩归丧。科寻亦罢官归家，资财巨万。昌时虽会读书，一贫如洗，十六岁以案首入学，托人去高岳丈家求亲。高嫌其贫，有退亲的意，故意作难道："须备六礼，方可成婚。今空言完亲，吾不能许。彼若不能备礼，不如早早退亲，多送些礼银与他另娶则可。"又延过三年，其女尝谏父母不当负义，父辄道："彼有百两聘礼，任汝去矣，不然，难为非礼之婚。"季玉乃窃取父之银两及己之镯、钿、宝钗、金粉盒等，颇有百余两，密令侍女秋香往约夏昌时道："小姐命我拜上公子。我家老爷嫌公子家贫，意欲退亲，小姐坚不肯从，日与父母争辩。今老相公道，公子若有聘金百两，便与成亲。小姐已收拾银两钗钿约值百两以上，约汝明日夜间到后花园来，千万莫误。"昌时闻言不胜欢喜，便与极相好友李善辅说知。善辅遂生一计道："兄有此好事，我备一壶酒与兄作贺礼。"至晚，加毒酒中，将昌时昏倒。善辅抽身径往高佥事花园，见后门半开，至花亭果见侍女持一包袱在手。辅接道："银子可与我。"侍女在月下认道："汝非夏公子。"辅道："正是。秋香密约我来。"侍女再又详认道："妆果不是夏公子，是贼也。"辅遂拾起石头一块，将侍女劈头打死，急拿包袱回来。昌时尚未醒，辅亦伴睡其旁。少顷，昌时醒来对善辅道："我今要去接那物矣。"辅道："兄可谓不善饮酒，我等兄不醒，不觉亦睡。此时人静，可即去矣。"昌时直至高宅花园，回顾寂然，至花亭见侍女在地道："莫非睡去乎？"以手扶起，手足俱冷，呼之不应，细看又无余物，吃了一惊，逃回家去。

次日，高金事家不见侍女，四下寻觅，见打死在后花园亭中，不知何故，一家惊异。季玉乃出认道："秋香是我命送银两钗钿与夏昌时，令他备礼来聘我。岂料此人狠心将他打死，此必无娶我的心了。"高科闻言大怒，遂命家人往府急告：

　　告为谋财害命事：为盗者斩，难逃月中孤影；杀人者死，莫洗衣上血痕。狠恶夏昌时系故侍郎夏正孽子，因念年谊，曾经指腹；自伊父亡去，从未行聘。岂恶串婢秋香，攟盗钗钿；见财入手，杀婢灭迹。财帛事轻，人命情重。上告。

昌时亦即诉道：

　　诉为杀人图陷事：念身箕裘遗胤，诗礼儒生。先君侍郎，清节在人耳目；岳父高科，感恩愿结婚姻。允以季玉长姬，许作昌时正室。金钗为聘，玉簪回仪。谁期家运衰微，二十年难全六礼；遂致岳父反复，千百计求得一休。先令侍女传言，赠我厚赂；自将秋香打死，陷我深坑。求天劈柱超冤。上告。

顾知府拘到各犯，即将两词细看审问。高科质称："秋香偷银一百余两与他，我女季玉可证。彼若不打死秋香，我岂忍以亲女出官证他。且彼虽非我婿，亦非我仇，纵求与彼退亲，岂无别策，何必杀人命图赖他？"夏昌时质称："前一日，汝令秋香到我家哄道，小姐有意于我，收拾金银首饰一百两零，叫我夜到花园来接。我痴心误信他，及至花园，见秋香已打死在地，并无银两。必此婢有罪犯，汝要将打死，故令他来哄我，思图赖我。若果我得他银两，人心合天理，何忍又打死他？"顾公遂叫季玉上来问道："一是你父，一是你夫，汝是干证。从实招来，免受刑法。"季玉道："妾父与夏侍郎同僚，先年指腹为婚，受金钗一对为聘，回他玉簪一双。后夏家贫淡，妾父与他退亲，妾不肯从，乃收拾金银钗钿有百余两，私命秋香去约夏昌时今夜到花园来接。竟不知何故将秋香打死，银物已尽取去，莫非有强奸秋香不从的事，故将打死。或怒我父要退亲，故打死侍婢泄忿。望青天详察。"顾公仰椅笑道："此干证说得真实。"夏昌时道："季玉所证前事极实，我死亦无怨；但说我得银打死秋香，死亦不服。然此想是前生冤业，今生填还，百口难辩。"遂自诬服。府公即判道：

审得夏昌时，仗剑狂徒，滥竽学校；破家荡子，玷辱家声。故外父高科弃菲而明告绝婚；乃笄妻季玉重盟誓而暗赠金银。胡为既利其财，且忍又杀其婢；此非强奸恐泄，必应黩货瞒心。赴约而来，花园其谁到也；淫欲以逞，暮夜岂无知乎？高科虽曰负盟，绝凶徒实知人则哲；季玉嫌于背父，念结发亦观过知仁。高女另行改嫁，昌时明正典刑。

昌时已成狱三年，适包公奉旨巡行天下，先巡历浙江，尚未到任，私行入定海县衙，胡知县疑是打点衙门者，收入监去。及在狱中，又说："我会做状，汝众囚若有冤枉者，代汝代状申诉。"时夏昌时在狱，将冤枉从直告诉，包公悉记在心后，用一印令禁子送与胡知县，知县方知是巡行老爷，即忙跪请坐堂。及升堂，即吊昌时一案文卷来问，季玉坚执是伊杀侍婢，必无别人。包公不能决，再问昌时道："汝曾泄漏与人否？"昌时道："只与相好友李善辅说过，其夜在他家饮酒，醒来，辅只在旁未动。"包公猜道：这等，情已真矣，不必再问。遂考校宁波府生员,取李善辅批首,情好极密,所言无不听纳。至省后又召去相见,如此者近半年。一日,包公谓李善辅道:"吾为官拙清,今将嫁女,苦无妆资,汝在外看有好金子代我换些。异日倘有甚好关节,准你一件。汝是我得意门生,外面须为我慎密。"李善辅深信无疑,数日后送到古金钗一对,碧玉簪一对,金粉盒、金镜袋各一对,包公亦佯喜。即吊夏昌时一干人再问。取出金钗、玉簪、粉盒、金镜袋,尽排于桌上。季玉认道:"此尽是我以前送夏生者。"再叫李善辅来对,见高小姐认物件是他的,吓得魂不附体,只推是与过路客人换来的。此刻夏昌时方知前者为毒酒所迷,高声喝道:"好友!害人于死地。"善辅抵赖不得,遂供招承认。包公批道:

  审得李善辅,贪黩害义,残忍丧心。毒药误昌时,几筵中暗藏机阱;顽石杀侍女,花亭上骤进虎狼。利归己,害归人,敢效郦寄卖友;杀一死,坑一生,犹甚蒯通误人。金盒宝钗,昔日真赃俱在;铁钺斧锧,今秋大辟何辞?高科厌贫求富,思背故友之姻盟;掩实弄虚,几陷佳婿于死地。若正伦法,应加重刑?惜在缙绅,量从末减。夏昌时虽在缧绁之中,非其罪也;高季玉既怀念旧之志,永为好兮。昔结同心,曾山盟而海誓;仍断合卺,俾夫唱而妇随。

夏昌时罪既得释,又得成亲,二人恩爱甚笃,乃画起包公图像,朝夕供养。后夏昌时亦登科甲,官至给事。

七

## 葛藤叶带彩释疑团　鞠举人谒友身先死

话说处州府云和县进士罗有文，知南丰县事有年。龙泉县举人鞠躬，与之系瓜葛之亲，带仆三人：贵十八、章三、富十往谒有文，仅获百金，将银五十两买南丰铜镏金玩器、笼金篦子，用皮箱盛贮，白铜锁钥。又值包公巡行南京，躬与相知，欲往候见之。货齐，辞有文起身。数日，到了瑞洪，先令章三、富十，二人起早往南京，探问包公巡历何府，约定芜湖相会。次日换船，水手葛彩搬过行李上船，见其皮箱甚重，疑是金银，乃报与家长艾虎道："几只皮箱重得异常，想是金银，决非他物。"二人乃起谋心，议道："不再可搭别人，以便中途行事。"计排已定，乃佯谓躬道："我想相公是读书人，决然好静，恐搭做客杂人同船，打扰不便。今不搭别人，但求相公重赏些船钱。"躬道："如此更好，到芜湖时多与你些钱就是。"二人见说，愈疑银多。是日，开船过了九江，次晚，水手将船艄在僻处，候至半夜时分，艾虎执刀向躬头一砍，葛彩执刀向贵十八头一砍，主仆二人死于非命，丢入江中。搜出钥匙将皮箱开了，见满箱皆是铜器，有香炉、花瓶、水壶、笔山，精致玩器，又有篦子，皆是笼金故事，止得银三十两。彩道："我说都是银子，二人一场富贵在眼下，原来是这些东西。"虎道:"有这样好货,愁无卖处?莫若再至芜湖,沿途发卖,即是银子。"二人商议而行。

章三、富十探得包公消息,巡视苏州。径转芜湖,候过半月,未见主人到来,乃讨船一路上来,并未曾有;又上九江,直抵瑞洪原店查问。店主道:"次日换船即行,何待如今?"二人愕然。又下南京,盘费用尽,只得典衣为路费,往苏州寻问。及于苏州寻访,并无消息。不意包公已起马往巡松江,二人又往松江去问,亦无消息。欲见包公,奈衙门整肃,商议莫若假做告状的人,乘放告日期带了状子进去禀知,必有好处。遂各进讫。包公见了大惊,问道:"你相公此中途如何相别?"章三道:"小人与相公同到南丰罗爷任上,买有镏金铜器、笼金篦等货,离南丰而抵瑞洪。小的二人起早先往南京,探问老爷巡历何府,以便进谒,约定芜湖相会。小人到京得知老爷在苏,复转,候主半月未来。小的二人直上九江,沿途寻觅,没有消息,疑恐来苏。小的盘缠已尽,典衣作费到苏,老爷发驾,遍觅皆无。今到此数日,老爷衙门整肃,不敢进见,故假告状为由,门上才肯放入,乞老爷代为清查。"包公道:"中途别后,或回家去了?"富十道:"来意的确,岂回家去?"包公道:"相公在南丰所得多少?"答道:"仅得百金。"又问:"买货多少?"答道:"买铜器、丰篦用银五十两。"包公道:"你相公最好驰逞,既未回家,非舟中被劫,即江上遭风。我给批文一张,银二两与你二人做盘费,沿途缉访,若被劫定有货卖。逢有卖铜器、丰篦的,来历不明者,即给送官起解见我,自有分晓。"二人领批而去,往各处捕缉皆无。章三二人路费将尽,历至南京,见一铺有一副香炉,二人细看是真,问:"此货可卖否?"店主道:"自是卖的。"又问:"还有甚玩器否?"店主道:"有。"章三道:"有则借看。"店主抬出皮箱任拣。二人看得的确,问:"此货何处贩来的?"店主道:"芜湖来的。"富十一手扭结,店主不知其故,乃道:"你这二人无故结人,有何缘故?"两相厮打。适值兵马司朱天伦经过,问:"何人罗唣？"章三扭出，富十取出批文投下，带转司去，细问来历。章三一一详述，如此如此。朱公问道："你何姓名？"其人道："小人名金良，此货是妻舅由芜湖贩来的。"朱公道："此非芜湖所出，安在此处贩来？中间必有缘故。"良道："要知来历，拘得妻舅吴程方知明白。"朱公即将众人收监。次日，拿吴程到司。朱公问道："你在何处贩此铜货来？"吴程道："此货出自江西南丰，适有客人贩至芜湖，小人用价银四十两凭牙掇来。"朱公道："这客人认得是何处人否？"吴程道："萍水相逢，哪里识得？"朱公闻言，不敢擅决，只将四人一起解赴包公。

包公巡行至太平府。解人解至，正值审录考察，无暇勘问，发委董推官问明缴报，解人起批到，董推官坐堂，富十二人即具投状：

> 告为谋财杀命事：天网疏而不漏，人冤久而必伸。恩主鞠躬，往南丰谒戚，用价买得铜器、丰奁，来京叩院，中途别主，杳无踪影。岂料凶恶金良、吴程，利财谋命，今幸获原赃，投天正法，恳念缥缈之冤魂可悲；急追浮沉之白骨何在？泣告。

吴程亦即诉道：

> 诉为平地兴波事：冤头债主，各自有故相当；林木池鱼，亦非无因可及。念身守法经商，芜湖生意。偶因客带铜货，用价掇回，当凭牙侩段克己见证。岂恶等飘空冒认，无端坑杀。设使货自御至，何敢开张明卖？纵有来历不明，定须详究根由。上诉。

那时推府受词，研审一遍收监。次日，牌拘段克己到，取出各犯听审。推府问段克己："你作牙行，吴程称是凭你掇来，不知原客何名何姓？"克己道："过来往去客多，安能久记姓名？"推府道："此一案乃包爷发来，兼且人命重事，知而不报，必与同谋。吴程你明白招来，免受重刑。"程道："古言：有眼牙人无眼客。当时货凭他买。"克己道："是时你图他货贱，肯与他买，我不过为你解纷息争，以平其价，我岂与你盘诘奸细？"推府道："图利而带货，人情也，倘不图利，安肯乘波抵险，奔走江湖？"吴程你既知货贱卖，必是窃来的物。段克己你做牙行，延揽四方，岂不知此事？二人自相推阻，中间必有话说。从直招来。若是他人，速报名姓；若是自己，快快招明，免受刑拷。"二人不招，俱各打三十，夹敲三百，仍则推阻不招。自思道：二人受此苦刑竟不肯招，且权收监。但见忽有一片葛叶顺风吹来，将门上所挂之红彩一起带下，飘至克己身上，不知其故。及退堂自思：衙内并未栽葛，安有葛叶飞来？此事甚异，竟不能解。

次日又审，用刑不招，遂拟成疑狱，具申包公，倒文令着实查报，且委查盘仪征等县。推官起马，往芜湖讨船，官船皆答应上司去，临时差皂快捉船应用，偶尔捉艾虎船到。推府登舟问道："你是何名？"答道："小人名艾虎。""彼是何名？"虎道："水手名葛彩。"推府自思：前疑已释，葛叶随彩而下，想谋人者即是葛彩。遂不登舟，令手下擒捉二人，转公馆拷问，二人吓得魂飞魄散。推府道："你谋害举人，前牙行段克己报是你，久缉未获。今既获之，招承成狱，不必多言。"艾虎道："小人撑船，与克己无干，彼自谋人，何故乱扳我等？"推官怒其不认，即令各责四十，寄监芜湖县。乃往各县查盘回报，即行牌取二犯审勘。芜湖知县即将二犯起解到府，送入刑厅，推府即令重责四十迎风，二人毫不招承，乃取出吴程等一干人犯对审。吴程道："你这贼谋人得货售银，累我等无辜受此苦楚，幸天有眼。"葛彩道："你何昧心？我并未与你会面，何故妄扳？"吴程道："铜货、丰篦得我价银四十二两，克己可作证。"艾虎二人抵饰不招，又夹敲一百。艾虎招道："事皆葛彩所起。当时鞠举人来船，彩为搬过皮箱三只上船，其重异常，意是金银，故萌此心，不搭别人，待过湖口，以刀杀之，丢入江心。后开皮箱见是铜货，止得银三十余两，二人悔之不及。将货在芜湖发，得吴程银四十两。是时只要将货脱卸，故此贱卖，被段克己觉察，分去银一十五两。"克己低首无言。推官令各自招承。富十、章三二人叩谢道："爷爷青天！恩主之冤一旦雪矣。"推府判了参语，申详包公。包公即面审，毫无异词。即批道：

  据招：葛彩先试轻重，而起朵颐之想；艾虎后闻利言，而操害命之谋。驾言多赏船钱，恬探囊中虚实；不搭客商罗唣，装成就里机关。艄船僻处，豫备人知。肆恶更阑，操刀杀主仆于非命；行凶夜半，丢尸灭踪迹于江湖。欣幸满箱银两，可获贫儿暴富；谁知盈篋铜货，难以旦夕脱身。装至芜湖，牙侩知而分骗；贩来京铺，二仆认以获赃。贼不知名，飘葛叶而详显报应；犯难邃获，捉官船而吐真名。悟符前谶，非是风吹败叶；擒来拷鞫，果是谋害正凶。葛、艾二凶，利财谋命，命枭首以示众；吴、段二恶，和骗分赃，皆充配于远方。金良无辜，应皆省发。各如拟行。

遂将葛彩、艾虎秋季斩市，吴程、克己即行发配讫。
  按：此断虽鞠躬之幽魂死不瞑目，实包公之英哲，委勘得人，乃能断出此冤。上则不致三纲解纽，次则不致奸凶漏网，是可见天理昭然而法纪大明矣。

## 八
## 游子华酗酒逼死妾　方春莲私奔沦为娼

　　话说广东有一客人，姓游名子华，本贯浙人，自祖父以来在广东发卖机布，财本巨万，即于本处讨娶一妾王氏。子华素性酗酒凶暴，若稍有一毫不中其意，遂即毒打。妾苦不胜，一夜更深人静，候子华睡去时走出，投井而死。次日，子华不知其妾投井而死，乃出招帖遍处贴之，贴过数月，并无消息。子华讨取货银已毕，即收拾回浙。

　　适有本府一人名林福，开一酒肉店，积得数块银两，娶妻方氏名春莲。岂知此妇性情好淫，尝与人通奸。福之父母审知其故，详以语福。福怀怒气，逐日打骂，凌辱不堪。春莲乃伪怨其父母道："当初生我丑陋，何不将我淹死？今嫁此等心狠丈夫，贪花好色，嫌我貌丑，昼夜恼恨，轻则辱骂，重则敲打，料我终是死的。"父母劝其女道："既已嫁他，只可低头忍受，过得日子也罢，不可与他争闹。"那父母虽以好言抚慰，其女实疑林福为薄幸之徒。忽一日春莲早起开门烧火，忽有棍徒许达汲水经过，看见春莲一人，悄无人在，乃挑之道："春莲，你今日起来这般早，你丈夫尚未起来，可到吾家吃一碗早汤。"春莲道："你家有人否？"许达道："并无一人，只我单身独处。"春莲本性淫贱，闻说家中无人，又想丈夫每日每时吵闹，遂跟许达同去。许达不胜欢喜，便开橱门取些果品与春莲吃了，又将银簪二根送与春莲，掩上柴门，二人遂即上床。云雨事散，众家俱起，不得回家，许达遂匿之于家中，将门锁上，竟出街上生意去了，直至黑晚回来，与春莲取乐。及林福起来，见妻子早起烧火开门不见回来，意想此妇每遭打骂，必逃走矣。乃遍处寻访无踪，亦写寻人招帖贴于各处，仍报岳父方礼知之。礼大怒道："我女素来失爱，尝在我面前说你屡行打骂，痛恨失所，每欲自尽，我夫妇常常劝慰，故未即死。今日必遭你打死，你把尸首藏灭，故诈言他逃走来哄骗我，我必告之于官，为女伸冤，方消此恨。"乃具状词，赴告本县汤公。其词道：

   告为伦法大变事：婚娶论财，夷虏之道；夫嫌妇丑，禽兽不如。身女春莲，凭媒嫁与林福为妻。岂料福性贪淫，嫌女貌丑，日加打骂，凌辱不堪。今月日仍触恶毒，登时殴死。惧罪难逃，匿尸埋灭；驾言逃走，是谁见证？痛思人烟凑密，私奔岂无踪影；女步艰难，数日何无信音？明明是残恶杀匿。女魂遭陷黑天，父朽仰于白日。祈追尸抵偿。哀哀上告。

本县准状，即差役拘拿林福，林福亦具诉词，不在话下。

  且说许达闻得方礼、林福两家告状，对春莲道："留你数日，不想你父母告状向夫家要人，在此不便，倘或寻出，如何是好？不若与你同走他乡，又作道理。"春莲闻言便道："事不可迟，即宜速行。"遂收拾行李，连夜逃走，直至云南省城住脚，盘费已尽。许达道："今日到此，举目无亲，食用欠缺，此事将何处之？"春莲本是淫妇，乃道："你不必以衣食为虑，我若舍身，尽你足用。"许达亦不得已从之。乃妆饰为娼，趁钱度日，改名素娥。一时风流子弟，闻得新来一妓甚美，都来嫖耍，衣食果然充足。

  且说当日春莲逃走之后，有耆民呈称：本坊井中有死人尸首在内。县官即命仵作检验，乃广东客人游子华之妾。方礼认为己女，遂抱尸哭道："此系我女身尸，果被恶婿林福打死，丢匿此井。"遂禀过县官，哀求拷问。县官提林福审问："汝将妻子打死，匿于井中，此事是实？"林福辩道："此尸虽系女人，然衣服、相貌俱与我妻不同。我妻年长，此妇年少；我妻身长，此妇身短；我妻发多而长，此妇发少而短。安得影射以害小人？万望爷爷详情。"方礼向前哀告道："此是林福抵饰的话，望老爷验伤便知打死情由。"县官严行刑法，林福受刑不过，只得屈招，申院未行在狱。

及至岁终，包公巡行天下，奉敕来到此府，审问林福情由，即知其被诬。叹道："我奉旨搜检冤枉，今观林福这段事情，甚有可疑，安得不为审理。"遂语众官道："方春莲既系淫妇，必不肯死，虽遭打骂，亦只潜逃，其被人拐去无疑。"乃令手下遍将各处招帖收去，一一查勘，内有一帖，原系广东客人游子华寻妇帖子，与死尸衣服、状貌相同，乃拘游子华来证，子华已去。包公日夜思想林福这段冤枉，我明知之，安可不为伸雪？乃焚香告司土之神道："春莲逃走事情，胸中狐疑不决，伏望神祇大彰报应。"告祝已毕。次日，发遣人役往云南公干，承行吏名汤瑄，竟去云南省城，投下公文，宿于公馆，候领回文，不觉延迟数日。闻得新娼素娥风情出色，姿丽过人，亦往素娥家中去嫖耍。便问道："汝系何处女子为娼于此？"其妇道："我亦良家子女，被夫打骂，受苦不过，故尔逃出，奈衣食无措，借此度日。"汤瑄道："听你声音好似我同乡，看你相貌好似林福妻子。"其妇一惊，满面通红，不敢隐瞒，只得说出前事，如此如此，乃是邻右许达带我来，望乡人回府切勿露出此事，小妇加倍奉承，歇钱亦不敢受。汤瑄佯应道："你们放心，只管在此接客，我明日还要来耍。我若归家，决不露出你们机关。"乃相别而回，至公馆中叹道："世间有此冤枉事。林福与我切近邻舍，今落重狱。"恨不得即到家中报说此事。次日，领了回文，作速起程归家，即以春莲被许达拐在云南省城为娼告知林福，林福状告于包爷台下。包公遂即差人同林福随汤瑄径往云南省城，拘拿春莲、许达两人还家，包公鞫问明白，把春莲当官嫁卖，财礼悉付林福收领；拟许达徒罪；方礼反坐诬告；林福无辜放归；仍给官银三两赏赐汤瑄。即判道：

审得方氏，水性漂流，风情淫荡。常赴桑中之约，屡经濮上之行。其夫闻知有污行，屡屡打骂，理所宜然。夫何顿生逃走之心，不念同衾之意。清早开门，遇见许达；遂匿他家，纵行淫佚。而许达乃奔走仆夫，负贩俗子。投甘言而引尤物，贵丽色而作生涯。将谓觅得爱卿，不愿封侯之贵；哪知拐骗逃妇，安免徙流之役。方礼不咎闺门之有玷，反告女婿之不良。诬以打死，诳以匿尸。妄指他人之毙妾，认为系女之伤骸。告杀命而女犹生；控匿尸而女尚在。虚情可诳，实罪难逃。林福领财礼而另娶，汤瑄受旌赏而奉公。取供存案。

包公判讫。百姓闻之，莫不醉心悦服。

## 九

## 刁船户分审露马脚　宁商人认货凭鼎字

话说苏州府吴县船户单贵,水手叶新,即贵之妹丈,专谋客商。适有徽州商人宁龙,带仆季兴,来买缎绢千有余金,写雇单贵船只,搬货上船。次日,登舟开船,径往江西而去,五日至漳湾艄船。是夜,单贵买酒买肉,四人盘桓而饮,劝得宁龙主仆尽醉。候至二更人静,星月微明,单贵、叶新将船魆魆抽绑,潜出江心深处,将主仆二人丢入水中。季兴昏昏沉醉,不醒人事,被水淹死。宁龙幼识水性,落水时随势钻下,偶得一木缘之,跟水直下,见一只大船悠悠而上,龙高声喊叫救命。船上有一人姓张名晋,乃是宁龙两姨表兄,闻其语系同乡,速令艄子救起,两人相见,各叙亲情。晋即取衣与换,问以何故落水,龙将前事备细说了一遍,晋乃取酒与他压惊。天明,二人另讨一船,知包公巡行吴地,即写状具告:

告为谋命谋财事:肆恶害人,船户若负嵎之虎;离乡陷本,客商似涸水之鱼。身带银千两,一仆随行,来苏贩缎,往贸江西,寻牙雇船装载。不料舟子单贵、水手叶新等,揽身货载,行至漳湾,艄船设酒,苦苦劝醉,将身主仆推入江心。孤客月中来,一篙撑载菰蒲去;四顾人声静,双拳推落碧潭忙。人坠波心,命丧江鱼之腹;伊回渡口,财充饿虎之颐。无奈仆遭淹死,身幸张晋救援。恶喜夜无人知,不思天理可畏。乞准追货断填。上告。

包公接得此状,细审一番。随行牌捕捉,二人尚未回家。公差回禀,即拿单贵家小收监,又将宁龙同监。差捕快谢能、李隽二人即领批径巡水路挨访。岂知单贵二人是夜将货另载小船,将空船扬言被劫,将船寄在漳湾,二人起货往南京发卖。既到南京,将缎绢总掇上铺,得银一千三百两,掉船而回。至漳湾取船,偶遇谢、李二公差,乃问道:"既然回家,可搭我船而去。"谢、李二人毫不言动,同船直回苏州城下。谢、李取出扭锁,将单贵、叶新锁起。二人魂不附体,不知风从何来。乃道:"你无故将我等锁起,有何罪名?"谢、李道:"去见老爷就有分晓。"二人捉入城中,包公正值坐堂,公差将二人犯带进道:"小的领钧旨挨拿单贵一起人犯,带来投到,乞金笔销批。"包公又差四人往船上,将所有尽搬入府来。问:"单贵、叶新,你二人谋死宁龙主仆二人,得银多少?"单贵道:"小人并未谋人,知甚宁龙?"包公道:"方有人说凭你代宁龙雇船往江西。中途谋死,何故强争?"单贵道:"宁龙写船,中途被劫,小人之命险不能保,安顾得他?"包公怒道:"以酒醉他,丢入波心,还这等口硬。可将各打四十。"叶新道:"小人纵有亏心,今无人告发,无赃可证,缘何追风捕影,不审明白,将人重责,岂肯甘心。"包公道:"今日到此,不怕你不甘心。从直招来,免受刑法;如不直招,取夹棍来夹起。"单贵二人身虽受刑,形色不变,口中争辩不一。俄而众兵搬出船上行李,一一陈于丹墀之下。监中取出宁龙来认,中间动用之物一毫不是,银子一两没有,缎绢一匹也无——岂料其银并得宁龙的物件皆藏于船中夹底之下——单贵见陈之物无一样是的,乃道:"宁龙你好负心。是夜你被贼劫,将你二人推入水中,缘何不告贼而诬告我等?你没天理。"龙道:"是夜何尝被贼?你二人将酒劝醉,魆魆将船抽出江中,丢我二人下水，将货寄在人家，故自口强。"包公见二人争辩，一时狐疑，乃思：既谋宁龙，船中岂无一物？岂无银子？千两之货置于何地？乃令放刑收监。

包公次早升堂，取单贵二人，令贵站立东廊，新站立西廊。先呼新问道："是夜贼劫你船，贼人多少？穿何衣服？面貌若何？"新道："三更时分，四人皆在船中沉睡，忽众贼将船抽出江心，一人七长八大，穿青衣，涂脸，先上船来，忽三只小船团团围住，宁龙主仆见贼入船，惊走船尾，跳入水中。那贼将小的来打，小的再三哀告道：'我是船户。'他才放手，尽掠其货而去。今宁龙诬告法台，此乃瞒心昧己。"包公道："你出站西廊。"又叫单贵问道："贼劫你船，贼人多少？穿何衣服？面貌若何？"贵道："三更时分，贼将船抽出江心，四面小船七八只俱来围住，有一后生身穿红衣，跳过船来将宁龙二人丢入水中，又要把小的丢去，小的道：'我非客商，乃是船户。'方才放手，不然同入水中，命亦休矣。"包公见口词不一，将二人夹起。皆道："既谋他财，小的并未回家，其财货藏于何处？"并不招认，无法可施，又令收监。亲乘轿往船上去看，船内皆空，细看其由。见船底有隙，皆无棱角，乃令左右启之。内有暗栓不能启，令取刀斧撬开，见内货物广多，衣服器具皆有，两皮箱皆是银子。验明，抬回衙来，取出宁龙认物。龙道："前物不是，不敢冒认；此物皆是，只是此新箱不是。"包公令取单贵二人道："这贼可恶不招，此物谁的？"贵道："此物皆是客人寄的，何尝是他的？"龙道："你说是他人寄的，皮箱簿账谅你废去，此旧皮箱内左旁有一鼎字号，难道没有？"包公令左右开看，果然有一鼎字号。乃将单贵二人重打六十，熬刑不过，乃招出其货皆在南京卖去，得银一千三百两，分作两箱，二人各得一箱。包公判道：

审得单贵、叶新，干没利源，驾扁舟而载货；贪财害客，因谋杀以成家。

客人宁龙，误写其船。舟行数日，携酒频斟。杯中设饵，腹内藏刀。趁酒醉兮睡浓，一篙抽船离畔；俟更深兮人静，双手推客入江。自意主仆落江中，决定葬于鱼腹；深幸财货入私囊，得以遂其狼心。不幸暮夜无知，犹庆皇天有眼；虽然仆遭溺没，且喜主获救援。转行赴告，俟批诱捉于舟中；真赃未获，巧言争辩于公堂。船底中搜出器物银两，簧舌上招出谋命劫财。罪应大辟，以偿季兴冤命；赃还旧主，以给宁龙宁家。

判讫，拟二凶秋后斩首，余给省发。可谓民奸不终隐伏，而王法悉得其平矣。

## 十 张雅子作联招冤魂　堂侄子具状告谋杀

话说徐隆乃剑州人，家甚贫窘，父丧母存，日食不给。有弟徐清，雇工供母。其母见隆不能任力，终日闲游，时常骂詈，隆觉羞颜。一日，奋然相约知己冯仁，同往云南生意，一去十数余年，大获其利，满载而归。归至本地接迹渡头，天色将晚，只见昔年渡子张杰将船撑接，两人笑容拱手。问道："隆官你去多年不归，想获大利。"徐隆步行负银力倦，微微答道："钱虽积些，所得不多。"遂将雨伞、包袱丢入船舱，响声颇重。张知其云南远回，其包袱内必是有银，陡起枭心，将隆一篙打落水中淹死，天晚无人看见。

杰将包袱密藏归家，一时富贵，渐渐买田创屋。有子名曰张尤，年登七岁，杰单请一师诂训，其师时常对杰称誉道："令郎善诗善对。"杰不深信，至端阳日请先生庆赏佳节。饮至中间，杰道："承先生常誉小儿能为对句，今乃端阳佳节，莫若将此佳节为题以试小儿何如？"先生道："令郎天资隽雅，联句何难？"随口占一联与之对道："黄丝系粽，汨罗江上吊忠魂。"张尤沉思半晌，不能答对。杰甚不悦，先生亦觉无颜。张尤亦羞颜无地。假意厕房出恭，那冤魂就变作一老人在厕房之旁，问张尤道："汝今日为何不悦？"张尤答道："我被父亲叫先生在席上出对考我，甚是难对，故此不悦。"冤魂问道："对句如何？"尤道："黄丝系粽，汨罗江上吊忠魂。"冤魂笑道："此对不难，我为汝对之。"尤道："这等极好。"冤魂对道："紫竹挑包，接迹渡头谋远客。"尤甚欢喜，慌忙奔入席间禀告先生道："先生所出之对，我今对得。"先生不胜欢悦："汝既对得，可速说来。"答道："紫竹挑包，接迹渡头谋远客。"其父骇然失色。先生道："对虽对得，不见甚美。"其父道："此对必是汝请人对的，好好直说出来，免受鞭笞。"其子受逼不过，将那老人代对的事说出。其父问："这老人今还在厕房否？"尤道："不知。"杰慌忙奔看不见，心中自疑：此必是渡头谋死冤魂出现。骇得胆战心惊，胡言乱语，悉以谋死徐隆的事直告先生，不觉被堂侄张奔窃听。奔为昔年与杰争占有仇，次日遂具状出首。董侯准其状词，即差精兵五名密拿张杰赴台鞫问。张杰拿至台下，面无人色，手足无措。董侯知其谋害是实，将杰三拷六问。张杰受刑不过，将谋害徐隆事情一一供招，将杰枷锁入监。次日申明上司，上司包公吊问填命，家业尽追入官，妻子逃走不究。

# 卷之二

一

## 刘都赛观灯害阖家　黄叶菜露底知真凶

话说西京河南府，离城五里有一师家，弟兄两个，家道殷富。长的名官受，二的名马都，皆有志气。二郎现在扬州府当织造匠。师官受娶得妻刘都赛，是个美丽佳人，生下一个儿子，取名金保，年已五岁。其年正月上元佳节，西京大放花灯。刘娘子禀过婆婆，梳妆齐备，打扮得十分俊俏，与梅香、张院公入城看灯。行到鳌山寺，不觉众人喧挤，梅香、院子各自分散。娘子正看灯时，回头不见了伙伴，心下慌张。忽然刮起一阵狂风，将逍遥宝架灯吹落，看灯的人都四下散走，止有刘娘子不识路径。正在惊慌之际，忽听得一声喝道，数十军人随着一个贵侯来到，灯笼无数，却是皇亲赵王，马上看见娘子美貌，心中暗喜，便问："你是谁家女子，半夜在此为何？"娘子诈道："妾是东京人氏，随丈夫到此看灯，适因吹折逍遥宝架灯，丈夫不知哪里去了，妾身在此等候。"赵王道："如今更深，可随我入府中，明日却来寻访。"娘子无奈，只得随赵王入府中来。赵遂着使女将娘子引到睡房，赵王随后进去，笑对娘子道："我是金枝玉叶，你肯为我妃子，享不尽富贵。"那娘子吓得低头无语，寻死无路，怎当得那赵王强横之势，只得顺从，宿却一宵。赵王次日设宴，不在话下。且说张院公与梅香回去见师婆婆说知，娘子看灯失散，不知去向。婆婆与师郎烦恼无及，即着家人入城寻访。有人传说在赵王府里，亦不知的实。

不觉将近一月。刘娘子虽在王府享富贵，朝夕思想婆婆、丈夫、儿子。忽有老鼠将刘娘子房中穿的那一套织成万象衣服咬得粉碎，娘子看见，眉头不展，面带忧容。适赵王看见，遂问道："娘子因甚烦恼？"娘子说知其故。赵王笑道："这有何难，召取西京织匠人来府中织造一件新的便了。"次日，赵王遂出告示。不想师家祖上会织此锦，师郎正要探听妻子消息。听了此语，即便辞了母亲来见赵王。赵王道："汝既会织，就在府中依样造成。"师郎承命而去。令梅香传与娘子，王爷着五个匠人在东廊下织锦。娘子自忖：西京只有师家会织，叔叔二郎现在扬州未回，此间莫非是我丈夫？即抽身来看。那师郎认得是妻子，二人相抱而哭。旁边织匠人各各惊骇，不知其故。不道赵王酒醒，忽不见了刘都赛，因问侍女，知在看匠人织造，赵王忙来廊下看时，见刘娘子与师郎相抱不舍。赵王大怒，即令刀斧手押过五个匠人，前去法场处斩，可怜师郎与四个匠人无罪，一时死于非命。那赵王恐有后累，命五百刽子手将师家门首围了，将师家大小男女尽行杀戮，家财搬回府中，放起一把火来，将房屋烧个干净。当下只有张院公带得小主人师金保出街坊买糕，回来见死尸无数，血流满地，房屋火烧尚未灭。张院公惊问邻居之人，乃知被赵王所害。张院公没奈何抱着五岁主人，连夜逃走扬州报与二官人去了。

赵王回府思忖：我杀了师家满门，尚有师马都在扬州当匠，倘知此事，必去告御状。心生一计，修书一封，差牌军往东京见监官孙文仪，说要除师二郎一事。孙文仪要奉承赵王，即差牌军往扬州寻捉师马都。是夜师马都梦见一家人身上带血，惊疑起来，去请着先生卜卦，占道：大凶，主阖家有难。师马都忧虑，即雇一匹快马，径离了扬州回西京来，行至马陵庄，恰遇着张院公抱着小主人，见了师马都大哭，说其来因。师二郎听罢，跌倒在地，移时方苏，即同院公来开封府告状。师马都进得城来，吩咐院公在茶坊边伺候，自往开封府告状，正遇着孙文仪喝道而过，牌军认得是师马都，禀知文仪。文仪即着人拿入府中，责以擅冲马头之罪，不由分说，登时打死。文仪令人搜捡，身上有告赵王之状。忖道：今日若非我遇见，险些误了赵王来书。又虑包大尹知觉，乃密令四名牌军，将死尸放在篮底，上面用黄菜叶盖之，扛去丢在河里。正值包大尹出府来，行到西门坊，座马不进。包公唤过左右牌军道："这马有三不走：御驾上街不走，皇后、太子上街不走，有屈死冤魂不走。"便差张龙、赵虎去茶坊、酒店打听一遭。张、赵领命，回报："小巷有四个牌军抬一篮黄菜叶，在那里趋避。"包公令捉来问之。

牌军禀道："适孙老爷出街，见我四人不合将黄菜叶堆在街上，每人责了十板，令我等抬去河里丢了。"包公疑有缘故，乃道："我夫人有病，正想黄菜叶吃，可抬入我府中来。"牌军惊惧，只得抬进府里，各赏牌军，吩咐："休使外人知道来取笑，包公买黄菜叶与夫人吃。"牌军拜谢而去。包公令揭开菜叶视之，内有一死尸。因思：此人必被孙文仪所害。令狱卒且停在西牢。

且说那张院公抱着师金保等师马都不来，径往府前上寻，见开封府门首有屈鼓，张院公遂上前连打三下，守军报知包爷。包公吩咐："不许惊他，可领进来。"守军领命，引张院公到厅前。包公问："所诉何事？"张院公逐一从头将师家受屈事情说得明白。包公又问："这五岁孩儿如何走脱？"张院公道："因为思母啼哭，领出买糕与他吃，逃得性命。"包公问："师马都何在？"张院公道："他侵早来告状，并无消息。"包公知其故，便着张院公去西牢看验死尸，张院公看见是师马都，放声大哭。包公沉吟半响，即令备马到城隍庙来，当神祝道："限今夜三更，要放师马都还魂。"祝罢而回。也是师马都命不该死，果是三更复苏。次日，狱卒报知包公，唤出厅前问之，师马都哭诉被孙文仪打死情由，包公吩咐只在府里伺候。思量要赚赵王来东京，心生一计，诈病在床，不出堂数日。

那日，仁宗知道了，即差御院医官来诊视。李夫人道："大尹病得昏沉，怕生人气，免见罢。"医官道："可将金针插在臂膊上，我在外面诊视，即知其症。"夫人将针插在屏风上，医官诊之，脉全不动，急离府奏知去了。包公与夫人议道："我便诈死了，待圣上问我临死时曾有甚事吩咐，只道：'惟荐西京赵王为官清正，可任开封府之职。'"次日，夫人将印绶入朝，哭奏其事，文武尽皆叹息。仁宗道："既临死时荐御弟可任开封府之职，当遣使臣前往迎取赵王。"一面降敕差韩、王二大臣御祭包大尹。是时使命领敕旨前往河南，进赵王府宣读圣旨已毕，赵王听了，甚是欢喜，即点起船只，收拾上任。不觉数日，到东京入朝。仁宗道："包文拯临死荐汝，今朕重封官职，照依他的行事。"赵王谢恩而出。次日，与孙文仪摆列銮驾，十分整齐，进开封府上任。行过南街，百姓惧怕，各各关门。赵王在马上发怒道："汝这百姓好没道理，今随我来的牌军在路上日久，欠缺盘缠，人家各要出绫锦一匹。"家家户户抢夺一空。赵王到府，看见堂上立着长幡。左右禀道："是包大尹棺木尚未出殡。"赵王怒道："我选吉日上任，如何不出殡？"张龙、赵虎报与包公，包公吩咐二人准备刑具伺候，乃令夫人出堂见赵王说知，尚有半个月方出殡。赵王听了，怒骂包夫人不识方便。骂未绝口，旁边转过包公，大喝一声："认得包黑子否？"赵王愕然。包公即唤过张龙、赵虎，将府门关上，把赵王拿下，监于西牢，孙文仪监于东牢。次日升堂，将棺木抬出焚了，东西牢取出赵王、孙文仪两个跪在阶下，两边列着二十四名无情汉，将出三十六般法物，挂起圣旨牌，当厅取过师马都来证，将状念与赵王听了。赵王尚不肯招，包公喝令极刑拷问，赵王受刑不过，只得招出谋夺刘都赛杀害师家满门情由。次及孙文仪，亦难抵讳，招出打死师马都情弊。包公叠成文案，拟定罪名，亲领刽子手押出赵王、孙文仪到法场处斩。次日，上朝奏知，仁宗抚慰之道："朕闻卿死，忧闷累日。今知卿盖为此事诈死，御弟及孙文仪拟罪允当，朕何疑焉？"包公既退，发遣师马都宁家；刘都赛仍转师家守服；将赵王家属发遣为民，金银器物，一半入库，一半给赏张院公，以其有义能报主冤也。

二

# 刘义子冒功成驸马　　崔长青赴京辨真伪

　　话说登州管下一个地名市头镇，居民稠密，人家并靠河岸筑室。为恶者多，行善者少。惟有镇东崔长者好善布施，不与人争。娶妻张氏，性情温柔，治家勤俭。所生一子名崔庆，年十八岁，聪明颖达，父母惜如掌上之珠。忽一日有个老僧来家抄化道："贫僧是五台山云游僧家，闻府中长者好善，特来化斋饭一餐。"崔长者整衣冠出，延那僧人入中堂坐定，崔长者纳头便拜道："有失款迎，万勿见罪。"那僧人连忙扶起道："贫僧不识进退，特候员外见一面。"长者大悦，便令作斋款待僧人，极其丰厚。长者席上问其所来，僧人答以："云游到此，要见员外有一事禀知。"长者举手请道："上人若要化缘或化斋，老拙不敢推阻。"僧人道："足见长者善心。贫僧不为化缘而来。即日本处当有洪水之灾，员外可预备船只伺候走路。敬以此事告知，余无所言。"长者听罢，连连应诺，便问道："洪水之灾何时当见？"僧人道："但见东街宝积坊下那石狮子眼中流血，便要收拾走路。"长者道："既有此大灾，当与乡里说知。"僧人道："你乡皆为恶之徒，岂信此言？就是长者信我逃得此难，亦不免有苦厄累及。"长者问道："苦厄能丧命否？"僧人道："无妨。将纸笔来，我写几句与长者牢记之。"

天行洪水浪滔滔，遇物相援报亦饶；只有人来休顾问，恩成冤债苦监牢。

　　长者看了不解其意。僧人道："后当知之。"斋罢辞去，长者取过十两花银相赠。和尚道："贫僧云游之人，纵有银两亦无用处。"竟不受而去。

　　长者对张氏说知，即令匠人于河边造十数只大船。人问其故，长者说有洪水之灾，造船逃避。众人大笑。长者任众人讥笑，每日令老妪前往东街探石狮子有血流出否。老妪看探日久，往来频数，坊下有二屠夫问其缘故，老妪直告其故。二屠待妪去，自相笑道："世上有此等痴人。天旱若是，有甚么水灾？况那石狮子眼孔里哪讨血出？"一屠相约戏之，明日宰猪，乃血洒在石狮眼中。是日，老妪看见，连忙走回报知，长者即吩咐家人，收拾动用器物，一齐搬上船。当下太阳正酷，日气蒸人。等待长者携得一家老幼登船已毕，黄昏左侧，黑云并集，大雨滂沱，三昼夜不息，河水拥入市头镇。一时间那人民居屋流荡无遗，溺死二万余人。正因乡民作孽太过，天以此劫数灭之，止有崔长者夫妇好善，预得神人救之。那日长者数十大船随洪水流出河口，忽见山岩崩下，有一初生黑猿被溺不能起，长者即令家人取竹竿接之，那猿及岸得生而去。船正行间，又见一树木流来，有鸦巢在上，新乳数鸦飞不起，长者又令家僮取船板托之，那鸦展开两翼各飞将去了。适有湾处，见一人被浪激流下来，口叫救命，长者令人接之。张氏道："员外岂不记僧人所言遇人休顾之嘱。"长者道："物类尚且救之，况人而不恤哉？"竟令家僮取竹竿援之上船，遂取衣服与换。忽次日雨止，长者乃令家僮回去看时，只见洪水过去，尽成沙丘，惟有崔长者房屋，虽被浸损，未曾流荡。家僮报知，长者令工人修整完备如前，携老幼回家。同乡邻里后归者，十有一二而已。长者问那所救之人愿回去否？那人哭道："小人是宝积坊下刘屠之子，名刘英，今被水冲,父母不知存亡,家计尽空,情愿为长者随行执鞭之人,以报救命之恩。"长者道:"既肯留我家下,就作养子看待。"刘英拜谢。

时光似箭,日月如梭,长者回家不觉又有半载。时东京国母张娘娘失去一玉印,不知下落。仁宗皇帝出下榜文,张挂诸州,但有知玉印下落者,官封高职。忽一夜崔长者梦见神人说:"今国母张娘娘失落玉印,在后宫八角琉璃井中。上帝以君有阴德,特来说与你,可着亲儿子去报知,以受高官。"长者醒来,将梦与妻子说知。忽家人来报,登州衙门首有榜文张挂,所说与长者梦中之言相同。长者甚喜,欲令崔庆前去奏知受职。张氏道:"只有一子,岂肯与他远离。富贵有命,员外莫望此事。"刘英近前见父母道:"小儿无恩报答,既是神人报说,我情愿代弟一行,前往京都报知,倘得一官半职,回来与弟承受。"长者欢然,准备银两,打点刘英起程。次日,刘英相辞,长者再三叮咛:"若有好事,休得负心。"刘英领诺而别,上路往东京进发,不一日来到京城,径来朝门外揭了榜文。守军捉见王丞相,刘英先通乡贯姓名,后以玉印下落说知,王丞相即令牌军送刘英于馆驿中伺候。次日,王丞相入朝奏知,仁宗召宫中嫔妃问之,娘娘方记得,因中秋赏月,夜阑,同宫女八角琉璃井边探手取水,误落井中。遂令宫监下井看取,果有之。仁宗宣刘英上殿,问其何知玉印之由。刘英不隐,直以神人梦中所报奏知。仁宗道:"想是你家积有阴德。"遂降敕封英为西厅驸马,以偏后黄娘娘第二公主招之。刘英谢恩,不胜欢喜。过数日,朝廷设立驸马府与刘英居住,当下刘英一时显达,权势无比,就不思量旧恩了。

却说崔长者,自刘英去后将两个月,日夜悬望消息。忽有人自东京来,传说刘英已招为驸马,极其贵显。长者遂分付家人小二同崔庆赴京。崔庆拜辞父母,往东京进发,不一日来到东京,寻店歇下。次日,正访问驸马府,那人道:"前面喝道,驸马来矣。"崔庆立在一边候过了道,恰好刘英在马上端坐,昂昂然来到。崔庆故意近前要与相认，刘英一见崔庆，喝声："谁人冲我马头？"便令牌军捉下。崔庆惊道："哥哥缘何见疏？"刘英怒道："我有什么兄弟？"不由分说，拿进府中，重责三十棍。可怜崔庆，打得皮开肉绽，两腿血流，监入狱中。此时小二在店中得知主人被难，要来看时，不得进去。崔庆将其情哀告狱卒，狱卒怜而济之。崔庆原是富家，每日肉食不绝，一旦受此苦楚，怎生忍得。正在饥渴之际，思想肉食，忽墙外一猿攀树而入，手持一片熟羊肉来献。崔庆俄然记得，此猿好似我父昔日洪水中所救者，接而食之。猿去，过了数日又将物食送进来，如此者不绝。狱卒见了，知其来由，叹道："物类尚有恩义，人反不如。"自是随其来往。又一日，墙外有十数乌鸦集于狱中，哀鸣不已。崔庆亦疑莫非是父所救者，乃对鸦道："尔若怜念我，当代我带书一封寄回吾父。"那鸦识其意，都飞向前。庆即向狱卒借纸笔修了书，系于鸦足上，即飞去，不数日，已飞到其家。正值崔长者与张氏正在说儿子没音信之事，忽鸦飞下，立于身边。长者惊疑，看鸦足上系一封书，长者解下看之，却是崔庆笔迹，内具刘英失义及狱中受苦情由。长者看罢大哭。张氏问知其故，遂痛哭道："当初叫汝莫收留他人，果然恩将仇报，陷我儿子于缧绁之中，怎能得出？"长者道："鸟兽尚知仁义，彼有人心，岂得如此负恩之甚？我只得自往东京走一遭，探其虚实。"张氏道："儿受苦，作急而行。"

次日，崔长者准备行李，辞妻赴京。数日，已到东京，寻店安下。侵早，正值出街访问消息，忽见家人小二，身穿破衣，乞食廊下，一见长者，遂抱之而哭，长者亦悲，问其备细。小二将前情诉了一遍，长者不信，要进府里见刘英一面。小二紧紧抱住，不放他去，恐遭毒手。忽报驸马来了，众人都回避，长者立廊下候之。刘英近前，长者叫道："刘英我儿，今日富贵不念我哉？"刘英看见，认得是崔长者，哪里肯顾盼他，只做不见。长者不肯休，一直随马后赶去，不料已闭上府门，不得进去。长者大恨道："不认我父子且由则可，又将吾儿监禁狱中受苦。"即投开封府告状。正值包公行香转衙，长者跪马头下告状，包公带入府中审问，长者哀诉前情，不胜悲憾。包公令长者只在府廊下居止，即差公牌去狱中唤狱卒来问："有崔庆否？"狱卒复道："某月日监下，狱里饮食不给，极是狼狈。"包公遂令狱卒散诞拘之。

次日，即差人请刘驸马到府中饮酒。刘英闻包公请，即来赴席。包公延入后堂相待，吩咐牌军闭上府门，不许闲杂人走动，牌军领命，便将府门闭止。然后排过筵席，酒至半酣，包公怒道："缘何不添酒来？"厨下报道："酒已尽了。"包公笑道："酒既完了，就将水来斟亦好。"侍吏应诺，即提过一桶水来。包公令将大瓯先斟一瓯与刘英道："驸马大人权饮一瓯。"刘英只道包公轻慢他，怒道："包大尹好欺人，朝廷官员谁敢不敬我？哪有相请用水当酒！"包公道："休怪休怪，众官要敬驸马，偏包某不敬。今年六月间尚饮一河之水，一瓯水难道就饮不得？"刘英听了，毛发悚然。忽崔长者走近前来，指定刘英骂道："负义之贼！今日负我，久后必负朝廷。望大人作主。"包公便令拿下，去了冠带，拖倒阶下，重责四十棍，令其供招。刘英自知不是，吐出实情，招认明白。包公命取长枷系于狱中。次日，具疏奏知。仁宗宣召崔长者至殿前审问，长者将前事奏知一遍，仁宗称羡道："君之重义如此，亲子当受爵禄，朕明日有旨下。"长者谢恩而退。次日，旨下：刘英冒功忘义，残虐不仁，合问死罪；崔庆授武城县尉，即日走马赴任；崔长者平素好善，敕令有司起义坊旌之。包公依旨判讫，请出崔庆，换以冠带，领文凭赴任而去，长者同去任所。是冬将刘英处决。

## 三

## 吴员城偷鞋谋人妻　韩兰英知情自缢死

话说江州城东永宁寺有一和尚，俗姓吴名员城，其性风骚。因为檀越张德化娶南乡韩应宿之女兰英为妻，多年无子情切，恳请求嗣续后，每遇三元圣诞，建设醮祠；凡朔望之日，专请员城在家里诵经。员城见兰英貌美，欲心常动，意图淫奸。晚转寺中，心生一计。次日，瞰德化往外，假讨斋粮为由来至张家，贿托婢女小梅，求韩氏睡鞋一双，小梅悄然窃出与之。员城得鞋，喜不自胜，回到寺中，每日捧着鞋沉吟无奈。适次日张檀越来寺议设醮事，员城故将睡鞋一只丢在寺门，德化拾起，心甚惊疑。既与员城话毕，归家大怒，根究睡鞋，遂将韩氏逐回母家，经官休退。员城闻知计就，潜迹逃回西乡太平原，改姓名为冯仁，蓄发二年，值应宿将兰英改嫁，仁买求邻居汪钦，径往韩宅求姻。宿与钦素交好，遂允其姻，令择吉日过聘，刻期毕姻。钦回复冯仁，即纳彩亲迎，径成婚配。

倏忽韶光掣电，时光正值中秋佳节，月色腾辉，乐声鼎沸，夫妇对饮于亭，两情交畅，仁乐饮沉醉，携妻而笑道："昔非小梅之功，安有今日之乐？"韩氏心疑，询其故，仁将前情一一说出。韩氏听了，敢怒而不敢言。身虽遭仁计袭，心恨冯仁刻骨，酒罢仁睡，时至三

更,自缢而亡。次日,韩应宿闻知,正欲赴县伸冤告状,适遇包公出巡江州,应宿便写状呈告:

> 呈为灭节杀命事:痛女兰英嫁婿张德化为妻,久调琴瑟,无愧唱随。祸遭恶僧吴员城即今更名冯仁者,窥女艾色,买婢窃鞋,陷女私情。致婿坚执七出之条,念女实无一生之路。特原其素抱贞节,又见其事无实据,姑自狐疑,权为收养。岂恶蓄发改名,托邻求配;身实不知,误遭奸计。忽于昨夜威逼身亡,而冤不白。上祈秉三尺之威严,天网不漏;恶必万斩始甘心,哀哀上告。

那时冯仁亦捏虚情抵诉,包公即将两人收监。其夜,坐在后堂,忽然一阵黑风侵人。包公道:"是何怨气?"既而有一女子跪在堂下,包公问道:"汝是何处人氏?有甚冤屈?直对我说。"那女子即将前情诉说一遍,忽然不见。次日,包公坐堂,差张龙、薛霸去禁中取出韩、冯二人审问,即将冯仁捆打,追究睡鞋之事,冯仁心惊色变,俯首无词,只得直招。包公将冯仁家产入官,判断冯仁抵命。自此韩氏之冤得申,远近快之。

四

## 宋秀娘施善落圈套　刘和尚蓄发配佳妻

　　话说东京离城二十里，地名新桥，有一富人姓秦名得，娶南村宋泽之女秀娘为妻。那秀娘性格温柔，幼年知书，年十九岁嫁到秦门，待人御下，调和中馈，甚称夫意。一日，秦得表兄有婚姻之期，着人来请秦得，秦得对宋氏道知，径赴约而去，一连留住数日。宋氏悬望不回，因出门首探望。忽见一僧人远远而来，行过秦宅门首，见宋氏立在帘子下，僧人只顾偷眼视之，不提防石路冻滑，一交跌落于沼中，时冬月寒冻，僧人爬得起来，浑身是水，战栗不能当。秀娘见而怜之，叫他入来在外舍坐定，连忙到厨下烧着一盆火出来与僧人烘着，那僧人满口称谢，就将火烘焙衣服。秀娘又持一瓯热汤与僧人饮。秀娘问其从何而来，和尚道："贫僧居住城里西灵寺，日前师父往东院未回，特着小僧去接，行过娘子门首，不觉路上冰冻石滑，遭跌沼中。今日不是娘子施德，几丧性命。"秀娘道："你衣服既干，可就前去。倘夫主回来见了不便。"僧人允诺，正待辞别而行，恰遇秦得回来，见一和尚坐舍外向火，其妻亦在一边，心下大不乐。僧人怀惧，径抽身走去。秦得入问秀娘："僧人从何而来？"宋氏不隐其故，秦得听了怒道："妇人女子不出闺门，邻里间有许多人，若知尔取火与僧人，岂无议论？我秦得是个清白丈夫，如何容得汝不正之妇？"即令速回母家，"不许再入吾门！"宋氏低头不语，不能辩论，见夫决意要逐他，没奈何只得回归母家。母氏得知弃女之由，埋怨女身不谨，惹出丑声，甚轻贱之。虽是邻里亲族，亦疑其事，秀娘不能自明，悔之莫及，累日忧闷，静守闺门不出。

不觉光阴似箭，日月如梭，在母家有一年余。那僧人闻知宋氏被夫逐出，便生计较，离了西灵寺，还俗蓄发，改名刘意，要图娶宋氏。比发齐，遂投里妪来宋家议亲。里妪先见秀娘之父说道："小娘子与秦官人不睦，故以丑事压之，弃逐离门，未过两月，便娶刘宅女为室。如此背恩负义之人，顾恋他甚么？老妾特来议亲，要与娘子再成一段好姻缘，未知尊意允否？"其父笑道："小女不守名节，遭夫逐弃，今留我家也得安静，嫁与不嫁由他心意，我不做主张。"里妪遂入见其母亲，说知与小娘子议婚的事。其母欢悦，谓妪道："我女儿被逐来家有一年余，闻得前夫已婚，往日嫌疑未息，既有人议婚，情愿劝我女出嫁，免得人再议论。"里妪见允，即回报刘意，刘意暗喜。次日，备重聘于宋家纳姻。秀娘闻知此事，悲哀终日，饮食俱废，争奈被母所逼，推托不地，只得顺从。花烛之夜，刘意不胜欢喜，亲戚都来作贺，待客数日，刘意重谢里妪不提。

却说秀娘虽则被前夫所逐，自谓实无污行，亦望久后仍得团圆，谁想已失身他人。刘意虽则爱恋秀娘，秀娘终日还思念前夫不忘。将有半载，一日，刘意为知己邀饮，甚醉而归，正值秀娘在窗下对镜而坐，刘意原是个僧人，淫心狂荡，一见秀娘，乘醉兴抱住，遂戏道："汝能认得我否？"秀娘答道："不能认。"刘意道："独不记得被跌沼中，多得娘子取火来与之烘衣那个僧人乎？"秀娘惊问："缘何却是俗家？"刘意道："汝虽聪明，不料吾计。当日闻汝被夫弃归母家，我遂蓄发，遣里妪议亲，不意娘子已得在我枕边。"秀娘听了，大恨于心。过了数日，逃归见父说知此情。其父怒恨道："我女儿施德于你，你反生不良。"遂具状径赴开封府衙呈告。包公差公牌拘得刘意、宋氏来证。刘意强辩不认，再拘西灵寺僧人勘问，的是寺中逃离之徒还俗是真。包公令取长枷监于狱中，遂判道：

  失脚遭跌，已出有心；蓄发求亲，真大不法。

  遂将刘意决杖刺配千里；宋氏断回母家。秦得知其事，再遣人议续前姻，秀娘亦绝念，不思归家。于是宋氏之名节方雪。

五

# 葛富户恤龟得昭雪　陶歹人杀友示锦囊

　　话说浙西有一人姓葛名洪，家世富贵。葛洪为人最是行善。一日，忽有田翁携得一篮生龟来卖。葛洪问田翁道："此龟从何得来？"田翁道："今日行过龙王庙前窟中，遇此龟在彼饮水，被我罩得来送与官人。"葛洪道："难得你送来卖与我。"便将钱打发田翁走去，令安童将龟蓄养厨下，明日待客。是夜，洪持灯入厨下，忽听似有众人喧闹之声。葛洪怪疑道："家人各已出外房安歇去了，如何有喧闹之声不息？"遂向水缸边听之，其声出自缸中。洪揭开视之，却是一缸生龟在内喧闹。葛洪不忍烹煮，次日侵早，令家童将此龟放在龙王庙潭中去了。

　　不两月间，有葛洪之友，乃邑东陶兴，为人狠毒奸诈，独知奉承葛洪，以此葛洪亦不疏他。一日，葛洪令人请陶兴来家，设酒待之，饮至半酣，葛洪于席中对陶兴道："我承祖上之业，颇积余财，欲待收些货物前往西京走一遭，又虑程途险阻，当令贤弟相陪。"兴闻其言便欲起意，故作笑容答道："兄要往西京，水火之中亦所不避，即当奉陪。"洪道："如此甚好。但此去卢家渡有七日旱路，方下船往水程而去，汝先于卢家渡等候，某日我装载便来。"陶兴应承而去。比及葛洪妻孙氏知其事，欲坚阻之，而洪行货已发离本地了。临起身，孙氏以子年幼，犹欲劝之，葛洪道："吾意已决，多则一年，少则半载便回。汝只要谨慎门户，看顾幼子，别无所嘱。"言罢，径登程而别。那陶兴先在卢家渡等了七日，方见葛洪来到，陶兴不胜之喜，将货物装于船上，对葛洪道："今天色渐晚，与长兄前往前村少饮几杯，再回渡口投宿，明早开船。"洪依其言，即随兴向前村黄家店买酒而饮，陶兴连劝几杯，不觉醉去。时已黄昏左侧，兴促回船中宿歇，葛洪饮得甚醉，同陶兴回至新兴驿，路旁有一口古井，深不见底。陶兴探视，四顾无人，用手一推，葛洪措手不及，跌落井中。可怜平素良善，今日死于非命。陶兴既谋了葛洪，连忙回至船中，唤觅艄子，次日侵早开船去了。及兴到得西京，转卖其货时，值价腾涌，倍得利息而还，将银两留起一半，一半径送到葛家见嫂孙氏。孙氏一见陶兴回来，就问："叔叔，你兄为何不同回来？"陶兴道："葛兄且是好事，逢店饮酒，但闻胜境便去游玩。已同归至汴河，遇着相知，携之登临某寺，我不耐烦，着先令带银两回交，尊嫂收之，不多日便回。"孙氏信之，遂备酒待之而去。过二日，陶兴要遮掩其事，生一计较，密令土工死人坑内拾一死不多时之尸，丢在汴河口，将葛洪往常所系锦囊缚在腰间。自往葛宅见孙氏报知："尊兄连日不到，昨听得过来者道，汴河口有一人渡水溺死，暴尸沙上，莫非葛兄？可令人往视之。"孙氏听了大惊，忙令安童去看时，认其面貌不似，及见腰间系一锦囊，遂解下回报孙氏道："主人面貌腐烂难辨，惟腰间系一物，特解来与主母看。"孙氏一见锦囊悲泣道："此物吾母所制，夫出入常带不离，死者的是我夫无疑了。"举家哀伤，乃令亲人前去用棺木贮讫。陶兴看得葛家作超度功课完满后，径来见孙氏抚慰道："死者不复生，尊嫂只小心看顾侄儿长大罢了。"孙氏深感其言。

　　将近一年余，陶兴谋得葛洪资本，置成大家，自料其事再无人知。不意包公因省风谣，经过浙西，到新兴驿歇马，正坐公厅，见一生龟两目睁视，似有告状之意。包公疑怪，遂唤军牌随龟行去，离公厅一里许，那龟遂跳入井中，军牌回报包公。包公道："井里必有缘故。"即唤里社命工人下井探取，见一死尸，吊上来验之，颜色未变。及勘问里人可认得此尸是哪里人，皆不能识。包公谅是枉死，令搜身上，有一纸新给路引，上写乡贯姓名明白。包公记之，即差李超、张昭二人径到其县拘得亲人来问，云是某日因过汴河口被水溺死。包公审问愈疑道："彼既溺于河，却又在井里，安得一人有两处死之理。"再唤其妻来问之，孙氏诉与前同，包公令认其尸，孙氏见之，抱而痛哭："这正是妾的真夫！"包公云："彼溺死者何人说是汝夫？"孙氏道："得夫锦囊认之，故不疑也。"包公令看身上有锦囊否？及孙氏寻取，不见锦囊。包公细询其来历，孙氏将那日同陶兴往西京买卖之情诉明。包公道："此必是陶兴谋杀，解锦囊系他人之尸，取信于汝，瞒了此事。"复差李、张前去拘得陶兴到公厅根勘。陶兴初不肯招，包公令取死尸来证，兴惊惧难抵，只得供出谋杀之情，叠成文案，将陶兴偿命，追家财给还孙氏。将那龟代夫伸冤之事说知孙氏，孙氏乃告以其夫在日放龟之由。包公叹道："一念之善，得以报冤。"乃遣孙氏将夫骸骨安葬。后来葛洪之子登第，官至节度使。

六

# 谢思泉绝处遭祸殃　砍柴郎贯恶谋财命

　　话说江阴有一布客，姓谢名思泉，从巴州发布回家，打从捷路苦株地经过，一路崎岖，五里无人，山大无比。其山凹中有一人家姓谭，兄弟二人，假以讨柴营生。兄名贵一，弟名贵二，二人人面兽心，凡遇孤客经过，常常谋劫。思泉正欲借问路程，望见二人远远而来，忙近前唱个喏道："大哥休怪。此去江阴还有几日路程？"贵一答道："只有三日之遥。"贵二便问："客官从何处来？"泉答道："小弟巴州发布回来，到此失路，望二兄相引。"二人指道："那山凹小路可去。"泉只道二人是樵子，不在意下。来到前途，又是峻岭难攀，只得等人问路。不觉贵一兄弟赶到，将刀挥中思泉后脑，鲜血淋漓，气绝而死，二人将尸埋在山旁。当得银千两，兄弟归家将银均分，半年未露。

　　包公出巡巴州，从苦株地经过，行至半路间，忽听鸟音连唤："孤客孤客，苦株林中被人侵克！"包公遂转镇抚司安歇，差张龙、李虎寻到鸟叫之去所，看是甚么冤枉。张、李领命去到苦株林，仍见那鸟叫声如前，即看那鸟所在寻个踪迹，只见山凹土穴露出死人尸首。张、李回报，包公大惊。是夜，凭几而卧，梦见一人散发泣于案前，歌绝句云：

言身寸号是咱门，田心白水出江阴。流出巴州浪漂泊，砥柱中流见山凹。桂花有意逐流水，潭涯绝地起萧墙。若非文曲星台照，怎得鳌鱼上钓钩？

歌罢又诉道："小人银两俱编《千字文》号，大人可差人去他床下搜取，便见明白。"诉讫，乃含泪而去。包公遂会其意，待天明升堂，差张、李二人径往苦株林，牌拘贵一、贵二到堂审究。喝道："你兄弟假以砍柴为由，惯恶谋人，好生细招，免受重刑。"二人强辩不认。又差赵虎、李万往他家床下搜出白银若干，包公将银细看，果编得有字号，遂骂道："劫银在此，还不直招！"令左右将兄弟捆打一番。二人受刑不过，只得从实招认。于是唤张龙、李虎押贵一兄弟二人去法场，斩首悬挂巴州门，晓谕示众，其家抄洗，银物入官。

七

# 汪家人害主设奸计　吴十二求友临江亭

话说开封府有一富家吴十二,为人好交结名士。娶妻谢氏,容貌风情极侈。吴十二有个知己韩满,是个轩昂丈夫,往来其家甚密。谢氏常以言挑之,韩满以与吴友交厚,敬之如嫂,不及于乱。一日冬残,雪花飘扬,韩满来寻吴友赏雪。适吴十二庄上未回,谢氏闻知韩满来到,即出见之,笑容可掬,便邀入房中坐定,抽身入厨下,整备酒食进来与韩满吃,坐在下边相陪。酒至半酣,谢氏道:"叔叔,今日天气甚寒,婶婶在家亦等候叔叔回去同饮酒否?"韩满道:"贱叔家贫,薄酌虽有,不能够如此丰美。"谢氏有意劝他,饮了数杯,淫兴勃然,斟起一杯起身送与韩满道:"叔叔,先饮一口看滋味好否?"韩满大惊道:"贤嫂休得如此。倘家人知之,则朋友伦义绝矣。从今休要这等。"说罢推席而起。走出门,正遇吴十二冒雪回来,见韩满就欲留住。韩满道:"今日有事,不得与兄长叙话。"径辞而去。吴十二入见谢氏问:"韩故人来家,如何不留待之?"谢氏怒道:"汝结识得好朋友,知汝不在家故来相约,妾以其往日好意,备酒待之,反将言语戏妾,被我叱几句,没意思走去。问他则甚?"吴十二半信半疑,不敢出口。过了数日,雪霁天晴,韩满入城来,恰遇吴友在街头过来,韩满近前邀入店中饮酒。满乃道："兄之尊嫂是个不良之妇，从今与兄不能相会于家，恐遭人有嫌疑之诮。"吴十二道："贤弟何出此言？就是嫂有不周之言，当看我往日情分，休要见外。"韩满道："兄长门户自宜谨密，只此一言，余无所嘱。"饮罢，各散而去。

次年春，韩满有舅吴兰在苏州贩货，有书来约他，满要去，欲见吴十二相辞，不遇径行，比及吴友知之，已离家四日矣。

吴十二有家人汪吉，人才出众，言语捷利，谢氏爱他，与之通奸，情意甚密。一日，吴十二着汪吉同往河口收讨账目，汪吉因恋谢氏之故，推不肯去，被吴十二痛责一番，只得准备行李，临起身，入房中见谢氏商议其事。谢氏道："但只要你有计较谋害了他，回来我自有主张。"汪吉欢喜领诺，同主人离家，在路行了数日，来到九江镇，问往日相识李二艄讨船，渡过黑龙潭，靠晚泊船龙王庙前，买香纸做了神福。汪吉于船上小心服侍，吴十二饮得甚醉。李二艄都去歇息。半夜时，吴十二要起来小便，汪吉扶出船头，乘他宿酒未醒，一声响，推落在江中，故意惊叫道："主人落水！"比及李二艄起来看时，那江水深不见底，又是夜里，如何救得！挨到天明，汪吉对李二艄道："没奈何，只得回去报知。"李二艄心中生疑，吴某死必不明。撑回渡船自去。汪吉忙走回家，见谢氏密道其事。谢氏大喜，虚设下灵席，日夜与汪吉饮酒取乐，邻里颇有知者，隐而不言。

话分两头，再说韩满。因暮春时景，偶出镇口闲行，正过临江亭，远远望见吴十二来到，韩满认得，连忙近前携住手道："贤兄因何来此？"吴十二形容枯槁，皱了双眉，对韩满道："自贤弟别后，一向思慕。今有一事投托，万望勿阻。"韩满道："前面亭上少坐片时。"遂邀到亭上坐定，乃道："日前小弟因母舅书来相约，正待要见兄长一辞，不遇径行。今幸此会，为何沉闷不乐？"吴十二泣下道："当日不听贤弟之言，惹下终天之别，一言难尽。"韩满不知其死，乃道："兄长烈烈丈夫，为何出此言？"吴十二道："贤弟休惊。自那日相别之后，如此如此。"韩满听了，毛骨悚然，抱住吴十二道："贤兄此言是梦中耶？如果有此事情，必不敢负。且问，当夜落水之时可有人知否？"吴十二道："镇江口李二艄颇知。吾与贤弟幽明之隔，再难会面，今且从此别矣。"道罢，韩满忽身便倒，昏迷半晌方醒。比寻故人，不见所在，连忙转苏州店中见母舅道："家下有信来催促，特来辞别，回去无事便来。"吴兰挽留不住。比及回到乡里访问，吴友已死过六十日矣。韩满备了香纸至灵前哭奠一番。谢氏恨之，不肯出见。

韩满回家，思量要去告状，又没有头绪，复来苏州见母舅，道知故人冤枉之事。吴兰道："此他人事，又无对证，莫惹连累。"韩满笑道："愚甥与吴友结交，有生死之誓，只因不良嫂在，以此疏阔。近日曾以幽灵托我，岂可负之！"吴兰道："既如此，即日包大尹往边关赏劳，才回东京。具状申诉，或能伸雪。"满依其言，连夜来东京，侵早入府告状。包公审问的实，即差公牌拿得汪吉及谢氏当厅勘问。汪吉、谢氏争辩，不肯招认，究问数日，未能断决。包公思量通奸之弊的有，谋死主人未得证见，他如何肯招？乃密召韩满问道："汝故人既有所托，曾言当日渡艄是谁？"韩满道："镇江口李二艄也。"包公次日差黄兴到镇江口拘得李二艄来衙，问其情由。李二艄道："某日夜深，落水之后，彼家人叫知，待起来时，救不及矣。"包公遂取出人犯当厅审究。汪吉见李二艄在旁边，便有惧色，不用重刑拷究，只得从直招出，叠成案卷。将汪吉、谢氏押赴法场处斩；给了赏钱与李二艄回去；韩满有故人之义，能代申冤枉，访得吴十二有女年十四岁，嫁与韩满之子为妻，将家资器物尽与女儿承其家业，以不负异姓而骨肉云。

## 八

## 淫妇人插钉杀亲夫　陈土工验尸问杨氏

　　话说包公守东京之日，治下宁静，奸宄敛迹，每以判断为心，案牍不致留滞。皇祐元年正月十五日，包公同胥吏去城隍庙行香毕，回到白塔前巷口经过，闻有妇人哭丈夫声，其声半悲半喜，并无哀痛之情，包公暗记在心，回衙即唤值堂公差郑强问道："适来白塔前巷口有一妇人哭着甚么人？"强告道："是谢家巷口刘十二日前死了，他妻吴氏在家中哭。"包公心上忖道：这人定死得不明。莫是吴氏谋了丈夫性命，不然哭声如何半悲半喜？便差人去拘吴氏来，问其夫因何身死？吴氏供道："妾身夫主刘十二以卖小菜为生，忽于前月气疾身死，埋在南门外五里牌后，因家中有小儿子全无倚赖，以此悲哭。"包公听了，看那妇人脸上似搽脂粉，想：他守服如何还整容颜？随唤着土工陈尚押吴氏同去坟所，启棺检验丈夫有无伤痕。土工回报："刘十二身上并无伤痕，病死是实。"包公拍案怒道："陈尚隐匿情弊，故来我跟前遮掩，限三日内若不明白，决不轻恕。"陈尚回家忧愁，双眉不展。其妻杨氏问尚有何事忧愁，尚以此事告知。杨氏道："曾看死人鼻中否？"尚道："此人原是我收殓，鼻中未看。"杨氏道："闻得人曾用铁钉插人鼻中，坏了人性命。何不勘视此处？"尚亦狐疑，即依妻言再去看验，刘十二鼻中果有铁钉二个，从后脑发中插入，遂取钉来呈知。包公便将吴氏勘审，吴氏初不肯招，及上起刑具，只得招认为与张屠户通奸，恐丈夫知觉，不合谋害身死情由。案卷既成，遂判吴氏谋害亲夫，押赴市曹处斩；张屠奸人妻小，因致人死，发问军罪。判断已定，司吏依令施行。

再说包公当下又究问陈尚："是谁人教你如此检验？"尚禀道："当日小人领命前去检看，刘十二尸身并无伤痕。台前定要在小人身上根究，回家忧闷，不料小人妻子倒有见识，教我如此检验，果得明白。"包公道："汝妻有如此见识，不是个等闲妇人，可唤来给赏。"不多时唤杨氏来到，赐以钱五贯，酒一瓶，杨氏欢喜拜受。方欲出衙，包公唤转问道："当初陈尚与你是结发夫妻，还是半路夫妻？"杨氏道："妾身前夫早亡，再嫁与陈尚为妻。"包公又问："前夫姓甚名谁？"答道："姓梅名小九。"包公道："得何病身死？"杨氏见包公问得情切，不觉失色，勉强对道："他染疯癫病而死，埋在南门外乱葬冈上。"包公道："你前夫也死得不明。"便差王亮押杨氏同去坟所，检验梅小九尸骨。杨氏思量道：乱葬岗有多少坟墓，终不然个个人鼻中有钉？遂乃胡乱指一个别人的坟墓与差人，掘开视之，并无伤痕，检验鼻中，又无缘故。杨氏道："人称包老爷如秋月之明，今日此事直欲逼人于死地。"王亮正没奈何之际，忽见一个老人，年七十余岁，扶杖而行，前来问亮在此何事。亮告道，如此如此。老人听了，指着杨氏道："你休要胡指他人坟墓，枉抛了别人骸骨，教你一干人受罪。"便指与王亮道："这便是梅小九坟墓。"言讫，化阵清风而去。亮遂掘开取棺检验，果见鼻中有两个钉。亮便押了杨氏回报。包公遂勘得杨氏亦曾谋杀前夫是实，将杨氏押赴市曹处斩，闻者无不称奇。

九

## 三屠夫被告无姓名　一血衫叫街识真的

话说包公守肇庆之日，离城三十里有个地名宝石村，村中黄长老家颇富足，祖上惟事农业。生有二子，长曰黄善，次曰黄慈。善娶城中陈许之女琼娘为妻，琼娘性格温柔，自过黄家门后，奉事舅姑极尽孝道，未及一年。忽一日，陈家着小仆进安来报琼娘道："老官人因往庄中回来，偶染重疾，叫你回来看他几日。"琼娘听说是父亲染病，如何放心得下，吩咐进安入厨下酒饭，即与丈夫说知："吾父有疾，着人叫我看视，可对公婆说，我就要一行。"黄善道："目下正值收割时候，工人不暇，且停待数日去未迟。"琼娘道："吾父卧病在床，望我归去，以日为岁，如何等得？"善因意要阻他，不肯放他去。琼娘见丈夫阻他，遂闷闷不悦，至夜间思忖：吾父只生得我一人，又无兄弟倚靠，倘有差失，悔之晚矣。不如莫与他知，悄悄同进安回去。

次日侵早，黄善径起去赶人收稻子。琼娘起来，梳妆齐备，吩咐进安开后门而出。琼娘前行，进安后随。其时天色尚早，二人行上数里，来到芝林，雾气漫漫，对面不相见。进安道："日还未出，雾又下得浓，不如入村子里躲着，待雾露散而行。"琼娘是个机警女子,乃道:"此处险僻,恐人撞见不便,可往前面亭子上去歇。"进安依其言。正行间,忽前面有三屠夫要去买猪,亦赶早来到,恰遇见琼娘,见他头上插戴金银首饰极多,内有姓张的最凶狠,与二伙伴私道:"此娘子想是要入城去探亲,只有一小厮跟行,不如劫了他的首饰来分,胜做几日生意。"一姓刘的道:"此言极是。我前去将那小厮拿住,张兄将女子眼口扪了,吴兄去夺首饰。"琼娘见三人来的势头不好,便将首饰拔下要藏在袖中,径被吴某用手抢入袖中去,琼娘紧紧抱住,哪肯放手。姓张的恐遇着人来不便,抽出一把屠刀将女子左手砍了一刀,女子忍痛跌倒在地,被三人将首饰尽行夺去。进安近前来看时,琼娘不省人事,满身是血,连忙奔回黄家报知。正值黄善与工人吃饭,听得此消息,大惊道:"不听我言,遭此毒手。"慌忙叫三四人取轿来到芝林,琼娘略醒,黄善便抱入轿中,抬回家下看时,左手被刀伤,吩咐家人请医调治,一面具状领进安入府哭诉包公。

　　包公看状没有姓名,乃问进安:"汝可认得劫贼人否?"进安道:"面貌认他众人不着,像是伙买猪屠夫模样。"包公道:"想贼人不在远处,料尚未入城。"吩咐黄善去取他妻子那一件血染短衫来到,并不与外人扬知。乃唤过值堂公皂黄胜,带着生面人,教他将此短衫穿着,可往城中遍街去喊叫,称道,今早过芝林,遇见三个屠夫被劫,一屠夫因为贼斗,杀死在林中,其二伴各自走去了。胜依教,领着一生面人穿着血染短衫,满城去叫,行到东巷口张蛮门首,其妻朱氏闻说,连忙走出门来问道:"我丈夫侵早出去买猪,不知同哪个伙伴去,又没人问个的实。"胜听见,就坐在对门酒店中等着。张屠至午后恰回来,被胜走近前一把抓住,押来见包公,随即搜出金银首饰数件。包公道:"汝快报出同伙伴来,饶汝的罪。"张蛮只得报出吴、刘二屠夫。包公即时差黄胜、李宝分头去捉。不多时拿得吴、刘二屠夫解来,吴、刘初则不知官府捉他根由,及见张蛮跪于厅下,惊得哑口无言,亦搜出首饰各数件,三人抵赖不过,只得从直招供谋夺之情。着司吏叠成案卷,拟判张蛮三人皆问斩罪;给还首饰与黄善收讫去。后来琼娘亦得名医医好,仍与黄善夫妇团圆。

十

## 两光棍撮谷屡得手　一靛子作记追贼身

话说许州有光棍，一名王虚一，一名刘化二，专一诈骗人家，又学得撮抟之术。二人探得南乡富户蒋钦谷积千仓，遂设一计，将银十两，径往他家籴谷。来到蒋家见了蒋钦道："在下特来向翁籴些谷子。"蒋钦道："将银来看。"虚一递过银十两，蒋钦收了，即唤来保开仓发谷二十担付二位客人去。二人得谷暗喜，遂用摄法将谷撮将去了。又假行了半里，将谷推回还钦，说是吃了亏，要退银别买。蒋钦看谷入仓，付还原银。那二人得了原银，遂将钦谷一仓尽行撮去。忽有佃夫张小一在路遇见，来到蒋家道："恭喜官人，粜了许多谷，得了若干银两。"蒋钦回说："没有粜得。"小一道："我明明遇见推去许多车子，官人何故瞒我？我闻得有一起撮抟的，休要被他撮了去！"钦大惊疑，忙唤来保开仓来看，只见一仓之谷全无半粒。蒋钦大惊，遂具状投告开封府，包公准状，发钦且回。

次日，乃发义仓谷二百担，内放青靛为记，装载船上，扮作湖广客人，径往许州来粜。到了许州河下，那虚一、化二闻知，径来船上拜访，动问客官何处来的。包公道："在下湖广姓尤名喜，敢问二籴户尊姓名？"二人直答道："在下王虚一、刘化二，特来与尊客籴些谷子。"包公道："借银来看。"当时虚一递出银子，议定价钱，发谷二十余车布在岸上。那二人见了谷，先撮将去了。少顷，那二人假相埋怨，说是籴亏了，将谷退回还尤客人，取银另买。包公遂付还原银，看将原谷搬入船仓。等待那二人去后，开舱板验看，一船之谷并无一粒。

包公回衙，心生一计，出示晓谕百姓，建立兴贤祠缺少钱粮，有民出粮一百担者，给冠带荣身；出谷三百担者，给下帖免差。令耆老各报乡村富户。当时王虚一、刘化二抟得谷上千余担，有耆老不忿他家谷多，即报他在官。他二人欲图免差，虽被耆老报作富户，自以为庆。包公见报王虚一等名，即差薛霸牌唤他到厅领取下帖。那二人见了牌上领帖二字，遂集人运谷来府交割。包公见谷内有靛子，果然是我原谷，喝问："王虚一、刘化二，你乃是有名光棍，今日这多谷从何而来？"王、刘二人道："是小人收租来的。"初不肯认，包公骂道："这贼好胆大。你前次抟去蒋钦谷，后又抟我的谷，还要硬争。这谷我原日放有靛子作记，你看是不是？"便令左右将虚一、化二捆打一百，二人受刑不过，一款招认。包公便将二人拟徒，追还义仓原谷，并追还蒋钦之谷，人共称快。

# 卷之三

一

## 彭监生丢妻做裁缝　王明一知情放生路

　　话说山东有一监生,姓彭名应凤,同妻许氏上京听选,来到西华门,寓王婆店安歇,不觉选期还有半年。欲要归家,路途遥远,手中空乏,只得在此听候。许氏终日在楼上刺绣枕头、花鞋,出卖供馔。时有浙江举人姚弘禹,寓褚家楼,与王婆楼相对,看见许氏貌赛桃花,径访王婆问道:"那娘子何州人氏?"王婆答道:"是彭监生妻室。"禹道:"小生欲得一叙,未知王婆能方便否?"王婆知禹心事,遂萌一计,答道:"不但可以相通,今监生无钱使用,肯把出卖。"禹道:"若如此,随王婆区处,小生听命。"话毕相别。王婆思量那彭监生今无盘费,又欠房银。遂上楼看许氏,见他夫妇并坐。王婆道:"彭官人,你也去午门外写些榜文,寻些活计。"许氏道:"婆婆说得是,你可就去。"应凤听了,随即带了一枝笔,前往午门讨些字写。只见钦天监走出一校尉,扯住应凤问道:"你这人会写字么?"遂引应凤进钦天监见了李公公,李公公唤他在东廊抄写表章。至晚,回店中与王婆、许氏道:"承王婆教,果然得入钦天监李公公衙门写字。"许氏道:"如今好了,你要用心。"王婆听了此言,喜不自胜,遂道:"彭官人,那李公公爱人勤谨,你明日到他家去写,一个月不要出来,他自敬重你,日后选官他亦扶持。娘子在我家中，不必挂念。"应凤果依其言，带儿子同去了，再不出来。王婆遂往姚举人下处说监生卖亲一事，禹听了此言大悦，遂问王婆几多聘礼。王婆道："一百两。"禹遂将银七十，又谢银十两，俱与王婆收下。王婆道："姚相公如今受了何处官了？"禹道："陈留知县。"王婆道："彭官人说叫相公行李发船之时，他着轿子送到船边。"禹道："我即起程去到张家湾船上等候。"王婆雇了轿子回见许氏道："娘子，彭官人在李公公衙内住得好了，今着轿子在门外，接你一同居住。"许氏遂收拾行李上轿，王婆送至张家湾上船。许氏下轿见是官船俟候迎接他，对王婆道："彭官人接我到钦天监去，缘何到此？"王婆道："好叫娘子得知，彭官人因他穷了，怕误了你，故此把你出嫁于姚相公，相公今任陈留知县，又无前妻，你今日便做奶奶可不是好！彭官人现有八十两婚书在此，你看是不是？"许氏见了，低头无语，只得随那姚知县上任去了。

彭监生过了一月出来，不见许氏，遂问王婆。王婆连声叫屈："你那日叫轿子来接了他去，今要骗我家银，假捏不见娘子诓我。"遂要去投五城兵马。那应凤因身无钱财，只得小心别过王婆，含泪而去。又过半年，身无所倚，遂学裁缝。一日，吏部邓郎中衙内叫裁缝做衣，遇着彭应凤，遂入衙做了半日衣服。适衙内小仆进才递出二馒头来与裁缝当点心，应凤因儿子睡浓，留下馒头与他醒来吃。进才问道："师傅你怎么不用馒头？"应凤将前情一一对进才泣告，我今不吃，留下与儿子充饥。进才入衙报知夫人。彼时那邓郎中也是山东人氏，夫人闻得此言，遂叫进才唤裁缝到屏帘外问个详细，应凤仍将被拐苦情泣诉一番。夫人道："监生你不必做衣，就在衙内住，俟候相公回，我对他讲你的情由，叫他选你的官。"不多时邓郎中回府，夫人就道："相公，今日裁缝非是等闲之人，乃山东听选监生，因妻子被拐，身无盘费，故此学艺度日，老爷可念乡里情分，扶持他一二。"郎中唤应凤问道："你既是监生，将文引来看。"应凤在胸前袋内取出文引，郎中看了，果然是实，道："你选期在明年四月方到。你明日可具告远方词一纸，我就好选你。"应凤大喜，写词上吏部具告远方。邓郎中径除他做陈留县县丞。应凤领了凭往王婆家辞行。王婆问："彭相公恭喜，今选哪里官职？"应凤道："陈留县县丞。"王婆忽然心中惶惶无计，遂道："相公，你大官在我家数年，怠慢了他。今取得一件青布衣与大官穿，我把五色绢片子代他编了头上髻子。相公几时启程？"应凤道："明日就行。"应凤相别而去。

王婆唤亲弟王明一道："前日彭监生今得官，邓郎中把五百两金子托他寄回家里，你可赶去杀了他头来我看。劫来银子，你拿二分，我受一分。"明一依了言语，星夜赶到临清，喝道："汉子休走！"拔刀就砍，只见刀望后去。明一道："此何冤枉？"遂问："那汉子，曾在京师触怒了何人？"应凤泣告王婆事情，明一亦将王婆要害之事说了一番，遂将孩儿头发编割下，应凤又把前日王婆送的衣服与之而去。明一回来见王婆道："彭监生是我杀了，今有发编、衣服为证。"王婆见了，心中大喜，道："祸根绝矣！"

应凤到了陈留上任数月，孩儿游入姚知县衙内，夫人见了：这儿子是我生的，如何到此？又值弘禹安排筵席，请二官长相叙，许氏屏风后觑看，果是丈夫彭生，遂抢将出来。应凤见是许氏，相抱大哭一场，各叙原因。时姚知县吓得哑口无言。夫妇二人归衙去了，母子团圆。应凤告到开封府，包公大怒，遂表奏朝廷，将姚知县判武林卫充军；差张龙、赵虎往京城西华门速拿王婆到来，先打一百，然后拷问，从直招了，押往法场处斩。大为痛快。

二

# 孙氏子下毒害张虚　谢厨子招认求宽恕

　　话说包公在陈州赈济饥民，事毕，忽把门公吏入报，外面有一妇人，左手抱着一个小孩子，右手执着一张纸状，悲悲切切称道含冤。包公听了道："吾今到此，非只因赈济一事，正待要体察民情，休得阻挡，叫他进来。"公人即出，领那妇人跪在阶下。包公遂出案看那妇人，虽是面带惨色，其实是个美丽佳人。问："汝有何事来告？"妇人道："妾家离城五里，地名莲塘。妾姓吴，嫁张家，丈夫名虚，颇识诗书。近因交结城中孙都监之子名仰，来往日久，以为知己之交。一日，妾夫因往远处探亲，彼来吾家，妾念夫蒙他提携，自出接待。不意孙氏子起不良之意，将言调戏妾身，当时被妾叱之而去。过一二日，丈夫回来，妾将孙某不善之意告知丈夫，因劝他绝交。丈夫是读书人，听了妾言，发怒欲见孙氏子，要与他定夺。妾又虑彼官家之子，又有势力，没奈何他，自今只是不睬他便了。那时丈夫遂绝不与他来往。将一个月，至九月重阳日，孙某着家人请我丈夫在开元寺中饮酒，哄说有甚么事商议。到晚丈夫方归，才入得门便叫腹痛，妾扶入房中，面色变青，鼻孔流血。乃与妾道：'今日孙某请我，必是中毒。'延至三更，丈夫已死。未过一月，孙某遣媒重赂妾之叔父，要强娶妾，妾要投告本府，彼又叫人四路拦截，道妾若不肯嫁他，要妾死无葬身之地。昨日听得大人来此赈济，特来诉知。"包公听了，问道："汝家还有甚人？"吴氏道："尚有七十二岁婆婆在家，妾只生下这两岁孩儿。"包公收了状子，发遣吴氏在外亲处伺候。密召当坊里甲问道："孙都监为人如何？"里甲回道："大人不问，小里甲也不敢说起。孙都监专一害人，但有他爱的便被他夺去。就是本处官府亦让他三分。"包公又问："其子行事若何？"里甲道："孙某恃父势要，近日侵占开元寺腴田一顷，不时带领娼妓到寺中取乐饮酒，横行乡村，奸宿庄家妇女，哪一个敢不从他？寺中僧人恨入骨髓，只是没奈何他。"

包公闻言，嗟叹良久，退入后堂，心生一计。次日，扮作一个公差模样，后门出去，密往开元寺游玩，正走至方丈，忽报孙公子要来饮酒，各人回避。包公听了暗喜，正待根究此人，却好来此。即躲向佛殿后在窗缝里看时，见孙某骑一匹白马，带有小厮数人，数个军人，两个城中出名妓女，又有个心腹随侍厨子。孙某行到廊下，下了马，与众人一齐入到方丈，坐于圆椅上，寺中几个老僧都拜见了。霎时间军人抬过一席酒，排列食味甚丰，二妓女侍坐歌唱服侍，那孙某昂昂得意，料西京势要惟我一人。包公看见，性如火急，怎忍得住？忽一老僧从廊下经过，见包公在佛殿后，便问："客是谁？"包公道："某乃本府听候的，明日府中要请包大尹，着我来叫厨子去做酒。正不知厨子名姓，住在哪里。"僧人道："此厨子姓谢，住居孙都监门首。今府中着此人做酒，好没分晓。"包公问："此厨子有何缘故？"老僧道："我不说尔怎得知。前日孙公子同张秀才在本寺饮酒，是此厨子服侍，待回去后，闻说张秀才次日已死。包老爷是个好官，若叫此人去，倘服侍未周，有些失误，本府怎了？"包公听了，即抽身出开元寺回到衙中。

次日，差李虎径往孙都监门首提那谢厨子到阶下。包公道："有人告你用毒药害了张秀才，从直招来，饶你的罪。"谢厨初则不肯认，及待用长枷收下狱中,狱卒勘问,谢厨欲洗己罪,只得招认用毒害死张某情由,皆由于孙某使令。包公审明,就差人持一请帖去请孙公子赴席,预先吩咐二十四名无情汉严整刑具伺候。不移时报公子来到,包公出座接入后堂,分宾主坐定,便令抬过酒席。孙仰道:"大尹来此,家尊尚未奉拜,今日何敢当大尹盛设?"包公笑道:"此不为礼,特为公子决一事耳。"酒至二巡,包公袖中取出状纸递与孙某道:"下官初然到此,未知公子果有此事否?"孙仰看见是吴氏告他毒死他丈夫状子,勃然变色,出席道:"岂有谋害人而无佐证?"包公道:"佐证已在。"即令狱中取出谢厨子跪在阶下,孙仰吓得浑身水淋,哑口无言。包公着司吏将谢厨招认情由念与孙仰听了。孙仰道:"学生有罪,万望看家尊分上。"包公怒道:"汝父子害民,朝廷法度,我决不饶。"即唤过二十四名狠汉,将孙仰冠带去了,登时揪于堂下打了五十,孙仰受痛不过,气绝身死。包公令将尸首曳出衙门,遂即录案卷奏知仁宗,圣旨颁下:孙都监残虐不法,追回官诰,罢职为民;谢厨受雇于人用毒谋害人命,随发极恶郡充军;吴氏为夫伸冤已得明白,本处有司每月给库钱赡养其家;包卿赈民公道,于国有光,就领西京河南府到任。敕旨到日,包公依拟判讫,自是势宦皆为心寒。

## 三
## 孙船艄谋财杀情妇　冤和尚落井误坐牢

话说东京城三十里有一董长者，生一子名董顺，住居东京城之马站头，造起数间店宇，招接四方往来客商，日获进益甚多，长者遂成一富翁。董顺因娶得城东茶肆杨家女为妻，颇有姿色，每日事公姑甚是恭敬，只是嫌其有些风情，顺又常出外买卖，或一个月一归，或两个月一归。城东十里外有个船艄名孙宽，每日往来董家店最熟，与杨氏笑语，绝无疑忌，年久月深，两下情密，遂成欢娱，相聚如同夫妇。

宽伺董顺出外经商，遂与杨氏私约道："吾与娘子情好非一日，然欢娱有限，思恋无奈。娘子不若收拾所有金银物件，随我奔走他方，庶得永为夫妇。"杨氏许之。乃择十一月二十一日良辰，相约同去。是日杨氏收拾房中所有，专等孙宽来。黄昏时，忽有一和尚称是洛州翠玉峰大悲寺僧道隆，因来此方抄化，天晚投宿一宵。董翁平日是个好善之人，便开店房，铺好床席款待，和尚饭罢便睡。时正天寒欲雪，董翁夫妇闭门而睡。二更时候，宽叩门来，杨氏遂携所有物色与宽同去。出得门外，但见天阻雨湿，路滑难行。杨氏苦不能走，密告孙宽道："路滑去不得，另约一宵。"宽思忖道：万一迟留，恐漏泄此事。又见其所有物色颇富，遂拔刀杀死杨氏，却将金宝财帛夺去，置其尸于古井中而去。未几，和尚起来出外登厕，忽跌下古井中，井深数丈，无路可上。至天明，和尚小伴童起来，遍寻和尚不见，遂唤问店主。董翁起来，遍寻至饭时，亦不见杨氏，径入房中看时，四壁皆空，财帛一无所留。董翁思量，杨氏定是与和尚走了，上下山中直寻至厕屋古井边。但见芦草交加，微露鲜血，忽闻井中人声，董翁遂请东舍王三将长梯及绳索直下井中，但见下边有一和尚连声叫屈，杨氏已杀死在井中。王三将绳缚了和尚，吊上井来，众人将和尚乱拳殴打，不由分说，乡邻里保具状解入具衙。知县将和尚根勘拷打，要他招认。和尚受苦难禁，只得招认，知县遂申解府衙。

包公唤和尚问及缘由，和尚长叹道："前生负此妇死债矣。"从直实招。包公思之：他是洛州和尚，与董家店相去七百余里，岂有一时到店能与妇人相通约期？必有冤屈。遂将和尚散禁在狱。日夕根探，竟无明白。偶得一计，唤狱司就狱中所有大辟该死之囚，将他密地剃了头发，假作僧人，押赴市曹斩首，称是洛州大悲寺僧，为谋杀董家妇事今已处决。又密遣公吏数人出城外探听，或有众人拟议此事是非，即来通报。诸吏行至城外三十里，因到一店中买茶，见一婆子，因问："前日董翁家杀了杨氏，公事可曾结断否？"诸吏道："和尚已偿命了。"婆子听了，捶胸叫屈："可惜这和尚枉了性命。"诸吏细问因由。婆子道："是此去十里头有一船艄孙宽，往来董家最熟，与杨氏私通，因谋他财物故杀了杨氏，与和尚何干？"诸吏即忙回报包公。

包公便差公吏数人密缉孙宽，枷送入狱根勘，宽苦不招认，令取孙宽当堂，笑对之曰："杀一人不过一人偿命，和尚既偿了命，安得有二人偿命之理？但是董翁所诉失了金银四百余两，你莫非捡得，便将还他，你可脱其罪名。"宽甚喜，供说："是旧日董家曾寄下金银一袱，至今收藏柜中。"包公差人押孙宽回家取金银来到，就唤董翁前来证认。董翁一见物色，认得金银器皿及锦被一条："果是我家物色。"包公再问董家昔日并无有寄金银之事。又唤王婆来证,孙宽仍抵赖,不肯招认。包公道:"杨氏之夫经商在外,汝以淫心戏之成奸,因利其财物遂致谋害,现有董家物色在此证验,何得强辩不招?"孙宽难以遮掩,只得一笔招成,遂押赴市曹处斩;和尚释放还山,得不至死于非命。

四

# 白鹤寺飘叶索冤债　小妇人殉节送皂鞋

话说包公为开封府尹,按视治下休息风谣。行到济南府升堂坐定,司吏各呈进案卷与包公审视,检察内中有事体轻可者,即当堂发放回去,使各安生业。正决事间,忽阶前起阵旋风,尘埃荡起,日色苍黄,堂下侍立公吏,一时间开不得眼。怪风过后,了无动静,惟包公案上吹落一树叶,大如手掌,正不知是何树叶。包公拾起,视之良久,乃遍示左右,问:"此叶亦有名否?"内有公人柳辛认得,近前道:"城中各处无此树,亦不知树之何名。离城二十五里有所白鹤寺,山门里有此树二株,又高又大,条干茂盛,此叶乃是白鹤寺所吹来的。"包公道:"汝果认得不错么?"柳辛道:"小人居住寺旁,朝夕见之,如何会认差了?"

包公知有不明之事,即令乘轿去白鹤寺行香,寺中僧行连忙出迎,接入方丈坐定,茶罢,座下风生。包公忆昨日旋风又起,即差柳辛随之而去,柳辛领诺,那一阵风从地下滚出方丈,直至其树下而息,柳辛回复包公。包公道:"此中必有缘故。"乃令柳辛锄开看之,见一条破席包卷着一个十八九岁的妇人在内,看验身上并无伤痕,只唇皮迸裂,眼目微露,撬开口视之,乃一根竹签直透咽喉。将尸掩了,再入方丈召集众僧行问之。众僧各道:"不知其故。"一时根究不出,转归府中,退入私衙后，近夜，秉烛默坐，自忖：寺门里缘何有妇人死尸？就是外人有不明之事，亦当埋向别处，自然是僧行中有不良者谋杀此妇，无处掩藏，故埋树下。思忖良久，将近一更，不觉困倦，隐几而卧。忽梦见一青年妇人哭拜阶下道："妾乃城外五里村人氏，父亲姓索名隆，曾做本府狱卒。妾名云娘，今年正月十五元宵夜，与家人入城看灯，夜半更深，偶失伙伴，行过西桥，遇着一个后生，说是与妾同村，指引妾身回去。行至半路又一个来，却是一个和尚。妾月下看见，即欲走转城中，被那后生在袖中取出毒药来，扑入妾口中，即不能言语，径被二人拖入寺中。妾知其欲行污辱，思量无计，适见倒篱竹签，被妾拔下，插入喉中而死。将妾随行首饰尽搜捡去，把尸埋于树下。冤魂不散，乞为伸理。"

包公正待细问，不觉醒来，残烛犹明，起行徘徊之间，见窗前遗下新皂靴一只，包公计上心来。次日升堂，并不与人说知，即唤过亲随黄胜，吩咐："汝可装作一皮匠，密密将此皂靴挑在担上，往白鹤寺各僧房出卖，有人来认，即来报我。"胜依言来到寺中，口称叫卖僧靴。正值各僧行都闲在舍里，齐来看买。内一少年行者提起那新靴来，看良久道："此靴是我日前新做的，藏在房舍中，你如何偷在此来？"黄胜初则与之争辩，及行者取出原只来对，果是一样。黄胜故意大闹一场，被行者众和尚夺得去了。胜忙走回报，包公即差集公人围绕白鹤寺，捉拿僧行，当下没一个走脱，都被解入衙中，先拘过认靴的行者来，审问谋杀妇人根由。行者心惊胆落，不待用刑，从实一一招出逼杀索氏情由。包公将其口词叠成案卷，当堂判拟行者与同谋和尚二人为用毒药以致逼死索氏，押上街心斩首示众；其同寺僧知情不报者，发配充军。后包公回京奏知，仁宗大加钦奖，下敕有司为索氏茔其坟而旌表之。

五

# 支弘度试假反成真　轻狂子受托变死鬼

却说临安府民支弘度，痴心多疑，娶妻经正姑，刚毅贞烈。弘度尝问妻道："你这等刚烈，倘有人调戏你，你肯从否？"妻子道："吾必正言斥骂之，人安敢近？"弘度道："倘有人持刀来要强奸，不从便杀，将如何？"妻道："吾任从他杀，决不受辱。"弘度道："倘有几人来捉住成奸，不由你不肯，却又如何？"妻道："吾见人多，便先自刎以洁身明志，此为上策；或被其污，断然自死，无颜见你。"弘度不信，过数日，故令一人来戏其妻以试之，果被正姑骂去。弘度回家，正姑道："今日有一光棍来戏我，被我斥骂而去。"再过月余，弘度令知友于谟、应信、莫誉试之。于谟等皆轻狂浪子，听了弘度之言，突入房去。于谟、应信二人各捉住左右手，正姑不胜发怒，求死无地。莫誉乃是轻薄之辈，即解脱其下身衣裙。于谟、应信见污辱太甚，遂放手远站。正姑两手得脱，即挥起刀来，杀死莫誉。吓得于谟、应信走去。正姑是妇人无胆略，恐杀人有祸，又性暴怒，不忍其耻，遂一刀自刎而亡。

于谟驰告弘度，此时弘度方悔是错，又恐外家及莫誉二家父母知道，必有后患。乃先去呈告莫誉强奸杀命，于谟、应信明证。包公即拘来问，先审干证道："莫誉强奸，你二人何得知见？"于谟道："我与应信去拜访弘度，闻其妻在房内喊骂，因此知之。"包公道："可曾成奸否？"应信道："莫誉才入即被斥骂，持刀杀死，并未成奸。"包公对支弘度道："你妻幸未污辱，莫誉已死，这也罢了。"弘度道："虽一命抵一命，然彼罪该死，我妻为彼误死，乞法外情断，量给殡银。"包公道："此亦使得。着令莫誉家出一棺木来贴你。但二命非小，我须要亲去验过。"及去相验，见经氏刎死房门内，下体无衣；莫誉杀死床前，衣服却全。包公即诘于谟、应信道："你二人说莫誉才入便被杀，何以尸近床前？你说并未成奸，何以经氏下身无衣？必是你三人同入强奸已毕后，经氏杀死莫誉，因害耻羞，故以自刎。"将二人夹起，令从直招认。二人并不肯认。包公就写审单，将二人俱以强奸拟下死罪。于谟从实诉道："非是我二人强奸，亦非莫誉强奸，乃弘度以他妻常自夸贞烈，故令我等三人去试他。我二人只在房门口，莫誉去强抱，剥其衣服，被经氏闪开，持刀杀之，我二人走出。那经氏真是烈女，怒想气激，因而自刎。支弘度恐经氏及莫誉两家父母知情，告他误命，故抢先呈告，其实意不在求殡银也。"弘度哑口无辩。包公听了，即责打三十，又对于谟等道："莫誉一人，岂能剥经氏衣裙，必汝二人帮助之后，见莫誉有恶意，你二人站开，经氏因刺死莫誉，又恐你二人再来，故先行自刎。经氏该旌奖，汝二人亦并有罪。"于谟、应信见包公察断如神，不敢再辩半句。包公将此案申拟，支弘度秋后处斩，又旌奖经氏，赐之匾牌，表扬贞烈贤名。

## 六

# 假奶婆借宿成奸情　小婢女露言陷鱼沼

　　话说有张英者,赴任做官,夫人莫氏在家,常与侍婢爱莲同游华严寺。广东有一珠客邱继修,寓居在寺,见莫氏花容绝美,心贪爱之。次日,乃妆作奶婆,带上好珍珠,送到张府去卖。莫氏与他买了几粒,邱奶婆故在张府讲话,久坐不出。时近晚来,莫夫人道:"天色将晚,你可去得。"邱奶婆乃去,出到门首复回来道:"妾店去此尚远,妾一孤身妇人,手执许多珍珠,恐遇强人暗中夺去不便,愿在夫人家借宿一夜,明日早去。"莫氏允之,令与婢爱莲在下床睡。一更后,邱奶婆爬上莫夫人床上去道:"我是广东珠客,见夫人美貌,故假妆奶婆借宿,今日之事乃前生宿缘。"莫夫人以丈夫去久,心亦甚喜。自此以后,时常往来与之奸宿,惟爱莲知之。

　　过半载后,张英升任回家。一日,昼寝,见床顶上有一块唾干。问夫人道:"我床曾与谁人睡?"夫人道:"我床安有他人睡?"张英道:"为何床上有块唾干?"夫人道:"是我自唾的。"张英道:"只有男子唾可自下而上,妇人安能唾得高?我且与你同此睡着,仰唾试之。"张英的唾得上去,夫人的唾不得上。张英再三追问,终不肯言。乃往鱼池边呼婢爱莲问,爱莲被夫人所嘱,答道:"没有此事。"张英道:"有刀在此。你说了则罪在夫人，不说便杀了你，丢在鱼池中去。"爱莲吃惊，乃从直说知。张英听了，便想要害死其妻，又恐爱莲后露丑言，乃推入池中浸死。

本夜，张英睡至二更，谓妻道："我睡不着，要想些酒吃。"莫氏道："如此便叫婢去暖来。"张英道："半夜叫人暖酒，也被婢女所议。夫人你自去大埕中取些新红酒来，我只爱吃冷的。"莫氏信之而起。张英潜蹑其后，见莫氏以杌子衬脚向埕中取酒，即从后提起双脚推入酒埕中去，英复入房中睡。有顷，谅已浸死，故呼夫人不应，又呼婢道："夫人说他爱吃酒，自去取酒，何许多时不来，叫又不应，可去看来。"众婢起来，寻之不见，及照酒埕中，婢惊呼道："夫人浸死酒埕中了。"张英故作慌张之状，揽衣而起，惊讶痛悼。

次日，请莫氏的兄弟来看入殓，将金珠首饰锦绣衣服满棺收贮。因寄灵柩于华严寺，夜令二亲随家人开棺，将金珠首饰锦绣衣服尽数剥起。次日，寺僧来报说，夫人灵柩被贼开了，劫去衣财。张英故意大怒，同诸舅往看，棺木果开，衣财一空，乃抚棺大哭不已，再取些铜首饰及布衣服来殓之。因穷究寺中藏有外贼，以致开棺劫财，僧等皆惊惧无措，尽来磕头道："小僧皆是出家人，不敢作犯法事。"张英道："你寺中更有何人？"僧道："只有一广东珠客在此寄居。"英道："盗贼多是此辈。"即锁去送县，再补状呈进。知县将继修严刑拷打一番，勒其供状。邱继修道："开棺劫财，本不是我；但此乃前生冤债，甘愿一死。"即写供招承认。

那时包公为大巡，张英即去面诉其情，嘱令即决继修以完其事，便好赴任。包公乃取邱继修案卷夜间看之，忽阴风飒飒，不寒而栗。自忖道：莫非邱犯此事有冤？反复看了数次，不觉打困，即梦见一丫头道："小婢无辜，白昼横推鱼沼而死；夫人养汉，清宵打落酒埕而亡。"包公醒来，乃是一梦。心忖道：此梦甚怪。但小婢、夫人与开棺事无干，只此棺乃莫夫人的。明日且看何如。次日，吊邱继修审道：

"你开棺必有伙伴，可报来。"继修道："开棺事实不是我，但此是前生注定，死亦甘心。"包公想：那夜所梦夫人酒埕亡之联，便问道："那莫夫人因何身亡？"继修道："闻得夜间在酒埕中浸死。"包公惊异与梦中言语相合，但夫人养汉这一句未明，乃问道："我已访得夫人因养汉被张英知觉，推入酒埕浸死。今要杀你甚急，莫非与你有奸么？"继修道："此事并无人知，惟小婢爱莲知之。闻爱莲在鱼池浸死，夫人又已死，我谓无人知，故为夫人隐讳，岂知夫人因此而死。必小婢露言，张英杀之灭口。"包公听了此言，全与梦中相符，知是小婢无故屈死，故阴灵来告。

少顷，张英来相辞，要去赴任。包公写梦中的话递与张英看，英接看了，不觉失色。包公道："你闺门不肃，一当去官；无故杀婢，二当去官；开棺赖人，三当去官。更赴任何为？"张英跪道："此事并无人知，望大人遮庇。"包公道："你自干事，人岂能知？但天知地知你知鬼知，鬼不告我，我岂能知？你夫人失节该死，邱继修奸命妇该死，只爱莲不该死。若不淹死小婢，则无冤魂来告你，官亦有得做，丑声亦不露出，继修自合就死，岂不全美！"说得张英羞脸无言。是秋将邱继修斩首，即上本章奏知朝廷，张英治家不正，杀婢不仁，罢职不叙。

## 七
## 隔墙贼劫财坑店主　宋商客认银报仇冤

话说江西南昌府有一客人，姓宋名乔，负白金万余两往河南开封府贩卖红花，过沈丘县寓曹德克家。是夜，德克备酒接风，宋乔尽饮至醉，自入卧房，解开银包，称完店钱，以待明日早行。不觉间壁赵国桢、孙元吉一见就起谋心，设下一计，声言明日去某处做买卖。次日，跟乔来到开封府，见乔搬寓龚胜家，自入城去了。孙、赵二人遂叩龚胜门叫："宋乔转来。"胜连忙开门，孙赵二人腰间拔出利刀，捉胜要杀，胜急奔入后堂，喊声："强人至此！"往后走出。国桢、元吉将乔银两一一挑去，投入城中隐藏，住东门口。

乔回龚宅，胜将强盗劫银之事告知，乔遂入房看银，果不见了。心忿不已，暗疑胜有私通之意，即具状告开封府。包公差张千、李万拿龚胜到厅，审问道："这贼大胆包身，通贼谋财，罪该斩首。"吩咐左右拷打一番。龚胜哀告："小人平生看经念佛，不敢非为。自宋乔入家，即刻遭强盗劫去银两，日月星三光可证。小人若有私通，粉身碎骨亦当甘受。"包公听了，喝令左右将胜收监，密探消息，一年无踪。包公沉吟道："此事这等难断。"自己悄行禁中，探龚胜在那里如何。闻得胜在禁中焚香诵经，一祝云："愿黄堂功业绵绵，明伸胜的苦屈冤情"；二祝云："愿吾儿学书有进"；三祝云："愿皇天保佑我出监，夫妇偕老。"包公听了自思：此事果然冤屈。又唤张千拘原告客人宋乔来审："你一路来可在何处住否？"乔答道："小人只在沈丘县曹德克家歇一晚。"包公听了此言退堂。次日，自扮南京客商，径往沈丘县投曹德克家安歇，托买毡套，凡遇酒店进去饮酒，已经数月。

忽一日，同德克往景宁桥买套，又遇店吃酒，遇着二人亦在店中饮酒，那二人见德克来，与他拱手动问："这客官何州人氏？"克答道："南京人氏。"二人遂与德克笑道："如今赵国桢、孙元吉获利千倍。"克道："莫非得了天财？"那二人道："他两人去开封府做买卖，半月间，捡银若干。就在省城置家，买田数顷，有如此造化。"包公听了心想：宋乔事必是这二贼了。遂与德克回家，问及方才二人姓甚名谁。克道："一个唤作赵志道，一个唤作鲁大郎。"包公记了名字。次日，唤张千收拾行李回府，复令赵虎带数十匹花绫锦缎，径往省城借问赵家去卖。赵虎入其家，国桢起身问："客人何处？"虎道："杭州人，名松乔。"桢遂拿五匹缎来看，问："这缎要多少价？"松乔道："五匹缎要银十八两。"桢遂将银锭三个，计十二两与讫。元吉见国桢买了，亦引松到家，仍买五匹，给六锭银十二两与之。虎得了此银，忙奔回府报知。

包公将数锭银吩咐库吏藏在匣中，与别锭银同放在内，唤张千拘宋乔来审。乔至厅跪下，包公将匣内银与乔看，乔亦认得数锭云："小的不瞒老爷说，江西银子青丝出火，匣内只有这几锭是小人的，望老爷做主，万死不忘。"包公唤张千将乔收监，急差张龙、李万往省城捉拿赵国桢、孙元吉，又差赵虎往沈丘县拘赵志道、鲁大郎。至第三日，四人俱赴厅前跪下，包公大怒道："赵国桢、孙元吉，你这两贼全不怕我，黑夜劫财，坑陷龚胜，是何道理？罪该万死，好好招来。"孙、赵二人初不肯招认，包公即唤志道、大郎道："你说半月获利之事，今日敢不直诉？"那二人只得直言其情。桢与元吉俯首无词，从直供招。包公令李万将长枷枷起，捆打四十；唤出宋乔，即给二家家产与乔；发出龚胜，赏银回家务业；又发放赵、鲁二人回去；吩咐押赵国桢、孙元吉到法场斩首，自此民皆安堵。

## 八
## 叶广妻惹奸招窃贼　吴外郎备银露赃物

话说河南开封府阳武县有一人，姓叶名广，娶妻全氏，生得貌似西施，聪明乖巧，居住村僻处，正屋一间，少有邻舍。家中以织席为生，妻勤纺绩，仅可度活。一日，叶广将所余银只有数两之数，留一两五钱在家，与妻作食用纺绩之资，更有二两五钱往西京做些小买卖营生。

次年，近村有一人姓吴名应者，年近二八，生得容貌俊秀，未娶妻室，偶经其处，窥见全氏，就有眷恋之心，随即根问近邻，知其来历，陡然思忖一计，即讨纸笔写伪信一封，入全氏家向前施礼道："小生姓吴名应，去年在西京与尊嫂丈夫相会，交契甚厚。昨日回家，承寄有信一封在此，吩咐自后尊嫂家或缺用，某当一任包足，候兄回日自有区处，不劳尊嫂忧心。"全氏见吴应生得俊秀，言语诚实，又闻丈夫托其周济，心便喜悦，笑容满面。两下各自眉来眼去，情不能忍，遂各向前搂抱，闭户同衾。自此以后，全氏住在村僻，无人管此闲事，就如夫妻一般，并无阻碍。

不觉光阴似箭，日月如梭。叶广在西京经营九载，趁得白银一十六两，自思家中妻单儿小，遂即收拾回程。在路晓行夜住，不消几日到家，已是三更时分。叶广自思：住屋一间，门壁浅薄，恐有小人暗算，不敢将银拿进家中，预将其银藏在舍旁通水阴沟内，方来叫门。是时其妻正与吴应歇宿，忽听丈夫叫门之声，即忙起来开门，放丈夫进来。吴应惊得魂飞天外，躲在门后，候开了门潜躲在外。全氏收拾酒饭与丈夫吃，略叙久别之情。食毕，收拾上床歇宿。全氏问道："我夫出外经商，九载不归，家中极其劳苦，不知可趁得些银两否？"叶广道："银有一十六两，我因家中门壁浅薄，恐有小人暗算，未敢带入家来，藏在舍旁通水阴沟内。"全氏听了大惊道："我夫既有这许多银回来，可速起来收藏在家无妨。不可藏于他处，恐有知者取去。"叶广依妻所言，忙起出外寻取。不防吴应只在舍旁窃听叶广夫妻言语，听说藏银在彼，即忙先盗去。叶广寻银不见，因与全氏大闹，遂以前情具状赴包公案前陈告其事。

包公看了状词，就将其妻勘问，必有奸夫来往，其妻坚意不肯招认。包公遂发叶广，再出告示，唤张千、李万私下吩咐："汝可将告示挂在衙前，押此妇出外枷号官卖，其银还他丈夫，等候有人来看此妇者，即使拿来见我，我自有主意。"张李二人依其所行，押出门外将及半日，忽有吴应在外打听得此事，忙来与妇私语。张、李看见，忙扭吴应入见包公。包公问道："你是什么人？"吴应道："小人是这妇人亲眷，故来看他。"包公道："汝既是他亲眷，可曾娶有内眷否？"吴应道："小人家贫，未及婚娶。"包公道："汝既未婚娶，吾将此妇官嫁于你，只要汝价银二十两，汝可即备来称。"吴应告道："小人家中贫难，难以措办。"包公道："既二十两备不出，可备十五两来。"吴应又告贫难。包公道："谁叫你前来看他？若无十五两，如今只要汝备十二两来称何如？"吴应不能推辞，即将所盗原银熔过十二两诣台前称。包公将吴应发放在外，又拘叶广进衙问道："你看此银可是你的还不是你的？"叶广认了又认，回道："不是我的原银，小人不敢妄认。"包公又叫叶广出外，又唤吴应来问道："我适间叫他丈夫到此，将银给付与他，他道他妻子生得甚是美貌，心中不甘，实要银一十五两。汝可揭借前来称兑领去，不得有误。"吴应只得回家。包公私唤张、李吩咐："汝可跟吴应之后，看他若把原银上铺煎销，汝可便说我吩咐，其银不拘成色，不要煎销，就拿来见我。"张千领命，直跟其后。吴应又将原银上铺煎销，张千即以包公言语说了，应只得将原银三两完足。包公又叫且出去，又唤叶广认之，广看了大哭："此银实是小人之物，不知何处得来！"包公又恐叶广妄认，冤屈吴应，又道："此银是我库中取出，何得假认？"广再三告道："此银是小人时时看惯的，老爷不信，内有分两可辨。"包公即令试之，果然分厘不差，就拘吴应审勘，招供伏罪，其银追完。将妇人脱衣受刑；吴应以通奸窃盗杖一百，徒三年。复将叶广夫妇判合放回，夫妇如初。

卷之四

一

## 陈顺娥节烈失首级　章氏女献头全孝悌

话说福建福宁州福安县有民章达德，家贫，娶妻黄蕙娘，生女玉姬，天性至孝。达德有弟达道，家富，娶妻陈顺娥，德性贞静，又买妾徐妙兰，皆美而无子。达道二十五岁卒，达德有意利其家财，又以弟妇年少无子，常托顺娥之兄陈大方劝其改嫁。顺娥欲养大方之子元卿为嗣，以继夫后，言不改节，达德以异姓不得承祀，竭力阻挡，大方心恨之。

顺娥每逢朔望及夫生死忌日，常请龙宝寺僧一清到家诵经，追荐其夫，亦时与之言语。一清只说章娘子有意，心上要调戏他。一日，又遣人来请诵经超度，一清令来人先挑经担去，随后便到其家，见户外无人，一清直入顺娥房中去，低声道："娘子每每召我，莫非有怜念小僧的意？乞今日见舍，恩德广大。"顺娥恐婢知觉出丑，亦低声答道："我只叫你念经，岂有他意？可快出去！"一清道："娘子无夫，小僧无妻，成就好事，岂不两美？"顺娥道："我只道你是好人，反说出这臭口话来。我叫大伯惩治你死。"一清道："你真不肯，我有刀在此。"顺娥道："杀也由你。我乃何等人，你敢无礼？"正要走出房来，被一清抽刀砍死，遂取房中一件衣服将头包住，藏在经担内，走出门外来叫声："章娘子！"无人答应，再叫二三声，徐妙兰走出来道："今日正要念经，我叫小娘来。"走入房去，只见主母杀死，鲜血满地，连忙走出叫道："了不得，小娘被人杀死。"隔舍达德夫妇闻知，即走来看，寻不见头，大惊，不知何人所杀，只有经担先放在厅内，一清独自空身在外。哪知头在担内，所谓搜远不搜近也。达德发回一清去："今日不念经了。"一清将经担挑去，以头藏于三宝殿后，一发无踪了。妙兰遣人去请陈大方来，外人都疑是达德所杀，陈大方赴包巡按处告了达德。

包公将状批府提问，知府拘来审道："陈氏是何时被杀？"大方道："是早饭后，日间哪有贼敢杀人？惟达德左邻有门相通，故能杀之，又盗得头去。倘是外贼，岂无人见？"知府道："陈氏家可有奴婢使用人否？"大方道："小的妹性贞烈，远避嫌疑，并无奴仆，只一婢妾妙兰，倘婢所杀，亦藏不得头也。"知府见大方词顺，便将达德夹起，勒逼招承，但不肯认。审讫，解报包大巡，包公又批下，令详究陈顺娥首级下落结报。时尹知县是个贪酷无能之官，只将章达德拷打，限寻陈氏之头，且哄道："你寻得头来与他全体去葬，我便申文书放你。"累至年余，达德家空如洗，蕙娘与女纺织刺绣及亲邻哀借度日，其女玉姬性孝，因无人使用，每日自去送饭，见父必含泪垂涕，问道："父亲何日得放出？"达德道："尹爷限我寻得陈氏头来即便放我。"玉姬回对母亲道："尹爷说，寻得婶娘头出，即便放我父亲。今根究年余，并无踪迹，怎么寻得出？我想父亲牢中受尽苦楚，我与母亲日食难度，不如待我睡着，母亲可将我头割去，当做婶娘的送与尹爷，方可放得父亲。"母道："我儿说话真乃当耍，你今一十六岁长大了，我意欲将你嫁与富家，或为妻为妾，多索几两聘银，将来我二人度日，何说此话？"女道："父亲在牢受苦，母亲独自在家受饿，我安忍嫁与富家自图饱暖。况得聘银若吃尽了，哪里再有？那时我嫁人家是他人妇，怎肯容我归替父死。今我死则放回父亲，保得母亲，是一命保二命。若不保出父亲，则父死牢中，我与母亲贫难在家亦是饿死。我念

一　陈顺娥节烈失首级　章氏女献头全孝悌　105

已决，母亲若不肯忍杀，我便去缢死，望母亲割下头去当婶娘的，放出父亲，死无所恨。"母道："我儿你说替父虽是，我安忍舍得。况我家未曾杀婶娘，天理终有一日明白，且耐心挨苦，从今再不可说那断头话。"母遂防守数日，玉姬不得缢死，乃哄母道："我今从母命，不须防矣。"母听亦稍懈怠。未几日，玉姬缢死，母乃解下抱住，痛哭一日，不得已，提起刀来又放下数次，不忍下手，乃想道：若不忍割他头来，救不得父，他亦枉死于阴司，亦不瞑目。焚香祝之，将刀来砍，终是心酸手软胆寒，割不得断，连砍几刀方能割下。母拿起头来一看，昏迷倒地。须臾苏醒，乃脱自己身上衣服裹住女头。次日，送在牢中交与丈夫，夫问其所得之故，黄氏答以夜有人送来，想其人念汝受苦已久，送出来也。章达德以头交与尹知县，尹爷欢喜，有了顺娥头出，此乃达德所杀是真，即坐定死罪，将达德以命犯解上。

　　巡按包公相验，见头是新砍的，发怒道："你杀一命已该死，今又在何处杀这头来？顺娥死已年余，头必腐臭，此头乃近日的，岂不又杀一命？"达德推黄氏得来，包公将黄氏拷问，黄氏哭泣不已，欲说数次说不出来。包大巡奇怪，问徐妙兰，妙兰把玉姬自缢死要救父亲之事细说一遍，达德夫妇一齐大哭起来。包公再取头看，果然死后砍的，刀痕并无血沰，官吏俱下泪。包公叹息道："人家有此孝亲之女，岂有杀人之父？"再审妙兰道："那日早晨有什么人到你家来？"妙兰道："早晨并无人来，早饭后有念经和尚来，他在外叫，我出来，主母已死了，头已不见了。"包公将达德轻监收候，吩咐黄氏常往僧寺去祈告许愿，倘僧有调戏言语，便可向他讨头。

　　黄氏回家，时常往龙宝寺或祈签，或求筶，或许愿，哭泣祷祝，愿寻得顺娥的头。往来惯熟，与僧言语，一清留之午饭，挑之道："娘子何愁无夫，便再嫁个好的，落得自己快乐。"黄氏道："人也不肯娶犯人之妻，也没奈何。"一清道："娘子不须嫁，若肯与我好时，也济得你的衣食。"黄氏笑道："济得我便好，若更得佛神保佑，寻得婶婶头来与他交官,我便从你。"一清把手来扯住道:"你但与我好事,我有灵牒,明日替你烧去,必牒得头出来。"黄氏半推半就道:"你今日先烧牒,我明日和你好。若牒得出来,休说一次,我誓愿与你终身相好。"一清引起欲心,抱住要奸。黄氏道:"你无灵牒只是哄,我不信你。你果然有法先牒出头来,待明日任你饱;不然,我岂肯送好事与你?"一清此时欲心难禁,说道:"只要和我好,少顷无头,变也变一个与你。"黄氏道:"你变个头来即与你今日饱。若与你过手了,将和尚头来当么?我不信你哄骗。"一清不得已说出道:"以前有个妇人来寺,戏之不肯,被我杀了,头藏在三宝殿后。你不从,我亦杀你凑双;肯,就将头与你。"黄氏道:"你装此吓我。先与我看,然后行事。"一清引出示之。黄氏道:"你出家人真狠心也。"一清又要交欢,黄氏推道:"先前与你闲讲,引动春心,真是肯了。今见这枯头,吓得心碎魂飞,全不爱矣,决定明日罢。"那头是一清亲手杀的,岂不亏心,亦道:"我见此也心惊肉战,全没兴了,你明日千万来。"黄氏道:"我不来,你来我家也不妨,要我先与你过手,然后你送那物与我。"黄氏归,召章门几人,叫他直入三宝殿后拽出头来,将僧一清锁送包公,一夹便认,招出实情,即押一清斩首;仰该县为陈氏、章玉姬树立牌坊,赐以二匾,一曰:"慷慨完节",一曰:"从容全孝";又拆章达道之宅改立贞孝祠,以达道田产一半入祠,供奉四时祭祀之用费,家宅田产仍与达德掌管。

二

## 周可立执孝惊神明　吕进寿仗义疏钱财

　　话说山东唐州民妇房瑞鸾，一十六岁嫁夫周大受，至二十二岁而夫故，生男可立仅周岁，苦节守寡，辛勤抚养儿子，可立已长成十八岁，能任薪水，耕农供母，甚是孝敬，乡里称服。房氏自思：子已长成，奈家贫不能为之娶妻，佣工所得之银，但足供我一人。若如此终身，我虽能为夫守节，而夫终归无后，反为不孝之大。乃焚香告夫道："我守节十七年，心可对鬼神，并无变志。今夫若许我守节终身，随赐圣阳二筶；若许我改嫁以身资银代儿娶妇，为夫继后，可赐阴筶。"掷下去果是阴筶。又祝道："筶本非阴则阳，吾未敢信。夫故有灵，谓存后为大，许我改嫁，可再得一阴筶。"又连丢二阴筶。房氏乃托人议婚，子可立泣阻道："母亲若嫁，当在早年。乃守儿到今，年老改嫁，空劳前功。必是我为儿不孝，有供养不周处，凭母亲责罚，儿知改过。"房氏道："我定要嫁，你阻不得我。"

　　上村有一富民卫思贤，年五十岁丧室，素闻房氏贤德，知其改嫁，即托媒来说合，以礼银三十两来交过。房氏对子道："此银你用木匣封锁了与我带去，锁匙交与你，我过六十日来看你。"可立道："儿不能备衣妆与母，岂敢要母银？母亲带去，儿不敢受锁匙。"母子相泣而别。房氏到卫门两月后，乃对夫道："我意本不嫁，奈家贫，欲得此银代儿娶妇，故致失节。今我将银交与儿，为他娶了妇，便复来也。"思贤道："你有此意，我前村佃户吕进禄是个朴实人，有女月娥，生得庄重，有福之相，今年十八，与你儿同年，我便为媒去说之。"房氏回儿家谓可立道："前银恐你浪费，我故带去。今闻吕进禄有女与你同年，可将此银去娶之。"可立依允，娶得月娥入家，果然好个庄重女子。房氏见之欢喜，看儿成亲之后，复往卫门去。

谁料周可立是个孝道执方人，虽然甚爱月娥，笑容款洽，却不与他交合，夜则带衣而寝。月娥已年长知事，见如此将近一年，不得已乃言道："我看你待我又是十分相爱，我谓你不知事，你又长大，说来你又百事晓得，如何旧年四月成亲到今正月将满一年，全不行夫妇之情，你先不与我交合，我今要强你交媾，云雨欢合，不由你假至诚也。"可立道："我岂不知少年夫妇意乐情浓，奈娶你的银子是嫁母的，我不忍以卖母身之银娶妻奉衾枕也。今要积得三十两银还母，方与你交合。"吕氏道："你我空手作家，只足度日，何时积得许多银？岂不终身鳏寡。"可立道："终身还不得，誓终身不交，你若恐误青春，凭你另行改嫁别处欢乐。"吕氏道："夫妇不和而嫁，亦是不得已；若因不得情欲而嫁，是狗彘之行也，岂忍为之？不如我回娘家与你力作，将银还了，然后来完娶；若供了我，银越难积。"可立道："如此甚好。"将月娥送至岳丈家去。

至年冬，吕进禄将女送回夫家，月娥再三推托不去，父怒遣之，月娥乃与母言其故。进禄不信，与兄进寿叙之，进寿道："真也。日前我在侄婿左邻王文家取银，因问可立为人何如。王文对我说道：'那人是个孝子，因未还母银不敢宿妻是实。'"进禄道："我家若富，也把几两助他，我又不能自给，女又不肯改嫁，在我家也不是了局。"进寿道："侄女既贤淑，侄婿又是孝子，天意必不久困此人。我正为此事已凑银二十两，又将田典银十两，共三十两与侄女去，他后来有得还我亦可，没得还我便当相赠他孝子。人生有银不在此处用，枉作守房何为？"月娥得伯父助银，不胜欣喜，拜谢而回。父命次子伯正送姐姐到家，伯正便回。月娥回至房中，将银摆在桌上看了一番，数过件数，乃收置橱内，然后入厨房炊饭。谁料右邻焦黑在壁缝中窥见其银，遂从门外入来偷去，其房门虽响，月娥只疑夫回入房，不出来看。少时，周可立回来，入厨房见妻，二人皆有喜色，同吃了午饭，即入房去，不见其银。问夫道："银子你拿何处去了？"夫不知来历，问道："我拿什么银子？"妻道："你莫欺我，我问伯父借银三十两与你还婆婆，我数过二十五件，青绸帕包放在橱内。方才你进来房门响，是你入房中拿去，反要故意恼我。"夫道："我进到厨房来，并未入卧房去。你伯父甚大家财，有三十两银子借你？你把这见识来图赖我，要与我成亲。我定要嫁你，决不落你圈套。"吕氏道："原来你有外交，故不与我成亲。拿了我银去，又要嫁我，是将银催你嫁也，且何处得银还得伯父？"可立再三不信。吕氏思想今夜必然好合，谁知遇着此变，心中十分恼怒，便去自缢，幸得索断跌下，邻居救了，却去本司告首，无处追寻。

包公每夜祝告天地，讨求冤白。却有天雷打死一人，众人齐看，正是焦黑，衣服烧得干净，浑身皆炭，只裤头上一青绸帕未烧，有胆大者解下看是何物，却是银子，数之共二十五件。众人皆道："可立夫妇正争三十两银子，说二十五件，莫非即此银也？"将来称过，正是三十两，送吕氏认之。吕氏道："正是。"众人方知焦黑偷银，被雷打死。惊动吕进禄、进寿、卫思贤、房氏皆闻知来看，莫不共信天道神明，咸称周可立孝心感格；吕月娥之义不改嫁，此志得明；吕进寿之仗义疏财，无不称服。由是，卫思贤道："吕进寿百金之家耳，肯分三十金赠侄女以全其节孝；我有万金之家，只亲生二子，虽捐三百金与你之前子亦不为多。"即写关书一扇，分三百金之产业与周可立收执。可立坚辞不受道："但以母与我归养足矣，不愿产业也。"思贤道：

"此在你母意何如。"房氏道:"我久有此意,欲奉你终身,或少延残喘,则回周门。但近怀三个月身孕,正在两难。"思贤道:"孕生男女,则你代抚养,长大还我,以我先室为母,汝子有母,吾亦有前妻;若强你回我家,则你子无母,你前夫无妻,是夺人两天也。向三百产业你儿不受,今交与你,以表二年夫妇之义。"将此情呈于包公,包公为之旌表其门。房氏次年生一子名恕,养至十岁还卫家,后中经魁。

三

## 许弟兄怀恨断人嗣　乳臭子探访示线索

话说滁州城南有韩定者，家道富实，与许二自幼相交。许二家贫，与弟许三作盐客小佣人，常往河口觅客商趁钱度活。一日，许二与弟议道："买卖我弟兄都会做，只是缺少本钱，难以措手。若只是商贾边觅些微利趁口，怎能得发达？"许三道："兄即不言，我常要计议此事，只是没讨本钱处。尝闻兄与韩某相交甚厚，韩家大富，何不问他借得几千钱做本，待我兄弟加些利息还他，岂不是好？"许二道："你说得是，只怕他不肯。"许三道："待他不肯，再作主张。"许二依其言，次日，径来韩家相求。韩定出见许二笑道："多时不会老兄，请入里面坐。"许二进后厅坐下，韩定吩咐家下整备酒席出来相待，二人对席而饮，酒至半酣，许二道："久要与贤弟商议一事，不敢开口，诚恐贤弟不允。"韩定道："老兄自幼相知，有甚话但说不妨。"许二道："要往江湖贩些货物，缺少银两凑本，故来见弟商议要借些银子。"韩定道："老兄还是自为，约伙伴同为？"许二不隐，直告与弟许三同往。韩定初则欲许借之，及闻得与弟相共就推托说道："目下要解官粮，未有剩钱，不能从命。"许二知其推托，再不开言，即告酒多，辞别而去。韩定亦不甚留。当下许二回家不快，许三见兄不悦，乃问道:"兄去韩某借贷本钱,想必有了,何必忧闷?"许二道知其意,许三听了道:"韩某太欺负人,终不然我兄弟没他的本钱就成不得事么?须再计议。"遂复往河口寻觅客商去了不提。

时韩定有一养子名顺,聪明俊达,韩甚爱之。一日,三月清明,与朋友郊外踏青,顺带得碎银几两在身,以作逢店饮酒之资。是日,游至晚边,众朋友已散,独韩顺多饮几杯酒,不觉沉醉,遂伏在兴田驿半岭亭子上睡去。却遇许二兄弟过亭子边,许二认得亭子上睡的是韩某养子,遂与许三说知。许三恨其父不肯借银,猛然怒从心上起,对兄道:"休怪弟太毒,可恨韩某无礼,今乘此时四下无人,谋害此子以雪不借贷之恨。"许二道:"由弟所为,只宜谨密。"许三取利斧一把,劈头砍下,命丧须臾。搜检身上藏有碎银数两,尽劫剥而去,弃尸于途中。当地岭下是一村人家,内有张一者,原是个木匠,其住房后面便是兴田驿。张木匠因要往城中造作,趁早出门,正值五更初天,携了器具,行至半岭,忽见一死尸倒在途中,遍体是血,张木匠吃了一惊道:"今早出门不利,待回家明日再来吧。"抽身回去。及午后韩定得知来认时,正是韩顺,不胜痛哭,遂集邻里验看,其致命处乃是斧痕。跟随血迹寻究,正及张木匠之家,邻里皆道是张木匠谋杀无疑,韩亦信之,即捉其夫妇解官首告。本官审勘邻证,合口指说木匠谋死,木匠夫妇有口不能分诉,仰天叫屈,哪里肯招。韩定并逼勘问,夫妇不胜拷打,夫妇二人争认。本司官见其夫妇争认,亦疑之,只监系狱中,连年不决。

是时包大尹正承敕旨审决西京狱事,道过潞州,潞州所属官员出郭迎接。包公入潞州公厅坐定,先问有司本处有疑狱否?职官近前禀道:"别无疑狱,惟韩某告发张木匠谋杀其子之情,张夫妇各争供招,事有可疑,至今监候狱中,年余未决。"包公听了乃道:"不论情之轻重,系狱者动经一年,少者亦有半载,百姓何堪?或当决者即决,可开者即放之。都似韩某一桩,天下能有几罪犯得出?"职官无言,怀惭而退。次日，包公换了小帽，领二公人自入狱中，见张木匠夫妇细问之。张木匠悲泣呜咽，将前情诉了一遍。包公想：被谋之人，不合头上砍一斧痕，且血迹又落你家，今何不甘服？必有缘故，须再勘问。次日，又提审问，一连数次，张木匠所诉皆如前言。正在疑惑间，见一小孩童手持一帕饭送来与狱卒，连说几句私语，狱卒点头应之。包公即问狱卒：" 适那孩童与你说什么话？" 狱卒不敢直对，乃道：" 那孩童报道，小人家下有亲戚来到，令今晚早些回家。" 包公知其诈，径来堂上，发遣左右散于两廊，呼那孩童入后堂，吩咐门子李十八取四十文钱与之，便问：" 适见狱卒有何话说？" 孩童乃是乳臭不雕之子，口快，直告道：" 今午出东街，遇二人在茶店里坐，见我来，用手招入店内，那人取过铜钱五十文与我买果子吃，却教我狱中探访，今有什么包丞相审勘张木匠，看其夫妇何人承认？是此缘故，别无他事。" 包公即唤张龙、赵虎吩咐道：" 你同这孩子前往东街茶店里，捉得那二人来见我。" 张、赵领命，便跟孩童到东街茶店里拿人，正值许二兄弟在那里候孩童回报，张、赵抢进，登时捉住，解入公厅。包公便喝道：" 你谋死人奈何要他人偿命？" 初则许二兄弟还抵赖不肯认，包公令孩童证其前言，二人惊骇，不能隐瞒，供出谋杀情由。及拘韩定问之，韩定方悟当日许二来借银两不允，致恨之由。包公审决明白，遂将许二兄弟偿命；放张木匠夫妇回家。民自此冤能申矣。

四

## 李贼人再盗错认妓　谢家门冤屈白于世

话说扬州离城五里，地名吉安乡，有一人姓谢名景，颇有些根基。养一子名谢幼安，娶得城里苏明之女为媳。苏氏过门后甚是贤惠，大称姑意。忽一日，苏氏有房侄苏宜来其家探亲，谢幼安以为无赖之徒，颇怠慢之，宜怀恨而去。未过半月间，幼安往东乡看管耕种，路远不能回家。是夜，有贼李强闻知幼安不在家，乘黄昏入苏氏房中躲伏。将及半夜，盗取其妇首饰，正待开房门走出，被苏氏知觉，急忙喊叫有贼，李强惧怕被捉，抽出一把尖刀，刺死苏氏而去。比及天明，谢景夫妇起来，见媳妇房门未闭，乃问："今日尚早，缘何就开了房门？"唤声不应，其姑进房问之，见死尸倒在地下，血污满身。大叫道："祸哉！谁人入房中杀死媳妇，偷取首饰而去？"谢景听了，慌张无措，正不知贼是谁人。及幼安庄上回来，不胜悲哀，父子根勘杀人者，十数日不见下落，乡里亦疑此事。苏家不明，只道婿家自有缘故，假指被盗所杀。苏宜深恨往日慢他之仇，陈告于刘大尹处，直告谢某欲淫其媳，不从，杀之以灭口。刘大尹拘得谢景来衙勘之，谢某直诉以被盗杀死夺去首饰之情。及刘大尹再审邻里，都道此事未必是盗杀。刘大尹又问谢景道："宁有盗杀人而妇不喊，内外并无一人知觉？此必是你谋死，早早招认，免受刑法。"谢景不能辩白，惟叫冤枉而已。刘大尹用长枷监于狱中根究，谢景受刑不过，只得诬服，虽则案卷已成而终未决，将近一年。适包公按行郡邑，来到扬州，审决狱囚。幼安首陈告父之枉情，包公复卷再问，谢景所诉与前情无异，知其不明，吩咐禁卒散疏谢景之狱，三五日当究下落。

却说李强既杀谢家之妇，得其首饰，隐埋未露，恶心未休。在城有姓江名佐者，极富之家，其子荣新娶，李强因乘人杂时潜入新妇房中，隐伏床下，伺夜深行盗。不想是夜房里明烛到晓，三夜如此，李强动作不得，饥困已甚，只得奔出，被江家众仆捉之，乱打一顿，商议次日解到刘衙中拷问。李强道："我未尝盗得你物，被打极矣，若放我不首官，则两下无事；若送到官，我自有话说。"江惧其诈，次日不首于本司，径解包衙。包公审之，李道："我非盗也，乃是医者，被他诬执到此。"包公道："你既不是盗，缘何私入其房？"李道："彼妇有僻疾，令我相随，常为之用药耳。"包公审问毕，私忖道：女家初到，纵有僻疾，亦当后来，怎肯令他同行？此人相貌极恶，必是贼矣。包公根究，那李强辩论妇家事体及平昔行藏与包公知之，及包公私到江家，果与李盗所言同。包公又疑盗若初到其家，则妇家之事焉能得知详细？若与新妇同来，彼又不执为盗。思之半晌，乃令监起狱中。退后堂细忖此事，疑此盗者莫非潜入房中日久，听其夫妇枕席之语记得来说。遂心生一计，密差军牌一人往城中寻个美妓进衙，令之美饰，穿着与江家媳妇无异。次日升堂，取出李强来证。那李只道此妇是江家新妇，乃呼妇小名道："是你请我治病，今反执我为盗。"妓者不答，公吏皆掩口而笑。包公笑道："强贼，你既平日相识，今何认妓为新妇？想往年杀谢家妇亦是汝矣！"即差公牌到李贼家搜取，公牌去时，搜至床下有新土，掘之，有首饰一匣，拿来见包公。包公即召幼安来认，内中拣出几件首饰乃其妻苏氏之物。李强惊服，不能抵隐，遂供招杀死苏氏之情及于江家行盗，潜伏三昼夜奔出被捉情由。审勘明白，用长枷监入狱中，问成死罪；复杖苏宜诬告之罪；谢景出狱得释。人称神异。

五

## 陈军人新婚被捕杀　刘惇娘怀恨守节操

话说广州肇庆府,陈、邵二姓最为盛族。陈长者有子名龙,邵秀有子名厚。陈郎聪俊而贫,邵郎奸滑而富,二人幼年同窗读书,皆未成婚。城东刘胜原是宦族,有女惇娘聪敏,一闻父说便晓大意,年方十五,诗、词、歌、赋件件皆通,远近争欲求聘。一日,其父与族兄商议道:"惇娘年已及笄,来议亲者无数,我欲择一佳婿,不论其人贫富,不知谁可以许否?"兄答道:"古人择姻惟取婿之贤行,不以贫富而论。在城陈长者有子名龙,人物轩昂,勤学诗书,虽则目前家寒,谅此人久后必当发达。贤弟不嫌,我当为媒,作成这段姻缘。"胜道:"吾亦久闻此人。待我回去商议。"即辞兄回家,对妻张氏说将惇娘许嫁陈某之事,张氏答道:"此事由你主张,不必问我。"胜道:"你须将此意通知女儿,试其意向如何。"父母遂把适陈氏之事道知,惇娘亦闻其人,口虽不言,心深慕之矣。未过一月,邵宅命里妪来刘家议亲,刘心只向陈家,推托女儿尚幼,且待来年再议。里妪去后,刘遣族兄密往陈家通意,陈长者家贫不敢应承。刘某道:"吾弟以令郎才俊轩昂,故愿以女适从,贫富非所论,但肯许允,即择日过门。"陈长者遂应允许亲。刘某回报于弟,胜大喜,唤着裁缝即为陈某做新衣服

118　包公案

数件，只待择取吉日送女惇娘过门。

是时邵某听知刘家之女许配陈子，深怀恨道："是我先令里妪议亲，却推女年幼，今便许适陈家。"此耻不忿，心想寻个事端陷他。次日忖道：陈家原是辽东卫军，久失在伍，今若是发配，正应陈长者之子当行，除究此事，使他不得成婚。遂具状于本司，告首陈某逃军之由。官府审理其事，册籍已除军名，无所根勘，将停其讼。邵秀家富有钱，上下买嘱，乃拘陈某听审。陈家父子不能辩理，军批已出，陈龙发配远行，父子相抱而泣。龙道："遭值不幸，家贫亲老，今儿有此远役，父母无依，如何放心得下？"长者道："虽则我年迈，亲戚尚有，旦暮必来看顾；只你命悠，未完刘家之亲，不知此去还有相会日否？"龙道："儿正因此亲事致恨于仇家，今受这大祸，亲事尚敢望哉！"父子叹气一宵。次日，龙之亲戚都来赠行，龙以亲老嘱托众人，径辞而别。

比及刘家得知陈龙遭配之事，吁嗟不已。惇娘心如刀割，恨不及陈郎相见一面。每对菱花，幽情别恨，难以语人。次年春间，城里大疫，刘女父母双亡，费用已尽，家业凋零，房屋俱卖与他人。惇娘孤苦无依，投在姑娘家居住，姑怜念之，爱如己出。尝有人来其家与惇娘议亲，姑未知意，因以言试道："汝知父母已丧，身无所依，先许陈氏之子，今从军远方，音耗不通，未知是生是死。今女孙青年，何不凭我再嫁一个美郎，以图终身之计？"惇娘听了泣谓姑道："女孙听得，陈郎遭祸本为我身上起，使女儿再嫁他人，是背之不义。姑若怜我，女儿甘守姑家，以待陈郎之转，若倘有不幸，愿结来世姻缘；若要他适，宁就死路，决不相从。"其姑见其烈，再不说及此事。自此惇娘在姑家谨慎守着闺门，不是姑唤，足迹不出堂，人亦少见面。

是年十月，海寇作乱，大兵临城，各家避难迁逃，惇娘与姑亦逃难于远方。次年，海寇平息，民乃复业。比及惇娘与姑回时，厅屋被寇烧毁，荒残不堪居住，二人就租平阳驿旁舍安下。未一月，适有宦家子黄宽骑马行至驿前，正值惇娘在厨炊饮，宽见其容貌秀美，便问左右居人，是谁家之女。有人识者，近前告以城里刘某的女，遭乱寄居在此。宽次日即令人来议亲，惇娘不允，宽以官势压之，务要强婚。其姑惊惧，对惇娘道："彼父为官，若不许嫁，如何能够在此停泊？"惇娘道："彼要强婚，几只有死而已。姑且许他待过六十日父母孝服完满，便议过门。须缓缓退之。"姑依其言，直对来议者说知，议亲人回报于宽，宽喜道："便过六十日来娶。"遂停其事。

忽一日，有三个军家行到驿中歇下。二军人炊饭，一军人倚驿栏而坐，适惇娘见之，入对姑道："驿中军人来到，姑试问之从哪里来，若是陈郎所在，亦须访个消息。"姑即出见军人问道："你等是何卫来此？"一军应道："从辽东卫来，要赴信州投文书。"姑听说便道："若是辽东来，辽东卫有陈龙你可识否？"军人听了，即向前作揖道："妈妈何以识得陈龙？"姑氏道："陈龙是妾女孙之夫，曾许嫁之，未毕婚而别，故问及他。"军人道："今女孙可适人否？"姑道："专等陈郎回来，不肯嫁人。"军人忽然泪下道："要见陈某，我便是也。"姑大惊，即入内与惇娘说知。惇娘不信，出见陈龙问及当初事情，陈龙将前事说了一遍，方信是真，二人相抱而哭。二军伙闻其故，齐欢喜道："此千里之缘，岂偶然哉！我二人带来盘费钱若干，即与陈某今宵毕姻。"于是整备酒席，二军待之舍外，陈龙、惇娘并姑三人饮于舍内，酒罢人散，陈龙与惇娘进入房中，解衣就寝，诉其衷情，不胜凄楚。次日，二军伙对陈龙道："君初婚不可轻离，待我二人自去投文书，回来相邀，与惇娘同往辽东，永谐鱼水之欢。"言毕径去。于是陈龙留此舍中。与惇娘成亲才二十日，黄宽知觉陈某回来，恐他亲事不成，即遣仆人到舍中诱之至家，以逃军捕杀之，密令将尸身藏于瓦窑之中。次日，令人来逼惇娘过门。惇娘忧思无计，及闻丈夫被宽所害，就于房中自缢。姑见救之，说道："想陈郎与你只有这几日姻缘，今已死矣，亦当绝念嫁与贵公子便了，何用自苦如此？"惇娘道："女儿务要报夫之仇，与他同死，怎肯再嫁仇人？"其姑劝之不从，正没奈何，忽驿卒报开封府包大尹委任本府之职，今晚来到任上，准备迎接。惇娘闻之，谢天谢地，即具状迎包公马头呈告。

　　包公带进府衙审实惇娘口词，惇娘悲哭，将前情之事逐一诉知。包公即差公牌拘黄宽到衙根究，黄宽不肯招认。包公想道："既谋死人，须得尸首为证，彼方肯服；若无此对证，怎得明白？"正在疑惑间，忽案前一阵狂风过，包公见风起得怪异，遂喝一声道："若是冤枉，可随公牌去。"道罢，那阵风从包公座前复绕三回，那值堂公牌是张龙、赵虎，即随风出城二十里，直旋入瓦窑里而没。张龙、赵虎入窑中看时，有一男子尸首，面色未变，乃回报包公。包公令人抬得入衙来，令惇娘认之。惇娘一见认得是丈夫尸身，痛哭起来。验身上伤痕，乃是被黄宽捉去打死之伤。包公再提严审，黄宽不能隐，遂招服焉。叠成文卷，问宽偿命，追钱殡葬，付惇娘收管；复根究出邵秀买嘱吏胥陷害之情，决配远方充军；惇娘令亲人收领，每月官给库银若干赡养度日，以便养活，终身守节，以全其烈志。

六

## 黄屠夫谋妻杀至友　李氏女再嫁明真相

　　话说岳州离城二十里，地名平江，有个张万，有个黄贵，二人皆宰屠为生，结交往来，情好甚密。张万家道不足，娶妻李氏，容貌秀俊。黄贵有钱，尚未有室。一日，张万生辰，黄贵持果酒来贺，张万欢喜，留待之，命李氏在旁斟酒。黄贵目视李氏，不觉动情，怎奈以嫂呼之，不敢说半句言语，至晚辞回。夜间想着李氏之容，睡不成寐，挨到五更，心生一计，准备五六贯钱，侵早来张万家叫门。张万听得黄贵声音，起来开了门接入，问道："贤弟有甚事来我家这早？"黄贵笑道："某亲戚有几个猪，约我去买，恐失其信，特来邀兄同去，若有利息，当共分之。"张万甚喜，忙叫妻子起来入厨内备些早食。李氏便暖一瓶酒，整些下饭，出来见黄贵道："难得叔叔早到寒舍，当饮一杯，以壮行色。"黄贵道："惊动嫂嫂，万勿见罪。"遂与张万饮了数杯而行。天色尚早，赶到龙江，日出晌午。黄贵道："已行三十余里，肚中饥饿，兄先往渡口坐着，待小弟前村沽酒一瓶便来。"张万应诺，先往渡口去了。须臾间，黄贵持酒来，有意算计，他一连劝张兄饮了数杯，又无下酒的，况行路辛苦，一时昏沉醉倒。黄贵看得前后无人，腰间拔出利刀，从张万胁下刺入，鲜血喷出而死。黄贵将尸抛入江中，尸沉，仓忙走回见李氏道："与兄前往亲戚家买猪，不遇回来。"李氏问道："叔叔既回，兄缘何不同回？"黄贵道："我于龙江口相别而回。张兄说要往西庄问信，想必就回。"言罢而去。李氏在家等到晚边，不见其夫回来，自觉心下惶惶。过三四日，杳无音信，李氏愈慌，正待叫人来请黄贵问个端的，忽黄贵慌慌张张走来道："尊嫂，祸事到了。"李氏忙问："何故？"黄贵曰："适间我往庄外走一遭，遇见一起客商来说，龙江渡有一人溺水身死，我听得往看之，族中张小一亦在，果见有尸首浮泊江口，认来正是张兄，胁下不知被甚人所刺，已伤一孔，我同小一看见，移尸上岸，买棺殓之。"李氏听了，痛哭几绝。黄贵假意抚慰，辞别回去。过了数日，黄贵取一贯钱送去与李氏道："恐嫂嫂日用欠缺，将此钱权作买办。"李氏收了钱，又念得他殡殓丈夫，又送钱物给度，甚感他恩。

　　才过半载，黄贵以重财买嘱里妪前往张家见李氏道："人生一世，草茂一春。娘子如此青年，张官人已死日久，终日凄凄冷冷守着空房，何不寻个佳偶再续良姻？如今黄官人家道丰足，人物出众，不如嫁与他成一对好夫妻，岂不美哉。"李氏曰："妾甚得黄叔叔周济，无恩可报，若嫁他甚好，怎奈往日与我夫相好，恐惹人议论。"里妪笑曰："彼自姓黄，娘子官人姓张，正当匹配，有何嫌疑？"李氏允诺。里妪回信，黄贵甚是欢喜，即备聘礼迎接过门。花烛之夜，如鱼似水，夫妇和睦，行则连肩，坐则并股，不觉过了十年，李氏已生二子。

　　时值三月，清朗时节，家家上坟挂纸。黄贵与李氏亦上坟而回，饮于房中。黄贵酒醉，乃以言挑其妻曰："汝亦念张兄否？"李氏凄然泪下，问其故。黄贵笑曰："本不该对你说，但今十年已生二子，岂复恨我！昔日谋死张兄于江亦是清明之日，不想你今能承我的家。"李氏带笑答曰："事皆分定，岂其偶然。"其实心下深要与夫报仇。黄贵酒醉睡去，次日忘其所言。李氏候贵出外，收拾衣赀逃回母家，以此事告知兄。其兄李元即为具状，领妹赴开封府首告。包公即差公牌捉黄贵到衙根勘。黄贵初不肯认，包公令人开取张万死尸检验，黄贵不能抵瞒，一一招服。乃判下：谋其命而图其妻，当处极刑。押赴市曹斩首；将黄贵家财尽归李氏，仍旌其门为义妇。后来黄贵二子因端阳竞渡俱被溺死，天报可知。

七

# 秦长孺孤弱被虐死　柳继母狠暴杀子孙

　　话说开封府城内有一个仕宦人家，姓秦字宗祐，排行第七，家道殷富，娶城东程美之女为妻。程氏德性温柔，治家甚贤，生一子名长孺，十数年，程氏遂死，宗祐痛悼不已。忽值中秋，凄然泪下，将及半夜，梦见程氏与之相会，语言若生，相会良久，解衣并枕，交欢之际若在生无异。云收雨散，程氏推枕先起，泣辞宗祐曰："感君之恩，其情难忘，故得与君相会。妾他无所嘱，吾之最怜爱者，惟生子长孺，望君善抚之，妾虽在九泉亦瞑目矣。"言罢径去。宗祐正待挽留之，惊觉来却是梦中。次年宗祐再娶柳氏为妻，生一子名次孺。柳氏本小户人家出身，性甚狠暴，宗祐颇惧之。柳氏每见己子，则爱惜如宝；见长孺则嫉妒之，日夕打骂。长孺自知不为继母所容，又不敢与父得知，以此栖栖无依，时年已十五。一日，宗祐因出外访亲，连日不回，柳氏遂将长孺在暗室中打死，吩咐家下俱言长孺因暴病身死，遂葬之于城南门外。逾数日，宗祐回家，柳氏故意佯假痛哭，告以长孺病死已数日，今葬在城南门外。宗祐听得，因思前妻之言，悲不自胜，亦知此子必死于非命，但含忍而不敢言。

　　却说，一日，包公因三月间出郊外劝农，望见道旁有小新坟一所，上有纸钱霏霏，包公过之，忽闻身畔有人低声曰："告相公，告相公。"连道数声。回头一看，又不见人。行数步，又复闻其声，至于终日相随耳畔不歇。及回来又经过新坟，听其愈明。包公细思之：必有冤枉。遂问邻人里老："此一座新坟是谁家葬的？"里老回曰："是城中秦七官人近日死了儿子，葬在此间。"包公遂令左右就与里老借锄头掘开，将坟内小儿尸身检验，果见身上有数伤痕。包公回衙，便差公人唤秦宗祐理究其事因。宗祐供言前妻程氏生男名长孺，年已十五，前日我因出外访亲回来，后妻柳氏告以长孺数日前急病而死，现葬在南门外。包公知其意，又差人唤柳氏至，将柳氏根勘，长孺是谁打死？柳氏曰："因得暴症身死。"不肯招认。包公拍案怒曰："彼既病死，缘何遍身尽是打痕？分明是你打死他，还要强赖！"吩咐用刑。柳氏自知理亏，不得已将打死长孺情由，尽以招认。包公判曰："无故杀子孙，合问死罪。"遂将柳氏依条处决；宗祐不知情，发回宁家。此案可为后妻杀前妻子者榜样。

## 八

# 冯陈氏奇妒绝夫嗣　卫母子身死化冤魂

　　话说江州德化有一人，姓冯名叟，家颇饶裕，其妻陈氏，美貌无子，侧室卫氏，生有二子。陈氏自思己无所出，诚恐一旦色衰爱弛。每存妒害，无衅可乘。一日，冯叟欲置货物往四川买卖，临行吩咐陈氏，善视二子。陈氏假意应允。后至中秋，陈氏于南楼设下一宴，召卫氏及二子同来会饮；陈氏先把毒药放在酒中，举杯嘱托卫氏曰："我无所出，幸汝有子，家业我当与汝相共，他日年老之时，皆托汝母子维持，此一杯酒，预为我日后意思。"卫氏辞不敢当，于是痛饮尽欢而罢。是夜药发，卫氏母子七孔流血，相继而死。时卫氏年二十五岁，长子年五岁，次子三岁。当时亲邻大小莫知其故，陈氏乃诈言因暴病而死，闻者无不伤感。陈氏又诈哭甚哀，以礼葬埋。却说冯叟在外，一日忽得一梦，梦见卫氏引二子泣诉其故。意欲收拾回家，奈因货物未脱，不能如愿。且信且疑，闷闷不悦。

　　将及三年后，适值包公按临其地，下马升厅，正坐间，忽然阶前一道黑气冲天，须臾不见天日。包公疑必有冤。是夜点起灯烛，包公困倦，隐几而卧。夜至三更，忽见一女子，生得仪容美丽，披头散发，两手牵引二子，哭哭啼啼，跪在阶下。包公问道："你这妇人居住何处？姓甚名谁？手牵二子到此有何冤枉？一一道来，我当与汝申雪。"女子泣道："妾乃江州卫氏母子。因夫冯叟往四川经商，正母陈氏中秋置酒，毒杀妾母子三人，冤魂不散。幸蒙相公按临，故特哀告，望乞垂怜，代雪冤苦。"说罢，悲泣不已，再拜而退。包公次日即唤公差拘拿陈氏审勘道："妾子即汝子，何得生此奇妒？害及三命，绝夫之嗣，莫大之罪，有何分辩？"陈氏悔服无语，包公拟断凌迟处死。

后过二载，冯叟回家，畜一大母彘，一岁生数子，获利几倍，将欲售之于屠，忽作人言道："我即君之妻陈氏也。平日妒忌，杀妾母子，绝君之嗣，虽包公断后，上天犹不肯释妾，复行绝恶之罚，作为母彘，今偿君债将满，未免过千刀之苦。为我传语世上妇人，孝奉公姑，和睦妯娌，勿行妒忌，欺剋妾婢，否则他日之报同我之报也。"远近闻之，俱踵其门观看。

# 卷之五

## 一

## 袁仆人疑心杀雍一　张兆娘冤死诉神明

　　话说西京离城五里，地名永安镇，有一人姓张名瑞，家道富足，娶城中杨安之女为妻。杨氏贤惠，治家有法，长幼听从呼令。生一女名兆娘，聪明美貌，针黹精通。父母甚爱惜之，常言此女须得一佳婿方肯许聘，十五岁尚未许人。瑞有二仆，一姓袁一姓雍。雍仆敦厚，袁仆刁诈，一日，因怒于张，被张逐出。袁疑是雍献谗言于主人，故遭遣逐，遂甚恨雍，每想以仇报之。忽一日，张瑞因庄上回家，感冒重疾，服药不效，延十数日。张自量不保，唤杨氏近前嘱道："我无男子，只有女儿，年已长大，倘我不能好，后当许人，休留在家。雍一为人小心勤谨，家事可托之。"言罢而卒。杨氏不胜哀痛，收殓殡讫，作完功课后，杨氏便令里妪与女儿兆娘议亲。女儿闻知，抱母大哭道："吾父死未周年，况女无兄弟，今便将女儿出嫁，母亲所靠何人？情愿在家侍奉母亲，再过两年许嫁未迟。"母听其言，遂停其事。

　　时光似箭，日月如梭，张某亡过又是三四个月，家下事务出入，内外尽是雍仆交纳，雍愈自紧密，不负主所托，杨氏总无忧虑。正值纳粮之际，雍一与杨氏说知，整备银两完官，杨氏取银一箧与雍入城，雍一领受，待次日方去。适杨氏亲戚有请，杨氏携女同去赴席。袁仆知杨氏已出，抵暮入其家，欲盗彼财物，径进里面舍房中，撞见雍一在床上打点钱贯，袁仆怒恨起来指道："汝在主人边谗言逐我出去，如今把持家业，其实可恨。"就拔出一把尖刀来杀之，雍一措手不及，肋下被伤，一刀气绝。袁仆收取银箧，急走回来，并无人知。比及杨氏饮酒而归，唤雍一不见，走进内里寻觅，被人杀死在地。杨氏大惊，哭谓女道："张门何大不幸？丈夫才死，雍一又被人杀死，怎生伸理？"其女亦哭，邻人知之，疑雍一死得不明。时又有庄佃汪某，乃往日张之仇人，告首于洪知县，洪拘其母女及仆婢十数人审问，杨氏哭诉，不知杀死情由。汪指赖其母女与人通奸，雍一捉奸，故被奸夫所杀。洪信之，勘令其招，杨氏不肯诬服，连年不决，累死者数人。其母女被拷打，身受刑伤，家私消乏。兆娘不胜其苦，谓母道："女只在旦夕死矣，只恨无人看顾母亲，此冤难明，当质之于神，母不可诬服招认，以丧名节。"言罢呜咽不止。次日，兆娘果死，杨氏感伤，亦欲自尽。狱中人皆慰劝之，方不得死。

　　明年，洪已迁去，包公来按西京。杨氏闻之，重贿狱官，得出陈诉。包公根勘其事，拘邻里问之，皆言雍一之死不知是谁所杀，然杨氏母女亦无污行。包公亦疑之，次日斋戒祷于城隍司道："今有杨氏疑狱，连年不决，若有冤情，当以梦应，我为之决理。"祝罢回衙，秉烛坐于寝室。未及二更，一阵风过，吹得烛影不明，起身视之，仿佛见窗外一黑猿。包公问道："是谁来此？"猿应道："特来证杨氏之狱。"包公即开窗看来时，四下安静，杳无人声，不见那猿。沉吟半晌，计上心来。次日侵早升堂，取出杨氏一干人问道："汝家有姓袁人来往否？"杨氏答道："只丈夫在日，有走仆姓袁，已逐于外数年，别无姓袁者。"包公即差公牌拘捉袁仆，到衙勘问，袁仆不肯招认。包公又差人入袁家搜取其物，得箧一个，内有银钱数贯，拿来见包公。包公未及问，杨氏认得，是当日付与雍一盛钱完粮之物。包公审得明白，乃问袁道："杀死人者是汝，尚何抵赖？"令取长枷监于狱中根勘。袁仆不能隐，只得供出谋杀情由。包公遂叠成文案，问袁斩罪；汪某诬陷良人，发配辽恶远方充军。遂放出杨氏并一干人回家。人或言其女兆娘发愿先死，诉神白冤之应。

二

# 蒋天秀责仆应死炁　小琴童卖鱼认凶身

　　话说扬州有一人姓蒋名奇，表字天秀，家道富实，平素好善。忽一日有一老僧来其家化缘，天秀甚礼待之。僧人斋罢乃道："贫僧山西人氏，削发东京报恩寺，因为寺东堂少一尊罗汉宝像，近闻长者平昔好布施，故贫僧不辞千里而来。"天秀道："此乃小节，岂敢推托。"即令琴童入房中对妻张氏说知，取白银五十两出来付与僧人。僧人见那白银笑道："不要一半完满得此一尊佛像，何用许多？"天秀道："师父休嫌少，若完罗汉宝像以后剩者，作些功课，普度众生。"僧人见其欢喜布施，遂收了花银，辞别出门。心下忖道："适才见那施主相貌，目睫下现有一道死炁，当有大灾。彼如此好心，我今岂得不说与他知。"即回步入见天秀道："贫僧颇晓麻衣之术，视君之貌，今年当有大厄，慎防不出，庶或可免。"再三叮咛而别。天秀入后舍见张氏道："化缘僧人没话说得，相我今年有大厄，可笑可笑。"张氏道："化缘僧人多有见识，正要谨慎。"时值花朝，天秀正邀妻子向后花园游赏，有一家人姓董，是个浪子，那日正与使女春香在花亭上戏耍，天秀遇见，将二人痛责一顿，董仆切恨在心。

　　才过一月，有一表兄黄美，在东京为通判，有书来请天秀。天秀接得书入对张氏道："我今欲去。"张氏答道："日前僧人说君有厄，不可出门，且儿子又年幼，不去为是。"天秀不听，吩咐董家人收拾行李，次日辞妻，吩咐照管门户而别。天秀与董家人并琴童行了数日旱路到河口，是一派水程。天秀讨了船只，将晚，船泊狭湾。那两个艄子一姓陈一姓翁，皆是不善之徒。董家人深恨日前被责，怀恨在心，是夜密与二艄子商议道："我官人箱中有白银百两，行装衣赀极广，汝二人若能谋之，此货物将来均分。"陈、翁二艄笑道："汝虽不言，吾有此意久矣。"是夜，天秀与琴童在前舱睡，董家人在后舱睡，将近三更，董家人叫声："有贼。"天秀梦中惊觉，便探头出船外来看，被陈艄一刀就推在河里；琴童正要走时，被翁艄一棍打落水中。三人打开箱子，取出银子均分。陈、翁二艄依前撑回船去，董家人将财物走上苏州去了。当下琴童被打昏迷，幸得不死，泅水上得岸来，大哭连声。天色渐明，忽上流头有一渔舟下来，听得岸边上有人啼哭，撑舟过来看时，却是十七八岁的小童，满身是水，问其来由，琴童哭告被劫之事，渔翁带他下船，撑回家中，取衣服与他换了。乃问道："汝还是要回去，还是在此间同我过活？"琴童道："主人遭难，不见下落，如何回去得？愿随公公在此。"渔翁道："从容为你访问劫贼是谁，再作理会。"琴童拜谢不提。

再说当夜那天秀尸首流在芦苇港里，隔岸便是清河县，城西门有一慈惠寺。正是三月十五，会作斋事和尚都在港口放水灯，见一尸首，鲜血满面，下身衣服尚在。僧人道："此必是遭劫客商，抛尸河里，流停在此。"内中有一老僧道："我等当发慈悲心，将此尸埋于岸上，亦是一场善事。"众僧依其言，捞起尸首埋讫，放了水灯回去。是时包公因往濠州赈济，事毕转东京，经清河县过。正行之际，忽马前一阵旋风起处，哀号不已。包公疑怪，即差张龙随此风下落，张龙领命随旋风而来，至岸中乃息，张龙回复，包公遂留止清河县。包公次日委本县官带公牌前往根勘，掘开视之，见一死尸，宛然颈上伤一刀痕。周知县检视明白，问："前面是哪里？"公人回道："是慈惠寺。"知县令拘僧行问之，皆言："日前因放水灯，见一死尸流停在港内，故收埋之，不知为何而死。"知县道："分明是汝众人谋死，尚有何说？"因此令将这一起僧人监于狱中，回复包公。包公再取出根勘，各称冤枉，不肯招认。包公自思：既是僧人谋杀人，其尸必丢于河中，岂肯自埋于岸上？事有可疑。因令散监众僧，将有二十余日，尚不能明。

时四月尽间，荷花盛开，本处仕女有游船之乐。忽一日琴童与渔翁正出河口卖鱼，正遇着陈、翁二艄在船上赏花饮酒，特来买鱼。琴童认得是谋死他主人的，密与渔翁说知，渔翁道："汝主人之冤雪矣。今包大人在清河县断一狱事未决，留止在此，汝宜即往投告。"琴童连忙上岸，径到清河县公厅中，见包公哭告主人被船艄谋死情由，现今贼人在船上饮酒。包公遂差公牌李、黄二人，随琴童来河口，将陈、翁二艄捉到公厅。包公令琴童去认死尸，回报哭诉："正是主人，被此二贼谋杀。"包公吩咐重刑拷问。陈、翁二艄见琴童在证，疑是鬼使神差，一款招认明白，便用长枷监于狱中，放回众僧。次日，包公取出贼人，追取原劫银两，押赴市曹斩首讫。当下只未捉得董家人。包公令琴童给领银两，用棺盛了尸首，带丧回乡埋葬。琴童谢了渔翁，带丧转扬州不提。后来天秀之子蒋士卿读书登第，官至中书舍人。董仆得财成巨商，后来在扬子江被盗杀死。天理昭彰，分毫不爽。

三

## 鲍家子责仆屈万安　红衫妇污衣挞周富

话说江州在城有两个盐侩，皆惯通客商，延接往来之客。一姓鲍名顺，一姓江名玉，二人虽是交契，江多诈而鲍敦厚，鲍侩得盐商抬举，置成大家，娶城东黄亿女为妻，生一子名鲍成，专好游猎，父母禁之不得。一日鲍成领家童万安出去打猎，见潘长者园内树上一黄莺，鲍成放一弹，打落园中。时潘长者众女孙在花园游戏，鲍成着万安入花园拾那黄莺，万安见园中有人，不敢入去。成道："汝如何不捡黄莺还我？"万安道："园中有一群女子，如何敢闯进去？待女回转，然后好取。"鲍成遂坐亭子上歇下。及到午边，女子回转去后，万安越墙入去寻那黄莺不见，出来说知，没有黄莺儿，莫非是那一起女子捡得去了？鲍成大怒，劈面打去，万安鼻上受了一拳，打得鲜血迸流。大骂一顿，万安不敢做声，随他回去，亦不对主人说知。黄氏见家童鼻下血痕，问道："今日令汝与主人上庄去也未曾？"万安不应，黄氏再三问故，万安只得将打猎之事说了一遍。黄氏怒道："人家养子要读诗书，久后方与父母争气；有此不肖，专好游荡闲走，却又打伤家人。"即将猎犬打死，使用器物尽行毁坏，逐于庄所，不令回家。鲍成深恨万安，常要生个恶事捏他，只是没有机会处，忍在心头不提。

却说江侩虽亦通盐商，本利折耗，做不成家。因见鲍侩富豪，思量要图他金银。一日，忽生一计，前到鲍家叫声："鲍兄在家否？"适鲍在外归来，入见江某，不胜之喜，便令黄氏备酒待之，江、鲍对饮。二人席上正说及经纪间事，江某大笑："有一场大利息，小弟要去，怎奈缺少银两，特来与兄商议。"鲍问："甚事？"江答以苏州巨商有绫锦百箱，不遇价，愿贱售回去。此行得百金本，可收其货，待价而沽，利息何啻百倍。"鲍是个爱财的人，欢然许他同去，约以来日在江口相会，江饮罢辞去。鲍以其事与黄氏说知，黄氏甚是不乐，鲍某意坚难阻，即收拾百金，吩咐万安挑行李后来。次日侵早，携金出门，将到江口，天色微明。江某与仆周富并其侄二人，备酒先在渡上等候，见鲍来即引上渡。江道："日未出，雾气弥江，且与兄饮几杯开渡。"鲍依言不辞，一连饮了十数杯早酒，颇觉醉意。江某务劝多饮，鲍言："早酒不消许多。"江怨道："好意待兄，何以推故？"即袖中取出秤锤击之，正中鲍顶，昏倒在渡。二侄径进缚杀之，取其金，投尸入江回来。比及万安挑行李到江口，不见主人，等到日午问人，皆道未来。万安只得回去见黄氏道："主人未知从哪条路去，已赶他不遇而回。"黄氏自觉不快，过了三四日，忽报江某已转，黄氏即着人问之，江某道："那日等候鲍兄来，等了半日不见来，我自己开船而去。"黄氏听了惊慌，每日令人四下寻访，并无消息。鲍成在庄上闻知，忖道："此必万安谋死，故挑行李回来瞒过，即具状告于王知州，拘得万安到衙根问，万安苦不肯招，鲍成立地禀复，说是积年刁仆，是他谋死无疑。王知州信之，用严刑拷问，万安苦不过，只得认了谋杀情由，长枷监入狱中，结案已成。是冬，仁宗命包公审决天下死罪，万安亦解东京听审，问及万安案卷，万安悲泣不止，告以前情。包公忖道：白日谋杀人，岂无见知者？若劫主人之财，则当远逃，怎肯自回？便令开了长枷，散监狱中。密遣公牌李吉吩咐：前到江州鲍家访查此事，若有人问万安如何，只说已典刑了。"李吉去了。

且说江某得鲍金，遂致大富，及闻万安抵命，心常恍惚，惟恐发露。忽夜梦一神人告道："你得鲍金致富，屈他仆抵命，久后有穿红衫妇人发露此事，你宜谨慎。"江梦中惊醒，密记心下。一月余，果有穿红衫妇人，遣钞五百贯来问江买盐。江明白在心，迎接妇人到家，厚礼待之。妇人道："与君未相识，何蒙重敬？"江答道："难得娘子下顾，有失款迎，若要盐便取好的送去，何用钱买。"妇人道："妾夫在江口贩鱼，特来求君盐腌藏，若不受价，妾当别买。"江只得从命，加倍与盐。妇人正待辞行，值仆周富捧一盆秽水过来，滴污妇人红衣。妇人甚怒，江赔小心道："小仆失手，万乞赦宥，情愿偿衣资钱。"妇人犹怀恨而去。江怒将仆缚之，挞二日才放。周富痛恨在心，径来鲍家，见黄氏报说某日谋杀鲍顺的事。黄氏大恨，正思议欲去首告，适李吉入见黄氏，称说自东京来，缺少路费，冒进尊府，乞觅盘缠。黄氏便问："你自东京来可闻得万安狱事否？"李吉道："已处决了。"黄氏听了，悲咽不止。李吉问其故，黄氏道："今谋杀我夫者已明白，误将此人抵命了。"李吉不隐，乃直告包公差人访查之缘由，黄氏取过花银十两，令公人带周富连夜赴东京来首告前情。包公审实明白，随遣公牌到江州，拘江玉一干人到衙根勘，江不能抵瞒，一一招认，用长枷监于狱中，定了案卷，问江某叔侄三人抵命，放了万安；追还百金，给一半赏周富回去，鲍顺之冤始雪。

四

# 丁千万谋财焚尸骨　乌盆子含冤赴公堂

　　话说包公为定州守日，有李浩者，扬州人，家私巨万，前来定州买卖，去城十余里，饮酒醉甚，不能行走，倒在路中睡去。至黄昏，有丁千、丁万，见李浩身畔资财，乘醉扛去僻处，夺其财物有百两黄金，二人平分之，归家藏下。二人又相议道："此人酒醒不见了财物，必去定州告状，不如将他打死，以绝其根。"即将李浩打死，扛抬尸首入窑门，将火烧化。夜后，取出灰骨来捣碎，和为泥土，烧得瓦盆出来。

　　后定州有一王老，买得这乌盆子将盛尿用之。忽一夜起来小解，不觉盆子叫屈道："我是扬州客人，你如何向我口中小便？"王老大惊，遂点起灯来问道："这盆子，你若果是冤枉，请分明说来，我与你伸雪。"乌盆遂答道："我是扬州人姓李名浩，因去定州买卖，醉倒路途，被贼人丁千、丁万夺了黄金百两，并害了性命，烧成骨灰，和为泥土，做成这盆子。有此冤枉，望将我去见包太守。"王老听罢悚然，过了一夜，次日，遂将这盆子去府衙首告。包公问其备细，王老将夜来瓦盆所言诉说一遍，包公随唤手下将瓦盆抬进阶下问之，瓦盆全不答应。包公怒道："这老儿将此事诬惑官府。"责令出去。王老被责，将瓦盆带回家下,怨恨不已。

夜来盆子又叫道:"老者休闷,今日见包公,为无掩盖,这冤枉难诉。愿以衣裳借我,再去见包太守,待我一一陈诉,决无异说。"王老惊异。不得已,次日又以衣裳掩盖瓦盆,去见包太守说知其情。包公亦勉强问之,盆子诉告前事冤屈。包公大骇,便差公牌唤丁千、丁万。良久,公差押二人到,包公细问杀李浩因由,二人诉无此事,不肯招认。包公令收入监中根勘,竟不肯服。包公遂差人唤二人妻来根问之,二人之妻亦不肯招。包公道:"你二人之夫将李浩谋杀了,夺去黄金百两,将他烧骨为灰,和泥作盆。黄金是你收藏了,你夫分明认着,你还抵赖什么?"其妻惊恐,遂告包公道:"是有金百两,埋在墙中。"包公即差人押其妻子回家,果于墙中得之,带见包公。包公令取出丁千、丁万问道:"你妻子却取得黄金百两在此,分明是你二人谋死李浩,怎不招认?"二人面面相视,只得招认了。包公断二人谋财害命,俱合死罪,斩讫;王老告首得实,官给赏银二十两;将瓦盆并原劫之金,着令李浩亲族领回葬之。大是奇异。

五

# 贤嫂娘有言不便说　小牙簪插地喻情理

却说包公任南直隶巡按时，池州有一老者，年登八旬，姓周名德，性极风骚，心甚狡伪。因见族房寡妇罗氏，貌赛羞花，周德意欲图奸，日日来往彼家，窥调稔熟。罗氏年方少艾，被德牵动。适一日，彼此交言偷情，相约深夜来会。是夜罗氏见德来至，遂引就榻，共效鸳鸯，倏尔年余，亲邻皆知。罗氏夫主亲弟周宗海屡次微谏不止，只得具告于包公。包公看状，暗自忖度：八旬老子气衰力倦，岂有奸情？遂差张龙先拿周德到厅鞠拷。德泣道："衰老就死，惟恐不瞻，岂敢乱伦犯奸？乞老爷详情。"包公愈疑，将德收监后，差黄胜拘罗氏到厅勘究，罗氏哭道："妾寡居，半步不出，况与周德有尊卑内外之分，并不敢交谈，岂有通奸情由？老爷详情。"这二人言诉如一，甘心受刑，不肯招认。包公闷闷不已，退入后堂，茶饭不食。其嫂汪氏问及叔何故不食？包公应道："小叔今遇这场词讼，难以分剖，故此纳闷忘食。"汪氏欲言不便，即将牙簪插地，谕叔知之。包公即悟，随升堂差人去狱中取出周德、罗氏来问，唤左右将此二人捆打，大喝道："老贼无知，败丧纲常，死有余辜。"又指罗氏大骂："泼妇淫乱，分明与德通奸，还要瞒我？"包公急令拿拶棍二副，把周德、罗氏拶起，各棒二百。那二人受刑不过，只得将通奸情由，从实供招。包公将周德、罗氏二人各杖一百，赶周德回家。牌唤周宗海到，押罗氏别嫁，周宗海领罗氏去讫。伦法肃然。

## 六

# 王三郎殒妻捉念六　真凶犯现身凭绣履

话说离开封府四十五里，地名近江，隔江有姓王名三郎者，家颇富，惯走江湖，娶妻朱娟，貌美而贤，夫妻相敬如宾。一日，王三郎欲整行货出商于外，朱氏劝夫勿行，三郎依其言，遂不思远出，只在本地近处做些营生。时对门有姓李名宾者，先为府吏，后因事革役，性最刁毒，好色贪淫，因见朱氏有貌，欲与相通不能。忽一日，侵早见三郎出门去了，李宾装扮齐整，径入三郎舍里，叫声："王兄在家否？"此时朱氏初起，听得有人叫，问道："是谁叫三郎？早已上庄去了。"李宾直入内里见朱氏道："我有件事特来相托，未知即回么？"朱氏因见李宾往日邻居不疑，乃道："彼有事未决，日晚方回。"李宾见朱氏云鬓半偏，启露朱唇，不觉欲心大动，用手扯住朱氏道："尊嫂且同坐，我有一事告禀，待王兄回时，烦转达知。"朱氏见李宾有不良之意，劈面叱之道："汝为堂堂六尺之躯，不分内外，白昼来人家调戏人妻，真畜类不如。"言罢入内去了。李宾羞脸难藏而出，回家自思："倘或三郎回来，彼妻以其事说知，岂不深致仇恨？莫若杀之以泄此念。"即持利刃复来三郎家，正见朱氏倚栏若有所思之意，宾向前怒道："认得李某么？"朱氏转头见是李宾，大骂道："奸贼缘何还不去？"李宾抽出利刃，望朱氏咽喉刺入，即时倒地，鲜血迸流，可怜红粉佳人，化作一场春梦。李宾脱取朱氏绣履走出门外，并刀埋于近江亭子边不提。

再说朱氏有族弟念六，惯走江湖，适值船泊江口，欲上岸探望朱氏一面，天晚行入其家，叫声无人答应，待至房中，转过栏杆边，寂无人声。念六随复登舟，觉其脚下履湿，便脱下置火上焙干。其夜，王三郎回家，唤朱氏不应，及进厨下点起灯照时，房中又未曾落锁，三郎疑惑，持灯行过栏杆边，见杀死一人倒在地下，血流满地，细观之，乃其妻也。三郎抱起看时，咽喉下伤了一刀。大哭道："是谁谋杀吾妻？"次日，邻里闻知来看，果是被人所杀，不知何故。邻人道："门外有一条血迹，可随此血迹去寻究之，便知贼人所在。"三郎然其言，集众邻里十数人，寻其脚迹而去，那脚迹直至念六船中而止。三郎上船捉住念六骂道："我与你无冤无仇，为何杀死吾妻？"念六大惊，不知所为何事，被三郎捆到家，乱打一顿，解送开封府陈告。包公审问邻里、干证，皆言谋杀人，血迹委实在他船中而没。包公根勘念六情由，念六哭道："我与三郎是亲戚，抵暮到他家，无人即回。履上沾了血迹，实不知杀死情由。"包公疑忖道："既念六杀人，不当取妇人履去。搜其船上，又无利器，此有不明之理，令将念六监入狱中。遂生一计，出榜文张挂：朱氏被人所谋，失落其履，有人捡得者，重赏官钱。过一月间并无消息。

忽一日，李宾饮于村舍，村妇有貌，与宾通奸，饮至酒后，乃对妇道："看你有心待我，我当以一场大富赐你。"妇笑道："自君常来我家，何曾用半文钱？有甚大富，你自取之，莫要哄我。"李宾道："说与你知，若得赏钱，那时再来你家饮酒，岂不奉承着我？"妇问其故，李宾道："那日王三郎妻被人杀死，陈告于开封府，将朱念六监狱偿命，至今未决，包大尹榜文张挂，如若有人捡得被杀妇人的履来报，重赏官钱。我正知其绣履下落，今说你知，可令你丈夫将去领赏。"

妇道："履在何处你怎知之？"李宾道："日前我到江口，见近江边亭子旁似乎有物，视之却是妇人之履并刀一把，用泥掩之。想必是被谋妇人的履。"村妇不信，及宾去后，密与丈夫说知。村民闻知，次日径到江口亭子边，掘开新泥，果有妇人绣履一双，刀一把，忙取回家见妇。其妇大喜，所谓宾言得实，令其夫即将此物来开封府见包公。包公问："从何处得来？"村民直告以近江亭子边得来，埋在泥土中。包公问："谁教汝在此寻觅？"村民不能隐，直告道："是妻子说知。"包公自忖道："其妇必有缘故。"乃笑对村民道："此赏钱合该是你的。"遂令库官给出钱五十贯赏给村民。村民得钱，拜谢而去。

　　包公即唤公牌张、赵近前，密吩咐道："你二人暗随此村民，至其家察访，若遇彼妻与人在家饮酒，即捉来见我。"公牌领命而去。

　　却说村民得了赏钱，欣然回家，见妻说知得赏的事。其妇不胜之喜，与夫道："今我得此赏钱，皆是李外郎之恩，可请他来说知，取些分他。"村民然其言，即往李宾家请得他来。那妇人一见李宾，笑容满面，越发奉承，便邀入房中坐定；安排酒浆相待，三人共席而饮。那妇道："多得外郎指教，已得赏钱，当共分之。"李宾笑道："留在汝家做酒，余者当歇钱。"那妇大笑起来。两个公人直抢进房中，将李宾并村妇捉了，解衙内禀知妇人酒间与李宾所言之事。包公便问妇人："你何以知得被杀妇人埋履所在？"妇人惊惧，直告以李宾所教，包公审问李宾，宾初则还不肯招认，后被重刑拷打，只得供出谋杀朱氏真情。于是再勘村妇李宾因何来汝家之故，村妇难抵，亦招出往来通奸情由。包公叠成文卷，问李宾处决；配村妇于远方。念六之冤方释，闻者无不快心。

七

# 高尚静许愿失银两　叶街坊还银无芥蒂

话说河南开封府新郑县，有一人姓高名尚静者，家有田园数顷，男女耕织为业，年近四旬，好学不倦。然为人不善修饰，言行举止异常，衣虽垢弊不浣，食虽粗粝不择，于人不欺，于物不取，不戚戚形无益之愁，不扬扬动有心之喜。或时以诗书骋怀，或时以琴樽取乐。赏四时之佳景，玩江山之秀丽，流连花月，玩弄风光。或时以诗酒为乐，冬夏述作，春秋游赏。谓其妻曰："人生世间，如白驹过隙，一去难再；若不及时为乐，吾恐白发易生，老景将至。"言罢即令其妻取酒消遣。正饮间，忽有新郑县官差人至家催称粮差之事，尚静乃收拾家下白银，到市铺内煎销，得银四两，藏入袖内，自思：往年粮差俱系里长收纳完官，今次包公行牌，各要亲手赴称。今观包公为官清正，宛若神明，心怀肃畏，遂带前银另买牲酒香仪之类，径赴城隍庙中许下良愿，候在称完之日即来偿还。祈祷已毕，将牲酒之类在庙中散福，不觉贪饮几杯，出庙之时，前银已落庙中。不防街坊有一人姓叶名孔者，先在铺中见尚静煎销银两在身，往庙许愿，即起不良之意，跟尾在尚静身后，悄悄入庙，躲在城隍宝座下，见尚静拜辞神出，即拾其银回讫。尚静回家，方觉失了前银，再往庙中寻时，已不见踪影。无可奈何，只得具状径到包公台前告理。包公看了状词道："汝这银两在庙中失去，又不知是何人拾得，难以判断。"遂不准其状，将尚静发落出外。尚静叫屈连天，两眼垂泪而去。

包公因这件事自思：某为民牧，自当与民分忧。心中自觉不安，乃具疏文一道，敬诣城隍庙行香，将疏文焚于炉内，祷祝出庙回衙，令左右点起灯烛，将几案焚香放在东边，包公向东端坐祷祝，坐以待旦，如此者三夜。是夜三更，忽然狂风大起，移时间风吹一物直到阶下，包公令左右拾起观看，乃是一叶，叶中被虫蛀了一孔。包公看了已知其意，方才吩咐左右各去歇宿。

次日，包公唤张龙、赵虎吩咐道："汝可即去府县前后呼唤叶孔名字，若有人应者，即唤他来见我。"张、赵二人领命出衙，遍往市街，叫喊半日，东街有一人应声而出道："吾乃叶孔是也，不知尊兄有何见谕？"张、赵二人道："包公有唤。"遂拘其人入衙跪下。包公道："数日前有新郑县高尚静在城隍庙里失落去白银四两，其银大小有三片，他在我这里告你，吾亦知道是你拾得，又不是去偷他的，缘何不把去还他？"叶孔见包公判断通神，说得真了，只得拜服招认道："小人在庙中焚香，因拾得此银，至今尚未使用。既蒙相公神见，小人不敢隐瞒。"包公审了口词，即令左右押叶孔回家取银，复令再唤高尚静到台，将银看认，果然丝毫不差。包公乃对高尚静道："汝落了银子，系是叶孔拾得，我今与你追还，汝可把三两五钱称粮完官，更有五钱可分与叶孔以作酬劳之资。自后相见，不许两相芥蒂。"二人拜谢出府。高尚静乃将些散碎银两备办牲物并香烛纸锭，径往城隍庙还愿，深感包公之德。

八

## 石哑子献棒为家产　胞兄长辩白翻供词

　　话说包公坐厅，有公吏刘厚前来复称："门外有石哑子手持大棒来献。"包公令他入来，亲自问之，略不能应对。诸吏遂复包公道："这厮每遇官府上任，几度来献此棒，任官责打。爷台休要问他。"包公听罢思忖：这哑子必有冤枉的事，故忍吃此刑，特来献棒。不然，怎肯屡屡无罪吃棒？遂心生一计，将哑子用猪血遍涂在臀上，又以长枷枷于街上号令，暗差数个军人打探，若有人称屈者，引来见我。良久，街上纷然来看，有一老者嗟叹道："此人冤屈，今日反受此苦。"军人听得，便引老人至厅前见包公，包公详问因由。老人道："此人是村南石哑子，伊兄石全，家财巨万，此人自小来原不能言，被兄赶出，应有家财，并无分与他。每年告官，不能伸冤，今日又被杖责，小老因此感叹。"包公闻其言，即差人去追唤石全到衙，问道："这哑子是你同胞兄弟么？"石全答道："他原是家中养猪的人，少年原在本家庄地居住，不是亲骨肉。"包公闻其言，遂将哑子开枷放了去，石全欢喜而回。

　　包公见他回去，再唤过哑子来教道："你后若撞见石全哥哥，你去扭打他无妨。"哑子但点头而去。一日，在东街外忽遇石全来到，哑子怨忿，随即推倒石全，扯破头面，乱打一番，十分狼狈。石全受亏，不免具状投包公来告，言哑子不尊礼法，将亲兄殴打。包公遂问石全道："哑子若果是你亲弟，他的罪过非小，断不轻恕；若是常人，只作斗殴论。"石全道："他果是我同胞兄弟。"包公道："这哑子既是亲兄弟，如何不将家财分与他？还是汝欺心独占。"石全无言可对。包公即差人押二人去，还将所有家财产业，各分一半。众人闻之，无不称快。

九

## 愚乡邻报怨割牛舌　官府令行禁寓深意

话说包公守开封府时,有姓刘名全者,住在城东小羊村,务农为业。一日,耕田回来,复后再去,但见耕牛满口带血,气喘而行。刘全详看一番,乃知牛舌为人割去。全写状告于包公道:

> 告为杀命事:农靠耕,耕靠牛,牛无舌,耕不得,遭割去,如杀命。乞追上告。

包公看了状词,因细思之,遂问刘全:"你与邻里何人有仇?"全无言对,但告:"望相公作主。"包公以钱五百贯与他,令归家将牛宰杀,以肉分卖四邻,若取得肉钱,可将此钱添买牛耕作。刘全不敢受,包公必要与之,全受之而去。包公随即具榜张挂:倘有私宰耕牛,有人捕捉者,官给赏钱三百贯。刘全归家,遂令一屠开剥其牛,将肉分卖与邻里。其东邻有卜安者,与刘全有旧仇,扯住刘全道:"今府衙前有榜,赏钱三百贯给捕捉私宰耕牛者不误。你今敢宰杀么?"随即缚住刘全,要同去见包公,按下不提。

却说包公,是夜睡至三更得一梦,忽见一巡官带领一女子乘鞍,手持一刀，有千个口，道是丑生人，言讫不见。觉来思量，竟不得明。次日早间升厅问事，值卜安来诉刘全杀牛之事。包公思念夜来之梦，与此事恰相符合。巡官想是卜字，女子乘鞍乃是安字，持刀割也，千个口舌也，丑生牛也。卜安与刘全必有冤仇，前日割牛舌者必此人也，故今日来诉刘全杀牛。随即将卜安入狱根勘，狱吏取出刑具，置于卜安面前道："从实招认，免受苦楚。"卜安惧怕，不得已乃招认，因与刘全借柴薪不肯，因致此恨，于七月十三日晚，见刘全牛在坡中吃草，遂将牛舌割了。狱吏审实，次日呈知于包公，遂将卜安依律断决，长枷号令一个月。批道：

审得卜安，乃刘全之仇人也。挟仇害无知之物，心则何忍；割舌伤有用之畜，情则更恶。教宰牛而旋禁，略施巧术；分卖肉而来首，自谓中机。岂知令行禁违，情有深意。正是使心用心，反累其身。姑念乡愚，杖惩枷徽。

批完，众皆服包公神见。

## 十 无赖子途中骗良马　识途骡饥饿逐刁棍

话说开封府南乡有一大户，姓富名仁，家蓄上等骡马一匹。一日，骑马上庄收租，到庄遂遣家人兴福骑转回家。走到中途，下马歇息。有一汉子姓黄名洪，说自南乡来，乘着瘦骡一匹，见了兴福，亦下骡儿停息，遂近前道："大哥何来？"兴福道："我送东人往庄上收租来。"二人遂草坐叙话，不觉良久。洪忽心生一计道："大哥你此马倒好个膘腴。"福道："客官识马么？"洪道："曾贩马来。"福道："吾东人不久用高价买得此马。"洪道："大哥不弃，愿借一试。"兴福不疑其歹，遂与之乘。洪须臾跨上雕鞍，出马半里，并不回缰。兴福心惊，连忙追马。洪见赶来，加鞭策马如飞，望捷路便走。那一匹好马平空被刁棍拐骗而去。兴福愕然无奈，自悔不及，只得乘着老骡转庄，报主领罪。仁大怒，将福痛责一番，命牵骡往府中径告。时包公正公座，兴福进告。包公问："何处人氏？"福道："小人名兴福，南乡人，富仁家奴仆，有状呈上。"

告为半路拐马事：泼遭无赖，驾言买马，骑试半里，加鞭不知去向，止留伊骑原骡相抵。马上郎不知谁氏之子，清平世岂容脱骗之奸？乞追上告。

包公问那个棍徒姓名，福道："途遇一面，不知名姓。"包公责道："乡民好不知事，既无对头下落，怎生来告状？"兴福哀告道："久仰天台善断无头冤讼，小民故此申告。"包公吩咐道："我设下一计，看你造化如何。你归家，三日后再来听计。"兴福叩头而去。包公令赵虎将骡牵入马房，三日不与草料，饿得那骡叫声嘶闹。

过了三日，只见兴福来见包公，包公令牵出那骡，唤兴福出城，张龙押后，吩咐依计而行，令牵从原路拐骗之处引上路头，放缰任走，但逢草地，二人拦挡冲咄，那骡径奔归路，不用加鞭，跟至四十里路外，有地名黄泥村，只见村里一所瓦房旁一扇茅屋，那骡遂奔其家，直入茅屋嘶叫。洪出看见自己骡回，暗喜不胜。当时张龙同兴福就于近边邻人家探访，那黄洪昂然牵着一匹骡马，竟去放在山中看养。龙随即带兴福去认，兴福见马即走向前，勒马牵过，洪正欲来夺，就被张龙一把扭住，连人带马押了，迤逦而行，往府中见包公。包公发怒道："你这厮狼心虎胆，不晓我包某么？诓骗路上行人马匹，该当何罪？"洪事实理亏，难以抵对。包公吩咐张龙将重刑责打，枷号示众，罚其骡于官，杖七十赶出。兴福不合与之试马，亦量情责罚，当官领马回去。遂批道：

审得黄洪，以无赖子见马欺心，自负于伯乐之顾；兴福以无知竖逢人托意，不思量赵氏之奸。岂知有马不借人，径被以骡而驳去。既不及追其人，又未经识其地。幸物类之有知，借路途以相逐。罪人斯得，名法莫逃，合行重究，从公处罚，昭示后人，休学骗马。

# 卷之六

一

## 金丝鲤妖媚迷秀才　郑善人虔诚动观音

　　话说扬州城东门有一儒家，姓刘名真，字天然，幼而聪明，乐读诗书，未结婚姻，笃志芸窗，甘守清贫。当宋仁宗皇祐三年开科取士，即备行李前往东京赴试，争奈盘缠稀少，在途中淹延日久，将到京都，科场已罢。刘真叹道："我如此命薄，不得就试。"收拾余资，就赁开元寺僧房肄业。
　　不觉时光似箭，日月如梭，正遇上元佳节，京中大放花灯。彼时离城三十里通漕运处，地名碧油潭，水深万丈，有个千年金丝鲤鱼成精，往常亦曾变成女子，迷惑客商。那夕正脱形出潭，听得城里放灯，即吐出一颗小珠，俨然是个十七八岁丫环，手持灯笼，随之慢慢行入城来，人看见无不牵情。将近五更，看着残灯犹未收，妖媚恐露其形，遂走入金丞相后花园内大池中隐形。元宵已过，妖鱼不思归潭。恰遇丞相有女名金线小姐，因带侍女来花园内赏花，看见东架瓦盆上一丛红白牡丹可爱，即着侍女折来观玩，倚着池阁栏杆饮酒。忽见池中有个金鲤鱼，扬须鼓口，游于水面，小姐见着，将饮残那杯酒倾在池中，被妖鱼一吞而尽。小姐笑视良久，回转香闺。妖鱼因知小姐好看牡丹，每夜喷气饰之，牡丹颜色愈鲜，引得小姐日日来折玩不已。

春光将尽，初夏又临。刘秀才在僧舍日久，囊箧萧然，知己朋友又各回归，思量没奈何，乃写下几幅草字，往城中官宦家献卖。一日，来到金丞相府前，适因丞相出探乡友回府，见刘秀才将字在手中，令取看之，连声称羡，遂带入府内，问其乡贯来因，见其人才不凡，乃留之西馆，教子弟读书，即令家人去寺中搬取行李，安置一个所在，正近后花园东轩之侧。刘真得遇丞相提携，衣食允裕，益攻书史，但是府中翰墨往来，并皆刘手启答，丞相甚爱重之。一夕，刘真偶步入花园中，正值小姐与二三侍女在花架下玩花，刘真看见失惊道："久闻丞相有女，颜貌秀丽，果然不虚。后来小生若侥幸成名，得此佳人为配足矣。"道罢，恐人知觉，径转至轩下，因歌杜甫诗数篇以见志。

常言欲心一动，则邪便侵之，妖正欲迷惑个好男子，没寻机会处，是夜探得刘真未寝，便变成小姐形迹，到真读书馆所叩其门户。刘启户视之，正是日间所见的小姐，真愕然。妖媚道："秀才不要惊恐，妾身省视爹娘已经睡去，闻君书声清亮，特来请教。"真方安心，与之对坐榻上，谈论颇久，解衣就寝。天色将明，妖媚先起，谓真道："今夜早来陪君。"言罢径去。自此日去夜来，情意甚密，妖媚每来必将美食待真，真自谓佳遇，不胜之喜。一夕，妖媚备酒食来与真饮道："君寓此处虽好，倘久后侍女知觉，报知父母，两下丢丑。妾不如收拾闺中所有，同君逃回汝家，长为夫妇。"真道："如若丞相着人根究，其罪怎逃？"妖媚道："妾母最爱于我，且妾与君俱未议婚姻，纵使根究亦无妨事。"真依言，过了一宵，约定十四夜，河下预备船只，小姐收拾零碎银两，与真径回扬州，此及丞相知真走去，亦不究问。

自妖媚去后，那朵牡丹花即枯死矣，金小姐朝夕思忆，染成病症，纵有良医，不能调理，母忧问其病由，小姐乃道为牡丹之故。母与丞相说知，丞相道："此花惟扬州有。"即差家人带金宝往扬州，不拘官宦民家，不惜重价买得回家。家人领命径到扬州，遍访此样牡丹花，惟东门刘秀才家植有数丛。及家人访到刘秀才家下，值真外出，只见帘子下立着一个女子，问道："是谁？"金家家人疑道："好似我家小姐声音。"近前认之，果是小姐。恰遇刘真回来，家人亦认得是刘秀才，各痴呆半晌，莫知所为。真问家人来因，家人告以小姐思牡丹得病特来此买之。真笑道："小姐随我来此将近半年，哪里又有一个小姐？"家人难明，连夜回转东京报知丞相。丞相不信，差公吏来扬州接回小姐，小姐竟不推辞，与刘真随家人等转回东京，入府见丞相。丞相看是小姐，惊疑未定，及其母出来道："小姐在房中尚未起来，因何又有在此？"丞相问刘真缘故，刘真不隐，一一告知昔日在东轩相会之因由。丞相道："汝必被妖所惑。"即乘轿入开封府见包公说知其事。包公差张龙拘到二小姐并刘真，于厅下细视之，果无二样。乃命取轩辕所铸照魔镜定其真伪，及左右将镜悬于堂上，顷刻间妖鱼吐开黑气，昏了天日，只听得一声响，黑气四散，看时，堂下二小姐皆不见了。丞相与包公皆愕然，满堂人无不失色。包公道："丞相暂退，容迟几日，定有下落。"丞相称谢而去。包公着刘真在外伺候，将榜文张挂：有知妖精、小姐下落者，给钱五千贯赏之。次日侵早，往城隍庙中将牒章焚讫。城隍即遣阴兵遍处搜查是何妖怪。顷刻阴兵来报：碧油潭千年金鲤鱼作怪。城隍具剳通知五湖四海龙君，务要捉拿妖鱼解报。龙君得知此事，亦遣水族神兵，沿江湖捕捉妖鱼。无如水族神兵俱皆杀败，如之奈何？龙君奏于上帝，上帝遣天兵捉之，那妖越遍八荒，如何拿得？怎奈包大尹日夕于城隍司里追迫，城隍只得再通龙君，龙君闭住四角海门搜捉，妖鱼却被赶得紧急，走入南海。

时都下有一郑某，平素好善，家中挂一张淡墨素妆的观世音像，日日敬奉无厌。忽夜梦一素妆妇人向他道："汝明日来河岸边，引我见包大尹，稳取一场富贵。"郑某醒来，次早到河边看，果见一中年妇人，手执竹篮，内放一小小金色鲤鱼，立在杨柳树下，等着郑某来到，便说："昨日，碧油潭金鲤鱼为四海龙君追逼无路，奔入南海，藏入琼蕊莲花下，今被我哄入篮中罩定走不得。前日包大尹有榜文，给赏知得妖鱼下落之人，可引我去，看他判出此条公案，给得赏钱来，一应赠尔。"郑某大悦，忙引妇人到府衙，正值包公与金丞相在厅上议论此事。公吏报入，包公唤进问其来由，郑某将妇人所言告知。包公道："是此怪矣。"即令当堂放下鱼篮，遂问之。那妖为佛力所伏，在篮里一一供出迷人情由，摄去小姐现在碧油潭山侧岩穴中。包公欲将此妖鱼取出烹之，妇人道："此千年灵气所成，纵烹之亦不能死，老妇带去自有发落。"包公然之，命库吏赏钱五千贯与妇人去，妇人出门首将赏钱付与郑某道："报汝奉我三年之诚心，须将此事传于世上。"言讫不见。郑某方悟是家中所奉观音大士，将钱回家，请精工绘水墨观音之像，手提鱼篮，京都人效之，皆相传绘，此即今所谓鱼篮观音是也。

比及包公差人去岩穴中寻取得金小姐到衙，已死去了，只心头略有微温，令医诊视，皆言将有缘生人气引之可苏。包公猛省，谓丞相道："小姐莫非与刘秀才有缘？老夫今日当作冰人，成就此段姻事。"乃唤过刘真以气去呵小姐，小姐果然苏来，左右见者皆道事非偶然。包公亦欢悦，命人送二人入丞相府中。是夕，刘真与小姐成亲。次年，真登第，在京不上数年，官至中书，生二子俱出仕。

## 二

## 何岳丈具状告异事　玉面猫捉怪救君臣

话说清河县有一秀士施俊，娶妻何氏名赛花，容貌秀丽，女工精通。施俊一日闻得东京开科取士，辞别妻室而行。与家童小二途中晓行夜住，饥餐渴饮，行了数日，已到山前，将晚，遇店投宿。原来那山盘旋六百余里，后面接西京地界，幽林深谷，崖石嵯峨，人迹不到，多出精灵怪异。一日西天走下五个老鼠，神通变化，往来莫测：或时变化老人出来，脱骗客商财物；或时变化女子，迷人家子弟；或时变男子，惑富家之美女。其怪以大小呼名，有鼠一、鼠二等称，聚穴在瞰海岩下。那日，其怪鼠五正待寻人迷惑，化一店主人，在山前迎接过客，恰遇施俊生得清秀，便问其乡贯来历，施俊告以其实要往东京赴试的事，其怪暗喜。是夕，备酒款待之，与施俊对席而饮，酒中论及古今，那怪对答如流。施俊大惊，忖道：此只是一店家，怎博学如此？因问："足下亦通学否？"其怪笑道："不瞒秀士说，三四年前曾赴试，时运不济，科场没份，故弃了诗书开一小店，于本处随时度日。"施俊与他同饮到更深，那怪生一计较，呵一口毒气入酒中，递与施秀士饮之，施俊不饮那酒便罢，饮下去即刻昏闷，倒于座上。小二连忙扶起，引入客房安歇，腹中疼痛难忍，小二慌张，又没有寻医人处,延至天明,已不知昨夜店主人在哪里去了,勉强扶了主人再行几里,寻一个店住下,方知中了妖毒。

却说当下那妖怪径脱身变做施俊模样,便走归来。何氏正在房中梳妆,听得丈夫回家,连忙出来看时,果是笑容可掬。因问道:"才离家二十余日,缘何便回?"那妖怪答道:"将近东京,途遇赴试秀士说道,科场已罢,士子都散,我闻得此话,遂不入城,抽身回来。"何氏道:"小二如何不同回?"妖怪道:"小二不会走路,我将行李寄托朋友带回,着他随在后。"何氏信之,遂整早饭与妖食毕,亲朋来往都当是真的。自是妖与何氏取乐,岂知真夫在店中受苦。又过了半月,施俊在店中求得董真人丹药,调汤饮之,果获安宁。比及要上东京,闻说科场已散,即与小二回来,缓缓归到家中,将有二十余日。小二先入门,恰值何氏与妖精在厅后饮酒,何氏听见小二回来,便起身出来问道:"你为何来得恁迟?"小二道:"休说归迟,险些主人性命难保。"何氏问:"是哪个主人?"小二道:"同我赴京去的,更问哪个主人?"何氏笑道:"你在路上躲懒不行,主人先回二十余日了。"小二惊道:"说哪里话,主人与我日则同行,夜则同歇,寸步不离,何得说他先回?"何氏听了,疑惑不定。忽施俊走入门来,见了何氏,相抱而哭。那妖怪听得,走出厅前,喝声:"是谁敢戏吾妻?"施俊大怒,近前与妖相斗一番,被妖逐赶而出。邻里闻知,无不吃惊。施俊没奈何,只得投见岳丈诉知其情。岳丈甚忧,令具状告于王丞相府衙。

王丞相看状,大异其事,即差公牌拘妖怪、何氏来问。王丞相视之,果是两个施俊。左右见者皆言除非是包大尹能明此事,惜在边庭未回。王丞相唤何氏近前细审之,何氏一一道知前情。丞相道:"你可曾知真夫身上有甚形迹为证否?"何氏道:"妾夫右臂有黑痣可验。"王丞相先唤假的近前,令其脱去上身衣服,验右臂上没有黑痣。丞相看罢忖道:这个是妖怪。再唤真的验之,果有黑痣在臂。丞相便令真施俊跪于左边,假施俊跪于右边,着公牌取长枷靠前吩咐道:"汝等验一人右臂有黑痣者，是真施俊；无者是妖怪，即用长枷监起。"比及公牌向前验之，二人臂上皆有黑痣，不能辨其真伪。王丞相惊道："好不作怪，适间只一个有，此时都有了。"且令俱收狱中，明日再审。

妖怪在狱中不忿，取难香呵起，那瞰海岩下四个鼠精商议便来救之。乃变作王丞相形体，次日侵早坐堂，取出施俊一干人阶下审问，将真的重责一番。施俊含冤无地，叫屈连天。忽真的王丞相入堂，见上面先坐一个，遂大惊，即令公人捉下假的；假的亦发作起来，着公吏捉下真的。霎时间混作一堂，公人亦辨不得真假，哪个敢动手？当下两个王丞相争辩公堂，看者各痴呆了。有老吏见识明敏者，近前禀道："两丞相不知真假，辩论连日亦是徒然，除非朝见仁宗。"仁宗遂降敕宣两丞相入朝，比及两丞相朝见，妖怪作法神通，喷一口气，仁宗眼目遂昏，不能明视，传旨命将二人监起通天牢里，候在今夜北斗上时，定要审出真假。原来仁宗是赤脚大仙降世，每到半夜，天官亦能见之，故如此云。

真假两丞相既收牢中，那妖怪恐被参出，即将难香呵起，瞰海岩下三个鼠精闻得，商量着第三个来救。那第三鼠灵通亦显，变作仁宗面貌，未及五更，已占坐了朝元殿，大会百官，勘问其事。真仁宗平明出殿，文武官员见有二天子，各个失色，遂会同众官入内见国母奏知此事，国母大惊，便取过玉印，随百官出殿审视端的。国母道："你众官休慌，真天子掌中左有山河右有社稷的纹，看是哪个没有，便是假的。"众官验之，果然只有真仁宗有此纹。国母传旨，将假的监于通天牢中根勘去了。

那假的惊慌，便呵起难香，鼠一、鼠二闻知烦恼，商量道："鼠五好没分晓，生出这等大狱，事干朝廷，怎得脱逃？"鼠二道："我只得前去救他们回来。"鼠二作起神通，变成假国母升殿，要取牢中一干人放了。忽宫中国母传旨，命监禁者不得走透妖怪。比及文武知两国母之命一要放脱一要监禁，正不知哪个是真国母。仁宗因是不快，忧思数日，寝食俱废。众臣奏道："陛下可差使命往边庭宣包公回朝，方得明白。"天子允奏，亲书诏旨，差使臣往边庭宣读。包公接旨回朝，拜见圣上。退朝入开封府衙，唤过二十四名无情汉，取出三十六般法物，摆列堂下，于狱中取出一干罪犯来问，委的有二位王丞相，两个施秀才，一国母，一仁宗。包公笑道："内中丞相、施俊未审哪个真假，国母与圣上是假必矣。"且令监起，明日牒知城隍，然后判问。

四鼠精被监一狱，面面相觑，暗相约道："包公说牒知城隍，必证出我等本相。虽是动作我们不得，争奈上干天怒，岂能久遁？可请鼠一来议。"众妖遂呵起难香，是时鼠一正来开封府打探消息，闻得包丞相勘问，笑道："待我做个包丞相，看你如何判理。"即显神通变作假包公，坐于府堂上判事。恰遇真包公出牒告城隍转衙，忽报堂上有一包公在座。包公道："这孽畜敢如此欺诳。"径入堂上，着令公牌拿下，那妖怪走下堂来，混在一处，众公牌正不知是哪个为真的，如何敢动手？堂下包公怒从心上起，抽身自忖，吩咐公牌："你众人谨守衙门，不得走漏消息，待我出堂方来听候。"公牌领诺。包公退入后堂去，假的还在堂上理事，只是公牌疑惑，不依呼召。

且说包公入见李氏夫人道："怪异难明，吾当诉之上帝，除此恶怪。汝将吾尸用被紧盖床上，休得举动，多则二昼夜便转。"遂取领边所涂孔雀血慢嚼几口，卧赴阴床上，直到天门。天使引见玉帝奏知其事，玉帝闻奏，命检察司曹查究何孽为祸。司曹奏道："是西方雷音寺五鼠精走落中界作闹。"玉帝闻奏，欲召天兵收之。司曹奏道："天兵不能收，若赶得紧急，此怪必走入海，为害尤猛。除非雷音寺世尊殿前宝盖笼中一个玉面猫能伏之，若求得来，可灭此怪，胜如十万天兵。"玉帝即差天使往雷音寺求取玉面猫。天使领玉牒到得西方雷音寺，参见了世尊，奉上玉牒，世尊开读，与众佛徒议之。有广大师进言："世尊殿上离此猫不得，经卷甚多，恐议鼠耗，若借此猫去，恐误其事。"世尊道："玉帝旨意焉敢不从？"大师道："可将金睛狮子借之。

玉帝若究，可说要留猫护经，玉帝亦不见罪。"世尊依其言，将金睛狮子付天使，前去回奏玉帝。司曹见之奏道："文曲星为东京大难来，此兽不是玉面猫，枉费其功，望圣上怜之，取真的与他去。"玉帝复差天使同包公来雷音寺走一遭，见世尊参拜恳求。世尊不允，有大乘罗汉进道："文曲星亦为生民之计，千辛万苦到此，世尊以救生为心，当借之去。"世尊依言，令童子将宝盖笼中取出灵猫，诵偈一遍，那猫遂伏身短小。付包公藏于袖中，又教以捉鼠之法。包公拜辞世尊，同天使回见玉帝，奏知借得玉面猫来。玉帝大悦，命太乙天尊以杨柳水与包公饮了，其毒即解。

及天使送出天门，包公于赴阴床上醒来，已去五日矣。李夫人甚喜，即取汤来饮了。包公对夫人说知，到西天世尊处借得除怪之物来，休泄此机。夫人道："于今怎生处置？"包公密道："你明日入宫中见国母道知，择定某日，南郊筑起高台，方断此事。"夫人依命，次日乘轿进宫中见国母奏知，国母依奏，即宣狄枢密吩咐南郊筑台，不宜失误。狄青领旨，带领本部军兵向南郊筑起高台完备。包公在府衙里吩咐二十四名雄汉，择定是日前赴台上审问。轰动东京城军民，哪个不来看？当日真仁宗、假仁宗、真国母、假国母与两丞相、两施俊，都立台下，文武官排列两厢，独真包公在台上坐，那假包公尚在台下争辩。将近午时，包公于袖中先取世尊经偈念了一遍，那玉面猫伸出一只脚，似猛虎之威，眼内射出两道金光，飞身下台来，先将第三鼠咬倒，却是假仁宗，鼠二露形要走，被神猫伸出左脚抓住，又伸出右脚抓了那鼠一，放开口一连咬倒，台下军民见者齐声呐喊。那假丞相、假施俊变身走上云霄，神猫飞上，咬下一个是第五鼠，单走了第四鼠，那玉面猫不舍，一直随金光赶去。台下文武官见除了此怪，无不喝彩。包公下台来，见四个大鼠，约长一丈，被咬伤处尽出白膏。包公奏道："此吸人精血所成，可令各军卫宰烹食之，能助筋力。"仁宗允奏，敕令军卒抬得去了。起驾入朝，文武各朝贺，仁宗大悦，宣包公上殿面慰之，设宴待文武，命史臣略记其异。包公饮罢，退回府衙，发放施俊带何氏回家，仍得团圆。向后，何氏只因与怪交媾，受其恶毒更深，腹痛，施俊取所得董真人丸药饮之，何氏乃吐出毒气而愈。后来施俊得中进士，官至吏部，生二子亦成名。

## 三

# 尹贞娘题联考新夫　查雅士愧赧失佳偶

　　话说河南许州管下临颍县,有一人姓查名彝,文雅士也,少入县庠,娶近村尹贞娘为妻。花烛之夜,查生正欲解衣而寝,尹贞娘乃止之曰:"妾意郎君幼读儒书,当发奋励志,扬名显亲,非若寻常俗子可比,今日交会,可无言而就寝乎?妾今谬出鄙句,郎君若能随口应答,妾即与君共枕;若才力不及,郎君宜再赴学读书,今宵恐违所愿。"查生即命出题。贞娘乃出诗句道:"点灯登阁各攻书。"查生思了半响,未能应答,不觉面有惭色,遂即辞妻执灯径往学官而去。是时学中诸友见查生尽夜而来,皆向前问道:"兄今宵洞房花烛,正宜同伴新人,及时欢会行乐,何独抛弃新人至此,敢问其故?"查生因诸友来问,即以其妻所出诗句告知诸友,咸皆未答而退。内有一人姓郑名正者,平生为人极是好谑,听得查生此言,随即漏夜私回,径往查生房内与贞娘宿歇。原来贞娘自悔偶然出此戏联,实非有心相难他,不期丈夫怀羞而去,心中懊悔不及,及见郑正入房,贞娘只谓查生回家歇宿,哪知是假的,乃问道:"郎君适间不能对答而去,今倏又回,莫非思得佳句乎?"郑正默然不答。贞娘忖是其夫怀怒,亦不再问。郑正乃与贞娘极尽交欢之美,未及天明而去。及天明,查生回家,乃与贞娘施礼道："昨夜承瞻佳句，小生学问荒疏，不能应答，心甚愧赧，有失陪奉。"贞娘道："君昨夜已回，缘何言此诳妄？"再三诘问其故，查生以实未回答之。贞娘细思查生之言，已知其身被他人所污，遂对查生道："郎君若实未回，愿郎君前程万里，从今后可奋志攻书，不须顾恋妾也。"言罢，即入房中自缢。移时，查生知之，即与父母径往，救之不及。查生痛悲，不知其故，昏绝于地。父母急救方醒，只得具棺殡葬贞娘。

不觉时光似箭，又是庆历三年八月中秋节，包公按临至临颍县，直升入公厅坐下。公厅庭前旁边有一桐树，树下阴凉可爱，包公唤左右把虎皮交椅移倚在桐树之下，玩月消遣，偶出诗句云：移椅倚桐同玩月。寻思欲凑下韵，半晌不能凑得，遂枕椅而卧。似睡非睡之间，朦胧见一女子，年近二八，美貌超群，昂然近前下跪道："大人诗句不劳寻思，何不道：点灯登阁各攻书。"包公见对得甚工，即问道："你这女子住居何处？可通名姓。"女子答道："大人若要知妾来历，除非本县学内秀才可知其详。"言讫，化阵清风而去。

包公醒时，辗转寻思此事奇怪。次日出牌，吩咐左右唤齐临颍县学秀才，来院赴考。包公出《论语》中题目，乃是"敬鬼神而远之"一句，与诸生作文，又将"移椅倚桐同玩月"诗句，出在题尾。内有秀才查彝，因见诗句偶合其妻贞娘前语，遂即书其下云："点灯登阁各攻书。"诸生作文已毕，包公发令出外伺候。包公正看卷时，偶然见查彝诗句符合梦中之意，即唤查彝问道："吾观汝文章亦只是寻常，但对诗句大有可取，吾谅此诗名必请他人为之，非汝能作也。吾今识破，可实言之，毋得隐讳。"查彝闻言，一一禀知。包公又问道："吾想汝夜往学中之时，内中必有平日极善戏谑之人，知汝不回，故诈托汝之躯，与汝妻宿，污其身体，汝妻怀羞以致身死。汝可逐一说来，吾当替汝伸冤。"查彝禀道："生员学中只有姓郑名正者，平生极好戏谑。"包公听罢，即令公差拘唤郑正到台审勘。郑正初然抵死不认，后受极刑，只得供招：贞娘诗句，查彝不能答对，怀羞到学与诸友言及此情，我不合起意，假身奸污，以致贞娘之死，甘罪招认是实。包公取了供词，即将郑正依拟因奸致死一命，即赴法场处决。士论帖服。

## 四
## 徐淑云赠银助国材　庞学吏贪心杀雪梅

　　话说顺天任县徐卿、郑贤二人，同窗数载，卿妻只生一女，名淑云；贤妻生有一子，名国材。二人后得高科，俱登朝议职，遂有秦晋之心，因无媒妁之言，乃以结襟为记，誓无更变。不觉光阴似箭，人事屡移。国材年至十八，聪明俊慧，无书不读。不幸父母双亡，不数年家资消乏。徐卿见他家贫，遂欲将女嫁与别家。国材亦不敢启齿，情愿写下离书。淑云性格乖巧，文墨素谙，闻知父母负约，不肯还配郑郎，忧闷香闺，日食减少，不觉又过一年，宗师考试，材幸入泮宫，馆于儒学西斋。淑云闻材进学，悄使雪梅赍白银十两，金杯一双，密送与郑。雪梅径往其家。访问郑官人在何处，国材堂叔郑仁道："你要寻他，可往儒学西斋去寻。"雪梅奔往儒学西斋，果见国材。雪梅道："官人万福。淑云小姐拜上，具礼在此作贺。"国材见了，收其礼物，遂与雪梅道："蒙小姐错爱，今赐厚仪，何以为当？但小生写了休书，再不敢过望，自后莫来，恐人知之，贻辱小姐。"嘱罢，送雪梅出学门回去。雪梅归家见小姐备道郑官人所说言语。淑云道："忠臣不事二主，烈女岂更二夫。纵使老爷要我改嫁，有死而已。"次日，着雪梅再往儒学去与郑相公说，叫他二更时分到后园内，把金银赠你，娶小姐回归，材诺其言。不防隔墙学吏庞龙窃听其所约，心萌一计，至夜来，恰遇国材与同窗友饮酒醉睡，庞龙投入园内，将槐树一摇，那雪梅叫一声："郑官人来也。"手中携了白银一封、金钗数副并情书一纸走将出来，低头细看，却不是郑官人，回身欲转，庞龙遂拔出利刀将雪梅一刀杀死，推入园池里，取出金银而走。那淑云等到天明，不见雪梅回来，心中怀疑。这时国材醒来，已自天晓，记起昨日之约，今误却了大事，闷闷不已。

次日，徐不见雪梅，令家人遍处寻觅，寻到花园中，只见池边有血迹，即唤众人池内捞看，却是雪梅被人杀死。池边遗下一个纸包。卿令开那包来看，却是一封情书。书略曰：

妻淑云顿首：家君虽负约，妾志自坚贞。夫子今游泮，岂作负心人。特具白金百两，首饰二副，乞作完娶之资。早调琴瑟之好，永和鸾凤之音。本欲一面，奈家法森严，不克如愿，遣雪梅转达，幸祈留意是荷。

那徐卿看了大怒，遂具告于县。知具薛堂即令快手捉拿郑国材到厅拘问，郑国材不认其事。徐卿将淑云书信对理，国材见是小姐亲笔，哑口无言。薛堂将材拷打一番收监听决。徐卿是夜私送黄金百两，贿托薛堂致死国材。薛堂受了那金子，也不论国材招与不招，只管呼令左右将材钉了长枷问决，做一首文书解上顺天府去。

是时顺天府尹却是包公。国材将前情逐一告诉，包公令张千将国材收监听决。材自入禁中，手不释卷，禁中人等无不欣羡，知礼者另加钦敬。适包公提监，闻材书声不绝，心中暗想：此子决非谋财害命之徒，日后必有大用。是夜祝告天地乃寝，梦见有诗一首于壁上，曰：

雪压梅花映粉墙，龙骑龙背试梅花；世人若识其中趣，池内冤伸脱木才。

包公醒来，忖度半晌，方悟其意。次日升堂，拘唤庞龙来府究问。庞龙到厅诉道："小的乃学吏，并无受贿，老爷虎牌来拘，有何罪过？"包公道："这死囚好胆大包身！悄入徐园，杀死雪梅，得金银若干，你还要强辩？"喝令李万捆打，将长枷钉了。庞龙失色大惊，心想：这桩密事包公何得而知？真乃神人！只得直招。包公问道："你夺去金首饰二副，白银一百，今还有几多否？"庞龙道："银皆费尽，只有首饰未动。"遂差张千押庞龙回取首饰来，又责庞龙一百棍，囚入狱中。令人唤徐卿、淑云到台。包公喝道："你这老贼重富轻贫，负却前盟，是何道理？"令张千唤出郑国材到厅，打开长枷，给衣帽与他穿了。又唤门子摆起香案花烛，令淑云就在厅上与国材拜了夫妇，库内给银二十两与国材安家。将金首饰还了徐氏回家，追庞龙家产变银偿还淑云夫妇。将徐卿赶出。那夫妇叩头拜谢包公而去。包公令公牌取出庞龙，押往法场，斩首示众。申奏朝廷，将薛知县配三千里。后郑国材连科及第。

五

## 邱一所抢伞耍无赖　罗进贤骂官怨不平

话说有民罗进贤，二月十二日天下大雨，擎了一伞出门探友，行至后巷亭，有一后生求帮伞。进贤不肯道："如此大雨，你不自备伞具，我一伞焉能遮得两人？"其后生乃是城内光棍邱一所，花言巧计，最会骗人。乃诡词道："我亦有伞，适间友人借去，令我在此少待，我今欲归甚急，故求相庇，兄何少容人之量？"罗生见说，遂与他帮伞。行到南街尾分路，邱一所夺伞在手道："你可从那里去！"罗进贤道："把伞还我。"邱一所笑道："明日还罢，请了。"进贤赶上骂道："这光棍！你帮我伞，还要拿到哪里去？"邱一所亦骂道："这光棍！我当初原不与你帮，今要冒认我的伞，是何道理？"罗进贤忍气不住，扭打在包公衙门去。包公问道："你二人伞有记号否？"皆道："伞乃小物，哪有记号。"包公又问道："可有干证否？"罗进贤道："彼在后巷帮我伞，未有干证。"邱一所道："他帮我伞时有二人见，只不晓得名姓。"包公又问："伞值价几多？"罗进贤道："新伞乃值五分。"包公怒道："五分银物亦来打搅衙门。"令左右将伞扯破，每人分一半去，将二人赶出去。密嘱门子道："你去看二人说些什么话，依实来报。"门子回复道："一人骂老爷糊涂不明，一人说，你没天理争我伞，今日也会着恼。"遂命皂隶拿他二人回来问道："谁骂我者？"门子指罗进贤道："是此人骂。"包公道："骂本管地方官长，该当何罪？"发打二十。罗进贤道："小人并不曾骂，真是冤枉。"邱一所执道："明是他骂，到此就赖着。他白占我伞是的了。"包公道："不说起争伞，几乎误打此人，分明是邱一所白占他伞，我判不明，伞又扯破，故彼不忿，怒骂我。"邱一所道："他贪心无厌，见伞未判与他，故轻易骂官。哪里伞是他的？"包公道："你这光棍，何故敢欺心？今尚且执他骂官，陷人于罪。是以我故扯破此伞试你二人之真伪，不然，哪里有工夫去拘干证审此小事。"将一所打十板，仍追银一钱以偿进贤。适有前在后巷见邱一所骗帮者二人，其一乃是粮户孙符，见包公审出此情，不觉抚掌道："此真是生城隍也，不须干证。"包公拘问所言何事，孙符乃言邱一所帮伞之因："后来老爷断得明白，故小人不觉叹服。"包公益知所断不枉。

## 六

# 邹樵夫卖柴误失刀　卢生员昧心辱斯文

　　话说有民邹敬，砍柴为生。一日往山采樵，即挑入城内去卖，其刀插入柴内，忘记拔起，带柴卖与生员卢日乾去，得银二分归家。及午后复去砍柴，方记得刀在柴内，忙往卢家去取。日乾小器不肯还。邹敬在家取索甚急，发言秽骂。乾乃包公得意门生，恃此脚力，就写帖命家人送县。包公问及根由，知事体颇小，纳其生员分上，将邹敬责五板发去。

　　敬被责不甘，复往日乾门首大骂不止，日乾乃衣巾亲见包公道："邹敬刁顽，蒙老师责治，彼反撒泼，又在街上大骂，乞加严治，方可警刁。"包公心上思量道：彼村民敢肆骂秀才，此必刀真插在柴内，被他隐瞒，又被刑责，故忿不甘心。乃命快手李节密嘱道："如此如此。"又将邹敬锁住等候。李节领命到卢日乾家中道："卢娘子，那村夫骂你，相公送在衙内，先番被责五板，今又被责十板，你相公教我来说，如今把柴刀还了他罢。"卢娘子道："我官人缘何不自来？"李节道："你相公见我老爷，定要退堂待茶，哪里便回得。"娘子信以为真，即将柴刀拿出还之。李节将刀拿回衙呈上："老爷，刀在此。"邹敬道："此正是我的刀。"日乾便失色。包公故意喝道："邹敬，休怪本官打你，你既要取刀，只该善言相求，他未去看，焉知刀在柴中？你便敢出言骂，且问你辱骂斯文该得何罪？我轻放你只打五板，秀才的帖中已说肯把刀还你，你去又骂，今刀虽与你去，还该打二十板。"邹敬磕头求赦。包公道："你在卢秀才面前磕头请罪，便赦你。"邹敬吃惊，即在日乾前一连磕了几个头，连忙走出去。包公乃责日乾道："卖柴生理，至为辛苦，你忍瞒其柴刀，仁心安在？我若偏护斯文，不究明白，又打此人，是我有亏小民了。我在众人前说你自肯把刀还他，令邹敬叩谢，亦是惜汝廉耻两字。"说得日乾满面羞惭，无言可答而退。包公遣人到卢家赚出柴刀，是其智识；人前回护，掩其过愆，是其厚重；背后叮咛，责其改过，是其教化。一举而三善备焉。

## 七
## 红牙球入帘牵真相　潘官人出门斩假鬼

　　话说京中有一富家，姓潘名源柳，人称为长者，原是官宦之家。有一子名秀，排行第八，年方弱冠，丰姿洒落。一日，清明时节，长者备祭仪登坟挂钱。其家有红牙球一对，乃国家所出之宝，是昔日真宗赐与其祖的。长者出去后，秀带牙球出外闲耍片时，约步行来，忽见对门刘长者家朱门潇洒，帘幕半垂，下有红裙，微露小小弓鞋，潘秀不觉魂丧魄迷，思欲见之而不可得。忽见一个浮浪门客王贵，遂与秀答言道："官人在此伺候，有何事？"秀以直告。王贵道："官人要见这女子有何难处？"遂设一计，令秀向前将球子闲戏，抛入帘内，佯与赶逐球子，揭开珠帘，便可一见。秀如其言，但见此女年方二八，杏眼桃腮，美容无比，与之作揖。此女名唤花羞，便问："郎君缘何到此？"秀答道："因闲耍失落一牙球，赶来寻取，触犯娘子，望乞恕罪。"此女见秀丰仪出众，心甚爱之，遂含笑道："今日父母俱出踏青，幸汝相逢，机缘非偶，愿与郎君同饮一杯，少叙殷勤。"秀听罢，且疑且惧，不敢应声。此女遂即扯住秀衣道："若不依允，即告到官。"秀不得已遂从之。二人香闺中对斟，饮罢，两情皆浓。女子问道："君今年青春几何？"秀答道："虚度十九春矣。"女子又问:"曾娶亲否?"秀道:"尚未及婚。"女子道:"吾亦未尝许人,君若不嫌淫奔之名,愿以奉事君子。"秀惊答道:"已蒙赐酒,足见厚意。娘子若举此情,倘令尊大人知之,小生罪祸怎逃?"女子道:"深闺紧密,父母必不知情,君子勿俱。"秀见女子意坚,情兴亦动,二人同入罗帐,共偕鸳侣。云收雨散,秀即披衣起来辞去。女子遂告秀道:"妾有衷曲诉君。今日幸得同欢,妾未有家,君未有室,何不两下遣媒,结为夫妇?"秀许之,二人遂指天为誓,彼此切莫背盟。秀即归家,日夜相思,如醉如痴,情怀不已,转成憔悴。其父母再三问其故,秀不得已,遂以刘氏女相爱之情告之。父母甚怜之,即忙遣媒人去与刘长者议婚。刘长者对媒人道:"吾上无男子,只有花羞一女,不能遣之嫁出,纳婿在家则可。"媒人归告潘长者,长者思忖道:吾亦只此一子,如何可出外就亲?想是刘家故为此说推托,决难成就。遂与秀说:"刘家既不愿为婚,京中多有豪富,何愁无亲?吾当别议他姻。"秀默然,遂成耽搁,后竟别议赵家女为配,因此潘秀与花羞女绝念。及成亲之日,行装盈门,笙簧嘹亮。是日,花羞在门外眺望,遂问小婢:"潘家今日何事如此喧闹?"小婢答道:"潘郎娶赵家女,今日成亲。"花羞听了,追思往事,垂泪如雨,自悔自怨,转思之深,说不出来,遂气闷而死。父母哭之甚哀,竟不知其故。遂令仆王温、李辛葬于南门外。

　　李辛回家,天色已晚,思想花羞女容颜可爱,心甚不忍舍,即告父母道:"今夜有件事外出一走。"父母允之。李辛至二更时候,月色微明,遂去掘开坟,劈开棺木,但见花羞女容貌如存。李辛思量:"可惜这娘子,与他尸骸合宿一宵,虽死亦甘心。"道罢,即揭起衣衾,与之同睡。良久,忽见花羞微微身动,眼目渐开,未几,略能言,问:"谁人敢与我同睡?"李辛惊道:"吾乃你家之仆李辛。主翁令我葬娘子在此,我因不忍舍,今夜掘开棺木看看娘子如何,不意娘子醒来,实乃天幸。"花羞已省人事,忽忆家中前日的事,遂以其情告李辛道："只因潘秀负盟，以致闷死。今天赐还魂，幸有缘遇汝掘开坟墓，再得重生。此恩无以为报，今亦不愿回家，愿与汝结为夫妇。棺木中所有衣服物件，尽与汝拿去。"李辛甚喜，仍然掩了坟墓，遂与花羞同归，天尚未晓，到家叩门，其母开门见李辛带一妇人同回，怪而问之，辛告其母道："此女原在娼家，与儿相识数载，今情愿弃了风尘，与儿为姻，今日带归见父母。"母信其言，二人遂成夫妇，情切相爱，人不知是花羞女也。李辛尽以其衣服首饰散卖别处，因而致富。

半年余，偶因邻家冬夜失火，烧至李辛房舍，花羞慌忙无计，可怜单衣惊走，无所适从，与李辛各散东西，行过数条街巷，栖栖无依。忽认得自家楼屋，花羞遂叩其父母之门，院子喝问："谁人叩门？"花羞应道："我是花羞女，归来见爹娘一次。"院子惊怪道："花羞已死半年，缘何又来叩门？必是鬼魂。明日自去通报你爹娘，多将金钱衣彩焚化与娘子，且小心回去。"院子竟不敢开门。花羞欲进不得，欲去不得，风冷衣单，空垂两泪，无处投奔。忽见潘家楼上灯光灼灼闪闪，筵席未散，又去叩潘家门，门公怪问："是谁叩门？"花羞应声："传语潘八官人，妾是刘家花羞女，曾记得郎君昔日因戏牙球，遂得见一面，今夜有些事，特来投奔。"门公遂报潘秀，秀思忖怪异，若是对门刘家女，已死半年，想是鬼魂无依，遂呼李吉点灯，将冥钱衣彩来焚与之，秀自持宝剑随身，开门果见花羞垂泪乞怜。秀告花羞道："你父母乃是大富之家，回去觅取些香楮便了，何故苦苦来缠我？"言罢，烧了冥钱，急令李吉闭了门。那花羞连声叫屈不肯去，道："你好负心人也！好不伤感。"秀大怒，复出门外挥剑斩之，遂闭门而卧。五更将尽，军巡在门外大叫："有一个无头的妇人在外，遍身带血。"都巡遂申报府衙去了。

是时轰动街坊，刘长者闻得此事，怀疑不定。是夕，梦见花羞女来告称："我被潘八杀了，尸骸现在他家门外，乞爹爹伸雪此冤。"言讫，竟掩泪而去。长者睡觉来以此梦告其妻道："花羞女想必是还魂，被人开了墓。"待明日去掘开坟墓看时，果然不见尸骸，遂具状呈告于包公。包公即差人唤潘秀，不多时公差拘到，包公以盗开坟墓、杀了花羞事问之，秀不知其情，无言可应。包公根勘秀之原由，秀逐一具供剑斩鬼魂情由，包公疑而未决，将潘秀监收狱中，随即具榜遍挂四门：为捉到潘秀杀了花羞事，但潘秀不肯招认，不知当初是谁人开墓，救得花羞还魂，前来报知，给与赏钱一千贯。李辛见此榜，遂入府衙来告首请赏，一一具言花羞还魂事。包公遂判李辛不合开坟，致令潘秀误杀花羞，将李辛处斩，潘秀免罪。后潘秀追思花羞之事，忧念深重，遂成羸疾而死，是花羞女怨愆之报也。

八

## 施桂芳游园入奇境　何表兄避讼蒙冤屈

话说四川成都府有一人姓何名达，为人刚直，年四十岁尚未有嗣。忽一日与叔子何隆争论未分的产业，隆亦是个奸刁之徒，不容相让，讼之于官，逮系干证，连年不决，以此兄弟致仇。何达欲思避身之计，来见姑之子施桂芳商议其事，桂芳原是宦族，幼习诗书，聪明才俊，尚未娶妻。那日见表兄来家，邀入舍中坐下，问其来由。达道："只困讼事一节，连年烦忧，伤财涉众，悔之莫及，思欲为脱身之计，特来与弟商议。"桂芳道："兄若不言，小弟当要告知，目前有故人韩节使官任东京，时遣人相请，兄何不整理行装同小弟相访一遭，且得游玩京城景致，得以避此是非。"达闻言大喜，即辞桂芳归家，与妻说知，收拾衣资之类，约日与桂芳并家人许一离成都望东京进发。将行了二十余日，望见东京城不远，将晚，歇城东山店，明日侵早入城，访问韩节使消息，人答道："按巡郡邑，尚未转衙。"以此桂芳与何达留止城东驿舍中，等待韩节使回来。清闲无事，每日二人只是饮酒寻芳，闻有景致处，即便观玩。

一日，何达同桂芳游到一个所在，遥见楼阁隐隐，风送钟声。何达道："前面莫不是佳境？与弟同前访看。"桂芳随步行来，却是一古寺。二人入得寺来，却遇二老僧在佛堂上讲经，见有客至，便起身施礼，请入方丈，分宾主坐定。僧人问："秀士何来？"桂芳答道："访故人不遇，特过宝刹观览。"僧令童子奉茶，何、施二人茶罢，又令童子取钥匙开各处门与何、施二人观景。何、施登罗汉阁观览一番，只见寺前一座树林，幽奇苍郁，古木森森，便问童子："那一座树林是何处？"童子答道："原是刘太守所置花园，太守过后，今已荒废多时，只一园林木而已。"桂芳听罢，对何达说道："试往游玩一番。"经游其地，但见园墙崩塌，砌石斜欹，狐踪兔迹，交驰草径。桂芳叹道："昔人初置此园，岂期今日如是。"忽然何达说："适才失落一手帕，内有碎银几两，莫非在佛阁上，弟且少待，我去寻取便来。"言罢竟去。桂芳缓步行入竹林中，等久不来。忽有二使女从林外而入，见桂芳笑道："太守请你议事。"桂芳问道："你太守是谁？"使女道："君去便知。"桂芳忘却等候，遂随二使女而去。比及何达来寻桂芳，不知所在，四下搜寻，并无消息，日色又晚，何达忖道：莫非他等我不来，先自回舍去了？即抽身转驿舍来问。

当下桂芳被那使女引到一所在，但见明楼大屋，朱门绣户，却是一个官府第宅。堂上坐一仕宦，见桂芳来到，便下阶迎进堂上赐坐，甚加礼敬。桂芳再三谦逊，其官宦道："足下远来，不必固辞。老夫避居此处十数年矣，人迹不到。君今相遇，事非偶然。吾有女年长，尚未许人，欲觅一佳婿不得，今愿以奉君，幸勿见阻。"桂芳正不知如何答应，那仕宦便吩咐使女，备筵席与秀士今夕毕礼。桂芳惶惧辞让，群女引之入室，锦帐绣帏，金碧辉煌，一美人出与相揖，遂谐伉俪。桂芳欢悦得此佳偶，真乃奇遇。自后再不见太守的面，但终日与群妇人拥簇嬉戏而已。

比及何达走回驿舍中，问家人许一："曾见桂官人回来否？"许一道："桂官人与主人一同出城未转。"何达惊疑，只恐在林中被大虫所伤，过了一宵。次日再往寺中访问，并无知者。何达至晚只得怏怏转回驿舍。停候十数日，并没消息，与家人商议，收拾回家。那往日官司未息，何隆访得达归，问及施桂芳没有下落，即以何达谋死桂芳情由具状告于本司。有司拘根其事，何达无辞相抵，遂被监禁狱中。何隆怀仇欲报，乘此机会，要问何达偿命，衙门上下用了贿赂，急推勘其事。何达受刑不过，只得招成了谋害之事，有司叠成文案，该正大辟，解赴西京决狱。

时值包公为护国张娘娘进香，跑到西京玉妃庙还愿，事毕经过街道，望见前面一道怨气冲天而起，便问公牌："前面人头簇簇，有何事故？"公牌禀道："有司官今日在法场上决罪人。"包公忖道：内中必有冤枉之人。即差公牌报知，罪人且将审实，方许处决。公牌急忙回复，监斩官不敢开刀，随即带犯人来见包公。包公根勘之，何达悲咽不止，将前事诉了一遍。包公听了口词，又拘其家人问之，家人亦诉并无谋死情由，只不知桂官人下落，难以分解。包公怪疑，令将何达散监狱中，再候根勘。

次日，包公吩咐封了府门，扮作青衣秀士，只与军牌薛霸，何达家人许一，共三人，竟来古寺中访问其事。恰值二僧正在方丈闲坐，见三人进来，即便起身迎入坐定。僧人问："秀士何来？"包公答道："从四川到此，程途劳倦，特扰宝刹借宿一宵，明日即行。"僧人道："恐铺盖不周，寄宿尽可。"于是，包公独行廊下，见一童子出来，便道："你领我四处游玩一遍，与你铜钱买果子吃。"童子见包公面色异样，笑道："今年春间，两个秀才来寺中游玩，失落了一个，足下今有几位来？"包公正待根究此事，听童子所言，遂赔小心问之，童子叙其根由，乃引出山门用手指道："前面那茂林内，常出妖怪迷人。那日一秀士入林中游行，不知所在，至今未知下落。"包公记在心中，就于寺内过了一宿。次日同许一去林中行走，根究其事。但见四下荒寂，寒气侵人，没有一些动静。正疑惑间，忽听林中有笑声，包公冒荆棘而入，只见群女拥着一男子在石上作乐饮酒。包公近前叱呵之，群女皆走没了，只遗下施桂芳坐在林中石上，昏迷不醒人事，包公令薛霸、许一扶之而归。过了数日，桂芳口中吐出恶涎数升，如梦方醒，略省人事。包公乃开府衙坐入公案，命薛霸拘何隆一干人到阶下，审勘桂芳失落之由。桂芳遂将前情道知，言讫，鸣咽不胜。包公道："吾若不亲到其地，焉知有此异事。"乃诘何隆道："汝未知人之生死，何妄告达谋杀桂芳？今桂芳尚在，汝当何罪？"何达泣诉道："隆因家业不明，连年结讼未决，致成深仇，特以此事欲置小人于死地。"包公信以为然。刑拷何隆，隆知情屈，遂一一招承。包公叠成文案，将何隆杖一百，发配沧州军，永不回乡；治下衙门官吏受何隆之贿赂，不明究其冤枉，诬令何达屈招者，俱革职役不恕；施桂芳、何达供明无罪，各放回家。

九

## 张大智无才误学生　杨家子失教不敬师

话说人家教育子弟，择师为先，做先生的误了学生终身大事，真实可恨。东京有个姓张的先生，名字叫做大智，生来一字不通，只写得一本《百家姓》而已。那先生有一件好处，惯会谋人家好馆，处了三年五载，得了七两八贯，并不会教训一字，把学生大事误尽不顾。有个东家姓杨名梁，因见学生无成，便去告于包公台下：

> 告为恶师误徒事：易子而教，成人是望；夫子之患，在好为师。今某一丁不识，强谋人馆。束脩争多，何曾立教；误子无成，杀人不啻。乞正斯文，重扶名教。上告。

包公看罢，大怒道："做先生的误了学生，其罪不小。"唤鬼卒速拿恶师张大智来。不多时，张大智到。包公道："张大智，你如何误了人家学生？"张大智道："张某虽则不才，颇知教法，但凡教法要因人而施。学生生来下愚，叫做先生的也无可奈何。就是孔夫子有三千徒弟，哪里个个做得贤人？况做先生的就如做父母的一样，只要儿子好，哪里要儿子不好？还有一件，孔夫子说道：自行束脩以上，吾未尝无诲焉。又孟子说道：待先生如此，其忠且敬也。看来做主人家的也有难做处。因见杨某学生又蠢，礼数又疏，故未能造到大贤地位。"包公道："杨梁你如何怠慢先生？"杨梁道："因见先生不善教诲，故此怠慢他也须有的。"张大智道："你见我不善教诲，何不辞了我另请别个？"杨梁道："你见我怠慢你，何不辞了我到别家去？"二人折辩多时。包公喝道："休得折辩，毕竟两家都有不是处。"张大智又补一诉词：

诉为诬师事：天因材笃焉，圣因人教哉。有朋自远方来，亦将有以利吾国乎？自行束脩以上，三月不知肉味。上大人容某禀告，化三千惟天可表。上诉。

包公看罢笑道："待我考试先生一番，就见主人家的意思。"遂出下一个题目来，先生就做，又一字不通。包公道："果然名不虚传，主人慢师情该有的；先生误了学生，罪同谋财杀命。但主人家既请了那先生，虽则不通，合当礼待，以终其事，不可坏了斯文体面。今罚先生为牛，替主人家耕田，还了宿债；罚主人为猪，今生舍不得礼待先生，来生割肉与人吃。"批道：

审得，师有师道，黑漆灯笼如何照得？弟有弟道，废朽榾栎如何雕得？主有主道，一毛不拔如何成得？先生没教法，误了多少后生，罚牛非过；主人无道理，坏了天下斯文，做猪何辞？从此去劝先生，不要自家吃草；自今后语主人，勿得来世受屠。

批完，各杖去讫。

卷之七

## 一 曹国舅害民被正法　包龙图迅雷沛甘霖

话说潮州潮水县孝廉坊铁邱村有一秀士,姓袁名文正,幼习儒业,妻张氏,美貌而贤,生个儿子已有三岁。袁秀才听得东京将开南省,与妻子商议要去赴试。张氏道:"家中贫寒,儿子又小,君若去后,教妾靠着谁人?"袁秀才答道:"十年灯窗之苦,指望一举成名。既贤妻在家无靠,不如收拾同行。"两个路上晓行夜住,不一日到了东京城,投在王婆店中歇下,过了一宿。次日,袁秀才梳洗饭罢,同妻子入城玩景,忽一声喝道前来,夫妻二人急躲在一边,看那马上坐着一位贵侯,不是别人,乃是曹国舅二皇亲。国舅马上看见张氏美貌非常,便动了心,着军牌请那秀才到府中说话。袁秀才闻得是国舅,哪里敢推辞,便同妻子入得曹府来。国舅亲自出迎,叙礼而坐,动问来历。袁秀才告知赴试的事,国舅大喜,先令使女引张氏入后堂相待去了,却令左右抬过齐整筵席,亲劝袁秀才饮得酩酊大醉,密令左右扶向僻处用麻绳绞死,把那三岁孩儿亦打死了。可怜袁秀才满腹经纶未展,已作南柯一梦。比及张氏出来要同丈夫转店,国舅道:"袁秀才饮已过醉,扶入房中睡去。"张氏心慌,不肯出府,欲待丈夫醒来。挨近黄昏,国舅令使女说与他知:"说他丈夫已死的事,且劝他与我为夫人。"使女通知其事，张氏号啕大哭，要寻死路。国舅见他不从，令监在深房内，命使女劝谕不提。

且说包公到边庭赏劳三军，回朝复命已毕，即便回府。行过石桥边，忽马前起一阵狂风，旋绕不散。包公忖道：此必有冤枉事。便差手下王兴、李吉随此狂风跟去，看其下落。王、李二人领命，随风前来，那阵风直从曹国舅高衙中落下。两个公牌仰头看时，四边高墙，中间门上大书数字道："有人看者，割去眼睛；用手指者，砍去一掌。"两公牌一吓，回禀包公，公怒道："彼又不是皇上宫殿，敢如此乱道？"遂亲自来看，果然是一座高院门，正不知是谁家贵宅。乃令军牌问一老人，老人禀道："是皇亲曹国舅之府。"包公道："便是皇亲亦无此高大，彼只是一个国舅，起甚这样府院？"老人叹了一声气道："大人不问，小老哪里敢说。他的权势比当今皇上的还胜，有犯在他手里的，便是铁枷；人家妇女生得美貌，便拿去奸占，不从者便打死，不知害死几多人命。近日府中因害得人多，白日里出怪，国舅住不得，今阖府移往他处去了。"包公听了，遂赏老人而去。回衙即令王兴、李吉近前，勾取马前旋风鬼来证状。二人出门，思量无计，到晚间乃于曹府门首高叫："冤鬼到包爷衙内去。"忽一阵风起，一冤魂手抱三岁孩儿，随公牌来见包公。包公见其披头散发，满身是血，将赴试被曹府谋死，弃尸在后花园井中的事，从头诉了一遍。包公又问："既汝妻在，何不令他来告状？"文正道："妻子被他带去郑州三个月，如何能够得见相公？"包公道："汝且去，我与你准理。"听罢，依前化一阵风而去。次日升厅，集公牌吩咐道："昨夜冤魂说，曹府后花园井里藏得有千两黄金，有人肯下去取来，分其一半。"王、李二公差回禀愿去，吊下井中，二人摸着一死尸，十分惊怕，回衙禀知包公。包公道："我不信，就是尸身亦捞起来看。"二人复又吊下井去，取得尸身起来，抬入开封府衙。

包公令将尸放于东廊下，便问牌军曹国舅移居何处？牌军答道：

"今移在狮儿巷内。"即令张千、李万备了羊酒，前去作贺他。包公到得曹府，大国舅在朝未回，其母郡太夫人大怒，怪着包公不当贺礼。包公被夫人所辱，正转府，恰遇大国舅回来，见包公，下马叙问良久，因道知来贺被夫人羞叱。大国舅赔小心道："休怪。"二人相别。国舅到府烦恼，对郡太夫人道："适间包大人遇见儿子道，来贺夫人，被夫人羞辱而去。今二弟做下逆理之事，倘被他知之，一命难保。"夫人笑道："我女儿现为正宫皇后，怕他怎么？"国舅道："今皇上若有过犯，他且不怕，怕甚皇后？不如写书与二弟，叫他将秀才之妻谋死，方绝后患。"夫人依言，遂写书一封，差人差送到郑州。二国舅看罢也没奈何，只得用酒灌醉张娘子，正待持刀入房要杀，看他容貌不忍下手，又出房来，遇见院子张公，道知前情。张公道："国舅若杀之于此，则冤魂不散，又来作怪。我后花园有口古井，深不见底，莫若推于井中，岂不干净？"国舅大喜，遂赏张公花银十两，令他缚了张氏，抬到园来。那张公有心要救张娘子，只待他醒来。不一时张氏醒来，哭告其情，张公亦哀怜之，密开了后门，将十两花银与张娘子作路费，教他直上东京包大人那里去告状。张氏拜谢出门，他是个闺中妇女，独自如何到得东京？悲哀怨气感动了太白金星，化作一个老翁，直引他到东京，化阵清风而去。张氏惊疑，抬起头望时，正是旧日王婆店门首，入去投宿。王婆认得，诉出前情，王婆亦为之下泪，乃道："今日五更，包大人去行香，待他回来，可截马头告状。"张氏请人写了状子完备，走出街来，正遇见一官到，去拦住马头叫屈。哪知这一位官不是包大人，却是大国舅，见了状子大惊，就问他一个冲马头的罪，登时用棍将张氏打昏了，搜检身上有银十两，亦夺得去，将尸身丢在僻巷里。王婆听得消息忙来看时，气尚未绝，连忙抱回店中救醒。过二三日，探听包大人在门首过，张氏跪截马头叫屈。包公接状，便令公差领张氏入府中去廊下认尸，果是其夫。又拘店主人王婆来问，审勘明白，令张氏入后堂，发放王婆回店。包公思忖：先捉大国舅再作理会，即诈病不起。

上闻公病，与群臣议往视之，曹国舅启奏："待微臣先往，陛下再去未迟。"上允奏。次日报入包府中，包公吩咐齐备，适国舅到府前下轿，包公出府迎入后堂坐定，叙慰良久，便令抬酒来，饮至半酣，包公起身道："国舅，下官前日接一纸状，有人告说丈夫、儿子被人打死，妻室被人谋了，后其妻子逃至东京，又被仇家打死，幸得王婆救醒，复在我手里又告，已准他的状子，正待请国舅商议，不知那官人姓甚名谁？"国舅听罢，毛发悚然。张氏从屏风后走出，哭指道："打死妾身正是此人。"国舅喝道："无故赖人，该得何罪？"包公大怒，令军牌捉下，去了衣冠，用长枷监于牢中。包公恐走漏消息，闭上了门，将随带来之人尽行拿下。思忖捉二国舅之计，遂写下假家书一封，已搜出大国舅身上图书，用朱印讫，差人星夜到郑州，道知郡太夫人病重，急速回来。二国舅见书认得兄长图书，即忙转回东京，未到府遇见包公，请入府中叙话。酒饮三杯，国舅起身道："家兄有书来，说道郡太病重，尚容另日领教。"忽厅后走出张氏，跪下哭诉前情，国舅一见张氏，面如土色。包公便令捉下，枷入牢中。

从人报知郡太夫人，夫人大惊，急来见曹娘娘说知其事。曹皇后奏知仁宗，仁宗亦不准理。皇后心慌，私出宫门来到开封府与二国舅说方便。包公道："国舅已犯大罪，娘娘私出宫门，明日为臣见圣上奏知。"皇后无语，只得复回宫中。次日，郡太夫人奏于仁宗，仁宗无奈，遣众大臣到开封府劝和。包公预知其来，吩咐军牌出示：彼各自有衙门，今日但入府者便与国舅同罪。众大臣闻知，哪个敢入府来？上知包公决不容情，怎奈郡太夫人在金殿哀奏，皇上只得御驾亲到开封府，包公近前接驾，将玉带连咬三口奏道："今又非祭天地劝农之日，圣上胡乱出朝，主天下有三年大旱。"仁宗道："朕此来端为二皇亲之故，万事看朕分上恕了他罢！"包公道："既陛下要救二皇亲，一道赦文足矣，何劳御驾亲临？今二国舅罪恶贯盈，若不依臣启奏判理，情愿纳还官诰归农。"仁宗回驾。包公令牢中押出二国舅赴法场处决。郡太夫人得知，复入朝哀恳圣上降赦书救二国舅，皇上允奏，即颁赦文，遣使臣到法场，包公跪听宣读，只赦东京罪人及二皇亲，包公道："都是皇上的百姓犯罪，偏不赦天下，赦只赦东京！"先把二国舅斩讫，大国舅等待午时开刀。郡太夫人听报斩了二国舅，忙来哭奏皇上。王丞相奏道："陛下须通行颁赦天下，方可保大国舅。"皇上允奏，即草诏颁行天下，不论犯罪轻重，一齐赦宥。包公闻赦各处，乃当场开了大国舅长枷，放回府中，见了郡太夫人，相抱而哭。国舅道："不肖深辱父母，今在死中复生，想母亲自有人侍奉，为儿情愿纳还官诰，入山修行。"郡太夫人劝留不住。后来曹国舅得遇真人点化，入了仙班，此是后话不提。

却说包公判明此段公案，令将袁文正尸首葬于南山之阳。库中给银三十两，赐与张氏，发回本乡。是时遇赦之家无不称颂包公仁德。包公此举，杀一国舅而文正之冤得伸，赦一国舅而天下罪囚皆释，真能以迅雷沛甘霖之泽者也。

二

## 宋仁宗认母审奸臣　刘娘娘私赂露机关

话说包公自赈济饥民，离任赴京来到桑林镇宿歇。吩咐道："我借东岳庙歇马三朝，地方倘有不平之事，许来告首。"忽有一个住破窑婆子闻知，走来告状。包公见那婆子两目昏眊，衣服垢恶，便问："汝是何人，要告什么不平事？"那婆子连连骂道："说起我名，便该死罪。"包公笑问其由。婆子道："我的屈情事，除非是真包公方断得，恐你不是真的。"包公道："你如何认得是真包公、假包公？"婆子道："我眼看不见，要摸颈后有个肉块的，方是真包公，那时方伸得我的冤。"包公道："任你来摸。"那婆子走近前，抱住包公头伸手摸来，果有肉块，知是真的，在脸上打两个巴掌，左右公差皆失色。包公也不嗔怒他，便问婆子："有何事？你且说来。"那婆子道："此事只好你我二人知之，须要遣去左右公差方才好说。"包公即屏去左右。婆子知前后无人，放声大哭道："我家是亳州亳水县人，父亲姓李名宗华，曾为节度使，上无男子，单生我一女流，只因难养，年十三岁就入太清宫修行，尊为金冠道姑。一日，真宗皇帝到宫行香，见吾美丽，纳为偏妃，太平二年三月初三日生下小储君，是时南宫刘妃亦生一女，只因六宫大使郭槐作弊，将女儿来换我小储君而去，老身气闷在地，不觉误死女儿，被囚于冷宫，当得张院子知此事冤屈，六月初三日见太子游赏内苑，略说起情由，被郭大使报与刘后得知，用绢绞死了张院子，杀他一十八口，直待真宗晏驾，我儿接位，颁赦冷宫罪人，我方得出，只得来桑林镇觅食，万望奏于主上，伸妾之冤，使我母子相认。"包公道："娘娘生下太子时，有何留记为验？"婆子道："生下太子之时，两手不直，一宫人挽开看时，左手有山河二字，右手有社稷二字。"包公听了，即扶婆子坐于椅上跪拜道："望乞娘娘恕罪。"令取过锦衣换了，带回东京。

及包公朝见仁宗，多有功绩，奏道："臣蒙诏而回，路逢一道士连哭了三日三夜。臣问其所哭之由，彼道：'山河社稷倒了。'臣怪而问之：'为甚山河社稷倒了？'道士道：'当今无真天子，故此山河社稷倒了。'"上笑道："那道士诳言之甚。朕左手有山河二字，右手有社稷二字，如何不是真天子？"包公奏道："望我主把与小臣看明，又有所议。"仁宗即开手与包公及众臣视之，果然不差。包公叩头奏道："真命天子，可惜只做了草头王。"文武听了皆失色。上微怒道："我太祖皇帝仁义而得天下，传至寡人，自来无怨，何谓是草头王？"包公奏道："既陛下为嫡派之真主，如何不知亲生母所在？"上道："朝阳殿刘皇后便是寡人亲生母。"包公又奏道："臣已访知，陛下嫡母在桑林镇觅食。倘若圣上不信，但问两班文武便有知者。"上问群臣道："包文拯所言可疑，朕果有此事乎？"王丞相奏道："此陛下内事，除非是问六宫大使郭槐，可知端的。"上即宣过郭大使问之。大使道："刘娘娘乃陛下嫡母，何用问焉！此乃包公妄生事端，欺罔我主。"上怒甚，要将包公押出市曹斩首。王丞相又奏："文拯此情，内中必有缘故，望陛下将郭大使发下西台御史处勘问明白。"上允其奏，着御史王材根究其事。

当时刘后恐泄漏事情，密与徐监官商议，将金宝买嘱王御史方便。不想王御史是个赃官，见徐监官送来许多金宝，遂欢喜受了，放下郭大使，整酒款待徐监官。正饮酒间，忽一黑脸汉撞入门来。王御史问是谁人，黑脸汉道："我是三十六宫四十五院都节史，今日是年节，特来大人处讨些节仪。"王御史吩咐门子与他十贯钱，赏以三碗酒。那黑汉吃了三碗酒，醉倒在阶前叫屈。人问其故，那醉汉道："天子不认亲娘是大屈，官府贪赃受贿是小屈。"王御史听得，喝道："天子不认亲娘，干你甚事？"令左右将黑汉吊起在衙里，左右正吊间，人报南衙包丞相来到。王材慌忙令郭大使复入牢中坐着，即出来迎接，不见包公，只有从人在外。王御史因问："包大人何在？"董超答道："大人言在王相公府里议事，我等特来伺候。"王御史惊疑。董超等一齐入内，见吊起者正是包公，董超众人一齐向前解了。包公发怒，令拿过王御史跪下，就府中搜出珍珠三斗，金银各十锭。包公道："你乃枉法赃官，当正典刑。"即令推出市曹斩首示众。

当下徐监官已从后门走回宫中去。包公以其财物具奏天子，仁宗见了赃证，沉吟不决，乃问："此金宝谁人进用的？"包公奏道："臣访得是刘娘娘宫中使唤徐监官送去。"仁宗乃宣徐监官问之，徐监官难以隐瞒，只得当殿招认，是刘娘娘所遣。仁宗闻知，龙颜大怒道："既是我亲母，何用私赂买嘱？其中必有缘故！"乃下敕发配徐监官边远充军，着令包公拷问郭大使根由。包公领旨，回转南衙，将郭大使严刑究问，郭槐苦不肯招，令押入牢中监禁。唤董超、薛霸二人吩咐道："汝二人如此如此，查出郭槐事因，自有重赏。"二人径入牢中，私开了郭槐枷锁，拿过一瓶好酒与之共饮，因密嘱道："刘娘娘传旨着你不要招认，事得脱后，自有重报。"郭大使不知是计，饮得酒醉了乃道："你二牌军善施方便，待回宫见刘娘娘说你二人之功，亦有重用。"董超觑透其机，引入内牢，重用刑拷勘道："郭大使，你分明知其情弊，好好招承，免受苦楚。"郭槐受苦难禁，只得将前情供招明白。次日，董、薛两人呈报包公，包公大喜，执郭槐供状启奏仁宗。仁宗看罢，召郭槐当殿审之。槐又奏道："臣受苦难禁，只得胡乱招承，岂有此事？"仁宗以此事顾问包公道："此事难理。"包公奏道："陛下再将郭槐吊在张家园内，自有明白处。"上依奏，押出郭槐前去。包公预装下神机，先着董超、薛霸去张家园，将郭槐吊起审问。将近三更时候，包公祷告天地，忽然天昏地黑，星月无光，一阵狂风过处，已把郭槐捉将去。郭槐开目视之，见两边排下鬼兵，上面坐着的是阎罗天子。王问："张家一十八口当灭么？"旁边走过判官近前奏道："张家当灭。"王又问："郭槐当灭否？"判官奏道："郭大使尚有六年旺气。"郭槐闻说，叫声："大王，若解得这场大事，我与刘娘娘说知，作无边功课致谢大王。"阎王道："你将刘娘娘当初事情说得明白，我便饶你罪过。"郭槐一一诉出前情。左右录写得明白，皇上亲自听闻，乃喝道："奸贼！今日还赖得过么？朕是真天子，非阎王也，判官乃包卿也。"郭槐吓得哑口无言，低着头只请快死而已。

　　上命整驾回殿，天色渐明，文武齐集，天子即命排整銮驾，迎接李娘娘到殿上相见，帝母二人悲喜交集，文武庆贺，乃令宫娥送入养老宫去讫。仁宗要将刘娘娘受油锅之刑以泄其忿。包公奏道："王法无斩天子之剑，亦无煎皇后之锅。我主若要他死，着人将丈二白丝帕绞死，送入后花园中；郭槐当落鼎镬之刑。"仁宗允奏，遂依包公决断。真可谓亘古一大奇事。

# 三

## 梅商人遇祸悟神签　姜氏女沐浴化冤魂

话说河南开封府陈州管下商水县，有一人姓梅名敬，少入郡庠，家道殷实，父母俱庆，只鲜兄弟。娶邻邑西华县姜氏为妻，后父母双亡，服满赴试，屡科不第，乃谓其妻道："吾幼习儒业，将欲显祖耀亲，荣妻荫子，为天地间一伟人。奈何苍天不遂吾愿，使二亲不及见我成立大志已殁，诚天地间一罪人也。今辗转寻思，常忆古人有言，若要腰缠十万贯，除非骑鹤上扬州。意欲弃儒就商，遨游四海，以伸其志，岂肯屈守田园，甘老丘林。不知贤妻意下如何？"姜氏道："妾闻古人有云，在家从父，出嫁从夫。君既有志为商，妾当听从。但愿君此去以千金之躯为重，保全父母遗体，休贪路柳墙花。若得稍获微利，即当快整归鞭。"梅敬听得妻言有理，遂收置货物，径往四川成都府经商，姜氏饯别而去。

梅敬一去六载未回，一日忽怀归计，遂收拾财物，竟入诸葛武侯庙中祈签。当祷视已毕，求得一签云：

　　逢崖切莫宿，逢汤切莫浴。
　　斗粟三升米，解却一身曲。

梅敬祈得此签，茫然不晓其意，只得起程而回。这一日舟子将船泊于大崖之下，梅敬忽然想起签中"逢崖切莫宿"之句，遂自省悟，即令舟子移船别处，方移船时，大崖忽然崩下，陷了无限之物。梅敬心下大惊，方信签中之言有验。一路无碍至家，姜氏接入堂上，再尽夫妇之礼，略叙离别之情。时天色已晚，是夜昏黑无光。一时间姜氏烧汤水一盆，谓梅敬道："贤夫路途劳苦，请去洗澡，方好歇息。"梅敬听了妻言，又大省悟，神签道"逢汤切莫浴"，遂乃推故对妻道："吾今日偶不喜浴，不劳贤妻候问。"姜氏见夫言如此，遂不催促，即自去洗澡。姜氏正浴间，不防被一人预匿房中，将利刃从腹中一戳，可怜姜氏姣姿秀美，化作南柯一梦。其人溜躲房外去了。梅敬在外等候，见姜氏多久不出，执灯入往浴房唤之，方知被杀在地，哭得几次昏迷。次日正欲具状告理，又不知是何人所杀。却有街坊邻舍知之，忙往开封府首告梅敬无故自杀其妻。

　　包公看了状词，即拘梅敬审勘。梅敬遂以祈签之事告知。包公自思：梅敬才回，决无自杀其妻的理，乃对梅敬道："你出六年不回，汝妻美貌，必有奸夫，想是奸夫起情造意要谋杀汝，汝因悟神签的话，故得脱免其祸。今详观神签中语云'斗粟三升米'，吾想官斗十升只得米三升，更有七升是糠无疑。莫非这奸夫就是康七么？"梅敬道："生员对邻果有一人名唤康七。"包公即令左右拘唤来审，康七亦不推赖，叩头供状道："小人因见姜氏美貌，不合故起谋心，本意欲杀其夫，不知误伤其妻。相公明见万里，小人情愿伏罪。"包公押了供状，遂断其偿命，即令典刑。远近人人叹服。

四

# 张兄弟误认无头尸　两客商匿妇建康驿

　　话说东京管下袁州有一人姓张名迟者，与弟张汉共堂居住。张迟娶妻周氏，生一子周岁。适周母有疾，着安童来报其女。周氏闻知母病，与夫商议要回家看母，过数日方与收拾回去。比及周氏到得母家，母病已瘥，留住一月有余。忽张迟有故人潘某在临安为县吏，遣仆相请。张迟接得故人来书，次日先打发仆回报，许来相会。潘仆去后，迟与递商议道："临安县潘故人书来相请，我已许约而去，家下要人看理，汝当代我前往周家说知，就同嫂嫂回来。"弟应诺。

　　次日，张汉径出门来到周家，见了嫂嫂道知："兄将远行，特命我来接嫂嫂回家。"周氏乃是贤惠妇人，甚是敬叔，吩咐备酒相待。张汉饮至数杯，乃道："路途颇远，须趁早起身。"周氏遂辞别父母，随叔步行而回。行到高岭上，乃五月天气，日色酷热，周氏手里又抱着小孩儿，极是困苦难行，乃对叔道："日正当午，望家里不远，且在林子内略坐片时，少避暑气再行。"张汉道："既是行得烦难，少坐一时也好，不如先抱侄儿与我先去回报，令觅轿夫来接。"周氏道："如此恰好。"即将孩儿与叔抱回来。正值兄在门首候望，汉说与兄知："嫂行不得，须待人接。"迟即雇二轿夫前至半岭上，寻那妇人不见。轿夫回报，张迟大惊，同弟复来其坐息处寻之，不见。其弟亦疑谓兄道："莫非嫂嫂有甚物事忘在母家，偶然记起，回转去取。兄再往周家看问一番。"迟然其言，径来周家问时，皆云："自出门后已半日矣，哪曾见他转来？"张愈慌了，再来与弟穿林抹岭遍寻，寻到一幽僻处，见其妻死于林中，且无首矣。张迟哀哭不止。当日即与弟雇人抬尸，用棺木盛贮了。次日，周氏母家得知此事，其兄周立极是个好讼之人，即扭张汉赴告于曹都宪，皆称张汉欲奸，嫂氏不从，恐回说知，故杀之以灭口。曹信其然，用严刑拷打，张汉终不肯诬服。曹令都官根究妇人首级，都官着人到岭上寻觅首级不得，便密地开一妇人坟墓，取出尸断其首级回报。曹再审勘，张汉如何肯招？受不过严刑，只得诬服，认做谋杀之情，监系狱中候决。

　　将近半年，正遇包大人巡审东京罪人，看及张汉一案，便唤张犯厅前问之，张诉前情，包公疑之：当日彼夫寻觅其妇首级未有，待过数日，都官寻觅便有，此事可疑。令散监张汉于狱中。遂唤张龙、薛霸二公牌吩咐道："你二人前往南街头寻个卜卦人来。"适寻得张术士到。包公道："令汝代推占一事，须虔诚祷之。"术士道："大人所占何事，敢问主意？"包公道："你只管推占，主意自在我心。"推出一"天山遁"卦，报与包公道："大人占得此卦，遁者，匿也，是问个幽阴之事。"包公道："卦辞如何？"术士道："卦辞意义渊深难明，须大人自测之。"其辞云：

　　　　遇卦天山遁，此义由君问。
　　　　聿姓走东边，糠口米休论。

包公看了卦辞，沉吟半晌，正不知如何解说，便令取官米一头给赏术士而去。唤过六房吏司，包公问道："此处有糠口地名否？"众人皆答无此地名。

包公退入后堂,秉烛而坐,思忖其事,忽然悟来。次日升堂,唤过张、薛二公牌,拘得张迟邻人萧某来到,密吩咐道:"汝带二公人前到建康地方旅邸之间,限三日内要缉访张家事情来报。"萧某以事干系情重,难以缉访,虑有违限的罪,欲待推辞,见包公面有怒色,只得随二公人出了府衙,一路访问张家杀死妇人情由,并无下落。正行到建康旅邸,欲炊晌午,店里坐着两个客商,领一个年少妇人在厨下炊火造饭,二客困倦,随身卧于床上。萧某悄视那妇人,面孔相熟,妇人见萧某亦觉相识,二人看视良久。那妇人愁眉不展,近前见萧某问道:"长者从哪里来?"萧某答道:"我萍乡人氏姓萧者便是。"妇人闻之是与夫同乡,便问:"长者所居曾识张某否?"萧某大惊道:"好似我乡里周娘子!"周氏潸然泪下道:"妾正是张迟妻也。"萧乃道知张汉为汝诬服在狱之故。周氏泣道:"冤哉!当日叔叔先抱孩儿回去,妾坐于林中候之。忽遇二客商挑着箬笼上山来,见妾独自坐着,四顾无人,即拔出利刀,逼我脱下衣服并鞋,妾惧怕,没奈何遂依他脱下。那二客商遂于笼中唤出一妇人,将妾衣并鞋与那妇人穿着,断取其头置笼中,抛其身于林里,拿我入笼中,负担而行。沿途乞觅钱钞,受苦万端。今遇乡里,恰似青天开眼,望垂怜恤,报知吾夫急来救妾。"言罢,悲咽不止。萧某听了道:"今日包爷正因张汉狱事不明,特差我领公牌来此缉访,不想相遇。待我说与公牌知之,便送娘子回去。"周氏收泪进入里面,安顿那二客商。萧某来见二公牌,午饭正熟,萧某以其情说与二人知之。张、薛二人午饭罢,抢入店里面,正值二客与周氏亦在用饭。二公牌道:"包公有牌来拘你,可速去。"二客听说一声包爷,神魂惊散,走动不得,被二公牌绑缚了,连妇人直带回府衙报知。包公不胜大喜,即唤张迟来问,迟到衙会见其妻,相抱而哭。包公再审,周氏逐一告明前事,二客不能抵讳,只得招认,包公令取长枷监禁狱中,叠成案卷。包公以张汉之枉明白,再勘问都官得妇人首级情由,都官不能隐瞒,亦供招出。审实一干罪犯监候，具疏奏达朝廷，不数日，仁宗旨下：二客谋杀惨酷，即问处决；原问狱官曹都宪并吏司决断不明，诬服冤枉，皆罢职为民；其客商货帛赏赐邻人萧某；释放张汉；周氏仍归夫家；周立问诬告之罪，决配远方；都官盗开尸棺取妇人头，亦处死罪。事毕，众书吏叩问包公，缘何占卜遂知此事？包公道："阴阳之数，报应不差。卦辞前二句乃是助语，第三句'聿姓走东边'，天下岂有姓聿者？犹如聿字加一走之，却不是个建字！'糠口米休论'，必为糠口是个地名，及问之，又无此地名，想是糠字去了米，只是个单康字。离城九十里有建康驿名，那建康是往来冲要之所，客商并集，我亦疑此妇人被人带走，故命彼邻里有相识者往访之，当有下落。果然不出吾之所料。"众吏叩服包公神见。

五

# 李中立杀友地窨中　江玉梅遗子山神庙

话说河南汝宁府上蔡县，有巨富长者姓金名彦龙，娶周氏，生有一子，名唤金本荣，年二十五岁，娶妻江玉梅，年将二十，姣容美貌。忽一日，金本荣在长街市上算命，道有一百日血光之灾，除非是出路躲避方可免得。本荣自思：有契兄袁士扶在河南府洛阳经营，不若到他那里躲灾避难，二来到彼处经营。回家与父母说知其故。金彦龙曰："既如此，我有玉连环一双，珍珠百颗，把与孩儿拿去哥哥家货卖，值价一十万贯。"金本荣听了父言，即便领诺。正话间，旁边走出媳妇江玉梅向前禀道："公婆在上，丈夫在家终日只是饮酒，若带着许多金宝前去，诚恐路途有失，怎生放心叫他自去？妾想如今太平时节，媳妇与丈夫同去。"金彦龙道："吾亦虑他好酒误事，若得媳妇同去最好。今日是个吉日，便可收拾起程。"即将珍珠、玉连环付与本荣，吩咐过了百日之后，便可回家，不可远游在外，使父母挂心。金本荣应诺，辞别父母离家，夫妇同行。至晚，寻入酒店，略略杯酌。正饮之间，只见一个全真先生走入店来，那先生看着金本荣夫妇道："贫道来此抄化一斋。"本荣平生敬奉玄帝，一心好道，便道："先生请坐同饮。"先生道："金本荣，你夫妇二人何往？"本荣大惊道：

"先生所言，吾与你素不相识，何以知吾姓名？"先生道："贫道久得真人传授，吉凶靡所不知，今观汝二人气色，目下必有大灾，切宜谨慎。"本荣道："某等凡人，有眼无珠，不知趋避之方；况兼家有父母在堂。先生既知休咎，望乞怜而救之。"先生道："贫道观汝夫妇行善已久，岂忍坐视不救。今赐汝两丸丹药，二人各服一丸，自然免除灾难；但汝身边宝物牢匿在身。如汝有难，可奔山中来寻雪涧师父。"道罢相别。

本荣在路夜宿晓行，不一日将近洛阳县。忽听得往来人等纷纷传说，西夏国王赵元昊兴兵犯界，居民各自逃生。本荣听了传说之言，思了半晌，乃谓其妻江玉梅道："某在家中交结个朋友，唤做李中立，此人在开封府郑州管下汜水县居住，他前岁来我县做买卖时，我曾多有恩于他，今既如此，不免去投奔他。"江玉梅从其言。本荣遂问了乡民路径，与妻直到李中立门首，先托人报知，李中立闻言，即忙出迎本荣夫妇入内，相见已毕，茶罢，中立问其来由。本荣即告以因算命出来躲灾之事，承父将珍珠、玉连环往洛阳经商，因闻西夏欲兴兵犯境，特来投奔兄弟。"中立听了，细观本荣之妻生得美貌，心下生计，遂对本荣道："洛阳与本处同是东京管下，西夏国若有兵犯界，则我本处亦不能免。小弟本处有个地窖子，倘贼来时，只从地窖中躲避，管取太平无事。贤兄放心且住几时。"便叫家中置酒相待，又唤当值李四去接邻人王婆来家陪侍。李四领诺去了，移时王婆就来相见，请江玉梅到后堂，与李中立妻子款待已毕，至晚，收拾一间房子与他夫妻安歇。

过了数日，李中立见财色起心，暗地密唤李四吩咐道："吾去上蔡县做买卖时，被金本荣将本钱尽赖了去。今日来到我家，他身边有珍珠百颗，玉连环一对，你今替我报仇，可将此人引至无人处杀死，务要刀上有血，将此珠玉之物并头上头巾前来为证，我即养你一世，决不虚言。"李四见说，喜不自胜，二人商议已定。次日，李中立对金本荣道："吾有一所小庄，庄内有一窨在彼，贤兄可去一看。"本荣不知是计，遂应声道："贤弟既有庄所，吾即与李四同往一观。"当日乃与李四同去。原来金本荣宝物日夜随身。二人走到无人烟之处，李四腰间拔出利刀道："小人奉家主之命，说你在上蔡县时曾赖了他本钱，今日来到此处，叫我杀了你。并不干我的事，你休得埋怨于我。"遂执刀向前来杀。本荣见了，吓得魂飞天外，连忙跪在地下苦苦哀告道："李四哥听禀：他在上蔡时，我多有恩于他，他今日见我妻美貌，恩将仇报，图财害命，谋夫占妻，生此冤惨。乞怜我有七旬父母无人侍养，饶我残生，阴功莫大。"李四听了说道："只是我奉主命就要宝物回去，且问汝宝物现在何处？"本荣道："宝物随身在此，任君拿去，乞放残生。"李四见了宝物又道："吾闻图人财者，不害其命；今已有宝物，更要取你头巾为证，又要刀上见血迹方可回报，不然，吾亦难做人情。"本荣道："此事容易。"遂将头巾脱下，又咬破舌尖，喷血刀上。李四道："我今饶你性命，你可急往别处去躲。"本荣道："吾得性命，自当远离。"即拜辞而去。

  当日李四得了宝物，急急回家与李中立交清楚。中立大喜，吩咐置酒，在后堂请嫂嫂江玉梅出来。玉梅见天色已晚，乃对中立道："叔叔令丈夫去看庄所，缘何此时不见回来？"李中立道："吾家亦颇富足，贤嫂与我成了夫妇，亦够快活一世，何必挂念丈夫？"玉梅道："妾丈夫现在，叔叔何得出此牛马之言，岂不可耻？"李中立见玉梅秀美，乃向前搂住求欢，玉梅大怒，将中立推开道："妾闻在家从父，出嫁从夫，妾夫又无弃妾之意，安肯伤风败俗，以污名节？"李中立道："汝丈夫今已被我杀死，若不信时，吾将物事拿来你看，以绝念头。"言罢，即将数物丢在地上道："娘子，你看这头巾，刀上有血，若不顺我时，想亦难免。"玉梅一见数物，哭倒在地。中立向前抱起道："嫂嫂不须烦恼，汝丈夫已死，吾与汝成了夫妇，谅亦不玷辱了你，何故执迷太甚？"言罢，情不能忍，又强欲求欢。玉梅自思：这贼将丈夫谋财杀命，又要谋我为妾，若不从，必遭其毒手。遂对中立道："妾有半年身孕，汝若要妾成夫妇，待妾分娩之后，再作区处；否则妾实甘一死，不愿与君为偶。"中立自思：分娩之后，谅不能逃。遂从其言。就唤王婆吩咐道："汝同这娘子往深村中山神庙边，我有一所空房在彼，你可将他藏在此处，等他分娩之后，不论男女，将来丢了，待满月时报我知道。"当日，王婆依言领江玉梅去了。

话分两头。且说本荣父亲金彦龙，在家里念儿子、媳妇不归，音信并无。彦龙乃与妻将家私封记，收拾金银，沿路来寻不提。不觉光阴似箭，日明如梭，江玉梅在山神庙旁空房内住了数月，忽一日肚疼，生下一个男儿。王婆近前道："此子只好丢在水中，恐李长者得知，连累老身。"玉梅再三哀告道："念他父亲痛遭横祸，看此儿亦投三光出世，望乞垂怜，待他满月，丢了未迟。"王婆见江玉梅情有可矜，心亦怜之，只得依从。不觉又是满月，玉梅写了生年月日，放在孩儿身上，丢在山神庙中候人抱去抚养，留其性命。遂与王婆抱至庙中，不料金彦龙夫妻正来这山神庙中问个吉凶，刚进庙来，却撞见江玉梅。公婆二人大惊，问其夫在何处，玉梅低声诉说前事，彦龙听了，苦不能忍，急急具状告理。

却值包公访察，缉知其事。次日，即差无情汉领了关文一道，径投郑州管下汜水县下了马，拘拿李中立起解到台，令左右将中立先责一百杖，暂且收监，未及审勘。王婆又欲充作证见，凭玉梅报谢。包公令金彦龙等在外伺候。且说金本荣，自离了汜水县，无处安身，径来山中撞见雪涧师父，留在庵中修行出家，不知父母妻子下落，心中忧愁不乐。忽一日，师父与金本荣道："我今日教你去开封府抄化，有你亲眷在彼，你可小心在意，回来教我知道。"金本荣拜辞了师父，径投开封府来，遂得与父母妻子相见，同到府前。正值包公升堂，彦龙父子即将前事又哭告一番。包公即令狱中取出李中立等审勘，李中立不敢抵赖，一一供招，贪财谋命是实，强占伊妻是真。包公叫取长枷脚镣肘锁，送下死牢中去。将中立家财一半给赏李四，一半给赏王婆；追出宝物给还金本荣；李中立妻子发边远充军。闻者快心。

## 六
## 邱家仆直言道奸情　汪牙侩灭口借龙窟

　　话说东京离城五里，地名湘潭村，有一人姓邱名惇，家业殷实，娶本处陈旺之女为妻。陈氏甚是美貌，却是个水性妇人，因见其夫敦重，甚不相乐。时镇西有个牙侩，姓汪名琦，生得清秀，是个风流浪子，常往来邱惇家，惇以契交兄弟情义待之。汪出入稔熟，常与陈氏交接言语。一日，汪琦来到邱家，陈氏不胜欢喜，延入房中坐定，对汪道："丈夫到庄上算田租，一时未还，难得今日你到此来，有句话当要对你说。且请坐着，待我到厨下便来。"汪琦正不知是何缘故，只得应诺，遂安坐等候。不多时陈氏整备得一席酒肴入房中来，与汪琦对饮。酒至半酣，那陈氏有心，向汪琦道："闻得叔叔未娶婶婶，夜来独眠，岂不孤单？"汪答道："小可命薄，姻缘迟缓，衾枕独眠，是所甘愿也。"陈氏笑道："叔叔休瞒我，男子汉无有妻室，度夜如年。适言甘愿，乃不得已之情，非实意也。"汪琦初则以朋友分上，尚不敢乱言，及被陈氏将言语调戏，不觉心动，说道："贤嫂既念小叔孤单，今日肯怜念我么？"陈氏道："我倒有心怜你，只恐叔叔无心恋我。"二人戏谑良久，彼此乘兴，遂成云雨之交，正是色胆大如天，两下意投之后，情意稠密，但遇邱惇不在家，汪某遂留宿于陈氏房中，邱惇全不知觉。

邱之家仆颇知其事，欲报知于主人，又恐主人见怒；若不说知，甚觉不平。忽值那日邱惇正在庄所与佃户算账，宿于其家。夜半，邱惇对家仆道："残秋天气，薄被生寒，未知家下亦若是否？"家仆答道："只亏主人在外孤寒，家下夜夜自暖。"邱惇怪而疑之，便问："你如何出此言语？"家仆初则不肯说，及至问得急切，乃直言主母与汪某往来交密之情。邱听此言，恨不得一时天晓。次日，回到家下，见陈氏面带春风，越疑其事。是夜，盘问汪某来往情由，陈氏故作遮掩模样道："你若不在家时，便闭上内外门户，哪曾有人来我家？却将此言诬我！"邱道："不要性急，日后自有端的。"那陈氏惧怕不语。

次日侵早，邱惇又往庄所去了。汪某进来见陈氏不乐，问其故，陈氏不隐，遂以丈夫知觉情由告知。汪某道："既如此，不须忧虑，从今我不来你家便无事了。"陈氏笑道："我道你是个有为丈夫，故有心从汝，原来是个没志量的人。我今既与你情密，须图终身之计，缘何就说开交的话？"汪某道："然则如之奈何？"陈氏道："必须谋杀吾夫，可图久远。"汪沉吟半晌，没有计较处，忽计从心上来，乃道："娘子的有实愿，我谋害之计有了。"陈氏问："何计？"汪道："本处有一极高山巅上原有龙窟，每见烟雾自窟中出则必雨；若不雨必主旱伤。目下乡人于此祈祷，汝夫亦于此会，候待其往，自有处置的计。"陈氏喜道："若完事后，其余我自有调度。"汪宿了一夜而去。

次日，果是乡人鸣锣击鼓，径往山巅祈祷，邱惇亦与众人随登，汪琦就跟到窟前。不觉天色黄昏，众人祈祷毕先散去，独汪琦与邱惇在后，经过龙窟，汪戏道："前面有龙露出爪来。"惇惊疑探看，被汪乘势一推，惇立脚不定，坠入窟中。当下汪某跑走回来，见陈氏说知其事。陈氏欢喜道："想我今生原与你有缘。"自是汪某出入其家无忌，不顾人知。有亲戚问及邱某多时不见之故，陈氏掩讳，只告以出外未回。然其家仆见主人没下落，甚是忧疑，又见陈氏与汪某成了夫妇，越是不忿，欲告首于官，根究其事。陈氏密闻之，遂将家仆逐赶出去。

后将近一月余，忽邱惇复归家。正值陈氏与汪某围炉饮酒，见惇自外入，汪大惊，疑其是鬼。抽身入房中取出利刀呵叱，逐之出门。惇悲咽无所往，行到街前，遇见家仆，遂抱住主人问其来由。惇将当日被汪推落窟中的事说了一遍。家仆哭道："自主不回，我即致疑，及见主母与汪某成亲，想他必然谋害于你，待诉之官，根究主人下落，竟被他赶出。不意吉人天相，复得相见，当以此情告于开封府，以雪此冤。"惇依言，即具状赴开封府衙门。包公审问道："既当日推落龙窟，焉得不死，复能归乎？"邱惇泣诉道："正不知因何缘故。方推下的时节，窟旁皆茅苇，因傍茅苇而落，故得无伤。窟中甚黑，久而渐光，见一小蛇居中盘旋不动，窟中干燥，但有一勺之水清甚，掬其水饮之，不复饥渴。想着那蛇必是龙也，常乞此蛇庇佑，蛇亦不见相伤，每于窟中轻移旋绕，则蛇渐大，头角峥嵘，出窟而去，俄而雨下，如此者六七日。一日，因攀拿龙尾而上，至窟外则龙尾掉摇，坠于窟旁茅丛去了。因即归家，正见妻与汪琦同饮，被汪利刀赶逐而出。特来具告。"言讫不胜痛哭。

包公审实明白，即差公牌张龙、赵虎，到邱家捉拿汪琦、陈氏。是时汪琦正在疑惑此事，不提防邱某已再生回家，竟具状开封府，公牌拘到府衙对理。包公审问汪琦，琦诉道："当时乡人祈祷，各自早散回家，邱至黄昏误落窟中，哪有谋害之情？又其家紧密，往来有数，哪有通奸之事？"此时汪某争辩不已，包公着令公牌去陈氏房中取得床上睡席来看，见有二人新睡痕迹。包公道："既说彼家门户紧密，缘何有二人席痕？分明是你谋害，幸不至死，尚自抵赖！"即令严刑拷究，汪只得供招，将汪琦、陈氏皆定死罪；邱惇回家。见者欣喜。

七

# 积善家偏出不肖子　恶奴才反累贤主人

话说，"善有善报，恶有恶报，莫道无报，只分迟早"。这几句话是阴间法令，也是口头常谈。哪晓得这几句也有时信不得。东京有个姚汤，是三代积善之家，周人之急，济人之危，斋僧布施，修桥补路，种种善行，不一而足，人人都说，姚家必有好子孙在后头。西京有个赵伯仁，是宋家宗室，他倚了是金枝玉叶，谋人田地，占人妻子，种种恶端，不可胜数。人人都说，赵伯仁倚了宗亲横行无状，阳间虽没奈何他，阴司必有冥报。哪晓得姚家积善倒养出不肖子孙，家私、门户，弄得一个如汤泼雪；赵家行恶倒养出绝好子孙，科第不绝，家声大振。因此姚汤死得不服，告状于阴间。

告为报应不明事：善恶分途，报应异用；阳间糊涂，阴间电照；迟早不同，施受岂爽。今某素行问天，存心对日，泼遭不肖子孙，荡覆祖宗门户。降罚不明，乞台查究。上告。

包公看完道："姚汤，怎的见你行善就屈了你？"姚汤道："我也曾周人之急，济人之危，也曾修过桥梁，也曾补过道路。"包公道："还有好处么?"姚汤道:"还有说不尽处,大头脑不过这几件;只是赵伯仁作恶无比,不知何故子孙兴旺?"包公道:"我晓得了,且带在一边。"再拘赵伯仁来审,不多时,鬼卒拘赵伯仁到。包公道:"赵伯仁,你在阳世行得好事!如何敢来见我?"赵伯仁道:"赵某在阳间虽不曾行善事,也是平常光景,亦不曾行甚恶事来!"包公道:"现有对证在此,休得抵赖。带姚汤过来。"姚汤道:"赵伯仁,你占人田地是有的,谋人妻女是有的,如何不行恶?"赵伯仁道:"并没有此事,除非是李家奴所为。"包公道:"想必是了。人家常有家奴不好,主人是个进士,他就是个状元一般;主人是个仓官、驿丞,他就是个枢密宰相一般;狐假虎威,借势行恶,极不好的。快拘李家奴来!"不一时,李奴到。包公问道:"李家奴,你如何在阳间行恶,连累主人有不善之名?"李奴终是心虚胆怯,见说实了,又且主人在面前,哪里还敢喷声。包公道:"不消究得了,是他做的一定无疑。"赵伯仁道:"乞大人一究此奴,以为家人累主之戒。"包公道:"我自有发落。"叫姚汤,"你说一生行得好事,其实不曾存得好心。你说周人、济人、修桥、补路等项,不过舍几文铜钱要买一个好名色,其实心上割舍不得,暗里还要算计人,填补舍去的这项钱粮。正是暗室亏心,神目如电。大凡做好人只要心田为主;若不论心田,专论财帛,穷人没处积德了。心田若好,一文不舍,不害其为善;心田不好,日舍万文钱,不掩其为恶。你心田不好,怎教你子孙会学好?赵伯仁,你虽有不善的名色,其实本心存好,不过恶奴累了你的名头,因此你自家享尽富贵,子孙科第连芳。皇天报应,昭昭不爽。"仍将李恶奴发下油锅,余二人各去。这一段议论,包公真正发人之所未发也。

八

# 冉佛子行善竟夭亡　虎夜叉无德却善终

　　话说阴间有个注寿官，注定哪一年上死，准定要死的；注定不该死，就是死还要活转来。又道阴骘可以延寿，人若在世上做得些好事，不免又在寿簿上添上几竖几画；人若在世上做得不好事，不免又在寿簿上去了几竖几画。若是这样说起来，信乎人的年数有寿夭不同，正因人生有善恶不同。哪晓得这句话也有时信不得。山东有个冉道，持斋把素，一生常行好事，若损阴骘的一无所为，人都叫他是个佛子；有个陈元，一生做尽不好事，夺人之财，食人之肝，人都唤他是个虎夜叉。依道理论起来，虎夜叉早死一日，人心畅快一日；佛子多活一日，人心欢喜一日。不期佛子倒活得不多年纪就夭亡了；虎夜叉倒活得九十余岁，得以无病善终。人心自然不服了，因此那冉佛子死到阴司之中告道：

　　告为寿夭不均事：阴骘延寿，作恶夭亡；冥府有权，下民是望。今某某等为善夭，为恶寿。佛子速赴于黄泉，虽在生者不敢念佛；虎叉久活于人世，恐祝寿者尽皆效虎。漫云夭死是为脱胎，在生一日胜死千年。上告。

包公见状即问道："冉道，你怎么就怨到寿夭不均？"冉道道："怨字不敢说，但是冉某平素好善，便要多活几年也不为过，恐怕阴司簿上偶然记差了，屈死了冉某也未可知。"包公道："阴司不比阳间容易入人之罪，没人之善，况夫生死大事，怎么就好记差了！快唤善恶司并注寿官一齐查来。"不多时，鬼使报道："他是口善心不善的。"包公道："原来如此。"对冉道说："大凡人生在世，心田不好，持斋把素也是没用的；况如今阳间的人，偏是吃素的人心田愈毒，借了把素的名色，弄出拈枪的手段。俗语说得好，是个佛口蛇心。你这样人只好欺瞒世上有眼的瞎子，怎逃得阴司孽镜！你的罪比那不吃素的还重，如何还说不服早死？"冉道说："冉某服罪了。但是陈元这样恶人，如何倒活得寿长？"包公即差鬼卒拘陈元对审。陈元到了，包公道："且不要问陈元口词，只去善恶簿上查明就是。"不多时，鬼吏报道："不差，不差！"包公道："怎么反不差？"鬼吏道："他是三代积德之家。"包公道："原来如此。一代积善，犹将十世宥之，何况三代？但是阳世作恶，虽是多活几年，免不得死后受地狱之苦。"遂批道：

审得：冉道以念佛而夭亡，遂怨陈元以作恶而长寿。岂知善不善在心田，不在口舌；哪晓恶不恶论积累，不论一端。口里吃素便要得长寿，将茹荤者尽短命乎？一代积善，可延数世；彼小疵者，能不宥乎？佛在口而蛇在心，更加重罪；行其恶而长其年，难免冥苦。毋得混淆，速宜回避。

批完，二人首服而去。

## 九

# 三官人殒命落水中　船艄公催客换娘子

话说广东潮州府揭阳县有赵信者，与周义相交。义相约同往京中买布，先一日讨定张潮艄公船只，约次日黎明船上会。至期，赵信先到船，张潮见时值四更，路上无人，将船撑向深处去，将赵信推落水中而死，再撑船近岸，依然假睡。黎明，周义至，叫艄公，张潮方起。等至早饭过，不见赵信来。周义乃令艄公去催，张潮到信家，连叫几声，三娘子方出开门，盖因早起造饭，夫去后复睡，故反起迟。潮因问信妻孙氏道："汝三官人昨约周官人来船，今周官等候已久，三官人缘何不来？"孙氏惊道："三官人出门甚早，如何尚未到船？"潮回报周义，义亦回去，与孙氏家遍寻四处，三日无踪。义思：信与我约同买卖，人所共知，今不见下落，恐人归罪于我。因往县去首明，为急救人命事，外开干证艄公张潮，左右邻舍赵质、赵协及孙氏等。

知县朱一明准其状，拘一干人犯到官，先审孙氏称："夫已食早饭，带银出外，后事不知。"次审艄公，张潮道："前日周、赵二人同来讨船是的。次日，天未明，只周义到，赵信并未到，附帮数十船俱可证。及周义令我去催，我叫'三娘子'，彼方睡起，初开大门。"又审左右邻赵质、赵协，俱称："信前将往买卖，妻孙氏在家吵闹是实。

其侵早出门事，众俱未见。"又问原告道："此必赵信带银在身，汝谋财害命，故抢先糊涂来告此事。"周义道："我一人岂能谋得一人，又焉能埋没得尸身？且我家胜于彼家，又是至相好之友，尚欲代彼伸冤，岂有谋害之理？"孙氏亦称："义素与夫相善，决非此人谋害。但恐先到船，或艄公所谋。"张潮辩称："我一帮船几十只，何能在口岸头谋人，怎瞒得人过？且周义到船，天尚未明，叫醒我睡已有明证。彼道夫早出门，左右邻里并未知之，及我去叫，他睡未起，门未开，分明是他自己谋害。"朱知县将严刑拷勘孙氏，那妇人香姿弱体，怎当此刑。只说："我夫已死，我拼一死陪他。"遂招认"是我阻挡不从，因致谋死"，又拷究尸身下落，孙氏说："谋死者是我，若要讨他尸身，只将我身还他，何必更究？"再经府复审，并无异样。

次年秋谳，请决孙氏谋杀亲夫事，该至秋行刑。有一大理寺左任事杨清，明如冰鉴，极有见识，看孙氏一宗案卷，忽然察到。因批曰："敲门便叫三娘子，定知房内已无夫。"只此二句话，察出是艄公所谋，再发巡行官复审。时包公遍巡天下，正值在潮州府，单拘艄公张潮问道："周义命汝去催赵信，该叫三官人，缘何便叫三娘子？汝必知赵信已死了，故只叫其妻！"张潮闻此话，愕然失对。包公道："明明是汝谋死，反陷其妻。"张潮不肯认，发打三十；不认，又夹打一百，又不认；乃监起。再拘当日水手来，一到，不问便打四十。包公道："汝前年谋死赵信。张潮艄公诉说是你，今日汝该偿命无疑。"水手一一供招："因见赵信四更到船，路上无人，帮船亦不觉，是艄公张潮移船深处推落水中，复撑船近岸，解衣假睡。天将亮周义乃到。此全是张潮谋人，安得陷我？"后取出张潮与水手对质，潮无言可答。将潮偿命；孙氏放回；罢朱知县为民。可谓狱无冤民，朝无昏吏矣。

## 十
## 卖缎客围观被剪绺　假银两试探辨真贼

话说平凉府有一术士，在府前看相，众人群聚围看，时有卖缎客毕茂，袖中藏帕，包银十余两，亦杂在人丛中看，被一光棍手托其银，从袖口而出，下坠于地。茂即知之，俯首下捡，其光棍来与相争。茂道："此银是我袖中坠下的，与你何干？"光棍道："此银不知何人所坠，我先见要捡，你安得自认？今不如与这众人，大家分一半有何不可？"众人见光棍说均分，都来帮助。毕茂哪里肯分，相扭到包公堂上去。光棍道："小的名罗钦，在府前看术士相人，不知谁失银一包在地，小的先捡得，他要来与我争。"毕茂道："小的亦在此看相人，袖中银包坠下，遂自捡取。彼要与我分。看罗钦言谈似江湖光棍，或银被他剪绺，因致坠下，不然我两手拱住，银何以坠？"罗钦道："剪绺必割破衣袖，看他衣袖破否？况我同家人进贵在此卖锡，颇有本钱，现在南街李店住，怎是光棍？"包公亦会相面，罗钦相貌不良，立令公差往南街拿其家人并账目来看，果记有卖锡账目明白，乃不疑之。因问毕茂道："银既是你的，可记得多少两数？"毕茂道："此银身上用的，忘记数目了。"包公又命手下去府前混拿两个看相人来问之，二人同指罗钦身上去道："此人先见。"再指毕茂道："此人先捡得。"包公道："罗钦先见，还口说他捡么？"二人道："正是。听得罗钦说道，那里有个甚包。毕茂便先捡起来，见是银子，因此两下相争。"包公道："毕茂，你既不知银数多少，此必他人所失，理合与罗钦均分。"遂当堂分开，各得八两而去。

　　包公令门子俞基道："你密跟此二人去，看他如何说。"俞基回报道："毕茂回店埋怨老爷，他说被那光棍骗去。罗钦出去，那两个干证索他分银，跟在店中，不知后来如何。"包公又令一青年外郎任温道："你与俞基各去换假银五两，义兼好银几分，汝路上故与罗钦看见，然后往人闹处去，必有人来剪绺的，可拿将来，我自赏你。"任温遂与俞基并行至南街，却遇罗钦来。任温故将银包解开买樱桃，俞基亦将银买，道："我还要买来请你。"二人都买过，随将樱桃食讫，径往东岳庙去看戏。俞基终是个小后生，袖中银子不知几时剪去，全然不知。任温眼虽看戏，只把心放在银上，要拿剪绺贼。少顷，身旁众人挨挤甚紧，背后一人以手托任温的袖，其银包从袖口中挨手而出，任温乃知剪绺的，便伸手向后拿道："有贼在此。"两旁二人益挨近，任温转身不得，那背后人即走了。任温扯住两旁二人道："包爷命我二人在此拿贼，今贼已走脱，你二人同我去回复。"其二人道："你叫有贼，我正翻身要拿，奈人挤住，拿不着。今贼已走，要我去见老爷何干？"任温道："非有他故，只要你做干证，见得非我不拿，只人丛中拿不得。"地方见是外郎、门子，遂来助他，将二人送到包公前，说知其故。

　　包公问二人姓名，一是张善，一是李良。包公道："你何故卖放此贼？今要你二人代罪。"张善道："看戏相挤人多，谁知他被剪绺，反归罪于我。望仁天详察。"包公道："看你二人姓张姓李，名善名良，便是盗贼假姓名矣。外郎拿你，岂不的当？"各打三十，拟徒二年，令手下立押去摆站。私以帖与驿丞道："李良、张善二犯到，可重索他礼物，其所得的原银，即差人送上，此嘱。"邱驿丞得此帖，及李良、张善解到，即大排刑具，惊吓得：“各打四十见风棒！”张善、李良道：“小的被贼连累，代他受罪。这法度我也晓得，今日解到辛苦，乞饶蚁命。”即托驿书吏手将银四两献上，叫三日外即放他回。邱驿丞即将这银四两亲送到衙。包公令俞基来认之，基道：“此假银即我前日在庙中被贼剪去的。”包公发邱驿丞回，即以牌去提张善、李良到，问道：“前日剪绺任温的贼可报名来，便免你罪。”张善道：“小的若知，早已说出，岂肯以自己皮肉代他人枉受苦楚？”包公道：“任温银未被剪去，此亦罢了；但俞基银五两零被他剪去。衙门人的银岂肯罢休！你报这贼来也就罢。”李良道：“小的又非贼总甲，怎知哪个贼剪绺俞基的银子？”包公道：“银子我已查得了，只要得个贼名。”李良道：“既已得银两，即捕得贼，岂有贼是一人，用银又是一人？”包公以四两假银掷下去：“此银是你二人献与邱驿丞的，今早献来。俞基认是他的，则你二人是贼无疑。又放走剪任温银之贼，可速报来。”张善、李良见真情已露，只得从实供出：“小的做剪绺贼者有二十余人，共是一伙。昨放走者是林泰，更前日罗钦亦是，这回祸端由他而起。尚有其余诸人未犯法。小的贼有禁议，至死也不相扳。”再拘林泰、罗钦、进贵到，勒罗钦银八两与毕茂去讫。将三贼各拟徒二年；仍派此二人为贼总甲，凡被剪绺者仰差此二人身上赔偿。人皆叹异。

卷之八

一

## 江幼僧露财命归西　程家子索债买度牒

话说西京有一姓程名永者,是个牙侩之家,通接往来商客,令家人张万管店,凡遇往来投宿的,若得经纪钱,皆记了簿书。一日,有成都幼僧姓江名龙,要往东京披剃给度牒,那日恰行到大开坡,就投程永店中借歇。是夜,江僧独自一个于房中收拾衣服,将那带来银子铺于床上,正值程永在亲戚家饮酒回来,见窗内灯光露出,近前视之,就看见了银子。忖道:这和尚不知是哪里来的,带这许多银两。正是财物易动人心,不想程永就起了个恶念,夜深时候,取出一把快利尖刀,挨开僧人房门进去,喝声道:"你谋了人许多财物,怎不分我些?"江僧听了大惊,措手不及,被程永一刀刺死,就掘开床下土埋了尸首,收拾起那衣物银两,进房睡去。次日起来,就将那僧人银两去做买卖,未数年,起成大家,娶了城中许二之女为妻,生下一子,取名程惜,容貌秀美,爱如掌上之珠,年纪稍长,不事诗书,专好游荡。程永以其只得一个儿子,不甚拘管他;或好言劝之,其子反怒恨而去。

一日,程惜央匠人打一把鼠尾尖刀,蓦地来到父亲的相好严正家来。严正见是程惜,心下甚喜,便令黄氏妻安顿酒食,引惜至偏舍款待。严正问道："贤侄难得到此，父亲安否？"惜听得问及父亲，不觉怒目反视，欲说又难于启口。严怪而同道："侄有何事？但说无妨。"惜道："我父是个贼人，侄儿必要刺杀之。已准备利刀在此，特来通知叔叔，明日便下手。"严正听了此言，吓得魂飞天外，乃道："侄儿，父子至亲，休要说此大逆之话。倘若外人知道，非同小可。"惜道："叔叔休管，管教他身上掘个窟窿。"言罢，抽身走起去了。严正惊慌不已，将其事与黄氏说知。黄氏道："此非小可，彼未曾与夫说知，或有不测，尚可无疑；今既来我家说知，久后事露如何分说？"严正道："然则如之奈何？"黄氏道："为今之计，莫若先去告首官府，方免受累。"严正依其言，次日，具状到包公衙内首告。

　　包公审状，甚觉不平，乃道："世间哪有此等逆子！"即拘其父母来问，程永直告其子果有谋弑之心；究其母，母亦道："不肖子常在我面前说要弑父亲，屡屡被我责谴，彼不肯休。"拘其子来根勘之，程惜低头不答；再唤程之邻里数人，逐一审问，邻里皆道其子有弑父之意，身上不时藏有利刀。包公令公人搜惜身上，并无利刀。其父复道："必是留在睡房中。"包公差张龙前到程惜睡房搜检，果于席下搜出一把鼠尾尖刀，回衙呈上。包公以刀审问程惜，程惜无语。包公不能决，将邻里一干人犯都收监中，退入后堂。自忖道：彼嫡亲父子，并无他故，如何其子如此行凶？此事深有可疑。思量半夜，辗转出神。将近四更，忽得一梦。正待唤渡艄过江，忽江中现出一条黑龙，背上坐一神君，手执牙笏，身穿红袍，来见包公道："包大人休怪其子不肖，此乃是二十年前之事。"道罢竟随龙而没。包公俄而惊觉，思忖梦中之事，颇悟其意。

　　次日升堂，先令狱中取出程某一干人审问。唤程永近前问道："你的家私还是祖上遗下的，还是自己创起的？"程永答道："当初曾做经纪，招接往来客商，得牙钱成家。"包公道："出入是自己管理么？"程永道："管簿书皆由家人张万之手。"包公即差人拘张万来，取簿书视之，从头一一细看，中间却写有一人姓江名龙，是个和尚，于某月日来宿其家，甚注得明白。包公忆昨夜梦见江龙渡江之事，豁然明白，就独令程永进屏风后说与永道："你子大逆，依律该处死，只汝之罪亦所难逃。你将当年之事从直供招，免累众人。"程永答道："吾子不孝，既蒙处死，此乃甘心。小人别无甚事可招。"包公道："我已得知多时，尚想瞒我？江龙幼僧告你二十年前之事，你还记得么？"程永听了"二十年前幼僧"一句，毛发悚然，仓皇失措，不能抵饰，只得直吐供招。包公审实，复出升堂，差军牌至程家客舍睡房床下，果然掘出一僧人尸首，骸骨已朽烂，惟面肉尚留些。包公将程永监收狱中，邻里干证并行释放。因思其子必是幼僧后身，冤魂不散，特来投胎取债，乃唤其子再审道："彼为你的父亲，你何故欲杀之？"其子又无话说。包公道："赦你的罪，回去别做生计，不见你父如何？"程惜道："某不会做甚生计。"包公道："你若愿做什么生理，我自与你一千贯钱去。"惜道："若得千贯钱，我便买张度牒出家为僧罢了。"包公的信其然，乃道："你且去，我自有处置。"次日，委官将程永家产变卖千贯与程惜去。遂将程永发去辽阳充军，其子竟出家为僧。冤怨相报，毫发不爽。

## 二 五里牌谋财杀郑客　土地爷搬银惊官府

话说郑州离城十五里王家村,有兄弟二人,常出外为商,行至本州地名小张村五里牌,遇着个客人,乃是湖南人,姓郑名才,身边多带得有银两,被王家弟兄看见,小心陪行,到晚边将郑才谋杀,搜得银十斤,遂将尸首埋在松树下。兄弟商量,身边有十斤银子,带得艰难,趁此无人看见,不如将银埋在五里牌下,待为商回来,却取分之。二人商议已定,遂埋了银子而去。后又过着六年,恰回家又到五里牌下李家店安住。次日侵早,去牌下掘开泥土取那银子,却不见了。兄弟思量:当时埋这银子,四下并无人见,如何今日失了?烦恼一番,思忖只有包待制见事如神,遂同来东京安抚衙陈状,告知失去银两事情。包公当下看状,又没个对头,只说五里牌偷盗,想此二人必是狂夫,不准他状子。王客兄弟啼哭不肯去。包公道:"限一个月,总须要寻个着落与你。"兄弟乃去。

又候月余,更无分晓,王客复来陈诉。遂唤陈青吩咐道:"来日差你去追一个凶身。今与你酒一瓶、钱一贯省家,来日领文引。"陈青欢喜而回,将酒饮了,钱收拾得好。次日,当堂领得公文去郑州小张材追捉五里牌。陈青复禀:"相公,若是追人,即时可到;若是追五里牌，他不会行走，又不会说话，如何追得？望老爷差别人去。"包公大怒道："官中文引，你若推托不去，即问你违限的罪。"陈青不得已只得前去，遂到郑州小张村李家店安歇。其夜，去五里牌下坐一会儿，并不见个动静。思量无计奈何，遂买一炷香钱，至第二夜来焚献牌下土地，叩祝道："奉安抚文引，为王客来告五里牌取银子十斤，今差我来此追捉，土地有灵，望以梦报。"其夜，陈青遂宿于牌下，将近二更时候，果梦见一老人前来，称是牌下土地。老人道："王客兄弟没天理，他岂有银寄此？原系湖南客人郑才银子十斤，与王客同行，被他兄弟谋杀，其尸首现埋在松树下，望即将郑才骸骨并银子带去，告相公为他伸冤。"言罢，老人便去。陈青一梦醒来，记得明白。次日，遂与店主人借锄掘开松树下，果有枯骨，其边有银十斤。陈青遂将枯骨、银两俱来报安抚。包公便唤客人理问，客人不肯招认，遂将枯骨、银子放于厅前，只听冤魂空中叫道："王客兄弟须还我性命！"厅上公吏听见，人人失色，枯骨自然跳跃起来。再将王客兄弟根勘，抵赖不得，遂一一招认。案卷既成，将王客兄弟问拟谋财害命，押赴市曹处斩；郑才枉死无亲人，买地安葬，余银入官。土地搬运报冤，亦甚奇矣。

三

## 众蝇蚋逐风围马头　木印迹暗合出根由

　　话说包公一日与从人巡行，往河南进发，行到一处地方名横坑，那三十里程途都是山僻小路，没有人烟。当午时候，忽有一群蝇蚋逐风而来，将包公马头团团围了三匝，用马鞭挥之，才起而又复合，如是者数次。包公忖道：蝇蚋尝恋死人之尸，今来马头绕集，莫非此地有不明的事？即唤过李宝喝声道："蝇蚋集我马首不散，莫非有冤枉事？汝随前去根究明白，即来报我。"道罢，那一群蝇蚋一齐飞起，引着李宝前去，行不上三里，到一岭畔松树下，直钻入去。李宝知其故，即回复包公。包公同众人亲到其处，着李宝掘开二尺土，见一死尸，面色不改，似死未久的。反复看他身上，别无伤痕，惟阳囊碎裂如粉，肿尚未消。包公知被人谋死，忽见衣带上系一个木刻小小印子，却是卖布的记号，包公令取下，藏于袖中，仍令将尸掩了而去。到晚边，只见亭子上一伙老人并公吏在彼迎候，包公问众人："何处来的？"公吏禀道："河南府管下陈留县宰，闻得贤侯经过本县，特差小人等在此迎候。"包公听了吩咐："明日开厅与我坐二三日，有公事发放。"公吏等领诺，随马入城，本县官接至馆驿中歇息。

　　次日，打点衙门与包公升堂干事。包公思忖：路上被谋死尸离城郭不远,且死者只在近日,想谋人贼必未离此。乃召本县公吏吩咐道:"汝此处有经纪卖上好布的唤来,我要买几匹。"公吏领命,即来南街领得大经纪张恺来见。包公问道:"汝做经纪,卖的哪一路布?"恺复道:"河南地方俱出好布,小人是经纪之家,来者即卖,不拘所出。"包公道:"汝将众人各样各布拣一匹来我看,中意者即发价买。"张恺应诺而出,将家里布各选一匹好的来交。堂上公吏人等哪个知得包公心事,只说真是要买布用。比及包公逐一看过,最后看到一匹,与前小印字号暗合,包公遂道:"别者皆不要,只用得此样布二十匹。"张恺道:"此布日前太康县客人李三带来,尚未货卖,既大人用得,就奉二十匹。"包公道:"可着客人一同将布来见。"张恺领诺,到店中同卖布客人李三拿了二十匹精细上好的布送入。包公复取木印记对之,一些不差。乃道:"布且收起。汝卖布客伴还有几人?"李三答道:"共有四人。"包公道:"都在店里否?"李三道:"今日正要发布出卖,听得大人要布,故未起身,都在店里。"包公即时差人唤得那三个来,跪在一堂。包公用手捻着须微笑道:"汝这起劫贼,有人在此告首,日前谋杀布客,埋在横坑半岭松树下,可快招来!"李三听说即变了颜色,强口辩道:"此布小人自买来的,哪有谋劫之理?"包公即取印记着公吏与布号一一合之,不差毫厘,强贼尚自抵赖。喝令用长枷将四人枷了,收下狱中根勘,四人神魂惊散,不敢抵赖,只得将谋杀布商劫取情由,招认明白,叠成案卷。判下为首谋者合该偿命,将李三处决;为从三人发配边远充军;经纪家供明无罪。判讫,死商之子得知其事,径来诉冤。包公遂以布匹给还尸主,其子感泣,拜谢包公,将父之尸骸带回家去。可谓生死沾恩。

四

## 夏日酷盗布已销赃　衙前碑受审再勘实

话说浙江杭州府仁和县，有一人姓柴名胜，少习儒业，家亦富足，父母双全，娶妻梁氏，孝事舅姑。胜弟柴祖，年已二八，俱各成婚。一日，父母呼柴胜近前教训道："吾家虽略丰足，每思成立之难如升天，覆坠之易如燎毛，言之痛心，不能安寝。今名卿士大夫的子孙，但知穿华丽衣，甘美食，诀其言语，骄傲其物，遨游宴乐，交朋集友，不以财物为重，轻费妄用，不知己身所以耀润者，皆乃祖乃父平日勤营刻苦所得。汝等不要守株待兔，吾今欲令次儿柴祖守家，令汝出外经商，得获微利，以添用度。不知汝意如何？"柴胜道："承大人教诲，不敢违命。只不知大人要儿往何处？"父道："吾闻东京开封府极好卖布，汝可将些本钱就在杭州贩买几挑，前往开封府，不消一年半载，自可还家。"柴胜遵了父言，遂将银两贩布三担，辞了父母妻子兄弟而行。在路夜住晓行，不消几日，来到开封府，寻在东门城外吴子琛店里安下发卖。未及两三日，柴胜自觉不乐，即令家童沽酒散闷，贪饮几杯，俱各酒醉。不防吴子琛近邻有一夏日酷，即于是夜三更时候，将布三担尽行盗去。次日天明，柴胜酒醒起来，方知布被盗去，惊得面如土色。就叫店主吴子琛近前告诉道："你是有眼主人，吾是无眼孤客。在家靠父，出外靠主。何得昨夜见吾醉饮几杯，行此不良之意，串盗来偷吾布？你今不根究来还，我必与汝兴讼。"吴子琛辩说道："吾为店主，以客来为衣食之本，安有串盗偷货之理。"柴胜并不肯听，一直径到包公台前首告。包公道："捉贼见赃，方好断理；今既无赃，如何可断？"不准状词。柴胜再三哀告，包公即将子琛当堂勘问，吴子琛辩说如前，包公即唤左右将柴胜、子琛收监。次日，吩咐左右，径往城隍庙行香，意欲求神，灵验判断其事。

却说夏日酷当夜盗得布匹，已藏在村僻去处，即将那布首尾记号尽行涂抹，更以自己印记印上，使人难辨。然后零碎往城中去卖，多落在徽州客商汪成铺中，夏贼得银八十，并无一人知觉。包公在城隍庙一连行香三日，毫无报应，无可奈何，忽然生出一计，令张龙、赵虎将衙前一个石碑抬入二门之下，要问石碑取布还客。其时府前众人听得，皆来聚观。包公见人来看，乃高声喝问："这石碑如此可恶！"喝令左右打他二十。包公喝打已毕，又将别状来问。移时，又将石碑来打，如此三次，直把石碑扛到阶下。是时众人聚观者越多，包公即喝令左右将府门闭上，把内中为首者四人捉下，观者皆不知其故。包公作怒道："吾在此判事，不许闲人混杂。汝等何故不遵礼法，无故擅入公堂？实难饶你罪责，今着汝四人将内中看者报其姓名，粜米者即罚他米，卖肉者罚肉，卖布者罚布，俱各随其所卖者行罚。限定时刻，汝四人即要拘齐来称。"当下四人领命，移时之间，各样皆有，四人进府交纳。包公看时，内有布一担，就唤四人吩咐道："这布权留在此，待等明日发还，其余米、肉各样，汝等俱领出去退还原主，不许克落违误。"四人领诺而出。

包公即令左右提唤柴胜、吴子琛来。包公恐柴胜妄认其布，即将自己夫人所织家机二匹试之，故意问道："汝认此布是你的否？"柴胜看了告道："此布不是，小客不敢妄认。"包公见其诚实，复从一担布内抽出二匹，令其复认。柴胜看了叩首告道："此实是小人的布，不知相公何处得之？"包公道："此布首尾印记不同，你这客人缘何认得？"柴胜道："其布首尾印记虽被他换过，小人中间还有尺寸暗记可验。相公不信，可将丈尺量过，如若不同，小人甘当认罪。"包公如其言，果然毫末不差。随令左右唤前四人到府，看认此布是何人所出。四人即出究问，知徽州汪成铺内得之，包公即便拘汪成究问，汪成指是夏日酷所卖。包公又差人拘夏贼审勘，包公喝令左右将夏贼打得皮开肉绽，体无完肤。夏贼一一招认，不合盗客布三担，止卖去一担，更有二担寄在僻处乡村人家。包公令公牌跟去追究，柴胜、吴子琛二人感谢而去。包公又见地方、邻里俱来具结，夏日酷平日做贼害人。包公即时拟发边远充军，民害乃除。

## 五
## 孙生员饱学不登第　王试官昏庸屈英才

　　话说西京有个饱学生员，姓孙名彻，生来绝世聪明，又且苦志读书，经史无所不精，文章立地而就，吟诗答对，无所不通，人人道他是个才子，科场中有这样人，就中他头名状元也不为过。哪晓得近来考试，文章全做不得准，多有一字不通的，试官反取了他；三场精通的，试官反不取他。正是"不愿文章服天下，只愿文章中试官"。若中了试官的意，精臭屁也是好的；不中试官意，便锦绣也是没用。怎奈做试官的自中了进士之后，眼睛被簿书看昏了，心肝被金银遮迷了，哪里还像穷秀才在灯窗下看得文字明白，遇了考试，不觉颠之倒之，也不管人死活。因此，孙彻虽则一肚锦绣，难怪连年不捷。
　　一日，知贡举官姓丁名谈，正是奸臣丁谓一党。这一科取士，比别科又甚不同。论门第不论文章，论钱财不论文才，也虽说道粘卷糊名，其实是私通关节，把心上人都收尽了，又信手抽几卷填满了榜，就是一场考试完了。可怜孙彻又做孙山外人。有一同窗友姓王名年，平昔一字不通，反高中了，不怕不气杀人。因此孙彻竟郁郁而死，来到阎罗案下告明：

告为屈杀英才事：皇天无眼，误生一肚才华；试官有私，屈杀七篇锦绣。科第不足重轻，文章当论高下。糠秕前扬，珠玉沉埋。如此而生，不如不生；如此而死，怎肯服死？阳无法眼，阴有公道。上告。

　　当日阎罗见了状词大怒道："孙彻，你有什么大才，试官就屈了你？"孙彻道："大才不敢称，往往见中的没有什么大才。若是试官肯开了眼，平了心，孙彻当不在王年之下。原卷现在，求阎君龙目观看。"阎君道："毕竟是你文字深奥了，因此试官不识得。我做阎君的原不曾从几句文字考上来，我不敢像阳世一字不通的，胡乱看人文字；除非是老包来看你的，就见明白。他原是天上文曲星，决没有不识文章的理。"

　　当日就请包公来断，包公把状词看了一看，便叹道："科场一事，受屈尽多。"孙彻又将原卷呈上，包公细看道："果是奇才。试官是什么人，就不取你？"孙彻道："就是丁谈。"包公道："这厮原不识文字的，如何做得试官？"孙彻道："但看王年这一个中了，怎么教人心服？"包公吩咐鬼卒道："快拘二人来审。"鬼卒道："他二人现为阳世尊官，如何轻易拘得他？"包公道，"他的尊官要坏在这一出上了。快拘来。"不多时，二人拘到。包公道："丁谈，你做试官的如何屈杀了孙彻的英才？"丁谈道："文章有一日之长短，孙彻试卷不合，故不曾取他。"包公道："他的原卷现在，你再看来。"说罢，便将原卷掷下来。丁谈看了，面皮通红起来，缓缓道："下官当日眼昏，偶然不曾看得仔细。"包公道："不看文字，如何取士？孙彻不取，王年不通取了，可知你有弊。查你阳数尚有一纪，今因屈杀英才，当作屈杀人命论，罚你减寿一纪；如推眼昏看错文字，罚你来世做个双瞽算命先生；如果卖字眼关节，罚你来世做个双瞽沿街叫化。凭你自去认实变化。王年以不通幸取科第，罚你来世做牛吃草过日子，以为报应。孙彻你今生读书不曾受用，来生早登科第，连中三元。"说罢，各各顿首无言。

独有王年道:"我虽文理不通,兀自写得几句,还有一句写不出来的。今要罚年吃草,阳世吃草的不亦多乎?"包公道:"正要你去做一个榜样。"即批道:

> 审得试官丁谈,称文章有一日之短长,实钱财有轻重之分别。不公不明,暗通关节;携张补李,屈杀英才。阳世或听嘱托,可存缙绅体面;阴司不徇人情,罚做双瞽算命。王年变村牛而不枉,孙彻掇巍科亦应当。

批完,做成案卷,把孙彻的原卷一并粘上,连人一齐解往十殿各司去看验。

## 六

# 小卒子劫营放大火　游总兵侵功杀边民

话说朝廷因杨文广征边，包公奉旨犒赏三军，马头过处，忽一阵旋风吹得包公毛骨悚然，中有悲号之声。包公道："此地必有冤枉。"即叫左右曳住马头，宿于公馆，登赴阴床。忽见一群小卒，共有九名，纷纷告功，凄惨之状，怨气冲天：

> 告为侵冒大功事：兵凶战危，自古为然。将官亡身许国，士卒轻生赴敌，如为虎食之供，犹入枭羹之沸。生祈官赏半爵，故不惜万死；死冀褒封片纸，故不求一生。今总兵游某，夺人之功，杀人之头，了人之命，灭人之口。坐帷幄何颜折冲，杀犬鹰空思获兽。痛身等执戟荷戈，止送自己性命；拼身冒死，反肥主帅身家。颈血淋漓，愿肉骨于幽司；刀痕惨毒，请斧诛于冥道。烧寒灰而复照，在此日也；烟冰窟以生阳，更谁望哉！上告。

包公看罢道："你九名小卒，怎能杀退三千鞑子？"小卒道："正因说来不信，故此游总兵将我们的功劳录在自己名下去了。就如包老爷这样一个青天，兀自不肯轻信。"包公带笑道："你从直说来。"小卒道："当初鞑子势甚凶猛，游总兵领小卒五百人直撞过去，杀败而回。夜来小卒们不忿，便思量去劫寨营。共是九名，一更时分摸去，四下放起火来，三千鞑子一个不留。回到本营，指望论功升赏，莫说是不升我们的官，就是留我们的头还好。哪晓得游总兵将此功竟做在自己的名下，又将我们九人杀却以灭口。可怜做小卒的，有苦是小卒吃，有功是别人的，没功也要切头，有功又要切头。"包公听了道："有这样事！"唤鬼卒快拿游总兵来审问。

不移时游总兵到。包公道："好一个有功总兵，你如何把九名小卒的功做了自己的功！既没了他的功，饶了他性命也罢了，怎么又杀了他？你只道杀了他就灭了口，哪晓得没了头还要来首告。"吩咐鬼卒将极刑根勘，总兵一款招认道："是游某一时差处，不合冒认他功，又杀了他，乞放还人间，旌表九人。"包公大怒道："你今生休想放回阳间，叫你吃不尽地狱之苦。"须臾，一鬼卒将一粒丸丹放入总兵口中，遍身火发，肌肉销烂，不见人形。鬼卒吹一口孽风，复化为人。总兵道："早知今日受这般苦，就把总兵之位让与小卒，也是情愿的。"小卒在旁道："快活快活！不想今日也有出气的日子。"

正说话间，忽然门外喊声大震，一个个啼哭不住，山云黯淡，天日无光。鬼卒报道："门外喊的喊，哭的哭，都是边上百姓，个个口内称冤，不下数千余人。"包公道："只放几名进来，余俱门外听候。"鬼卒遂引二名边民到公厅跪下。包公道："有何冤枉，从直诉来。"边民道："只为今日阎君勘问游总兵事，特来诉冤。小人等是近边百姓，常遭胡马掳掠，哪晓得这样还是小事。一日胡马过来，杀败而去。游总兵乘胜追赶，倒把我们自家百姓杀上几千，割下首级来受封受赏，可怜可怜！这样苦情不在阎君案下告，叫我们在哪里去告？"包公道："有此异事，游总兵永世不得人身了！"鬼卒复拿一粒丸丹放在总兵口中，须臾，血流满地，骨肉如泥。鬼卒吹一口孽风，又化为人形。边民道："快活快活！但一人万割也抵不得几千民命。"包公道："传语你们同受冤的百姓，既为胡虏受冤，休想报总兵一人之冤，可去做几千厉鬼杀贼，九名小卒做厉鬼首领，杀得贼来，我自有报效处。着游总兵，永堕一十八重地狱不得出世。"执笔批道：

> 审得：为将贵立大功，立功在能杀敌。今游某为将而不自立功，对敌而不能杀敌。没人之功，并杀有功之人以灭其口；不能杀敌，多杀边民首级以假作敌。有仁心者，固如是乎？今即杀游一人之身，不足以偿九人之命，而况枉杀边人数千之命乎？总之，死有余辜，永沉沦于地狱；报有未尽，宜罚及于子孙。

批完，押总兵入地狱去。仍以好言好语慰小卒并百姓人等，安心杀贼。两项人各欢喜而去。

七

## 梅先春争产到官府　倪知府遗嘱进画轴

话说顺天府香县有一乡官知府倪守谦，家富巨万，嫡妻生长男善继，临老又纳宠梅先春，生次男善述。善继悭吝爱财，贪心无厌，不喜父生幼子，分彼家业，有意要害其弟。守谦亦知其意，及染病，召善继嘱道："汝是嫡子，又年长，能理家事。今契书账目家资产业，我已立定分关，尽付与汝。先春所生善述，未知他成人否，倘若长大，汝可代他娶妇，分一所房屋数十亩田与之，令勿饥寒足矣。先春若愿嫁可嫁之，若肯守节，亦从其意，汝勿苦虐之。"善继见父将家私尽付与他，关书开写分明，不与弟均分，心中欢喜，乃无害弟之意。先春抱幼子泣道："老员外年满八旬，小妾年方二十二，此孤儿仅周岁，今员外将家私尽付与大郎，我儿若长成人，日后何以资身？"守谦道："我正为汝青年，未知肯守节否，故不把言语嘱咐汝，恐汝改嫁，则误我幼儿事。"先春发誓道："若不守节终身，粉身碎骨，不得善终。"守谦道："既如此，我已准备在此。我有一轴画交付与你，千万珍藏之。日后，大儿善继倘无家资分与善述，可待廉明官来，将此画轴去告，不必作状，自然使幼儿成个大富。"数月间，守谦病故。

不觉岁月如流，善述年登十八，求分家财，善继霸住，全然不与,说道:"我父年上八旬,岂能生子?汝非我父亲骨肉,故分关开写明白,不分家财与汝,安得又与我争执?"先春闻说,不胜忿怒,又记夫主在日曾有遗嘱,闻得官府包公极其清廉,又且明白,遂将夫遗同一轴,赴衙中告道:"氏幼嫁与故知府倪守谦为妾,生男善述,甫周岁而夫故,遗嘱谓,嫡子善继不与家财均分,只将此画轴在廉明官处去告,自能使我儿大富。今闻明府清廉,故来投告,伏念作主。"包公将画轴展开看时,其中只画一倪知府像,端坐椅上,以一手指地。不晓其故,退堂,又将此画挂于书斋,详细想道:指天谓我看天面,指心谓我察其心,指地岂欲我看地下人分上?此必非是。叫我何以代他分得家财使他儿子大富!再三看道:"莫非即此画轴中藏有甚留记?"拆开视之,其轴内果藏有一纸,书道:"老夫生嫡子善继,贪财昧心;又妾梅氏生幼子善述,今仅周岁,诚恐善继不肯均分家财,有害其弟之心,故写分关,将家业并新屋二所尽与善继;惟留右边旧小屋与善述。其屋中栋左边埋银五千两,作五埕;右间埋银五千两,金一千两,作六埕。其银交与善述,准作田园。后有廉明官看此画轴,猜出此画,命善述将金一千两酬谢。"

  包公看出此情,即呼梅氏来道:"汝告分家业,必须到你家亲勘。"遂发牌到善继门首下轿,故作与倪知府推让形状,然后登堂,又相与推让,扯椅而坐,乃拱揖而言道:"令如夫人告分产业,此事如何?"又自言道:"原来长公子贪财,恐有害弟之心,故以家私与之。然则次公子何以处?"少顷,又道:"右边一所旧小屋与次公子,其产业如何?"又自言道:"此银亦与次公子。"又自辞逊道:"这怎敢要,学生自有处置。"乃起立四顾,佯作惊怪道:"分明倪老先生对我言谈,缘何一刻不见了,岂非是鬼?"善继、善述及左右看者无不惊讶,皆以为包公真见倪知府。由是同往右边去勘屋,包公坐于中栋召善继道:"汝父果有英灵,适间显现,将你家事尽说与我知,叫你将此小屋分与汝弟,你心下如何?"善继道:"凭老爷公断。"包公道:"此屋中所有的物尽与汝弟,其外田园照旧与你。"善继道:"此屋之财,些小物件,情愿都与弟去。"包公道:"适间倪老先生对我言,此屋左间埋银五千两,作五埕,掘来与善述。"善继不信道:"纵有万两亦是我父与弟的,我决不要分。"包公道:"亦不容汝分。"命二差人同善继、善述、梅先春三人去掘开,果得银五埕,一埕果一千两。善继益信是父英灵所告。包公又道:"右间亦有五千两与善述,更有黄金一千两,适闻倪老先生命谢我,我决不要,可与梅夫人作养老之资。"善述、先春母子二人闻说,不胜欢喜,向前叩头称谢。包公道:"何必谢我,我岂知之?只是你父英灵所告,谅不虚也。"即向右间掘之,金银之数,一如所言。时在见者莫不称异。包公乃给一纸批照与善述母子执管。包公真廉明者也。

八

# 翁长青留文须句读　瑞娘夫贪财却无知

　　话说京中有一长者，姓翁名健，家资甚富，轻财好施，邻里宗族，加恩抚恤。出见斗殴，辄为劝谕；或遇争讼，率为和息。人皆爱慕之。年七十八，未有男儿，只有一女，名瑞娘，嫁夫杨庆，庆为人多智，性甚贪财，见岳丈无子，心利其资，每酒席中对人道，"从来有男归男，无男归女，我岳父老矣，定是无子，何不把那家私付我掌管。"其后，翁健闻知，心怀不平，然自念实无男嗣，只有一女，又别无亲人，只得忍耐。乡里中见其为人忠厚而反无子息，常代为叹息道："翁老若无子，天公真不慈。"

　　过了二年，翁健且八十矣，偶妾林氏生得一男，取名翁龙。宗族乡邻都来庆贺，独杨庆心上不悦，虽强颜笑语，内怀愠闷。翁健自思：父老子幼，且我西山暮景，万一早晚间死，则此子终为所鱼肉。因生一计道：算来女婿总是外人，今彼实利吾财，将欲取之，必姑与之，此两全之计也。过了三月，翁健疾笃，自知不起，因呼杨庆至床前泣与语道："吾只一男一女，男是吾子，女亦是吾子。但吾欲看男而济不得事，不如看女更为长久之策。吾将这家业尽付与汝管。"因出具遗嘱，交与杨庆，且为之读道："八十老人生一子，人言非是吾子也，家业田园尽付与女婿，外人不得争执。"杨庆听读讫，喜不自胜，就在匣中藏了遗嘱，自去管业。不多日，翁健竟死，杨庆得了这许多家业。

将及二十余年，那翁龙已成人长大，深谙世事，因自思道："我父基业，女婿尚管得，我是个亲男有何管不得？因托亲戚说知姐夫，要取原业。杨庆大怒道："那家业是岳父尽行付我的，且岳翁说那厮不是他子，安得又与我争？"事久不决，因告之官，经数次衙门，上下官司俱照遗嘱断还杨庆，翁龙心终不服。

时包公在京，翁龙密抱一张词状径去投告。包公看状即拘杨庆来审道："你缘何久占翁龙家业，至今不还？"杨庆道，"这家业都是小人外父交付小人的，不干翁龙事。"包公道："翁龙是亲儿子，即如他无子，你只是半子，有何相干？"杨庆道："小人外父明说他不得争执，现有遗嘱为证。"遂呈上遗嘱。包公看罢笑道："你想得差了。你不晓得读，分明是说，'八十老翁生一子，家业田园尽付与'，这两句是说付与他亲儿子了。"杨庆道："这两句虽说得去，然小人外父说，翁龙不是他子，那遗嘱已明白说破了。"包公道："他这句是瞒你的。他说，'人言非，是我子也'。"杨庆道："小人外父把家业付小人，又明说别的都是外人，不得争执。看这句话，除了小人都是外人了。"包公道："只消自家看你儿子，看你把他当外人否？这外人两字分明连上'女婿'读来，盖他说，你女婿乃是外人，不得与他亲儿子争执也。此你外父藏有个真意思在内，你反看不透。"杨庆见包公解得有理，无言可答，即将原付文契一一交还翁龙管业。知者称为神断。

## 九

# 李秀姐性妒遭绞刑　张月英知耻自投环

　　话说河南登州府霞照县有民黄士良，娶妻李秀姐，性妒多疑。弟士美，娶妻张月英，性淑知耻。兄弟同居，妯娌轮日打扫，箕帚逐日交割。忽黄士美往庄取苗，及重阳日，李氏在小姨家饮酒，只有士良与弟妇张氏在家，其日轮该张氏扫地，张氏将地扫完，即将箕帚送入伯姆房去，意欲明日免得临期交付，此时士良已出外，绝不晓得。及晚，李氏归见箕帚在己房内，心上道：今日婶娘扫地，箕帚该在伊房，何故在我房中？想是我男人扯他来奸，故随手带入，事后却忘记拿去。晚来问其夫道："你今干甚事来？可对我说。"夫道："我未干甚事。"李氏道："你今奸弟妇，何故瞒我？"士良道："胡说，你今日酒醉，可是发酒疯了？"李氏道："我未酒疯，只怕你风骚忒甚，明日断送你这老头皮，休连累我。"士良心无此事，便骂道："这泼贱人说出没忖度的话来！讨个证见来便罢，若是悬空诬捏，便活活打死你这贱妇！"李氏道："你干出无耻事，还要打骂我，我便讨个证见与你。今日婶娘扫地，箕帚该在他房，何故在我房中？岂不是你扯他奸淫，故随手带入！"士良道："他送箕帚入我房，那时我在外去，亦不知何时送来，怎以此事证得？你不要说这无耻的话，恐惹旁人取笑。"李氏见夫赔软，越疑是真，大声呵骂。士良发起怒性，扯倒乱打，李氏又骂及婶娘身上去。张氏闻伯与姆终夜吵闹，潜起听之，乃是骂己与大伯有奸。意欲辩之，想：彼二人方暴怒，必激其厮打。又退入房去，却自思道：适我开门，伯姆已闻，又不辩而退，彼必以我为真有奸，故不敢辩。欲再去说明，他又平素是个多疑妒忌的人，反触其怒，终身被他臭口。且是我自错，不合送箕帚在他房去，此疑难洗，污了我名，不如死以明志。遂自缢死。

次早饭熟，张氏未起，推门视之，见缢死梁上。士良计无所措。李氏道："你说无奸何怕羞而死？"士良难以与辩，只跑去庄上报弟知，及士美回问妻死之故，哥嫂答以夜中无故彼自缢死。士美不信，赴县告为生死不明事。陈知县拘士良来问："张氏因何缢死？"士良道："弟妇偶沾心痛之疾，不少苦痛，自忿缢死。"士美道："小的妻子素无此症，若有此病，怎不叫人医治？此不足信。"李氏道："婶娘性急，夫不在家，又不肯叫人医，只轻生自死。"士美道："小人妻性不急，此亦不信。"陈公将士良、李氏夹起，士良不认，李氏受刑不过，乃说出扫地之故，因疑男人扯婶入房，两人自口角厮打，夜间婶娘缢死，不知何故。士美道："原来如此。"陈公喝道："若无奸情，彼不缢死。欺奸弟妇，士良你就该死的了。"勒逼招承定罪。

正值包公巡行审重犯之狱，及阅欺奸弟妇这卷，黄士良上诉道："今年之死该屈了我。人生世上，王侯将相终归于不免，死何足惜？但受恶名而死，虽死不甘。"包公道："你经几番录了，今日更有何冤？"士良道，"小人本与弟妇无奸，可剖心以示天日，今卒陷如此，使我受污名，弟妇有污节，我弟疑兄、疑妻之心不释。一狱三冤，何谓无冤？"包公将文卷前后反复看过，乃审李氏道："你以箕帚证出夫奸，是你明白了。且问你当日扫地，其地都扫完否？"李氏道："前后都扫完了。"又问道："其粪箕放在你房，亦有粪草否？"李氏道："已倾干净，并无渣草。"包公又道："地已扫完，渣草已倾，此是张氏自己以箕帚送入伯姆房内,以免来日临期交付,非干士良扯他去奸也。若是士良扯奸,他未必扫完而后扯,粪箕必有渣草;若已倾渣草而扯,又不必带箕帚入房。此可明其绝无奸矣。其后自缢者,以自己不该送箕帚入伯姆房内,启其疑端,辩不能明,污名难洗,此妇必畏事知耻的人,故自甘一死而明志,非以有奸而惭。李氏陷夫于不赦之罪,诬婶以难明之辱,致叔有不释之疑,皆由泼妇无良,故逼无辜郁死,合以威逼拟绞,士良该省发。"士美磕头道:"吾兄平日朴实,嫂氏素性妒忌,亡妻生平知耻。小的昔日告状,只疑妻与嫂氏争忿而死,及推入我兄奸上去,使我蓄疑不决。今老爷此辩极明,真是生城隍,一可解我心之疑,二可雪吾兄之冤,三可白亡妻之节,四可正妒妇之罪。愿万代公侯。"李氏道:"当日丈夫不似老爷这样辩,故我疑有奸;若早些辩明,我亦不与他打骂。老爷既赦我夫之罪,愿同赦妾之罪。"士美道:"死者不能复生,亡妻死得明白,我心亦无恨,要他偿命何益?"包公道:"论法应死,吾岂能生之!"此为妒妇之儆戒。

## 十

## 晏谁宾污贱害生女　束妇人虽死留余辜

话说有民晏谁宾，污贱无耻。生男从义，为之娶妇束氏，谁宾屡挑之，束氏初拒不从，后积久难却，乃勉强从之，每男外出，则夜必入妇房奸宿。一日，从义往贺岳丈寿，束氏心恨其翁，料夜必来，乃哄翁之女金娘道："你兄今日出外去，我独自宿，心内惊怕，你陪我睡可好？"金娘许之。其夜，翁果来弹门，束氏潜起开门，躲入暗处。翁遂登床行奸。金娘乃道："父亲是我也，不是嫂嫂。"谁宾方知是错，悔无及矣，便跳身走去。

次日早饭，女不肯出同餐，母不知其故，其父心知之，先饭而出。母再去叫，女已缢死在嫂嫂房内。束氏心中害怕，即回娘家达知其事。束氏之兄束棠道："他家没伦理，当去告首他绝亲，接妹归来另行改嫁，方不为彼所染。"遂赴县呈告，包公即令差人去拘，晏谁宾情知恶逆，天地不容，即自缢死。后拘众干证到官，束棠道："晏谁宾自知大恶弥天，王法不容，已自缢死；晏从义恶人孽子，不敢结亲，愿将束氏改嫁，例有定议，各服其罪。余人俱系干证，与他无干；小的已告诉得实，乞都赐省发，众人感激。"

包公见状中情甚可恶，且将来审问道，"束氏原与翁有奸否？"束棠道："并无。"包公道："即与翁无奸，今翁已死，何再求改嫁？"束棠道："禽兽之门，恶人之子，不愿与之结亲，故敢恳求改嫁。"包公道："金娘在束氏房中睡，房门必闭，是谁开门？"束棠道："那晏贼已躲房中在先。"包公道："晏贼意在要奸谁？"束棠道："不知。"束氏道："彼意在我，误及于女。"包公道："你二人相伴，何不喊叫起来？"束氏道："小妾怕羞，且未及我，何故喊起？"包公终不信，将束氏夹起道："必你先与翁有奸，那一夜你睡姑床，姑睡你床，故陷翁于错误。"束氏受刑不过，乃从直招认。包公道："你与翁通奸，罪本该死；你叫姑伴睡，又自躲开，陷翁于误，陷姑于死，皆由于你，死有余辜。"本秋将束氏处决，又移文去拆毁晏谁宾之宅，以其地开潴水之池，意晏贼之肉犬豕不屑食之。

卷之九

一

## 马客商趱路遇劫匪　戴帽兔释疑缉正凶

话说武昌府江夏县民郑日新，与表弟马泰自幼相善，新常往孝感贩布，后泰与同往一次，甚是获利。次年正月二十日，各带纹银二百余两，辞家而去，三日到阳逻驿。新道："你我同往孝感城中，一时难收多货，恐误日久。莫若二人分行，你往新里，我去城中何如？"泰道："此言正合我意。"入店买酒，李昭乃相熟店主，见二人来，慌忙迎接，即摆酒来款待，劝道："新年酒多饮几杯，一年一次。"二人皆醉，力辞方止，取银还昭，昭亦再三推让，勉强收下。三人揖别，新往城中去讫。临别嘱泰道："随数收得布匹，陆续发伕挑入城来。"泰应诺别去。行不五里，酒醉脚软，坐定暂息，不觉睡倒。正是：醉梦不知天早晚，起来但见日沉西。忙趱路行五里，地名叫做南脊，前无村，后无店，心中慌张。偶在高岗遇吴玉者，素惯谋财，以牧牛为名，泰偶遇之。玉道："客官，天将晚矣，尚不歇宿？近来此地不比旧时，前去十里，孤野山冈，恐有小人。"泰心已慌，又被吴玉以三言四语说得越不敢行，乃问玉道："你家住何地？"玉道："前面源口就是。"泰道，"既然不远，敢借府上歇宿一宵，明日早行，即当厚谢。"玉佯辞道："我家又非客店酒馆，安肯留人歇宿？我家床铺不便，凭你前行亦好，后转亦好，我家决住不得。"泰道："我知宅上非客店，但念我出外辛苦，亦是阴骘。"再三恳求。玉佯转道："我见你是忠厚的人，既如此说，我收了牛与你同回。"二人回至家中，玉谓妻龚氏道："今日有一客官，因夜来我家借宿，可备酒来吃。"母与龚氏久恶玉干此事，见泰来甚是不悦，泰不知，以为怒己，乃缓词慰道："小娘休恼，我自当厚谢。"龚氏睨视以目一丢，泰竟不知其故。俄而玉妻出，乃召入泰来，其妻只得摆设厚席，玉再三劝饮，泰先酒才醒，又不能却玉之情，连饮数杯甚醉，玉又以大杯强劝二瓯，泰不知杯中下有蒙药在内，饮后昏昏不知人事，玉送入屋后山房安歇。候更深人静，将泰背至左旁源口，又将泰本身衣服裹一大石背起，推入荫塘，而泰之财宝尽得之矣。其所害者非止一人，所为非止一次也。

　　日新到孝感二三日，货已收二分，并未见泰发货至。又等过十日，日新自往新里街去看泰，到牙人杨清家，清道："今年何故来迟？"新愕然道："我表弟久已来你家收布，我在城中等他，如何久不发布来？"清道："你那表弟并未曾到。"新道："我表弟马泰，旧年也在你家，何推不知？"清道："他几时来？"新道："二十二日同到阳逻驿分行。"满店之人皆说没有，新心中疑惑，又去问别的牙家，皆无。是夜，清备酒接风，众皆欢饮，新闷闷不悦。众人道："想彼或往别处收买货去，不然，人岂会不见？"新想：他别处皆生，有何处去得？只宿过一晚，次早往阳逻驿李昭店问，亦道自二十二日别后未转。乃自忖道：或途中被人打抢？新一路探问，皆说今新年并未见打死人；又转新里街问店中众客是几时到，都说是二月到的。新乃心中想道：此必牙家见他银多身孤，利财谋害，亦未见得。新谓清道："我表弟带银二百两来汝家收布，必是汝谋财害命。遍问途中并无打抢；设若途中被人打死，必有尸在。怎的活活一人哪里去了？"清道："我家满店客人，如何干得此事？"新道："你家店中客人都是二月到的，我那表弟是正月里来的，故受你害。"清道："既有客到，邻里岂无人见？街心谋人，岂无人知？你平白黑心说此，大冤。"二人争论，因而相打。新写信雇一人驰报家中，次日具状告县。

孝感知县张时泰准状行牌。次日杨清亦是诉状，县主遂行牌拘集一干人犯齐赴台前听审。县主问："日新你告杨清谋死马泰，有何影响？"新道："奸计多端，弥缝自密，岂露踪影？乞爷严究自明。"清道："日新此言皆天昏地黑，瞒心昧己。马泰并未来家，若见他一面，甘心就死。此必是日新谋死，佯告小的，以掩自己。"新道："小人分别在李昭店买酒吃过，各往东西。"县主便问李昭，昭道："是日到店买酒，小的以他新年初到，照例设酒，饮后辞别，一东一西，怎敢胡言？"清道："小的家中客人甚多，他进小的家中，岂无人见？本店有客伴可问，东西有邻里可察。"县主即各拘来问道："你们见马泰到杨清店否？"客伴皆道不见。新道："邻里皆伊相知，彼纵晓得亦不肯说；客伴皆是二月到的，马泰乃正月到他家里，他们哪里得知。大抵马泰一人先到，杨清方起此不良之心，乞爷法断偿命。"县主见邻里客人各皆推阻，勒清招认。清本无辜，岂肯招认？县主喝令将清重责三十，不认，又令夹起，受刑不过，乃乱招承。县主道："既招谋害，尸在何处？原银在否？"清道："实未谋他，因爷爷苦刑，当受不起，只得屈招。"县主大怒，又令夹起，即刻昏迷，久而方醒。自思：不招亦是死，不若暂且招承，他日或有明白。遂招道："尸丢长江，银已用尽。"县主见他招承停当，即钉长枷，斩罪已定。

未及半年，适包公奉旨巡行天下，来到湖广历至武昌府。是夜，详察案卷，阅至此案，偶尔精神困倦，隐几而卧，梦见一兔，头戴帽子，奔走案前。既觉，心中思忖：梦兔戴帽，乃是冤字。想此中必有冤枉。次日，单吊杨清一起勘审。问李昭则道"吃酒分别是的"，问杨清、邻店皆道"未见"。心中自思：此必途中有变。次日，托疾不出坐堂，微服带二家人往阳逻驿一路察访，行至南脊，见其地甚是孤僻，细察仰观，但见前面源口鸦鹊成群在荫塘岸边。三人进前观之,但见有一死人浮于水面,尚未甚腐。包公一见,令家人径至阳逻驿讨驿卒二十名,轿一乘,到此应用。驿丞知是包公,即唤轿夫自来迎接,参见毕,包公即令驿卒下塘取尸。其深莫测,内有一卒赵忠禀道:"小人略知水性,愿下水取之。"包公大悦,即令下塘,泆至中间,拖尸上岸。包公道:"你各处细搜,看有何物?"赵忠一直闯下,见内有死尸数人,皆已腐烂,不能得起,乃上岸禀知包公。包公即时令驿卒擒捉上下左右十余家人,问道:"此塘是谁家的?"众道:"此乃一源灌荫之塘,非一家非一人所有。"包公道:"此尸是何处人的?"皆不能识。将十数余人带至驿中,路上自思:这一干人如何审得,将谁问起?安得人人俱加刑法?心生一计,回驿坐定。驿卒带一干人进,包公着令一班跪定,各报姓名,令驿书逐一细开其名呈上。包公看过一遍乃道:"前在府中,夜梦有数人来我台前告状,被人谋死,丢在塘中。今日亲自来看,果得数尸,与梦相应,今日又有此人名字。"佯将朱笔乱点姓名,纸上一点,高声喝道:"无辜者起去,谋死人者跪上听审。"众人心中无亏,皆走起来,惟吴玉吓得心惊胆战,起又不是,不起又不是。正欲起来,包公将棋子一敲骂道:"你是谋人正犯,怎敢起去?"吴玉低首无言。喝打四十,问道:"所谋之人乃是何等之人,从直招来,免动刑法。"吴玉不肯招认,包公令取夹棍夹起,乃招承道:"此乃远方孤客,小人以牧牛为由,见天将晚,遂花言巧语,哄他到小的家中借歇,将毒酒醉倒,丢入塘中,皆不知姓名。"包公道:"此未烂尸首,今年几时谋死的?"吴玉道:"此乃正月二十二日晚下谋死的。"包公自思:此人死日恰与郑日新分别同时,想必是此人了。即唤李昭来问。驿卒禀道:"前日往府听审未回。"包公令众人各回,将吴玉锁押。

次日,包公起马往府,府中官僚人等不知所以,出郊迎接,皆问其故。包公一一道知,众皆叹服。又次日,吊出杨清等略审,即令郑日新往南脊认尸明白回报,取出吴玉出监勘审。乃问清道:"当时你未谋人，为何招承狱？"清道："小人再三诉告并无此事，因本店客人皆说二月到的，邻里都怕累身，各自推说不知，故此张爷生疑，苦刑拷究，昏晕几绝。自思：不招亦死，不若暂招，或有见天之日。今日幸遇青天，访出正犯，一则老爷明察沉冤，次则皇天不昧。"包公令打开杨清枷锁，又问日新道："你当时不察，何故妄告？"新道："小人一路遍问，岂知这贼弥缝如此缜密，小人告清，亦不得已。"包公道："马泰当时带银多少？"新道："二百两。"又问吴玉道："你谋马泰得银多少？"玉道："只用去三十两，余银犹在。"包公即差数人往取原赃，其母以为来捉己身受刑，乃赴水而死。龚氏见姑赴水，亦同跳下，公差救起。搜检原银，封锁家财，令邻里掌住，公差带龚氏到官。龚氏禀道："丈夫凶恶，母谏成仇，何况于妾？婆婆今死，妾亦愿随。"包公道，"你既苦谏不从，与你无干。今发官嫁；日新，本该问你诬告的罪，但要你搬尸回葬，罪从免拟。"日新磕头叩谢。吴玉市曹斩首。

## 二 兄与弟引路劫孤客　鹿和獐入梦释疑团

　　话说大田县高村坡有一峻岭，名曰枯蹄岭，上通大田，下往九溪。有一贩布孤客往乡收账，路经其地。山凹有一人家姓张，兄弟二人，名禄三、禄四，假以砍薪为名，素行打抢，遇有孤客，便起歹意。客欲问路，望见二人迤逦而来，近前拱手问道："此去二十九都多少路程？"禄三答道："只有半日之遥。你从何来？"客道："我在各乡收账回家，闻此处有一条小路甚是便捷，不意来此失路，望二位指引。"禄四道："过岭十里即是大路。"客以为真是樵夫，遂任意行去，及到前途，乃是峻岭绝路，只得坐于石上等人借问。忽见禄四兄弟盘山而来，一刀挥下，客未曾提防，连砍四刀，登时气绝。二人搜其腰间，得碎银七八两，又有银簪二根，兄弟将尸埋掩山旁，将银均分。倏尔半年有余，毫无人知。
　　适有近地钱五秀、范体忠两家山界不明。钱五秀访知包公巡行，即往告状时，包公亲自往山踏勘，五秀得理，断山与他管照，范体忠受刑问罪。包公吩咐回衙，来在山旁，忽狂风骤起，包公思想半晌，莫非此地有甚冤枉？即令二人于各处寻觅，于山旁有一死尸，被兽掘开土块，露尸在外，二人回复。包公亲往视之，令左右起土开看，见颈项上四刀，乃知被人谋死，复令左右为之掩覆。回衙，不知谁人谋死，无计可施。包公道："我日断阳间，夜断阴间，这件事我阳间不得明白，要向阴间讨个真实消息。"便登赴阴床，叫阴司手下人吩咐道："枯蹄山旁谋杀一人，露出尸首，带了重伤，不知此尸身是谁杀死，必有冤魂到此告状，汝等俱各伺候，放他进来。"话毕，霎时阴风惨惨，烛影不明，遂觉精神困倦，隐几而卧似梦非梦。须臾，一人身血淋漓，前有一獐，后有鹿随之，慌忙而窜。包公惊觉，不见手下众人，浑如一梦。心下思想：莫非枯蹄山旁有叫张禄者？天明升堂，密差二人往彼处觅访，如有张禄，拿来见我。二人应诺而去。及至枯蹄访问，果有姓张名禄三、禄四者兄弟二人，不敢往捉，回衙见包公道："小的奉差访拿张禄，其地果有张禄三、禄四兄弟二人。"包公道："既有此人名，叫书吏可发牌，火速拿来见我。"二人复去拘得至官审问。包公喝道："你二人抢劫客人货物，好生直招，免受重刑。"二人强硬不认，包公喝令左右将二人各责六十重杖，兄弟受刑不起，只得从实招道，"有一客人，往乡收账回家，因迷失路途，小的佯指令入僻处杀死是实。今蒙访出，此亦冤魂不散。"包公见他招明，即判处决。

## 三
## 富家子恃财污曾氏　山寨中遗帕留贼名

　　话说池州府青阳县民赵康，家私巨富，生子嘉宾，恃财恣性，奸淫博弈，彻夜讴歌。一日，命仆跟随在后，径往南庄闲游，偶见二女子，年方二八，淡妆素服，自然雅洁，观不厌目，尽可赏心，问仆人道："此谁家妇？"仆道："此山后丘四妻、妹，因夫出外经商，数载未回，常往庵庙求签。"嘉宾道："你去问他，家中若少银米，随他要多少，我把借他。"仆道："伊亲颇富，纵有不给，必自周济。"宾是夜想二妇的颜色，竟不能寐。次日饭后，取一锭银子约有十两，往其家调奸，二妇贞节不从，厉色骂詈，叫喊邻人。宾见不可，拂袖而出，思谋无策，即着仆去请友人李化龙、孙必豹二人来庄，令庄人备酒，饮至半酣，二友道："今日蒙召，有何见谕？"宾道："今日一事甚扫我兴，特请二位同设一计。"二人问道："何事？快请教。"宾道："昨日闲游，偶遇丘四妻、妹二人朝神过此，貌均奇绝。今上午将银一锭到彼家只求一会，不惟不许，反被恶言骂詈，故拂我意。"二人道："此事甚易。"宾道："兄有何妙计，请教一二。"友道："今夜候至三更，将一人后山呐喊，两人前门进去擒此二妇，放在山寨，任你摆布，何难之有？"宾道："此计甚妙。"是夜，饮酒候至三更，瞒了庄人，私自潜出，把一人在山后呐喊，二人向前冲门而进，佣工人即忙起看，二人就将工人绑缚丢入地下，使不能出喊。遂入房中，只捉得曾氏一人——不意丘四妹子因家有事，傍晚接回——三人将曾氏捉入山中平窠内，至天微明，三人散去，宾不意遗一手帕在旁。

次早，邻人方知曾氏家被劫，众人入看，解放工人，即报丘四妹家。许早夫妇往看，遍觅无踪，寻至山窠，只听哀哀叫苦，三人近看，羞不能遮，不能动止。许早背回曾氏，姑以汤灌久之，略苏，方能言语。姑道："因何如此？"曾氏羞言，姑问再三，乃道："昨夜三更，二人冲门而进，我以为贼，起身欲走，穿衣不及，二人进房捉上山去，三人强奸。"姑曰："三人认得否？"曾氏道："昏月之下认人不真。"许早拾得白绫手帕，解开一看，只见帕上写有嘉宾之名，乃是戏妇所赠。其妻知之，乃告夫许早道："昨日上午，嘉宾将银一锭来家求奸，被我骂去，想必不甘心，晚上凑合光棍来捉强奸，幸我不在，不然亦难逃矣。"许早听了妻子言语，即具状首于包公：

呈首为获实强奸事：鹰鹯搏击，鸠雀无遗；虎豹纵横，犬羊无类。淫豪赵嘉宾，逞富践踏地方，两三丘度荒秀麦，止供群马半餐；恃强派食庄户，百十斤抵债洪猪，不够多人一嚼。无犯平民泪汪汪，常遭箠楚；有貌少妇眉矑矑，弗洗污淫。金银包胆，奸宿匪彝。瞰舅丘四远出，来家掷银调奸，舅妇曾氏，贞节不从，喊邻逐出，恶即串党数人，标红抹黑，执斧持刀，黉夜明火入室，突冲擒入山窠，彼此更番，轮奸几死。夫早觅获，命若悬丝，遗帕存证，四邻惊骇痛恨。黑夜入人家，老少闻风鼓栗；山坞奸妇人，樵牧见影胆寒。不啻斜阳闭户，止声于夜啼之儿；真同明月满村，吠瘦乎守家之犬。见者睡不贴席，即如越王勾践卧薪；闻者梦不至酣，酷似司马温公警木。山路滚滚尘飞，合村洋洋鼎沸。恳天验帕剿恶，烛奸正法。遗帕不止乎绝缨，荒野倍惨于暗室。万民有口，三尺有法。上告。

包公即拘齐人犯，先问邻右萧兴等道："你是近邻，知其详否？"兴道："是夜之事，小人通未知之。次早起来，听得佣工人喊叫，众人入内，看见工人绑入地下，遂即解放，报知许早夫妇，觅至山寨才获曾氏，不能行止，遗帕在旁是的，余事不知，不敢妄言。"包公道："旁遗有帕，帕上既有嘉宾的名，必是他无疑了。"宾道："小人三日前遗此帕于路，并未在山，况一人安能捉人而绑人？此皆夙仇诬陷。"早道："日间分明是你掷银调戏，二妇喊骂才出，是晚被劫，并未去财，况有手帕硬证；若是贼劫必定掳财，何独奸妇？乞老爷严刑拷出同党，以伸此冤。"包公喝令将宾重打二十，令其招认，宾仍前巧言争辩，包公令将原被告二人一起收监，邻证发出。私嘱禁子道："你谨守监门，若有甚闲人来看嘉宾，不可令他相见，速拿来见我，明日赏你；若泄漏卖放，杖六十革役！"禁子道："不敢。"包公退堂，禁子坐守。不移时，有二人来监门前呼宾，禁子开了头门，守堂皂隶齐出，扭住二人，进堂敲梆，包公升堂。禁子道："获得二人，俱皆来探嘉宾的。"包公问明姓名，喝道："你二人同奸曾氏，嘉宾先已招出，正欲出牌捕捉，你却自来凑巧。"二人面皆失色，两不相照。化龙道："并无小人两个，彼何妄扳？"包公道："嘉宾说，若非你二人，他一人必干此事不得，从直招来！"化龙道："彼自干出，妄扳我等！"包公见其词遁，乃令各打二十，不招，又将二人夹起，远置廊下。监中取嘉宾出来，但见夹起二人，心中慌张。包公高声骂道："分明是你这贼强奸曾氏，我已审出；二人系你同奸，彼已招承道是你叫他，非关他事，故将他夹起。"嘉宾更自争辩不已，仍令夹起，嘉宾畏刑乃招道："是日，小人不合到其家掷银，被他骂出，遂叫二人商议，计出化龙。乞老爷宽刑。"包公道："你二人先说妄扳，嘉宾招明，各画供招来。"三人面面相视，无言抵答，只得招认。判道：

审得赵嘉宾，不羁浪子，恃富荒淫，罔知官法之如炉；尚倚爪牙，擒奸妇女，胜若探囊而取物。棍徒化龙等，既不能尽忠告以善道，抑且相助而为非；又不能陈药石之箴规，究且设谋以从欲。明火冲家，绑缚工人于地下；开门擒捉，轮奸曾氏于山中。败坏纪纲，强奸不容于宽宥；毋勿首从，大辟用戒乎刁淫。

## 四

# 王表兄图财财竟失　赵进士爱女女偏亡

话说开封府祥符县县学生员沈良谟，生一子名猷。里人赵家庄进士赵士俊，妻田氏，年将半百无子，止生一女名阿娇，有沉鱼落雁之容，闭月羞花之貌，时与沈良谟子猷结为秦晋。未经一载，良谟家遭水患所淹，因而家事萧条。士俊见彼落泊，思与退亲，其女阿娇贤淑，谓母田氏道："爹爹既将我配沈门，宁肯再适他人？"田氏见女长成，急欲使之成亲，奈沈猷不能遣礼为聘。一日，士俊往南庄公出，田氏竟令苍头往沈猷家，请猷往见，将银与彼作聘。猷闻大喜，亲身悬鹑百结，遂往姑娘家借衣。姑娘见侄到，问其到舍有何所议？沈猷道："岳母见我家贫，昨遣人来叫我，将银与我以作聘礼，然后亲迎。奈无衣服，故到此欲向表兄借用，明日侵早奉还。"姑娘闻得亦喜，留午饭后，立命儿王倍取套新衣与侄儿去。谁料王倍是个歹人，闻得此事即托言道："难得表弟到我家，须消停一日去，我要去拜一知友，明日即回奉陪。"故不将衣服借之，猷只得在姑娘家等。王倍自到赵家，诈称是沈猷，田夫人同女阿娇出见款待，见王倍礼貌荒疏。田氏道："贤婿是读书的人，为何粗率如此？"倍答道："财是人胆，衣是人貌。小婿家贫流落，居住茅屋，骤见相府，心不敢安，故致如此。"

田夫人亦不怪他，留之宿，故疏放其女夜出与之偷情。次日，叫拾银八十余两，又金银首饰、珠宝等约值百两，交与倍去。彼只以为真婿，怎知提防。倍得此金银回来见猷，只说他去望友而归，又缠住一日，至第三日，猷坚要去，乃以衣服借之。

及猷到岳丈家，遣人入报岳母，田夫人惊怪，出而见之，故问道："你是吾婿，可说你家中事与我听。"猷一一道来，皆有根据。但见言词文雅，气象雍容，人物超群，真是大家风范。田夫人心知此是真婿，前者乃光棍假冒，悔恨无及。入对女道："你出见之。"阿娇不肯出，只在帘内问道："叫你前日来，何故直至今日？"猷道："贱体微恙，故今日来。"阿娇道："你早来三日，我是你妻，金银皆有；今来迟矣，是你命也。"猷道："令堂遣盛价来约以银赠我，故造次至此；若无银相赠亦不关甚事，何须以前日今日为辞。我若不写退书，任你守至三十年，亦是我妻。令尊虽有势，岂能将你再嫁他人？"言罢即起身要去。阿娇道："且慢，是我与你无缘，你有好妻在后，我将金钿一对，金钗二股与你去读书，愿结下来生姻缘。"猷道："小姐何说此断头的话？这钗钿与我，岂当得退亲财礼乎？凭你令尊与我如何，我便不肯。"阿娇道："非是退亲，明日即见下落，你速去则得此钗钿；稍迟，恐累及于你。"猷不懂，在堂上端坐。少顷，内堂忙报小姐缢死。猷还未信，进内堂看之，见解绳下，田夫人抱住痛哭，猷亦泪下如雨，心痛悲伤。田夫人促之出道："你速出去，不可淹留。"猷忙回姑娘家交还衣服，告知其故。后王母晓得是儿子去脱银奸宿，此女性烈缢死，心甚惊疑，不数日而死。倍妻游氏，亦美貌贤德，才入王门一月，见倍干此事，骂道："既得其银，不当污其身，你这等人，天岂容你！我不愿为你妇，愿求离归娘家。"倍道："我有许多金银，岂怕无妇人娶！"即为休书离之。

再说赵士俊，数日归家，问女死之故。田夫人道："女儿往日骄贵，凌辱婢妾，日前沈女婿自来求亲，见其衣冠褴褛，不好见面，想以为羞,遂自缢死。亦是他一时执迷,与女婿无干。"士俊说道:"我常要与他退亲,你教女儿执拗不肯,今来玷我门风,坑死我女儿,反说与他无干!我偏要他偿命。"即写状与家人往府赴告:

> 告为奸杀女命事:情莫切于父子,事莫大于死生。痛女阿娇,年甫及笄,许聘兽野沈猷,未及于归,猷潜来室,强逼成奸,女重廉耻,怀惭自缢。窃思闺门风化所关,男女嫌疑有别。先后是伊妻子,何故寅年吃了卯年粮;终久是伊家室,不合今日先讨明日饭。生者既死,同衾合枕之姻缘已绝;死者不生,偿命抵死之法律难逃。人命关天,哭女动地。上告。

赵进士财富势大,买贿官府,打点上下。叶府尹拘集审问,一任原告偏词,干证妄指,将沈猷拟死,不由分诉。

将近秋时,赵进士写书通知巡行包公,嘱将猷处决,勿留致累。出夫人知之,私遣家人往诉包公,嘱勿便杀。包公心疑道:"均是婿也。夫嘱杀,妻嘱勿杀,此必有故。"单吊沈猷,详问其来历,猷乃一一陈说,包公诘道:"当日赵小姐怨你不早来,你何故迟来三日?"猷道:"因无衣冠,在表兄王倍家去借,苦被缠留两日,故第三日才去。"包公闻得,心下明白。乃装作布客往王倍家卖布。倍问他买二匹,故高抬其价,激得王倍发怒,大骂道:"小客可恶。"布客亦骂道:"谅你不是买布人。我有布价二百两,你若买得,情肯减五十两与你,休欺我客小。"王倍道:"我不做客,要许多布何用?"布客道:"我料你穷骨头哪得及我!"王倍暗想:家中现有银七八十两,若以首饰相添,更不止一百五十两。乃道:"我银生放者多,现在者未满二百,若要首饰相添我尽替你买来。"布客道:"只要实买,首饰亦好。"王倍随兑出银六十两,又以金银首饰作成九十两,问他买二十担好布。包公既赚出此赃,乃召赵进士来,以金银首饰交与他认。赵进士大略认得几件,看道:"此钗钿多是我家物,因何在此?"包公再拘王倍来问道:"你脱赵小姐金银首饰来买布,当日还有奸否?"王倍见包公即是前日假装布客，真赃已露，情知难逃，遂招承道："前者因表弟来借衣服，小的果诈称沈猷先到赵家，小姐出见，夜得奸宿。今小姐缢死，表弟坐狱，天台察出，死罪甘受。"包公听着其情可恶，重责六十，即时死于杖下。

赵进士闻得此情，怒气冲天道："脱银尚恕得，只女儿被他污辱怀惭死了，此恨难消。险些又陷死女婿，误害人命，损我阴骘，令必更穷追其首饰，令他妻亦死狱中，方泄此忿。"王倍离妻游氏闻得前情，自往赵进士家去投田夫人说："妾游氏，自到王门，未满一月，因夫脱贵府金银，妾恶其不义，即求离异，已归娘家一载，与王门义绝，彼有休书在此可证。今闻老相公要追首饰，此物非我所得，望夫人察实垂怜。"赵进士看其休书，穷诘来历，果先因夫脱财事而自求离异，乃叹息道："此女不染污财，不居恶门，知礼知义，名家女子不过如是。"田夫人因念女不已，见夫称游氏贤淑，乃道："吾一女爱如掌珠，不幸而亡，今愿得汝为义女，以慰我心，你意何如？"游氏拜谢道："若得夫人提携，是妾之重生父母。"赵进士道："汝二人既结契母子，今游氏无夫，沈女婿未娶，即当与彼成亲，当作亲女婿相待何如？"田夫人道："此事真好，我思未及。"游氏心中喜甚，亦道："从父亲母亲尊意。"即日令人迎请沈猷来，入赘赵家，与游氏成亲，人皆快焉。

异哉，王倍利人之财，而横财终归于无；污人之妻，而己妻反为人得。天网恢恢，疏而不漏，此足征矣。

## 五

# 二漆匠杀人由奸情　一继子坐狱因诬陷

　　话说庐州府霍山县南村，有一人姓章名新，素以成衣为业，年将五十，妻王氏少艾，淫滥无子。新抚兄子继祖养老，长娶刘氏，貌颇娇娆。有桐城县二人来霍山县做漆，一名杨云，一名张秀，与新有旧好，遂寄宿焉，日久愈厚，二人拜新为契父母，出入无忌，视若至亲。杨云与王氏先通，既而张秀皆然。一日新叔侄往乡成衣，杨云与王氏正在云雨，被媳撞见。王氏道："今日被此妇撞见不便，莫若污之以塞其口。"新叔侄至夜未回，刘氏独宿。杨云拨开刘氏房门，刘氏正在梦寐，杨云上床抱奸，手足无措，叫喊不从，王氏入房以手掩其口助之，刘氏不得已任其所寝，张秀亦与王氏就寝。由是二人轮宿，杨云宿姑，张秀宿媳；杨云宿媳，张秀宿姑。新叔侄出外日多，居家日少，如是者一年有余。四人意甚绸缪，不意为新所觉，欲执未获。杨、张二人与王氏议道："老狗已知，莫若阴谋杀之，免贻后患。"王氏道："不可，我你行事只要机密些，彼获不到，无奈你何。"

　　叔侄回来数日，新谓继祖道："今八月矣，家家收有新谷。今日初一不好去，明日早起，同往各处去讨些谷回来吃用。"次日清早，与侄同出，二处分行，新往望江湾略近，继祖往九公湾稍远。新账先完，次日午后即回，行至中途，突遇杨、张二人做漆回家，望见新来，交头附耳，前计可行，近前问道："契父回来了，包裹、雨伞我等负行。"行至一僻地山中，天色傍晚，二人哄新进一深源，新心慌大喊，并无人至，张秀一手扭住，杨云于腰间取出小斧一把，向头一劈即死，乃被脑骨陷往，取斧不出。倏忽风动竹声，疑是人来，忙推尸首连斧丢入莲塘，恐尸浮出，将大石压倒。二人即回，自谓得志，言于王氏。王氏听得此言，心胆俱裂，乃道："事已成矣，切不可令媳妇知之，恐彼言语不谨，反自招祸。"王氏又道："倘继祖回寻叔父，将如之何？"张秀道："我有一计，你若肯依，包管无事。"王氏道："计将安出？"张秀道："继祖回来，你先问他，若说不见，即便送官，诬以谋死叔父。若陷得他死罪，岂不两美。"王氏、杨云皆道："此计甚妙，可即依行。"初六日，继祖回到家中，王氏问道："叔何不归？"继祖愕然道："我昨在望江湾住，欲等叔同回，都说初三日下午已回。"王氏变色道："此必是你谋害！"扭结投邻里锁住，自投击鼓。

正值朝廷差委包公巡行江北，县主何献出外迎接，王氏将谋杀事具告。包公接得此词，素知县主吏治清明，刑罚不苟，即批此状与勘审。当差汪胜、李标，即刻拿到邻右萧华，里长徐福，一起押送。县主道："你叔自幼抚养，安敢负恩谋死，尸在何方？从直招来。"继祖道："当日小人与叔同出，半路分行，小人往九公湾，叔往望江湾。昨日小人又到望江湾邀叔同回，众人皆道已回三日，可拘面证。小人自幼叨叔婶厚恩，抚养娶妇，视如亲子，常思图报未能，安忍反加杀死？乞爷细审详察。"王氏道："此子不肖，漂荡家资，嗔叔阻责，故行杀死，乞爷爷严刑拷究，追尸殓葬，断偿叔命。"县主唤萧华上平台下问道："继祖素行如何？"华道："继祖素行端庄，毫无浪荡事，事叔如父，小人不敢偏屈。"县主令华下去，又问徐福："继祖素行可端正？"徐福所答，默合华言。县主喝止。乃佯怒道："你二人受继祖买嘱，本该各责二十，看你老了。"县主知非继祖，沉吟半晌，心生一计，喝将继祖重打二十，即钉长枷，乃道："限三日令人寻尸还葬。"令牢子收监，发王氏还家。王氏叩头谢道："青天爷爷神见，愿万代公侯。"喜不自胜。

县主乃问门子道："继祖家在何处？"门子道："前村便是。"二人直至门首，各家睡静，惟王氏家尚有灯光，县主于壁隙窥之，见两男两女共席饮酒。杨云笑道："非我妙计，焉有今日？"众皆笑乐，惟刘氏不悦道："好好，你便这等快乐，亏了我夫无辜受刑，你等心上何安？"杨云道："只要你我四人长久享此快乐，管他则甚。大家饮一大杯，赶早好去行些乐事。"王氏道："都说何爷明白，亦未见得。"杨云道："闲话休说。"乃抱住刘氏。刘氏口中不言，心内怒起，乃回头不顾。王氏道："老爷限三日后追尸还葬，你放得停当否？"二人道："丢在莲塘深处，将大石压住，不久即烂。"王氏道："这等便好。"县主大怒回衙，令门子击鼓点兵，众人莫知其故。兵齐，乘轿亲抵继祖家，将前后围定，冲开前门，杨、张二人不知风从何起，见官兵围住，遂向后走，被后面官兵捉住，并捉男妇四人回衙，每人责三十收监。

次早出堂，先取继祖出监，问道："你去望江湾，路可有莲塘否？"继祖思忖良久道："只有山中那一丘莲塘，在里面深源山下。"即开继祖枷锁，令他引路，差皂快二十余人，亲自乘轿直至其地，果然人迹罕到。继祖道："莲塘在此。"县主道："你叔尸在此塘内。"继祖听了大哭，跳下塘中，县主又令壮丁几人下去同寻，直至中间，得一大石，果有尸首压于石下，取起抬上岸来，见头骨带一小斧，取之洗开，见斧上凿有杨云二字，奉上县主。县主问道："此谁名也？"继祖道："是老爷昨夜捉的人名。"又问："二人与你家何等亲？"继祖道："是叔之契子。"遂验明伤处，回县取出男妇四人，喝将杨云、张秀各打四十，令他招承，不认，乃丢下斧来："此是谁的？"二人心慌，无言可答。喝令夹起，二人面面相视，苦刑难受，乃招道："小人与王氏有奸，被彼知觉，恐有后祸，故尔杀之。"县主道："你既知觉察奸情为祸，岂不知杀人之祸尤大？"再重打四十，枷锁重狱。县主谓王氏道："亲夫忍谋，厚待他人，此何心也？"王氏道："非关小妇人事，皆彼二人操谋，杀死方才得知。"县主道："既已得知，合当先首，胡为又欲陷继祖于死地？你说何爷不明，被你三言四语就瞒过了，这泼贱可恶！"重打三十。又问刘氏道："你与同谋陷夫，心何忍乎？"刘氏道："此事实未同谋，先是妈妈与他二人有奸，挟制塞口，不得不从。其后用计谋杀，小妇人毫不知情，乞爷原情宥罪。"县主道："起初是姑挟制，后来合当告夫，虽未同谋，亦不宜委曲从事。"减等拟绞；判断杨云、张秀论斩；王氏凌迟；继祖发回宁家。当申包公，随即依拟，可谓法正冤明矣。

六

## 老僧人断义舍契子　胡举人感恩救美珠

话说山西太原府阳曲县生员胡居敬,年方十八,父母双亡,又无兄弟,家道清淡,未有妻室。读书未透,偶考四等,被责归家,发愤将家资田宅变卖,得银六十两,将往南京从师读书。至江中遭风覆舟,舟中诸人皆溺死。居敬幸抱一木板在手,随水流近浅处,得一渔翁安慈救之,以衣服与换,又以银赠为盘费。居敬拜谢,问其姓名居止之处而去。居敬思回家则益贫无依,况久闻南京风景美丽,不如沿途觅食,挨到那里又作区处。及到南京,遍谒朱门,无有肯施济之者,衣衫褴褛,日食难度。乃入报恩寺求为和尚,扫地烧香却又不会,和尚要逐他去。一老僧率真道:"你会干什么事?"居敬道:"不才山西人氏,素系生员,欲到京从师,不意途中覆舟,流落至此,诸事不会干,倘师父怜念,赐我盘费,得还乡井,永不忘恩。"僧率真道:"你归途甚远,我焉能赠你许多盘费?况你本意要到京从师,今便归去,亦虚跋涉一番。不如我供膳,你在寺中读书,倘读得好时,京城内今亦有人在此寄学,赴考岂不甚便。"居敬想:在寺久住,恐僧徒厌贱。遂乃结契率真为义父,拜寺中诸僧为师兄弟。由是一意苦心读书,昼夜不息。过了三年,遂出赴考,果登高第,僧率真亦自喜作成有功。

先时居敬虽在寺三年,罕得去闲游,中举之后,诸师兄多有相请者,乃得遍游各房。一日,信步行到僧悟空房去,微闻棋声在上,从暗处寻见有梯,直上楼去,见二妇人在楼上着棋,两相怪讶。一妇人问道:"谁人同你到此?"居敬道:"我信步行来。你是甚妇人?乃在此间!"妇人道:"我乃渔翁安慈之女,名美珠,被长老脱骗在此。"居敬道:"原来是我恩人之女。"美珠道:"官人是谁?我父于你有甚恩?"居敬道:"今寺中举人就是我,前者未遇时,蒙令尊救援,厚恩至今未报,今不意得会娘子,我当救你。"美珠道:"报恩且慢,你快下去。今年有一郎官误行到此,亦被长老勒死,若还撞见,你命难保。"居敬道:"悟空是我师兄,同是寺中人,见亦无妨。"又问:"那一位娘子是谁?"美珠道:"他名潘小玉,是城外杨芳之妻,独自行往娘家,被长老以麻药置果子中逼他食,因迷留在别寺中,夜间抬入此来。"说话已久,悟空登楼来,见敬赔笑道:"贤弟何步到此?"居敬道:"我偶然行来,不意师兄有此乐事。"

悟空即下楼锁了来路的房门,更唤悟静同来,邀居敬至一空房去,四面皆是高墙,将绳一条,剃刀一把,砒霜一包送与胡居敬道:"请贤弟受用何物,免我二人动手。"居敬惊道:"你我同是寺中人,怎把我当外人相防?"悟空道:"我僧家有密誓愿,只削发者是我辈中人,得知我辈事;有发者,虽亲父子兄弟至亲不认,何况契弟?"居敬道:"如此则我亦愿削发罢。"悟静道:"休说假话,你历年辛苦,今始登科,正享不尽富贵之时,你说削发瞒谁?今不害你,你明日必害我。"居敬指天发誓道:"我若害你,我明日必遭江落海,天诛地灭。"悟空道:"纵不害我,亦传说害我教门。你今日虽仪秦口舌也是枉然,再说一句求饶,我要动手。"居敬泣道:"我受率真师父厚恩,愿见一面拜谢他而死。"悟空道:"你求师父救你,亦是求阎王饶命。"须臾,悟静叫率真至,居敬泣拜道:"我是寺中人,见他私事亦甚无妨。今师兄要逼我死，望师父救我。"率真尚未言，悟空道："自古入空门即割断骨肉，哪顾私恩。你今求救，率真肯救你否？"率真道："居敬儿，是你命合休，不须烦恼，死后我必埋葬你在吉地，做功德超度你来生再享富贵。倘昔日在江中溺死，尸首尚不能归土，哪得食这几年衣禄？我只一句话，决救不得你死。"居敬见说得硬，乃泣道："容我缓死何如？"三僧道："若是外人，决不肯缓他，在你且放缓一步。但今日午时起，明日午时要交命。"三僧出去，锁住墙门。

居敬独立空房中，只有一索悬于梁上，一凳与他垫脚自缢，并一把小刀，一包砒霜，余无一物在旁，屋宇又高，四面皆墙壁。居敬四面详察，思计在心。近晚来，以凳子打开近墙壁孔，取一直枋用索系住；又用刀削壁经为钉，脚衬凳子登其钉，手抱柱以衬其脚，索系于腰，扳援而上，至于三川枋上，以索吊上直枋，将枋从下撞上，果打开一桷子，见有穴而出。居敬自思：此场冤忿焉得不报！况且新科举人，若是默默，倘闻于众年家，岂不斯文扫地。遂一一告知同榜弟兄，闻者无不切齿抱恨，或助之资，或为之谋，议论已定，方欲在包公案下申词。不道悟空、悟静三人，过了三日，想居敬举人必然身死，且忧且喜。三人同来启门一视，并不见踪迹，你我相视，彼此愕然失色道："这事如何是好！此房四壁如铁桶，缘何被他走出？"三人密寻，果见其走处有穴。三人相议：若是闲人且不打紧，他是新科举人，况他同年皆晓得在我寺中，倘去会试，不见其人，必来我寺中根寻，我们如何答对？若是居敬不死走出去，必来报冤，他是举人，我是僧家，卵石非敌，不若先下手为强。率真道："此事如何处？"悟空道："不如做你的名具一张状纸，先在包爷台前告明：见得居敬举人在我寺中娶二娼妇，无日无夜酣歌唱饮，一玷斯文，二坏寺门，于本月某日寺中野游至晓不回来，日后恐累及寺中，只得到爷台前告明。"如此主意，即去告状。包公还未施行，只见居敬举人亦来告状。包公看了状词，即至寺中重责三僧，搜出二女，配与居敬，以美珠为长房，以小玉为次房。后次年，居敬连登进士，除授荆州推官，到夏口江上，见悟空、悟静、率真在邻船中。居敬立在船头，令手下拿之。二僧心亏，知无生路，投水而死。率真跪伏求赦。居敬道："你三年供我为有恩，监危不救为无情。倘当日被你辈逼死，今日焉得有官？将以你恩补罪，无怨无德，任你自去，今后再勿见我。"

七

# 乳下痣为凭夺人妻　细问由勘问出笑柄

话说金华府有一人，姓潘名贵，娶妻郑月桂，生一子才八月，因岳父郑泰是日生辰，夫妇往贺。来至清溪渡口，与众人同过渡。妇坐在船上，子饥，月桂取乳与子食，其左乳下生一黑痣，被同船一个光棍洪昂瞧见，遂起不良之心。及下船登岸，潘贵乃携月桂往东路，洪昂扯月桂要往西路。潘贵道："你这等无耻，缘何无故扯人妇女？"昂道："你这光棍可恶！我的妻子如何争是你的？"二人厮打，昂将贵打至呕血，二人扭入府中。知府邱世爵升堂，遂乃问道："你二人何故厮打？"潘贵道："小人与妻同往郑家庆贺岳父生日，来在清溪渡口，与此光棍及众人等过渡，及过上岸，彼即紊争小人妻子，说是他的，故此二人厮打，被他打至呕血。"洪昂道："小人与妻同往庆贺岳父生日，同船上岸后，彼紊争我妻，乞老爷公断，以剪刁风。"府主乃唤月桂上来问道："你果是谁妻？"月桂道："小妇人原嫁潘贵。"洪昂道："我妻素无廉耻，想当日与他有通奸之私，今日故来做此圈套。乞老爷详情。"府主又问道："你妻子何处可有记验？"昂道："小人妻子左乳下有黑痣可验。"府主令妇人解衣，看见果有黑痣，即将潘贵重责二十，将其妇断与洪昂去，把这一干人犯赶出。

适包公奉委巡行，偶过金华府，径来拜见府尹，及到府前，只见三人出府，一妇与一人抱头大哭，不忍分别；一人强扯妇去。包公问道："你二人何故啼哭？"潘贵就将前事细说一番。包公道："带在一旁，不许放他去了。"包公入府拜见府尹，礼毕，遂说道："才在府前见潘贵、洪昂一事，闻贵府已断，夫妇不舍，抱头而哭，不忍别去，恐民情狡猾，难以测度，其中必有冤枉。"府尹道："老大人必能察识此事，随即送到行台，再审真伪。"包公唯唯出去。府尹即命一起人犯可在包爷衙门外伺候。

包公升堂，先吊月桂审道："你自说来，哪个是你真丈夫？"月桂道："潘贵是真丈夫。"包公道："洪昂曾与你相识否？"月桂道："并未会面。昨日在船上，偶因子饥取乳与食，被他看见乳下有痣，那光棍即起谋心，及至上岸，小妇与夫往东路回母家，彼扯往西路，因而厮打，二人扭往太爷台前，太爷问可有记验，洪昂遂以痣为凭，太爷不察，信以为实，遂将小妇断与洪昂。乞爷严究，断还丈夫，生死相感。"包公道："潘贵既是你丈夫，他与你各有多少年纪？"月桂道："小妇今年二十三岁，丈夫二十五岁，成亲三载，生子方才八月。"包公道："有公婆否？"月桂道："公丧婆存，今年四十九岁。"包公道："你父母何名姓？多少年纪？有兄弟否？"月桂道："父名郑泰，今八月十三日五十岁，母张氏，四十五岁，生子女共三人，二兄居长，小妇居幼。"包公道："带在西廊伺候。"又叫潘贵进来听审，包公道："这妇人既是你妻，叫做何名？姓谁氏？多少年纪？"潘贵道："妻名月桂，郑氏，年二十三岁。"以后所言皆合。包公又令在东廊伺候，唤洪昂听审。包公道："你说这妇人是你的妻，他说是他妻子，何以分辨？"昂道："小人妻子左乳下有黑痣。"包公道："那黑痣在乳下，取乳出养儿子，人皆可见，何足为凭？你可报他姓名，多少年纪。"洪昂一时无对，久之乃道："秋桂乃妻名，今年二十二岁，岳父姓郑，明日五十岁。"包公道：

"成亲几年？几时生子？"洪昂道："成亲一年，生子半岁。"包公怒道："这厮好大胆，无故争占人妻，还自强硬。"重打四十，边外充军。

若依府拟，潘贵夫妇拆开矣。

八

## 大白鹅独处为毛湿　青色粪作断因饲草

　　话说同安县城中有龚昆，娶妻李氏，家最丰饶，性多悭吝。适一日岳父李长者生日，昆备礼命仆长财往贺，临行嘱道："别物可逊他受些，此鹅决不可令他受了。"长财应诺而去，及到李长者家，长者见其礼亦喜，又问道："官人何不自来饮酒？"长财道："偶因俗冗，未得来贺。"长者令厨子受礼，厨子见其礼物菲薄，择其稍厚者略受一二，遂乃受其鹅。长财不悦，恐回家主人见责，饮酒几杯，闷闷挑其筐而回。回到近城一里外，见田中有一群白鹅，长财四顾无人，乃下田拣其大者捉一只，放在鱼池尽将毛洗湿，放入笼中。谁知鹅仆者名招禄，偶回家去，在山旁撞见长财，笼中无鹅，及复来田，但见长财捉鹅放入笼中而去。招禄且叫且赶，长财并不理他，只管行去。行了一望路，偶遇招禄主人在县回来，招禄叫声："官人，前面挑笼的盗了我家鹅，可速拿住。"其主闻知，一手扭住。长财放下，乃道："你这些人好无礼，无故扯人何干？"主道："你盗我鹅，还说扯你何干？"二人争闹。偶有过路众人，乃为息争道："既是他盗的鹅，众人与你解释，可捉转入群鹅中，如即合伙，就是你的；如不合伙，相追相逐，定是他的。"长财道："众人言之有理，可转去试之。"长财放出鹅来入于群中，众鹅见其羽毛皆湿，不似前样，众鹅相追相逐，并不合伙。众人皆道："此鹅系长财的，你主仆二人何欺心如此？可捉还他。"其主被众人抢白，觉得无趣，乃将招禄大骂。招禄道："我分明前路见他笼中无鹅，及到田时，见他捉鹅上岸，如何鹅不合伙？"心中不忿，必要明白，二人扭打。

偶值包公行经此地，见二人打闹，问是何事？二人各以其故言之。包公细看其鹅，心中思忖：说是招禄之鹅，何为不合其伙？说是长财的，他岂敢平白赖人？其中必有缘故。想得一计，叫二人各自回家，带鹅县中，吩咐明早来领去。

次日，公差唤二人进衙领鹅，包公亲看，乃道："此鹅是招禄的。"长财道："老爷，昨日凭众人皆说是小人的，今日如何断与他去？"包公道："你家住城中，养鹅必是粟谷；他居住城外，放在田间，所食皆草菜。鹅食粟谷，撒粪必黄；如食草菜，撒粪必青。今粪皆青，你如何混争？"长财乃道："既说是他的，昨日为何放彼群鹅之中相逐相追，不合他伙？"包公道："你这奴才还自强辩！你将水洗其毛皆湿，众鹅见其毛不同，安有不追逐者乎？"鹅给还禄，喝左右重责长财二十板赶出。邑人闻之，一县传颂，皆称包公为神明云。

九

# 三和尚杀人值周年　一妇祷告逢救主

话说包公为县尹，偶一夜梦见城隍送四个和尚来，三个开口笑，一个独皱眉。醒来疑异。次日十五，即往城隍庙行香，见庙中左廊下有四个和尚，因记及夜间所梦的事，乃唤四和尚问道："你等和尚为何不迎接我？"一和尚答道："本庙久住者当迎接，小僧皆远方行脚，昨晚寄宿在此，今日又往别寺去，孤云野鹤，故不趋奉贵人。"包公见有三个和尚粗大，一个和尚细嫩，不似男子样，心中生疑，因问道："和尚何名？"一个答道："小僧名真守，那三个都是徒弟，名如贞、如诲、如可。"包公问道："和尚会念经否？"真守道："诸经卷略晓一二。"包公哄他道："今是中秋之节，往年我在家常请僧念经，今幸遇你四人，可在我衙中诵经一日，以保在官清吉。"即带四僧入衙去。包公命后堂摆列香花蜡烛，以水四盆与僧在廊边洗澡，然后诵经。其三僧已洗，独如可不洗，推辞道："我受师父戒，从来不洗澡。"包公以一套新衣服与他换道："佛法以清净为本，哪有戒洗澡之理。纵有此戒，今为你改之。"命左右剥去褊衫，见两乳下垂，乃是妇人。

包公令锁了三僧，将如可问道："我本疑你是妇人，故将洗澡来试，岂是真要念经乃请你等行脚僧。你这淫乱妇人，跟此三僧逃走，好好从头招出缘由来。"妇人跪泣道："小妾是宜春县孤村褚寿之妻，家有婆婆七十余岁。因旧年七月十四晚这三个和尚来借宿，妾夫褚寿辞道，我乃孤村贫家，又无床被，不可以歇。这和尚说道，天晚无处可去，他出家人不要床被，只借屋下坐过一夜，明早即去。遂在地打坐诵经。妾夫见他不肯去，又怜他出家人，备具斋饭相待，开床与他歇。谁料这秃子心歹，取出戒刀将妾夫杀死，妾与婆婆将走，被他拿住，将婆婆亦杀死，强把妾来削发。次日，放火烧屋，将僧衣、僧鞋逼妾同去，用药麻口，路上不能减叫，略不能行，又将我打。妾思丈夫、婆婆都被他杀死，几回思想杀他报冤，奈我妇人胆小不敢动手。昨晚正是十四夜，旧年丈夫、婆婆被杀之日适值周年，这三个买酒畅饮，妾暗地悲伤，默祷城隍助妾报冤。今老爷叫他入衙，妾道是真请他念经，故不敢告此情。早知老爷神见疑我是妇人，故将洗澡试验，妾早已说出了。今日乃城隍有灵，使妾得见青大，报冤雪恨，虽即死见丈夫、婆婆于地下，亦无所恨。"包公道："你从三个和尚污辱一年，若不说出昨夜祷祝城隍一事，我今日必以你为淫贱，决难免于官卖；你今说默祷城隍求报婆婆、丈夫的冤，此乃是实事，我昨夜正梦城隍告我。今与梦相合，方信城隍有灵，这三秃子合该拟斩。"堂上起文书将妇人送还母家，另行改嫁。

## 十

## 贲典史赴任遭惨杀　贺怡然登科葬遗骸

话说包公枭谷赈济回京，偶从温州府经过，忽一夜梦四个西瓜，一个开花。醒来时方半夜，思之不知其故。次日去拜府官王给事，遇三个和尚在街说因果，及回，其和尚犹未去。见其新剃头绿似西瓜，因想起夜来的梦，即带三个和尚入衙问道："你三人何名？"一老的答道："小僧名云外，他二人名云表、云际，皆是师兄弟。"又问道："你居住何寺？"云外道："小僧皆远方行脚，随地游行，身无定居。昨到本府在东门侯思正店下暂住，亦不在此久居。"又问道："你四个和尚如何只三个出来？"云外道："只是三人，并无别伙。"包公命手下拿侯思正来问道："昨日几个和尚在你店内？"侯思正道："三个。"包公道："这和尚说有四个，你瞒起一个怎的？"思正道："更有一个云中和尚，心好养静，只在楼上坐禅，不喜与人交接，这三个和尚叫我休要与人说，免人参谒，扰乱他的禅心。"包公赚出，即令手下去拿云中来。及到，见其眉目秀美若妇人一般，即跪近案桌前泣道："妾假名云中，实名四美。父亲贲文，同妾及母亲并一家人招宝，将赴任为典史，到一高岭处，不知是何地名，前后无人，被这三僧杀死父母并招宝，轿夫各自奔走，只留妾一人，强逼剃发，假装为僧，流离道路，今已半年。妾苟延贪生，正欲向府告明此事，为父母报仇，幸老爷察出真情，为妾父母伸冤。"包公听了判道：

> 审得僧云外、云表、云际等，同恶相济，合谋朋奸。假扮方外之游僧，朝南暮北，实为人间之蠹狗，行狠心污。污行不畏神明，恶心哪恤经卷。贲文职授典史，跋涉前程；四美跟随二亲，崎岖峻岭。三僧凶行杀掠，一家命丧须臾。死者抛骨山林，风雨暴露；生者辱身缁衲，蓬梗飘零。慈悲心全然失丧，秽垢业休问被除。若见清净如来，定受烹煎之遣；倘有阿鼻地狱，永堕牛马之途。佛法迟且报在来世，王刑严即罪于今生。枭此群凶，方快众忿。

移文投送两院，当发所司，即以三僧决不待时，枭首示众，又为贲四美起文书解回原籍，得见伯叔兄弟。有大商贺三德丧妻，见四美有貌，纳为继室，后生子贺怡然，连登科甲，初选赴任，过一峻岭，见三堆骸骨如生，怡然悯之，即令收葬。母贲氏出看岭上风景，泣道："此即当日贼僧杀我父母处。"乃咬指出血去点骸骨，血皆缩入，即其父母遗骸，随带回去安葬。而招宝一堆骨，则为之埋于亭边，立石碑为记。

卷之十

一

## 罗承仔感叹惹是非　小锥子画钱记窃贼

　　话说龙阳县罗承仔，平生为人轻薄，不遵法度，多结朋伴，家中房舍宽大，开场赌博，收入头钱，惯作保头，代人典当借贷，门下常有败坏猖狂之士出入，往来早夜不一。人或劝道："结友须胜己，亚己不须交。"承仔道："天高地厚，方能纳污藏垢。大丈夫在天地之间，安可分别清浊，不大开度量容纳众生。"或又劝道："交不择人，终须有失。一毫差错，天大祸端。常言'火炎昆冈，玉石俱焚'，汝奈何不惧？"承仔答道："一尺青天盖一尺地，岂能昏蔽？只要我自己端正，到底无妨。"由是拒绝人言，一切不听。忽然同乡富家卫典夜被贼劫，五十余人手执刀枪火把，冲开大门，劫掠财物。贼散之后，卫典一家大小个个悲泣，远近亲朋俱来看慰。此时承仔在外经过，见得众人劝慰，乃叹道："盖县之富，声名远闻，自然难免劫掠，除非贫士方可无忧无虑，夜夜安枕。"卫典一听罗承仔的话，心中不悦，乃谓其二子道："亲戚朋友个个悯我被劫，独罗承仔乃出此言。想此劫贼俱是他家赌博的光棍，破荡家业，无衣少食，故起心造谋来打劫我。若不告官，此恨怎消？"于是写状具告于巡行包公衙门。

　　包公看了状纸，行牌并拘原告卫典、被告罗承仔等，重加刑罚审问。罗承仔受刑至极,执理辩道:"今卫典被劫,未经捉获一个,又无赃证,又无贼人扳扯,平地风波陷害小人,此心何甘?"卫典道:"罗承仔为人既不事耕种,又不为商贾,终日开场赌博,代作保头,聚集多人,皆面生无籍之辈,岂不是窝贼?岂不可剪除!"包公叱道:"罗承仔不务本,不安分,逐末行险,谁不疑乎?作保头,开赌局,窝户所出决矣;但贼情重事,最上捉获,其次赃证,又次扳扯,三者俱无,难以窝论。卫典之告,大都因疑诬陷之意居多,许令保释,改恶从善,后有犯者,当正典刑。"罗承仔心中欢喜,得免罪愆,谨守法度,不复如前做保开赌,人皆悦其能改过自新,独有卫典心下不甘道:"我本被贼打劫,破荡家计,告官又不得理,反受一场大气,如何是好?"终日在家抱怨官府。包公访知,自忖道:承仔决非是盗,真盗不知何人。故将卫典重责二十板,大骂道:"刁恶奴才,我何曾问差了?你自不小心失盗,那强盗必然远去了,该认自家的晦气,反来怨恨上官!"即命监起。

城中城外人等皆知卫典被打被监,官府不究盗贼事情。由是真贼铁木儿、金堆子等闻得,心中大喜,乃集众伙买办酒肉,还谢神愿,饮至夜深,各各分别,笑道:"人说包爷神明,也只如此。但愿他子子孙孙万代公侯,专在我府做官,使我们得其自在,无惊无扰。"不觉是夜包公因卫典被劫之事亲行访察,布衣小帽,私出街市,及行至城隍庙西,适听众贼笑语。心中想道:愿我子孙富贵诚好,但无惊无扰的话,却有可疑。遂以小锥画三大"钱"字于墙上。转过观音阁东,又听人语:"城隍爷爷真灵,包公爷爷真好;若不得他糊涂不究,我辈齐有烦恼。"包公心中又想道:说我真好固是,但齐有烦恼的话又更可疑,此言与前所听者俱是贼盗的话。即以三铜钱插在壁间,归来安歇。

明日望旦,同众官往城隍庙行香,礼毕,即乘轿至庙西街,看墙上有三"钱"字处,命民壮围屋,拿得铁木儿等二十八人。又转观音阁东，寻壁上有三大钱处，亦令手下围住，拿得金堆子等二十二人，归衙拘问。先将铁木儿夹起骂道："卫典与你何仇？黑夜强劫他家财富。"铁木儿等再三不认。包公道："你们愿我长来做此官，得以自在，无惊无扰，奈何不守法度，致为劫贼！"木儿等听得此言，各各破胆，从实招认：不合打劫卫典家财均分是实，罪无可逃，乞爷超活蚁命。复将金堆子等夹起问道："汝等何故同铁木儿等劫掠卫典？"金堆子等一毫不认。包公怒道："汝等众人都说'城隍爷爷甚灵，包公爷爷甚好'，今日若不招认，个个'齐有烦恼'！"堆子等听得此言，人人落魄，个个丧胆，遂一一招认。包公即判追赃给还卫典回家；将金堆子、铁木儿等拟成大辟，秋后处决。

## 二

# 萧屠户猪门杀一桂　大蜘蛛卷上释季兰

　　话说山东兖州府钜野县郑鸣华，家道殷富，生子名一桂，姿容俊雅，因父择配太严，年长十八，未为聘娶。其对门杜预修家，有一女名季兰，性淑有貌，因预修后妻茅氏欲主嫁与外侄茅必兴，预修不肯，以致延到十八岁亦未许人。郑一桂观见其貌，千方百计得与通情，季兰长知事，心亦欢喜，每夜潜开猪门引一桂入宿，将次半载，两家父母颇知之。季兰后母茅氏在家吵闹，遂关防甚密；然季兰有心向一桂，怎能防得。一日，茅氏往外家去，季兰在门首立候一桂，约他夜来。其夜，一桂复往，季兰道："我与你相通半载，已怀了三个月身孕，你可央媒来议婚，谅我父亦肯；但继母在家，必然阻挡，今乘他往外公家去，明日千万留心。此事成则姻缘可久，不然，妾为你死矣。纵有他人来娶我，妾既事君，决不改节于他人。"郑一桂欣然应诺。至次日五更，季兰仍送一桂从猪门出去。适有屠户萧升早起宰猪，正撞见了，心下忖道：必是一桂与预修之女有通，故从他猪门而出。萧升亦从猪门挨入，果见女子在偏门边倚立，萧升向前逼他求欢。季兰道："你是何人？敢这等胆大！"萧升道："你养得一桂，独养不得我？"季兰哄道："彼要娶我，故私来先议；若他不娶，则日后从你无妨。"即抽身走入房去，锁住了门。萧升只得走出，心中焦躁，想道：彼恋一桂后生，怎肯从我？不如明日杀了一桂，使他绝望，谅季兰必得到手。次日，一桂禀知于父要娶季兰。郑鸣华道："几多媒来议豪家女子，我也不纳，今娶此不正之女为媳，非但辱我门风，抑且被人取笑。"一桂见父不允，忧闷无聊，至夜静后又往季兰家，行到猪门边，被萧升突出拔刀杀之，并无人见。次日，郑鸣华见子被杀，不胜痛伤，只疑是杜预修所杀，遂赴县具告。

　　本县朱知县拘问，郑鸣华道："亡儿一桂与伊女季兰有奸，伊女嘱我儿娶他，我不肯允，其夜遂被杀。"杜预修道："我女与一桂奸情有无，我并不知。纵求嫁不允，有女岂无嫁处，必须强配？就是他不允亲事，有何大仇遂至杀他？此皆是虚砌之词，望老爷详察。"朱知县问季兰道："有无奸情？是谁杀他？惟汝知之，从实说来。"季兰道："先是一桂千般调戏，因而苟合，他先许娶我，后来我愿嫁他，皆出真心，曾对天立誓，来往已将半载。杀死之故不知，是谁，妾实不知。"朱知县道："你通奸半载，父亲知道，因而杀之是真。"遂将杜预修夹起，再三不肯认，又将季兰上了夹棍。季兰心想：一桂真心爱我，他今已死，幸我怀孕三月，倘得生男，则一桂有后；若受刑伤胎，我生亦是枉然。遂屈招道："一桂是我杀的。"朱知县道："一桂是你情人，偏忍杀他？"季兰道："他未曾娶我，故此杀了。"朱知县道："你在室未嫁，则两意投合，情同亲夫。始焉以室女通奸，终焉以妻子杀夫，淫狠两兼，合应抵偿。"郑鸣华、杜预修皆信为真。再过六个月，生下一男，鸣华因无子，此乃是他亲孙，领出养之，保护甚殷。

　　过了半年，包公巡行到府，夜观杜季兰一案文卷，忽见一大蜘蛛从梁上坠下，食了卷中几字，复又上去。包公心下疑异，次日即审这桩事。杜季兰道："妾与郑一桂私通，情真意密，怎肯杀他？只为怀胎三月，恐受刑伤胎，故屈招认。其实一桂非妾所杀，亦不干妾父的事，必外人因甚故杀之，使妾枉屈抵命。"包公道："你更与他人有情否?"季兰道:"只是一桂,更无他人。"包公心疑蜘蛛食卷之事,意必有姓朱者杀之,不然乃是朱知县问枉了。乃道:"你门首上下几家,更有甚人,可历报名来。"鸣华历报上数十名,皆无姓朱者,只内一人名萧升。包公心疑蜘蛛一名蛸蛛,莫非就是此人?再问道:"萧升作何生理?"答言:"宰猪。"包公心喜道:猪与朱音相同,是此人必矣。乃令鸣华同公差去拿萧升来作干证。公差到萧升家道:"郑一桂那一起人命事,包爷唤你。"萧升忽然迷乱道:"罢了!当初是我错杀你,今日该当抵命。"公差喝道:"只要你做干证!"萧升乃惊悟道:"我分明见一桂问我索命,却是公差。此是他冤魂来了,我同你去认罪便是。"郑鸣华方知其子乃是萧升所杀,即同公差锁押到官,萧升一一招认道:"我因早起宰猪,见季兰送一桂出门,我便去奸季兰,他说要嫁一桂,不肯从我。次夜因将一桂杀之,要图季兰到手。不料今日露出情由,情愿偿命,再无他说。"包公即判道:

> 审得郑一桂系季兰之情夫,杜季兰是一桂之姹子。往来半载,三月怀胎;图结良缘,百世偕老。陡为萧升所遇,便起分奸之谋,恨季兰之不从,遇一桂而暗刺。前官罔稽实迹,误拟季兰于典刑;今日访得真情,合断萧升以偿命。余人省发,正犯收监。

当时季兰禀道:"妾蒙老爷神见,死中得生,犬马之报,愿在来世。但妾身虽许郑郎,奈未过门,今儿子已在他家,妾愿郑郎父母收留入家,终身侍奉,誓不改嫁,以赎前私奔之丑。"郑鸣华道:"日前亡儿已欲聘娶,我嫌汝私通非贞淑之女,故此不允;今日有拒萧升之节,又有愿守制之心,我当收留,抚养孙儿。"包公即判季兰归郑门侍奉公姑,后寡守孤子郑思椿,年十九登进士第,官至两淮运使,封赠母杜氏为太夫人。郑鸣华以择妇过严,致子以奸淫见杀;杜预修以后妻掣肘,致女以私通招祸。此二人皆可为人父母之戒。

## 三

## 任知县为政徇私情　齐监司通融屈人命

话说世间事情都尽分上，越中叫做说公事，吴中叫做讲人情。那说分上的进了迎宾馆，不论或府或县，坐定就说起，若是那官肯听便好，笑容也是有的，话头也是多的；略有些不如意，一个看了上边的屋听着，一个看了上边的屋说着，俗说叫做僵尸数橼子。譬如人死在床上，有一时棺材备办不及，将面孔向了屋上边，今日等，明日等，直等到停当了棺木，方好盛殓，故叫尸数橼。那说分上的，听分上的，各仰面向了上边，恰便是僵尸数橼子的模样。以此劝做官的，决不到没棺材地位，何苦去说分上，听分上，先去操演那数橼子的功夫！

话休烦絮，却说东京有个知县，姓任名事，凡事只听分上，全不顾些天理。不说上司某爷书到，即说同年某爷帖来，作成乡里说人情，不管百姓遭殃祸。那说人情的得了银子，听人情的做了面皮；那没人情的就真正该死，不知屈了多少事，枉了多少人。忽一日听了监司齐泰的书，入了一个死罪，举家流离。那人姓巫名梅，可怜上天无路，入地无门，竟屈死了，来到阴司，心上想道：关节不到，只有包老爷，他一生不听私书，又且夜断阴间，何不前往告个明白。是夜，正遇包公在赴阴床断事，遂告道：

> 告为徇情枉杀事：生抱沉冤，死求申雪。身被赃官任事听了齐泰分上，枉陷一身致死，累害合门迁徙。严刑酷罚，平地陡成冤地；挈老携幼，良民变作流民。儿女悲啼，纵遇张辽声不止；妻子离散，且教郑侠画难如。只凭一纸书，两句话，犹如天降玉旨；哪管三番拷，四番审，视人命如草芥。有分上者，杀人可以求生；无人情者，被杀宁当就死？上告。

包公看毕大怒道："可恨可恨！我老包生平最怪的是分上一事。考童生的听了人情，把真才都不取了；听讼的听了人情，把虚情都当实了。"叫鬼卒拘拿听分上的任知县来，不多时拿到阶前跪下。包公道："好个听人情的知县，不知屈杀了多少人！"任知县道："不干知县之事。大人容禀，听知县诉来。"

> 诉为两难事：读书出仕，既已获宴鹿鸣之举；居官赴任，谁不思励羔羊之节。今身初登进士，才任知县，位卑职小，俗薄民刁。就缙绅说来，不听不是，听还不是；据百姓怨去，不问不明，问亦不明。窃思徇情难为法，不徇难为官。不听在乡宦，降调尚在日后；不听在上司，罢革即在目前。知死后被告，悔当日为官。上诉。

知县将诉状呈上道："要听了分上，怕屈了平民，若不听他分上，又怕没了自己前程。因说分上的是齐泰，乃本职亲临上司，不得不听。"包公听了，忙唤一卒再拘齐泰来。齐泰到时，包公道："齐泰，你做监司之官，如何倒与县官讨分上？"齐泰道："俗语说得好，苍蝇不入无缝的蛋，若是任知县不肯听分上，下官怎的敢去讲分上？譬如老大人素严关防，谁敢以私书干谒？即天子有诏，亦当封还，何况监司乎！这屈死事情，知县之罪，非下官之过也。再容下官诉来。"

>    诉为惹祸嫁祸事：县官最难做，宰治亦有法。贿绝苞苴，则门如市而心如水；政行蒲苇，始里有吟而巷有谣。今任知县为政多讹，枉死者何止一巫梅？徇情太甚，听信者岂独一齐泰！说不说由泰，听不听由任。你若不开门路，谁敢私通关节？直待有人告发，方出牵连嫁害。冤有头，债有主，不得移甲就乙；生受私，死受罪，难甘扳东扯西。上诉。

包公听了道："齐泰，据你说来甚是有理。你说，知县不肯听分上你就不肯讲分上了，这叫责人则明，恕己则昏了。你若不肯讲分上，怎么有人寻你说分上？"任知县连叩头道："大人所言极是。"包公道："听分上的不是，讲分上的也不是。听分上的耳朵忒软，罚你做个聋子；讲分上的口齿忒会说，罚你做个哑子。"即判道：

>    审得：任事做官未尝不明，只为要听分上便不公；齐泰当道未尝不能，只为要说分上便不廉。今说分上者罚为哑子，使之要说说不出；听分上的罚为聋子，使之要听听不得。所以处二人之既死者可也。如现在未死之官，不以口说分上而用书启，不以耳听分上而看书启，又将如何？我自有处，说分上者罚之以中风之瘤疾，两手俱痿而写不动，必欲念与人写，而口哑如故，却又听不着矣；听分上者罚之以头风之重症，两眼俱瞎而看不见，必欲使人代诵，而耳聋如故，却又听不着矣。如此加谴，似无剩法。庶几天理昭彰，可使人心痛快。

批完道："巫梅，你今生为上官听了分上枉死了你，来生也赏你一官半职。"俱各去讫。

四

## 有钱人能使鬼推磨　注禄官可教人积善

　　话说俗谚道:"有钱使得鬼推磨。"却为何说这句话？盖言凭你做不来的事,有了银子便做得来了,故叫作鬼推磨,说鬼尚且使得他动,人可知矣。又道是"钱财可以通神",天神最灵者也,无不可通,何况鬼乎？可见当今之世,惟钱而已。有钱的做了高官,无钱的做个百姓;有钱的享福不尽,无钱的吃苦难当;有钱的得生,无钱的得死。总来,不晓得什么缘故,有人钻在钱眼里,钱偏不到你家来;有人不十分爱钱,钱偏望着他家去。看起来这样东西果然有个神附了他,轻易求他求不得,不去求他也自来。

　　东京有个张待诏,本是痴呆汉子,心上不十分爱钱,日逐发积起来,叫做张百万。邻家有个李博士,生来乖巧伶俐,死在钱里,东手来西手就去了。因见张待诏这样痴呆偏有钱用,自家这样聪明偏没钱用,遂郁病身亡,将钱神告在包公案下。

　　告为钱神横行事:窃惟大富由天,小富由人。生得命薄,纵不能够天来凑巧;用得功到,亦可将就以人相当。何故命富者不贫,从未闻见养五母鸡二母彘,香馔偏满肥甘,命贫者不富,哪怕他去了五月谷二月丝,丰年不得饱暖。

雨后有牛耕绿野，安见贫窭田中偶幸获增升斗；月明无犬吠花村，未尝富家库里以此少损分毫。世路如此不平，神天何不开眼？生前既已糊涂，死后必求明白。上告。

包公看毕道："那钱神就是注禄判官了，如何却告了他？"李博士道："只为他注得不均匀，因此告了他。"包公道："怎见得不均匀？"李博士道："今世上有钱的坐在青云里，要官就官，要佛就佛，要人死就死，要人活就活。那没钱的就如坐在牢里，要长不得长，要短不得短，要死不得死，要活不得活。世上同是一般人，缘何分得不均匀？"包公道："不是注禄分得不均匀，钱财有无，皆因自取。"李博士道："东京有张百万，人都叫他是个痴子，他的钱偏用不尽；小的一生人都叫我伶俐，钱神偏不肯来跟我。若说钱财有无都是自取，李博士也比张待诏会取些。如何这样不公？乞拘张待诏来审个明白。"移时鬼卒拘到。包公道："张待诏，你如何这样平地发迹，白手成家，你在生敢做些歹事么？"张待诏道："小人也不会算计，也不会经运，今日省一文，明日省一文，省起来的。"包公道："说得不明白。"再唤注禄判官过来问道："你做注禄判官就是钱神了，如何却有偏向？一个痴子与他百万，一个伶俐的到底做个光棍！"注禄判官道："这不是判官的偏向，正是判官的公道。"包公道："怎见得公道？"判官道："钱财本是活的，能助人为善，亦能助人为恶。你看世上有钱的往往做出不好来，骄人、傲人、谋人、害人，无所不至，这都是伶俐人做的事，因此，伶俐人我偏不与他钱。惟有那痴呆的人，得了几文钱，深深的藏在床头边，不敢胡乱使用，任你堆积如山，也只平常一般，名为守钱虏是也。因此，痴呆人我偏多与他钱。见张待诏省用，我就与他百万，移一窖到他家里去；见李博士奸滑，我就一文不与，就是与他百万也不够他几日用。如何叫判官不公道？"包公道："好好，我正可恶贪财浪费钱的，叫鬼卒剥去李博士的衣服，罚他来世再做一个光棍。但有钱不用，要他何干？有钱人家尽好行些方便事，穷的周济他些，善的扶持他些，徒然堆在那里，死了也带不来，不如散与众人，大家受用些，免得下民有不均之叹。"叫注禄官把张待诏钱财另行改注，只够他受用罢了。批道：

> 审得：人心以不足而冀有余，天道以有余而补不足。故勤者有余，惰者不足，人之所以挽回造化也；又巧者不足，拙者有余，天之所以播弄愚民也。终久天命不由乎人，然而人定亦可以胜天。今断李博士罚作光棍，张待诏量减余赀，庶几处以半人半天之分，而可免其问天问人之疑者也。以后，居民者常存大富由天小富由人的念头，居官者勿召有钱得生无钱得死的话柄。庶无人怨之业，并消天谴之加。

批完，押发去。又对注禄判官道："但是，如今世上有钱而作善的，急宜加厚些；有钱而作恶的，急宜分散了。"判官道："但世人都是痴的，钱财不是求得来的，你若不该得的钱，虽然千方百计求来到手，一朝就抛去了。"

五

## 伍豪绅争婚兴讼事　刁乞丐换货取金银

话说永平县周仪，娶妻梁氏，生女玉妹，年方二八，姿色盖世，且遵母训，四德兼修，乡里称赏。六七岁时许配本里杨元，将行礼亲迎，为母丧所阻。土豪伍和，因往人家取讨钱债，偶过周仪之门，回头顾盼，只见玉妹倚阑刺绣，人物甚佳，徘徊眷恋，遂问其仆道："此谁家女子？其实可爱。"仆道："此是周家玉妹。"和道："可配人否？"仆道："不知。"和遂有心，日夜思慕，相央魏良为媒。良见周仪，谈及："伍和家资巨万，田地广大，世代殷富，门第高华，欲求为公家门婿，使我为媒，万望允从。"周仪答道："伍宅家势富豪，通县所仰。伍官人少年英杰，众人所称，我岂不知？但小女无缘，先年已许配本处杨元矣。"魏良回报于和道："事不谐矣，彼多年已许聘杨元，不肯移易。"和怒道："我之家财人品，门第势焰，反出杨元之下。奈何辞我，我必以计害之，方遂所愿。"魏良道："古人说得好，争亲不如再娶，官人何必苦苦恋此？"和终不听，欲兴讼端。周仪知之，遂托原媒择日送女适杨元家，成就姻缘，杜绝争端。

和闻之，心中大怒，使人密砍杉木数株，浸于杨元门首鱼池内，兴讼报仇，乃作状告于永平县主秦侯案下，原被告并邻里干证一一拘问。邻里皆道:"杉木果系伍和坟山所产,实浸杨元门首池中,形迹昭昭,不敢隐讳。杨元道:"争亲未得,伐木栽赃,图报仇恨,冤惨何堪?"伍和道:"盗砍坟木,惊动先灵,死生受害,苦楚难当。"秦侯道:"伍和何必强辩?汝实因争亲未遂,故此栽赃报恨。"遂打二十板,问其反坐之罪。判道:

  审得:伍和与杨元争娶宿仇,连年秦越。自砍杉木,魆浸元池,黑暗图赖,其操心亦甚劳,而其为计何甚拙也。里邻实指,盖徒知元池有赃,而不知赃之在池由于和所丢耳。元系无辜,和应反坐。某某干证,俱落和套术中,姑免究。

此时,伍和诡谋不遂,怒气冲冲,痛憾杨元:"我不致此贼于死地,誓不甘休!"思思虑虑,常欲害元。一日,忽见一丐子觅食,与他酒肉,问道:"汝往各处乞食,还是哪家丰富,肯施舍钱米济汝贫民?"丐子应道:"各处大户人家俱好乞食,但只有杨元长者家中正在整酒做戏还愿,无比快活,甚好讨乞,我们往往在那里相熟,多乞得些。"伍和道:"做戏完否?酒吃罢否?"丐子道:"还未完,明日我又要往他家。"伍和道:"他家东廊有一井,深浅何如?与众共否?"丐子道:"只是他家独自打水。"伍和道:"我再赏你酒肉,托你一事,肯出力干否?若干得来,还有一钱好银子谢你。"丐子道:"财主既肯用我,又肯谢我,即要下井去取黄土我也下去,怎敢推辞。"辞和道:"也不要你下井,只在井上用些工夫。"语毕,遂以酒肉与他。丐者醉饱之后,问:"干甚事?"辞和道:"你今已醉,在我这里住宿,明日清醒,早饭后我对你说。"及至次日清晨,伍和问丐者道:"酒醒乎?"丐者道:"酒已醒。"伍和遂以金银首饰一包付与丐者道:"托你带此往杨家,密密丢在井中,千万勿泄机关,只好你知我知。"丐者领过,即便出伍家门。行至前途,见一卖花粉簪钗者,遂生利心。坐于偏僻所在，展开伍和包裹一看，只见金钗一对，金簪二根，银钗一对，银簪二根，心中大喜，将米二斗，碎银三分，买铜锡簪钗换了金银的，依旧包好，挤入杨元家看戏，将此密丢井中，来日报知伍和，讨赏银一钱。伍和随即写状，仍以窃盗事情指赃搜检等情奔告巡行衙门包公台下。

包公准状后，即行牌该县拿人搜赃。伍和指称金银首饰赃在井中，即凭应捕里甲于井搜检，果得一包金银首饰。杨元一见不能辩脱，本县起解见包公。包公拘问再三，杨元死不肯认。包公道："井在你家，赃在你井中，安能辞得？"杨元受刑，竟不认盗。包公遂呼伍和道："你这首饰是何人打的？"伍和道："打金者是黄美，打银者是王善。"包公即拘得黄美、王善来问道："此金银首饰是你二人与伍和打造的。"黄美道："小人与他打金的，不曾打铜的。"王善道："小人为他打银的，不曾打锡的。"包公一闻铜锡之言，心中便知此事有弊，且将杨元监起，伍和喝出，即令得力公牌邓仕密密跟随伍和，看他在外与何人谈论，即急急扯来报我。邓仕悄地随和行至市中，只见和问丐子道："前日托你干事，已送谢礼一钱，何故将铜锡换去金银？"丐者答道："何敢为此事？"和道："包爷拘黄美、王善两匠人认出。"丐者无言。邓仕当下拿丐者回报，包公将丐者夹起道："你何故换去伍和金银首饰？"丐者胆落，只得直招道："伍和托我拿首饰丢在杨元廊下井中，小人见财起心，换了他的是实，其物尚在身上，即献老爷台前，乞超活蚁命。"此时包公深怒伍和，遂加严刑，竟问反坐，和纵有百口，不能强争。判道：

　　审得伍和，狠毒万分，刁奸百出。栽赃陷杨元，冤沉井底；用钱贿丐子，事败市中。前假杉木为奸，已坐诬罔；兹以首饰搆讼，更见居心。用尽机谋，徒然祸己；难逃罪罟，竟尔害身。陷人之心太甚，欺天之恶弥彰。拟以要瞿徒役，用警群枭；剪汝太剧凶嚣，以昭大法。杨元无罪可身，丐者徇私量罚。

六

# 刘仙英私奔缘作戏　杨善甫受诬因宿奸

　　话说建中乡土硗瘠，风俗浮靡，男女性情从来滥恶。女多私交不以为耻，男女苟合不以为污。居其地者，惟欲丰衣足食，穿戴齐整华靡，不论行检卑贱，秽恶弗堪。有谣言道："酒日醉，肉日饱，便足风流称智巧，一声齐唱俏郎君，多少嫦娥争闹吵。"此言男子辈之淫乱也。又有俚语道："多抹粉，巧调脂，高戴髻，穿好衣，娇打扮，善支持，几多人道好蛾眉。相看尽是知心友，昼夜何愁东与西。"言女子辈之淫纵也。闻有贤邑宰观风考俗，欲革去其淫污以成清白，奈习俗之染既深，难以朝夕挽回。

　　有一富家杨半泉，生男三人，长曰美甫，次曰善甫，幼曰义甫，俱浮浪不羁，素越礼法，常窥东邻戚属于庆塘娇媳刘仙英，容貌十分美丽，知其心中事，恨夫婿年幼，情欲难遂，日夜忧闷，星前月下，眼去眉来，意在外交，全无忌惮。美甫兄弟三人遂各调之，仙英虽无不纳，然钟情则在善甫。庆塘夫妇亦知其情，但以子幼无知，媳妇稍长，欲动情趣，难以防闲；又念善甫懿戚，瞰近戚邻，若加捉获，彼此体面有伤，只得含忍模糊。然善甫虽恋仙英，仙英心下殊有所不足。盖以善甫钱财虽充盈，仪容虽修饰，但胸中无学术，心上有茅塞，琴、棋、书、画、吹、弹、歌、舞，俱未谙晓，难作风流佳婿，纵善甫巧于媚爱，过为奉承，仙英亦唯唯诺诺而已，私通四载有余，真情一毫未吐。忽于中秋佳节，风清月朗，市人邀集浙西子弟扮戏，庆赏良夜，娇喉雅韵，上彻云霄。仙英高玩西楼，更深夜静，闻得子弟声音嘹亮，凭栏侧耳，万分动心，恨不得插翅飞入其怀抱。次夜，善甫复会，仙英问道："昨夜风月清胜无边，何独远我而不共登高楼，亲近广寒问嫦娥乐事耶？"善甫道："本欲来相伴，偶有浙人来扮戏，父兄亲戚大家邀往玩耍，不能私自前来，故尔负罪。"仙英因问道："夜深时歌喉响彻霄汉者为谁？"善甫道："非他人，乃正生唐子良，其人二十二岁，神色丰姿，种种奇才，问其家世，系一巨宦子弟，读书既成，只为性好耍乐，故共众子弟出游。"仙英闻子良为人精雅风流，更加动念。次日，乃语其姑道："公公指日年登六十花甲，亦非等闲，自然各处亲友俱来称觞祝寿，少不得设酒宴宾，必须请子弟演戏几日。今闻得有浙戏在此，善于歌唱搬演，合用之以与大人庆寿，劝诸宾尽欢而散。"其姑喜而叹曰："古人说子孝不如媳孝，此言不虚。"遂劝庆塘道："人生行乐耳，况值老官人华诞，海屋添筹，斗星炫耀，凡诸亲友，一一皆来庆寿，必置酒开筵，款待佳客，难得有好浙戏在此，必须叫到家中做上几台。"庆塘初尚不允，及听妻言再三，遂叫戏子连扮二十余日。

　　仙英熟视正生唐子良着实可爱，遂私奔外厅，默携子良同入卧房，交合甚欢。做戏将毕，子良思想：戏完岂可久留他家与仙英长会？乃思一计，密约仙英私奔而归，但不知仙英心下何如。子良当夜与仙英私相谓道："今你家戏完，我决不能长久同乐，你心下如何？"仙英道："我亦无可奈何。"子良即起拐带之心，甜言蜜语对英说："我有一计，莫若同你私奔我家。"仙英道："我家重重门锁，如何走得？"良道："你后门花园可逾墙而走。"英道："如此便好。"遂约某日某夜逾墙逃出，同子良一齐而归。彼时设酒日久，庆塘夫妇日夜照顾劳顿，初不提防。至次日，喊叫媳妇起来，连喊几声不应，直至房中卧床，不见踪影。乃顿足搥胸哭道："我的媳妇决然被人拐去！"乃思忖良久道："拐我媳妇者决非别人，只有杨善甫这贼子，受他许多年欺奸污辱，含忍无奈，今又拐去。"不得不具状奔告包公道：

  告为灭法奸拐事：婚姻万古大纲，法制一王令典。枭豪杨善甫盖都喇虎，猛气横飞，恃猗顿丘山之富，济林甫鬼蜮之奸。欺男雏懦，稔奸少妇刘仙英，贪淫不已。本月日三更时分，拐串奔隐远去，盗房赀一洗。痛身有媳如无媳，男有妻而无妻。恶妾如林如云，今又恣奸恣拐；地方不啻溱洧，风俗何殊郑卫？上告。

包公天性刚明，断事神捷，遂准庆塘之状，即便差人捉拿被告杨善甫。善甫叹道："老天屈死我也。刘仙英虽与我平素相爱，今不知被谁人拐去，死生存亡，俱不可知，乃平白诬我奸拐，情苦何堪。我必哭诉，方可暴白此冤。"遂写状奔诉：

  诉为捕风捉影谁凭谁据事：风马牛自不相及，秦越人岂得相关。浇俗靡靡，私交扰扰。庆媳仙英苟合贪欲，通情甚多。今月某夜，不知何人潜拐密藏，踪迹难觅。庆执仇谁为证佐？竟平白陷身无辜。且恶造指鹿为马之奸，捏画蛇添足之状；教猱升木，架空告害；台不劈冤，必遭栽陷。上诉。

包公详看善甫诉状，忖道：私交多年，拐带有因，安能辞其罪责。乃呼杨善甫骂道："汝既与仙英私通多年，必知英心腹事情。今仙英被人拐去，汝亦必知其缘故。"甫道："仙英相爱者甚多，安可嫁陷小人拐去。"包公道："仙英既多情人，汝可一一报来。"善甫遂报杨廷诏、陈汝昌、王怀庭、王白麓、张大宴、李进有等，一一拘到台下审问，皆道：仙英私爱之情不虚，但拐串一节全然不晓。包公即把善甫及众人一一夹起，全无一人肯招，众口喊道：仙英淫奔之妇，水性杨花，飘荡无比，不知复从何人逃了，乃把我们一班来受此苦楚，死在九泉亦不甘心。庆塘复禀包公道："拐小人媳妇者杨善甫，与他人无干，只是善甫故意放刁，扯众人来打诨。"包公再审众人，口词皆道：仙英与众通情是真，终不敢妄言善甫拐带，乞爷爷详察冤情，超活一派无辜。

包公听得众人言语，恐善甫有屈。且将一干人犯尽行收监。夜至二更，焚香祝告道："刘仙英被人拐去，不识姓名，不见踪迹，天地神明，鉴察冥冥，宜速报示，庶不冤枉无辜。"祝毕，随步入西窗，只听得读书声音，仔细听之，乃诵"绸缪"之诗者，"子兮子兮，如此良人何"。包公想道：此"唐风"也，但不知是何等人品。侵晨起来，梳洗出堂，忽听衙后有人歌道："戏台上好生糖，甚滋味？分明凉。"包公惕然悟道："必是扮戏子弟姓唐名子良也。"升堂时，投文签押既完，又取出杨善甫来问道："庆塘家曾做戏否？"答言："做过。""有姓唐者乎？"答言："有唐生名子良者。"又问："何处人氏？"回言："衢之龙城人。"包公乃假劫贼为名，移关衢守宋之仁台下道："近因阵上获有惯贼，强人自鸣极称，龙寇唐子良同行打劫多年，分赃得美妇一口，金银财物若干，烦缉拿赴对以便问结。"宋公接到关文，急急拿子良解送包公府衙。子良见了包公从直诉道："小人原是宦门苗裔。习学儒书有年，只因淡泊，又不能负重生理，遂合伙做戏。前在富翁于庆塘家做庆寿戏二十余台，其媳刘仙英心爱小人，私奔结好，愿随同归，何尝为盗？同伙诸人可证。"包公既得真情，遂收子良入监，又移拿仙英来问道："汝为何不义，背夫逃走？"仙英道："小妇逃走之罪固不能免，但以雏夫稚弱，情欲弗遂，故此丧廉耻犯此罪愆，万乞原宥。"包公呼于庆塘父子问道："此老好不无知！儿子口尚乳臭，安用此淫妇，无怪其奔逃也。"庆塘道："小人暮年生三子，爱之太过，故早娶媳妇辅翼，总乞老爷恩宥。"包公遂问仙英背夫逃走，当官发卖；唐子良不合私纳淫奔，杨

善甫亦不合淫奸少妇,杨廷诏诸人等俱拟和奸徒罪;于庆塘诬告反坐,重加罚赎,以儆将来;人人快服。判道:

> 审得刘仙英,芳姿艳色,美丽过人,秽行淫情,滥恶绝世;耻乳臭之雏夫,养包藏之谲汉,衽席私通,丧名节而不顾,房帏苟合,甘污辱以何辞;在室多情郎,失身已甚,偷情通戏子,背夫尤深;酷贪云雨之欢,极陷狗彘之辱;依律官卖,礼给原夫。子良纳淫奔之妇,曷可称良?善甫恣私奸之情,难以言善。俱拟徒罪,以警淫滥。廷诏诸人悉系和奸,法条难赦;庆塘一身宜坐诬告,罚赎严刑。扫除遍邑之淫风,挽回万姓之淳化。

七

## 水朝宗醉渡遇劫难　阮自强卧病受牵连

　　獭子罗大郎素性凶狂，又无学术，父官清苦，宦囊久虚，食用奢华，家赀消减，不守礼法，流入棍徒，恣恶恃强，横行乡曲，游手好闲，混为盗贼。一日，坐于南桥，忽见银匠石坚送其亲戚水朝宗于渡口，虑其酒醉，买有瓦器灯盏六枚，执其包裹而嘱之道："此物件须珍重，不可恍惚。"朝宗道："是我自家所当心者，何必叮咛。"遂别去。大郎听了此言即起谋心道："石银匠送此人再三嘱咐，必是倾泻银子回家。"遂急急赶至前途，欲谋所有。望见龙泉渡边，闻得朝宗醉呼渡子阮自强撑船渡河，自强道："我有病不能撑船，汝自家撑去。"朝宗带醉跳上渡船，大郎连忙踏上船道："我与你撑去。"一篙离岸，二篙渐远，三篙至中流。天色昏沉，夜晚悄黑，两岸无人，漫天祸起，即将朝宗推入深水中，取其包裹登岸而去，只遗下雨伞一把在船。次日，阮自强令男去看船，拾还家中。是夜，大郎谋得朝宗包裹，悄地打开，并无银两，只有瓦器灯盏六枚，心中惨然不悦，自嗟自怨，乃援笔而题龙光庙后门道："你好差，我好错，只因灯盏霍。若要报此仇，除是马生角。"题毕，将灯盏打破归家。

　　越二日，朝宗之子有源在家，心下惊恐，乃道："我父前日入城谒石亲,至今未还,是何迟滞?"遂往城访问。石坚道:"我前日苦留令尊,他急急要回,正带酒醉,并无他物,只有灯盏六枚,雨伞一把。汝可随路访问。"有源如其言,寸寸节节,访问不已,直至渡口,问及阮自强。自强道:"前日晚上,有一醉汉同人过渡,不知何人撑过,遗下雨伞一把,我收得在此。"有源一见雨伞即号泣道:"此是我父的雨伞,今在你家,必是你谋死我父性命。"即投明邻右人等,写状告于本县。

> 告为仇不共戴事:蝗虫不捕,田少嘉禾;蠹害未除,庭无秀木。天台若不剿盗,商旅怎得安宁。喇虎阮自强,驾船渡子,惯害平民。本月日傍晚,父朝宗幸得蝇头,回经马足,酒醉过船,撑至中流,打落深水,登时绝命,不见尸迹。次日根究伊家,雨伞现证。泣父江皋翘首,正愁闻乌鸟之音;渡口息肩,却误入绿林之境。剑寒三尺雪,见则魂飘;口喝一声雷,闻而肠裂。在恶哄接客商,明人实为暗贼;谋杀财命,蜜口变化腹刀。乞准断填,上告。

此时,冯世泰作县尹,一见有源告状,即为准理:"人命关天,事非小可。我当为汝拘拿被告人审明,偿汝父命。"遂差人拘拿阮自强,强不得已乃赴县诉状:

> 诉为漏斩陷斩事:人命重根因,不得无风而吹浪;强盗重赃证,难甘即假以为真。谋财非些小关系,杀命犯极大罪刑。痛身撑渡为生,迎送有年,陡因疾病,卧床半月,未出门户。前夜昏黑,不知何人过船,遗下雨伞一把,次早儿往洗船拾归。有源寻父见伞,诬身谋害。且路当冲要,谁敢私自谋人?既有谋人,因何不匿伞灭迹?丁姓之火,难将移在丙头;越人之货,岂得驾称秦产。有源难免无言,当为死父报真仇;天台固自有法,乞为生民缉真犯。上诉。

冯大尹既准自强诉词,遂唤水有源对理。有源哭谓:"自强谋杀父命,沉匿父尸,极恶大变,理法难容。若非彼谋,何为伞在他家?乡里可证。"自强哭诉:"卧病半月,未曾出门,儿拾雨伞,白日青天,左右多人共见,哪有谋害情由?设有谋情,必然藏匿其伞,怕见踪迹,岂肯令人得知,更叫汝来首我?乞拘里甲邻右审问,便见明白。"冯侯乃拘邻里何富、江滨到县鞫问。二人同声对道:"自强撑渡三年,毫无过恶,病患半月,果未出门,儿子洗船拾伞,果是的确,此乃左右众人眼同面见。有源之父被谋,未知真实,安得诬陷自强。"有源即禀:"这何富、江滨皆是自强切近心腹,皆受自强银两贿赂,故彼此互为同护,若不用刑,决不直吐。"冯侯遂将二人夹起,再三拷问,二人哭辩道:"小人与自强只是平常邻居,何为心腹?自强家贫且久病,何来贿赂?一言一语,皆是天理人心,公平理论,岂敢曲为回护?莫说夹死小人,即以刀截小人头,亦不敢说自强谋人性命。"冯侯闻得两人言语坚确,始终无一毫软款,喝手下收起刑具,将自强监禁狱中;干证原告喝出在外,退入私衙想了一回。明日清早,乔装打扮,径往龙泉渡头访个虚实。但听人言纷纷,皆说自强不幸,病未得痊,又遭此冤枉,坐狱受苦,不若在家病死,更得明白。随即过渡再访,人言亦皆相同。冯侯心中叹道:果然人言自强真是受诬,不知谋杀朝宗者果是何人?心中自猜自疑,又往龙光庙密访,并无消息。四顾看来,但见庙后门题得有数句字道:"你好差,我好错,只因灯盏霍。若要报此仇,除是马生角。"冯侯看此数句话头,意必有冤枉在内,且岂有马生角之理。就换了衣帽去见上司包公面言此事。包公道:"马生角是个冯字,你姓冯,此冤枉的事毕竟你能究出。"

冯侯别了包公,随即回衙。次日升堂,差人至龙光庙拿庙主来问道:"汝庙中数日有何人常来?"庙主道:"并无人来。只有一人小人曾认得,是城中人叫罗大,日前来庙中戏耍。"县主又问道:"可问汝借物否?"庙主答道:"借物没有,我只看见他在桌上拿一枝笔,步到庙后写得几个字。"县主即差人拘拿罗大至县,遂以"马生角"问道:"汝家有一马生角否?"罗大听县主之言,心中悚然,失色答道:"不知。"县主道："龙光庙后诗汝可知否？"罗大俯首无言。县主大怒，且重刑拷究，罗大受刑不过，一口招认谋死朝宗之由。据招申详，包公判道：

  审得罗大，派出宦门，身归贼党。饥寒不忍，甘心谋害他人；货财无资，肆意劫掠过客。闻石坚之嘱水人，赶至渡口，杀朝宗而坑阮渡，埋殁波心。虽因灯盏之误，实欺神庙之灵。黑夜杀人，天眼昭昭难掩；白日填命，王法凛凛无私。自强之诬由兹洗雪，有源之愤赖是展舒。一死之辜既伏，九泉之冤可伸。暂时置之重狱，秋后加以典刑。

八

## 孙诲妻美貌生风波　柳知县昏庸失俸银

话说广东惠州府河源街上，有一小使行过，年可八九岁，眉目秀美，丰姿俊雅。有光棍张逸称羡不已道："此小使真美貌，稍长便当与之结契。"李陶道："你只知这小使美，不知他的母亲更美貌无双，国色第一。"张逸道："你晓得他家，可领我一看，亦是千载奇逢。"李陶即引他去，直入其堂，果见那妇人真比姮娥妙绝。妇人见二面生人来，即惊道："你是什么人，无故敢来我家？"张逸道："问娘子求杯茶吃。"妇人道："你这光棍！我家不是茶坊，敢在这里讨茶吃。"走入后堂去了，全然不睬。张、李见其貌美，看不忍舍，又赶进去。妇即喊道："白日有贼在此，众人可速来拿！"二人起心，即去强挟道："强贼不偷别物，只要偷你。"妇人高声叫骂，却得丈夫孙诲从外听喊声急急进来，认得是张、李二光棍，便持杖打之，二人不走，与孙诲厮打出大门外，反说孙诲妻子脱他银去不与他奸。孙诲即具状告县：

　　告为获实强奸事：朋党聚麀，与山居野育者何殊；帘帏不饰，比牢餐栈栖者无别。棍恶张逸、李陶，乃嫖赌刁顽，穷凶极恶；自称花酒神仙，实系纲常蟊贼。窥诲出外，白昼来家，挟制诲妻，强抱恣奸，妻贞不从，大声叫喊，幸海撞入，彼反行凶，推地乱打，因逃出外，邻里尽知。白日行强，夫伤妻辱。一人之目可掩，众人之口难箝。痛恶奋身争打，胜如采石先登；喊声播闻，恰似昆阳大战。恨人如罗刹，幸法有金刚。急告。

柳知县即拘原被告里邻听审。张、李二人亦捏将孙诲纵妻卖奸脱骗伊银等情具诉来呈。孙诲道："张、李二人强奸我妻，小的亲自撞见，反揪在门外打，又街上秽骂。有此恶棍，望老爷除此两贼。"李陶道："孙诲你忒杀欺心，装捏强奸，人安肯认。本是你妻与我有奸，得我银三十余两，替你供家。今张逸来，你就偏向张逸，故尔与你相打，你又骂张逸，故逸打你。今你脱银过手，反捏强奸，天岂容你！"张逸道："强奸你妻只一人足矣，岂有二人同为强奸？只将你妻与邻里来问便见。"柳知县道："若是强奸，必不敢扯出门外打，又不敢在街上骂，即邻里也不肯依。此是孙诲纵妻通奸，这二光棍争风相打又打孙诲是的。"各发打三十收监，又差人去拿诲妻，着将官卖。

诲妻出叫邻右道："我从来无丑事，今被二光棍捏我通奸，官要将我发卖，你众人也为我去呈明。"邻里有识事者道："柳爷昏暗不明，现今待制包爷在此经过，他是朝中公直好人，必辨得光棍情出，你可去投之。"诲妻依言，见包公轿过，便去拦住说："妾被二光棍人家调戏，喊骂不从，夫去告他，反说与我通奸。本县太爷要将妾官卖，特来投生。"包公命带入衙，问其姓名、年纪、父母姓名及房中床被动用什物，妇人一一说来，包公记在心上。即写一帖往县道："闻孙诲一起奸情事，乞赐下一问。"柳知县甚敬畏包公，即刻差吏连人并卷解上。包公问张逸道："你说通奸，妇女姓甚名谁？他父母是谁？房中床被什物若何？"张逸道："我近日初与通奸，未暇问其姓名，他女儿做上娼，怕羞辱父母，亦不与我说名。他房中是斗床、花被、木梳、木粉盒、青铜镜、漆镜台等项。"包公又问李陶："你与他相通在先，必知他姓名及器物矣。"李陶道："那院中妓女称名上娼，只呼娘子，因此不知名，曾与我说他父名朱大，母姓黄氏，未审他真假何如。其床被器物，张逸所说皆是。"包公道："我差人押你二人同去看孙诲夫妇房中，便知是通奸强奸。"及去到房，则藤床、锦被、牙梳、银粉盒、白铜镜、描金镜台。诲妻所说皆真，而张、李所说皆妄。包公仍带张、李等入衙道："你说通奸，必知他内里事如何。孙妇房中物件全然不知，此强奸是的。"张逸道："通奸本非，只孙诲接我六两银子用去，奈他妻不肯从。"包公道："你将银买孙诲，何更与李陶同去？"李陶道："我做马脚耳。"包公道："你与他有熟？几时相熟的，做他马脚？"李陶答对不来。包公道："你二人先称通奸，得某某银若干，一说银交与夫，一说做马脚。情词不一，反复百端，光棍之情显然。"各打二十。便判道：

> 审得张逸、李陶，无籍棍徒，不羁浪子。违礼悖义，罔知律法之严；恋色贪花，敢为禽兽之行。强奸良民之妇女，殴打人妻之丈夫。反将秽节污名，借口通奸脱骗。既云久交情稔，应识孙妇行藏。至问其姓名，则指东驾西而百不得一二；更质以什物，则捕风捉影而十不得二三。便见非阃里之旧人，故不晓房中之常用。行强不容宽贷，斩首用戒刁淫。知县柳某，不得其情，欲官卖守贞之妇；轻斤重两，反刑加告实之夫。理民反以冤民，空食朝廷廪禄；听讼不能断讼，哪堪父母官衙。三尺之法不明，五斗之俸应罚。

复自申上司去，大巡即依拟将张逸、李陶问强奸处斩；柳知县罚俸三月；孙诲之妻守贞不染，赏白绢一匹，以旌洁白。

九

# 老妖蛇作孽遭雷击　郑府尹至德受拥戴

　　话说岳州之野有一古庙，背水临山，川泽险峻，黄茅绿草，一望无际，大木参天而蔽日者不知其数。内有妖蛇藏于枯木之中，食人无数，身大如桶，长十余丈，舌如利刀，眼似铜铃，人皆畏而事之，过者必以牲牢献于其下，方可往来；不然，风雨暴至，云雾昼暝，咫尺不辨，随失其人，如是者有年。

　　值郑宗孔执任岳州府尹，书吏等远接，俯伏叩头。府尹道："劳汝众等如此远接。"众人等道："小的一则分该远接，二则预报爷爷得知，小的地方有一异事。"遂将道旁古庙枯木藏蛇，要人奠祭；不然，疾风暴雨吹吸人去，不知生死……将此原由说了一遍。府尹大笑道："焉有此理。"越二日，道经庙边，果不设奠，遽然而往，未及一里，大风振作，飞沙走石，玄云黑雾，自后拥至，回头见甲兵甚众，似千乘万骑赶来，自分必死。府尹未第时曾诵《玉枢经》，见事势既迫，且行且诵，不绝于口。须臾，则云收风息，天地开辟，所追兵骑竟不复有，全获其性命，得至岳州莅任。各县县尹大小官员参见礼毕，既而与各官坐谈，叙及："古庙枯木之中巨蛇成精，食人无数，日前本府书吏军民出关接我，报说此事，我深不信。及至其所，行未一里，果见狂风猛雨如此如此。今请问列位贤宰，此妖猖獗，民不聊生，却将如何殄灭？一则为国治民，二则与民除害，皆我等分所当为。"各县尹答道："卑职下僚，德轻行薄，何能祛之？幸有老府尊职任宪司，风清海宇，虎牝渡河，可以返风，可以灭火，不让刘琨之德政，可并无规之十奇，何患此妖之不屏迹？"说罢，各各礼揖而别。

次日，府尹升堂，叫城中男妇老幼俱要虔诚斋戒，沐浴赍香，跟我叩谒城隍三朝。府尹具疏祷于案前。城隍见府尹带领男妇老幼诚心斋戒，又郑宗孔生平正大，鬼伏神钦，乃将蛇精害民事情，一一陈奏。玉帝在九重天上尝照见宗孔念《玉枢经》，虔诚感应，即差天兵、五雷大神，前去岳州古庙枯木之中殛死蛇精，不得迟延。又道："那包文拯虽为阳官，实兼阴职，可摄其精灵。"天兵乘马持枪，雷神挥火持斧，同往托梦，包公令登赴阴床偕行。一时拥至其所，登时无昏地黑，猛雨滂沱，疾风迅雷，电光闪烁，府县人民骇得无处奔逃。须臾间，只听得一声霹雳震地，蛇精登时殛死。移时，天开明朗，众口哓哓，俱道是郑爷德感天地，殛死蛇精。众皆往看，果见巨蛇断作两截，人骨聚集成堆。报知府尹，府尹同各官一齐躬诣其所观看，见者无不惊骇。府尹吩咐将蛇精焚却，烧了一日一夜，才成灰烬。于是岳州人民户户称庆，皆道：非郑爷诚心格天，至德动神，曷克臻此？

上司闻知郑侯至德通神明，忠诚格天地，惠泽被生民，与百姓除害有功，遂赍奖励，以彰其美。未及一载，见其才德攸宜，改调大邦济南府府尹，岳州父老黎民不忍其去。适当包公在朝中奉使巡行其地方，众各奔投保留：

呈为保留循良以安黔首以庇地方事：本府居界一隅，路通三省，贮赋下于休宁，兵荒首于东南。幸赖郑宰父母，恺悌宅心，励精图治，越自下车之始，首殄妖魔；继以弹丝之余，每容民隐。省耕问稼，视民饥犹己饥；断狱详刑，处公事如家事。葺社仓备四时凶歉，赈贫乏免老幼流亡。粮派分限催征，民咸称便；差役当堂检点，吏难售欺。裁滥冗总甲百余，乡间不扰；摘潜伏劫寇十数，烽火无惊。门扃惩顽，狐鼠之奸顿息；本皂勾犯，衙胥之暴何施？禁牛而牛利皆飏，疏盐而盐弊尽革。常例全除纤悉，铺户不取分毫。操若玉壶冰，迈今从政；泽如金茎露，绍古循良。抑且乐育英才，作新学校，士沾时雨，人坐春风，遍地弦歌，满门桃李，儿童幸依慈母，子弟庆得宗师。蒙德政之未几，闻调任之在即，班尘将起，冠伞难留；攀辕心切，卧辙心遑。矧今饥馑渐臻于频仍，盗贼交驰于邻境；非复长城之寄，曷遗帖席之安。幸际天台按临郡邑，伏乞轸忧时变，俯徇舆情，奏善政于九重，另拨调任；留福星于一路，用奠子元。非独黎庶更生，且俾士林称庆。上呈。

包公随即奏请俯从民愿，留守旧邦，暂时纪功优奖，指日不次超升。人心共快。

## 十
## 良家妇求子遇淫僧　程监生遭难诵经文

话说奉化县监生程文焕，娶妻李氏，五十无子，意欲求嗣。尝闻庆云寺中有神最灵，求子得子，遂与妻李氏商议，欲往一游。夫妻斋戒已定，虔备香礼，清早往寺参神，祝告已毕，僧留斋饭后，往游胜景经阁。夫妇倦坐方丈，文焕忽觉精神不爽，隐几而卧。李氏坐侧有一僧名如空，见李氏花容月貌，又见文焕睡卧，遂近前调戏之。李氏性本贞烈，大骂："秃子无知，我何等人，敢大胆如此？"因而惊醒文焕，如空遁去。文焕诘其故，李氏道："适有一秃驴，见你倦眠，近前调戏，被我骂去。"文焕心中暴躁，遂乃高声骂詈："明日赴县，必除此贼，方消此气。"倏而众僧皆知，恐他首县，私相议道："此夫妇来寺天早，并无人见，莫若杀之以除后患。况此妇出言可恶，囚禁此地，久后不怕不从。"商议已定，出而擒住，如空持刀欲杀文焕，焕见人多，寡众不敌。又有数僧强扯李氏入于别室，欲肆行奸，李氏不从。一僧止道："此时焉能肯从，且囚之别室，以厚恩待他，后必肯从。"众依其言，禁于净室。文焕被众僧欲杀，自思难免，乃道："既夺吾妻，想你必不放我，但容我自死何如？"如空道："不可，必要杀方除其祸。"中有一老僧见其言可怜，乃道："今既入寺，安能走得？

但禁于净室，限在三日内容他自死也罢。"众乃依命，送往一净室，人迹罕到，四面壁立高墙。众僧与砒霜一包，绳索一条，小刀一把，嘱道："凭你自用。"锁门而上。文焕自思：一时虽说缓死，然终不能脱此天罗。室内椅凳皆无，只得靠柱磉而坐。平生好诵《三官经》，闻能解厄，乃口念不住。

是时包公奉委巡行浙江，经历宁波而往台州，夜宿白峤峰，梦见二将使入见，说道："吾奉三官法旨，请君往游庆云寺。"包公道："此去路有多少远？"将使道："五十余里。"包公与之同行，到一山门，举目观看，有金字匾曰：敕建庆云寺。入寺遍游，至一净室，毫无所有，只因一猛虎在内，蹲踞柱磉。俄而惊醒，乃思：此梦甚是奇异，中间必有缘故。次日升堂，驿丞参见。包公问道："此处有庆云寺否？"驿丞道："此去五十里有一庆云寺，寺中甚是广阔，其僧富厚。"包公道："今日吾欲往寺一游。"即发牌起马，径到山门，众僧迎接。包公入寺细思，与梦中所游景致毫无所异，深入四面游观，皆梦中所历，过一经阁，入左小巷，达一净心斋，而又入小室，旁有一门上锁，恍若夜间见虎之处。包公令开来观看。僧禀道："此室自上祖以来并不敢开。"包公道："因何不开？"僧云："内禁妖邪。"包公道："岂有此理！内纵有妖邪，我今日必要开看，若有祸来，吾自当之。"僧不敢开。命军人斩锁而入，果见一人饿倒柱下，忙令扶起，以汤灌之才醒。急传令出外，四面紧围。不意包公斩开门时，知者已走去五六十人，但军人在外见僧走得慌忙，不知其故，心疑之，仅捉获一二十人。少顷，闻内有令出围寺，只获老僧、僧童三十人。包公与文焕酒食，久而能言，诉道："生系监生程文焕，奉化县人氏，五十无嗣，夫妇早入寺中进香，日午倦睡，生妻坐侧，孰意如空调戏生妻，妻骂惊觉，与僧辩论，触怒众僧，持刀要杀，再三哀求自死，方送入此地，与我绳索一条，小刀一把，砒霜一包，绝食三日。生平只好诵《三官经》，坐于此地，口诵心经。今日幸大人拔救，胜若再生父母。"

包公道："昨晚我梦见二将使道，奉三官法旨请吾游此寺中，随使而至，见此室有猛虎蹲踞。今日到此，其梦中所见境界分毫不差，贤契获救即平日善报。令正今在何处？"文焕道："被众僧捉去，今不知在于何地。"包公将众僧拷问，僧招道："此妇贞烈，是日不肯从奸，众人将他送入净室，酒饭款待，欲诱之，他总不肯食，遂自缢死，埋于后园树下。"包公令人起出，文焕痛哭异常。包公劝止道："令正节烈可称，宜申奏旌表。"其僧老者、幼者皆杖八十还俗；其壮而设谋者，毋分首从，尽行诛戮。即判道：

审得庆云寺淫僧劫空、如空等，恶炽火坑，不顾释迦之法；心沉色界，罔循佛氏之规。临生程文焕携妻李氏求神求后，觊觎美丽，心猿意马，趁夫睡而戏调其妇；骂言詈语，触僧怒而欲杀其夫。恳饶刀刃，求愿宽容，判鸾凤于一时，拆鸳鸯于顷刻。拘执李氏于禅房，款待佳肴百品；囚禁文焕于幽室，受用死路三条。绝哉李氏，不饮盗泉宁自缢；善哉文焕，不甘就死诵三官真经。睡至更阑，感将使请游僧寺，神驰寤寐，梦白虎蹲踞柱旁。文焕从危获救，终当大用；李氏自缢全节，即赐旌奖；劫空、如空等逼奸陷命，律应枭首；合寺老幼等，党恶匿非，杖罪还家；寺院火焚，钱粮入官。

判讫，将劫空、如空等十人斩首示众；其老幼等受杖还家。包公又责文焕道："贤契心明圣经，子息前缘，命应有子，不待礼佛，自举麟儿；倘命无嗣，纵便求神，何能及哉？况你夫妇早出夜回，亦非士大夫体统。日后务宜勉游，毋惑妄诞。"文焕唯唯谢罪。包公令将尸殓葬，官给棺衾，树坊墓前。匾旌贞烈节妇李氏之墓，立庙祀焉。其后文焕出监联登，官至侍郎，不娶正妻，只娶一妾，生二子。而猛虎之梦，乃虔诵《三官经》之报应也。

# 海公案

# 目　录

第一回
海夫人和丸画荻……………………………………………… 317

第二回
张寡妇招婿酬恩……………………………………………… 323

第三回
喜中雀屏反悲失路…………………………………………… 329

第四回
图谐鸳枕忽感居丧…………………………………………… 334

第五回
严嵩相术媚君………………………………………………… 339

第六回
海瑞正言服盗………………………………………………… 344

第七回
奸人际会风云………………………………………………… 349

第八回
正士遭逢坎坷………………………………………………… 354

第九回
张老儿借财被骗……………………………………………… 359

第十回
严家人见色生奸……………………………………………… 364

第十一回
张仇氏却媒致讼……………………………………………… 369

第十二回
徐指挥守法严刑……………………………………………… 374

第十三回
三部堂同心会审……379

第十四回
大总裁私意污文……384

第十五回
张贵妃卖履访恩……390

第十六回
海刚峰穷途受敕……395

第十七回
索贿枉诛县令……400

第十八回
抗权辱打旗牌……405

第十九回
赃国公畏贤起敬……410

第二十回
圣天子闻奏擢迁……415

第二十一回
海瑞竭宦囊辱相……420

第二十二回
严嵩献甥女惑君……425

第二十三回
张志伯举荐庸才……430

第二十四回
海主事奏陈劣迹……435

第二十五回
青史笔而戮首……440

第二十六回
红袍讽以复储……445

第二十七回
贤皇后重庆承恩 ················· 449

第二十八回
奸相国青宫中计 ················· 454

第二十九回
怒杖奸臣获罪 ··················· 459

第三十回
恩逢太子超生 ··················· 464

第三十一回
冯太监笞杖讨情 ················· 469

第三十二回
邓郎中图圄救饿 ················· 474

第三十三回
赦宥脱囚简授县令 ··············· 479

第三十四回
访查赴任票捕土豪 ··············· 484

第三十五回
酬礼付谋窥恶径 ················· 489

第三十六回
窃书失检受奸殃 ················· 494

第三十七回
机露陷牢冤尸求雪 ··············· 499

第三十八回
案成斩暴奉旨和番 ··············· 504

第三十九回
诈投递入寨探情形 ··············· 509

第四十回
计烧粮逼营赐敕玺 ··············· 514

第四十一回
设毒谋私恩市刺客 …… 519

第四十二回
施辣手药犯灭口供 …… 524

第四十三回
畏露奸邪奏离正直 …… 529

第四十四回
卖凶杀害被获依投 …… 534

第四十五回
催贡献折服安南 …… 540

第四十六回
捏本章调巡湖广 …… 545

第四十七回
巡抚台独探虎穴 …… 549

第四十八回
黄堂守结连贼魁 …… 554

第四十九回
逃性命会司审案 …… 559

第五十回
登武当诚意烧头香 …… 564

第五十一回
小严贼行计盗孪童 …… 569

第五十二回
老国奸诬奏害皇叔 …… 575

第五十三回
礼聘西宾小严设计 …… 580

第五十四回
鸡奸庠士太守逃官 …… 585

第五十五回
王太监私党欺君 ………………………………………… 590

第五十六回
海尚书奏阉面圣 ………………………………………… 595

第五十七回
刚峰搜宦调任去钉 ……………………………………… 599

第五十八回
继盛劾奸矫诏设祸 ……………………………………… 605

第五十九回
仆义妾贞千秋共美 ……………………………………… 610

第六十回
臣忠士鲠万古同芳 ……………………………………… 616

## 第一回

# 海夫人和丸画荻

人生南北多歧路,将相神仙,也要凡人做。百代兴亡朝复暮,江风吹倒前朝树。 功名贵显无凭据,费尽心机,总把流光误。浊酒三杯沉醉去,水流花谢知何处?

这几句鄙词,不过说人生世上,承父母之精血,秉天地之灵气,生而为人。人为万物之灵,自当做一场刮目惊人的事业。虽不能流芳百世,中正纲常,使人志而不忘,以为君子;即不能与世争光,亦当遗臭万年,此亦君子小人之两途也。然君子之流馨,事愈远而人心愈近;小人之遗臭,事虽近而人心欲远之,惟恐其稍近也。君子观之,能不惊然而惧乎?我于是有说。

却说前明正德间,粤省琼南有海璿者,字玉衡,世居琼之睦贤乡,离琼山县治不过数里。玉衡娶缪氏,乃同县缪廪生之妹也。缪氏生于诗书之家,四德三从,是所稔悉。自适海门以来,夫妻和顺,相敬如宾,真不愧梁鸿之配孟光也。玉衡屡试不中,遂无意功名,终日在家诗书自娱，行善乐施而已。又过数年，玉衡已是四十三岁，膝下无儿。夫人缪氏，每以为忧，常劝丈夫立妾，以广子嗣。

玉衡正色道："我与你素行善事，况海氏祖宗皆读儒书，历行阴德，今我谅不至绝嗣，姑待之。"缪氏道："相公之言，可谓不碍于理者。然妾今年四十，天癸将止，诞育之念已灰，不复望弄璋、弄瓦矣。故劝相公立妾者，乃是为海氏祖宗起见，相公何故不以为然？"玉衡笑道："夫人所知者，情与理也。但今之世，人心浇薄，循理者少，悖理者多。但见人家妻妾满室，妒急纷然。何者？为丈夫者不无偏爱，本欲取乐而反增懊恼，我不忍见之。使璇命果有子，夫人年尚壮健，岂不能育子耶？璇如合绝嗣，即使姬妾罗列，亦不过徒事酒色而已，何益之有？"夫人看见丈夫如此坚执，也不再说。此后夫妇更加相爱。玉衡历行善事，家虽不丰，而慷慨勇任。凡有亲友邻里稍可资助者，无不竭力为之。于是又过三年，缪氏夫人年已四十三岁。

一日，天忽大雨，雷电交加，阴云四起，暴雨奔腾。玉衡正在书房闲坐，忽见一物从上而下，恶貌狰狞，浑身毛片，金光夺目，奔向玉衡书案之下，倏忽不见。玉衡知是怪异避劫，乃任其躲藏，反以身障翼书案。少顷，雷电之光直射入书房，向着玉衡身上射来。这也古怪，那雷火一到玉衡身旁便灭。如是者约有半个时辰，那雷声渐渐退去，火光亦熄。玉衡不胜惊惶，随走开书案。此时天气复亮，雨止雷收。只见那怪兽从案下出来，向着玉衡作叩首之状。玉衡明知其故，乃叱之去。那物出了书房，不向外边，却往里面去了。玉衡诚恐夫人受惊，随即跟进，方至内堂，就不见了。心中好生疑惑，只是事属怪诞，隐而不言。未及半月，夫人竟然癸水不至。初时尤以为年老当止，三五月间，不觉腹中隆然矣，此际方知缪氏怀孕。

玉衡大喜，对缪氏道："天庇善人，今日信否？"缪氏亦笑道："此乃相公福德所至，妾藉有赖矣。"玉衡道："凡人好善，天必佑之。况夫人贞淑贤德，幽闲婉静，不才亦拳拳好善，感格上天，怜于海氏，待赐麟儿矣！"从此心中欢喜，更勇于为善。光阴迅速，日月如梭，不觉将近十月，胎期满足，早晚就要分娩。海公预早雇了乳母、稳婆，在家伺候。

一夜，海公方才合眼睡熟，忽见三人身穿青衣，手持金节，向前揖曰："奉玉帝敕，赐你一子，你其善视之！"旋有人拥一怪兽入。海公见其与前次避雷之兽无异，便问道："既蒙玉帝赐子，怎么将这兽物带来？"持金节者笑道："你那里知道，此乃五指山之豸兽也，性直而喜啖猛虎，卫弱鸟，在山修炼七百余年，数当遭劫，故彼曾避于君家书案之下。君乃善人，神鬼所钦，故雷火不敢近君，即回复玉旨，此兽因君得免其劫。然上天有制，凡羽毛苦修，性未驯善，不遭雷劫，即当过胎出世，先成人形，后归正果。今上帝怜你行善有功，故特赐与你为之。日后光大海氏门户者，诚此子也。"说毕，将那兽推到内堂去了。忽听得霹雷一声，玉衡吃了一惊，不觉醒来，却是南柯一梦。忽见丫鬟来报："夫人产下一位小相公！"玉衡闻言大喜，正应梦中之事。急急来到房中，见婴儿已经断脐，包裹停当。玉衡持烛一看，果然生得眉清目秀，心中大喜，口中不言。一面安慰妻子好生调养，吩咐丫鬟们小心服侍。三朝洗儿，弥月请酒，自不必说。乃取名海瑞，这也不在话下。

且说玉衡因有了儿子，万事俱足，遂飘然有世外之想，把"功名"二字真是置之度外。正是：有子万事足，无官一身轻。海公无事，以儿为乐，或到名山胜境去游玩，也觉优游。时光易过，又是几年。海瑞已经七岁，虽在孩提之中，性至孝友，更兼资质聪明，耿直无私。每与邻儿共游，饮食之物，必要公同分食。若有多取者，瑞必詈之。玉衡教他读书，过目辄能成诵。又过了三年，海瑞年已十岁。无书不读，诗词歌赋，靡有不通。是年玉衡一病身亡，海瑞哀痛欲绝，夫人亦痛哭不已。瑞痛父身亡，未能尽子道，意欲结庐于墓侧，少展孝思。夫人劝阻曰："你虽性至孝顺，但你年纪幼稚，郊外无靖，倘有不测，我何赖焉？此欲尽孝而反增不孝也。"瑞闻母谕遂止，在家守制。夫人便昼夜令他诵读，虽夏暑不辍。未几服满，瑞年已十三。

或有劝瑞应童子试者，瑞对曰："我年尚幼，经史未通，若出应试，必被人笑，徒费笔墨。不如闭门苦读，待我淹贯了，然后去也未为迟。"夫人闻瑞在外答友之言，私喜曰："此儿不务矜浮，日后必有实学。"于是更加约束，母子二人，切磋严如师弟一般。

瑞性傲好菊，不喜趋承。尝有《品菊》诗曰：

绕篱一二费平章，五色迷离满径香。
晚节岂容分上下，蓬门毕竟育低昂。
范村谱订名多误，郦水空传种最良。
欲向澹中寻更澹，鬓丝愁落满头霜。

《伴菊》诗云：

柴门重闻日悠悠，愿向闲花稳卧游。
俗骨不堪同入梦，芳心曾许独探幽。
性情淡处常相对，清冷香中过此秋。
莫遣风仙借婢职，夜深墙角已低头。

夫人见其诗雅淡，知瑞他日晚节独坚，必为一代忠臣者，尝谓之曰："你终日读书，不求闻达，究有何益哉？"瑞曰："儿苦读书，非不欲进取。但念母亲年届喜惧，儿恐一旦成名，就要远离膝下，故此忍隐，不欲为母亲忧也。"夫人怒曰："为人子者，不欲扬名显亲，岂欲我死后你方进取耶？马鬣虽封，铭旌七尺，我亦不得亲见也！"

瑞闻母怒，跪而慰之，谢罪不迭，夫人怒始稍息。瑞从此益励诗书，以图进取。次年学院按临，瑞便出应试，果掇芹香。夫人喜曰：

"你得一衿,我死瞑目矣。"簪笑同庠诸友劝同赴省,以夺秋魁。瑞每以母在家无人侍奉终日,不欲行。及至其母听了瑞答友之言,遂勉之曰:"你每以我在家,无人侍奉为辞,不欲相离左右。但功名大事,我尚强健,你可前去,不必挂念。"瑞见母如此吩咐,不敢有违,遂打点行李,会齐诸友,望着海康而去。到了雷州,舍舟登岸赶路。一夜,月明风轻,瑞在旅店里睡不着,偶步园中。

时已三更向后,店中诸客俱已熟睡。仰望星斗满天,万籁俱寂。忽闻有人说道:"昨夜前村张家祭鬼,我们正好前去寻些饮食,偏偏又碰着这位海少保在此。土地爷好没来由,却要派我们在此伺候,他老人家便安然坐着,好不教人忿气呢!"一人道:"你莫怨他,他乃是一方之主,你我都是受他管的,怎么不听使令?这是应该的,不必多说。恐怕这老儿听见了,又要责罚呢。"一人道:"怕甚么?此老太不公道,但是有得奉承他的,便由人去横行滋扰;若是我等穷鬼,他便专以此劳苦的事来派着呢!"一人道:"你且说他怎的不公平呢?"那人道:"即此张家一事,就可见其不公矣。张家的女儿,昨因上墓拜扫,遇了这个王小三,在路上撞见了。欺他孤儿寡妇,随就跟了回去,作起祟来。他家好不惊慌,不知被他弄了饮食。那日,张寡妇到此老儿处祷告,求他驱除。这老儿初时甚怒,立刻拘了王小三到庙,说甚么要打、要罚他。后来王小三慌了,即忙应许了些金帛。这老儿便喜欢到极处,不但不责罚他,反助纣为虐,任他肆扰呢!"一人道:"怪不得张家今夜大设饮食,他便安安稳稳的前去受领,却遣我们在此伺候这海少保呢。"一人道:"怪不得你说他。"

海瑞听得明白,才知是鬼在此议论,暗喜自己有了少保的身份,不觉咳嗽一声,倏而寂然,海瑞亦回房中安息,自思土地亦受鬼贿,心中大怒。至天明起来,梳洗了,诸友便要起程。海瑞道:"且慢着。今日有一奇事,待我弄来你们看看。"诸友不解其故,忙问道:"荒郊野店,有甚么奇事?不如莫管闲事,赶路要紧呢!"海瑞道:"列位有所不知。这里有一张家，他是个寡妇，有一女儿，被野鬼王小三作祟，大索祭祀。本坊土地反与鬼通同扰搅，你道奇么？"诸友问道："你怎的知道？"海瑞便将夜闻鬼言备细告知，但不说鬼称自己是少保。诸友听了，各各惊异。况且都是少年，未免好事，各人都怂恿海瑞，要看他怎么处置那土地。海瑞便向店主人问明，那里是土地庙并张家的住址。用了早饭，便望着那土地庙而来。正是：

  正气能驱魅，无私可服神。

  毕竟海公到了那里如何，且听下回分解。

第二回

# 张寡妇招婿酬恩

三生石上旧姻缘，萍生朱陈百载坚。
信是嫦娥先有意，广寒已赠一枝先。

却说海瑞在旅店，因前夜闻得众鬼说那土地不公，纵容野鬼王小三在张家搅扰，图其祭祀饮食的话，遂忙用早膳，携着诸友，取路先来至那土地庙。只见那庙是靠着路旁的，高不满三尺，阔才二尺，上塑神像。惟是香烟冷落，庙内的蛛丝张满。有一张尺余高的桌案，尘积寸许。众人见了，不觉大笑曰："如此荒凉冷落，怪不得他要收受贿赂。不然，十载都没有一炷香呢！"

海瑞听了，不胜大怒，便指着那神像骂道："何物邪神，胆敢凭陵作祟，肆虐村民！今日我海瑞却要与你分剖个是非。为神者，正直聪明，为民捍卫殃难，赏善罚恶，庶不愧享受万民香烟。何乃不循天理，只顾贪婪！既不能为民造福，倒也罢了，怎么却与野鬼串通，魅人闺秀，走石扬砂，百般怪祟，唬吓妇女，索诈楮币祭食？此上天所不容，人神所共愤。我海瑞生平忠正侠直，午夜扪心，对天无愧，羞见这等野鬼邪神！"遂以手指着，喝声："还不服罪！"说尚未毕，那泥塑的神像，一声响亮，竟自跌将下来，打得个粉碎。众人见了，哈哈大笑。内中一人道："虽然土地不合，到底是个神像，今海兄如此冒渎，故神怒示警，竟将本身显圣。海兄总当赔个不是才好呢！"海瑞听了怒道："你们亦是这般胡涂！怎么还不替我将这鸟庙拆了，反来左袒？真是岂有此理！"众人看见海瑞作色，乃道："海兄正直无私，即此鬼神，亦当钦服。如今既已示辱于神，这就算了事。我们还是到张家去走遭，看是怎的。"海瑞道："如此才是正理呢。"一行人远离了土地庙，赶路望着张家村而来。话分两头，暂且按下不表。

再说张家村离大路不远，村中二百余家都是姓张的。那被魔的女子，就是张寡妇的女儿，年方一十六岁，名唤宫花，生得如花似玉，知书识礼，又兼孝顺。其父名张芝，曾举孝廉，出仕做过一任通判，后来因为倭寇作乱，死于军前。夫人温氏，携着这位小姐，从十岁守节至今。事因三月清明，母女上山扫墓。岂料中途遇上这野鬼王小三，欺他孤寡，跟随到家，欲求祭祀。是夜宫花睡在床中，忽见一人，披发吐舌，向他索食。宫花吓得魂不附体，大喊起来。那野鬼即便作祟，弄得宫花浑身发热，头目晕花，口中乱骂乱笑，唬得温夫人不知所措。请医诊治，俱言无病，系为祟所侵。

夫人慌了，想道，此病定是因上坟而起。细细访之，始知路旁有一土地庙宇。想道："山野坟墓之鬼，必为土地所辖。"便具疏到土地庙中祷告，求神驱逐。祭毕回家，谁知宫花愈加狂暴，口中乱骂道："何物温氏，胆敢混向土地庙处告我么！我是奉了玉旨救命来的。只因你们旧日在任时，曾向天许过心愿，至今未酬。玉帝最怒的是欺诳鬼神，故此特差我来索取。你若好好地设祭就罢，否则立取你等之命去见玉帝呢！"温夫人听了，自思往时自己却不曾许过甚么心愿。女儿年幼，是不必说的，就是老爷在日，忠直居心，爱民若子，又没有甚么不好之处。且平日不喜求神许愿的，怎么说有这个旧愿？自古道："宁可信其有，不可信其无。"这是小事，就祭祀与他，亦不费得甚么大钱财，只要女儿病愈就是了。乃向宫花道："既是我家曾经许愿，年深日久，一旦忘了，故劳尊神降临。今知罪咎，即择吉日，虔具祭仪酬还。伏乞尊神释放小女元神复体，则氏合家顶祝于无既矣。"只见宫花点头应道："你们既知罪戾也罢。后日黄道良辰，至晚可具楮镪品物，还愿罢了。"温氏唯唯答应。至期，即吩咐家人，买备祭品香烛之类。到了点烛的时候，虔诚拜祭一番。只见那宫花便作喜悦色，说道："虽道具祭，只是太薄歉了，可再具丰盛的来。明日三更，我即复旨去也。"温氏又只得应承。这一夜，宫花却也略见安静些。

次日，夫人正要吩咐家人再去备办祭品，只见宫花双眉紧皱，十分惊慌的模样，在床上蹲伏不安，口中喃喃，不知何语。夫人正在惊疑之际，只见家人来说道："外面有一位秀才，自称海瑞，能驱邪逐魅。路过于此，知我家小姐中了邪魔，如今要来收妖呢！"夫人听了，半信半疑，只得令家人请进。少顷，海瑞领着那几个朋友，一齐来到大厅，两旁坐下。温夫人出来见了众人。见过了礼，便问道："那一位是海秀才呢？"众人便指着海瑞道："这位便是。"

温夫人便将海瑞一看，只见他年纪最轻，心中有几分不信，便问道："海相公有甚么妙术，能驱妖魅？何以知道小女着祟？请道其详。"海瑞道："因昨夜旅店听得有几个鬼私自在那里讲本坊土地放纵野鬼作祟索祭的话，故此前来驱逐妖魅。"温夫人听了好生惊异，心中却也欢喜，说道："小女倘得海相公驱魔，病得痊愈，不敢有忘大德。"便吩咐家人备酒。海瑞急止之曰："不必费心破钞，我们原是为一点好意而来，非图饮食者也。"再三推让。温夫人道："列位休嫌简慢，老身不过薄具三杯家酿，少壮列位威气而已。"海瑞见他如此真诚，便说道："既蒙夫人赐饮，自古道，'恭敬不如从命'，只得愧领了。但是不必过费，我们才得安心。"温夫人便令家人摆了酒菜，就在大厅上坐下。邻居的堂叔张元，前来相陪。

海瑞等在厅上欢饮，温夫人便进女儿房中来。只见宫花比前夜大不相同，却似好时一般。见了夫人进来，便以手指着榻下的一个大瓦罐，复以两手作鬼入罐内的形状。夫人已解其意，即时出到厅上，对众人说知。海瑞便道："是了，这是个邪鬼，知道我们前来，无处躲避，故此藏入罐内。可将罐口封了，还怕他走到那里去？"众人齐声道："有理。"于是夫人引导来到绣房，小姐回避入帐。海瑞便问："罐在何处？"夫人令侍婢去拿。只见侍婢再三掇不起来，说道："好奇怪！这是个空罐，怎么这样沉重！"海瑞道："你且走开，待我去拿。"便走近榻前，俯着身子，一手拿了起来，并不见沉重，笑道："莫非走了么？"众人说道："不是不是，他既走得去，早就走了，又何必入罐？自古道'鬼计多端'，故此轻飘飘的，想哄我们是真呢！"海瑞道："且不管他，只是封了就是。"遂令人取过笔墨，先用湿泥封了罐口，后用一副纸皮，贴在泥头之上。海瑞亲自用笔写着几个字道："永远封禁，不得复出。海瑞笔亲封。"写毕，令人将罐拿了出去，在山脚下埋了。温夫人一如所教，千恩万谢。张元便让众人复出厅前饮酒。

　　夫人便私问宫花道："适间你见甚么来？"小姐道："适间只见那披发的恶鬼慌慌张张的自言自语道：'怎……怎么海少保来了？'左顾右盼，似无处藏躲之状。忽然欢喜，望榻下的罐子，将身子摇了几摇，竟缩小了，钻在罐内。孩儿就精神爽快了。故此母亲进来，不敢大声说出，恐怕他走了，又来作祟。适间那位是海少保？他有何法术，鬼竟怕他呢？"夫人听了，心中大喜："他乃是一个秀才，鬼竟称他为少保，想必此人日后大贵。"忖思女儿的命是他救活的，无可为报，不如就将宫花许配了他为妻。我膝下有了这样的半子，尽可毕此余生了。于是便将海瑞听见群鬼之言方知你的病源，故此特来相救的话，说了一遍。宫花听了叹道："如此好人，世上难得，况又兼有少保禄命。不知他父母几多年纪，才得这个儿子呢？"夫人道："我儿性命，都亏相公救活，无可为报，我意欲将你许配这海恩人为妻。我家得了这样女婿，亦足依靠，光耀门闾。二则你身有所靠，不枉你的才貌。你心下如何，可否应允？"宫花听了，不觉涨红了脸，低头不语。

夫人知他心允，便着人请了张元进来，细将己意告知，并乞张元说合。张元道："此事虽好，惟是别府人氏，侄女嫁了他家去，未免要远渡重洋，甚是不便，如何是好？"夫人道："女儿已心允了，便是我亦主意定了。烦叔叔一说，就感激不尽了。"

张元听说，便欣然应诺，走到前边，对着海瑞谢了收鬼之恩，然后对着众人说知夫人要将宫花许配海瑞之意。海瑞起立谢道："岂有此理，小姐乃是千金之体，小生何敢仰攀！况小生是为好意，仗义而来，今一旦坦腹东床，怎免外人物议？这决使不得。烦老先生善为我辞可也！"说罢，便欲起身告辞。张元道："海兄且少屈一刻，老朽复有话说。"海瑞只得复坐下，便又问道："老先生有何见教？"张元道："相公年纪，恰与舍侄女差不上下，况又未曾订亲。今舍侄女既蒙救命之恩，天高地厚，家嫂无可酬报的，要将侄女许配，亦稍尽酬谢之心。二者乃是终身大事，又不费海兄一丝半线的聘礼，何故见拒如此？想必相公嫌我们寒微，故低昂不合，是以却拒是真呢！"海瑞听说，忙答道："岂敢。区区之事，莫足言恩？瑞乃一介贫儒，家居遥远，敢累千金之体耶？故不敢妄攀，实非见弃，惟祈老先生谅之。"张元复又再三央恳。众人见了，也替张元代说道："海兄何必拘执至此？夫人既有此意，理当顺从才是呢！"海瑞道："非弟不肯，但是婚姻大事，自有高堂主张，非我可主之也，故不敢自专。倘蒙夫人不弃，又叼张老先生谆谆教谕，敢不敬从。但是未曾禀命高堂，不敢自主，以增不孝之罪。尚容归禀，徐徐商议可也。"张元听了这话，知他坚执不从，只得进内对夫人说知。

夫人笑道："叔叔可问他们现寓何处，店名甚么，我自有妙计，包管叫他应允就是。"张元乃出来陪着众人，问道："列位今客寓何处？"众人道："现在张小乙店中暂宿一夜，明早即欲起程。因有尊府之事，

故而迟延。明日定必起程。"说完,海瑞决意告辞。张元只得相送出门,屡称感谢。海瑞称谢,与众人回店中去了。正是:

姻缘本是前生定,五百年前结下来。

毕竟海瑞后来能否与张氏宫花成亲,且听下回分解。

第三回

# 喜中雀屏反悲失路

却说海瑞与众人回到旅店，诸友皆言这头亲事应该允诺才是，如此美缘，怎能失之交臂？海瑞笑而不言。暂且按下不表。再说那温夫人见海瑞坚执不肯，遂用一计：着堂叔张元问明海瑞住址，便令人请了族中一位绅衿到来，求他作伐。

这绅衿名姓张国璧，乃是进士，曾任过太平府知府，以疾告休还乡。他与张元是个九服叔侄，为人正直多才，素为乡间仰望，远近皆钦服，所以夫人请他前来。当下国璧来到，与夫人见过了礼，坐下用茶。夫人道："今日特请贤侄到来，非为别事，要与你妹子说桩亲事，非贤侄不可，望勿推却。"国璧道："妹子的病现在尚未痊愈，如何便说亲事？"夫人笑道："却因你妹子的病一旦好了，所以立要说亲呢。"国璧听了愕然道："怎么说妹子的病一旦好了？却要请教。"夫人遂将海瑞封禁野鬼王小三之事，并将野鬼称海瑞为少保之言，以及要将女儿许配与他怎奈不肯之故，详细说知。国璧道："怎么竟有这些奇事？我倒要会一会这位相公。"夫人道："只因这海秀才未曾禀过父母，故不敢应允。我想他是个识理的人，必重名望，故唤贤侄代说，彼必允矣。"国璧道："甚好，但不知住那里了？"夫人道："就是前面张小乙店中。"国璧便即告辞,回到家中,冠带而来到张小乙店中。时已将暮,急令小乙进去通报。小乙领命,走到客房,正见海瑞与那几个同帮的在那里用饭。小乙便上前叫道:"海相公,外面有人拜候你呢?"海瑞道:"甚么人?姓甚名谁?与我相识的么?"小乙道:"是我们这里的一位大绅衿,张国璧大老爷,他说是特意前来拜访尊驾。"

海瑞满腹疑虑,自忖素无一面之交,何以突然而来?且去见了便知。遂同小乙出来,就在大柜旁见了,彼此施礼坐下。国璧道:"素仰山斗,今日得识荆颜,殊慰鄙怀,幸甚,幸甚!"海瑞道:"学生不才,僻居海隅,尚未识荆,敢请阀阅?"国璧道:"不敢。在下姓张名国璧便是,驾上昨日相救的女子,正是舍妹。"海瑞听了,方才醒悟,便道:"原来是张老先生光降,有何见谕?"国璧道:"特为舍妹而来。适蒙先生收妖,俾舍妹之病一旦痊愈。家婶沾恩既深,无以为报,故愿将舍妹侍奉巾栉,少报厚恩。何期先生拒弃如此,使家婶有愧于中,故令不才趋寓面恳。倘不以弟为鄙,望赐俞允,则弟不胜仰藉矣!"海瑞道:"后学偶尔经过贵境,忽闻鬼语,故知令妹着魔原委,无非因鬼逐鬼,有何德处,敢望报耶?适蒙夫人曾挽张元先生代说过了。后学只因未禀母命,不敢自专,非敢见却也。惟老先生谅之。"国璧道:"先生之言,足见孝道。但事有从权,君子达变。今家婶所殷殷仰望着足下也。足下既有拯溺之心,又何必峻拒若此?倘得一言之定,则胜千金之约矣!"海瑞见他说得有理,不好再却,只好勉强应道:"既蒙老先生谆谆见教,后学从命就是。但要待赴场后归禀家慈,方可行聘。"国璧说:"这个自然,总须足下一言为定。"遂告辞归家,告知夫人。温夫人大喜,以为女儿终身得人,宫花闻之亦喜。母女二人,私下默祝,望其早日成名,以遂心愿。暂且按下。

再说海瑞送了国璧出门,询问店主人,方知国璧是个进士,曾任黄堂。即回房对诸友说知,众人莫不为他欢喜。次日,海瑞便与众人上路,回头留下一束,交与张小乙:"若国璧来此,就说是我为着场期迫近，故尔匆匆就道，不获辞谢，总俟场后相会就是。"叮咛而去。便与众人起身，望高州一路而来。饥餐渴饮，一十余日，才到省城。海瑞初次观场，况兼又未曾到过省城的，落下了客寓，便到街上去游玩。所有海幢、广孝坡、山西禅、白云浦涧，诸般胜景，无不遍览。

一连走了七八天，正遇天气大热。此时七月时候，三伏将收，秋风乍起。海瑞走了回来，身子是滚热的，洗了一个冷水澡，不觉冒了些暑。到了晚上，竟病将起来，浑身火热。请医诊视，皆言伤暑，不觉日加沉重起来。心念功名，又恐误了场期，心中愈加烦闷。卧病在床，日复一日，直至八月初旬，犹自恹恹伏枕，不能步履。海瑞此际，自知急难痊愈，进取之意已灰。诸友纷纷打点入场，海瑞眼巴巴地看着，心中好生难过。又过了十余日，场期已过，他们俱已回寓，听候发榜。有一位自以为必售的，谁知发榜只中得一名副榜。乃是文昌县人，姓刘名夤宾。海瑞时此病渐愈，遂偕诸友勉强下船回家。一路无聊，时复嗟叹，自怨命运不济，功名无份。乃作《落第》诗一首，聊以自遣。

诸友见了，慰道："海兄大才，故大器晚成，何必戚戚？"海瑞道："列位有所不知，非弟念切干禄。弟在家奉慈母之命，谆谆勉励。今一旦名落孙山，将何以报老人？故尔戚戚也。"诸友闻之，无不叹其纯孝。

一日到了雷州，海瑞想起张国璧之约，昔曾言定，今虽功名不就，岂可失信于人？遂与诸友分路，望张家村而来，复到小乙店中住下。张小乙便向着海瑞作贺道："海相公必是高中了，衣锦而归，可喜可贺！"海瑞听了，默然良久，叹道："名落孙山，惭愧，惭愧！"小乙道："怎么相公如此高才反落第了？这是何故？"海瑞便将在省患病，不能入场的事，备细说知。小乙笑道："这是相公之气运未到耳！且自欢心成了亲事，再回去罢。"海瑞道："做亲这却不能，只是我曾与张老爷有约，故此特来拜访。烦贵主人代为相传一声，说我在店等候一会,即便起程。"

小乙应诺出来,便到张府报道:"海相公回来了。只因在省患病,不能入场,空走一遭。如今回来了,特命我来相请大老爷至店中一会,即便起程的。"国璧听了笑道:"何令人之不偶也!"遂即与小乙来到店中。见了海瑞,劝慰道:"大器晚成,文星未显,足下不必介意,只是徒劳跋涉耳!"海瑞自觉十分汗颜,乃道:"不才无学,即试不售,只以家慈有命,不得不随众观场也。昔蒙老先生之约,故后学不敢有负,迂道特来践约,伏望善言拜上令婶,容瑞归与家慈商议,迟日报命。"国璧道:"蒙君一言,胜如金诺,不必多赘。但君新愈,须当保重。倘蒙不弃,少留时日,稍尽宾主之情,若何?"海瑞道:"后学本拟明日即行,今蒙老先生厚意,少驻一天,明日到府请安。"二人又谈了些羊城的新闻,然后相别。国璧再三叮咛而去。

再说那温夫人,正在盼望着海瑞成名的捷报,忽见国璧来说:"海瑞回来了,因病不曾进场,已到这里,特来见我,便要明日起程回家。亲事一项,要禀过母命,然后回复。小侄再三挽留住了,故此特来说知。"温夫人听了,心中闷闷不乐,说道:"'功名'二字,倒也平常。只是你妹子终身大事要紧,只恐回去后便抛撇了,这便如何是好?贤侄要想个妙策出来,务要成了亲事,方免浮议呢。"国璧听了,想了一想道:"如今我却有一计:明日先将妹子抬到我家去,预备下洞房。小侄再请他到家饮酒,将酒灌醉了,送他入洞房。过了一宵,这就乾坤定矣。不知婶娘意下如何?"温夫人听了大喜道:"此计甚妙,依计而行就是。即烦贤侄回家备办。明日清晨,送你妹子过来便了。"国璧依允,即时回家收拾房子,备办筵席不提。温夫人便对女儿说知,宫花允诺。夫人大喜,便即时预备,不多赘。

再说海瑞本欲见了国璧即便登程,谁知见国璧情甚殷勤,故此无奈住了。次日清晨,国璧就着家人来至店中,见了海瑞,遂拿出帖子说道:"家爷请相公午间小酌。"海瑞看了帖,即对来人说道:"承你家老爷宠召，下午即去尊府。原帖缴回，烦为善言，说不敢领当。"家人应诺回去。海瑞即便整冠束带。忽催帖又到，海瑞遂随着张府来人而去。到了张府门首，只见一座高大门楼，上有金字匾额，横"中宪第"三字。随有家人开门，只见国璧衣冠而出，迎接到大厅上坐。海瑞道："后学承老先生见召，老夫人处，理应请安，伏望指引，待后学叩见。"国璧道："岂敢。拙荆年老多病，常卧床褥，不敢劳先生贵步。"随有家丁献上香茗。茶罢，复让到书房里来。

海瑞进内，果见明窗净几。四壁琴书，是一个幽雅所在。海瑞道："老先生真是轩昂！观此幽居，足见风采矣！"国璧又谦了一回。家人摆上酒肴，就是国璧、海瑞对酌，殷勤奉劝。海瑞本量浅，三杯之后，便觉酩酊。国璧是个有意的，再三相劝，渐以大斗奉敬。此际海瑞已有八分醉意，欲待不饮，怎奈国璧再三央恳敬劝。一则是主人美意，二来是个长者，却不过了，只得强饮一斗，已有十二分醉意。须臾之间，竟觉头目晕花，身不由己，坐不安席。一阵酒涌上来，就按捺不住，当着筵上呕吐狼藉，人事不晓，伏在椅上。国璧知他醉了，便进内对温夫人说知此事。温夫人已将女儿宫花小姐送在新房内，国璧大喜。即唤侍婢扶挽海瑞入房，到床上安歇，反扣着房门而出。这才是：

一枕邯郸甘醉梦，三生石上强栽莲。

毕竟他二人能否成其亲事否，且听下回分解。

第四回

# 图谐鸳枕忽感居丧

却说众丫环将海瑞送进房中，反扣双扉而去。那宫花小姐躲入床后，只闻鼻息呼呼，心中不胜忐忑。直至三更，海瑞方才醒来。开目只见灯烛辉煌，身卧于纱帐之内，锦衾角枕，粉腻脂香，便坐在床上冥想道："适间是与张太守共饮，何以得至此地？看此情形，乃是幽闺深阁，幸喜是我一人在此偃息，倘有女眷在此，则我何以自明？"正在冥想之际，忽闻床后轻轻咳嗽。海瑞听得，不胜毛骨悚然，只道有鬼，乃正色道："何物鬼魅，敢在我跟前舞弄！曾不知收禁妖魅之事耶？"只听得娇声婉转答道："君试猜之，人耶鬼耶？"海瑞道："我以正直居心，不论是人是鬼，阴阳总属一理。但我今日为张太守召饮，偶尔在此，并非有意入人闺内者。既非鬼物，可即出见。"

宫花小姐自思终身大事要紧，我以奉母命赘伊为婿，即是名正言顺的夫妇，怎不可见他？遂走出床后，冉冉而来。到了灯下，手执屏障而说道："相公不必惊疑，妾实非鬼物，乃是张姓之女，温夫人即我母也。昔妾身被邪魔，多蒙相公驱逐，俾妾病退身安。家慈以相公深恩难报，故欲使妾侍君箕帚，挽家叔元、家兄国璧说合。蒙君见诺，不弃细流，约以槐黄期候定情。今场期已过，相公因病未得观场，此所谓得失有数,功名不以迟早为数,君何怨怼如是,岂达士所为耶?今夕妾奉母命,侍奉君子。祈望原谅,毋以怪物见斥,则幸甚矣。"海瑞听了,方才醒悟,方知适间国璧再三强饮,皆因于此。遂正色道:"小姐请坐,尚容剖达。不才一介儒生,毫无知识,谬蒙令堂大人不以寒微见弃,愿将小姐姻配村愚,实难当对。故小生屡屡坚辞,诚以一介贫儒不敢累小姐也。迨国璧先生旋强执柯,小生势不容辞,故勉应台命。今者名落孙山,见人每为汗颜,诚不欲见夫人者。然午夜扪心,岂容失约?故不避嫌疑,特为迂道拜谒张太守,是欲明订后约,即当归禀命于母亲,以遂此三生之愿。不虞张公设阱,陷瑞于此。小姐且请便。自古男女授受不亲,幸毋自弃。"

小姐听他如此推却,似有不纳之意,因说道:"妾非文君、红拂等辈。缘今夕奉慈命与君花烛的,君何出此言,使妾无所倚靠耶?"海瑞笑道:"小姐之言差矣!我与花容素未亲炙。昔者偶尔之事,何须频荐齿颊?虽令堂与有成言,然终身大事,若非宗庙告祭,洞房花烛,莫能成合?惟小姐思之,毋蹈非礼也。"宫花听了,知他是一个非礼勿言、非礼勿听的人,乃道:"君固君子,但今夕与君同室,就如同床一般。明日如何持论,此实妾所无以自解也,惟君思之。"海瑞听了这一句话,自思彼必欲我与他成亲,以全此事。我若不肯成亲,是负彼之心与夫人之德也。况张氏戚属,明日无不知者。今夜果然冰玉自信,明日诸眷属岂肯信耶?况张氏既奉母命于归,今使彼空守洞房,独对花烛,于理于情似甚不合。遂将身佩的一只椰子雕花的墨盒除了下来,放在桌上,指谓宫花道:"小姐之心,不才早已稔悉矣。但小生素性梗直,最恼淫逸。今夕之事,非小姐之故,亦非海瑞之错,乃令堂之心意也,于你我何与?但不才善体人情,洞悉世态,今有些微之物,敬奉妆台,倘蒙不弃,即赐收下。"宫花道:"蒙君不弃,惠赠记物,妾当什袭宝藏,以为定聘可也。"于是大声叫门。时已五更,丫鬟们听得,急急到房,将门开了。小姐随到温夫人房中,说知如此如此，这般这般。温夫人笑道："真君子也！"

未几天明，夫人便吩咐家人，先备下酒筵，即请国璧进内说道："海瑞真乃诚实君子，即坐怀不乱之柳下惠、程明道再生，亦不过如此，殊令人敬仰。今请你来，可与他订定行聘日期可也。"国璧应诺，便来到房中。只见海瑞端端正正坐在那里，看见国璧进来，便即起身迎接道："先生险些陷我于不义也！"国璧道："洞房花烛，人生最乐之事，何说陷君？"于是二人携手出了房门，来至中堂。温夫人早已坐候。

海瑞见了，便走上前见礼，遂口称"夫人"。夫人正色道："君何背义若此！昨夜小女方侍君子，今早便忘却耶？'岳母'二字，岂亦吝之乎？"海瑞听了，只得赔着笑脸，改口道："岳母大人请端坐，容小婿拜见。"便拜将下去。夫人急忙亲手挽住道："不用大礼，只此就是。"此时海瑞既称了婿，就要行起子婿之礼来。国璧亦与对拜了几拜，妹夫、大舅相称。夫人上坐，海瑞居于客位，国璧主席相陪。须臾，丫鬟、家仆等俱上来叩见新姑爷，并与夫人贺喜。夫人大喜，各各有赏。

海瑞道："小婿因患病未得观场，致负岳母之望，殊增惭愧。今又蒙岳母未以不才见弃，曲意周全，使小婿感激不尽，殊不自安。"夫人道："功名得失，自有定数，何须介意？小女既蒙救活，今既事君子，贤婿归家，即当禀明令堂，早来娶去。我非以聘物为望也。"海瑞拜谢道："小婿一介贫儒，仰叨岳母大人格外垂青。今即归里，禀明家慈，随传羔雁就是。"温夫人便吩咐家人摆酒，家人们领命。须臾之间，席已摆齐。海瑞便要把盏，夫人不肯，就令家人摆下，如行家人礼一般。三人劝酬之间，备极欢洽。席中又说了些亲切的话。海瑞乘机告曰："小婿离家，直至于兹，屈指三月，家慈不免倚闾望切，小婿明日便要拜辞。"温夫人道："令堂切念，贤婿念亲，两般都是美事。明日即当送贤婿回府。"海瑞即席拜谢，尽欢而散。夫人仍留海瑞宿于洞房，宫花小姐却只闷闷而坐，海瑞秉烛待旦而已。

到了天明，海瑞即便出房，见了夫人，一番言语申谢。随即令人到小乙店中，取出行李，望着夫人拜了四拜。夫人再三叮咛，自不必说，并请了国璧前来代送一程。海瑞那肯当此，出了张府的大门，便要分袂。国璧是必要送，海瑞无奈，只得与国璧携手同行了几里。海瑞说道："小弟就此拜别，不劳远送了！"国璧道："我固知送君千里，终当一别，但情不能已，殊属恋恋。弟有鄙句奉赠，虽然不成章句，无奈略展微忱耳。"因口占一律，依依不舍。海瑞亦有留恋之意，谢道："叨承尊舅厚意，并惠佳章，足证亲爱。不才敢不以狗尾续貂耶？"亦口占一律，以为酬答之意。国璧道："句语清新，用意深醇，不失诗人之旨。妹丈诚明敏之资也！"

海瑞称谢不已，相与珍重道别，向琼南一路进发。不几日，已抵家门。海瑞见了缪夫人，倒身下拜，自称："孩儿不肖，为着蜗角虚名，遂致远离膝下，有缺甘旨。又因初到省垣，水土不服，于七月初旬，忽然染起病来，睡卧床上四十余日，不能步履。眼看诸友进场，好不暗羡！及放榜后，始觉健康，当觉十分不得意。无奈，即欲买舟而回。却怪二竖歪缠，直至此际方回，殊缺晨昏之礼。幸望母亲鉴原，恕孩儿不孝之罪于万一。"夫人道："功名迟早，自有一定之数，此却不必介意。起凤腾蛟，自有时候，不得强争。你且宽心，奋志经史就是。"海瑞唯唯而退。

回自书房之内，自思张家之事，固不敢说，然亦不敢隐讳，左难右难，无计可施，只得对那书僮说知原委，令其向夫人说知。夫人听了儿子不费半文，又得美妇，遂唤海瑞细究其详。海瑞不敢隐讳，即以在旅店步月，如何得知张家女被鬼魅的事，备细说知。夫人道："彼女若何？儿曾见过否？"海瑞又将那夜以酒灌醉送入洞房的事尽情实说。夫人私喜儿子诚朴，便许允了。吩咐家人，到街坊上择日吉期，备些各项礼物，前往行聘。只因路途遥远，迎亲吉期，约在本年腊月十五迎娶。

温夫人念着女婿清贫，况且路远，便如所请，重赏来人回去。家人们归到海家，备言新亲家之德，好不欢喜。便是夫人，亦喜欢过望。未免将就些收拾一间新妇房屋，造几套新郎的衣服。不觉又是十二月初旬，吉期逼近。夫人预早央挽了近房的族老，前往迎亲。这里温夫人预先备了妆奁，极其丰盛，至期将女儿打发出阁。并令妥当的媳妇、丫鬟，陪送过海。恰好十五日辰时，彩舆到门。海瑞此时，方与宫花小姐成亲。

夫妇相敬如宾，邻里啧啧叹羡。况且张氏为人性最孝顺，事姑过于孝母。缪夫人见他如此孝顺，心中欢喜，视张氏胜如亲女，姑媳和洽，真足称也。未几，缪夫人一病不起，百计千方，调治不愈。张氏与海瑞亲侍汤药，衣不解带，备极艰辛。何期天年有限，大数难逃，至次年正月底，缪夫人竟呜呼哀哉了。海瑞此际，痛不欲生，尽哀尽礼，七七修斋，建醮超度，把那有限的家资，十去八九。过了百日，把缪夫人的灵柩送上山去，与父亲合茔。葬毕，居家守礼。幸赖张氏勤俭，凡事经理得宜，所以海瑞得以稍暇，闭门读书，终日埋头，足不履外，专候服阕进取。正是：

养成羽翼冲天汉，飞入秋霄到月宫。

毕竟二人后来如何，且听下回分解。

## 第五回

# 严嵩相术媚君

却说海瑞丧母，幸赖张氏维持家事，海瑞守制在家，奋志经史，暂且按下不表。

再说那正德皇帝自接位以来，天下承平。帝性好色，耽于安逸，选民间女子万人，以充宫掖。只是无子，不以为忧。其时帝正在昏迷之际，虽有三五大臣亟谏，劝其早建储嗣，帝只不听。

未几，帝有疾，皇后大恐，每对帝言及国储之事。帝曰："方今诸王正盛，虎视眈眈于宝位。朕若拣近派之子建储，恐启诸王之衅，故未有定议。今朕病矣，储嗣故宜早建。微卿言，朕竟忘之矣！"于是，宣文华殿大学士朱琛进宫密议。这朱琛亦是宗室亲臣，原是太祖嫡派，为人忠直耿介，故帝甚信之。今宣进龙榻之前，屏退内侍，问道："寡人心有隐忧，卿能知否？"朱琛俯伏奏道："陛下之隐忧，臣窃料之。"帝曰："卿事朕最久，必知朕意，卿试言之。"朱琛道："臣窃料陛下以皇嗣为虑，不知有当圣意否？"帝道："真知朕心者也！"敕令平身，近榻问话。朱琛谢了圣恩，立于龙榻之侧。帝曰："朕登九五以来，曾未见后宫诞育。今年老病沉重，诚念皇业之艰难，欲建储嗣以承大统，不知宗室中谁最贤德，可堪入嗣朕躬，试举为朕言之。"

朱琛道："陛下欲立近派，则在诸王之中立其最长者。若欲立贤能仁睿者，则访察外藩，若有此等贤能，宣入朝来，陛下面训，以承大统，则天下幸甚矣。"帝曰："朕见诸王之中子弟辈，各皆安逸惯习，不知治道。若以之主，则天下生灵不胜其苦矣。且诸王之中，每怀虎视之心，若立一人，余者则各相谋为不轨，立起争端，不特不能安天下，承社稷，适足以滋外患而倾宗庙矣。故欲访察外藩而入继。卿历事年久，访探必悉，倘有贤能堪绍大统，为朕言之。"朱琛道："臣昔奉命豫章时，曾见信阳王之裔孙朱某某，贤能廉介，礼贤下士。今现为吉州别驾，所在大著仁声，百姓倚之如父母。陛下诚能召入，以绍大统，则天下幸甚矣。"帝便问别驾朱某某为谁。朱琛奏道："文皇帝朝见有五服亲王，俱蒙分封藩镇，维屏国家。信阳王乃文皇帝之从弟，分封于广信。今朱某某乃信阳王之七世孙也。信阳王传失爵，故朱某某以荫生授吉州别驾。昔臣在豫章，常与朱某某计及大事，无一不知，所言事多奇中。性且廉俭，不事奢侈，好交结名流，是以知其能统天下者。不知陛下圣意如何？"帝曰："如卿所言，足当入嗣大统，即可召之入朝。"便欲发诏往宣。朱琛奏曰："陛下要召朱某某，若以诏召之，是速其祸。"帝问："何故？"琛曰："今诸王日恒眈眈于宝位，恨不得陛下立时宾天，好争大宝。今恩诏一出，满朝无不知之。倘有妒忌者，或遣亡命邀杀于路，此际如何是好？是欲贵之，反陷之也！有失陛下大事。此决不宜发诏迎入明矣。"帝听了沉吟半晌，乃道："卿言不错，然则如何万全？为朕言之。"琛曰："以臣愚见，不若以反问之计行之，可保无虞。"帝问："何计？"琛曰："陛下令发缇骑，将他锁拿回京。众人不解何故，皆恐波及。再着一人与他随行，如此则可保其来京矣。伏望陛下睿裁。"帝点头称善，计议已定，朱琛谢恩。次日，帝传旨，着廷尉发缇骑三十名，兵部差官持火票一纸，立即到江西锁拿吉州别驾朱某某到京问话。亲封紫金锁链九条，然后一并前往。

原来皇家分藩的，向有规矩：凡是皇上宗室亲派，不问所犯何事，理应拿问者，皆从大内发出紫金锁链，然后缇骑方敢拿人。此际兵部差官奉了金锁，领着缇骑，一路望着江南大路而来，暂且不表。

再说那吉州别驾朱某某，初生时红光满室，异香经数日不散。及长，又生得面如冠玉，唇若涂朱，龙眉凤目，两耳垂肩，两手过膝，真乃龙凤之姿，天日之表。自幼便有大志，为人至孝，以父荫得今职。朱某某自为吏治民，民爱之如父母，在这吉州一十六载，虽三尺之童，无不喜他。当下正在公堂议事，忽报朝廷缇骑差至。朱某某听得，不知何故，不觉失色，只得出迎。那差官到了堂上，口宣皇帝圣谕，朱某某急忙俯伏在地。差官高声道："钦奉圣旨，锁拿罪官朱某某进京问话，不得稽延！"说毕，就有缇骑将朱某某衣冠剥下，取出紫金链，将朱某某锁了，不容分说，竟自蜂拥出了署门而去，望着大路进发。将印信交于该抚，令人委署。此际朱某某魂不附体，又不知所犯何事，只是暗中自忖，满腹惊疑。然既锁拿，只得由他们所为，遂一路上望着江南进发。那些差官缇骑知道他本是宗室，是以格外徇情。自在公衙上了锁之后，一路都是拥护而行，并不把那囚车与他坐，这个是官官相护留情之处。所过地方，守土之员亦来迎送，皆因各人知他为人好处，是以有此。朱某某幸赖他们留情，在路上倒不觉十分凄楚，暂且按下。

却说江西广信府分宜县，有一人姓严名嵩，家住城内，年纪三十余岁，父母双亡，家资有限。这严嵩又喜交游，挥金如土，不几载就弄得上无片瓦，下无立锥之地，流落江湖，无可资生，乃以测字相面为生，夕日在江西一带地方混过日子。此人胸中略有才学，且口才舌辩大有过人者，所以在江湖上，很可以混得过去。

这日，恰好严嵩正出门做生计，将布篷撑起，摆在路上打尖闹热之处，好去趁钱。谁知这日就是兵部的差官，领着缇骑押解朱某某起身。时已将午，一行人到了打尖之处，各皆下马落店，用点心饮酒止饥解渴。严嵩正坐在篷子内，一眼看见了朱某某，不觉悚然起敬，自思："此是一个大贵人的相格，何以如此？"遂随入店内来。只见朱某某红光满面，紫气冲霄，暗思此人不是等闲富贵，乃是九五贵格。观此气色，早晚就是一个帝王的，如何反在缧绁之中？甚属不解。心中此时自恨无由可入，况是个犯官，不敢上前说话。乃在桌子对面坐下，唤人取酒过来，饮下三杯，乃佯作醉状，朗声笑道："人人说我是个神仙，怎么并无一人知我，前来问问休咎？"

朱某某听了，忽然触动隐情，便对桌问道："先生会阴阳么？"严嵩道："相面第一，命理卦理，了如指掌。"朱某某道："在下正有一件心事，待问休咎，先生肯见教否？"严嵩笑道："不用尊驾开口，便知心事。"朱某某道："你试说来，如果灵应，厚谢先生。"严嵩道："亦不用说出，只我写在纸上，务要合着你的心事才算呢！"众人听了，都要试他的灵验，齐声合口道："好，好，好！如果灵验，我们大家都要问问休咎。"嵩道："没有纸笔，如何写得？"其时店小二在旁说道："有，有。"遂三脚两步，把纸笔取了来。严嵩取纸在手，蘸饱了笔，写了几句：

君忽忧中我更乐，缧绁虽加非罪过。十年民牧欢太平，一日冲霄归凤阁。忧忧忧，乐乐乐，一判今人我不觉，此会祥云龙见角。

写毕，又在旁写了几行小字，其略云："若问休咎，今日却见紫气冲天，面有红光，逢凶化吉。虽有惊恐，日后大安。"递与朱某某手上。朱某某接了来看，不禁大笑道："是了，是了。"于是众人也要争看，朱某某将纸递了出来。众人看了，帮道："灵验。"内中差官，看他灵验，也向严嵩求问前程。嵩向他面上看了几下，说道："好好好，得官早！"乃执笔写了几句道：

羡君高耳有浮轮，即日当朝一品臣。
　　刻下身曾与日并，今宵也要伴龙孙！

　　写毕，递与差官看了，不觉惊得呆了。自思此人如此灵验，莫非是个神仙前来点化我们不成？遂与朱某某来到楼上，携了严嵩，细细问他休咎。嵩道："相貌乃是一定之格，不能强说得的。若要知其人如何心事，则以理机窥之，无不吻合。"朱某某道："先生，你可知我是个甚么人？"嵩道："只要尊驾写上一个字来，我便知道。"朱某某便随口说了一个"问"字。嵩想了一想，说道："再请尊驾亲手写一个字来，合测便知。"时朱某某手拿鞭竿，即向地上一画。嵩连忙跪下说："小相士有目无珠，伏望万岁恕罪！"朱某某急止之曰："我乃犯官，如今被拿进京的，怎么说我是万岁？这就是不验了。"嵩道："你说不验，待我解与你听：顷言'问'字者，以手按着左边，是这个君，又以手按着右边，仍是个君字。左看是君，右看还是君。土上加一，就是一个王字。岂不是君王么？是以知之。"朱某某大笑道："先生错解矣！"遂问道："今我被拘至此，此去京城可能生还否？"嵩将一纸写了篇言语，递与那朱某某观看。朱某某接来展开细读一遍，不觉满面喜色。那差官不知其故，便接过手来仔细看去，见了不觉吐舌。正是：

　　因此几句话，欢喜上眉尖。

　　毕竟这严嵩写的是甚么言语，且听下回分解。

第六回

# 海瑞正言服盗

却说严嵩取纸笔写了一篇言语，递与朱某某看了。那差官便上前接来细看，只见上写道：

详观贵相，双眉八彩，两耳垂肩。书云："耳主家业，眉权运气。耳轮厚珠，主承大业。"更喜廓高弦朗，必膺社稷。书又云："尧眉八彩。"此古帝王之贵相，主运气旺，而统八方之贵。观此二者，足观大贵之有在。其余龙行虎步，双手过膝，亦主天日之兆。今际天庭略暗，故稍有缧绁之惊。更喜紫气辉于天堂，早晚即登九五。据实详观，祈为自爱！

那差官看了，不觉吃了一惊，道："先生之言，无乃太过耶？"严嵩道："一非在下荒唐，实乃依书而说。在下博观群书，所有奇门遁甲，风鉴诸书，无不遍览。惟风鉴之书，独得其奥。故敢自信，实非大言欺人。"朱某某听了，半信半疑地笑道："此去若能保得生命足矣，焉敢过望？倘如君言，他日敢不厚酬！"严嵩曰："在下阅人多矣！从未有如君者。此去若不膺大宝，在下当去此双目！"那差官道："诚如君言，则某亦藉光荣矣。"严嵩道："大丈夫遇真明主而不倾心待之，交臂失去，诚为可哂，今将军眉间喜气正旺，早晚必为总阃。如不灵验,愿以首级相赌如何?"那差官道:"诚如君言,他日敢忘衔结?敢请问阀阅。"嵩道:"在下分宜县人氏,姓严名嵩,曾读诗书。只因屡试不售,遂无意功名。后因家中多事,家业飘零,无奈流落江湖,于此行当,言之殊为汗颜。"

朱某某听了道:"阁下即具此大才,何不再理旧业?倘他日得志,正可与国家作用,岂可自弃耶?"严嵩道:"在下亦非不欲读书进取,只为家贫,营火告乏,不得已辍业的。"朱某某叹道:"贫乏困人,真是大难为计!"遂唤从人,在行李中取了五十两银子相送与他,并叮咛道:"先生持此,即可改业。倘一朝得志,自有用处。"严嵩叩谢。时已日暮,不能前进,朱某某就吩咐在这店中暂住下,明日再行。那差官应诺,吩咐将牲口喂了,行李搬到店内。是夜,朱某某特留严嵩作伴,与其畅论大计,言语中窍。朱某某大喜道:"倘不才果如君言,当屈先生总理政务。"严嵩听了,即便叩头谢恩。

再说那差官姓张名志伯,现为兵部武库司之职,原是个武进士出身。今奉差来提朱某某,见严嵩之言,十分信而无疑。又见他说是早晚当为总阁,心中大喜,便加意奉承。故此朱某某说声如何,他就凛遵,反加趋奉。当下张志伯对朱某某面前说道:"严嵩之言,谅不荒唐。但愿别驾早应其言,则某亦叨荣矣!"朱某某道:"诚如其言,将军他日功亦不小。"张志伯连忙叩谢。一宵已过,次日起行,严嵩相送十里余方回。自此后旧业复理,昼夜苦读,自不必说。

再说张志伯一行望着大路而行,饥餐渴饮,晓行夜宿,不觉已抵都城。因是内戚,不敢停留,即时到部销差。该部立即入奏。帝见朱某某已到,即时宣进宫来。朱某某俯伏榻前叩安伏罪。帝赐平身,敕令开锁,召至面前谓曰:"朕年老病重,势将不起。念先皇创业艰难,不敢稍托非人,故特召卿来京,托以后事。卿体念朕意,务以爱民省敛为首务,则社稷自安,朕亦无憾矣。"朱某某叩首奏道:"臣乃外职,无才无德,焉敢妄居大位?况陛下现有诸王在藩者,不下十余人,岂无一二贤能堪以继绍大统者？臣不敢奉诏，惟陛下谅之。臣实不胜幸望之至！"帝曰："凡为君者，总天下之权，群黎共戴，须当择有德者继之，不论亲疏。朕意已决，卿勿再辞。不必多奏，朕甚厌闻。"朱某某不敢再奏，只得奉诏。帝令内侍领朱某某到昭阳恭谒国母，随令左丞相草禅位吉诏，以朱某某为太子，继诏大统。

这诏书一出，朝中文武谁敢异议？择于本年八月初三日庚午，帝亲以玉玺授朱某某。朱某某拜受恩命讫，然后升殿受诸臣朝贺，山呼万岁。却不敢改建年号，以正德尚在故也。帝闻知，遂亲书"嘉靖元年"四字，令人授朱某某。朱某某接着，当天祷告，先谢了恩命，然后将"嘉靖元年"四字，颁发天下，遂尊朱某某为嘉靖皇帝，尊正德为太上皇帝，尊皇后为国母皇太后。册妻为皇后，掌昭阳正院。升唐元直为文华殿大学士，董芳源为华盖殿大学士。其余文武官员，皆加一级。所有正德爷行事的律例，一一遵依，概不改易厘毫，所以臣民悦服。升张志伯为步军总督都指挥。随即发诏，颁报各省藩王。

未几，正德病情加重，召嘉靖至榻前遗嘱后事。是夜三更，崩于宫中。嘉靖大哭，几次晕去复苏，如丧考妣，即传左右丞相入宫，共议丧事，发哀诏颁行天下。帝哀毁过度，几已染病。皇太后转以为忧，时以温旨慰之。百日小祥，帝奉正德灵柩葬于敬陵，小心侍奉太后，太后大喜，特赐恩旨，令帝追尊父母为皇帝后，帝再三辞谢。太后曰："父母养子者，原以子贵而身荣，而人子亦藉以报父母也。今你尊为天子，岂可令先父母漠漠无荣耶？你其凛遵，即举大典，无负至意可也。"帝遂命六部九卿拟议。六部议得太后现在，不宜加尊太字，宜以皇帝皇后尊之。帝允议，遂尊父为孝昭皇帝，尊母为孝昭皇后，大祥后举行大典。直省乡榜，加中七名，中省加五名，小省三名。这恩旨一下，天下各省遵行。

时海瑞亦已服阕，闻得有这个恩典，即对妻子说知，打点赴省入场。张氏道："妾愿君掇功名回归告墓，少报公婆劬劳之恩，则妾幸甚矣！"海瑞道："深荷娘子维持家计，使我无内顾之忧。此去倘得侥幸，即当早回，以报娘子也。"遂约了几个朋友，同伙前往。海瑞此际已收拾一切，遂择吉起程。那乡中亲友相助的程仪资斧，共有一百余两。海瑞就留下五十两在家，余者尽藏于书箱之内。次日告祭了祖宗，又到爹娘墓祭毕，方与诸友起程。张氏叮咛相送出城，方才分别。是夜海瑞与诸友宿于店中。

其时有偷儿王安、张雄二人，惯在店中偷劫客人财物。因知海瑞有盘费银两，遂随到店中，亦宿在这店内。是夜三更以后，二人便来动手。海瑞此际却不曾合眼。只听房门响处，知是有贼来到，遂起身坐在床上，以观其事。少顷，房门开了，二人潜步而入，若听床上。海瑞故意作呼呼鼻息之声，见一人以手指着帐内作喜状，旋以手指皮箱。那人在身上取了一把钥匙，便来开锁。须臾，将箱内的衣服并银子拿了一空。正待要走，被那海瑞跳下床来，以身蔽着房门。二人惊慌无措，便欲夺门而走。

原来海瑞虽是一个儒生，不知身上倒甚有力量。以手撑着两扇房门，二人再不能扳扯得动。二贼惊惶无地，谅难得脱，只得将衣服银两放下，跪在地上叩头哀恳道："小人有眼不识泰山，致有冒犯，实缘贫困所逼。今望相公宽宥，下次再不敢如此。"海瑞大笑道："天下事尽可谋生，何以作贼？触犯王章，身名俱丧。二君今晚幸是遇我，倘若遇着别人，只怕君等被拴矣！我看你二人年力尚壮，何事不可作为，即食力佣工，亦可资生。一旦甘心做贼，我诚为君等耻之！也罢，你等既已知悔，我亦不苛求，且放你去罢。"遂走到床前，让二人出去。

二贼自思："那里有这等好人？我们要问他一个名姓，日后亦好报答与他。"遂复走回海瑞床前，叩了几个头谢道："小人不该偷窃相公银两衣服，被相公拿住，以为万死不赎。今蒙相公如此大义，释放我等，正所谓恩同再造，德被二天。小人等虽系窃贼，亦晓得知恩报恩的，敢恳相公明示尊姓大名，俾得小人等日后衔结。"海瑞道："我姓海名瑞，乃琼山县人氏，现在睦贤乡内居住。亦不望你等报答，但愿你们改邪归正，便似报答我一般。请问壮士高姓尊名？"那王安道：

"小人姓王名安，他名张雄，二人都是绿林中朋友。只因家贫，无可谋生，不得已而为此事。如今蒙海相公这番恩典教训，我们自愿改邪归正，再不做贼了。"海瑞喜道："你等既愿改邪归正，但是无资可做营生。我当稍有相助。"随将银包解开，每人赏他一锭五两重纹银，道："你们且拿去做个小营生，觅个糊口之计罢。"二人看见他如此慷慨，那里肯受，谢了说道："蒙海相公释放，已自感激了，还敢受赐么？银子是决不敢受的。如今小人们既不做贼，无处安身，情愿随海相公做个家人，执鞭随镫，也是好的，不知相公肯赐收录否？"

海瑞连说："不敢，君等皆有为之士，岂可屈于我下。还是拿了银子去找些生计糊口的是。"王安道："小人们见了相公如此大义慷慨，那里舍得，必要求相公收录。"说罢，跪在地下，不住的叩头，哀哀求恳。海瑞见他们如此恳切，乃扶起道："你等既欲相随我，但我乃是一个穷秀才，如今要到省城赴科，只恐你们受不得这些苦楚呢？"二人齐道："但得相公肯赐收录，小人等现有米饭，还可自行预备，不须相公忧虑。"海瑞道："这个却不能用你的。既然如此，就要听我的话，方才可以相随，不然不敢为伴了。"二人道："相公有甚的吩咐，小人们无有不依的。求相公教诲就是。"海瑞道："一不许你等盗劫他人银钱衣物，二不许贪婪，三不许饮酒滋事，四不许管人闲事，五不许赌博。兼之，朝夕俱要在我身旁，凡事俱要公道，不得一毫徇私。此数者，稍有一件不从，我亦不敢奉屈了。"二人齐声应诺道："相公吩咐，怎敢妄为？无不凛遵的！"海瑞即改张雄为海雄，改王安为海安。二人此后就改邪归正，甘心服役。次日海瑞便将二人之事，对众友说知，无不服其大义正气，能化偷儿之顽梗。正是：

只因正气人钦服，真顽到此亦生灵。

毕竟海瑞这回赴考，可能得中否？且看下回分解。

## 第七回

# 奸人际会风云

却说海瑞收了海安、海雄二人,会同诸友,渡过重洋,望着雷州进发,并去探望岳母张夫人并张国璧。数载重逢,诉不尽契阔的话。张夫人备了一席丰盛酒筵,一则与女婿接风,二则与女婿润笔,席中备极亲情。夫人道:"姑爷,我看你这回面上光彩,今科必定高中的。"海瑞道:"叨藉岳母福庇,倘若侥幸博得一榜归来,亦稍酬令媛一番酸楚矣。"夫人道:"小女三从不谙,四德未闻,幸配君子,正如蒹葭得倚玉树,何幸如之!"海瑞道:"不是这等说。小婿家徒四壁,令媛自到寒门,躬操井臼,备尝艰苦,小婿甚属过意不去。倘叨福庇,此去若得榜上有名,方不负他呢!"

二人席上叙说衷肠,是夜尽欢而散,就在张家下榻。次日,国璧又来相请过去。酒至半酣,国璧笑道:"我老矣,恐不复见妹丈飞腾云霄也。"海瑞慰之曰:"尊舅不必过虑,生死有命,富贵在天,又岂人所能逆料?"相与痛饮。次日张夫人送了十两程仪,复招往作饯。国璧亦有盘费相赠。海瑞告别,即与诸友起身,望着高州进发而去。舟车并用,不止一日,已抵羊城,觅寓住下。考遗才,却幸高列,在寓所静候主考到来。

是年乃是江南胡瑛为正主考，江西彭竹眉是副主考，二人都是两榜出身，大有名望的。这胡瑛现任太常寺卿，帝甚重其为人，故特放此考差。彭竹眉原是部属，亦为帝所素知。二人衔了恩命，即日就道。八月初二日，已抵省垣，有司迎入公署。至初六日，一同监临提调各官入闱。初八日，海瑞与诸友点名进院。三篇文艺，珠玉琳琅，二场经论，三场对策，无不切中时弊，大为房师叹赏，故得首荐。至揭晓日，海瑞名字列于榜上第二十五名。此时报录的纷纷来报，喜煞了海安、海雄二人。那些同来的朋友，没一个中的。是年庚午科，琼属就是中了海瑞一人，诸友皆来称贺。到了会宴之日，海瑞随同诸年友诣巡抚衙门，簪花谢圣，好不热闹。

过了几日，海瑞就要回家。或止之曰："兄不日就要领咨入京会试。今又远返，岂不是耽延时日？不若莫归，打发家人回府报喜就是。"海瑞道："不然，古人云：'富贵不还乡，如衣绣夜行。'今我虽不是甚的身荣，然既侥幸得中，必要亲自谒墓，少展孝意。况拙荆在家切望，岂可因往返之劳，致父母之墓不谒？拙荆倚门，不能睹丈夫新贵之荣颜耶？我决不忍为此。"闻者无不敬服。海瑞拜谢过了房师，并会过诸同年，即与诸友同伴回琼，一路上好不欢喜，所喜得有以报命于岳母并张国璧也。非止一日，来到雷州。海瑞便要到岳家去拜谒，恐诸友因此耽搁，便令海安持书随诸友回家报知。自与海雄来到张府拜谒岳母。

夫人看见女婿得中，喜得手舞足蹈，自不必说。即命家人备酒称贺。海瑞道："还有舅兄处，亦要走走。"夫人听了，叹口气道："国璧前月死了，至今停丧在家，犹未出殡。"海瑞听了，不觉放声大哭道："惜哉舅兄！痛哉舅兄！"连酒都不吃，直望着张府而来，直至灵前，哭倒在地。

原来张公无子，只有嫡侄张遂承嗣。此际海瑞哭了又哭，直至张遂来劝，再三慰止。海瑞道："始以赴场之日，与公叙话，斯时尊大人即惧会死；我犹以正理慰之，不虞今日果死矣！回忆昔日之言，真乃今日之谶也。不料转瞬之间即成隔世之悲，不见故人，徒增双泪。"说罢又哭，乃取笔墨亲题一律以唁之。张遂看了，不禁泣下。少顷，张夫人着人来请回去饮酒，就请张元来相陪。海瑞心切国璧，是日酒席之间，不能尽欢。次日，海瑞即欲回琼。

张夫人道："贤婿路上劳顿，昨又过舍侄那边，哀毁太过，暂且息两天，然后回去不迟，老身还有话说。"海瑞道："小婿住便住下，只是夫人有话，即请见教。"夫人道："今喜贤婿高中乡魁，即当赴试春闱。但此去经年累月，小女无人照拂。老身意欲接了小女回来住着，待等贤婿高中，再做道理。一则贤婿心无内顾之忧，二者小女亦有老身照管，你道好么？"海瑞自思："果是自己去了，家中无管理之人。夫人此话，诚为爱我者也。"遂拜谢道："小婿屡承岳母提挈，今幸侥幸，怎奈又以妻子带累府上，小婿于心何安？"夫人道："自家儿女，说甚么带累二字？"海瑞再三称谢，住了两天，便拜辞而去。不一日，已到家门。张氏听得丈夫回来，喜不可言，即时相迎。入到中堂，先与丈夫相贺，然后对拜了四拜。海瑞又对着张氏拜了两拜，道："仆若不得夫人内助，何能用心读书，致有今日？"张氏道："操持井臼，乃是妾身本分，老爷何必如此说话，折煞妾身也。"海雄也上来参见了，海瑞便将他二人之事，对张氏说知。张氏道："改邪归正，便是好人，可嘉可尚。"安、雄二人谢了。随有各戚友牵羊担酒，临门称贺。

海瑞足足忙了三四日，方才清净了些。随将岳母之意，对妻子说知。张氏自无不允的。夫妻二人，把家中各项托与亲邻看守，一同来到张家。母女相逢，喜不必说。更可喜者，张氏昔日之同伴姊妹，相别数载，今一旦归来，人人都称他做奶奶，其乐可知。过了两日，夫人便将银子一百两相助海瑞上京使用，即便催促起程。

海瑞收拾了行李，带领海安、海雄，一路望着省城而来，一路念着夫人恩惠不置。到了省城，已是十一月时候。海瑞急便即时具呈到藩司处，领那进京水脚。

谁知藩司衙门自有陋规，凡是新旧科举子领取进京会试路费，必要在库科内用些银子，方才得快。若是没有陋规，他们便故意延搁。海瑞那得有银子与他们使用？所以一直候了十余日，还不见有牌悬出，不禁焦躁。若是银子，倒也罢了。惟是咨文十分紧要，若是没有了，便不能前去会试的。时已十二月初旬，海瑞心中好生着急，又不肯使陋规，无奈候着那藩司出府，拦舆喊禀。那藩司得知书吏舞弊，方将银子发给出来，咨文申送到巡抚处，即将舞弊书吏责革不提。海瑞急急到巡抚处，领了咨文路票，立即雇船。此时所有会试的都已去了，欲要自雇一只，又因盘费有限，无奈只得搭了江西的茶叶船前去。暂且不表。

再说那严嵩，自从得了这五十两银子，即时改业，昼夜苦攻诗书，以图进取。未几，闻得朱某某果然登了大宝，改元嘉靖，不觉惊喜欲狂，自负道："嵩自此只忧富贵不忧贫矣！"是年，学院按临，即便进了学。他本来有点小聪明，这一回连捷就中了举。此时一举成名，就有许多朋友资助，竟公然请咨上京。他原籍江西，进京又是捷径，不一月，已到皇都。到了三月初九日头场，严嵩在场内分外精神，三艺俱完。二三场经策，越发得意。

谁知嘉靖自登极以来，心念严嵩不置，但是无由可召至。忽阅各省乡榜，看见严嵩名字在上，乃喜曰："此人今已入彀。我在豫章时，稔悉此人才学，今已得荐，倘此人若进士点状元，朕有赖矣！"时张斌在侧，亲自听闻记之。次日钦点大总裁，帝以目视张斌，即放张斌为大总裁。斌乃吏部侍郎，亦是江西人，以会帝意，故自一到点名之时，默嘱点名官，暗记字号，并知会房师帘官，要首荐严嵩的卷子。及揭晓时，嵩高高中在第九名进士。殿试传胪，亦列高等。到临轩对策，帝大喜悦，钦赐状元及第，即用为翰林修撰，兼掌国子监，一时宠幸无比，暂且按下不表。

又说海瑞一则误了日期，二则搭的却是货船，从长江而走，比及到得京城，已是四月。眼看不得进场，住在那张老儿的豆腐店中，即欲回家。海安、海雄齐道："老爷千里万里，经了多少跋涉，方才来到京都。虽则未得入场，今日空回，岂不费了一腔心血么？不如且在这里老儿店中住下，再宿一科，亦不致抱恨呢！"海瑞道："虽然住在这里宿科是极好的事，但家中盼望，却怎好？"海安道："不妨。奶奶如今在老夫人府中，如今有老夫人料理，即使十载不回，亦不用挂心的。况且同年李纯阳老爷新点了翰林，也要在京候了散馆，方才回去。在省时，与老爷最称相知的，即有甚么薪水不敷，亦可望他资助，决然不吝的。"海瑞听了，自思二人之言也自有理，便道："如此且宿一科，修书回家报知，使他们免得挂念才好。"遂立时修了书信，就挽了传驿递回粤东，转寄琼南。从此海瑞便在京宿科，就在张老儿豆腐店中住下。

再说那张老儿本是南京人，只因少年时到了京都来，娶了一房妻子仇氏。这仇氏自嫁到张老儿手上，并未生男，数载之间，产下一女。却也古怪，不知怎的，当那仇氏生产女儿之夕，只闻天上音乐嘹亮。比及分娩之时，只见异香满室。生下地来，却是带着一个紫色包。加以剖开时，却是一女。因见此异，张老儿知此女日后必贵，即也欢喜，全不以生女为恨。及至七八岁，便生得如花似玉。仇氏略知诗书，恰好这女儿又喜的是文字，不去游嬉，却要母亲教他识字。自己取了个名儿，唤做元春。正是：

　　只因生相多奇异，致有椒房宠信恩。

毕竟那元春后来如何大贵之处，且看下回分解。

第八回

# 正士遭逢坎坷

却说元春自幼好随着母亲学习认字。却也古怪，他的母亲不过略识数行而已，惟这元春，不上二年间，竟比他母亲多识几倍字。却这般聪慧颖悟非常，所以俨然一个女才子。每日只管央父亲去买各项书籍以及各家书钞回来细看。不数月，竟会作起诗来。这张老儿看他如此聪明，心花都开了，爱如掌珠，诸事多不敢拗他，虽属小小生意，家道贫穷，然元春说要那一本书看，他便十分委曲，都买了来与他。再不道这豆腐店的女儿，竟堆了一案的书籍。

其妻仇氏见老儿过爱得狠，常谏道："我们如此清贫，有了个女儿，只望他做些针线，添补家计。怎么还顺着他混乱花费钱钞？东一部西一本的，买着许多书纸做甚么？我当日亦是父母把我贵气，教我读书识字，只望我后来不知怎的带挈他。后来嫁到个胡经历，不五年我便做了寡妇。此时父母又死了，哥嫂不情，无奈才嫁了你。如今只落得做一个当炉赁春的卓文君。看来女子识字，十个中再没一个好命的。今后再休骄纵惯他，还是叫他做些针线，帮帮家用才是呢！"

张老儿道："这是他小儿女的情性，管他则甚？然做些针线亦是正事。你的女儿，你难道说不得他么？"说过之后，其母便屡屡止这元春不要读书做诗，做活帮家才是。这元春听了母亲的言语，不敢不遵，便日里帮着母亲做活，夜里稍暇，仍背地执著书卷，不忍释手的看。

其时，元春已是十五岁了，海瑞在他店中住的时节，常常见他。然海瑞是正气的人，虽见了这般如花似玉的美女，却也不大留心他。所以元春见了他也不十分躲避。张老儿看了海瑞这样至诚，常道："我儿，这位海老爷自从到我们店中以来，不曾偷眼看人，不曾说过一句无礼的话，况且又待我们这般情义，只如家人父子一般，你也不必故意躲避了。况且他常在这里住的，要躲避时，奈房子又小，怎么躲避得许多呢？"因有了这句话，元春也就不用故意躲避了。暂且不表。

再说那严嵩自从得幸，常在帝前供奉。帝惟其言是从，惟其计是听，一时显赫无比，此际已为通政司了。他在京建府第，买僮畜婢，娶了两房夫人，又终日与张志伯在外面卖官鬻爵，广收贿赂。他的家人严二，自称为严二先生，在严府门下很得主子重用，而严嵩亦倚之为爪牙，算得心腹家人。这严二便倚着主子的权势，在外边重利放债，抽剥小民。

这京都地方，最兴的是放官债并印子钱。何谓印子钱呢？譬如民间有赤贫的小户，要做买卖，苦无资本，就向他们放债的借贷。若借了一千文，就要每日摊匀若干文，逐日还他，总收以利加二为率。每日收钱之时，就盖上一个私刻的小钤记，以为凭据，就叫做印子钱，其利最重。贫民因为困乏，无处借贷，无奈为此，原是个不得已的事。这严二就干了这门生意，终日里便去放印子债。人家晓得他是严府得用的家人，那个敢赖他的？所以愈放愈多，得利不少。是年京城大旱，粮米昂贵，张老儿生意又淡，兼欠下地税，奉官追呼，迫如星火，正在设法借贷。

一日，张老儿送豆浆到严府里来。此刻严二正在门房上坐着，看见张老儿双眉不展，没情没绪的。因问道："老头子，我见你这几天眉头紧皱,却到底为甚事来?"张老儿见问,叹了口气道:"不瞒二先生说,这几日竟开不得交了,所以愁闷呢。"严二道:"你家口有限,靠着这老店,很够滋藉,怎么说开不得交?难道官债私债,被人催逼么?"张老儿道:"正是为此。近来米粮昂贵,店里生意又甚淡薄,所赚的都不敷用。在往时,还有十余伙客在我们店里住,如今竟没有,只得一位海老爷,又不在店中吃饭,主仆三人自开火的,不过每月与我一两的房税。如今地税又过限,府里公差日日登门追呼,又没处去借贷,所以烦闷呢。"严二笑道:"这些地税,有甚大事,要这样烦闷?"张老儿摇首道:"不是这般说。我们生意人,若欠了钱粮,那府里提将去,三日一比,五日一卯,只怕这老屁股经不得几下大毛板呢!"严二道:"如此厉害么?何不向住房的先讨过些房租抵纳,也免得受苦呢。"张老儿道:"说来好笑,我在这都城,开了二十年的客店,不知见过了多少客人,从没有见过这位海老爷如此悭吝的呢!"严二道:"他既是个老爷,想必是个有前程的,要体面的人,怎么这般悭吝?"张老儿道:"他不是有职缺的人员,乃是广东的一个穷举子,又没运气。是前次进京会试的,走得迟了,来到京中,已是四月,过了场期。又不肯空走一道,便在我们店中住下宿科。不独银子有限,可怜他主仆三人,衣服也不多得两件。这位海老爷外面一件蓝布道袍,自到店来就不曾离了身上一日,至今还是穿着呢!他与翰林李老爷是个同年乡亲,每到院里去,都是这一件衣服,即此就可以见得。只是他为人诚实,再不多一句话的。却也介廉,自到店来,水也不曾白吃过我们一日,如何便向他开口呢?"

严二听了,便不觉大笑起来,道:"这样的穷举子还想望中么?罢了,我看你是一个老实人,值这样急迫之时,我这里借与你几两银子,开了这个交如何?"张老二听得严二有银子肯借与他,恰如坐监逢赦的一般,满面堆下笑来,说道:"二先生,你老人家是个最肯行善的,若肯相信,挪借几两银子,免我吃苦呢!这是再造之恩,利钱多少，子母一并送还就是。"严二道："我的银子是领了人家来的，亦要纳回利息与那主儿的。只是每两扣下二钱，加三行息，一月清楚。若是一月不能清，偿利就是。"张老儿听了，自思八扣加三的银子，如此重利，是用不得的了。只是事属燃眉，舍此更无别法可以打算。自忖不过吃些亏，一个月还了他就是，好过明日吃棒，终然拖欠不得的。且顾了这眼前，宽了一限，再作道理。

打定了主意，便向严二道："这是本应的，但得二先生肯借，我们就顶当不起了。不知二先生肯借我多少呢？"严二道："你要借么？十两罢。"张老儿听得肯借十两，除了几两交纳，还剩得几两充充本钱，一发好得很。便道："这就是二先生相信得很呢，小老不知将何以报大德？"严二道："周急之事常有，亦不用你报答，只要你依期交还就是。若要银子时，可即写个借券来，我就有银子给你的。"张老儿道："小老不晓得怎么写法，求二先生起个稿儿，待我照着写罢。"严二道："这个使得。"便引了张老儿到房内，自己磨墨饱笔，写了一纸借券稿儿，自己读了一遍，随与张老儿观看。张老儿连忙接来一看，只见上写着：

  立借券人某，现在某处。今业某生理某店，只因急需，无法挪借，蒙严某慷慨，代挪纹丝银锭十两，每两每月加息三钱。以一月为限，依限子母交还。如有迟误过限，另起利息，并本计算。今欲有凭，立券为照。
          嘉靖某　年　月　日立借券某的笔

张老儿看了，却不解得后面这两句。只道是一月不还又与一月利息的意思。随执笔照着写了，一字不曾增减，画了花押，复递与严二观看。

这严二接了借券笑道："果然一字不差的。"遂收了券，随在床上枕畔，取了一锭来，交与张老儿手上道："这是八两头，除了扣头，共算十两。这是上足成色的元丝锭儿,你亲自看过。"此际天然将昏,张老儿略看了一看,便纳于怀中,说道:"好的,你老人家是个至诚的,那里还有伪假的银子呢?"千声"多谢"、万句"蒙情",出门而去,满心欢喜,一直望店中而来。

时已将晚,只见妻子怨道:"怎么去了这半天?可怜那府里两个公差又来呼唤,不见你,被他狠狠的骂了一顿。好言语还不肯走,说是堂上十分严催得紧,明日扫数了。若是不纳了这项银子,恐怕带累他们,他们是难做情的。这般说,竟坐着等你同去见官呢。亏了海老爷并两位管家小哥,费了多少唇舌,方才劝了他去。已经约了明日一早清款。你却不知在外边做些甚么,到这个时候才回,却不知家里了。"张老儿道:"你不必操心,我有主意在此。包管明日有银子上纳就是。"不住的微笑,只管叫取晚饭来吃。其妻埋怨道:"偌大年纪,全一些不知忧虑。四处无门可贷,还在那里说梦呢!"张老儿道:"这不是梦,是实话。你不信,我把件东西你看看。"遂在怀里拿出银子来,放在桌上,道:"这都是梦话么?"妻见大喜,也不问银所自来。

夫妻大喜,用过夜饭,一宵无话。次日张老起来,要将银子到银号里交纳,找回些来充本。及至到了银号内,那银号的人看了,说声:"不好的!"把张老儿吓呆了。正是:

只因以己忠诚处,今日方知中奸谋。

毕竟张老儿怎么了,且看下回便知。

第九回

# 张老儿借财被骗

　　却说张老儿听得那银号的掌柜说银子不好，心中大惊，呆了半晌说道："怎么见得是不好的？"那掌柜的道："这明明是夹铅的，外面用银子包皮，这就是不好的，休要强辩。难道我们当了这一辈子库号，还不认得么？"张老儿此际无以自凭，只叫得苦，便三脚两步走出了银号，望着严府而来，要寻严二的晦气。比及到得严府，问时，那严二跟随严嵩入朝去了，又不知几时才回。没奈何，只得在对面一家门首蹲着等候。自怨不小心，有了这项银子都不看过，却上了人家的当。倘若不认，这怎么好？又想着严二是个大有作为的人，料然是被人家骗了的，却不是故意与我的。且看他昨日这般好心看承我，他决不肯不认的。只管在那里胡猜乱想，足足等到午时，方才回来。

　　这严二随着主子马后，早已一眼看见了他，更佯作不曾见到，随着主子进去了，故意不出来。张老儿是送惯豆浆的，所以府中的人也些许相认得，但逢出来的，便问严二先生在里面做甚么？或曰："他如今现在上面伺候爷的饭，饭毕还要帮爷签押发稿。几多事情，那里得空闲出来？你要见他，只可明日来罢。"张老儿道："小老要将一件东西交还与他呢。既是差事不得空，敢烦尊驾代为交与如何？"这人道：

"使不得。他的性情是最古怪的,我们同辈差不多都不与他交谈。你有甚么东西,且待明日当面交与他罢。"说毕,各有事去了。

这老儿只得又在门首等了许久,天色差不多要晚将下来,肚中又饿,方才走回店中。甫入店门,只听得里面几个公差的声音,在那里大惊小怪的说道:"躲得去的不成么?"张老儿此际无奈,走到里面,对那一众公差道:"不躲的,我来了。"公差见他回来,骂道:"真是个顽户,怎么走了去躲着,这时悄悄回来?料道我们去了,所以走回来吃饭。睡到天明,一个黑早就走了。这个方法,是你拖欠钱粮的伎俩。如今我们却不管你有没有,我只带你到堂上去面回官去!"便一手揪着张老儿的胸膛,扯住便走。张老儿慌了,大叫:"且慢且慢,有话慢慢商量。"他的妻女都来相劝,公差那里肯依,只顾乱拖。

彼此相嚷,却惊了海瑞也来劝。公差道:"海老爷,你不要管这闲事罢。"海瑞道:"列位且息雷霆,容我分说。不合再任你们发落就是。"内中一人道:"如此且略松一松手,谅他也走不上天去。且听海老爷有甚么说。"公差听了,才放了张老儿。海瑞道:"张东家,这是钱粮,不是私债,该早日打算,亦免得有今日。你如今且说有甚么打算呢?"张老儿叹道:"列位又那里知道我这样委曲?银粮的欠项,那有不上紧的道理。如昨日我去了这一天,也是为着此项。不知用了多少唇舌,才向一家财东借了八两银子。回家只望今日去号里交纳,谁知是夹铅的,即找原主回换,又怎晓得银主就偏偏有事,不得空闲,连面也不曾得见,直等到这时候才回。大抵要明日方能够回换呢。烦列位再为宽限一日如何?"公差叹道:"亏你几十岁的人,说出这样孩子的话来!你又不是三两岁的孩子,怎么银子都不看一看好歹,就竟收了去号里上纳,这话哄谁。"张老儿道:"不是我说谎,列位不信,待我拿出来与你们观看便知。"遂向腰间取了那锭假银出来,放在桌上。众人看了,只冷笑不肯相信,反说是故意借此假的推却。便问道:"这银是那里借来的?我们却还要问你一个用假银的罪名呢!"

张老儿道："那不干我事，现在原主在呢。"公差道："你说银主是谁？"张老儿道："不是别人，就是新通政严府的家人严二先生借与我的。"公差听了叹道："这就怪不得你说了！你好端端的，却向这人借贷？这严二本是扬州人氏，做了半世的光棍，在这北京城里，做过了多少次数的犯案，也不知几回的了。后来打听得严府权势，他便投在严府充做家奴。他并不姓严，本唤李三尖。'严二'这两个字，是主人改的呢！如今你上了当，也不用到那里去换了。若是换时，他决不肯认的。还说是主人赏他的银子，你白赖他，立时回了主人，将个帖儿，送你到兵马司去，还要吃他二十大板，一面大枷呢！我们目见过数次的，你这晦气的，休想去换，只得快些打算完纳罢。"张老儿听了这一番言说，不觉紧皱双眉，舌头伸出唇外，半晌缩不进去，叹道："我真要死也！"说罢，哭将起来。妻女闻知，亦不禁泣下。

海瑞在旁叹道："那有这样的人，这便如何是好？"张老儿到了此际，夫妻两口面面相觑，呆呆的立着，形如木偶一般，公差们又要作威。海瑞看见如此，心中也觉可怜，便相劝道："列位不必如此，钱粮一项是不能拖延的。如今他又着了骗，又无门可贷，在下情愿暂为代纳，不知要多少银子才够呢？"众人道："既是海老爷有这番好心，连我们的茶东，共是四两五钱银子就够了。"海瑞道："如此，容易得很的。"遂急急回房，取了四两五钱银子来，替张老儿代纳。公差接了银子，反复细看了一回，收了，说："多承海老爷了，俺们改日再会。"一齐拱手出门而去。

张老儿看见公差去了，便率妻女到海瑞面前叩谢。海瑞连忙扶起道："东家不必如此，些须小事，何必介怀！"张老儿道："若非老爷见怜，今日被他们拿了进去，免不得吃那老棒呢！但不知将甚么报答你老人家哩！"夫妻两口千恩万谢的，自不必说。

到底张老儿心中不服，到了次日清晨，就到严府来等那严二。到了早饭后，方才得见。严二问张老儿道："你送豆浆来的，这时候来此何干！"张老儿便将昨日事情告知，便把银子交还。那严二故意作色道："你今却又来了。我的银子是上人赏下来的，怎么说是假的？休再说了，被人听见了笑个大口呢！"张老儿道："明明是二先生的银子，我们做买卖的人怎敢相欺？现有某银号银匠及公差人等可以作证。"严二大怒道："胡说，好丧良心的人！你被人催迫得紧，上天无路，入地无门，怎么样的哀恳我，方才借这银子与你，把官钱还了，剩下做了资本。怎么还要赖捏我是假银，这还了得！别个可以入你圈套，却不想想我是甚么人？快快回去打算还了我罢，否则回了我家老爷，只怕你受不得这些苦呢！"一顿骂得张老儿哑口无言，含着一眶眼泪，只得仍旧拿着假银锭出了严府。一路上好不气怒，走到店内，妻女连忙来问是怎么样了。张老儿顿足捶胸，指天划地的骂道："丧心的千家奴，竟不肯认，还拿话来吓我呢！"元春道："父亲过于忠厚，一时被他骗了。他这般居心的，那里还肯认帐？只算是自家倒运就是。"张老儿道："虽是这般说，不久就是一月限期。倘若他来讨时，却又作何究竟？总要设法方好呢。"元春道："倘彼来讨时，还请那位海老爷对他说说。或者以理谕之，庶获免偿，亦未可定。父亲年老，有限精神，不必过于忧虑，且由他去。"

张老儿虽则口中应允，心内实是忧焦，日夕烦闷，竟然染起病来。元春对父亲百般宽慰，延医服药，只是不应。元春衣不解带，日夕侍奉。张老儿道："我本来没有甚么病症的，只因忧虑所致，如今也不用服药了。只是恐这奸奴来催账呢！"元春道："纵然他来讨账，看见父亲这般卧病在床，料亦不至十分催逼。"张老儿听了不言，心中自思："到底是我女儿看得透彻，即我欠他的债，看我这个光景，谅亦见谅。"于是心中稍稍宽慰。过了十余日，已是一月期满。严二看张老儿久不送豆浆来，方知是染疾，也不介意。及至到期满，亦不见张老儿来偿债。等了两天，就忍耐不住，遂到店里来。

张老儿听得严二亲到，便急忙扶病而出。严二道："今已满限两日，怎么不来还银？反要劳动我来亲讨么？"张老儿道："岂敢相劳二先生玉趾。只是我近日染了病症，不能步履，连生意也做不得，故此豆浆许久不曾送到府上，二先生谅亦知道。前蒙相借的银子，只因有事不得打算。还望二先生宽限，待下月并利息子母一齐奉还就是。"

严二听了怒道："怎么，偌大年纪的人，作事这般胡混？当初原说过一月清还的，怎么又说下月？有这样推延！我实对你说，我严某领了主人的银子出来放债，官府借的，不是一万，就是八千，至少三五千，都是八扣三分，三月为期。若是零星的小意思，就一月一清，那个不是这般的！偏你这老儿，就有这多古怪。拿了银子，过了两三夜，又说是假的，甚么夹铅夹铜，想来骗我。幸我不上你的当。如今却又说患病，不能做生意，要推下月，利息又不与一毫半丝。难道借了人家的银子，推说有病，可以不用还的么？"

张老儿忙忙谢道："不是这样说。只因小老是个做经纪的人，若是闲住了手，便歇住了口，连三餐也不敷给，那里还有银子来还？二先生你这人原是个最善心的，不念别的，只可怜我老病缠绵，高抬贵手，宽限一月，那时就怎么样，我亦要送还的，再不敢说推延的话。"严二道："你当初说甚么话来？"张老儿道："果然，初时说是一月清楚的，实不料染病，还望二先生原谅，则小老感激不尽了。"严二那里肯依，即时乱嚷起来。

元春母女在后面听得，知事情不好，无奈走了出来，代张老儿哀恳。这严二一眼看见了元春，不觉失了三魂，散去七魄，一双邪目，盯在元春身上。正是：

  利心还未息，邪念又兴来。

毕竟严二看见了元春如此出神，怎么说话，且看下回分解。

第十回

## 严家人见色生奸

　　却说严二忽然一眼看见元春，如此美貌，真是闭月羞花，沉鱼落雁，不觉神魂飞越，呆了半晌，遂把怒气全消，反怒为喜，便道："贤母女请起，这不干你们的事，我自与这老狗算账！"仇氏道："二先生，且息雷霆之怒，容我母女一言。拙夫为着钱粮催迫，不得已向二先生告贷，得蒙救援，已感激不浅。起初本想如限归还，孰料天不从人，偏偏这老者又患起病来，连豆腐也磨不得，半月来坐在家，睡在床的。百凡需费，典尽衣衫，这两天连吃的也没了。心中实在为着这项银子，只是有心无力，惊悚不安。故欲哀求恩宽一线，乞二先生再宽限一月，必当加利奉还的。"说罢又要跪将下去。严二用手挥令起来，说道："你的言语还带着三分道理。也罢，看在你母女面上，暂且宽缓，展限一月。只是此际他又病着，没银医治，做不得生意，那里赚钱还我呢？自古道：'为人须到底。'也罢，我这里尚有几两散碎银子，只索兴与了你罢。可将来医治，早日做回生意，免得临时又要累你母女呢。"说毕，频以目看元春。

　　元春被他看得慌了，低着头走进里面去了。仇氏却不敢受这项银子，呼之不应，又赶不上，只得权将银子收贮，告戒老儿切勿浪费了，又要费一番张罗。老儿看见如此光景，因念严二初时这般狠恶，如今却这般好意，真是令人猜摸不着。只是身子困乏得很，也管不得许多，走到床上睡下不表。

再说仇氏对元春道："这位严爷，甚属古怪的气性，起先就如狼似虎一般，令人不敢犯颜。不知怎的，后来这样好说话，又把银子相助我们，真是令人不解。"元春道："母亲，我看这严二蛇头鼠眼，大非善良之辈。且看他适间言语行为，可以知其大概矣。故意卖弄他的好处，特将些银子在你我面前卖好，却又把个天大的情分卖在我们身上，这却是歹意。其居心实不在十两银子呢！"仇氏道："这也不要管他。只是欠他的还他就是，理他做甚么！"

不说仇氏母女猜疑，再说那严二见了元春，就满腔私欲，恨不得登时把元春抱在怀中，与他作乐。只碍着他的母亲、父亲在旁，不敢启言，故将计就计，竟把一个绝大的情分，卖在他们母女身上，故意将银买好。一路上思慕不已。及至回来，呆呆的在门房里坐，连饭也不要吃了，便走上床去。合眼便见这美人在前，把他的心猿意马，拴系不住。自思："我于今有了个啖饭之处，幸而弄得如此大财，也算得人生一大快事，只是不曾娶过妻子。我若得这老儿的女儿为妻，也不枉了我严二这番经营了。只是我的年纪老了，他的女儿，我看他不上十六岁，怎肯嫁我？我看这也是虚想的了。"一回又想道："我将重金为聘，谅张老头子这个穷鬼决不会不肯的。一百两不肯，我便加几倍，不怕他不肯。"再复又回思："我混了大半世，不知费了多少心血，受了多少苦楚，才有今日。怎么为着一个女子，便把雪花白的银子轻易花去？到底是银子好。"那怪吝之心生了，就把爱美的念头抛下。谁知不一刻，那邪念复起，又想道："有了银子，没有悦人的妻，也是枉然的，我好歹都要弄他到手，才得我心愿了。"却不舍得银子，便翻来覆去的，在床上思量妙策。忽然想起一条计策，说道："是了，是了！"连忙爬起身来，将张老儿的借券取来，详细审视，看到那一十两这个"一"字,不觉拍掌笑道:"谁想我这个妻子,却在这'一'字上头呢!"拿起笔来,改了一个"五"字,便是五十两。笑道:"五十两加上十两利息,一个月便是六十两,若隔得三个月不去催他,这就可以难着他了。"主意已定,把借券收好,便上床去睡。从此竟将这一项事情暂时按下,以至美人的心事也权时收拾,专待他日用计。正是:放下一星火,能烧万仞山!

　　暂将严二之事按下,又表那张老儿之病,心事略宽,渐渐的便觉愈了,惟是恐怕严二前来逼债。不想过了一月,亦不见他来,自己放心不下,故意前往严府中来。见严二此际却大不相同,不特不提及银子,而且加倍相敬,又请他吃饭饮酒。这老儿却尚未解其意,只道他行好发财的人物,不计较这些零星小债,千恩万谢的去了。回来对妻女说知,仇氏喜欢不过,说道:"这该是我们尚有几分采气,不致被逼,看来他也不上心这些银子的。如今且将铺子开张,做回生意,倘得有些利息,大家省俭了些,还他就是。"元春叹道:"母亲可谓知其一,而不知其二也。父亲一时之错误,借了他的银子,故彼得以此挟制于我。先日汹汹到门,动辄白眼相加,父亲虽有千言,而怒终莫解;及儿与母亲一出,向彼哀恳,而严二则双目注儿,不曾转睛,复又以眼角调情。儿非不知者,惟是既在矮檐之下,非低头莫过。故不得已立母之后,以冀能为父宽解。岂料奴才心胆早早现于形色,目视儿而言。临行又特以金帛弃掷娘侧,恣意卖弄,实怀不善之心也。故儿特早归房,诚亦杜渐防微之意。今彼不来索债,反而厚待于父,其意何为,母亲知否?"仇氏道:"你却有这一番议论。但我未审其实,你可为我详言之。"元春道:"母亲诚长者。父亲欠他的银子,两月未与他半丝之息,况当日也曾责备严词。今何前倨后恭,其意可想。儿实不欲言,今不得已为母亲言之。这严氏之反怨为德者,实为儿也。"仇氏道:"你何由知之?"元春道:"娘勿多言,时至即见。"仇氏也不细究,只知终日帮着丈夫做活而已。

光阴迅速，日月如梭，又早过了两月。张老儿此际也积得有些银子，只虑不敷十两之数，自思倘若二先生到来，我尽将所有付之，谅亦原情。不期再过两月，亦不闻严二讨债消息。张老儿只当他忘怀了，满心欢喜，只顾竭力营生。直过了七个月头，每见严二不来。心中安稳，此际已无一些萦念，安心乐意，只顾生意。忽一日，有媒婆李三妈来到。仇氏接入，问其来意。李三妈先自作了一番寒温之语，次言及儿大当婚，女大当嫁之事。仇氏道："我家命中无儿，只有一女，今年已是一十五岁了，尚未婚配人家。倘奶奶不弃，俯为执柯，俾小女得个吃饭之处，终身安乐，亦感大德无既矣。"李三妈道："你我也不是富贵人家，养下女儿，巴不得他立时长大，好打发他一条好路，顾盼爹娘。只'配婚'两字却说不得的。"仇氏道："男女相匹，理之当然，怎说这话？"

　　李三妈道："大嫂，你有所不知，待我细说你听。但凡你我贫家，养了女儿，便晦气够的。无论做女儿在家的时节，一切疴痒皆关隐痛。及至稍长，则恐其食少身寒，又复百般调养。迨及笄之岁，一则愁无对头之亲，二则恐有失和之事，此为父母者，养了这一件赔钱货，吊胆提心，刻无宁息。迫至出嫁后，始得安然。可知养女之难，而出嫁之非易也。今见侄女年已及笄，却又生得一表才貌，谅不至他日为人下贱。故老身特为侄女终身而来的。"

　　仇氏道："很好，我正要央浼你，你却自来，岂不是天赐其便么？小女今年已长成一十五岁了，正要挽人说合亲事，今得妈妈至此，大合鄙意。倘不以小女为可厌，就烦略一吹嘘，俾他日有所归就，皆为妈妈所赐矣。"李三妈乘势说道："目下就有一门最美的亲事。但只怕令爱福薄，不能消受耳！"仇氏道："小女荆钗布裙，但得一饭足矣，又何敢过望？"李三妈道："非也。女生外向，又道贫女望高嫁，亦料不定的。今有内城通政司严府掌权的严二先生，他要娶一房妻子，不拘聘金。我想严府如今正盛，这位二先生家资巨万，相与尽是官员，那一个不与他来往？若是令爱归他家，就是神仙般快活呢！今早二先生特唤我去吩咐，立找一头亲事，年纪只要十五六岁的，才得合式。我想令爱人品既称双美，年纪又复合式，正合他意，故此特命老身来说。倘若大嫂合意，写纸年庚交与老身带去，是必撮得来的。"

仇氏问道："你说二先生，莫非就是通政司署中严爷的家人么？"李三妈道："正是。怎么你也晓得！"仇氏道："他曾与我老儿有些交手，故此认得。"李三妈道："既是有相与的，最容易的了。到底大嫂之意若何？"仇氏道："女儿虽则是我生的，然到底是他终身大事，不得不向他说知。妈妈请回，待老身今夜试过小女如何声口，明日回话就是。"李三妈道："这个自然，只是那二先生性气迫得紧呢，大嫂今夜问了，明日我来听信就是。"仇氏应诺，李三妈便作别出门而去。

不说李三妈去了，再说仇氏三脚两步，走到元春房中，便将李三妈的言语，对他备细说知。元春听了，不觉呆了，大叫一声："罢了！"遂昏迷过去。正是：

　　预知今日，悔不当初。

　　毕竟元春气昏了过去，不知还能活否？且看下文分解。

第十一回

# 张仇氏却媒致讼

却说元春听了仇氏这一番言语，不觉气倒在地，唬得仇氏魂不附体，慌忙来救，急取姜汤灌了几口。良久，方才醒转来，叹道："儿果知有今日也！"仇氏道："终身大事，愿否皆在我儿心意，何必自苦如此！"元春叹道："母亲真是泥而不化者也。今严二先使媒来说亲，从则免议，却则逼讨前债以窘我也。如此将何以解之？"仇氏听得，方才省悟，急来对张老儿说知。

老儿道："怪不得他几个月头都不到我家来问债，却预先立下这个主意。我虽是个贫户人家，今年偌大年纪，都要靠着女儿生养死葬的。这贼奴如今现在严府，若是我女儿嫁到他家，就如生离死别一般。正所谓'侯门深似海'者，欲见一面是再不能够的了，怪不得他呢。"仇氏道："女儿亦是为着如此，故心中不愿呢。"张老儿道："且自由他。他若到时，只索回绝了他就是了。"仇氏道："不是这般说，只因你欠下他的银子，你若回绝了他，只怕他反面无情，却来逼你还债呢！"张老儿道："欠债还钱，杀人偿命，自不必说的。他若逼我们还债，我就拼了这条老命，只索偿了他罢。"仇氏道："你休要拼着老命去撞人家，还是打算还他好。"张老儿道："你休烦恼，我有主意。"

暂且按下不表。

再说李三妈次日又到张家店内来讨回信。仇氏道："小女尚小，今年与他推算，先生说是不宜见喜，说要过了三载之后，方可议婚。故此有妨台命，罪甚之至。"李三妈听了，不觉两颊通红，心中好生焦躁。正是：怒从心上起，恶向胆边生。李三妈冷笑道："昨日大嫂说的话，怎么都改变了，是甚么缘故？我昨日已将你的言语回明严二先生了，他叫我今日来讨实信，并问要多少聘礼。昨日定议这般说，你到了此际又说这些话头，却不是弄送我么？这却使不得！"

仇氏道："昨日妈妈到此，我原说要求吹嘘为小女议配的。迨后听得妈妈说有了这门好亲事，斯时不禁狂喜，故即向小女说知。奈小女于前月请了一个极有名的先生，唤做冯见，十分应验，把他八字一算，说是今年命犯红鸾，更带羊刃，不宜见喜。否则必有血光之灾，更兼不利夫家。昨夜始知，故此不敢应允，非是故却，祈望原谅。"李三妈冷笑道："昨日这般说得好，今日忽然变卦，还有许多言语支吾。我也不管得许多，只是回复二先生去，看他怎生发落就是。"悻悻出门而去。一竟来到严府门房里面，寻着了严二，便将仇氏推却之言，备细告知。

严二满望成就这件亲事的，今忽闻此言，恰如冷水浇头一般。正所谓：我本将心托明月，谁知明月照沟渠。此际严二不禁大怒道："这老儿好不知好歹，倘不收拾他，何以消得我这一口气！"乃对李三妈道："相烦你再走一遭，说我如今不想娶他女儿，立即要他把券上银子还了我就罢。如若不然，只怕他到兵马司处吃不起棒呢！"

李三妈见他发怒，不敢怠慢，即时应允，急急的来到店中，对仇氏说道："我说是你要害我挨骂，如今你却吃苦了。"仇氏道："怎么累你着了骂语？我却怎么吃苦呢？婚姻大事，岂是强为得的？且说来我听。"李三妈便将严二要他立即还银子的话，备细说了一遍。仇氏道："我家不过是穷了，借他十两银子，他便欲以此挟制于我。这也不妨，自古道：'讨得有，讨不得没有。'如今我们现在这里开店，又不曾拖他的，任他怎么厉害，也要凭个理性，为甚么以此制人？我只不服！就烦你去回复他，说我家欠了他的银子，自然还他。若说是婚姻之事，却不烦饶舌了。"李三妈见仇氏说得如此决裂，也不再劝他，带怒而去。

见了严二，又加了些说话。严二听了不胜之怒，叱退李三妈，自思："仇氏如此可恶，我必显个手段叫他看看。"便即时走到兵马司衙前，请人写了一纸状词，并那张老儿亲笔借券粘了在内。到署内寻着了兵马司的家人，说了原委。他们当常差的，都是一党之人，便满口应承，说道："二哥的事，就是弟的事一般。待等敝上人回来的时节，送了上去，批发过了，立即拘来追缴。"严二听了，不胜称谢而别。

再说这兵马司指挥姓徐名煜邦，原是广东人，由进士出身，现受今职。管门的名唤徐满，当下受了呈状，专待徐煜邦回署呈送上去。少顷，喝道之声来近，果是徐公回衙。徐满即忙相帮下了轿子，入到内堂。只见徐满走到面前，打了一个千，说道："奴才有下情，要求爷恩准。"徐公道："有甚么事情，只管说来。"徐满道："是严府的家人严二，因被张老儿赖了他些许银子，故此有个禀呈来到，要求爷代他追理。"说罢，遂将那状词呈上。徐公一看，只见状词上写的是：

具禀人严二，现充通政司署严家人。为赖欠不还，乞恩追给事：原小的随主到家，数年以来，叠蒙恩赏，积有银子五十两。有素识之开豆腐店张老儿借去，言定一月还清，每月三分起息，过期利息加倍。此是张老儿自愿，并非小的故意苛求。兹已越五月而不见还。小的家有老母，年届八旬，皆藉此养赡。今被张老儿吞骗，反行骂辱，情难哑息。只得沥情匍叩台阶，恳乞赐差拘追给领，则感激洪慈靡既矣。沾恩切赴大爷台前，作主施行。

计粘张老儿亲笔借券一纸呈审。

嘉靖　年　月　日禀

徐公看了问道:"这是你的相好朋友么!"徐满道:"小的在京,随着爷日夕巡查,那里衙门的人不认得的?况且他在严通政衙门走动。闻得这严二乃是嵩爷心腹的家人,求爷赏他主人一个情面,恩准了状子,批准追理。将来不独严二爷感恩典,即严通政亦感爷的盛情,乞爷详察。"徐公听了道:"我却不管得情面不情面的,但我今当此职,理宜主管此事。批准公差唤来,谁是谁非,当堂一讯,清浊分判矣。"遂提起朱笔来在状尾批道:

> 具禀是非,一讯即明,着即拘赴案质讯。如张老儿昧良赖欠,亟应追还,并治之罪。如虚坐诬。

粘券附词,批发出去。那经承凛遵批语,立即缮稿送上。徐公看了票稿,打了行字,仍旧发出。该房即便缮正送进。徐公立时签押讫,发了出去。差役领了朱票,即时来到张老儿店内提人。

恰好张老儿正在店中打那豆腐皮,突见两个差人手持朱票走进店来,不分清白,只说得一声"有人告你",便一把扯了张老儿出门而去。张老儿不知为了何事,急忙问道:"二位,到底我犯了甚事,你们前来拿我?要说个明白,我方才去呢!"差人道:"你休要装聋作哑!你欠了严二的银子,你却不还,如今他到兵马司衙门告你赖欠。我们大老爷准了他的状子,现有朱票在此,你还推不知么?"张老儿听了,方才醒悟,说道:"既有朱票,烦你取来观看如何?"差人道:"你偌大年纪,想必晓得衙门中规矩。快些拿利市来,好开票你看。"张老儿道:"这个是本应的,但这次不意而来,手头未便。烦你与我看了,改日相谢如何?"差人道:"也罢。说过多少才好上账,谅你是欠不得我的。"张老儿道:"区区微意,二钱罢?"二人不肯。又加上一钱,差人还不应允。张老儿道:"官头,你老人家总要见谅。只索送你五钱银子就是。"方才应允,把票子打开,递与张老儿观看,只见上面写道:

五城兵马司指挥徐，为差追拘讯事：现据严二禀称"小的跟随家主通政司严在京数载，屡蒙家主赏赐，致积有银子五十两。有素识之张老儿，现开豆腐店生理，称因缺本，向小的贷银五十两充本。约以一月为期。兹越五月，屡讨弗偿。张某欺小的异乡旅家，以为易噬。只得匍伏台阶，叩乞拘追给领"等情。据此，除批具禀，是非一讯自明，候差拘赴案质讯。如果张老儿昧良赖吞，亟应追给，并治之以罪。如虚坐诬。粘券附词在案外，合行拘讯。为此票差本役，即速前去豆腐店，拘出该张老儿带赴本司，以凭当堂迅追。去役毋得缓延，藉票滋事。如违责革不贷。速速须至票者，原差任德、张成。

　　　　　　　　嘉靖　年　月　日承发房呈司行　限一日销

　　张老儿看了说道："是了，这是你们不错的。我与你们去就是了。"于是三人同来到衙门。任德即时具了带到的票呈，里面批了出来，随堂带讯。任德、张成二人便小心伺候，自不必说。

　　再说那仇氏，正在里面与女儿闲话，急急出来，只不见丈夫。只有几个邻人在店中说道："张老儿到底为甚么事情，致被拘摄？"仇氏听了，方才知道。便急急赶来打探。正是：

　　无端风浪起，惹起一天愁。

　　毕竟仇氏赶到衙门如何，且听下文分解。

第十二回

## 徐指挥守法严刑

却说仇氏听得丈夫被官差拘去，便没命的走到各处探听丈夫消息。却原来未知影响，逢人就问，恰如疯了的一般。幸遇着了对门的刘老四，问起情由，方知张老儿现在兵马司署内。仇氏即便来到署前，却又不敢直进，只得在外面东张西望。恰好张成出来，看见喝道："你这妇人，在此东张西望的，到底为甚么？"仇氏道："我是豆腐店里张老儿的妻子，闻知丈夫被拘在此，故来看看丈夫的。"张成道："原来你就是张老儿的妻子。你丈夫现在班房内候讯，不便放你进去。你若要看他，明日再来。他不过欠衙门些钱债细故，不必大惊小怪。"说罢竟自进去了。仇氏听了，方才明白，只得转回家中，对女儿说知。

元春听得父亲被系，放声大哭道："我想父亲今日之苦，皆因为我所致。如今捉去，不过是要还银子而已。也罢，孩儿受双亲深恩，怎忍见父吃苦？母亲何不将儿卖了，得银还了此项，免得父亲受苦。不然，那严二暗中行贿，致嘱官吏，那年老多病的人怎生受得这般苦楚？诚恐一旦毙命囹圄，则儿万死不能赎其罪也！"仇氏道："儿不必如此。我想钱债细故，官府也不能把他老者怎么样委曲呢。待等明日，做娘的前去探听如何，再作道理。"多方劝慰，元春方才收住眼泪。这一夜，母女的忧愁，笔墨难以尽述。

　　再说是日午后，徐公开堂，吩咐张成把张老儿带上堂来，问道："你这老儿，偌大年纪，怎么昧良吞赖人家的血本，是何道理？"张老儿叩头道："小的果是欠了严某银十两，并无五十之多。今严二因说亲不遂，挟恨浮理，以此挟制小的是真。"徐公道："欠银就是欠银，怎么又说起婚姻事来？难道严二要与你做个亲家，亦不辱没于你，其中显有别故，你可将始末从实招来！"张老儿叩头道："事因本年五月，小的欠了官租，无处措置。严府是小的惯送豆浆的，严二所以认得。小的因提及追呼之事，严二一时慷慨，许借小的银子十两。实则八扣，每月加三利息，一月为期，期满子母缴还。此际小的迫于还税，只得允肯，即时立券，严二收券发银。时已天黑，小的携银归家，不及细看。比及次日到银号里还税，将银一看，乃是夹铅的。此际小的即赶到严府回换，奈严二不见。直候至第三日，始得一面。此际严二立心撒赖，那肯认错。还说他的银子是上人赏与他的官宝，那有官用夹铅银子的道理？把小的詈骂一番，还说要将小的送来老爷处打腿枷号等语。小的此际无以自明。只得回家，比及到门，公差喧嚷。幸得店中住寓的那位海老爷看见，一时慷慨，借了几两银子，才得把房税清楚。至期严二就来讨债，此时小的就为这项银子忧思成疾，卧于床上，连豆腐也磨不得。那有银子还得？严二在店中大声嚷骂，立要讨偿。此际小的妻女都来求恳。岂料严二心怀私念，就时假卖人情，不但不来讨银，反将一小锭银子放在小的家中，说相助小的衣食药费，如今银子现在家中。从此严二一连五个月头，都不来讨偿。于三日前忽遣李三妈来小的家中说亲，要娶小的女儿为妻。想女儿今年才得一十五岁，那里配得严二？所以小的不允。孰料触怒了严二，复令李三妈来说：若是不允亲事，便要立即还银。故此到老爷台前冒告是实。"

徐公道:"你说来虽则如此,但是你现有借券在此,怎么说是浮理?"张老儿道:"小的亲手书卷的时节,是十两数目,如今卷上不知多少写的?"徐公道:"现在是五十两呢!"张老儿道:"天冤地枉,这是那里说起!必然是严二故意改写,以此挟制小的了。求老爷详察。"徐公道:"真假皆当质讯明白。唤了严二到来,浊清立分矣。"吩咐将张老儿带候差馆候质,遂将一通名帖,差了张成到严府提取严二到案相质,即便退堂。

再说张成拿了徐公的名帖来到严府,恰好严二正在门房上坐着。张成便走上前去,唱了一个大喏道:"严二先生,我们是兵马司那里来的,有话儿要面见大老爷,就拜烦相传一声。"严二不知就里,接了名帖,便即来到内宅。

时严嵩正退朝回来,在书房内看稿。只见严二手持一个名帖,走近身边说道:"兵马司徐爷,有名帖到后,并差人有话面说。"严嵩接过帖来一看,只见上写道:"年家眷晚生徐煜邦顿首拜。"严嵩看过道:"他与我素无来往,今日差人至此何事?只管传了进来,看他有甚话说?"严二领命,立时传了张成进内。张成连忙叩头,嵩唤起来说话。张成道:"小的奉了家老爷命,有帖子请安。二者因为尊管严二爷,昨日有状子到本衙门,控追豆腐店张老儿银两,本衙业已将张老儿拘到,即时审讯。奈张老儿不服,称说只欠十两,并无五十两之多,非对质不足以服其心。故本官特差小的到爷府上说明,要请二爷过去对质。"严嵩听了笑道:"原来如此,这是应该。"便吩咐严二道:"你既告了人,如今要去对质,即随该差前去就是。原帖带回,代我请安。"严二不敢不遵,便与张成叩谢了,随即出府而来。暂且不表。

再说仇氏探听丈夫审过,押在差馆,听候质讯。自思严二势大,倘若徐公徇情,如何是好?便与元春女儿商酌。元春道:"母亲所虑极是。如今两造打官司,一则要有钱,二来要情面。他那边是财势俱全的,我们只怕吃亏呢。想那海老爷,十分卫护我们,如今何不向他求个计策?倘幸而超脱,也未可知。"仇氏道:"微你言,我几忘之矣。"

于是母女一齐来到客房，见了海瑞，备细将丈夫的情由，对他说知，并要求他拔救。说罢，母女跪在地上，叩头不起。海瑞连忙把仇氏扶起说道："尊嫂不必过礼，此事尚容酌议。如今尊夫不过是候质而已，总之缴足十两银子，还了他就是。"仇氏道："欠债还钱，固是本该的。只是目下没有银子，如何是好？况且严府上的人，财势俱有。倘若徐公受了人情，却不把拙夫难么？"海瑞道："不妨，这位徐爷本是我的乡亲，我常与他来往的。也罢，待我到他署中，把你丈夫的真情对他说知，求他格外施恩于他罢。只是银子是要缴的，你家却又没有，我尚有二十余两银子在此，只索借十两罢。当日这锭假银子并严二放下的银子，都要一并拿去缴了，如此情证俱有，自然严二无能为的。"仇氏听了说道："前日官税又累了海老爷代垫，尚未偿还，如今又怎好再取老爷的客囊呢？"海瑞道："这个不妨。你可拿了那日前的两项东西来，立即与你前往就是。"仇氏母女再三称谢，便将一锭假银，几两碎银，一并交与海瑞。海瑞就在箱内取了十两银子，一同包好，别了仇氏母女，命海安拿了名帖，一径望着兵马司署而来。

时徐公上衙门方回，门上的传进海瑞的帖子来，说是亲拜。徐公即令开门延入，彼此相见，略叙寒温。海瑞道："小弟今日之来，特有一事相求乡台作情者。"徐公笑道："海兄，你我乡亲，怎么说了客套的话出来？岂不令人笑煞呢！"海瑞道："不是小弟之事，乃为他人之事，理应如此。"徐公道："到底为何人之事？只管说来，弟无不代为尽力。"海瑞遂将张老儿告贷严二之银始末对徐公说知。

徐公道："我昨日堂讯张老儿之时，也亦疑到严二改写券数，故此特令人到通政司要了那厮前来对质。帖子已去，谅不久便到。想奸奴如此肆害，这还了得！小弟是个不避权势的，须要办他。"海瑞道："现在假银碎锭在此。如今小弟代张老儿还缴十两，一并带来了。"即唤海安拿上来与徐公观看。徐公叹道："再不料奸奴如此，言之令人发指！"遂吩咐家人，将三项银子立时交与张老儿，叫他到对质时拿来呈缴。海瑞道:"仰蒙乡台照拂,如弟身受也。"徐公道:"不是这般说,小弟生性最好锄奸去暴的。"海瑞谢别而去。少顷张成来报,严二业已唤到,请爷示期带讯。徐公听得严二唤到,即吩咐各役在大堂伺候。

少刻升堂,徐公坐在公座上,吩咐先带严二上堂。严二来到大堂,见徐公打千请安。徐公大怒道:"怎么见了本司不跪?那里来的偌大的家奴?"吩咐左右揸下去,先打五下脚拐。两旁答应一声,把严二揸下,重重的打了五下。严二叫痛连声,只得跪下。徐公道:"你控告张老儿欠你五十两银子,可是真的么?"严二道:"怎么不是真的?现有张老儿亲手书券为据,求爷详察。"徐公笑道:"张老儿欠你十两银子是真的,这是原券上的银子数。那实在的银子,却是夹铅的,难道本司不知么?"严二道:"银子真假,张老儿难道不认得?况且事隔三日,方才来换,便可概见矣。"徐公道:"可又来,既说是五十两,怎么又只赖你一锭?这还有甚么辩处?"严二不服,徐公即唤左右带张老儿上来。

须臾张老儿到堂,徐公问道:"你的话有无捏骗?今日对着本司质证。"张老儿便将严二如何起意借银,如何逼债,如何遣媒来说亲事,备细说知,并将三项银子呈上堂去。徐公道:"严二,你的假银子现在此处,至于放下买好的银子亦在此处。你还有何说?"严二道:"假银不在今日言之。这几两银子,是我一时可怜,故此帮他的,难道有甚么不是么?"徐公大怒道:"你在本司面前,如此矫强,其横暴可知。本司要先办你一个假银骗陷,恃势挟制的罪名。"吩咐取大枷过来,先将这厮枷示通衢,然后再行申办。严二听得要枷他示众,急忙叩头说道:"求爷恩典,容小的剖诉。"正是:

人心似铁非为铁,官法如炉铁铸熔。

毕竟严二说出甚么话来,且听下回分解。

第十三回

# 三部堂同心会审

却说严二听得堂上吆喝,要取大枷来,将他枷号。那时严二慌了手脚,无奈叩头哀乞道:"小的借银与老儿,本非歹意。今蒙老爷枷号,则主人之面目何存?恐于理不顺。"徐公喝道:"该死的奴才,自知有罪,却不自悔,动辄以主人权势吓人。别个可以被你吓得,我徐某既奉圣旨来守职,惟知执法如山,再不肯半分徇私的。你恃着主势重利放债,律例峻严,自应按议。何况又以假银坑陷贫民,加写券约,种种不法,言之令人发指。本司只知照公办事,分毫不苟。"吩咐左右:"快将大枷来!"各差役答应一声,急急将顶大极重一面大枷,抬到堂阶,看时约有一百斤重。徐公喝道:"来给我快些上了!"须臾之间,把严二上枷。徐公亲执朱笔,标判枷由。写着:

五城兵马司指挥枷号恃势骗陷犯人一名严二示众。枷号三月,限满另办。发仰正南门示众。

枷子上颈脖,严二此时无可奈何。徐公吩咐将严二发出去。这张老儿只许缴银八两,另有假碎各银,均交库吏收贮,判毕退堂。

书吏领了赃银进内禀道:"老爷,适间枷号严二,固属情理均有。但伊主严嵩现任通政,威权正盛。今老爷将他家人按律严办,不无忌恨之念。老爷既已秉公办理,即当申奏朝廷方是正理,庶有质证,望老爷详察。"徐公听了点头道:"非你言,我几忘之矣。须要通详方可冀邀代奏,如此你可即速缮详文送阅,以定行止。"书吏应诺,即到外厢连夜书缮详文,立即送入。

徐公接来一看,只见写的是:

五城兵马司指挥徐煜邦为奸奴恃势欺压赤贫,业已审实,特详以期俯察事:窃照南城张老儿开张豆腐小店,一向守分。夫妻无子,只有一女,年将及笄。父母三口,相依为命。

迨因本年张老儿店中生意淡泊,拖欠地税,屡奉严催。张老儿无以为计,忧焦莫解。适送豆浆前往严府,而严二素日认得张老儿,见其面带愁容,偶尔询及。张老儿备将始末罄诉。严二即佯为慷慨,许借银子十两,约以八扣加三,一月清还。张老儿迫于交税,明受重利,希图应手,即日书写借券,交严二收执。时已日暮,严二故以假银相授,张老儿不暇细验,即将银袖回家。次日即至银号兑纳。孰料该银夹铅,系严二有心坑陷。此际张老儿既不能上纳国帑,复又受骗,随即赴府寻觅严二回换。而严二预知隐匿,使张老儿欲见无由。直至第三日,始得见面。严二即责以不早来之词。张老儿并述不得见面之由。严二正在行计之秋,那里便甘易换,说银是通政赏赐,焉有假夹之理。原以张老儿贫老无依,噬肥混赖为词,将要面禀严通政送司究办。

张老儿本乃市佣,忽闻此言,如稚子乍闻轰雷,心胆俱裂,只得抱憾而归。甫及店门,而公役追逼之声喧阗一室。正在无可如何之处,恰值住居客人见其情景难堪,不忍见彼狼狈,特捐囊代纳税项。

迨至期满,严二即到逼讨。时张老儿亦因欠债无偿,忧思成病,卧床闭铺,自治不暇,妻女枵腹,莫能及偿?故严二得肆詈骂,百般索诈。张老儿妻仇氏、女元春,见严二迫逼,遂面恳稍宽期限。严二偶见元春美貌,便欲共赋桃夭。先自包藏祸心,立宽期限,复以碎银相助,佯为慷慨而去,实盖欲藉此以买好于仇氏母女也。迨去后五月不来,实有预算。旋遣李三妈为媒说亲,而张老儿夫妻以为其女与严二年纪不当,坚执不允。严二怒,复遣李三妈致词,称说如不允婚，即要还银。窃将借券加改一十两为五十两，欲藉多欠以为挟制之术，前来控追。

经职唤张老儿到案，再三研讯，所供不讳，明无遁词。随即唤严二赴质，经张老儿面证其非，所有假银并碎银等项，当堂呈缴。而严二恃势不服，违抗堂判，实属目无法纪。忖思京都会至大，岂容此等奸奴作恶，将来必至效尤。又查律载"家主作官，失约家奴，致作奸犯科，罪止军徒者，主照失检律革职"。今通政严嵩，身为通政大员，不能觉察一家奴，遂致坑陷良民，抗藐地方官员，实属不能防范，有亏职守，理合查照国律按议。其家奴严二合问议恃势剥民重例，杖一百，发口外宁古塔充军。其家主照滥职失约律，照例革责。理合先行具禀。

宪台察夺。除已将严二枷号候办，合行详候宪台察夺施行。特此申详。

右申<br>五城都察监察御史王<br>嘉靖　年　月　日兵马司徐煜邦

书吏把缮稿呈进，徐煜邦看了，立时书了行字。书吏即刻缮正送进用印，立时申详到监察道处。

这监察道御史姓王名恕，原是山东临城人，由进士出身，历任部属，特授今职，最是一个忠直之臣。见了详文，即时收了进内，批道：

> 如果严二不法，重利剥民，并用假银陷害贫户，大干功令，仰即严究历来所犯次数，录供详报，候具奏请旨定夺。先将张老儿保释，如质讯，再行传唤，毋得滥行羁押。粘抄并发。

这详文一批，发了兵马司，敢不领遵。即命张老儿取保回家候讯，暂且按下不表。

再说那王恕即日具本奏知。嘉靖帝看了本章，私忖道："严卿为何失察家人，致被有司参奏？"这是国家定例，碍难辗转，遂朱批道：

通政司严嵩，有无纵容家人滋事，着三部大臣，秉公确讯具奏。如虚坐诬。先将该指挥承审缘由录报，候旨定夺。

旨意一下，三部大臣领旨，即来请严嵩赴质。

看官，你道三部大臣是谁？小子说来。兵部尚书唐瑛，刑部尚书韩杲，太常寺卿余光祖，这就是三部大臣。明朝定例，凡有在京大小官员作奸犯科者，皆传三部会讯。当下严嵩听得有旨，发到法司衙门候勘，不禁惊恐，埋怨道：“这奴才好没来由！有限银子，怎么闹出这般大事来，连累于我。既今奉旨，不得不去。”遂换了青衣便服，来到三法司衙门。恰好三位大臣升堂，严嵩只得低声下气的报门而进。正所谓：既在矮檐下，怎敢不低头？

严嵩既进了大堂，只见三位大人端然坐于座上，严嵩只得上前行参。韩杲道：“通政司少礼，请厢房少坐，有话再来相请。”嵩揖退。少顷韩杲吩咐左右，将人犯带上堂来。须臾，张老儿、严二俱已带到，跪于堂下。韩杲吩咐把枷松了，然后问话。左右立即把枷脱松，仍带严二上堂跪下。

韩杲道：“你就是严二么！”严二叩头道：“奴才便是严二。”韩杲道：“你身充通政司家人，自有吃着。何故重利放债，假银骗陷，改写借券，藉制贫户？复敢勒娶人家闺女，这就罪不容诛了。你可知死么？”严二叩头：“奴才并不敢索赖良民。借银图利，这是有的，求大人参详就是。”韩杲道：“既是奴才，那有许多银子借与人家？敢是在外勒诈人家的么？”严二叩道：“这个奴才怎敢？此项银子，乃是家主平日赏赐的。”韩杲道：“那有赏赐得许多？我也明白了，必是你家主交与放债的是真，你却于中侵易，故意骗人，可是的么？”严二道：“家主身为大臣，焉敢放债图利？还望大人详察。”韩杲看见严二口供太坚，不肯成招，便令带了下去，遂唤张老儿上堂，细问一遍。张老儿就照着前供直禀。唐瑛听了，想一想，便向韩杲耳边称说：“如此如此，这般这般。”

韩杲点头，便令把张老儿缴的假银并碎银二项呈了上堂。又唤左右，请严嵩说话。须臾嵩至，唐瑛道："通政不合与银子这奴才放债，故有今日。如今这锭假银，严二坚供是通政原兑银子，说这般如此，只恐有累足下矣。"严嵩只道真是严二所供，乃作揖道："在下原有些须银子，交与严二生息，俾其藉此养赡，并非图利肥囊，那有假银之理？只是奴才自行换易是真。列位大人，休听此人谎供。"韩杲道："银子现在这里，足下可看一看是原物否？"遂将假银递与严嵩观看。严嵩接着看了笑道："那里是在下的？即在下的银子交与此奴手上，俱有字印。列位大人不信，可即令此奴来面证可也。"韩杲便令取过严二上堂。

严嵩一见大怒，骂道："该死的奴才，私用假银，还敢赖我？我平日交与你的银子，皆有字印的。为甚么在各位大人面前诬主？"严二听了不知所以，含糊应道："爷平日交与小的银子，果有字印的。此锭无印，乃是张老儿换转了的。"唐瑛听道："是了，是了，你主是个高官，那有这项假银来？都是你换了的。"遂请严嵩方便，随即令左右将严二仍复上了长枷，把张老儿释放回家，吩咐退堂。三位大人商酌，要将严嵩容纵家人出本放债字样，具本申奏。唐瑛点头道："如此甚善。"三人遂联衔上本入奏。嘉靖看了，心中偏袒着严嵩，乃亲批本尾云：

> 严二借主放债是实，干连家主，殊属有因。此所谓城门失火，殃及池鱼者也。朕已洞悉其情。兹着将严二枷号三个月，期满杖释，以警将来。严嵩着革职留任，以示失察之咎。张老儿免议。钦此。

旨意下了，三部大臣只得遵旨发落。正是：

> 世上无财不为悦，朝内有人好做官。

要知后事如何，且听下回分解。

第十四回

## 大总裁私意污文

却说圣旨一下，三部大臣只得遵旨办理。严嵩奉调革职留任，严二枷号不提。光阴荏苒，日月如梭，不觉又过三个月余。其时严二业已松枷，复回严府，严嵩亦开复原职。惟严二挟恨张老儿，时刻要寻事陷害，所恨无隙可寻，暂且隐忍。

又说元春见海瑞屡次有恩于父，心中十分感激。时对父母说道："海老爷在我们店中，将近住了两年。父亲屡屡受他大恩，自愧我们毫无一些好处报效，心中甚是过意不去，如何是好？"张老儿道："海老爷是一个慷慨的人，谅亦不在于此。只是我们须记在心上，好歹报一报他的大恩就是。"

一日元春偶见海瑞足上的鞋子破了，便对父亲说道："你看海恩人的鞋子也穿破了，我意欲亲做一双送他，聊表我们的心，以为报恩之意。不知可否？"张老儿道："如此甚好，亦使他知我父女的心。"便即时到街上去，买了鞋面上等南缎、丝绒布里等项。买齐回家，交与元春。元春道："父亲可到海老爷房中，寻他一只旧鞋来，做个样子，大小不致失度呢。"张老听了，急急走到海瑞房中，见了海瑞道："海老爷，我意欲与你老人家借件东西，不知肯否？"海瑞道："你老人家要甚么去用，只管说来。"张老儿道："小老看见老爷云履十分好样，意欲借一只去，依样造双穿穿，不知肯否？"海瑞道："这有甚么要紧？"便亲自取了一只旧鞋，交与张老儿。张老儿接过鞋来，就揖道："改日送还。"遂相别，直拿到里面交与元春，元春便收下。次日照着式样，把缎子裁了四页鞋面，亲自用心描绣。不数日已经绣起，果然绣得如生的一般。又将丝线滚锁好了，随又拿白布裁砌成底，不数日业已告竣了，是日将新并旧一齐递与父亲送去。

张老儿接鞋一看道："我儿果然做得华丽。"即便欣然手舞足蹈，急急的到街上买了一盘馒头，回家将一个盒子盛了，送进客房，见了海瑞，纳头便拜。海瑞不知其故，忙挽起说道："老人家，此礼何来？"张老儿道："小老屡屡蒙老爷恩庇，无可为报。昨小女亲绣朱履一双，送与老爷穿着，聊表寸心而已！"海瑞道："不过略为方便，何足为念？又劳姑娘费心，断不敢领惠。"张老儿道："小女区区薄意，岂足为敬。老爷如不肯赏脸，使小老合家不安。"海瑞道："既蒙你父女一番心意，在下只领一只足矣，余者决不敢领。"张老儿笑道："鞋是一对的，那有受一只之理！"海瑞道："我本不敢收的，只是你老人家一番厚意，故此不得已收下一只，以为他日纪念。"张老儿道："收下一只，也就罢了。只是这几个点心，还要望老爷再一赏脸如何？"海瑞道："受了鞋，这就够了，点心是决不敢领的。"张老儿再三央求，海瑞决不肯领，张老儿无奈收回。海瑞受了这一只鞋子，看见果然刺绣得好，玩视良久，收置箱中。暂且按下不提。

又说严二一心挟恨着张老儿，恨不得一时寻事陷害于他。适值嘉靖有旨，要选宫妃，凡有人间美女，俱着有司送京候选。这旨意一下，各省钦遵，纷纷挑选，陆续进京，自不必说。严二听了这个消息，满心欢喜，自思此恨可消矣。遂将元春名字面貌令画工绘了，就假传严嵩之意，送到大兴县来。那大兴县姓钟名法三，见了画图，吃了一惊，说道："天下那有这样的美女子，真天姿国色也！"遂即时来到张老儿店中，把张老儿唤了出来，倒把张老儿吓了一跳，战战兢兢的出来跪着。知县道："闻得你的女儿生得美艳，当今皇上，亦已知道。现有画图发下，着本省前来相验。可即唤出来，待本县验过，好去复旨。"张老儿道："小女乃是村愚下贱，蒲柳之姿，怎能配得天子？"知县道："这是皇上旨意，好好叫他出来一看就是。"张老儿不敢有违，只得进里面把元春唤了出来。元春大惊失色，只得随父亲出来，见了知县，深深下拜。

知县定睛一看，果然勾人魂魄，说道："果与画图上不差。今可随了本县回署，令人教习礼仪，待等香车宝马送进官去，管教你享不尽富贵。"就即吩咐左右，立唤一乘小轿上来，将张氏先送进署去。张老儿那肯容去，急急唤了仇氏出来，一齐跪在地下哀恳。知县那里肯，吩咐速速上轿，如违以抗违圣旨定罪。张老儿不敢再抗，眼巴巴望着女儿上轿而去，知县押后而行。仇氏哭倒在地，反是张老儿再三劝慰。时海瑞亦来相慰道："二位不必悲泣，令爱具此才貌，此去必伴君王的。二位就是贵戚，富贵不绝的。况他是奉旨来召，纵是哭留，也是无用。"张老儿听了，方才渐渐止了哭泣，只得安心静听消息。正所谓：眼望捷旌旗，耳听好消息。

再说元春被知县喝令左右强扶上轿，来到内署，幸有知县夫人为他宽慰。元春自思薄命红颜，今已至此，亦不悲泣了。知县大喜，立时令人制造香车宝马以及锦绣衣服。忙了半月，诸事停当，此时元春亦习熟了见君的大礼。钟知县便来见内监王恺，将元春来历备细告知，恳托王恺代奏。

王恺应允，乘便奏知。嘉靖大喜，即命王恺以官车载入内庭。果见元春生得如花赛玉，虽西子、太真无以过之，龙心大悦。令备宴在西华院，与元春欢宴。是夜，帝与元春共寝，十分欢喜，次日即册为贵妃。令内监持千金赐与知县，将张老儿钦赐一品，仇氏为承恩一品夫人，另有彩缎、黄金、玉璧等项，赐赉甚厚。

此际张老儿乍膺显爵，又得钦赐许多东西，竟不知所措，惟有望阙几叩而已。又来叩谢知县。钟法三看他是个国戚，急急开门迎接，备极谦厚。张老儿道："小女若非大老爷，焉有今日！此恩此德，何时可报？"知县道："岂敢，此是娘娘洪福，与仆何干？但是国戚，向有定制。公今既为贵戚，自当珍重，旧业合行弃却矣。"张老儿道："大老爷吩咐，本当从命。但是小店尚有一位海老爷在店中，住了二载有余。今一旦改业，岂不撇下了他？"知县道："这是客人，那里住不得？何必介意。"张老儿道："不是这般说。这位海老爷虽是个客人，然有大恩于我家者也。今得富贵，岂忍弃之。"知县道："既是恩人，不忍相弃，就留下这店与他居住就是。大人与夫人可到敝衙来住。待等造了府第，然后迁去便了。"张老儿应诺，告别回店，将此事对海瑞说知。

瑞曰："这是本该如此。但宝店物件太多，只恐在下一时不能照拂，若有遗失，心中过意不去。况且场期在即，会试后即便言旋。久欲迁住别店，恰好相值，就此交还老大人便了。"张老儿道："如此岂非是老拙故意推出恩人么？这却反为不美。如今恩人且再屈些时，待会试后再去不迟。若今日迁去，人皆说我负心人也。"再三强留，海瑞只得住下。未几便是场期，海瑞打点会试，自不必说。

再说是岁会试大典，嘉靖帝钦点几贤大臣为大总裁。你道那几位：

  大总裁通政司严嵩，大总裁礼部尚书郭明，副总裁兵部侍郎唐国茂、副总裁詹事府左春坊胡若恭，提调官兵部侍郎王琅，监试官太仆寺卿沈蔚霞，巡风官光禄寺卿应元，监试官内阁学士刘彬。

内帘同考官：

  翰林院侍读学士朱卓云，翰林院检讨伍相，刑部主事刘瑾，工部郎中李一敬，户部郎中果常，给事员外郎白亮祖，太子洗马邹升，翰林院侍读学士吕知机，侍读学士胡湍，太常侍少卿陆和节。

外总巡察官：

步军统领一等承恩齐国公张志伯，左卫都指挥开国诚意伯刘椿。

其余在事人员，不必多赘。

到了三月初六日，各官入闱时，严嵩是个大总裁，自然另具一番模样。各官俱不心服。严嵩与众人大不相能，所以各怀异向之心，暂且不表。

到初八日，各省举子纷纷入闱，海瑞亦到贡院，点名已毕，各归号舍。初九日五更就出题目：

首题："大学之道"一章。次题："君子务本"一节。三题："足食足兵"一章。诗题："赋得春雨如膏"得速字五言八韵。

题目一下，各举子潜思默想。海瑞更不思索，一挥而就。头一个交卷，就是姓海的。到了二场，五经文论，海瑞作得十分流利。三场策问，亦中时弊。海瑞自忖今科幸或获售，亦未可定，遂在店中静候放榜。

再说海瑞的卷子，是朱卓云首荐上去，三位总裁俱称叹不已，以为会元非此卷却再没有第二卷可得的，金谓宜置第一。惟严嵩怀恨妒忌，自忖他们看我不上眼，我是个正总裁，主政在我，我却偏偏不中他，遂在卷上面故意弄了油脂在上面。到揭晓日，四位总裁都在至公堂上，共议五魁，三位都说此卷可以中元。惟严嵩摇首道："不得，不得。"

众问何故。严嵩道："列位还不曾看见么？你看上面沾有油脂，这却不得越例的了。"郭明道:"这是我们里面沾了的,却不与举子相干。若是自行打污的,收卷官就有证明,房师也不荐上来了,岂可因此屈了此人之才!"严嵩道:"但看其文理尤甚平常。"竟不中之。故意将卷子撤开,另取别卷抵换。正是:

　　功名皆命定,偏遇丧良人。

毕竟后来如何,且听下回分解。

第十五回

## 张贵妃卖履访恩

　　却说严嵩心怀妒忌，要显自己厉害，故意把共荐的会元卷子撤了开去，另换一卷上去抵补，把榜放了。故此海瑞名落孙山，无情无绪的，不禁长叹。海安道："老爷不必如此。今科不得高中，明科再来就是。"海瑞道："功名得失，固不必怨。但此刻盘费都没有，如何归家？"海安道："昔日张老儿贫困时，老爷屡捐客囊相济。如今他已富贵了，何不向他略借百余两，以作路费？下科赴考带来还他就是。"海瑞道："你们那里知道，张老儿到底不是读书的人。今者偶因女儿乍富乍贵，我却向他借贷，则平日护卫他的心事，也尽付之流水。况我曾有言说过，会试后便迁居的。如今名落孙山，复有何颜再去伊人相见？迁居之后，再图归计。你二人可到外边寻觅旅店，迁了出去，再作道理。"海安不敢多言，便去寻觅旅店不提。

　　再说张老儿因女儿乍得富贵，此际就有许多官员与他来往。这一日是那一位大人相请，那一日是那一位尚书部堂邀饮，所以无一时空闲时节。这仇氏亦不时到官里伴侍女儿，那店中并无一人往来。海安寻着了旅店，便来说知。海瑞看见张老儿不来店中，遂做一书札，以为留别之意。其书云：

萍水相逢，竟成莫逆。三载交契，自谓情殷。诸承关注，感荷良深。更喜天宠年加，椒房亚后，贵勋之庆，欣慰故人。瑞命途多蹇，仕路蹭蹬。两科不售，徒有名落孙山之叹。今议图归计，故以暂别东道主人。近因老丈贵务纷纭，不获面辞。所有店中什物，俱已照点，如数封志完固，并请邻人眼同点齐，封锁店门，以候翁归检点。所有厚恩，统候将来衔结可也。定期归日，另当躬亲拜辞。专此布达，并候升祺不一。

晚生海瑞顿首

　　海瑞把书信写了封固，另将房内什物，逐件开注明白。命海雄请了左右邻人来到，告知备细，并请他们眼同检点一次。什物各件，交付清楚，随与邻人告别，一竟搬到东四牌楼旅店住下，徐图归计。比及张老儿回时，海瑞已经搬去两日。邻人备将言语告知，张老儿不胜赞叹其忠厚。及进里面，看见了遗札，自悔不该前日到某人家去饮酒，以致不能与海瑞恩人一饯，深以为恨。暂且不表。

　　再说元春既蒙恩宠，贵掌椒房，然时刻念着海瑞之恩，未尝须臾忘报。这一日看了新科进士录，却不见海瑞的名字，叹道："何斯人之不偶也！他的才学以及心术，慢说一名进士，即使状元亦不为过，怎么偏偏名落孙山，这是何故？想起当日我父母被严二强迫之时，若非海恩人相救，焉有今日之荣，受恩岂可不报？但恐他看见榜上无名，即议归计，我纵在皇上面前提挈他也是枉然的。"左思右想，忽见仇氏进官而来。元春便问道："母亲，近日海恩人在店中作何景况？"仇氏道："他见榜上无名，竟迁去了。临别之际，你父亲不在店中，他便邀了左右邻人到店内，将他房内所有的物件，逐一公同查点明白交付了，然后迁去，又不说是迁到那里。及你父亲回店，始知备细。又得见留别书札，只言不日就要起程，再来面辞等语。我想此人真是个诚实君子，来去分明，真是令人起敬也。"元春道："不独诚实，而且义侠。我家若不得他卫护，只恐此时你我不知怎生样子了。只可惜他中不得一名进士。我如今却有心要弄顶纱帽与他，只是不知他还在京城否？"仇氏道："以我料之，此人必不曾去。"

元春道："母亲何以知之？"仇氏道："海恩人说话，是一句只说一句的。他书中曾言有了定期，亲到辞行。若是回去，必来我家辞别的。今不见他来，是以知其必不曾去。但是京城地方如此宽阔，东西南北，不知他住在那间店儿里面。况且他是个最沉潜的，在我们店中住的时节，你也见的，无事不肯出门少立一回。就是他两个家人，亦不许出外走走，如此实难寻觅的了。此是你有此心，而彼无此机会也。"元春道："只要用心访寻，那有个寻访不着之理？我想起当日在店中，曾做了一双绣鞋相送与他。他只受了一只，以为日后纪念。此时我亦将这一只收拾好了，如今现在什袭之中。明日我只唤一个内监，拿了这一只绣鞋，在各门内呼卖鞋子。只是一只，再没有别人肯买的。若是有人呼买，就是海恩人了。此却最妙的。见了海恩人之时，我另有话说，叫他在此候着。我却在皇上面前代他弄顶纱帽，亦稍尽你我报恩之事。"仇氏道："岂不闻古人云：'有恩不报非君子，有仇不报非丈夫。'这两句说话，你我正当去做呢。"元春点头称赞。

到了次日，元春唤了个内监名唤冯保，吩咐道："我昔年在闺中，绣有一双鞋子。及后失了一只，再没心神再做了，如今这一只尚在这里。我意欲命你袖了此鞋，悄悄的出了宫门，到街坊上去，只将这鞋叫卖。若有人叫买，你便卖了他，但只要问那人姓甚名谁，即来回我，不得张扬，自有重赏。"遂将一只鞋子交与冯保手中。

冯保接鞋叩谢，悄悄的出宫而来，一路上逢人便叫："卖鞋！"人人看见是一只鞋，只管叫卖，个个掩口而笑，都说他是呆的。冯保一连走了两日，却不曾遇着一人叫买。直至第三日，在宫中吃了早饭，却从东四牌楼这边走出来，亦是一般样叫唤，暂且按下。

又说海瑞自搬出了张老儿店来。终日思想归计。只是没有银子，如何回得粤东？意欲向同乡亲朋告贷，自念交游极少，只有潮州李纯阳在翰林院内。就是徐煜邦在兵马司任内,其缺亦是清苦。余者都没甚来往,怎生开口求人?又念妻子在家必要悬望,谅此时亦已得见新科录了。知我落榜,不知怎生愁闷呢!自思自想,好生难过。无奈只得往李纯阳处走走。刚出门来,恰好遇着冯保,手拿一只绣鞋叫道:"卖鞋!"连声不断。海瑞看见,就愣了眼,猛省道:"这一只鞋,我好像见过的一般。是了,是了,不错的!就是张老儿的令爱相送与我的。此际只收了一只,现在箱子内,如今这一只,怎么落在这人手上?谅必有个甚么缘故。待我唤转他来,再作道理。"便急赶上前去,叫道:"买鞋,买鞋!"唤了几声。那冯保方才听见,回转头来,问道:"相公你要买鞋么?"海瑞道:"正是。请到小店议价如何?"冯保暗中欢喜不迭,遂随了海瑞,来到店房坐下。

冯保问道:"相公,果是要买么?"海瑞道:"果然要买。不知此鞋一只,还是一对的?"冯保见问,心中疑惑,因给之曰:"一对,那有一只卖得钱的道理?"海瑞道:"如此不合式了。"冯保急问:"何故不合式?"海瑞道:"在下也有一只,与尊驾这只相同,故此要买。若说是一对,只恐剩了你的一只,岂不屈了你的么?"冯保问道:"原来相公也有一只么?乞借一观,可相像否?相公意下如何?"海瑞道:"这又何妨?"便令海安开箱,取了出来。冯保接过手来,将自己的一并,就是一对儿所出的,丝毫不错,因暗暗称奇,喜意浓浓的说道:"相公,这一只果然与在下的合式,想又都是一手所出的了。怎么只有一只?倒要请教呢!"海瑞道:"这一只鞋儿,却有个大大的缘故呢!待我说来你听!"便将始末备细说了一遍。

冯保听了,始知原委,因问道:"相公高姓尊名?"海瑞说了姓名。冯保听了道:"原来就是海老爷,失敬了。如今在此久居的呢,还是暂寓的呢?"海瑞道:"本拟即归,只因缺乏路费,难以走动,故而迟延至今。左思右想,郁郁无聊,只得散步,往李翰林处走走。刚出门来,偶见此鞋,因而触起旧日之情。请问驾上,这鞋儿却从那里得来的？乞道其详。"冯保道："说来话长了，我有几句话儿，你试猜一猜看。"海瑞道："烦说来，待在下试猜中否？"冯保朗吟道：

　　家住京城第一家，有人看你赏宫花。
　　三千粉黛归我约，六院娥眉任我查。
　　日午椒兰香偶梦，夜深金鼓迫窗纱。
　　东君喜得娇花早，故伏甘霖夜长芽。

　　吟毕。海瑞道："猜着了，莫非驾上是宫内来的么？"冯保道："怪不得你们读书的这般厉害，一猜便猜中了。我直对你说，咱家不是别人，乃是内宫西院的司礼监。昨奉张贵妃娘娘之命，着咱家拿这鞋子出来叫卖，说是有人要买，就要问了姓名，立时复旨。却原来皇家娘娘受过老爷大恩的，故此着咱家前来密访，想是要报老爷的恩了。老爷可住在这里，听候咱家的信，自然不错的。"遂即告别起身，回宫而来。见了张妃，跪下说道："娘娘，奴才为主子访着了。"张妃便问："访着甚么？"冯保道："容奴才细奏。"便将如何遇海瑞，叫唤买鞋，逐一说知。张妃听了道："是了，是了，不错的。你可认定了他的住址么？"冯保道："奴才已经认得了，故此回来复旨。"张贵妃道："你明日可将他那只鞋儿拿来我看，我自有话说。"冯保应诺。
　　次日天明急急起来，连早膳也不用，一径来到东四牌楼，到海瑞房内，彼此相见了。冯保备将张贵妃要看绣鞋一节，对海瑞说知。海瑞道："谨尊台命。"乃起身取出来，交与冯保手带回宫去。冯保大喜，作别而去。正是：

　　山穷水尽疑无路，柳暗花明又一村。

　　不知冯保将鞋拿进宫去，张贵妃怎么发落？且听下回分解。

## 第十六回

# 海刚峰穷途受救

却说冯保取了鞋儿,急忙来到官中,见了张贵妃,将鞋儿呈上。张贵妃看过,果是原物。乃吩咐冯保道:"你可去传我的话,称他作'海恩人',请他暂且安心住下。旬日之间,必有好音报他就是。"冯保领命,复到海瑞店中,口称:"海恩人老爷,娘娘见了鞋儿,认得是自己原物。叫我来对恩人说暂且安居。旬日之间,自有佳音相报等语。"海瑞谢道:"下士乡愚,有何德能,敢望娘娘费心?相烦公公代奏,说我海瑞多承娘娘锦念,已是顶当不起,焉敢再麈清怀!善为我辞,则感激不尽矣。"冯保道:"咱家娘娘是个知恩报恩的人,老爷只管宽心住着,咱家告辞了。"海瑞送出店门,冯保又叮咛了一番,方才回宫复命不表。

元春此时既知海瑞下落,便欲对嘉靖皇帝说知,求赐一官半职,以报厚恩。只是海瑞与己无亲,如何敢奏?左思右想,忽然叫道:"有了,有了!就是这个主意。"

少顷,驾临西院,元春接驾。山呼毕,帝赐平身,令旁坐下。内侍把三峡水泡上龙团香茗。帝饮毕,对元春说道:"今天天气炎热,挥汗不止。与卿到荷花香亭避暑,看宫女采莲罢。"元春道:"臣妾领旨,谨随龙驾。"内侍们一对对的摆队，一派鼓乐之音，在前引导。帝与元春携手，来到荷花香亭上坐着。那亭子是白石雕砌成的高厂，四面尽是玲珑窗格，对着荷池。那池里的荷花，红白相间，下面有数十对鸳鸯，往来游戏。又有画舫数对，是预备宫娥采莲的。此时帝与张妃坐于亭上，只见清风徐来，遍体皆爽。即令宫女取瓜果雪藕之类及美酒摆在亭中，与妃共饮，帝在居中坐。张妃再拜把盏，帝饮数杯，令宫娥弹唱一曲。只见张妃眉头不展，帝笑问道："卿往日见朕，欢容笑语，为甚今日愁眉不展，却是为何？莫非有甚不足之意么？"元春连忙俯伏，口称："妾该万死。臣妾市井下贱，蒲柳之姿，蒙陛下不弃，列以嫔妃之职，则恩施二天，妾实出望外。受恩既深，常恐不足以报高厚。臣妾实有下情，敢冒奏天颜，伏乞恕罪。"帝笑令宫娥挽起，道："卿且坐下，有事告朕，朕当为卿任之。"

元春再拜奏道："臣妾本乃下贱之辈，昔在父母豆腐店中，饥寒莫甚。上年一家俱病，父母将危。幸有广东琼山举人海瑞，在妾店中作寓，见妾一家无依，亏他慷慨，屡捐客囊，为妾一家医药，遂得生全。今妾得侍至尊，父母俱贵，惟海瑞落魄京城，不得归家。妾闻此情，心中实不忍。自恨弱质，不能少报其德，故此闷闷不乐。不虞为陛下察觉，妾万死不容辞矣。"

帝听罢大笑道："朕只道卿为着甚么，却原来为此。这乃小事，何须介意？他既是举子，怎不赴试，甘于落魄呢？"元春复奏道："彼曾入闱，怎奈名落孙山。"备将海瑞初次入京误过场期，逐细奏知。帝道："此人功名不偶，命运坎坷。朕当与卿代为报德就是。"元春连忙谢恩，欢呼万岁。帝即令取了纸笔，亲书道：

  海瑞怀才不售，功名不偶，此你命数使然。朕特起之，着赐进士及第。吏部知照，即以儒学提举铨用。钦此。

写毕，递与元春看道："卿意云何？"元春复山呼拜谢。帝令内侍即将上谕发与吏部知道。随与元春共饮数杯，方才散席回宫。

再说海瑞在店中，思想冯保取鞋去了，不知作何景况？正在沉思之际，忽闻外面一片声喧，瑞急令海安出看。海安走出店来，只见几个报录的，内中一个手捧报条一张道："那位是新进士海老爷？快请出来，待我们叩贺。"满店人都道他是疯颠的，这个时节连殿试都过了，武闱又没有恁早，报甚么进士？大家都笑起来。海安道："我家老爷姓海，既是中了进士，可拿报条来看。"那人便将手中的报条展开，只见写道："捷报贵寓大老爷海印瑞，蒙旨特赐额外进士及第。"海安看了，心中暗暗称奇。便把报条拿进里面，对海瑞说知。海瑞大喜，即望阙谢恩。打发报子去了，正欲回身，又见有人来报说：是吏部差来的。海瑞接了展看，原来是签授浙江淳安县儒学。海瑞心中不胜大喜，即打发了报人。次日冠带伏阙谢恩，随到吏部拜谢。那吏部看见海瑞是格外恩赐的人，料为天子所知的，便加意相待，自不必说。次日即令人送其文凭到寓。

海瑞此际既得了文凭，只是苦无盘费，不得赴任。想起李纯阳与他最厚，便连夜来见纯阳，欲借银子赴任。李纯阳笑道："似此小弟实属不情了！弟自到京以来，今已六载，家中付过两次银来京。现在拮据之状，莫可名言。但弟与兄相交最厚，义不容辞，十两之资，可以勉为应命。幸故人勿以不情见怪也。"海瑞道："弟亦知兄拮据，但事在燃眉，不得已而犯夜行之戒。"纯阳道："兄莫言此，令人惭愧。"遂令人取十两银子出来，亲手递与海瑞道："微敬勿哂。"海瑞再拜称谢道："蒙兄分用，此德当铭五中。"闲话一回，方才别去。

回至寓中，只见冯保手捧一个黄锦包袱坐在店里。一见了海瑞，喜笑相迎，说道："恭喜老爷荣任，娘娘特着咱来道喜，并有程赆相赐呢！"说罢，把包袱双手送与海瑞。海瑞接来，觉得沉重，说道："海瑞何德何能，屡费娘娘厚意？"便望阙谢恩，然后收下。冯保道："娘娘说，恩人老爷路上须要保重。苾任放心做官，有甚事情，自有娘娘担当。"说罢，起身告辞。

海瑞嘱道："烦公公代奏，说海瑞不能面谢娘娘恩典，惟有朝夕焚香顶祝，愿娘娘早生太子。"冯保应诺而归。少顷，人报张大人到。海瑞急急出迎，却原来是张老儿前来道喜，并送程仪。彼此闲谈了一番，方才别去。海瑞将张妃锦袱打开看时，却是三百余两纹银。又将张老儿的拆看，是一百两元丝。此时海瑞有了四百两银子，计及到浙盘费之外，尚剩三百余两。满心欢喜，急将适间所借李翰林十两银子，原封包好。另将一百两银子，包在一处。作书一札，其意略云：

异乡拮据，形倍凄然。弟以冷曹累兄，实不得已而为之也。幸而天假我便，承西院张贵妃惠我三百金。又叨张贵妃父张公惠我百两。值此涸辙之际，忽西江之水直苏救鲋鱼。除应用费用外，尚余三百两奇。故人亦在涸竭之候，我敢不施一西江水而苏涸鲋乎？除将原银归赵外，另具百数，少表故人之情，幸勿见却。专候升祺不备。

海瑞恭拜

写毕，将原银并百两一包的，连书着海安送去。随又修下家信，亦是一百两银子，令海雄交与千里马，附回粤东省城，转寄琼州。打点明白，立即收拾行李起程，主仆三人出京去了。

再说严嵩自从开复以来，百计夤缘，每在帝前献媚，今日暗奏这一部大臣贪赃，明日冒奏那一班武将怠玩。帝无不准，不知黜革了多少官员。帝十分宠他，不数月就升了刑部侍郎。严嵩威权愈大，势焰愈炽，心恨张老儿不死，反得大官，身为内戚，每每思欲中伤之。岂知天不从人，海瑞去后，张老儿一病不起，数日便死了。帝念其国戚之贵，赐银开丧，赠太师，谥贞侯，严嵩愈加恼恨。

此时严嵩威权日盛，文武多有依附其势者。步军统领张志伯，因嵩得封国公。嵩生子名世蕃，未周岁，张志伯即以幼女攀亲，其女长世蕃一岁。二人即订了亲，彼此勾结作奸，鬻爵卖官，种种不法。帝颇有所闻，而不一问。嵩又建造府第，阔十顷，其中花园亭榭，与宫中相等。正是：天上神仙府，人间宰相家。

嵩又以美女十名，教以歌舞，各穿五彩云衣，每当筵前舞蹈，望之如五色云锦，灿烂夺目，名为"霓裳舞"。唱演既精，送嘉靖帝作乐。帝愈宠贵，即加太保衔，升吏部尚书，兼协办大学士。

张志伯在京既久，意欲讨个外差，出去快活快活，就来央求严嵩。嵩道："外差不过指挥、巡按，公乃一品武职，两缺俱不合例。除非钦差方好。"张志伯道："近闻各省多有侵销帑项，库中多有亏空者。大人何不奏请圣旨，差某前往清查，藉此可以少伸心志。倘有所入，敢不与大人南北么？"严嵩点头称善，即日具疏入奏，以各省亏空太多，非专差大臣清查不可。倘用文臣，未免官官相卫。武职出巡，则有公无私。查步军统领为人忠厚廉明，可充此职，帝即允奏。正是：

　　一封朝奏入，百害日滋生。

毕竟张志伯可得外差否，且听下回分解。

第十七回

## 索贿枉诛县令

不提严嵩专权，再说那张志伯奉了圣旨，即日收拾起程，由直隶、山东巡察而来。一路上好不威严，头旗写的是"奉天巡察"四字，带领兵部骁骑百余人，请了尚方宝剑，所过州县地方，有司无不悚然。额外的供应，俨如办理皇差一般。张志伯满望席卷天下财物，故以先声夺人。方出京来，便擅作威权，首先挂出一张告示：

钦差总巡天下纠察御国公张，为晓谕事：照得本爵恭膺简命，总巡天下各省钱粮以及贪官污吏。受恩既重，图报犹艰。本爵惟有一秉至公，饮冰茹蘖，以期仰副圣意。所有各省仓库钱粮，均应彻底清查。如有亏空，即行具奏。并各省命盗奸拐重情，如有贪官污吏希图贿赂，故意出入者，一经察觉，或被告发者，亦照实具题，决不稍为宽贷。各宜自爱，毋致噬脐！预告。

这告示一出，沿途州县无不心惊胆战。传递前途，以作准备。谁知这张志伯立法虽严，而行法实宽，只管打发家人预通关节，所过州县，勒要补折夫价银一万，照办则免盘诘，否则故意寻隙陷害。所以地方有司，莫不送财，以图苟免了事。

一日，巡至山东历城县地方。这历城县知县姓薛名礼勤，乃是山西绛州人氏,由进士出身,即用知县。为人耿直廉介,自从到任以来,只有两袖清风,并未受过人间丝毫财贿。阖县百姓,无不知其贤能,素有廉吏之声。这日接得前途递到公文,报称张国公奉旨巡察各省钱粮、官吏。并有私书,单道其中陋规之意。这薛知县乃是一个穷官,那有许多财宝奉承与他?况且自思到任以来,并无一毫过犯,案牍清理,谅亦无妨,只备下公馆饭食夫马等项而已。先一日,就有张府家人来打头站,带领二十余人来到县中,高声大叫知县姓名。这薛知县已在堂听得明白,心中大怒,只得走将出来相见。

那家人端坐堂上不动,问道:"你系知县么?"薛公应道:"只某便是。"那家人笑道:"好大的县尹!既知国公爷奉旨到此纠察,你为甚么一些都不预备?直至我来,仍是这般大模大样的。你可知我家公爷尚方宝剑的厉害么?"薛公听了道:"敝县荒凉,没有甚么应酬的。只是夫马饭食,早已备下了,专等公爷经过就是。"那家人便道:"怎么这般的胡混,难道前途的有司,都没有一毫知会与你么?"薛公故意道:"前途虽有公文先到,亦不过知会预备快马迎送而已。"那家人大怒,骂道:"你这不知好歹的东西,故意装聋作哑。少顷国公到来,好好叫你知道!"说罢竟自去了。知县颇知不妙,只是不肯奉承,任他的主意便了。少顷,张志伯领着一行从人来到,薛公只得出郭迎接。张志伯吩咐进城歇马,知县便在前引导。

迎到公廨,张志伯坐定,薛公入见,请了安,侍立于侧。张志伯问道:"贵县仓库,可充足否?"知县打拱回道:"仓库充足,并无亏空。"志伯又问道:"县中案牍可有冤抑久滞不伸者否?"知县道:"卑职自莅任以来,案无大小,悉皆随控随问,并无久悬不结之案。"志伯所问言语,不过是故意恐吓的,好待知县打点。谁知这薛公毫不奉承,对答如流。志伯心中有些不悦,便作色道:"既是贵县案牍无滞,钱粮充足,本爵钦奉圣旨,是专为稽查纠察来的。贵县虽则可以自信,然本爵亦须过目,方可复旨。就烦贵县立备清单,好待本爵查闻。"

知县不敢有违，打拱道："谨遵台命，待卑职回署，立着书吏开列呈上就是。"志伯道："不须回去商酌，就在这里开注。"便令人取过纸笔，放在面前，勒令书写，不容迟缓。薛公无奈，只得当堂写明。先把仓库钱粮开列，后把各房案件开注呈上。志伯观看，只见写着是：

历城县知县薛礼勤，谨将县属管下仓米谷石开列。计开：

天字第一廒，贮米一千五百六十九石零三升六合七勺。地字第二廒，贮米一千二百三十二石二升七合八勺。玄字第三廒，贮米一千七百二十五石六斗一合一勺。黄字第四廒，贮米一千零七十三石零二合。宇字第五廒，贮米九百二十五石一升七合三勺。宙字第六廒，贮米一千零一十二石零三合。洪字第七廒，贮米八百石零七升二合三勺。荒字第八廒，贮米九百一十二石三升三合七勺。

常丰仓谷石列后：

东字廒，贮谷二千八百二十五石三升八合三勺。南字廒，贮谷一千石无零。西字廒，贮谷一千零五石二升九合一勺。北字廒，贮谷九百一十五石七升一合。上下中末四廒，每廒贮陈谷三百一十三石无零。库存钱粮：地丁银，除报销外，实存银三万八千七百五十三两六钱三分七厘。

各房案件开列：

刑房命案未结共一十三件，已结共一十八件。兵房盗案未获共二十八件，已获共一十三件。礼房拐奸两案未结案共五件，已结案共一十一件。又户房婚案未结共一十六件，已结共一十六件。户房田土案已结共一十七件，未结案共二十一件。粮屯两房未结案共一十七件，已结案共八件。吏工两房并无未结案件。

志伯看毕，把清单收了，对薛公道："贵县今夜且在公廨歇宿一宵，待本爵明日一起跟同查验可也。"薛公应诺，晚上令人取了酒饭上席，志伯一概不食，仍旧发还出来。那些家人们要这样要那样。稍有不到，百般辱骂。薛公明知他们有意寻衅。只是诈作不闻，任由他们絮絮叨叨的，只是不理。

到了二更时候，忽有一自称张志伯的心腹家人进来，与知县攀谈。自言姓汤名星槎，因与知县言及钱粮仓库之事。知县道："本县原亦有亏空，乃是前任相沿下来的。在下接篆之时，业已禀明列位上宪，方才出结的，现在收准移定之后，并无一毫亏空。"汤星槎笑道："太爷固是不曾亏空一毫，其如上手中清，何以混接？只恐国公不准。向来钦差出巡，皆有定例，所过州县，均有备补依价银两，以免苛求毛疵。今太爷何不仍循旧例，可免明日多事，不知尊意如何？倘若有意，某情愿先为绍介。"

知县笑道："管家有所不知，想在下一介贫儒，十载寒窗，青毡坐破，铁砚磨穿。一朝侥幸，两榜成名，筮仕远方，两袖清风，一琴一鹤之外，别无长物。家有老妻幼子，尚且不能接来共享此五斗折腰之粟，其中苦况，不待絮言，而管家谅能洞悉也。那有银子来作夫价？倘若国公不肯作情，明日吹毛求疵，亦惟付之命数而已。"汤星槎见他坚执不从，遂长叹而出。回见志伯，备将言语说知。

志伯笑道："你且退，我自有以处之。"次日黎明，志伯吩咐从人，摆了队伍，一对对的来到县衙，知县随后亦至。志伯升堂坐下，先点过了书吏差役名册，随唤户仓粮三房书吏上堂，吩咐导引到仓廒，点视仓贮米谷。书吏领着米役看廒报数，斗役当面量报，果然与清单所开相符。一连查阅八廒，并无差错。又来查视谷石，亦皆照数，并无少欠。志伯道："米谷照依开列现在数目，固无少欠，但不知从前还有亏空的否？"知县忙打躬道："历有亏空，共计一万八千石有奇。只是上手之事，卑职接任之际，业已禀上宪报明在案的。"志伯领之。复到库房查点银数，亦合现在清单。志伯道："一县的库，只有这些须之数？当时前任，亦有亏空否？"知县道："自正德三年王县令手上起，至前令止，共亏空三万八千余两，亦有通报卷宗可据。卑职接准移交的时节，只有这些数目，并未侵蚀半丝。"志伯不答，复行升座，令各书吏将所有未结案卷抱上堂来查阅。须臾，各书吏抱着案卷上堂，逐件报了案由。

　　志伯点过了数目，总奈不多一件，无可如何，心中转怒，指着知县道："你说自到任以来无亏空，怎么仓库两项均有亏空？且多过贮的？不是你侵吞，更赖那里去？却如此贪墨，要你何用？蠹国肥家，法难宽纵，若不正法，何以肃官方而警将来也？"吩咐："左右与我绑了！"左右缇骑答应一声，不由分说，抢上前来，把薛公的乌纱除下，五花大绑起来。志伯请出尚方宝剑，令中军官斩讫报来。左右已将知县簇下。此际虽有同城文武在侧，只得自顾自己，谁敢上前说个"保"字？只听得薛公大骂奸贼，挟私假公，枉杀民社，引颈受戮。百姓观者无不下泪而暗恨志伯，几欲生啖其肉。

　　此时志伯既杀了薛知县，即令县丞陆亨泰暂署县事。又令人榜知县之罪于通衢，以为打草惊蛇之计。次日志伯起马望着江南进发。前途地方官闻知此信，各各心怀畏惧，惟恐贿赂不足，竭尽民脂以填贪壑。正是：

　　奸权擅作祸，百姓尽遭殃。

　　毕竟后来张志伯如何，且看下回分解。

第十八回

# 抗权辱打旗牌

却说张志伯擅作威福，枉杀了薛知县，暂且按下不表。再说那海瑞领了文凭，带着海安、海雄一路上水陆继进，不一日来到省垣。先到藩司处禀见，验看过了，然后到任，望着淳安县内来。那学里的生员、同寅，都来迎接。海瑞一一相见过了，上任视事。

在学里也没甚的事情，只好邀了那些生员到来训遵经义。所以生员们都喜爱他，说他认真司铎。一日，海瑞偶然想起：我今已得一职在此为官，却把妻子抛弃在岳母处，心中有所不忍。乃修书一札，取了五十两银子，交与海雄回粤，迎接家眷。海雄领了银札，拜辞海瑞，搭了海船，望粤东南而来。

又说那张氏夫人，自从丈夫入京之后，就在娘家过活。谁知身中已怀六甲，到了十个月足，生下一女。张太夫人好不欢喜，诸事亲为料理。满月之后，取名金姑。此际张氏一面抚育女儿，专盼丈夫的捷报。到了次年五月以后，还不见一些声息。及阅南宫试录，方知海瑞名落孙山。未几有书寄回，称说留京宿科。张氏又只得安心守待。至本年的七月内接得京中家信，始知丈夫不曾得中正榜，不知为何叨蒙朝廷特赐进士，改授淳安儒学，又有百两银子付来安家。此时张氏母女喜得眉开眼笑。张氏夫人说道："女婿是终不在人下者，今日果然。但他如今到任上去了，谅不日会来接你。"

过了数月，忽然海瑞差了海雄持书而回，称说奉命来接家属，并有书信与太夫人请安。张氏大喜，即拆书札来看。其略云：

别卿数载，裘葛四更。幸借福荫，博得一官。现在分发浙江淳安县儒学，虽属冷曹，亦感朝廷格外之典。兹已抵任，身子幸获粗安。古人云：富贵不忘贫贱友，身荣敢弃糟糠妻？特遣海雄来家迎接，幸即随同到任，俾得一酬杵臼之劳，亦少慰夫妻之意。书到之日，即便束装。

岳母大人处，另有禀帖请安，毋庸多及。此字。

张氏贤夫人妆次。

刚峰手书

太夫人亦将书信看了。海雄道："小的来时，老爷有五十两银子交付小的，以作太夫人路费，此项却不用过虑了。但不知太夫人何日起身？待小的好去雇备船只。"张夫人道："择吉起程就是。"海雄应诺，便先行雇备了船只，专待吉日解缆不提。

再说海瑞自到学任以来，用心训迪，又禀知上司，除了学中几处陋规。上宪嘉其廉能，大加叹赏说："海提学才干卓异，可司民牧。"为他具题，请改授州县以资委用。本下，帝批准了，发回本省。该抚即便拆开来看。只见朱批是：

奉旨：该抚所题淳安儒学海瑞，才干卓异，堪为民牧，乞改授州县，以资委用。所奏如果属实，着即出具考语具题，遇有州县缺出，即行委署。如堪治理，另题实授，钦此。

该抚看了朱批，即时发下藩司，着将海瑞改注候委县册内，听候委用。

未几，淳安县知县以贪墨被百姓上控免职，该抚就以海瑞委署淳安县知县事。海瑞此际身膺民社，益励劳精。凡有兴利除害之事，无有不为。不避怨嫌，只顾为民为国，一清如水，那些百姓爱之有如父母。上任不一月，盗贼顿息，民歌乐业，竟然有路不拾遗之风。海瑞不惮劳苦，每夜带领二仆改装访察，不知拿了多少匪人，审判如神。书差畏其明察，不敢欺隐。百姓号之为海爹，如婴儿之呼父也，其依之如此。未几，海雄接家眷至任所，夫妻相会，又见了四岁的女儿，海瑞之欢喜，自不必说。

过了两月，人传朝廷差张国公稽查各省钱粮案牍，纠察官吏廉墨，头旗大书"奉天纠察"四字。现在朝廷赐他尚方宝剑，十分威肃，一路盘查将来。闻得山东历城县知县薛礼勤，一言不合，为他所杀。所过地方供应快马，十分烦剧。倘有怠慢，立时有事。海瑞听了叹道："天子为何差这样的人来此，适足以扰民矣！且自由他，我这里是没有许多供应的。"过了几日，邻县就有文书移知，并有私说，说是国公之意，如此如此，否则必遭参革。海瑞笑道："岂有此理！我一毫也不备办，看他奈何。"遂命人于前途哨探。

果然不三日，张府的家人头船来到，只见淳安县城中，十分冷落，并没有半个人儿在外招呼。怎怪那张府的家人气恼，盛怒而来，走到县里，仍是这般冷悄悄的，那家人就是汤星槎。当下汤星槎怒气不却，来到二堂，坐在一把椅子上，大声道："怎么国公的差事都不备办？知县到底往那里去了？"海安、海雄忍耐不住，便齐声问道："驾上是那里来的？请道其详。"星槎冷笑道："你们在此做甚么的？"海安道："是跟随海太爷办事的。"星槎笑道："却原来你们既是充当县里的长，就该晓得官场中礼套的。我们国公是奉旨来稽查纠察的钦差，邻县谅有文移知。你等怎么这般冷落，莫非欺藐我们么？"海安道："我们这里乃是一个极贫极苦的县份，现在衙中米薪都不敷用，那里还有余项来供应差务？只请驾上方便些须就是。"汤星槎听了大怒，忿然而去。临行恨恨的说道："你们且看仔细，少顷便是了。"遂悻悻而去。

第十八回 抗权辱打旗牌

再说海瑞在内厅，听得外面喧嚷，心中大怒，遂悄悄的走在屏风后窃听。正听得海安与星槎问答，不觉的怒从心上起，恶向胆边生。亲听得星槎含恨而去，随即唤了海安、海雄入内，吩咐道："适间来的就是张巡按的家丁，方才你们与他口角，彼必然迎上前途，搬弄是非，要来我县糟蹋了。你等且到外边私行打探，国公船只车辆共有多少，急来回复，不得有误。"海安、海雄二人领命飞奔而去，小心打探。去了二十余里，正好迎着张志伯的坐船蔽天而来。海安等故意坐在一只渔船之内，只顾跟着官船而走。

原来张志伯的船只，除官船之外，大小共三十余号，每一船都是沉重满载的。海安、海雄二人看在眼里，急急走来回报。海瑞听了，自忖他是从京中出来的钦差，又没家眷，随来不过一两只船就够了，为甚么有许多船只？想必是装载赃物的了。且自由他，看他来意如何，再作区处。正说之间，人报张国公差旗牌官胡英来到，称："奉令箭到此，请爷出去迎接。"海瑞道："国公奉旨而来稽查地方，本县理应迎接，亦不过护送出境而已。怎么差来的贱役，也要本县去迎，这款是何人设的？"衙役禀道："历经州县，都是这般迎候，老爷不可抗违，国公是不好惹的呢！如今旗牌现在衙前，专等老爷迎候。"海瑞不觉勃然大怒，就吩咐三班衙役，排班升堂。这话一传出去，那三班的差役，各房书吏，俱各纷纷上堂站立，分列两边。三梆已罢，海瑞升堂于暖阁之内，书差们陆续参叩毕，海瑞道："今日本县特为本衙门与万民争一口气的，你等休要畏缩，须要照依本县眼色行事，如违，责革不贷。"两旁书差唯唯听命。海瑞吩咐开门，传旗牌入见。

左右答应一声，把头、仪两度大门开了，大声唤叫："本县太爷，着来差报名进见。"那差官是惯受人家奉承的，所过州县，无不谄谀之，满以为知县出来迎接，得意洋洋的站在署门。初听此言，犹以为唤别处的差官。未半刻，只见两个衙役走上前来说道："差官，你怎么耳聋了么？如此呼唤，你却不听见？如今老爷现在堂上，立唤你进去说话呢！"那旗牌听了此言，不觉三尸神暴跳，七窍内生烟，勃然大怒,道:"狗奴才,你在这里絮絮叨叨的,叫那一个?"衙役道:"是特唤你进去,俺家太爷坐了堂,等你呢!"那旗牌冷笑道:"好大的知县!待我进去看他怎的!"遂大踏步盛怒而入。

海瑞见他手持令箭,乃起身离座,对着令箭拜了两拜,请过一边供着。然后复行升座。旗牌看见知县复行从容的升座,心中大怒,道:"请问贵县高姓大名?"海瑞笑道:"你既为差役,不向本县报名叩见,倒也罢了,怎么反来问起本县的姓名?本县的姓名,已有在那万岁爷前传胪册上,谅不用说你亦知道。你今至此何事,可对本县说知。"那旗牌笑道:"俺奉了国公令旨,特来着你等预备夫马、供应船只、纤夫、水手等项。毋得刻延,如违听参。"海瑞道:"这话是国公说的,还是你说的?"旗牌笑道:"令在手上,就是我说的。"海瑞道:"原来如此。我们县中大荒之后,百姓死亡者半。现在力田之际,那有闲丁当役?且请国公自便罢。"旗牌道:"怎么说'自便'两字?你这厮想必做厌了这知县么?只顾弥天的大胆,胡言乱语冒渎。我亦管不得许多,只要立刻取齐一百名纤夫,又要五十号大船,前去缴令就是。"海瑞道:"国公的坐船不过一只,那用得百名纤夫,又要五十号大船何用?"旗牌道:"你只管预备就是,那里管得许多闲事!"海瑞笑道:"本县自蒙圣恩授此县以来,所用一文皆动支库项。今你勒要如许船只,将来的开销却在那一项上?这却不能从命。若是国公的坐船需人牵缆,本县就立刻督率众役当差便了。"旗牌那里肯依,骂道:"放屁!那里来的偌大瘟官,谁敢抗违国公令旨?你敢下座来,与我去见国公,算你是个好汉儿的!"说罢哈哈大笑。海瑞听了大怒,说道:"那有如此大胆藐法的差役,胆敢在本县公堂之上大模大样?左右,与我拿将下去,重打四十!"两旁差役答应一声,齐来扯旗牌下去。正是:

  福由人自作,一旦失威严。

  毕竟海瑞可能打得那旗牌否?且听下回分解。

第十九回

# 赃国公畏贤起敬

却说旗牌出言不逊，恼了海公，吩咐衙役，拖翻在地，重责四十大毛板，然后说话。左右答应一声，立即上前，不由分说，将旗牌摔到阶下，按着头脚，一声吆喝，大叫行杖，打了十板。旗牌咬着牙根，只是不肯求饶。海瑞看了如此，大骂衙役畏惧，不敢用力，便亲离座位，夺过板子，尽力打去，竟不计数，约有五十余板，打得旗牌叫喊连天，皮开肉绽，鲜血迸流。叫道："好打，好打！"海瑞怒气未消，令人取过链子来，自己与旗牌对锁着，吩咐退堂，一同来见志伯。

却说志伯的船只业已傍岸，所有县属城守捕衙，俱来迎接。志伯既登了岸，却不见知县，便问各官道："知县何处去了？却叫本爵到那里去住？"捕衙跪禀道："本县因要办公事来迟，谅即来也。"说尚未毕，只见旗牌与那知县对锁着，一路迎上前来。志伯见了，不知甚么意思，便吩咐县官，快上前问话。知县即便上前禀见，志伯道："贵县为甚与本爵的旗牌共锁？请道其详。"海瑞道："只因贵差来县，勒要备办供应，并要纤夫、船只，将卑职的公堂闹了。所以卑职将贵差打了，对锁着来见国公请罪。"志伯听了，心中大怒，道："原来如此，且到县里说话。"吩咐先将两人的锁开了，随即来到县衙，升堂坐下，传知县问话。海瑞昂然而入，打躬毕，侍立于侧。

张志伯道："本爵并非私行，乃是钦奉圣旨，稽察天下仓库案牍。所到地方，理应供些夫马。所以本爵欲到之处，预将令箭传知前途，以便你等备办。贵县何故竟将该差痛责，岂非辱藐本爵么？"海瑞道："上司往来，地方官迎送出境，此是自然之理。但贵差到署，勒要纤夫百名，大船五十号。想此际正在农夫力田之时，本县百姓，皆是耕作食力的。顷刻之间，那有百名人来？况且小县地方，一时焉有许多船只？故此卑职略为推延，以为赶办。而贵差则擅作威势，公堂谩骂，欺藐官长。故此卑职将他责打，以警将来，万乞恕罪！"

志伯道："本爵乘船而来，每县只当送出本境，便要换船，难道不该觅船的么？那船只又大，近因冬旱水浅，必须用人牵缆，始得过去，难道纤夫也用不着的么？至于船只五十号，自有本爵的东西装载，故此开明数目，以免滋事。今贵县一些不曾预备，又将我的差官责打，明明是欺藐本爵，本爵难道没有斩知县的利刃么？"海瑞从容进曰："国公钢刀虽利，不诛无罪之人！卑职自莅任以来，一向奉公守法，并不曾虐民媚上。今国公既钦奉圣旨纠察奸邪，盘查仓库，皇上之意，本是为民，今国公至此，适足以扰民也。卑职不自揣度，有言奉告，伏乞容诉一言，即死亦瞑目。"志伯道："你有甚么言语，只管说来。"

海瑞说："且说朝廷差公抚恤天下，问民疾苦，纠察官吏，意盖至良也。公身为大臣，仰荷重爵，自当仰体圣意才是。怎么动以游骑先行，百般滥勒？所过州县，勒令补折夫价银若干两，饭食钱若干两，又仍复勒要酒食、船只、夫马，否则以天子之命而挟制之。州县既竭营资财，民亦备极劳苦。然从无不取民之官，一旦营办不齐，必致多方搜括。万民之膏，饱其贪壑，此岂身为大臣者之事也？窃为公不取矣！"

志伯听了，满面羞惭，不觉怒发冲冠的大声作色道："何物知县，敢揭我短处？"吩咐左右推出。海瑞急止之道："死固不可辞，然亦有说。"志伯问道："还有何说？"海瑞道："卑职开罪明公，罪固应死。而明公受贿百万，又当如何？"志伯道："你却那里见来？"海瑞道："三十余号沉重满载之船，内是何物？"志伯道："三十余船，乃是奉皇上特谕，沿途采买下的瓷器、花盆等物，怎么说是赃物？"海瑞道："皇上大内所需各项器皿，例有各省进奉，何劳圣虑，特以巡边大臣采买，而启天下之疑心耶？"志伯被海瑞这一句说话倒住了口，却无言可答，怒道："这是本爵之事，不要你管。"海瑞道："明公说是不要卑职来管，卑职亦要与皇上算一算帐。明公自出京以来，所过州县，多者二三万，至少者一万余两，统计所过州县一千有奇，计赃百万不止。此事只恐明公他日归朝，未免招人物议。今海瑞既已问罪，谅亦难逃一死。但死亦要具奏天子，俾知海瑞曾亦与国家出力，死且不朽矣！"即从袖里取出一个算盘来，对众人算计道："明公一路而来，大约共有赃私三百余万。"志伯满腔惭怒，只恐海瑞认真，纵然杀了他，也不得干净，遂笑道："你这厮，我看来乃是疯颠的。"吩咐从人赶了出去。海瑞大笑道："这是卑职的公堂，明公要赶卑职到那里去呢？且请息怒，海瑞不过与明公戏言也。"志伯就乘机道："须属戏言，下次却不可如此，免人看见，只当是真的一般。本爵且住你的衙署罢。"海瑞道："当得如命，但敝署隘窄，恐不足以息从者，奈何？"志伯道："不妨，只本爵与三五亲随在内，其余悉在外边，不搅扰贵县。"海瑞应诺，便请志伯入内，至花厅住下。海瑞并不相陪，一面提犯审讯。

少顷，家人搬了四味荤菜，两盆素菜，一碗清汤，一壶水酒，说道："家爷现在公堂审案，不得奉陪，望乞公爷勿罪。"志伯看了，不觉哑然而笑道："你家太爷，既有公事，只管自便罢。"遂将饭略用半碗，连酒也不吃。那亲随的人亦是这些饭菜，各人肚里好生不悦，然见主人都不言语，也只得忍耐。志伯被这海瑞当着众人抢白一场，心中大怒，便唤亲随来吩咐道："你且到外面看这海瑞做甚勾当，即速回来报我。"亲随领命，悄悄的来到外边，只见海瑞正坐在大堂，提了一干人犯，在那里审问。亲随见了，急急回来报之，志伯便私到堂后窃看。只见海瑞口问手批，顷刻之间，把几案的事一一了结，无不欣服。志伯回到花厅，自思此人果有卓然之才，只是可惜了，不得展其骥足。又转念他今日如此行径，倘若认真与我作对，这便如何是好？看来他在此地决得民心，如此能廉耿介，必定一些破绽都没有的。我却拿甚么来参革他？一味的胡思乱想，自不必说。

再说海瑞把公事办完，退了私衙，唤了海安吩咐道："你明日可领着三班衙役，共二十名，在码头听候。明日他起程之时，本县却与你等牵缆就是。"海安道："小的们当差牵缆，固然本该的。但老爷身为民牧，怎么反去作此下贱之事？即此衙役，亦当无当差之理。老爷何不唤那各处的地保前来，吩咐叫他立传数十名民夫就是。"海瑞道："这是甚么话！现今秋收之期，禾稻将次登场，若是抽取他，如何防守相望？倘有失窃，岂不枉了他们数月劳苦？这却使不得。你只管依我去做，不必多言！"海安应诺，即到外厢唤起差役，将海瑞的言语，对他们说知。众役听了笑道："我们在本县，也当了十数年的差，并未留见代民当过夫役的。不特不会，抑且失了衙门威风。烦大叔代回一声，只说并无例，求太爷另唤民夫就是。"海安道："便是我亦这般说，怎奈老爷不依，说是恐失农务。你等只管伺候，明日老爷也来相帮我们呢！"众役听说是太爷都帮着牵缆，不敢则声，只得应允。

次日，志伯天尚未明即便起身，海瑞便来参谒，禀请盘查仓库。志伯道："贵县的仓库，定然是够足的，不必查验了。本爵就要起马了。"海瑞道："粗粝之饭，亦望明公一饱。"志伯道："昨夜打搅不安。"即时吩咐起马。海瑞也不强留，相送出了县衙，来到码头。志伯下了坐船，张府家人正在那里乱嚷，说是没有纤夫。海瑞即与海安并差役等一同下了水，把绳头牵着。

那些百姓看见，齐声道："岂有此理！本县太爷是我们的父母，怎么都来当人夫，要我们何用？"大家都跳在水里，说道："父母大人请上岸去，待小人们来牵缆就是。"海瑞道："你们且去，休妨了大众的农务。"百姓齐道："父母大老爷说那里的话来，我们当夫，是应该的，怎么要连累太爷受苦？"遂一齐将缆头牵住。志伯看见，急令人传海瑞上船，谢道："贵县如此爱民，真乃社稷之福。本爵回京，自当奏圣上，升官加级。"说罢，吩咐开船而去，连百姓也不用牵缆了。满城之人，无不赞叹。

不说海瑞回衙，再说张志伯一路巡察过了，即日回京复命，先将赃物陆续缴到严府。是时严嵩已为丞相加太师，权倾人主。当下严嵩唤了来人讯问志伯行径。志伯家人道："家爷一路都已照中堂的言语行事，有清单呈上。"严嵩即令取来观看，只见：

> 河南省：共得白银五十三万，土物玩器共一百一十二箱。
> 山东省：共得白银四十二万，土物玩器共三十九箱。
> 浙江省：共得白银三十六万，土物玩器共七箱。
> 江西省：共得金条五十八条（巡抚送），白银四十万，土物玩器共七十六箱。
> 江苏省：共得白银六十万（梁太昌送），土物绸缎共一百箱。
> 广东省：共得黄金一百二十条（关差邹炳春送），洋钟表共一百八十架，翡翠犀石念珠两副，洋货匹头五百箱，白银共七十万。
> 其余各省俱是六十万，土物不等。

严嵩看了大喜。立即吩咐严二，照数收贮，待等志伯复旨后，再为瓜分。正是：

> 下虐民和吏，饱填贪壑中。

要知后事如何，且听下回分解。

第二十回

# 圣天子闻奏擢迁

却说严嵩看了清单,满心欢喜,吩咐家人严二照单查收,且暂贮库,待等张志伯见过了皇上,再作道理。按下不表。

再说张志伯次日早朝,山呼陛下舞蹈毕,帝赐平身,慰劳备至,问曰:"卿到各省,目所击者,风土如何?"志伯道:"各省粮稻均属平平,人民亦甚安妥。"帝又问道:"天下官吏最关紧要者,即是州县。州县有司民之责,县令贤否,即百姓忧乐所系。卿历各省,曾见有一二最称廉介者最称滥墨者否?可为朕言之。"

志伯自忖道:"海瑞如此刁强,我却引他入京,徐徐图之,以绝后患,有何不可?"乃乘间奏道:"臣奉陛下圣命巡察各省,所过州县,无不悉心访察。山东历城县薛礼勤,贪墨民怨,臣甫入山东之境,即风闻其事。及抵历城,细加详讯,该县供认不讳。臣于审得实据后,即恭请尚方宝剑斩之,民皆称快。及至浙江,有署淳安县知县海瑞,广东琼州人,由儒学改任知县,在任廉介,且爱民若子。臣到淳安时,正值旱浅之际,来往船只,皆需牵缆。臣到县时,又值农忙之候,海瑞则免民之役,躬率差役家丁并自己代民牵缆。臣亲自慰谢之。臣见如此天下之大,若能廉介直者,推海瑞一人而已。若以之居侧近禁，必有可观。"帝闻奏大喜，即起吏部缺册观阅，只有刑部云南司主事员缺，帝即将海瑞名字注之册上，敕吏部知照。张志伯即谢恩而出，来到严府，与严嵩相见，彼此慰劳。三巡茶罢，严嵩笑道："亲家出此一差，不知费了多少心力才得如此，可谓能事矣！"志伯道："在下自从出京以后，一路上巡查而去，莫不心胆皆畏。惟至浙江淳安，那县令十分矫强，与在下抗拒了一番。不知他怎生的厉害，所有沿途收受的礼物，彼亦得知，要与在下算账，险些儿被他弄个不好看。后来只得勉强吞下气去，将多少言语才得开交呢。"严嵩道："这样可恶的知县，亲家就该立请尚方宝剑诛之！"志伯道："在下亦是这样想，只因海瑞在县爱民如子，该地百姓敬之有如父母，若遽杀之，惟恐激变。故不得已隐忍之，另寻妙策除之。适才朝见皇上之际，曾以海瑞具奏。天子爱其才廉，即时提了云南司主事。业已敕吏部知照了，不日海瑞来京。那时却伺其短，因而杀之，方为全计。"

严嵩听了大喜，即吩咐家人备酒。一则与志伯接风，二则庆功慰劳。二人在席又说了许多各省陋弊，彼此一问一答，直饮至午后才散。严嵩邀了志伯，到后花园来坐定，把所得的赃物分为两份。志伯道："此物就暂寄在大库，待在下陆续来取，不然只恐招人窃议。"严嵩点头，志伯珍重而别。

再说海瑞自从送了张志伯之后回衙，从此更加恩惠于民，民乐为之死。不两月，朝廷有恩旨到，升擢部曹。海瑞望阙谢讫，即便打点入京赴任。此时百姓闻之，皆来挽留。海瑞道："非是本县舍得你等，只是朝廷之命，不敢推延。自古君命召，不俟驾而行，此之谓也。但愿你等守法奉公，父训其子，兄勉其弟，悉为良善，共乐此升平之福，则本县大有厚望者也。"说罢，不觉掉下泪来，百姓亦随着哭泣。

海瑞将印信送与新任，随即起程，带着妻子，一路望北京而来，水宿风餐，晓行夜住，非止一日。到了皇都，暂且侨寓。次日即到吏部禀到。吏部收了手本，即令赴任。此际海瑞领着妻女，竟无处可住。那部里向有主事公廨，只因年远久倾，满地荆棘，却要修整收拾，才能住人。海瑞宦囊涩滞，那有银子？此时张老儿已死亦久。那李翰林散馆后，升了编修，海瑞只得又到他那里告贷。李编修正在拮据之时，勉强代为打算了几两银子，海瑞才得略盖茅房三橼，安顿妻女。

既上了任，便要上衙门谒见。第一紧要就是丞相，海瑞去了一连五朝，只不得见。你道为何？却因严二把持宅门，凡有官员初次禀见者，必要三百两门包，否则任你十天半月，也不能见的。丞相怪将下来，又不是当耍的，所以内外的官员，每每都要受这严二挟制。海瑞次日又来伺候，严二危坐门房之内，只得忍气吞声走上前去，把自己的手本递上，赔笑脸说道："二先生，相烦通传一声，说擢刑部主事海瑞求见丞相已经数日，万望方便。"严二将那手本掷在地上，说道："好大的主事！二先生是你家养出来的么？怎么要与你奔走？好没分晓，一些事也不懂得，还不快走！"一顿言语，说得海瑞红了脸，觉得没趣，走了出来，坐在大门外板凳上，一肚子的气。

海安看见主人这般光景，问道："老爷因甚如此气恼？莫非见了严相，有甚的糟蹋么？"海瑞叹道："见了严相，受些气也罢了，只是白白受了那严二的鸟气，实属不值得呢。他说我不知分晓，你道有这等可恶的么？"海安道："老爷有所不知。适间小的打听得一件事来，正要对老爷说知。那严二是丞相的心腹家人，把持宅门，凡有内外的官员初次禀见丞相者，三百两见面门包，另需送与丞相的参谒礼，那就说不定一万八千，至少都要上千，没有就不能得见丞相。怪将下来，说是欺藐了他，即时对吏部说知，除名挂劾，这等厉害！老爷不知其中陋弊，故此连来几朝，都不得见。且勿气恼，回去再作道理。"海瑞听了叹道："辇毂之下，目无法纪如此，帝之任用小人，殊不觉察！"遂与海安同回。张氏夫人问道："老爷见了丞相有甚么话说？"海瑞只是摇头不答，不禁叹息。张夫人看见丈夫如此，心中疑惑，只道他为了甚么不是之处,便私问海安。海安备将如此如此,这般这般,逐一告诉,张氏方才晓得。

少顷用饭之际,海瑞只食了几口,就放下了。张氏道:"老爷且莫烦恼,此是上压下的势了,烦恼亦无益的。还须打算到里面禀见了才好,不然这个官就有些不妥呢。"海瑞愕然道:"你却从何而知?"夫人道:"问海安故得其情。"海瑞道:"想我一介穷官,那得这些银子与他?前日收拾这三间茅房的银子,还是在李编修处借的。世情如此艰难,京中又没甚相好可以挪借得的。我意欲拼这顶纱帽不戴,索性与他做个见识。"

夫人道:"老爷,你休将卵撞石,自取破亡。想你十载寒窗,磨穿铁砚,才是这官。今日为甚么事,就拼了这个前程?若是知者,便道老爷不阿权贵;有等不知者,还私相议论,说是老爷在任滥墨,致此免官而归。还是忍气待时的为是。"海瑞道:"夫人之言固属爱我,但目下如何措办呢?"夫人道:"妾自闺中积有数年,现有白银二百,业已随带在身,以备老爷不时之需。今愿奉君前去作贽,不知可能够如数否?"海瑞道:"还差一百,另有参谒礼不在其数。"夫人说:"若得进见就是了,那严相千富万有,那里争你这一份薄礼?况他看见你这样狼狈,谅亦原宥的。今缺一百,妾有金首饰,料可抵数。老爷一总拿了去,暂应此急如何?"海瑞道:"去了这些首饰,夫人却那里得来饰鬓呢?"夫人道:"我向来不戴的,你只管拿去。"随唤金姑去取来。

金姑此时年已八岁,颇识人事,说道:"母亲好好的东西,怎么拿去与人?"夫人道:"你那里晓得?没了这些东西,你的爹爹就保得住这顶纱帽,不然没了官,只怕连饭都没得吃呢?快去拿来。"金姑道:"做官才有饭吃,难道爹爹当日未做官时,就不吃饭的么?"夫人怒道:"小孩子嘴巴巴的,就要讨打呢!"海瑞叹道:"可知此物如此可爱,这难怪他。"因对金姑道:"我儿你且去拿来,为父的自有一个主意,包管就带回来与你就是。"金姑道:"爹爹说过的,休要失信!"

海瑞道:"说过就是。"金姑随即进去,少顷捧着一个小盒出来道:"在这里,拿去罢。"海瑞接来,觉得沉重,揭开盖一看,只见盒内放着一对珠花,一对金钏,一对金耳圈,一支扁簪,另有一对东珠,结成蝴蝶样的边花。海瑞道:"这些东西谅可抵得,夫人可将那二百两拿了出来,即时就去。"夫人进内,把两袋银子拿了出来,交于海瑞。海瑞唤了海安上来捧着,别了夫人,望着丞相府而来。

时严二正在门首坐着,海瑞看见,便上前笑脸相问道:"二先生用饭否?"严二只是不理。海瑞又道:"二先生,丞相可曾退朝回府否?"严二道:"退了朝,又怎么?"海瑞道:"在下有个小茶东,敬送上二先生买杯茶吃,相烦通传一声。"随在海安手上拿了两袋银子,上前笑嘻嘻的送与严二。严二接在手内问道:"多少?"海瑞道:"足二百两。"严二听了,忙把银子掷在地下,笑道:"你真是顽皮,那一个不晓得这里的规矩——三百两,少一毫也休想见呢。"说罢便欲转身。海瑞急上前说道:"二先生不必动怒,另有商量。"严二道:"你商量了再来!"海瑞道:"即此就与二先生商量。"随向海安手中拿那个小盒子,递与严二道:"在下一时不能措办,尚缺一数,今有些须之物,谅可抵数,望乞二先生一观看量如何?"严二遂揭开来看,见是些金器首饰,他本来不稀罕的。只见内有一对珠花,那珠子却也圆莹得好,严二心中大喜,便道:"既然如此,我只得将就罢。"遂收了。随道:"太师的参谒礼呢?"海瑞道:"见了太师,自然面送。"严二道:"只是太师少憩在万花楼上,你且在此候着,待太师起来,我觑个便,替你通传就是。但太师的礼,是少不得的。"海瑞道:"这个自然,不须费心。"正是:

任他奸巧计,自有主持人。

毕竟海瑞见了严嵩,有甚说话,且看下回分解。

第二十一回

## 海瑞竭宦囊辱相

却说严嵩退朝回府，用了早膳，自觉身子困倦，到万花楼上睡息半时，谁知一觉直到未刻方才起来。严二侍立于侧，严嵩洗了脸，家人随将八宝仙汤进上。严嵩一面吃着，问道："今日有甚事情？"严二乘机进道："新任刑部云南司主事海瑞禀见。"随将手本呈上。严嵩忽然触起张志伯之言，遂勃然怒道："他是几时上任的？怎么这时候才来禀见？"严二道："是本月初五日到京，初六日上任的，计到今日已是半月。但该员在外一连候了十余日，只因太师有公务，小的不敢通传。"严嵩道："这海瑞前在淳安时，颇有循吏之声，你们休受他的门礼。"严二道："领命。"严嵩吩咐传进。

严二即来门房，见了海瑞说道："海老爷，你今日好造化，恰好太师起来了，今传你进见。若见了时，只说三日后即来禀安，只因他有公事，门上的不敢通传就是。"海瑞应诺，随着严二来到后堂，转弯抹角，不知过了多少座园亭，方才得见。严嵩在那三影亭上凭椅危坐，旁边立着十余美貌的娈童。海瑞即便趋前参谒，行了庭参之礼。

严嵩问道："久闻贵司廉介，颇有仁声。故天子特迁部曹，以资佐治，汝其勉之。"海瑞打参道："卑职一介贫儒，屡试不第。谬蒙皇上格外殊恩，特赐额外进士，即授淳安儒学。受命之日，踢蹬未安，惟恐无才，有忝厥职。复蒙当道以瑞才堪治县，即以淳安县改授。卑职到任，惟有饮冰茹蘖，矢勤矢慎，以期仰副圣意而已。何期殊遇频加，深荷太师格外提挈，得授斯职，实出意外之幸，深感云天之恩。自愧浅薄末才，辜负堪虞，伏乞太师复加训诲，则卑职实感再造之恩矣！"严嵩道："此是天子之意，与我何干？你且退去罢。"

海瑞复打一躬道："卑职有个委曲下情，不揣冒昧，敢禀太师丞相，不知可容诉否？"严嵩道："有甚事情，只管说来。"海瑞先谢过了罪，随说道："太师大魁天下，四海闻名。今复佐君，总理庶务，燮理阴阳，调和鼎鼐，天下无不仰望，以为久病乍得良医，苍生皆有起色。卑职昨到京来，赴任后，即到太师府禀见。谁知太师家人严二，自称严二先生者，每遇内外官员初次禀见，必要勒令三百两银子以作门礼，否则不肯通传，还称太师设有规习，每逢参谒者，必要千金为寿，否则必捏以他事，名挂劾章。以此挟制，莫不竭囊供费。似此，则声名扫地矣。大抵太师丞相皆未察觉所至，如此小人弄弊，太师岂可姑容？还望丞相详察。"

严嵩听了海瑞面揭其短，心中大怒，本欲发作，只恐认真，遂故作欢容道："微先生言，几被这小人舞弄。但不知先生来时，严某可有勒索？"海瑞道："若是没有见证，卑职焉敢混说？"严嵩道："他却取你的多少？"海瑞道："须要不多，不过卑职倾家相送，尚欠一百两。尊管还不满意，不肯代传，又以危言恐诈。卑职自念一顶乌纱虽然不是十分紧要，但是十载寒窗，妻女万里从苦，故亦有所不忍。卑职妻子苦夫失官，不得已尽将闺中金饰交与卑职，持送尊管作抵，尚费多少屈服之气始得相通。今日得亲颜色，亦非小可。然卑职从此衣食俱尽，丞相却将何以训诲？"严嵩听了，不觉满脸红一块青一块的说道："岂有此理，这奴真欲倾陷我也！先生且暂少坐，容某讯之。如果属实，则当正法，决不稍事姑容也。"海瑞道："习性成惯，太师当以好言劝之。"严嵩越发大怒,即便唤了严二进来,骂道:"你充当本衙家丁,有得你食,有得你穿,这就是了。怎么在外瞒着我,如此滋事?你知罪否?"

严二见海瑞在旁,又见严嵩发怒,谅是为着此事发作,只得跪下说道:"小的自蒙爷收录以来,无不遵法守分,并无过失。乞爷明示,一死亦甘心。"海瑞在旁,却忍不住插嘴道:"你休要瞒太师,你适间受的是甚么东西?"严二厉声道:"你看见甚么东西?无端在我主人面前谗谮?"严嵩喝道:"休得多言,我且问你,海主事现在告你私收门包,可有么?"严二道:"没有。"海瑞作色道:"明明二百两,另外一盒金器,经我亲交与你手上的,难道白送了么?"严二被海瑞质对着,谅不能抵赖,乃道:"我们当家人的,上则靠着主人赏赐,下则仗着你们老爷们赏封。适才蒙老爷赏的,如今现放在门房里,还未曾取起,怎么就在主人面前谗害?既然老爷舍不得,就请拿了回去就是,又何必捏造这言语?"海瑞道:"可是有的!如今当太师面前还我便罢,不然恐太师执法如山,不能稍宽你矣。"严嵩在上,听得真赃正贼,只得叱骂道:"不肖的奴才,怎么大胆私受人家赏赐?还不拿来,当面缴还主事老爷么!"

严二不敢再说,只得急急走到门房,将那二百两银子,并小匣儿一齐捧将出来,跪着道:"这就是海老爷赏与小的之物,今当面还海老爷,算是小的多谢海老爷赏了。"严嵩笑道:"你是一个家奴,怎么消受得起?这却是海老爷故意与你作耍,你怎么却认真了?快些送还海老爷罢!"严二急忙将银子钗饰,交还与海瑞。海瑞接转,便向严嵩拜谢道:"多蒙丞相破例相赠,使卑职衔结无既矣。"严嵩明知其言刺己,故作欢容道:"先生勿怪,旋当整治此奴矣!"立即吩咐家人备酒,与海瑞叙话。海瑞告辞道:"卑职乃是部属微员,明公乃朝廷极品,焉能忘本?只此告辞。"严嵩道:"偶尔便饭,吃一碗去。"海瑞只是告辞,坚持不从。严嵩道:"诸事不合,祈先生包涵,敢忘厚报?"

海瑞唯唯，辞谢而归。暂且不表。

**再说**严嵩打发海瑞去了，即唤严二责骂道："你怎么这般胡涂？我原说过的，叫你不要收他的礼物，怎么竟收了？如今却被他当场出丑，好生没趣。想我自莅任以来，只有势压于人，并不曾稍出逊言。今为你却受了一肚子的鸟气，真是岂有此理的！"严二道："老爷且息雷霆之怒，暂宽斧钺之威。想小的自从跟随老爷以来，于兹八稔。所行之事，无不与老爷商酌。自爷登仕以来，向设例规，无不凛遵，惟未见这个海瑞，如此混帐。他适间胆敢毁谤老爷，何不立即参奏了他，以警将来？"严嵩道："海瑞为人刚直忠正，且不畏死。倘彼奋然扣阍，陈理你我是非，则数载之劳苦心力，一旦为之尽付东流矣！你不见前者张国公之事耶？此即可为前车之鉴矣。"严二道："张国公奉旨纠察天下州县官吏贤否，仓库虚实，又何闻海瑞之事？小的实所不知，乞爷明训。"严嵩笑道："亏你还是一个宰相的家人。前者张国公奉旨巡察天下州县，是奉旨躬代皇上巡幸，还有谁人敢稍抗逆？所以每过州县，派令府县供应银两，一路俱皆遵办。惟到浙江时，海瑞初署淳安知县，不特不为供应，且骄傲，国公到县，亦不为礼。及张国公发怒，责其不恭之愆，彼则昂然不肯少屈，竟与国公抗衡，并面叱国公之非，还要与张公爷算账。后来张公爷看见事势不好，恐怕当场出丑，只得忍气吞声。后来还说了多少好话，才得开交。张公爷尚且如此，何况我府近在禁垣，他虽职分卑微，然乃是一个部曹，若是央求一个尚书、侍郎，亦可以上奏的，所以适间我也让他。今后你等再休惹他，我自有主意，徐徐图之。"严二应诺而出。从此严嵩心中挟恨海瑞，千筹百计寻事陷害，此是后话。

再说海瑞回衙中，妻子忙上前问道："事体如何？"海瑞道："幸喜不致失信。"遂唤海安，仍将小盒子交还小姐。金姑接着，喜不自胜。张夫人道："且喜见了严相，这顶纱帽方保得稳呢！"暂且按下不表。

又说那张娘娘，自蒙皇上宠爱，在宫三载，产下太子，皇上十分欢喜，遂有立他为后之意。尚未发言，而皇后已死。此际天下臣民挂孝，自不必说。到了小祥，皇上升殿，聚众文武商议，欲立张氏为后。时严嵩在旁奏道："陛下立后，乃天下之大事，何无一女可当圣意者？贵妃张氏，乃出身微贱，伊父市侩之流。既蒙陛下立为贵妃，则张氏之幸有过于望外者。今陛下若欲册为正宫，不特该妃微贱，不足以配至尊，且恐臣民窃议。伏惟陛下思之。如陛下再续鸾胶，当于各臣宰之家，遴选其四字俱全者册之，名正言顺，谁曰不然？"帝听奏不悦，道："朕自别驾微员入居九五，亦由微而显。今日之事，虽乃市侩之女，然工容言德，靡所不谐。事朕以来，端庄严谨，况已生太子，朕册改为正宫，卿何谏阻？"遂即日册张氏为皇后，立其子朱某某为太子，即迁于昭阳正院居住，封妃母仇氏为荣国夫人，颁诏布告天下。

严嵩心中不悦。看官要知道他为甚么不悦之意？原来嵩有甥女，姓郝名卿怜，年方一十七岁，生得倾城之色，羞花之貌，诗词歌赋，无所不晓。居止闲雅，洵是神仙中人。其父郝秀，娶嵩之姊。郝秀曾为部办，携妻在京。及严嵩得官之际，亲戚来往。未几郝秀病死，其姊亦相继而殁。郝卿怜时年十四，无所依靠，嵩遂接归府第，养为己女。三年间，其女长大，更自超凡的美媚。嵩日夕抚育，爱如掌珠。时延大内乐部女，教以歌舞，满望进于皇上，以固己之宠。怎奈皇后尚在，张妃之宠未衰，无隙可乘。今皇后已薨，正欲进献，忽帝要册张贵妃为后，故此严嵩从中谏阻。岂知天子不听，决意册立。嵩心中不悦，恨恨回府。自思有此机会，又被他人占去。如何不恨？正是：

>　　不如意事机偏巧，有心之人恨便多。

要知将来严嵩果能把甥女进入宫否，请看下回分解。

第二十二回
# 严嵩献甥女惑君

却说严嵩久欲将甥女卿怜进于天子，今见其志不遂，便恨恨而归。回至府中，不胜忧闷，自思："我着意许久，用了多少心血，才得卿怜习谙歌舞。今一旦大失所望，如何是好？"千思万虑的，再不能算得一个好办法出来。忽然想起兵部给事赵文华素有学问，为人多谋足智，新与我相契，何不请他到来商议，或有计策，亦未可知。遂吩咐家人拿了一个年家眷弟的名帖，到兵部中来请赵文华过府闲话。家人领了名帖，便一径来到兵部公廨，见了赵文华，将帖子递上，致主人之意。赵文华看了帖子，即忙衣冠，随着来人急趋相府。时严嵩早已令人预备下酒筵在那万花楼上，嵩却在花亭相候。

文华来到花亭，见了严嵩，急急上前打躬请安。嵩一手挽起，相携到万花楼上，分宾主坐下，家僮献上龙团香茗。赵文华躬身道："旬日事忙，不曾到府上问安，罪甚，罪甚！不知老太师相召，有何训谕？"严嵩道："闲暇无聊，特邀先生与我一谈。"文华道："屡扰尊厨，醉酒饱德，不知何日衔结？"嵩道："先生何必客套？自古相识者，天下知心无几人。今我与先生同朝，甚惬素怀，故无事之际，敬邀先生闲谈。"文华就要把盏。嵩道："先生真是长作客套也。"遂对酌于楼上，彼此劝酬，备极欢畅。

嵩道："昨日皇上欲再册后，仆欲以小女奉敬，不意今日已立张贵妃矣。此却先后只差一刻耳，诚为恨事。"文华道："昨闻太师曾谏来，怎么皇上如此固执？"嵩道："皇上以张贵妃有子，故立之。"文华道："张贵妃出身微贱，帝实不察，将来何以母仪天下？诚不可解也。"嵩道："我欲送小女进宫，但此刻张贵妃已正昭阳，且帝爱其子，固重其母，倘不肯纳，如之奈何？"文华道："今观帝亦耽于酒色者，当以计饵之，自无不纳之理。"嵩因问其计。文华道："今皇上与太师乃是忘形之君臣，来日早朝，乘间奏请帝过相府赏花，帝必不推。若是驾临，太师则盛饰女乐，靓妆小姐而出，使之把盏进馔，则帝必乐。酒至半酣奏之，必然允纳的。"嵩大喜，忙谢道："先生真妙计也！"即与痛饮而别。

次日早朝，帝问严嵩道："近日市中米价如何？"嵩奏道："今春雨水充足，气候适合，正是'风调雨顺'。各处禾稻丰足，真所谓'一禾九穗'，实足为丰年之庆也。"帝喜道："若此，则朕无忧矣。"嵩呼万岁，道："陛下忧民若此，故上天特降丰年，此苍生有幸，臣等不胜欣喜之至。际此升平之时，臣敢恭迓六龙过臣第赏花，小显君臣之乐，不知有当圣意否？"帝大喜道："久闻相国园内佳雅，朕每欲一玩。今相国有心相邀，明日必至，惟恐有累卿耳。"嵩忙谢道："陛下圣驾一临，草木生辉。臣不过水酒一杯相敬耳。"帝应允。嵩辞谢而去，回到了府中，即请文华到府，请他布置。文华应命，便即唤了严嵩的家人要那一件这一项，顷刻之间，摆设得如花团锦簇一般，水陆并陈。预将甥女卿怜修饰，又令各女乐预先打点。至次早，嵩具朝服伺候。

至午刻，只见黄门官飞奔而来，称说圣驾起行，已离正阳门，将次到了。嵩即令人于路焚香恭迎。少顷，只见黄伞飘隐，远远望见銮驾。嵩即手棒玉圭，跪于地下。那侍卫仪从，一对对的不知过了多少，随即有女乐十六人，一派笙歌嘹亮，一对香炉过去，就是銮舆。嵩即山呼万岁，帝赐平身，嵩扶帝而行，一直来到内堂，方才下舆。帝坐于当中，嵩复山呼舞蹈。帝赐坐问道："卿居此第几年？"嵩道："蒙皇上天恩，臣秉钧衡于兹三载，居此不觉三年矣。"帝笑道："光阴似箭，日月如梭，卿与朕相处，屈指不觉将近十载矣。"嵩谢道："臣以一介庸愚，谬蒙陛下知遇殊恩，不次超擢，惟有赤心一枚，以报陛下也。"须臾，筵宴齐备。嵩以小碧金车坐帝，令两个美人牵拽以行，来到万花楼，果见幽雅不凡，迥殊人世，俨然瑶岛琼台，即大内亦无如此布置。

帝心甚喜，赞道："此是神仙之府，朕焉得长处此也？"嵩谢不迭。赏玩了一番，随即登楼。那楼高数仞，更且四面窗扇，皆以玻璃为之。其中朱栋雕梁，自不必说。嵩请帝坐于当中玉龙墩上。帝仰望无际，青山远叠，绿水潆洄。正是：欲穷千里景，更上一层楼。当下帝观眺良久，不觉心旷神怡。嵩即亲自把盏。随有女乐一十余人，皆衣绣绮，油头粉面，真如锦簇花团一般。为首一女子，更觉美艳非常，立于诸女之中，如鸡群之鹤，以春葱捧玉卮，跪献席前。

帝注视良久，不觉神为之荡，笑道："卿真乃神仙中人也！"频以目视之。嵩乘间进曰："此女有福，得见天颜，亦一时之大幸也。"帝笑道："此女不减太真，朕欲为三郎，未审丞相肯见惠否？"嵩曰："此臣女卿怜也，今年十七岁矣，尚未有问名者。然蒲柳之姿，恐不足近亵圣躬。"帝笑曰："司空见惯，故以如此，使苏州刺史断肠几回矣！丞相勿吝。"嵩即与卿怜齐呼万岁，当席谢恩。帝大喜，即赐卿怜平身，命人以小车先载入宫。与嵩畅饮一番，然后回宫。嵩直护驾至宫门方回，好不欢喜。复与赵文华饮至月上东墙，方才各散。至次日，闻帝即于是夕在翠花苑留幸严女。

嵩得了这个喜信，以千金谢文华之妙计。从此与文华更加相厚，格外另眼相看。不一月，将文华改擢刑部郎中，暂且不表。

又说严氏卿怜，自从一日得帝宠幸，便做尽百般艳媚迷惑人主，帝宠之日深，遂被严氏所惑，常在严氏苑内。未几月册严氏为上阳院贵妃，宫中称为严妃，十分宠爱，言无不从。严妃便欲谋为皇后。适张后失宠，帝听信严妃朝夕谗谮，遂决意废张后而立严氏。群臣闻之，多有上本阻谏者，帝只留中不发。八年五月，帝御温德殿，以皇后本市曹女，不得母仪天下，废为庶人，立严妃为皇后。群臣不敢复谏，张后遂被废矣。

严氏即立，因见张后有子，恐他日自不能立，乃复进曰："皇后怨陛下深矣，不如仍复立之，庶无后患。"帝问："何出此言？"严氏道："张后怨陛下之废彼为庶人，心深慊怨，口出不恭之言，待其子稍长，即当复仇，故宜避之。"帝怒甚，即时囚张氏母子于冷宫，永不许朝见。可怜张后并无失德，一旦为奸妃所害，囚于冷宫，不见天日。时太子年已三岁，日夜啼哭，后甚忧之。宫中之人，无不窃叹。

海瑞闻之，即上本申奏，劝帝复立张后，其内有云"太子久已储位青宫，天下所共知也。今一旦被废，窃恐无以取信于天下。惟陛下思之。"等语。帝闻奏不悦，只念海瑞向日廉介，况又是正言，乃批其本尾云：

> 览奏备悉。卿忠心为朕，然事已更，岂可复乎？姑隐图之，不负卿意也。汝其隐之。

海瑞见了批语，叹道："谗言惑主，虽有忠言，皆逆耳矣！"海瑞不觉已在部三年，应该报升迁擢的，只因严嵩记其曾上过奏本一事，心中恨之，故特不迁瑞之官。瑞不以为意，惟愿天子早日省悟而已。

帝既惑于严氏，自然重信严嵩。此时嵩位极人臣，帝宠信无比，乃尊嵩为国丈。嵩便肆行无忌，朝廷大小事务，悉归嵩手。凡有升迁降调一切，皆禀自于嵩，然后入奏。嵩又另植群党，以赵文华为通政司。时张志伯已为陕甘提督，嵩欲以志伯为护卫，遂奏请撤回志伯为京城兵马都督。这缺是京城总管，掌理九门军马。志伯既得了恩命，即日起程赴京都。先到严府请安，随将礼单呈上。内开的是：

　　锦州大毡毯一张；黄州柑子一百篓；
　　宝石如意一枝；珍珠如意一枝；
　　碧玉宝带一围；金供器五件；
　　西洋时钟一对；锦缎千端；
　　水晶帘一挂；玻璃照身镜二面（高九尺厚五寸许，紫檀镶）；
　　浣火布一丈；玉马一匹（高五尺，有轮自能行走，转动如生）。

严嵩看了礼单，惟喜的是那张大毡毯。笑道："仆因万花楼高大，冬月欲得一方毡毯铺于地上，以便暖坐，只苦无此大材料，常以为憾。今见此毯，谅与楼之宽窄不差甚么。"志伯道："丞相试铺在楼上，看是如何？"嵩即令人展开铺在楼上，果然一些不宽，一些不窄，俨如定制的一般，遂大喜道："莫非亲家量过了的，然后命人织的么？"志伯道："然也。"嵩笑而谢之道："亲家真知我心也！"遂令人备宴，相与畅饮，尽欢而散。正是：

　　只因心爱处，即便遂怀来。

后来张志伯如何，且听下回分解。

第二十三回

## 张志伯举荐庸才

却说张志伯次早入朝，朝见已毕，帝令平身，宣上殿来，慰劳毕问曰："陕甘一带近日如何？"志伯奏道："陕西一省幸赖宁安，惟凉州一度陷于鄯善之夷，彼时有窥视之心。甘北界邻胡地，胡亦图入脚。臣到任后，即时加巡警，严饬戍士，所以守御严而衅无从起耳。此乃陛下洪福，国家之幸也。"

帝喜曰："卿可谓能理而善治者也。今卿来京，不知守者可如卿万一否？"志伯奏道："臣奉恩命之日，即在各营镇哨内悉心遴选。查有中营中镇胡芳，年力精壮，善得抚守之法。且待军士有恩，人乐为之死，臣将军务令其暂署，候陛下简放才干兼优者赴任，以资弹压。"帝道："此任甚重，非素谙抚治之员，不克胜任。卿意以何人可当此职？"志伯道："臣观才干兼优者固不乏人，然非在外重镇，即夹辅都城，恐不能移易。臣伏见相国族弟严源，年富力强，谙晓治道，具有王佐之才，孙吴之略。现为驾部郎，这人可当此任。陛下试召之，面询其治理之道，必有可观。否则臣甘受欺君之罪。"帝曰："卿为社稷之计，举贤才，荐忠良，乃大臣之礼，朕甚嘉尚，何罪之有？"遂令黄门官，持节到相府宣召严源，明日早朝见驾。黄门官领旨去讫，帝即对张志伯道："明日吉辰，即当接印任事可也。"随赐玉如意一枝，飞鱼袋一个。

志伯山呼谢恩出朝，急忙来到相府，恰好严嵩正在书房用膳。张志伯进见，嵩即请同吃。志伯道："饭且自吃，特为君报喜而来。"嵩问："有何喜事？"志伯便将帝问彼答，现在简放令弟源老兄，已差黄门官持节来宣，明日早朝陛见，即为大将军的话说明。嵩闻言反觉不悦，道："蒙亲翁美意，特为舍弟吹嘘。但舍弟自江西来，诸事未谙，仆无奈以一职而羁其身。今忽然膺此大任，只恐弗胜，诚不免画蛇添足，似此如之奈何？"志伯尚未及答，人报黄门官奉节至，请爷快出接旨。

嵩即穿朝服出至中堂，跪接圣旨。黄门官口诵圣旨道：

> 现据张志伯奏保丞相族弟严源，有王佐之才孙吴之略，朕甚嘉悦。特着黄门官持简到宣，卿宜携弟明日早朝陛见，朕另有委请，毋延。钦此。

严嵩谢恩已毕，向黄门官谢过了劳。黄门官道："恭喜相国，令弟今承特召，必有大缺简放，可喜可贺！"嵩谢道："乃尊使福庇所致。"黄门官作别回朝复帝不提。

再说严嵩打发天使回宫，即来与志伯商议道："明日舍弟入朝，只恐皇上面询其戍守方略，舍弟如何能答对得来？怎么是好？"志伯道："太师不须忧虑，可令人请令弟来此，仆自有以教之，必不致误事的。"随又着人到府中，取地舆图来，二人领命，分头去讫。少顷，严源来到。二人相见毕，志伯便向他道喜。源道："何事可喜？乞即示知。"志伯道："二爷旋作大将军矣，岂犹未知耶？"遂将如何始末，备细说知。严源听了，惊呆半响，始道："谬承亲翁大人吹嘘，恐仆有负所荐，如之奈何？"志伯道："不妨，且坐片时，自有分晓。"言未毕，家人取图来到。

志伯展开悬壁上，乃是一幅地理图，上载着陕甘两省的山川关隘形势以及路径险要，一一均有注脚。那里为最重要之地，何处是冲繁之区，指摘清楚，历历如见。志伯道："二爷明日到了那里，必要先整饰那里，又次及那里。"细细为之解说，再三指示，严源默记于心。志伯又将如何答应戍守之道，复为开说。严源亦细心记之。嵩喜道："非亲翁之大教，真弄巧反拙也。"顾谓严源曰："你默记之，毋致临时遗忘可也。"源当面称谢。嵩即命人取酒共酌。志伯辞道："现奉圣旨，仆明日上任。仆尚有事，只恐明日不能相从二君入朝，幸勿见怪。"遂辞去。严嵩恐源不能记忆，是夕竟不放严源归，将图形屡屡指点，复令其诵读注脚之语，直至四更，始息片刻。刚转五更，兄弟双双抖擞朝衣，令家人提了绛笼，一径入朝。

金鸡三唱，天色渐曙，忽闻景阳钟三响，各内侍鸣鞭静殿，各文武分班立着。嵩与源二人跪于阶下。少顷，御香氤氲，一派音乐，两行宫女及许多太监拥簇着帝升殿，坐于九龙绣墩之上。文武山呼已毕，帝令卷帘，宣严嵩、严源。二人山呼万岁，趋上御前，脑伏金阶。帝赐平身，二人谢恩起立于龙书案侧。

帝顾严嵩曰："此即你族弟耶？"嵩奏："乃臣弟严源也。"帝随问源道："卿现居何职？"严源伏奏道："臣现充驾部郎之职。"帝笑道："志伯荐卿之才高，朕今日当展你骥足。朕欲以卿为陕甘提督诸军，卿料能守此否？可为朕言之。"源顿首道："臣乃一介庸愚，毫无知识，谬蒙张都督过誉。臣不才，惟有竭尽忠诚，以报陛下高厚于万一耳。至于守抚事宜，非可以预定者，见机而行，遇时而进，抚则不失为讨，讨则仍复为抚。抚讨两道，即治理之道，诚非臣所能逆料者也。"

帝闻源语，大喜道："真将才也！大将在谋，今卿得之矣。朕欲以全凉委卿，卿其勿负朕意。"严源顿首道："臣无才无识，诚恐弗克胜任，有负陛下委托之重。"帝道："卿之才，朕已知之。"即以严源为甘凉总督诸军事，赐尚方剑，即日起行。源九顿谢恩出朝。二人好生欢喜。少顷就有许多官员前来道喜。此际严源恰如山阴道上，竟然应接不暇。

次日，赵文华即以千金为寿，另有名马玉带之类相送。严源既受恩命，即日打点赴任。吏部那边，即着差人送了文札，并上谕训旨过府。严源择吉起程，一路上的供应迎送，所过州县官吏，无不攒眉吞气，俨然先日之清算张国公也。暂且不表。

光阴似箭，日月如梭。海瑞在部，不觉四年有余，备极勋劳。二次报功，皆被严嵩驳回，不许填报卓异，且每欲寻隙陷之。只因海瑞办事小心，又并无一些破绽，嵩故无从下手。时张志伯在京城，恐怕海瑞见帝，即败露其故恶，故每劝严嵩隐忍，总不迁其官爵，使彼不得见帝。因为如此，瑞又在部年余。一日，人传严嵩与弟甘凉总督严源常有私书来往。嵩子世蕃，年方十五岁，终日在外嫖荡，恃势凌人。昨日在于翠勾栏院饮酒，一语不合，酒后使性，竟将院娘击死。知县前去相验，拘问邻人，方知是世蕃所为。知县竟不敢根究凶首，反把尸母扣押，令其遵依领埋。如此肆横，种种不法。

海瑞听了叹道："似此则小民受害者，恐无宁日矣！"但自己官职卑微，咫尺天颜，无由得见，心中烦闷。值部务稍暇，乃过李纯阳编修处闲话。李翰林延至内堂，彼此谈论。说起朝中之事，海瑞慨然曰："皇上信任严嵩，则社稷将见倾危矣。"相语未毕，忽人传李侍读到拜。李纯阳道："海兄且少坐片刻，待小弟陪了客来，再来叙谈。"海瑞笑道："既有贵客至，请自便罢。"李纯阳拱一拱手，往外陪客去了。

且说海瑞独坐无聊，遂将纯阳的书籍翻阅。看了几本，不觉一本书内，有一小折儿夹在其中。海瑞展开来看，却不是别的，乃是严嵩的劣迹十二款。只见上写道：

第一款：二年春三月，嵩在通政任内，窥见顺城门张一敬之女美媚，以势娶之。其父母不允，嵩讽县令以横事陷一敬于狱。嵩因娶其女为侧室，阻隔其父母往来。一敬幽死于狱，敬妻旋亦屈恨而死。嵩恐女为父母复仇，夜缢死其女以灭口。

第二款：嵩改擢刑部尚书，凡有天下抚院所咨命盗各案，必取押咨银若干两，否则驳饬。

第三款：嵩在刑部尚书任内，讯江南一家三命之案，凶首有财，令人贿赂严嵩，以白银三千为寿。嵩受之而反其案，使死者抱憾九泉。（五年九月事也）

第四款：嵩迁丞相，加太师，日益肆横，目无君父，把持擅专，所放之官，布满天下。六年五月，嵩以太保刘然不为己用，遂矫旨收之，杀于狱中。

第五款：福建闽王某，因无贡物于帝，亦无嵩贿，嵩即谮于帝前，称闽王不贡，便有不臣之意。闽省地接番夷，恐王为患，劝帝早除之，免滋后患。帝乃赐闽王死。嵩复使该地方官抄籍王家解京，以肥己囊。

第六款：嵩善窥上意，每遇帝喜，必暗奏之，彼党羽某人好，他人歹。帝惟嵩言是信，升降不明，朝廷解体。

第七款：嵩有心固宠，欲为椒房之戚，以甥女育为己女，特请帝至府中献弄，蛊毒君上，陷害张后以及青宫，皆废为庶人，现今幽于长门宫。

第八款：嵩与步军统领张志伯，结为党羽，又为儿女之亲，屡屡保荐，直至封爵，出镇大州。今复奏帝调回，总掌九门之钥，其居心更有不可问者。

第九款：嵩与主事赵文华友善，朝夕绸缪，欲为己用，超擢文华通政之职。迁擢由心，目无君上。

第十款：私加官关课税，以饱贪壑。

第十一款：放纵家人严二，刻薄重利放债。

第十二款：府第款式，仿照大内，而更极其新巧，僭越有罪。

**海瑞看了，随大喜道："有对证了！"即急急的收于袖中。正是：**

看明十二款，拼得一身亡。

**未知后事如何，且看下文分解。**

第二十四回

# 海主事奏陈劣迹

却说海瑞见了严嵩劣迹十二款，便急急笼入袖中，竟不辞而去。回到馆寓，展开再看，愈加恼怒，拍案叹道："如此国贼，若不参奏，殊非为君为臣，忠君爱国之心矣！"遂即作稿具奏，将这十二款劣迹，书载于内。其奏稿云：

刑部云南司主事臣海瑞，诚惶诚恐，稽首顿首，谨奏为国贼专权，官民被害，亟请严旨，立除横暴，以安臣民，以靖天下事：窃见丞相严嵩，身膺重禄，深负国恩。自蒙陛下殊渥以来，不次迁擢，以郎官荐升通政，旋擢尚书，复蒙格外殊典，钦加太师职衔，义秉钧衡。计嵩自及第筮仕以来，屈指未及十载。以献媚工谗，遂致位极人臣，从古未有之幸。理当竭忠报国，以答高厚。然嵩自得宠以来，日肆暴虐贪戾，性成残忍。甚至门庭如市，大开卖官鬻爵之权。公用贿赂，罔顾王章，植党树威，其心莫测。小人任为心腹，君子视若寇仇。擅杀大臣，私放官职。如其族弟严源，从豫来京，白丁得职。复令其儿女亲家，现在九门总督之张志伯，谬加混荐，乍膺重镇，因托以代志伯回京，以便结成一体。文武之权，悉归嵩之掌握。诚欲危国家而为不轨谋矣。臣受国恩深重，虽肝脑涂地，亦难仰答高厚于万一。睹此国贼专擅肆横，情难哑忍。不揣冒昧，谨列嵩历行劣迹，条列于左，以翼陛下审察。乞将严嵩革职拿问，交三法司拟议。则国家幸甚，臣民幸甚矣。谨据确实以闻，臣不胜待命之至。

计列国贼严嵩劣迹共十二款。恭呈御览。

　　次日五更，海瑞穿了朝服，竟趋朝觐帝。内有同僚见之，问曰："先生从来不曾趋朝，今日何故趋朝？有何大事？"海瑞道："朝廷乃臣子陈说利害之地，但有事即得趋奏。公何必多问，自便罢了。"那同僚见他如此抢白，自觉没趣，遂不再问。少顷，金钟响亮，帝已升殿，文武随班朝贺，山呼舞蹈毕。海瑞越班而出俯伏金阶，奏道："臣刑部主事海瑞，有本冒奏陛下，伏乞赐览，臣不胜幸甚之至。"

　　帝突见海瑞在阶前，手捧奏章而跪，乃令内侍取来观看。帝览阅良久，自作沉吟之色，乃传旨道："卿且退，朕自有处。"竟将奏稿纳于龙袖之内回宫。文武看了如此光景，皆不知何故，退出朝房。有来问讯的，海瑞笑道："此乃机密，少顷便见。"众皆疑惑不定，只得各别回去。

　　海瑞亦别众而回，于路大喜道："倘蒙天子准了此本，则与臣民除害，纵瑞一死，也是值得。"回到私衙，又复欢笑。张夫人便问其何以甚喜，想必要迁升官秩么？海瑞道："迁秩倒是小事，所可喜者，业已参奏了严嵩矣。"张夫人听了，不觉大惊失色："老爷为甚么疯了？"海瑞道："好端端的办着正事，为甚么说我疯了？"张夫人道："若不是疯了，难道死活都不晓得么？今严嵩势倾人主，炎权灼手。你竟敢参奏他，岂不是以卵击石，自取其死耶？"海瑞道："严嵩虽然势大，但彼自犯法，理当惩创，怕他则甚？"夫人道："虽则犯科作奸，律有明条，然彼女现为皇后，我料老爷不能与彼抗衡也，姑待之罢了。"海瑞道："夫人且自宽心。我以一介贫儒，受恩深重。今见国贼不奏，何以仰答圣主洪慈？纵为奏嵩而死，亦所瞑目。夫人勿言。"

　　不说海瑞夫妻之话，再说嘉靖帝袖了海瑞奏稿，回至宫中，与皇后严氏观看道："你父为官不轨，致被廷臣参奏，卿意如何？"严后便俯伏在地哭奏道："臣妾之父，待下过严，是以不得众心，固而有此一端。伏乞陛下察之，妾与父不胜幸甚！"帝曰："虽云不得于众，而本内十二款，款款有据，朕若故为庇卫，未免过于偏袒。今当批行廷臣，秉公确讯，却示意于承审之员，彼此开解了事就是。"遂提御笔，批其本尾云：

> 海瑞所奏，如果属实，亟应严究。着三法司会同秉公确讯。如有稍虚，即加倍反坐，以警将来。严嵩、海瑞，即并押发收审，三日具复。承审官毋得稍存袒护。钦此。

这个旨意一出，随差了两名内侍，分头到两处押交，严后再拜谢恩不表。再说那三法司是太常寺卿、刑部尚书、光禄寺卿兼兵部侍郎。你道那三位是谁？太常寺卿刘本茂，刑部尚书郭秀枝，兵部侍郎陈廷玉。当下三法司接了旨意，即命廷尉提人。谁知朱票未出，内侍早已将两人送到。郭秀枝即命权禁刑部司狱看守，悬牌明日听审。二人交到刑部司狱处，依此分开看守，自不必说。

再讲严后打听三法司乃是某人某人，即暗令小内侍将三份礼物悄悄的送与三人，致嘱方便。三人却不敢收下，惟对使者道"谨遵懿旨"而已。郭秀枝平日是与严嵩相好的，心中自然要袒庇，又有娘娘之旨致嘱，越要回护，即来见陈廷玉道："仆观此案，乃海瑞怨恨严太师不迁其官，故而有此一端。今奉懿旨，还当仰体圣意为是。"陈廷玉道："只是海瑞所奏十二款，似有确据，如何偏袒得来？只是皇后既有懿旨，等待临时见机而行就是。"秀枝称善。二人一同来见本茂，备以此意告知。本茂含糊应允，然心究不平，姑应之而已。少顷升堂。三人坐下，吩咐左右，先请严嵩问话，时嵩已青衣小帽，来到堂上。三人略略起身拱让，便令人取大垫，铺于地上，让嵩坐下。秀枝问道："闻得太师与海瑞有隙，不知是否？"严嵩道："海瑞与某向不通问，有何仇隙？此事是海瑞怨某不迁其秩，故而冒奏，希图泄忿。惟三位大人察之！"秀枝道："太师之言，如见其心，且请自便。"嵩谢而退。

秀枝即唤海瑞到堂。海瑞亦是青衣小帽，朝上打躬。秀枝却不让坐，便问道："你告严太师十二款，可有确据否？"海瑞道："严嵩专权罔上，肆暴恣横，鬻爵卖官，植威树党，公行贿赂，天下之人，无不深知，何为不确？"秀枝道："你却不揣冒昧！但凡大臣有罪，诸廷臣会衔联奏。你乃是一介微员，辄敢妄奏国戚，你知罪否？"海瑞笑道："夫贼子乱臣，人人得而诛之，又何怪一部之微员也？海瑞受国厚恩，誓以死报。今奸臣蠹国，正瑞报主之时也，虽断首捐躯，亦复何憾！"秀枝道："你既有确据，能指其人否？"海瑞道："不能一一指出。但不论皇城内外，无人不知此一十二款。"秀枝怒道："既未能指实据，岂不是冒奏么？观此必有他人主使，不然，这十二款从那里得来的？"海瑞道："人人皆知，却是那里没有？"秀枝道："听此口词，不打那肯招认？"吩咐皂隶扯下去掌嘴。本茂急止道："且慢！海瑞主事，你此事却从何处得来，亦不妨直说出来。否则徒受敲掠，终亦要说的，此非达士所为也。"

海瑞听了本茂之言，忖思道："有理，想我一时粗糙，竟不审辨真伪，遂闻于上。今被郭贼问得无言可答，何不供出李翰林，亦得他来作个确证。"便道："此十二款却从史馆得来的，难道还不确凿么？"秀枝道："史馆所载的事实，皆入于金縢柜中，你焉能取得？此又是胡说的！"海瑞道："现从编修李纯阳书籍中得来的。如有不信，可即传李纯阳来问，便可以见其确凿矣。"郭秀枝笑道："原来是你与李纯阳捏造的，且带下去。"左右答应一声，将海瑞簇下。本茂对二人道："海瑞之言，必有来因，可唤李纯阳来问便知端的。"即令廷尉官往唤纯阳。

且说纯阳那里知道此事，正与客对弈，忽家人报道："不好了，不知海主事怎样把老爷的密事宣泄于帝之前。今日奉旨，令三法司会讯严、海二人，谁知这位海主事却把老爷攀扯在内。如今三法司已差了廷尉官来请老爷，现在堂上，请爷去相见。"李翰林听了，不知这话从何说起，便丢下了棋子，急急出来迎接。

那廷尉官见了纯阳，将来意说知。李纯阳道："不知海公为着甚事，攀扯在下，公可悉其情否？"廷尉官道："原来尊驾还不知道么？那海主事前日将严相参奏一本，具奏十二款，帝即批发三法司会审，在堂上供出太史来的。我们且到那里再作计议可也。"李纯阳道："暂容入见妻子一诀。"廷尉官应允。

纯阳入内见了妻子，备将上项事情说知。其妻莫氏大惊，且泣道："君家今日此去，可保生回否？"纯阳道："夫人莫要悲忧，此去即不能生还，亦无所憾。但我在生一世，只有一子，年尚未冠，一生只有这点骨血，你当善视之，毋负我意可也。"莫夫人道："夫妻之义，父子之情，自不必说。老爷且自放心。吉人天相，谅亦无妨的。"此时李公子在旁，见了这般光景，道："父亲不必如此恋恋作儿女态，生死有命，又何迟疑之有？"纯阳听了大喜道："好！好！有你如此，我死亦瞑目矣！"遂出外与廷尉官同到三法司堂上去了。正是：

忠臣能有忠臣子，强将麾下无弱兵。

未知李纯阳此去可得生还否？且听下回分解。

第二十五回

## 青史笔而戮首

却说李纯阳听了儿子李受荫一番激烈言语，遂奋然就行，同着廷尉官一路望着三法司衙门而来。廷尉官进内禀知唤到。郭秀枝便吩咐，且候明日随堂带质，当下廷尉官将李纯阳带回看守。至次日午堂，一干人证俱到，三法司升堂危坐，先带李纯阳上堂。李纯阳看见秀枝在座，叹曰："我必死矣！"

原来郭秀枝与李纯阳同在翰林院时，两不相睦。纯阳最鄙其为人，故相左。当下秀枝见了，分外眼明，俨然问官一般，威福擅作，乃把朱笔来点李纯阳之名，书吏在旁高声喝点。李纯阳心中不忿，也不答应于他。郭秀枝连点三次，只见李纯阳不应，乃怒道："何物书呆，如此大胆！法堂之上，尚敢如此矫强耶？"纯阳笑道："实不敢自负，但贱名自殿试传胪之日，经圣天子御笔点过，至今无人呼唤。不虞为你等所呼，大奇，大奇！"秀枝愈怒道："你自恃为太史，不服王法么？"纯阳道："率土之滨，莫非王臣。有功受赏，有过领罪，何敢不服王法？但我之名讳，非你得而呼之者也。"

本茂看见如此，皆难过意，遂从容道："李太史之言，怕不有理？惟公既已奉勘，不得不如此。"纯阳道："此是奉旨否？"本茂道："亦非奉旨,然事有因,故致勾摄太史,何太于过执?且说现在事罢。"因问道:"刑部主事海瑞,冒奏严太师一十二款,奉旨发在法堂听勘,昨已严讯一切。惟海主事不能历指事迹,致使再三研讯,称说一十二款乃从太史家内书籍中检出,不知果有此否?"纯阳听了,如梦初觉,方知海瑞私自取了他的密缄具奏,乃道:"一十二款果是严嵩实在劣迹,但不知为海瑞所盗耳。"本茂道:"太史身为史官,凡有文武内外臣工以及大内一切贤否之事,均应密缄金柜,何乃疏忽至此,为海主事所盗!忽略之咎,只恐难辞。"

纯阳道:"严嵩所犯十二款,乃是确据无疑的,故此直书于史册。惟恨一时未曾放入金柜,不虑为海瑞所盗。忽略之咎,固无可辞矣!但严嵩身为贵戚大臣,犯科作奸,不知可有罪否?"本茂道:"太师犯法,自然皆与民同罪,无实据何以为案?太史亦太造次矣。"纯阳尚未及答,只见秀枝大怒,拍案叱道:"你为史官,不稽实迹,动辄秉笔诬捏,罪有应得,你亦知否?"纯阳道:"有无反复,尽属公言,则朝廷可以不必设史馆矣。"秀枝叱曰:"朝廷设立史馆,原以直朴之臣,原以书载那廷臣贤否,岂容你一人在内舞文弄墨,以伤正气也。若不直供,只恐毛板无情,悔之不及矣。"纯阳道:"事属确切,须死不移!"秀枝大怒,便欲行刑。本茂道:"玉堂金马之臣,未曾有受辱者。如果属实,应具奏天子,当明正法。公切不可因一时之怒,辱及仕途,为将来者怨。"秀枝怒气未息,叱令发在廷尉看守,吩咐退堂。

退入私衙,与二人商议道:"幸喜纯阳不能实指的确,此案似可规避,不知二公之意若何?"陈廷玉尚在无可无不可之间,惟刘本茂不允,说道:"若反史馆之案,则十部纲鉴,皆不足信矣。"独不与联衔会稿。郭秀枝看见刘本茂不允,乃私以陈廷玉名字,联衔具复。其复稿云:

臣郭秀枝、陈廷玉等谨奏,为遵旨议复事:窃臣等奉敕着三法司勘问刑部主事海瑞参奏太师严嵩一案，臣等遵即会合，秉公确讯。现据主事海瑞供称，与太师向无交往，亦无仇怨。惟太师自秉钧衡之后，海瑞日望其提挚迁秩。如是者引望数载，不得迁擢，遂以为怨。故与翰林编修李纯阳谋陷，捏造浮言，计共一十二款，希图中伤之。经臣等再三研讯，矢口不移。旋传李纯阳到质，据称伊与海瑞同乡，更兼同年，梓里之情，故多来往。纯阳自散馆后，改授编修，心意未足，乃向严太师求卓异擢迁侍读之缺。而严太师以正言责之。纯阳诚恐有罪，遂思先中伤之，以灭宰相之口。故特挽刑部主事海瑞来家，故以一十二款作为偶尔搜检，冒昧上陈，被希图瞒听，共泄私愤等情。再三研讯，坚供不讳，似无遁饰。臣等伏查例载，下僚以私怨上司，捏造浮言，冀欲中伤者，首犯议斩主决；从则免官，仍治以枷杖之罪。臣等未敢擅便，谨将今讯过缘由，据实具复，伏乞皇上睿鉴，训示遵行。臣等不胜待命之至。

　　这复本一上，天子看了，惟不见有刘本茂名字，心中疑惑，乃命内侍悄地宣召刘本茂进宫，细问原委。内侍领了密旨，来到刘本茂私第宣召。恰好刘本茂正因昨日郭、陈二人联复之事，忖思海、李二人，本是为国之诚，今一旦为郭贼所诬陷，眼见得身首异处，我岂可袖手旁观？况我亦是奉旨的，既不联奏，亦当另复才是。于是在窗下作稿，书缮正了，要待明早面呈御览。忽家人报称有天使至。本茂匆匆衣冠出迎，延入书院，让正面坐下。茶罢，本茂道："天使光降，有何圣谕？望乞示知。"内侍道："适因天子看了刑部尚书郭秀枝等复奏本章，圣心疑惑。又见奏章上并无大人名字，故此特差咱家前来，宣召老先生进宫问话呢。即请速行。"本茂即与内侍同到宫中，见帝于卿云轩中。

　　帝正将陈、郭二人覆奏看阅。本茂上前俯伏，口称万岁。帝敕平身，随赐绣墩。本茂叩谢毕，帝问道："会讯海、严之案，卿亦在列。今是非均无定着，卿又不签名联奏，却是为何？莫非其中另有别情否？卿当为朕言之，毋使枉纵，以昭平允可也。"本茂奏道："臣奉旨会勘海瑞参奏严嵩一案，已得其情矣。只因郭秀枝、陈延玉二人任情偏断，故此臣不敢签名，以坏陛下之法。今臣另有察勘严、海二人实情，具复小折呈览。"遂在袖中取出一折，呈于帝前。帝展开一看，只见上写着：

> 太常寺臣刘本茂谨奏，为据实具复，以期圣鉴事：臣窃查海瑞，向与严相并无仇隙，而瑞性固耿直，每恶其为人，常有参奏严嵩之心。但以微员，不获睹天颜为恨。故虽有奏嵩之心，而无可乘之隙。五年隐忍，非一日矣。瑞偶过翰林编修李纯阳家闲话，适有客来访，纯阳便出款友。海瑞独留书斋，久坐无聊，偶检阅纯阳案头书籍，不意见纯阳记嵩劣迹共一十二款。瑞见之益怒，遂有参奏之机。即时不别而行，连夜修成奏章，申奏陛下。其忠君爱国之心如此。而李纯阳送客后，亦不曾觉。及瑞在堂供出纯阳所记之事，臣等即传伊到问，一字不差。此乃海、李二人之实情。但纯阳身为史官，自应慎事，何得以国家密事，存放家中案头，殊属忽略，难辞其咎，合依泄漏机密律治罪。其主事海瑞无有罪，毋庸置议。不知有合圣意否，伏乞皇上裁处。臣不胜幸甚之至。谨表以闻。

帝看毕，迟疑未决，复问道："卿何备得其情，若此真确？"本茂道："臣于讯审之后，私到廷尉处，叩其真情，是以知之为确。"帝听了沉吟不语，良久乃道："卿且退，朕自有以处之。"本茂辞谢而出，不表。

又说那嘉靖帝看了两处覆奏，只见各执一词，较之本茂所呈似近情理。然嵩有此一十二款，难怪海瑞参奏。诸臣不签一字者，乃畏嵩之势，而缄口结舌。幸有主事一人为朕敷陈，不然则听嵩蒙蔽不已。方欲批发，将嵩革职治罪。适严氏来到，俯伏阶下，口呼万岁。帝赐平身，便问道："卿何至此？"严氏泣道："妾父不得众心，被海瑞诬陷，昨闻廷臣多有附会之者，惟陛下察之！"帝道："卿父向与朕厚友，今复为国戚，虽然作奸犯科，朕当宥之。但海瑞所奏一十二款，得之史馆，事难反覆，如之奈何？"严氏道："史馆有事，则不该宣泄于外，即此可见矣。譬如陛下立法之事，史臣亦可任意泄耶？李纯阳忽略机密，罪无可逭，愿陛下先诛纯阳以警将来，则是非从兹定矣。"说罢，不胜哀泣。帝惑之，即时批了一道旨意云：

> 据三法司申复前来，海瑞本与相国并无怨嫌，惟编修李纯阳，不合私造浮言，夹于书籍之中，故使海瑞得见。瑞即认真，动此忠君之念，旋以一十二款具陈朕以尽忠。其中委曲，你毋庸再问。严嵩仍复原职；海瑞不合造次冒奏大臣，但念其因公，并非私意，尚可原情，仍着主事用。罚俸半年，以警不应。其编修李纯阳不合忽略，故捏大臣，着即处斩完案。钦此。

这旨意一下，可怜这李纯阳一旦身首危然。后人读到此处，谁不为之痛心哉！

及李纯阳被斩之后，海瑞方才得释，听得这个消息，即如飞的奔到法场而来，抚尸大哭。且吩咐家人，勿要收殓，急奔朝堂而来。时已将晚，海瑞却不能少候，直趋殿上鸣鼓。正是：

只因全友谊，那惜此身躯？

毕竟海瑞这一上殿如何，且看下回分解。

第二十六回

# 红袍讽以复储

却说海瑞在廷尉衙门得释，闻知李纯阳被害，遂急急来到法场，抚尸痛哭一番。遂令人看守，自己却急急的走向朝房而来。此际天色已暗，海瑞也等不到明朝，悄悄的走到龙凤鼓边，拿起槌儿，把鼓乱击。"咚、咚"连响，惊动了守御的官军，立将起来把海瑞拿住，问他所以。海瑞道："我有隐情，除非见了万岁爷，方可说的。"那些侍卫见他说话含糊，便把他带住。

少顷，有司礼监出来，问道："谁人大胆击鼓？"侍卫道："刑部主事海瑞击鼓，业已带下，候旨定夺。"内监听了，吩咐："把这蛮子海瑞带着，待咱家好去复旨。"侍卫应诺。内监即到内宫，奏知皇上。帝即出殿，时已曛黑，满殿点着了灯烛，便传海瑞进见。那些内侍如狼似虎的一般，走到外边，把海瑞抓进殿来。海瑞连忙叩头，口里只呼万岁。帝问道："你乃一个微员，何故诬捏宰辅？罪有应得。朕念你出于无心，故特加恩宽恕。如今复敢击鼓，难道还有甚么委曲于你么？"海瑞顿首奏道："微臣参奏严嵩，原为忠君起见。然臣蒙恩宽宥外，李翰林忽被斩首，此臣所以不敢偷生也。特诣宝殿，伏乞陛下立赐臣死，以全朋友之义，以明微臣之志。"帝道："李编修泄漏机密，罪应正法，你何独为他殉耶？"海瑞道："陛下垂拱万方，而凡百姓莫不群承德泽。君臣、父子、兄弟、夫妇、朋友，乃五伦备者。夫妇有恩，朋友有义。今李纯阳身为编修，秉笔史馆，书记严嵩一十二款，乃其份内之事，实不虞瑞之偶见而盗之。今蒙陛下赐以一刀之罪，纯阳罪固当戮，死而无憾。然臣实是害纯阳之人，敢独偷生耶？伏乞陛下亦赐臣以一刀之戮，则微臣无憾矣！"

帝听了海瑞这一番言语，不觉长叹道："卿可谓不负人者也！然李纯阳已死，不能复生。卿乃朕之直臣，朕忍轻弃耶？"乃传旨：赐李纯阳冠带，用五品之礼安葬，追赠为翰林学士。因海瑞之忠义，转赐以玉如意一支，以旌其义。

海瑞谢了恩，领旨下殿。早有礼部以五品冠带一袭，交与海瑞。海瑞接了，急急来到法场。时李夫人正与公子抚尸大恸。海瑞大呼："尊嫂、贤侄止哀，有恩旨来。"李夫人听得有人叫唤，便止了泣，只见海瑞到来。海瑞作揖道："尊嫂且接恩旨。"李夫人便与公子跪着。海瑞捧住冠带道："奉圣旨以李翰林加五品职衔，赐冠带殓葬，家属谢恩。"夫人公子口呼万岁，把冠带接收讫。旋各官僚皆来吊唁。海瑞此时穿了一身孝服，跪在一旁，如丧父母一般，逢人便道自己之过。

少顷，棺木已备齐了，随即入殓，将柩寄于城外之资报寺。海瑞竟随着灵柩相守，夫人与公子倒觉过意不去，劝道："海老爷，不必忧焦了，如今且请回衙理事。亡夫之灵柩，自有愚母子服伺。"海瑞坚持不肯，直到小祥后，方才回衙。即对夫人说道："李年兄因我而死，今其家眷流于京邸，又无依靠，我甚过意不去。意欲将女儿许配了他的公子，一则以报李年兄之恩，二则女儿终身有着，不知夫人意下如何？"张夫人道："老爷之言甚善，如今他们母子无依，先接过了居住，且供应公子读书。其婚姻之事，慢慢再说。若是预早说明，只恐公子畏人谈论，不肯过来同住呢。"

海瑞大喜，次日即到公馆来，见了李夫人，便将相往同住之意说了一遍。李夫人道："多承叔叔厚意，但是愚母子在京亦是无用，不日当整归鞭。惟是目下并无分文，难以行动耳。"海瑞道："贤嫂且到舍下暂住，待愚叔打算盘费，再送尊嫂、贤侄回家未迟，幸勿推却。"李夫人不得已，乃与公子搬到海瑞私衙。张夫人加意殷勤，情同姊妹一般相待，自不必说。

海瑞偶暇之时，更用心教那受荫的经史，谆谆讲解义理。李受荫却也聪明，一听了书便悟。因此海公更喜其聪慧，比自己生的还倍加爱惜。如此住了一年，过了礼仪的大祥。海瑞便请了冰人，对李夫人说合他儿子的亲事。李夫人道："愚母子流落天涯，上无片瓦，下无立锥，母子飘泊，犹如萍寄。多承海老爷提携，使愚母子不致饿毙他乡，则感恩靡既矣，焉敢仰攀千金小姐作媳？烦善为我辞可也。"媒以李夫人之言回复，海瑞便自来见李夫人道："以小女配令郎，实瑞所应报先人者也。尊嫂休得推却。"李夫人看见海瑞如此情形，只得依允。只是并无聘礼，只得将玉簪一支，权为聘礼。海瑞接了，从此改口相称，此时又更加亲厚矣。夫人虽然屡欲回家，怎奈海瑞坚留不放。一则要女婿近身攻书，二则又因盘费未备，不觉又过了一年。

时值皇上四旬万寿，京都臣民各处张灯结彩，与帝恭祝称庆。大小臣工，皆有恭祝贡物。海瑞是个穷官，更兼近日又多了几口养活，可怜他自上任，只有一领红袍，直至于兹，冬夏也无更替的。如此劳苦，那里还有甚银子备办贡物？不过空手随班祝贺而已。是日，帝大喜，遍赐诸臣之宴，海瑞亦在列内。只见严嵩手捧玉卮，跪于帝前，顿首祝道："臣愿陛下福如东海，寿比南山，皇图永固，帝道遐昌。臣有恭祝圣寿之诗一律，恭颂万寿。"遂将诗呈上。

帝看诗毕，笑曰："丞相过誉，朕恐不当。今日可谓太平筵宴，君臣之乐，无过于此，岂可无诗以纪其盛？凡尔诸臣等，各和一首何如？"诸臣皆呼万岁。随有刑部侍郎唐瑛，左春坊右庶子刘保邦，各吟一首，无非都是些赞扬之句。帝览毕，乃向海瑞道："诸人皆有诗章,主事何独缄口?"海瑞俯伏奏道:"臣才迟钝,今尚思索矣。"帝令速和,海瑞即便到自己的位上,浓磨香墨饱笔,题成一律呈上。帝览诗,再四吟哦,复又沉吟半晌,不觉慨然长叹,低头不语。众臣莫知其故,海瑞面上却有欢容。帝即宣瑞到御座之前,谕道:"观卿数语,使朕有愧于心。然事已至此,如之奈何?"海瑞顿首奏道:"陛下恩遍万方,何惜一开金口,使彼母子亦得称庆。"帝大喜道:"依卿所奏。"海瑞顿首谢恩,欢呼万岁,退回原位。

帝对文武百官道:"朕行年三十入继大统,屈指不觉十载。回忆少年所行之事,大半乖错,今甚悔之。现与卿等共聚一堂,诗酒相娱,亦可谓千古一时之盛,但缺一乐矣。"诸臣齐道:"陛下垂拱万方,四海一家,乃极乐之天下,独有缺者何也?伏乞陛下示知。"帝叹道:"古人有云:'有子万事足,无官一身轻。'而今朕富有四海,你诸臣工无不竭诚尽职,翼辅王室,可谓乐矣。但缺一乐者,惟朕无子。若有太子,今日席前称庆,岂不称全美乎?"诸臣未答,海瑞急急趋至御前,俯伏奏道:"陛下有子,何以云无?"帝故意道:"寡人何处有子?卿何以言之?"海瑞道:"张皇后产太子,曾经颁行天下,于今七载,陛下岂忘之耶?"帝作惊喜之状道:"朕却忘怀了。非卿言,朕几不省。今日不可不使皇子一睹盛事。"海瑞复奏道:"太子称庆,礼固宜然。今陛下何不召来,与诸臣相见?一则太子得亲祝遐龄,亦稍尽人子之道,亦不负陛下以仁者治天下也。"帝正欲降旨,只见班中闪出一人,手执象笏,俯伏金殿,口称:"万岁,微臣严嵩有一言冒奏,伏乞陛下恩准,则臣等亦不胜幸甚。"帝笑道:"卿试言之。"正是:

奸臣恐怕君恩降,故以逸言阻止君。

未知嵩奏何事,且听下回分解。

第二十七回
# 贤皇后重庆承恩

却说严嵩在殿上，听得海瑞与帝之语，诚恐特降恩旨，把太子赦了出来，仍居储位，则己女之宠就衰矣，随即俯伏金阶，奏道："前者皇子与张氏有罪，被废已经数载，天下臣民皆知。陛下不宜听海瑞之言，致有出尔反尔之讥。此必海瑞勾通长门，因此乘机巧说，以图蛊惑，望陛下速诛之，则天下幸甚矣！"帝笑对嵩说道："卿有子否？"嵩道："臣只一子。"帝曰："朕欲卿子代朕子幽禁数载，卿愿否？"嵩道："臣儿无罪，不得入此幽宫。"帝笑说："可知道又来了！你子无罪，故不得入此长门。岂朕子有罪，合当长禁耶？丞相勿再言，且退。"嵩惭愧而出。帝即令内侍持节赦皇后、太子出冷宫，另备宴于绮春轩，父子相庆。诸臣随驾回宫，各各散出。严嵩急急回府，再作计议，自不必说。

再谈张皇后与太子自从贬入幽宫，不觉四载。母子二人，日夕惟有对泣而已。幸赖有冯保时时开解，不然则恐不能双全矣。这日，张后在冷宫，想起今日乃是皇上万寿，又值四旬，遂对太子说道："今日正是你父四旬万寿，天下臣民，皆来称庆。若是我与你不曾被废，今日不知怎生高兴呢！"

太子听了，含着一眶眼泪说道："可恨奸妃狠毒，致使我父子不能见面。他日重睹青天，我怎肯与他干休！"说罢痛哭起来。冯保在旁劝慰道："娘娘、太子爷，都莫要哭，朝廷岂无公论？且自宽怀忍耐而待之的好。"说犹未了，忽听叩门之声。冯保出问何人，只见司礼监胡斌手捧节钺说道："皇爷有旨，特赦皇后、殿下二人，立即到绮春轩朝见，幸速前往。"张后与太子连望阙谢恩。旋有小内侍捧着冠服进来，张后与太子换了吉服，随着胡斌来到。时帝已在绮春轩等候，忽见张氏携着太子而来。其时太子年已七岁，生得志气轩昂。帝一见，不觉喜动颜色。皇后与太子俱伏于地下待罪。帝即下座，亲手挽起后与太子，重新祝寿。帝动了父子之情，不觉流下几点泪来。张后道："罪妾幽闭深宫，以为今生不能再见天日矣。何幸陛下突施格外天恩耶？"帝惭愧笑道："昔日之事，毋烦絮说，且言今日之欢。"此时筵席已备，太子亲自把盏。帝大喜，与张后叙些旧话，直至月上柳梢，方撤之。是夕帝与张后宿于绮春轩内，令冯保侍护太子于青宫。

　　次日，帝令侍读学士颜培源为傅，教习太子诗书，改绮春轩为重庆宫。却只不题起改易之事情。张后亦不敢多言，百凡缄口而已。冯保打听明白，才知是海瑞之力，即奏知张后。张后感激海瑞之恩，召太子入宫谓曰："我与儿得复见天日者，皆海主事之力也。你当铭之五内，他日毋忘其功。"太子道："儿当镂心刻骨，将来图报恩人就是。"暂且不表。

　　又说那严氏卿怜，得知皇上复召张后，特赦太子，仍复青宫，心中大怒。又见帝久不临幸，未免惊忧，终日嗟怨，泪不曾干。乃修书一封，令人送与严嵩，令其为计。

　　严嵩正因女儿之事，心中忧闷，连日不曾上朝。忽然接到宫中书札，乃展视之，见写道：

　　　　女卿怜百拜，敬禀者：女蒙大人鞠养，并荷提携，得侍椒房，亦云幸矣。

不意坐位未暖,忽有此变。今张氏与太子皆蒙恩赦,女料不日皇上必复其位。太子令已复居青宫,张后现居绮春轩,帝即改为重庆宫,观此则可想矣。虽不明言更复,其改名重庆者,盖有自也。倘一旦复位,置我何地?当先思所以自卫之计,庶免不测之虑,惟大人图之可也。书不尽赘,惟早决。谨禀。

严嵩看了,沉吟半晌,无计可施。自思皇上之意,却要改复。未言者,是所不忍也。若不及早自卫,必有不测之祸矣。乃复书一札,令人持回。致复卿怜,叫他依书行事。来人持回,卿怜将书即时拆开,细看其书云:

览阅来书,备知一切。但此事之祸机已伏,发在迟早,则未可料。其改重庆二字,乃重相欢庆之意。你宜早退旧地,乃让正院于彼。则帝喜你之贤淑,而祸患尽息矣。你宜悉想,毋致噬脐。我你与有荣施焉。此复,不尽所言,统惟早定大机可也。

严氏看了父亲回书,自思让位之说亦得。但我已在正院四载,今日复居人下,岂不被人耻笑?若不让回正院与他,皇上必然有以怪我,此际更不可开交。左思右想,别无妙计,只得自作小奏一笺,令人持献与帝。

帝览其奏云:

臣妾卿怜,诚惶诚悚,九顿谨奏:窃妾乃蒲姿柳质,谬蒙圣恩,持置正宫,受恩之日,心身未安。时以圣意过深,不敢固辞,忍隐五中,直至于兹。今恭逢皇上四旬万寿,八方庆洽,所有囚徒,皆被恩泽。皇后张氏,太子某,皆蒙恩赦,俾得重沐恩膏。妾心数载之默祈者,一旦已酬。今谨具寸笺,伏乞皇上鉴原,仍以皇后张氏复正昭阳。妾仍侍侧,不胜幸甚矣。谨奏以闻。伏乞陛下圣鉴。妾卿怜临池,不胜惶恐之至。

帝览奏即批其笺末云:

> 览阅来奏，不胜欣忭。具见卿贤恭德淑，洵堪嘉尚。准如所请，着即日移居临春院。其昭阳正院，着司礼太监王贞，即行洒扫。差礼部郎中侯植桐，备法驾恭迎张皇后复居故宫。其文武诸臣，仍往朝贺三日。钦此。

批毕，即令来人持回。严氏看了，即日移迁临春宫去了。王贞把昭阳正院洒扫一番，张灯结彩伺候。郎中即齐了銮驾仪从，引领着到绮春轩来。早有太监们进了后冠服，张后穿了，望阙谢恩毕，随即登舆，就有许多宫娥、侍女随从。太子身穿吉服，腰悬宝剑，护驾而行。来到正院，一派音乐，迎入宫中。礼部率领文武诸臣朝贺毕。张后传懿旨，卷起珠帘，宣谕诸臣曰："哀家前者因咎被废。今蒙皇上重加殊恩，复正昭阳。你等皆宜忠君爱民为首，毋负圣意。"众臣领命。其时，海瑞亦列于内。张后看见，特宣上阶谕道："哀家今复昭阳者，赖卿之功也，特赐锦缎十匹，如意一枝。"海瑞叩头谢恩。诸臣皆散，帝亦进宫，与张后称庆，从此夫妻相爱如初，按下不表。

且说李夫人思念家乡，坚意要回潮阳。海瑞亦不便强留，便向张夫人致意："我女年已及笄，必须婚配。今既回粤，彼此相隔数千里之远。况我在京不知何日满任，恐耽误了亲事。不若择个吉日，就在衙中成亲，甚为两便。"李夫人应允。海瑞便择了吉日，把女儿金姑招赘李受荫为婿。不觉过了满月，惟是没有盘费打发他母子起程。

海瑞焦闷了数日，并无一策，忽然想起太子待我恩深，今值此忧蹙之际，何不修书，向他借贷少许？主意已定，遂即拂拭花笺，浓磨香墨，一挥而就。封缄完固，袖到青宫门首，候了半日，方见冯保出来。冯保见了，忙上前作揖道："海恩公在此何干？"海瑞回礼道："殿下安否？"冯保道："太子幸托清安，现在太傅处念书呢。"海瑞道："在下有寸缄，敢烦公公转致如何？"冯保道："这个使得。"海瑞便在袖中取了书札，交与冯保道："相烦即送，明日在下来听回信。"冯保答应，各相揖别。海瑞回到本衙，对张夫人说知。夫人道："此书一到，太子必然见允的。"

不说海瑞盼望佳音，再谈那冯保接了书信，急急来到青宫，恰好太子放学，冯保即把海瑞的书札呈上道："海恩公今日在宫门外遇了奴婢，先请问爷的安，次将书札交与奴婢，说是要面呈殿下开拆。"太子接了札展开，只见上面是：

> 臣海瑞谨百拜，致书于青宫殿下。敬禀者：瑞因敝亲家李纯阳之家属，即日回粤，苦无资斧，百贷莫应。敢冒昧敬干，乞贷千金，俾得借资敝亲回粤，不致流落京城，并故翰林之柩，得归故土，以正首丘，皆赖洪慈所赐矣。专布，并请
> 金安

太子看毕说道："海恩人固已如此。但我一时没有，怎生是好？"便向冯保问计。正是：

> 惟有感恩与积恨，千年万载不成尘。

毕竟冯保说出甚么计策来，且看下回分解。

第二十八回

# 奸相国青宫中计

　　却说太子看了海瑞的书札，自思年来幽禁冷宫，今始得出，纵有每月的月俸，亦是有限，如何便得千金来与他？况且他是我一个大大的恩人，今日初次启齿，却怎好不应他的命，情上难过？遂对冯保道："目下海恩人急需，修札与我告贷千金。只是两手空空，如何是好？"冯保道："海恩人是必迫于不得已，方向千岁开口。今日却要应承他的才是。"太子道："固然如此，但此际却到那里去弄银子来？你可替我想个主意。"冯保道："爷何不到户部去借一千两银子与他呢？"太子道："我亦知向户部库里可以借得。但是动支库项，该部必要奏请。倘被动之，皇上知道，问我要此银子何用，势要说出来的。你岂不知青宫的规矩么？凡有与外臣往来，以及私自相授受者，均干例禁。况且我奏赦未久，今与海恩人来往，倘严嵩借此为词，复施谗言，则我与你恐又要入冷宫去矣。故此是使不得的。"

　　冯保听了，眉头皱了皱，不觉计上心来，便道："有了，有了！"太子道："有了甚么？"冯保道："奴婢想起来了，那严嵩他家现放着许多银子，爷明日何不向他借几万两来用用呢？"太子道："他与我不睦的，怎么反向他去借银子？亏你说得出来！"冯保又再三沉吟说道：

"又有好计在此，说来听如何？行则行之，否则另议罢。"太子道："你且说来，看是中用否？"冯保道："太子爷明日可请了严嵩进宫来，只说请他讲解五经。来了的时候，理合让座献茶。待奴婢先把一张椅子，砍去一只腿儿，再将锦披围住，自然是看不见的。复把一盏放在滚水之内煮至百滚，那盏儿自然是滚热的。烹上了茶，却不用茶船，就放在茶盘之上。待他来拿的时候，必然烫着了手。一时着热，必然身手齐动，那三腿的椅子一动，岂不连人翻倒？那奸贼一倒，那盏茶却难顾了，必定连茶也丢在一边。打碎了茶盏，爷即变起脸来，将他抓着去见皇上，说他欺负爷不在眼上，好意请他入宫讲经，优礼相待，他竟敢当面打碎了茶盏，就如亲打爷一般。那时另有说话，怕奸贼不赔爷的茶盏么？此际就大大的开口，要多少，随爷说就是了。若得了银子，将来送与海恩人。应剩下的，爷买果子吃也是好呢！"太子听了大喜，不觉手舞足蹈起来，说道："妙计，妙计！即依计而行可也。"遂先令冯保去相府相请。

那严二看见是内官的人，不敢怠慢，急急进内通报。是时严嵩正在书院坐着看书，只见严二来说："青宫内侍冯公公要见。"严嵩便亲出来相迎，延入书院让座。冯保谦让道："咱们是个下役，怎敢与太师相国对坐？这却不敢。"严嵩道："公公乃是青宫近臣，理应坐下说话。"冯保还再让谢，方才就座。严嵩便先向冯保面前请问了太子的安好，然后问道："公公光降，有何见谕？"冯保道："只因太子爷今岁就傅，所有五经俱未曾听过讲解。故特令咱家前来，敬请太师明日清晨进宫，太子爷亲诣叫太师讲解，故望太师明日光降。"严嵩道："太子现有师傅，常在青宫侍读，怎么反唤老夫前往呢？"冯保道："只因太傅不十分用心讲解经史，爷大不爱他，所以特请太师爷前往呢。"严嵩道："既蒙太子宣召，明日恭赴就是。"冯保便作别回宫而来，对太子说知。太子道："这事尽在你一人。你可预备，切勿临时误事。"冯保道："奴婢自当理会得来。"

次日清晨，严嵩竟不上朝，来到青宫。时冯保早已把那椅子并茶盏弄妥了，走在官门候着。严嵩即便上前叫声："冯公公，怎早起来了么？"冯保连忙说道："太子候久了，请进里面相见。"严嵩便随着冯保而进。到了内面，只见太子坐在龙榻之上，见了嵩至，即忙起身迎谓道："先生光降不易。"嵩便向上朝躬。太子急忙扶起道："先生少礼。"吩咐冯保拿座位来。嵩谦辞。太子道："焉有不坐之理？请坐下说话。"嵩便谢恩坐下，冯保立在椅后，暗以自己的腿来顶住缺处，所以那椅子不动。

严嵩道："蒙太子宣召，今早趋朝，不知太子有何指示？"太子道："孤昔者获咎，奉禁四载，于前日蒙皇上特恩赦宥，使孤就傅。惟太傅不善讲解五经，孤心厌之，故特召先生进宫求教，幸勿吝也。"严嵩道："臣学浅才疏，不克司铎之任，还乞太子另宣有学之辈。"太子道："久闻老先生博学宏才，淹贯诸经，故来求教，幸勿推却。"遂唤内侍送茶。那内侍即便捧了两盏茶来，先递与太子，随以眼色示意。太子会意，便拿了那一盏在手。余下那一盏，便是滚热的，送在严嵩面前。严嵩便将手来接，初时还只道是那茶水烫热的，不以为意，及拿在手内，如抓着一团红炭一般，那里拿得住来？便将手一缩，早将那茶盏丢在一边去了。冯保在后面把脚放开，严嵩身子一动，那椅子就倒了，把他翻个筋斗，那茶竟溅着了太子的龙袍。太子此际强作怒容，骂道："是何道理，在孤跟前撒泼么？冯保与我抓着，扯他去见皇上分剖道理。"只吓得严嵩魂不附体，即跪在地下，不住的磕头谢过，说道："臣不觉失手，冒犯殿下，实不敢欺藐千岁，伏乞殿下原情。"太子怒道："孤亦明白，你看孤年幼，所以当面欺藐是真。孤岂肯受你这一着的？去到皇上面前再说！"叱令冯保："把严嵩带住，孤与彼一同面圣去。"

冯保此际心中暗笑，那里还肯放宽一线？把严嵩紧紧的抓着胸前的袍服，一竟扯到大殿而来。太子随后押着，一同来到金銮。

此时早朝尚未曾散，文武看了不知何故，皆各惊疑。皇上一眼看见了,叱令冯保放手。冯保将严嵩松了,嵩即俯伏于地,头也不敢抬起。太子走到龙案之前,俯身下拜,与皇上请了圣安。皇上赐令平身,上殿侧坐,问道:"我儿不在青宫诵读,却与冯保把太师抓到殿庭,是何缘故?"太子奏道:"臣儿蒙父王特恩,令臣就傅。只因儿五经未谙为愧,故令冯保过相府,敬请严嵩进宫,讲解《诗经》。可奈这严嵩欺臣年幼,进得宫来,臣以师傅之礼相待,而严嵩竟敢把臣的茶盏当面打掷得粉碎,欺藐殊甚。所以特扯他来见陛下,伏乞陛下与臣作主。想相国欺臣,就是目无君上,乞陛下公断。"

帝闻奏,向严嵩道:"太子好意相延,进宫讲书,你何故擅把御用的茶盏掷打,是何道理?这就有罪不小了,你可知否?"嵩叩首不迭,奏道:"臣奉青宫令旨相宣,即时趋赴,蒙殿下赐茶。此际臣实不知茶盏故意弄得滚热的,伸手来接,被烫失手,误将茶盏打碎是真。臣焉敢欺藐!伏乞皇上详察!"

帝闻言自思,此必冯保所为。但今日之事,惟有解开就是,便对太子道:"相国之失手本出于无心者。今已碎了,可令他赔还就是。"太子道:"明明是他有意将茶盏打碎的,今还说是茶盏故意弄得滚热,只这一语,便可以见矣!今蒙父皇训示,臣敢不遵。但嵩有惊驾之罪,不可因此以启将来诸臣不敬之端。伏乞皇上着令相国立即赔臣的盏价,并治以不敬之罪。"帝道:"我儿,你却要他赔还多少?"太子道:"臣只要他赔一千两就是。"帝便宣谕道:"相国,你不合误打碎了御盏。今着你赔还银子一千两,明日清晨缴到青宫去,并与太子负荆请罪。你本有不敬之罪,朕决不枉法,该着发往云南充军三年。但是朕今需人办事,特加恩典,着发在云南司过堂三日,以赎其罪。"严嵩不敢再辩,只得叩谢天恩,各皆下殿。严嵩受了一肚子的屈气,抱恨回府而去不表。

再说太子与冯保大喜,回到青宫说道:"今日有以报海恩人矣。"冯保道:"爷太公道,皇上问爷要赔多少,爷就说该要数万,怎么只说一千两？如今有一千两，送于海恩人，却没有余剩的了。"太子笑道："你我有衣有食，要他则甚？这就够了，不必妄求了。"冯保口虽则应允，然心中实有不甘，自思："亏我随着爷与娘娘，受了四载之苦，那里去得一文半文来？今日有了这个机会，那肯就此轻放了他？明日严嵩这老贼要来缴那一千两银子，待我故意将他受难，谅想他必要我相传的，待咱诈他一些银子用用，也是好的。想他们不知诈了人家的几万亿数，我却弄他三五百，可就似羊腿上拔去一根毛，有甚么相干？"主意已定，专待行事。自语之间，不觉天将傍晚，冯保伺候晚膳已毕，时已二鼓，各归安寝。然冯保把诈财之念思慕一夜，何曾合眼？

到了次早，天尚未明，即抽身起来，候严嵩缴银进来，好诈他一番。眼巴巴的望了半日，方才见那严二引着两人抬着一箱银子来到。冯保一见，故作起模样来，假意作睡熟的光景。那严二走上前来，叫了几声"公公"，冯保只是不应。严二将他肩上拍了一下，冯保只作梦中惊觉的光景，骂道："你是甚么人，敢来打我？"严二走上前去赔了个笑脸说道："冯公公，是我。"冯保把眼揉了几揉道："原来就是严二先生，休怪休怪。到来作甚么？"严二道："奉了太师之命，送一千两赔价银子到来。相烦通传一声，请殿下阅收。"冯保笑道："很好，我们的规矩可带来了么？"严二听了，心中明白，便向袖中取了一锭银子，约有五两多重递上，道："这是区区之意，幸勿嫌轻。"冯保拿在手中一掷，掷到阶上去了，说道："岂有此理！你们是充家人的，难道不知规矩么？你们丞相府中闹热得很，所以每遇内外官员禀见，就勒要三百两。我这里青宫冷淡，凡有要求见爷的，门包也是三百两。若是少了半毫，再休想见得着呢！"严二听了不觉好笑。正是：

  彼来我往皆以理，今日冤家遇对头。

  毕竟后来严二却与冯保多少银子，且听下回分解。

第二十九回

# 怒杖奸臣获罪

　　却说严二听得冯保要他三百两银子的门包，不觉哑然而笑道："公公休要取笑，若是嫌少，又加些就是。"冯保道："谁与你作儿戏事？这是一定之例，少则不能见。只怕迟了日子，爷在主子跟前说声，你家丞相恐怕肩不起呢！"说罢，竟转身将要入内之意。严二急急唤住，道："公公，且请少留贵步，有事慢慢的商酌。"冯保怒道："有甚么商酌之处？只管在那里絮絮叨叨的，令人好不耐烦呢！"严二道："如今身上却没有许多银子，故此要与公公商酌。"冯保道："你只管说来看。"严二道："我们实不晓青宫向有这个例，如今方才得知。若说三百两，就要回去与主人商酌送来如何？"冯保道："不是要你主人的银子，是要你平日讹诈的。想你自从投在严府，十有余年，诈的银子盈千累万。今日里付我三百，只如毡上去下一根毛，有甚相干？怎么说出这话来？想必要将你的主人来压咱家。好好的与我滚出去，这银子休想缴进去！"

　　严二见他如此说话，正是大拳打中了他的心坎，不得已道："既蒙公公过爱，在下就送一百两过来就是。"冯保摇首道："不中用，不中用，少了一厘。也不济事的！你自去商酌就是。"严二道："只是目下那得银子如此方便，倘若误了期限，如何是好？"冯保道："只要你肯出三百，我便肯挂个赊账的。你如情愿，这里有纸笔，你可写张借券来。"严二道："如此可借一用。"冯保引他到门房，给与纸笔，严二即便写了一张借券，递与冯保观看。冯保接来一看，只见上写着：

  借券人严二，今因急需，借到冯保公公纹银三百两，约以本月内清还。恐后无凭，立券约以为存照。

            嘉靖　年　月　日严二亲笔

  冯保接了借约，问道："几时交足？"严二道："就依着这个月内便了。"冯保方才应允，把借券收了，然后才进内说知。太子道："你在外收了进来就是。"冯保领命，便出对严二说："咱爷吩咐，就此收了便是。"严二即令人把一箱银子抬到大殿之上，对着冯保点验明白，方才作别。冯保道："你的东道，是万延不得的。若失了信，咱却要与你算账呢！"严二唯唯应诺，恨恨而归不表。

  再说冯保收了银子，进内禀知。太子道："即令你将原银送到海恩人那里去，道我多多拜上。"冯保应诺。即时唤了两个内侍，把这一箱银子抬起，自己引路，望着海瑞衙中而来。

  时海安正在闲立，冯保便将上项事情说知。海安急到里面说知，海瑞即忙出迎。冯保令小侍把箱子抬到里面，与海瑞相见毕，说道："幸不辱命，咱爷多多拜上。若是恩公有甚么急需之处，不妨又来。现在一千两，你可收下。"海瑞谢道："一之为甚，其可再乎？"便望空拜谢，复向冯保致谢一番，说道："今瑞在穷厄之际，叨蒙公公与殿下恩施，得济此急，海瑞惟有焚香顶祝，以报高厚耳，容日登堂叩谢。"冯保道："区区意思，甚么相干，何必介意？若说到官面谢，这却不用。主人曾有言，恐怕为严贼晓得，说是交结外臣，反为不美呢！"海瑞道："如此，就烦公公转致就是。"冯保作别回宫而去，自不必说。

  海瑞既得若干银子，便送到李夫人处，说是盘费。李夫人道："那用许多？不过二三百金足矣。"海瑞道："剩下的以为读书膏火之资。"坚要全收，李夫人只得收下，择吉起程。海瑞吩咐家人即去雇备夫马。夫马停妥，话不多赘。

忽人来报：严嵩因为打碎青宫的御用茶盏，被青宫抓去面奏皇上，罚他赔了一千两银子。又说他惊驾，要发往云南充军三年，只因朝中无人办事，如今特加恩典，着发在老爷处过堂三日，权作三年。明日严相便来过堂，故此特着家人来禀说。海瑞听了不觉大喜，手舞足蹈起来，笑道："天呀，你真真报应不爽了！"又以手指着严府那边说道："奸贼，你平日专权肆横，今日却有这个日子！"遂传了差役皂隶到来，吩咐道："明日奸相严嵩过堂，你们只看我的眼色行事就是。若是叫你们拿下，你们便拿下。若是叫你们动手打，你们即便动手重重的打就是。如违，重责不贷。"差役们应诺。海瑞恨不得就是次日好去报仇，一宵无话。

次日清晨，海瑞起来，即便吩咐海安在门外伺候。海安领诺，即来门首候了半个时辰，见前面摆着几对马及随从的家人，前遮后护，拥簇着严嵩到来，海安即便上前叩见。严嵩道："请起。"遂下了马，坐在一张马鞍上，令海安进去通报。海安应诺，随即禀知海瑞。海瑞听了，即时吩咐三班衙役，开门伺候。然后出来，立在大堂之上，吩咐海安便请。海安便来禀道："家爷在堂上，恭接太师。"严嵩此际，随即换转了青衣小帽，把众家人约在外边，自己随着海安而进。只见海瑞立在堂上，笑容可掬，严嵩即便趋前。海瑞作揖道："恭请太师金安！"严嵩道："刚峰安好！"海瑞道："荒衙何幸，得太师光降？请坐，海瑞参见。"严嵩道："惭愧，老夫有罪，今日奉旨过堂。正是刚峰端坐，待老夫听点。"海瑞道："岂敢。想太师位极人臣，又是当今国戚，佐辅国家，多立奇勋，天下苍生，仰如父母。今因小小瑕疵，圣天子不过略顺青宫小意，不得已令太师光降。然太师贵步一临，草木皆春。还请太师少坐，少尽一参之敬！"严嵩见海瑞这般殷勤谦恭，只道真是敬意，便笑道："如此有占了。"竟走到上座坐了。海瑞道：

"太师少坐,待海瑞取茶来。"便进去了。

严嵩坐在堂上,只见两旁衙役立着,察其动静,各皆似有怒容,自思海瑞平日是与我不合式的,今我既奉旨到此过堂。他不特不作一些气,且还如此谦恭。既是如此,怎么又令差役升堂?莫非有甚别故不成?正欲下座,海瑞忽然突出,向外役问道:"上面坐的是甚么人?"衙役答:"是严太师。"严嵩听了,也站起来道:"就是本部堂在此,刚峰莫非眼花了么?"海瑞道:"来此何干?"严嵩道:"奉旨到此过堂,你岂不知耶?"带着三分怒气,复坐上,便道:"岂有此理,岂有此理!"瑞怒道:"你既奉旨前来过堂,就该遵着王法,报名听点。怎么反把我的座位公案占了,是甚么道理?"严嵩亦怒道:"没甚么道理,就是偏官私殿,老夫亦不辞坐,何况这一座小小主事公堂耶?海瑞,你这般怒气不息的,到底为着甚么?你与谁来?"海瑞道:"就与你来!"吩咐左右:"与我抓了严嵩!"那些差役,平日知道严嵩的厉害,不是好惹的,个个面面相觑,恰如泥雕木塑的一般,只见答应,却不敢动手。海瑞看了大怒,即叱海安、海雄二人上前。安、雄二人一声答应,如狼似虎的一般凶恶,走上公座,一把将那严嵩抓了下来。严嵩大怒,骂道:"畜生,反了,反了!"海瑞即便升堂问道:"你这厮胆敢不遵圣旨,不报名,不应点,亦不过堂,反把公案占了,皇上又不曾差你来此作问官,你知罪否?"严嵩笑道:"任你怎样说,谅亦奈何我不得,你却把我怎样的?"海瑞听了此话,勃然大怒,正是:三尸神暴躁,七窍内生烟。

当下海瑞大怒道:"你恃着权势,谅我不能奈何于你。不思王子犯法,与庶民同罪。今你既已获罪,奉旨前来,尚敢如此矫强,我便打你一个藐法欺旨!"吩咐:"左右,扯将下去,重责四十大板!"各差役仍不敢动,惟安、雄二人把他扯翻阶下。海瑞怒将八枝签儿撒将落地。那衙役无奈,拾起大叫行杖。皂隶不得已,拿了一条三号板子,走到面前,还说了一声:"告罪",才将板子轻轻的打将下去。

海瑞看了大怒,叱退皂隶,亲自离座,接过了板子在手,重重的打了三十五板，以凑足四十之数。可怜打得那严嵩皮开肉绽，鲜血迸流，在地下乱滚乱骂。海瑞大声道："此是初次，明日早些到来过堂。如再敢猖獗，又是四十大板！"叱令差役将严嵩扶了出去，吩咐退堂。

外面严府的家人，在外候久了，突然的看见了主人这般狼狈而出，各人吃了大惊，急急上前致问。此际严嵩连话也说不出来，只是摇头不答。家人们急急赶回府中，把一乘坐轿打来，才将他坐了回府。严嵩痛极，躺在床上，竟不知人事一般。家人们不敢动问，只是守着伺候。直至过了一个时辰，严嵩痛定苏醒，方才说出话来。即唤儿子世蕃到床前谓曰："可恨海瑞擅作威福，故意让我坐在公案上，即又翻过脸来，将我责打四十，并将'欺藐圣旨'四字的大题目压我，受了这一场亏，怎么忍得？故此唤你前来，就在此写成草本，明日早朝，与这厮见个高低，定个生死，方可出我口气。你可用心写来。"世蕃听了，连忙取过了文房四宝，把奏稿立时修起，对着父亲念了一遍。严嵩点头示可，安息一宵。

次日早朝，严嵩令人抬到午门，众文武看了，各各惊问何故。严嵩便将海瑞挟仇，假公泄忿，毒打四十，险些一命呜呼，逐一说知。各人听了私相叹息，怎么这海瑞恁般大胆，当朝一品，又是国戚，皇上素日心爱的近臣，怎么却下此毒手，岂不是自欲讨死耶？各人为他捏住这一把汗。有几个心恶严嵩的，心中好生欢喜，恨打少了他。

须臾，金钟响起，鸣鞭净殿，文武各各随班而进，分站两旁。内侍一对对的出来，一派音乐之声，一对雉尾宫扇，拥簇着天子出宫而来，升了宝座。两班文武，上前山呼舞蹈毕。只见嵩故意一步步挨到龙书案前，口称万岁。天子见了，吃了一惊，便问道："卿因甚事，如此狼狈？"严嵩即便叩头启奏。正是：

金殿几句话，法场失三魂。

毕竟严嵩怎么样启奏，下文便知。

第三十回

# 恩逢太子超生

　　却说嘉靖看见严嵩这般狼狈，便开金口道："卿家为甚这光景？"嵩泣奏道："臣因获咎，蒙陛下殊恩，格外姑宽，令臣到云南司衙过堂。不料主事海瑞，意图陷害，无端将臣毒打四十板，狼狈可怜。臣体受伤过重，只恐性命不保，伏乞陛下作主。"遂向袖中取了折章，递与内侍呈览。

　　帝赐平身，随将奏本一看。只见写道：

　　　　臣严嵩稽首顿首，谨泣奏，为擅殴大臣，目无国宪，乞恩正法，以警将来事：窃臣原以不检，误倾青宫御茗，打碎御用茗盏，例应即死。仰蒙陛下殊恩，格外宽容，罚臣赔价银一千两，并发臣到云南充军三载。缘以庶务纷繁，需臣协办，复蒙特典，发臣就近到云南司衙门过堂应点。此陛下格外殊恩，亦不得已从权之事也。臣感激之外，遵即前往该司衙门听点。孰料该主事海瑞，欲图杀臣。无端发怒，喝令狼仆虎差，将臣扯下重打。复又自提大板，尽力行杖。致臣双腿几无完肤，旋即晕去。该主事复令狼仆，将臣拖出。幸有家奴抬回灌救，逾时始得苏醒。忖思臣虽获咎，叨蒙陛下格外施恩。今海瑞则不容于臣，是抗陛下也。况臣承恩，位备台辅，而海瑞竟敢以一介部属微员，擅杖宰相，不独无法，仰且轻藐圣旨。有此悖逆，势难稍宽，以致将来效尤。伏乞陛下,饬着延尉立即将该主事锁拿严究,早正国法,则警将来效尤者。臣等不胜幸甚之至。谨据实以闻。

帝览毕,不觉龙颜大怒道:"何物海瑞,擅敢动打大臣,这还了得!"立即传旨,令御林军五名,前往锁拿海瑞当殿问话。御林官军领了圣旨,飞奔前去,不一刻已将海瑞拿到,俯伏金阶。

天子大怒,骂道:"严相国偶因小有过失,朕着发在你的衙门过堂三朝。因甚你却这样目无法纪,无端毒打大臣!你知罪否?"海瑞叩头道:"臣该万死,乞陛下容臣一言,死亦瞑目。"帝道:"你尚有何说?"

海瑞奏道:"严嵩藐视青宫,致奉旨发臣司过堂应卯,此乃陛下旷古未有之恩施也。乃嵩不遵圣旨,仍恃禄位。到臣衙门,犹摆列仪从。及至公堂,勒要臣接,此际只得公堂迎接。而嵩即占臣公案,危肆威权,如比问官。此法堂,乃陛下特以肃规矩的。臣虽微员,亦为陛下之所特设以执法也。嵩则自恃威权,不遵圣旨。臣乃食陛下之禄,为陛下执法,是以臣不忍枉法,宁甘擅杖大臣之罪,于是执杖亲殴,果然有的。但嵩位极人臣,犹敢肆其威福,则与欺君罔上几希?臣实如此,惟陛下察之。"严嵩在旁急奏道:"陛下犹有格外之恩,你则不能遵耶?"帝听罢,不觉颜色皆变,喝令御林军把海瑞绑缚,推到西郊地,午时处决。左右一声答应,把海瑞五花大绑起来,帝叱推出。

海瑞亦不再言,面笑出之。刚到午门,恰好遇了冯保。冯保一见,吓的魂不附体,上前细问原由。海瑞具以直告。冯保道:"恩公且自宽心,待我进宫启知娘娘与殿下,必然有救的。"海瑞道:"多有不能够了。烦公公善为我辞,说海瑞叨沐殊恩,今生不能相报,统俟来世罢。"说罢,急趋而去。

冯保如飞的跑到昭阳正院,来见了张后,说道:"不好了,不好了！"张后忙问何故？冯保便将前事说明。张后大惊道："如此怎处？可速请殿下来商议。"冯保点头，飞也似的跑到青宫，且不细说原故，称说："奉娘娘懿旨，请爷立即到宫中，现有紧要密事相商。"太子听得这话，也急来到宫中。只见张后两泪纷纷，不知如何，未免吃了一惊，急问所以之由。娘娘便把海瑞如此如此，这般这般，说了一遍。太子道："似此如之奈何？难道看着恩人被杀么？冯保，你可有甚么计策？快说来好去搭救恩人呢！"冯保道："没有甚计策。况且时间促迫，纵然保奏也迟了。莫若太子亲到法场，对那监斩官说了，且将恩人带回候旨。待等皇爷怒气少息，然后再去说，或者可以赦免，不然竟无别策矣。"太子称善，随即拜别了母后，乘着快马，与冯保望着法场而来。

再说海瑞被绑到法场中，自料再无生活之理，因举首向天祝告道："苍天呀，苍天！想我海瑞，平日务以除暴安良是念。昨见奸贼严嵩，不合将他责打，触怒皇上，致奉圣旨斩决，刻不容缓。但愿瑞死之后，上苍默佑，早除奸佞，俾得国家安乐，廊庙清宁。瑞在九泉，亦复何憾！"祝罢坐于石墩之上，专待行刑。少顷，就有三五位同僚部员，前来祭奠。海瑞一一称谢，并无一句怨言，众皆称赞。未几，只见四名摆手拥着一位官员来到，不是别人，就是严嵩门生姓张名聪，现充兵部郎中，乃是奉旨监斩而来。当下到了法场下马，就在亭子内坐着，问左右是甚么时候？左右答以已初。张聪道："天色尚早，你们可小心看守了，待等时候到了，立请催斩官来处决就是。"转身进公厅后边去了。

再说太子与冯保二骑赶到法场，一直闯到里面方才下马。那些押解的官兵，那里认得是青宫太子？又见他二人来得这般凶猛，忙喝道："是甚的人，敢闯法场重地？还不去！在这里想是要死么？"冯保叱道："何物官军，大胆！敢是瞎了你们的狗眼，认不得青宫，亦该认得咱老冯呢！"官军听了这话，吃了一惊，各人急急跪在地下叩头不迭,说道:"有眼如瞽,死罪,死罪!"太子叱令起来,问道:"何人监斩?"官军以张聪对。冯保道:"大胆的官员,殿下到此,却不来接驾,这还了得!"

那张聪在里面听得喧嚷,急急出来观看。那些官军见了,指着说道:"这就是监斩官了。"张聪犹不知备细,还在那里作威作势的道:"甚么人在此絮叨,与我拿下去见太师!"那些官军带笑说道:"老爷,你道这二位是甚么人?"张聪道:"莫非是那死囚的亲人吗?与我一并拿下去打!"官军们说道:"只怕老爷不敢,这就是青宫殿下呢!"张聪听了,吓得浑身发抖,忙俯伏于地下,不住的叩头请罪。冯保叱道:"起来,慢慢的再与你等人算账。我且问你,海老爷现在那里?"张聪道:"海瑞在那边石墩上,听候行刑。"太子道:"快些放了,来见孤。"张聪不敢怠慢,急急走到石墩上,亲把海瑞的索子松了,说道:"海老先生,你的救星到了,快些前往相见。"海瑞道:"怎么说?"张聪道:"你休细问,前去便知。"领着海瑞到厅上。太子一见,不觉竟流下泪来,叫了一声:"海恩人!"海瑞见了太子,跪将下去,不禁流泪说道:"臣有何好处,敢蒙殿下龙驾到此?臣死不安矣。"太子亲自扶起,命张聪取座位过来。海瑞道:"不可,此是法地,臣乃待刑之人。太子到此,已为越礼矣,可与臣对坐的么?今臣得见太子一面,死亦瞑目于九泉。情愿殿下善事圣上,惟仁慈孝友是务,则天下幸甚矣。余无所请,请驾回宫。臣即当受戮矣。"说罢痛哭起来。太子亦流涕道:"恩人且当放心,孤当面见父皇,保公不死。"

说话犹未毕,人报催斩官到了,太子便问是谁?左右答道:"是严太师之子严给事。"原来严世蕃此时已为兵部给事兼刑部郎中了,所以着他为催斩官。当时太子道:"宣来见孤!"左右领旨迎将出来,恰好严世蕃已下了马,将要进厅的光景。官军道:"殿下千岁有旨,着催斩官进见。"

严世蕃听得"殿下"两字,心中暗忖道:"又遇着了他在此,包管这厮是杀不成的,深为恨事。"只得上厅来见,说道:"臣严世蕃见驾,愿殿下千岁!"太子道:"平身。"世蕃起来,侍立于侧。太子故意问道:"尊官高姓?"世蕃道:"郎中姓严,名世蕃,乃严嵩之子。"太子道:"原来就是相国公子,到此何干?"世蕃道:"臣奉圣旨,前来催斩海瑞。"太子道:"海卿乃是忠良之士,不幸为你父所害。孤家今亲来保他。你且回朝,待孤见了父皇,与你缴旨就是。"世蕃那肯依从,便道:"殿下令旨,臣敢不遵?但海瑞一犯,乃是奉旨处决,立等缴旨的,臣不敢枉法。"太子怒道:"怎么说是枉法?冯保,与孤赶了出去。"冯保便走来喝道:"不知死活的奸贼,在太子爷面前混言乱语得么?还不快滚出!"骂得世蕃唯唯应命,不敢出声,无奈且与张聪退出厅外,无计可施,又不敢行刑,只得听候而已。少候太子对海瑞道:"恩人且在此,待孤进宫见了皇上,好歹讨个情来,只要不死就是。"即吩咐冯保在此陪伴着海瑞,自己领张聪与严世蕃三人,来到朝门下马。

太子吩咐二人在此候旨,遂亲自进宫而来。恰好帝午睡未醒,张后此际亦在宫中,见了太子回来,急问道:"我儿,海恩人不知如何了?"太子道:"海恩人今在法场,儿已令冯保在彼作伴,特领着监斩官张聪、催斩官严世蕃前来候旨。母后有何妙计,可以救得恩人性命?"张后道:"我亦思之再三。只是皇上未醒,若是醒时,你我母子二人切实哀恳,或者帝怒稍解,则海恩人有救矣。"太子道:"倘若父皇不准,又如之何哉?"张后道:"我有言语,可以料得着的,亦谅皇上可以恩准。"

母子说话之间,宫娥来禀皇爷醒了,张后便与太子急忙趋近龙榻问安。帝见了太子,便问道:"我儿不在青宫习读,来此何干?"太子跪在榻前奏道:"臣儿有不揣之言,故来冒奏陛下的。"这一奏,有分教:

受恩深时还恩倍,方是人间大丈夫。

毕竟太子所奏何言,皇上准否,且看下回分解。

第三十一回

# 冯太监笞杖讨情

　　却说当下太子见了皇上请问安毕，帝问道："朕儿不在青宫诵读，到此何故？"太子俯伏榻前奏道："臣有下情，叩乞陛下恩准，容臣启奏。"帝道："你小小年纪，有甚事情，只管道来。"太子道："刑部主事海瑞，不知身犯何罪，致奉旨西郊处斩？臣敢保之。"帝道："海瑞目无法纪，擅杖宰相，故此正法。儿何为他保奏？"太子道："海瑞有恩于臣母子，故愿保之，以报其德。"帝笑道："海瑞乃部属一介司员，与儿固风马牛不相及，有何恩德？"太子道："臣奉旨幽禁，非海瑞苦谏陛下，何得今日父子完聚？实有大恩于臣，臣岂敢作负心人耶？陛下治天下，以仁义为本。海瑞之杖宰相，自有解说。"帝问："有何解说之处？"太子奏道："夫宰相与部曹，则职位隔如天壤，下属固不得问罪于上官者，例也。今者犯罪充军，奉旨过堂，则不得以宰相目之也。嵩自仍复一宰相，而瑞则知奉旨之军配犯人也。彼复自恃威权，不遵法度，公然占坐公案，此海瑞故以杖之也。海瑞不敢执法，一任奸臣妄作妄为，于瑞则为谄谀之臣，陛下何所取之？今瑞只知奉旨，不避权贵，执法不徇，此陛下之直臣。陛下有此直臣，正自贺不暇，何反杀之？诚恐后来忠直之臣，望而为谄佞之辈矣！惟陛下察之。"

帝被太子这番言语说得心花都开了，自忖："彼虽年少，而条陈确确正理。若杀海瑞，只恐后来之臣，相将畏缩，若竟释之，则严嵩心必不甘。"沉吟半晌，乃道："儿且退，朕为瑞宽恩就是。"太子谢了恩出宫，复到西郊而来。海瑞跪接，太子一手挽起道："恩人，救星至矣！"遂将进宫如何哀恳皇上，皇上如何传旨，细细说知。海瑞复谢道："太子之于瑞，可谓生死而肉骨也。"语毕，人报圣旨到。海瑞与监斩、催斩两官，一齐跪接。只见内侍手捧圣旨而来，立在当中开读曰：

> 海瑞擅杖宰相，罪当斩首。但严嵩以获罪，奉朕敕旨，发往其衙门点名应卯者，非亲任宰辅之比，瑞固不合擅行刑杖。除嵩业已受刑，毋庸置议外，其海瑞照不应律，发廷尉衙门，重杖八十，监禁刑部狱三个月，以警将来。满期，该有司具奏，请旨定夺。嵩着开复，以佐朕躬，协理庶务。钦此。

读毕，海瑞山呼谢恩。太子即令人松了一应刑具。旋有差官来提海瑞。太子对那差官道："海主事是孤恩人，今虽奉旨受杖，你等休得故意狠毒。如敢抗违，孤是不依的！"差官唯唯应命。太子即命冯保亲送海瑞前往，并致嘱冯保："须要看着行杖，如有故意肆狠，即来回我。"瑞复向太子泣谢道："殿下爱臣之恩，犹如再造。瑞虽肝脑涂地，不足以报殿下之万一也。"太子遂挽起慰之曰："恩公请自放心。此去自有孤为恩公作主，即宝眷亦有孤照应。"瑞再拜谢恩，随与差官并冯保而去。太子与两官回去不表。

又说严嵩遣人探听海瑞得青官保奏不死，今奉旨倍杖监禁。严嵩听了，跌足道："太子何故偏偏要如此与我不偶也？"遂即时修书一札，令人致于廷尉，却为就在廷尉杖下结果了海瑞性命。

当下廷尉官接得严嵩书札，忙启视之。只见上写着是：

> 嵩拜书于廷尉大人座下：海瑞以一介微员，擅杖宰相。嵩以奏请圣旨，押送西郊正法。不料青宫为之护卫，致皇上特开格外之典，赦宥海瑞得以不死。今奉圣旨发在贵衙门发落。但瑞与嵩有不共日月之仇。若瑞不死，嵩亦不得独生也。专此致恳，祈为鉴谅。倘海瑞到日，狼头重棒八十之内，结果伊命。此恩此德，嵩当铭之五内，敢不仰报大德。美显之缺，惟公欲之，决不食言。此致。

廷尉官看了书札，自思："严嵩之命，若是不遵，必然受怪；若从其议，则那海瑞与我无仇无怨，怎忍得他委曲？况又有太子为他作主，此事属在两难之际。"左思右想，却无可如何。少顷，人报海瑞已到衙了，青宫特差冯保公公护卫而来，称说是来监杖的，请爷立即升堂发落。

廷尉官听见有青宫太监在此，即忙请冯保入内相见献茶。冯保道："海老爷是奉旨来贵衙门发落的，咱爷放心不下，特着咱家来监杖呢。"廷尉官道："海老爷既是奉旨发落的，在下照应就是。"冯保道："照应不照应，出在驾上，咱家那里管得许多。好歹都在眼里看见的，自然有个道理。请升堂罢。"廷尉官唯唯应命，吩咐升堂，多摆一张椅子，请冯保同坐。冯保让道："这却不敢，咱是个内官，怎敢坐这公堂？这是朝廷办公的所在，使不得的。请便罢。"遂立在公案之侧。廷尉官告了几声不当，方才坐下。差官随将海瑞带上堂来。

廷尉官看见冯保在此，便站起身来拱一拱手。海瑞跪在地下。廷尉官道："海公今日是奉旨发落的，休怪晚生得罪了。"海瑞道："这是理当。乞大人早施刑罢。"廷尉官即便吩咐左右："好生些扶海老爷下去。"海瑞听了，自己却走到阶下。左右皂役上堂请杖。廷尉道："二号。"冯保道："那里受得起二号的，取七八号的来。"廷尉道："没有许多号数，只是三号的罢了。"冯保点头，皂役取了三号的上堂看验过。冯保道："轻轻的，若是重了，只恐要你们狗腿割下来赔呢！"皂役唯唯领命，书吏高叫行杖，左右吆喝一声，皂役动手。未五杖，海瑞叫痛起来。冯保道："罢了，罢了。这就算了罢。"廷尉官道："那里使得。这是奉旨的事，在下不敢枉纵。"冯保道："既然如此，待咱替了他罢！"廷尉官道："取笑了！"只是吩咐皂役，须要最轻的就是。皂役听了言语，真是用尽了功夫，轻轻的打将下去。海瑞亦不觉得十分疼痛，又听见了冯保的话，若是呼痛，诚恐连累皂役陪杖，故此忍着，杖完了方发喊。冯保即忙挽他起来，说道："海恩公，今日杖已受过了，尚有三个月狱中的烦闷。你老人家只管进去，安心坐着，自有咱爷不时来看你呢。"海瑞道："多蒙殿下、公公的厚情大惠！烦为多多拜上，说海瑞今生不能衔结，来生必为犬马相酬报恩。"冯保说："知道了，请自珍重！"各自泣别，冯保回宫。

再说廷尉着人将海瑞送到刑部狱中而来，那刑部司狱将海瑞收下。谁知严嵩见廷尉不曾毒打海瑞，务要斩草除根。又着人来对刑部侍郎桂岳说知，就中取事。桂岳原是严嵩门生，又新拜在严嵩膝下的，此际领了嵩命，立即传了司狱来到，吩咐道："今日发有本部主事海瑞到此，你可想个计策，取张病状结果了他。"司狱官胡坤道："海瑞本与我等无仇，大人何故要将他断送？况且又是本部的同僚，还该用些情面为是。"桂岳笑道："胡太爷，你只知其一，却未知其二也。"遂将严嵩本与海瑞有隙，现差人来说，要你我二人结果了他性命，好去回复，备说一遍。胡坤道："这等说，既然太师爷有命，那敢不从？卑职即行就是。"桂岳道："你的意思何如？"胡坤道："除非断了水米，不过旬日就结果了。"桂岳点头称善。胡坤回狱中，唤了牢头禁子入内吩咐，告了严嵩之意。禁子们领了言语，就将海瑞禁在"狱底"之中。

那"狱底"是狱牢尽头之处，黑漆一般，凡有将死及已死的犯人，便抬到那里去，专候验看过收殓，就叫"狱底"。若是好端端的人，到此坐着，只见阴风透体，毛骨悚然，任你怎么壮健的人，也逃不出性命来的。当下海瑞被禁子们手铐足镣的，又加上脑箍，举动掣肘。蹲在地下，只觉得冷气侵骨，时复一阵昏迷，睡坐不宁，竟然病将起来。那海安等二人送饭到狱，又不得入内，都被他们挡住。海安无计可施，便欲求见太子。谁知冯保这几日有事在昭阳院中，不得出来。海安在宫门外，一连候了两三日，并不曾见那冯保的影儿，只得归来与张夫人商议。

张夫人道："要见老爷的形迹，除非是他们刑部里面的人，方可进得去，你们再休想见得着的了。"海安忽然想起一人来，说："有了。刑部郎中邓来仪老爷，乃是老爷的同年。他是广州东莞县人，大家都是乡亲，况且老爷与他相好，又是同部的。他每五日一到狱中，查看犯人。何不哀恳求他，带小的进去见老爷一面，看有甚话说，也是好的。"张夫人道："如此甚好。你可即速前去，道我本当前来亲求的，只是严嵩耳目甚多，恐累老爷不便，多多拜上就是。"海安领命，如飞似的跑的，来到邓郎中的私第。他的管门家人都是东莞人，彼此都是乡亲。海安说了来意，那邓管家代他回明了，来仪吩咐着他进见。

海安见了邓郎中，即忙下跪叩头，泣告道："家主母特命小的前来代恳，说家老爷与奸相作对，在廷尉衙门被杖了八十，如今禁在狱中。而小的们几次送膳进去，皆被守狱的挡住，不得进去，又不知家老爷在内怎样的了。所以家主母放心不下，特令小的来代他恳求，乞老爷念在乡情，谊属同僚。倘老爷明日查监，带小的随着进去，见家老爷一面就感激不尽了。"邓郎中道："闻得严嵩意欲令禁子们断绝你老爷的水米，就要在狱中结果了性命。又令严二把守狱门，不许送饭进去。想必此时你主已饿了二日。至查监，要后日才轮着我的班期。你后日清晨来此等候。"海安叩谢而回。正是：

  风闻遭难处，动了故乡情。

  未知后事如何，且看下回分解。

第三十二回

# 邓郎中囹圄救饿

却说海安再三向邓郎中哀恳，邓郎中动起乡情，便对海安说："你且回去，上复夫人，说我后日方是值巡之期，自然进狱见你家老爷，好歹作个计策，你若要去，后日清早来此，充作我跟随的人进去就是。"海安叩头谢过了，随即回去，对张夫人说知。不表。

再说那邓来仪应诺了海安所托，自忖思："海瑞今为严嵩所禁，必然断绝水米。若至后日进去，多管饿得慌了。此际又不能送饭与他吃，岂不是白白空走一遭！似此如何是好？"左思右想，忽然想得一计，说道："有了，有了！"即到里面，向夫人取了米仁人参，随唤家人到外边买了二升糯米进来，吩咐丫环将米煮熟，用棒槌春烂，又把人参槌烂，和于糯米之内，打成奶饼一般，将一张纸包裹好了。后日清晨起来，殊不知海安早已来到，见了邓郎中，又称主母再三申意。邓郎中道："此时天色尚早，你且在我这里用了早饭，然后相随我去就是。"海安应允，随着府内的家人们，吃了早饭。邓郎中唤了海安吩咐道："少时我到狱中，你便跟着一同进去。只要见机行事，切不可造次。"海安应诺。邓郎中穿了衣服，只唤三个家人，唤那海安，共是四个相随，来到刑部狱中。

谁知严二早已坐在狱之门首，见了邓郎中，尤自不甚理会的光景。邓郎中亦不言语,唤了禁卒,把监门打开了。海安并在从人之内,一齐混了进去。邓郎中来到亭子上,就有司狱前来参见。邓郎中道:"这几日可有新收犯人否?"司狱道:"新收犯人十八名,其中女犯一名,官犯六名,俱已入册,请大人亲点就是。"邓郎中道:"取册过来。"司狱忙将新收犯册呈上。邓郎中接册在手,随着书吏相随,先到南一仓点名。书吏把着册子叫道:

> 黄观福,直隶大兴县人,犯因奸致命事。
> 卢一志,直隶香河县人,犯劫财毙命事。
> 伍亚初,江南长洲人,犯拒捕杀人事。
> 刘华,江西南昌人,犯殴毙叔父事。
> 蔡鸣驺,湖广荆州人,犯聚殴毙命事。
> 胡大犹,平县人,犯积匪猾贼事。
> 柳三,陕西长安人,犯妖邪惑众事。

共是七名,邓郎中逐名点过,亲行验看过镣铐。随又到西三仓来。书吏把一起五名犯人唤了出来跪着,逐一叫名:

> 侯三保,直隶东光县人,犯殴毙发妻事。
> 阿洪,天津卫人,犯醉杀家主事。
> 廖松,江苏吴县人,犯鸡奸幼童事。
> 郭容秀,江西南昌人,犯斗殴杀人事。
> 高镜,江苏无锡人,犯包揽词讼事。

点名既毕,邓郎中逐一以好言慰之。

复到北二仓来。书吏唤了一起,共是六名犯人,逐个点过了名。随到女仓,只见女犯一名。邓郎中问他姓名,乃是江南常州人,姓龚名赛花,原犯谋杀亲夫事。因为孕未离胎,故以留禁。邓郎中问过了。

复来到官犯仓坐,令书吏点名。书吏持簿喝名道:

刘学元，粤东人，原任江西抚州府录事，奉拿进京候审。

柯柏仁，江西南安府人，原任浙江衡州通判，被百姓控告吞蚀社谷。

吕知机，徽州人，原任广西远平县知县，亏空饷。

柳春发，广东大埔人，原任山西太原府知府，以醉殴上司，奉拿来京候审。

徐微，江苏太仓人，原任广东龙川县知县，滥刑误公事。

海瑞，广东琼州人，原任刑部云南司主事，以擅殴上官，奉旨监禁。

邓来仪点了五名，叫到海瑞名字，便不见有人答应。来仪道："这人却往那里去了？"书吏只称不知。邓来仪怒道："监狱重地，怎说不知？"旋有狱卒上前跪禀道："海主事现奉严相国之命，着监于狱底。"来仪道："他们都是一般官犯，怎么独将他禁于狱底，是何意思？"狱卒道："这是太师主意，小的们何得知道！不过奉命而已。"邓来仪道："且去那里查点！"狱卒不敢违抗，只得引导邓郎中来到狱底。只见一派阴气，黑漆一般，却不见人，只闻咿唔之声。

来仪道："这是何人之声？"狱卒道："这就是海老爷之声。"来仪道："为甚的这般黑暗？快拿灯来！"狱卒随即应诺，即到外边取火。来仪四顾无人，便走近唔声之旁唤道："你是海兄么？"海瑞在黑暗之中，听得有人叫他，便应道："是我。你是那一个？"来仪道："我便是东莞邓某，你知否？是今日特为救你而来。"旋在纱帽内取出那人参糯米饼儿，摸到海瑞身边，交与道："你且拿着，饿时便吃少许，即可暂延残喘。弟自有为兄之计。"海安即便走进前去，正欲说话，忽见那狱卒点灯进来，海安急急走开。那狱卒将灯放在一边，方才得见海瑞那副狼狈形容。邓来仪故意点名验看毕，旋到亭中坐定。时已未刻，那邓郎中的家人，送了点心来到。那严二在门首看见，恐怕他与海瑞相好，送进去就会分食于海瑞，抵死不肯放他进去。

那家丁大怒道："你是甚么人，怎敢断绝巡监老爷的点心！"硬要进去。严二大怒，把那点心倾在地下，彼此二人在狱门大吵起来，惊动了司狱官，并那邓郎中都出来查看。只见自己的家人却被严二扭住撕打。邓郎中喝住："你们为甚么喧闹？这里是甚么地方，敢如此大胆么！"管家便将严二如此如此，这般这般，备说一番。严二犹自只在那里不干不净的叫骂，恼了邓郎中，喝道："何处狂徒，敢在这里撒泼！"严二道："你又系那里来的呢？难道不晓俺严二先生的声名么？"来仪道："原来你就是严太师的家奴，怎么胆敢打我的家人，并把点心打碎，是何道理？"严二道："俺奉了太师钧旨，来此把守狱门。你的家人混将东西要送进狱，是以将它打碎，难道不应么？"来仪听了，越发怒道："你家太师又不曾代理刑部，你怎么却来这里把守？难道六部里的事，你家把住不成！这点心是我用的，你敢将来打碎，这还了得！可恶之至，不打你这奴才，何以见同僚于本部！"吩咐："左右，与我拿下！"那些狱卒俱不敢动手。来仪大怒，喝令家人上前。

　　那四个家人，得了言语，急忙上前，把那严二抓着。来仪道："快取大毛板来，与我重打！"海安是恨入骨髓的，急急向狱卒寻了一条头号大毛板，尽力打去，不计其数。可怜打得那严二皮开肉绽，鲜血迸流，在地下乱滚乱骂。来仪怒气未息，复令海安除下皮鞋，紧紧的掌了十下嘴巴。打得那严二的嘴恰似雷神一般，疼痛难当，这回就不敢骂了。来仪恨恨而去。海安满心欢喜，亦自归家，回复夫人去了。

　　再说那严二被打，动弹不得，令人取了一乘轿子到来抬了回去。时严嵩正在堂上观书，只见严二狼狈而回，急问其故。严二便将邓来仪如此如此，这般这般，逐一说知。严嵩叹道："你却不知好歹，他是一个该管的官员，进去巡查犯人，乃是奉旨的。送点心进去，亦是应该的。你怎么不分皂白，竟把他的东西打碎，怎怪得他动怒？若是遇了我，还不止如此呢，你还算好造化哩！"一顿话，说得如此，严二哑口无言，只得忍痛不语，回到府中，好生衔怨，暂且不表。

　　再说海安回见张夫人，备言海瑞之苦。张夫人道："似此如之奈何？非死即毙矣！"海安道："若要解脱此厄，除非寻着了冯保公公，方能有济呢。"张夫人道:"如此,你可再往等候,须要耐心等候,休再空回。"海安应诺,即便出了衙署,径望着青宫而来。等了一日,却只不见,闷闷回去。至次日天尚未明,便来宫门等候。直候至未时光景,方才看见冯保从那边而来。海安见了,此际恰如获至宝一般,慌忙上前叩头。冯保不知所以,急急挽起,说道:"尊管何故如此?"海安道:"可怜我家主人将要饿毙于狱中,故此家主母特着我来央求公公方便。自前五日已在此相候了。直至于今,幸得相见公公,家老爷有救了!"冯保听了,问道:"你家主人前者受杖,业已发往刑部狱中。迨三月之后,即便超脱,你今何忽言此?"海安便把嵩恨海瑞,暗嘱监卒如此如此,又令严二守狱门,恐怕有人照应,这般这般,备说一番。冯保不胜大怒道:"何物奸相,擅敢陷害!你且随我到宫中去见爷爷。"海安谢了,随着冯保进宫而来。

时太子正在书斋观史,忽见冯保领着海安来到,便问道:"海管家,来此何干?"海安见问,跪在地下,只叫得一声千岁,便痛哭起来,连话也说不出来。太子看了不知何故,问道:"到底为着何事,这般光景?"海安只是痛哭,冯保没奈何,代他备细说了。太子听了,不觉勃然大怒,说道:"严嵩,严嵩,你亦太逞刁了!一个人既服了罪,这就罢了,怎么苦苦的偏要寻害?这却岂有此理!海主事乃孤恩人,孤岂肯任你肆毒耶!"便对海安道:"你且勿必哭,孤自有主意,包管你家主人安然无事就是。"海安听了,叩谢不迭。太子即时穿了衣服,就命冯保、海安二人相随,一直望那刑部狱中而来。正是:

    泪落千条原为主,怒生一刻要酬恩。

毕竟太子此去,可能救得海瑞否,且听下回分解。

第三十三回

# 赦宥脱囚简授县令

　　却说太子听了海安之言,不觉勃然大怒,即时令海安、冯保二人相随,竟往刑部衙门而来。到了大堂,只见并无一人出来接驾。冯保亦怒,高声叫道:"有人么?"叫了许久,方才见一老者从内而出。冯保道:"你是甚么人在此?"老者道:"小老乃是看守衙署的。"冯保道:"他们官府都没一个在此么?"那老者道:"各位大人都有私衙,各各回去的。若有公事,均来聚会。清晨自然都到,过午时候,他们都各回私衙去了。所以把一两银子,雇小老在此看守东西的。"冯保道:"原来如此。你可到各处通知,只说有人要见几位大人说话。"那老者听了笑道:"你这人好没分晓。这是怎么所在?这是甚么的官府?你是甚么人?动辄说这般大话?还不快走,想是要挨打么!"冯保说:"你们各位大人到那里去了?"老者道:"今日是严太师那边演戏,所以他们都到那里去了。你到底是甚么人,只管在此絮絮叨叨的甚么?快些走开去罢。"冯保道:"你要问我是那里来的么?我就是你家各位大人的小主子,司礼太监冯太爷在此。"老者听了,将冯保看了几眼,说道:"老眼胡涂,一时不认得贵人,休要见怪!"冯保道:"我亦不来怪你,你可即去各位大人处通知,只说青宫爷在此立等问话就是。"老者听了,吓得心胆俱惊，答应一声，飞也似的跑到刑部尚书何阶的府中报知。

何阶听得太子来到，不知为着何事，即便急急来到署内。只见太子坐于厅上，旁立二人。何阶急趋上前道："臣何阶接驾来迟，乞望恕罪。"太子道："主事海瑞身犯何条，怎么你们竟要断了他的水米，是何道理呢？"何阶见问，自知太子此来，却要寻觅对头出气的，因道："海主事奉旨到狱，微臣一些不知。这几天都是左侍郎桂岳轮值，殿下须着他来见，一问便知。"太子笑道："虽然是桂岳轮值管事，难道你身为尚书，竟不一问耶？如此废弛，实属不成政体！"何阶唯唯服罪。太子道："快与孤立传桂岳来见！"何阶叩谢讫，即刻令人请桂岳至。桂岳当下见了太子，太子大怒道："海主事是奉旨发来监禁的，你怎么却把他如此难为？想是要断送了他的性命么！他与你有甚么仇？"桂岳只推不知。太子道："主政在你，怎说不知？可速请海主事出来。"桂岳领命，急急来到狱中。

其时海瑞得了那人参糯米饼充饥，渐觉有些起色，卧在地上。桂岳急令狱卒扶了出来。桂岳将他一看，只见形容枯槁，那棒疮不知怎的发将起来，行走不便，举动维艰。桂岳见了，急急上前安慰道："主事安否？"海瑞道："这几天很安静，只是地下太湿了些。"桂岳道："都是他们之过，待在下把他们警责就是。如今青宫太子前来望你，请到外边相会去。"海瑞听得太子到来，便故意倒在地下，作呻吟之声道："我遍体疼痛，举动不得，不去了。"桂岳道："如此怎好？"说未毕，只见冯保走了进来，一见了大骂道："你们这等坏良心！一个好端端的人，放在这里不过几天，就弄成这般光景。且到外边，再与你等算账！"海瑞道："冯公公，可怜我自到狱以来，被他们旦夕狠打，于今变成了一个残病之人，走又走不得，烦你取板来，将我抬出去，见殿下一面，死亦瞑目。"冯保叱桂岳道："好，好，好！你却将他打得浑身痛楚，行走不得。如今太子爷立即要他问话，这却怎的？也罢，你且与我背了他出去。"桂岳道："这却容易的。"便令家人上前,背负海瑞。冯保叱道:"谁要你们这班小人来背?要你背呢!"桂岳被冯保骂得慌了,无可奈何,只得上前把海瑞背负。那海瑞是心中恨极他的了,故意在他脖子上吐了许多津涎鼻涕。桂岳一路吞声忍耐而走,来到刑部大堂放下。

  太子与海安见了,急急走来问候。瑞便翻身来,俯伏地下泣谢道:"臣何幸蒙殿下龙驾辱降,使瑞身心不安,虽犬马不足以报万一也。"太子道:"海恩人,为甚的这般狼狈?请道始末,我自与恩人作主就是。"海瑞便说:"始初进狱,即遭桂岳等舞弄。严二把住狱门,禁家中送饭,要生生的将我饿死。放在'狱底'黑暗之中,蹲在地下,过了几昼夜,只因地气潮湿,把身子弄得残废了,今成了半身不遂,乞殿下作主。"太子听了,勃然大怒,唤了桂岳上前骂道:"海主事与你无仇无隙,亏你下得这等狠毒心肠。若不是孤今日来看,多管死于'狱底'!他是奉旨而来的。今后孤将他交与你服侍,每日三餐,如有缺少,我是不依的。"桂岳唯唯应命。

  冯保在旁言道:"就是我们走了,背后他又是这般的苛刻奈何?为今之计,却将海恩公把大秤来秤过,看有多少斤数,上了册子,交与这厮供养。若是养轻了,要这厮将肉割了下来赔补就是。"太子点头称善,便唤转桂岳吩咐如此如此,这般这般,"若有差失,孤只要你的肉割下来赔补就是。"桂岳不敢不遵,说道:"遵旨。"太子吩咐:"海安,你有甚话,上前去说。"海安即便走到海瑞身边问道:"老爷有甚言语吩咐小的回去。"海瑞道:"我亦没甚吩咐。你回见夫人,只说我身安,不用挂念。不过期满便释的,余无别嘱了。"海安应诺。太子复命冯保,将一套新衣服与海瑞换了,然后叮咛而别。临行又吩咐桂岳道:"只管好生服侍海主事,孤五日亲来秤验一次,须要打点,勿谓孤言之不预也。"方才与冯保乘马回宫去了。桂岳受了满肚子屈气,又不敢向海瑞发作,只得令人将海瑞送在官仓里住下,每日好酒好菜供奉,竟不敢有一些怠慢。

海瑞自出仕以来，却不曾受过这般安享，每日在那醉乡之中，私叹道："此间乐不思蜀矣！想我海瑞，在家不过就是一行作吏，终日里萦萦扰扰，惟恐政事不清，那得这般享受？今日却口厌粱肉，身厌绮罗了，恨不得在此多住几年。"果然五日一次，冯保亲来问候。不上半月，把个海瑞养成一个胖子一般，暂且不表。

再说严嵩满望托嘱桂岳，把海瑞饿死狱里，以报了私仇。这一日，忽见桂岳慌慌张张的走来说道："太师之谋又不成矣，如之奈何？"严嵩愕然，急问何故。桂岳便将太子与冯保到狱，怎生叱骂，却又怎的勒要供养。上了秤，五日一验，若是轻了，就要将孩儿身上的肉割下赔补，逐一说知。严嵩听了跌足道："有了这人在朝，我这私仇何日得报？必要想个计策除了此人，你我方才立得脚稳，徐徐图之。你且回衙理事，这遭就算便宜了他罢。"桂岳谢别而去。严嵩从此更深恨海瑞，时刻未曾去怀，暂且按下不表。

再说张后在宫，日夕忧念海瑞在狱，无由得出。忽一日，帝在宫中饮宴，后乘机进曰："海瑞乃陛下直臣，诸文武中不可多得，陛下宜加恩赦之。"帝道："朕已加恩，赦其死罪，着令刑部监禁三月，待等期满，将给以外任，两相了事。不然彼与严嵩势不两立的。"后曰："既蒙陛下殊恩，三月亦是一般。如今天气炎热，囹圄倍苦，陛下常有宽囚之典，今何不一视同仁，赦宥海瑞，彼也感恩靡既矣。"帝听后言，点头称善，笑道："朕当释之，卿勿挂心。"张后谢过，是夜帝宿于宫中。

次日早朝，帝即传旨一道，着吏部侍郎封樾赍往刑部狱中，特赦瑞出狱。封樾领旨，赍旨来到狱中，传了海瑞来到亭中，宣读圣旨道：

奉天承运皇帝诏曰：国家有律，有犯必惩；亦惟有恩，可原则赦。兹尔海瑞，为国竭忠，敢言奏宰相，朕前已赦之。今复狠杖国戚，罪有应诛。朕念忠诚，故加格外之施，免其死罪，借杖偿辜，复令监禁百日，以儆将来不敬者。今值三伏之际，溽暑炎热。每念坐囚者手足被系，举动维艰，自觉倍刑热苦。

故国家定有宽刑之律，每逢盛暑之时，则宽于缧绁，俾得舒畅。此我国家之殊恩者也，行之历久。令海瑞亦厕其列。彼是忠荩之臣，更宜特加旷典。兹着加恩赦宥出狱，你其钦遵，随使来朝，朕另有旨，速赴毋延。钦此。

宣诏已毕，海瑞欢呼万岁，随同钦使出狱，直趋金殿见帝。海瑞二十四拜，谢帝赦宥之恩。

帝宣谕曰："非朕枉法，每念竭忠之臣，倍加爱惜，以励将来者。今赦你出狱，着往山东济南府，以历城县知县用。如有循声，再行内召重用。你其勖之，即便起程赴任可也。"海瑞叩谢龙恩出朝，竟不回家，直进青宫叩谢。太子道："恩人此去，自当珍重，不过三年后，复得相见也。"瑞叩谢而别回来，张夫人此际夫妻复聚，其乐可知。

次日，太子特命冯保赐白银三百，俾为赴任之需。海瑞道："屡蒙殿下殊恩，深愧万无一报。今复愧领，殊属不安。"冯保道："不必介意，咱爷爱你，故有此赐。恩人到任，请自为官，自有咱爷在内照应。"叮咛而别。少顷，吏部令人送了文凭到来，海瑞便到青宫谢赐，又到吏部里谢照讫，择日起行。只携着海安、海雄，并张夫人一共四人，萧条行李而已。出了京城，便望着大路而去。

夜住晓行，饥餐渴饮，四人在路上竟无人知是出京赴任的知县。到了山东道上，海瑞就将家眷住在旅店，且不上任。海瑞带了海安，改扮测字先生的模样，一路访查而来，只留海雄在店服侍夫人。海瑞每日里就在各处热闹的所在，去摆摊测字，海安不离左右。如此半月有余，访了几宗大案。正是：

要悉民情处，全在费工夫。

毕竟海瑞查访得甚的案件出来，且听下回分解。

第三十四回

## 访查赴任票捕土豪

却说山东地方，多聚富豪之家。一府之中，必有数千余家，都是巨万之富者。他因地之气厚，每发科甲，较胜于他省。其时济南府历城县，有一富户姓刘名东雄，富甲一郡。只因这东雄为富不仁，恃财凌贫；族又蕃衍，又复恃强贬小。各村坊的小户，受其欺凌迫逼，一则畏他财可通神，二者惧他丁强人众。这东雄武断乡曲，视人有如无物。广有田地，骡马成群。自己却建了一所庄院，离着县城五里。其中仓廒库房俱备，盛栽花木。娶有十数个美妾，以实其中，朝夕欢乐。又有十余个恶仆，分管各处租业亭园，计每年征银六十五两外，其余放债，各项批货，诸筹笔难尽矣。

东雄既已富甲一乡，便无恶不作，闹出事来，拼把一二万银子去了便已，好不冠冕！所以远近之人，实不敢犯他私令。若是近着历城的村庄，某人有女美貌，这东雄便要娶归作妾。其父母不肯，东雄就有千方百计，务必得到手里，方肯甘心。竟有率领家人，白日抢回庄上，旋以百金置其家中，以为聘礼，其家父母无如之何。又重利放债，譬如小户人家间有急需，向彼借贷，必倍其利。而贫户急需之时，则不遑计其利害。而东雄故意不索，直至数月，计其本利相对，则令家人日夕严讨,势必不能偿还,或押以田地,亦或勒取其子女,如不遂意,即行送官究办。那知县因与东雄结好,所言无不依从。于是负欠之家,并遭其害。知县受了嘱托,自然顺着人情,故作威福。那些贫户敢不忍气吞声,鬻妻卖子,勉强偿还。所以刘东雄财雄一方,势霸一郡,历年已久,邻郡皆知。一则富于财帛,故东省官员,无不乐与交接者。东雄既做这桩昧良的事,自然要结交官府。本府本县固知加意奉承,其余阁省官员,东雄无不趋奉。东雄恃着这脚,便肆意妄为,无所不作。其被害者,不知凡几。

当下海瑞改装,私行访察二十余日,已经访得亲切,心中大怒,便即上任视事。点卯过了,即时检阅案卷,查看得刘东雄犯卷叠。即时出了一张朱票,差人立拿刘东雄到案审办。那差役拿了朱票来看,只见上写着道:

> 山东济南府历城县正堂,为访查拿究事:照得本县下车以来,访闻得乐逸庄刘东雄,武断乡曲,重利剥民,目无法纪,妄作威福,遗害闾阎,为害殊甚。本县念切民休,亟应立拿重究,毋使良莠不齐。为此票差本役,速即册去,按址协同地保,立即锁拿刘东雄带赴本县,以凭严究拟处。去役毋得故纵干咎。速速须票。
>
> 嘉靖　年　月　日兵房承限一日销。县行。

差役把朱票看了,笑道:"再不料这位太爷一些世务不谙,如今却来作此威福。这票子慢道一张,就是千张万张,也只好拿来覆瓮糊窗而已。"遂不以为意,只管放在一边。

过了几日,海瑞只不见到,立即传了承票差役进内问道:"前差之票,怎么这时候还不把犯人带到,这是甚么缘故?"差役禀道:"蒙太爷恩赏朱票,小的们即速前去。奈这刘东雄府第深沉,小的们不敢进去,所以不能拿来。大老爷如欲拿这刘东雄,除非躬亲前往他的家中,方才可以获得。"海瑞道:"我亦知道他是本县一个土豪,你们常常与他来往，贪受私赂，与他结成一块，衙门有事，即往通报。如此情形，本县早已稔悉。今再勒限，五日内务要拿获刘东雄到案，如若不获，即提正身严比。"众差役唯唯领命。

及至下来的时节，大家都笑起来说道："这位太爷，想必访得刘大爷的富豪，意欲吃他一口。但是刘大爷的银子，是要甜顺的才得咽下，若是他这般擅作威福，不特刘大爷不肯与他，还只怕在上司那里弄送他呢！"内中一人道："你我休要管他，就把这朱票拿去刘大爷看，他见了必然大怒，那时你我却将些话说来耸动他，他必然不肯甘休的，到上司那里去弄送，管教他不好下场呢！"众人齐道："有理，有理。"遂各各拿出朱票，一程来到刘府，对庄丁说知。

时刘东雄正在庄下闷坐，忽见家丁来禀，县差某某求见。东雄道："且传他进来见我！"庄丁领命，复出庄前，对差役说道："你们好造化，恰好我家员外在那里闲坐，如今唤你们进去，可随着我来。"众差役说声相烦，便随着庄丁进内，转弯抹角，不知过了几处园亭，才得到那亭子上。只见员外在亭子内坐，差役急忙上前叩首请安。

刘东雄道："请起，有甚话说？"众差役道："乞大爷恕罪，小的方敢直说。"刘东雄道："说过就是，只管说来。"众役齐道："大爷莫怪，只因新任太爷姓海名瑞，原是部曹降调来的。这太爷却不晓得世务，到任未及十天，就出了一张票子，把大爷的尊讳写上了，立要小的们来请。小的那有闲心理他，把票子搁了几天，只道罢了。谁知今早唤了小的们进去，问请到大爷否？小的们只说大爷是个有体面的乡绅，实不敢票唤。他便大怒，说我们故纵，勒了五天的限，如有不能唤到，即要倍比。所以小的们不得已，敬诣府上来，禀知大爷。还求大爷作主，免得小的们受苦，这就感恩不浅了。"

刘东雄听了，问道："票子在那里？"差役们道："现在小的身上，却不敢与大爷观看，恐怕得罪呢。"东雄道："你且拿了出来我看。"差役道："看过，大爷请休怪。"遂怀中取了出来，递到东雄手上。东雄接过仔细一看，笑道："且自由他。我却明白了，正是他初出京来，囊中乏钞，意欲与我打个抽丰是真。但是他不晓得奉承的意思。若要用我银子，这也不难，除非恭恭敬敬的写个帖子来拜，我却送他个下马礼，有甚么要紧？如此行为，我只好与他一个没趣，叫他好知道我刘东雄手段。不干你们之事，请回去致嘱他，说我的言语，叫他好好的做这知县，倘若不懂得好歹，我这一封书，管教他名挂劾章呢！"吩咐家丁，取了十两银子，赏与众人，众差役们连忙叩谢而去。

到了五日限满，海瑞还不见他们回话，乃令兵房送签带比，该房即时将签稿缮正，一齐送进署内。海瑞立时签押讫，差了皂役前去，即刻带赴听比。皂役领了朱签，急急来到快壮两班，寻着了他们，把签与看。那几名差役便将签接转同看，只见上写着：

  特授历城县正堂海签：差本役急速前去快壮两班，唤齐承办刘东雄一案，日久并不弋获之玩役张青、刘能、胡斌、何贵、槐立等，带赴本县当堂严比。去役毋得刻延，致干并比，速速。
  差皂役张源。

众差役看了道："这位太爷真是不晓事的，今日只得对着说明。张老爷你且回馆，到了午堂，我们就去便了，决不干累的。"张源应诺。到了午后，海瑞升堂，立传皂役回话。张源即便领着张青等五人跪到案前，当堂销差。瑞视五人笑道："好差役，你却会刁逆，办公就一毫都不在意。五日之限已满，你怎么巧说亦难免这二十大板。"张青道："小的罪固应得，但有个下情禀明，立毙杖下，亦所不憾。"海瑞道："且自说来！"

张青道："小的们奉了大爷令指，即到刘东雄庄内，闯了进去。恰好东雄在内，小的们便欲下手上锁。只奈他的家丁共有百十余人，见了朱票，个个如狼似虎的，眈目相视，不肯甘休之势。小的们只有十数人，自料寡众不敌，故以善说知。雄即冷笑道：'济南一带官吏，亦知我的所为，并没一差一吏敢上我门。若是你家县令要打抽丰，除非好好奉承，还有想头，似这般不敬，只恐自讨一场没趣。倘若大老爷不知好歹，我只一封书札到京，管教大老爷卸任。'是这等说。"

海瑞便问："他是甚么人，为何一封书札到京，便叫我做不得这个县尹？"张青道："大老爷还不知么？这东雄富甲一郡，守土官吏以及巡按指挥，皆与他来往交厚，即当今位极人臣的严太师，乃是他干爹。故此他有此脚力，一概不惧。这话就在严太师身上，老爷休要惹他罢。"海瑞听了，不觉勃然大怒。正是：

只因一句话，激怒百般寻。

毕竟海瑞可能拿获得刘东雄否，且听下回分解。

## 第三十五回

# 酬礼付谋窥恶径

却说海瑞听了众役之言，不觉勃然大怒道："这是刘东雄亲口说的么？"张青道："正是。"海瑞道："你既见他，怎么不将他拿来？想是得了银子！"张青道："那庄上强壮佃丁，何止百计。小的们若是下手，只好白白送了性命。"海瑞道："然则你们是再不敢拿他的了？"张青道："小的们实实不敢。"海瑞大怒道："可见你们惯于卖放匪徒，所以如此！"吩咐皂役把众人拖下，每人重责三十大板。皂役们一声答应，将五人扭下。海瑞吩咐，用头号板子重打，如有徇情三板不见血，执板人陪打。皂役听了，不敢徇情，果然三板就见血，打得五人皮开肉绽，鲜血迸流，在地下乱滚，险些儿起不来。海瑞道："今日比了，还要勒限，如再违限，将来枷比。将家眷先行监禁，伺获犯之日释放。"张青等唯唯，又勒了五日的限。海瑞又差了十名散役，随同张青等前往帮办。旋命皂役先将张青等五人家眷拿到监禁，然后退堂。

人到私衙，自思："我如今在此作县，不能除得这一个土豪，却还与百姓除甚么害？今日张青等之言，这刘东雄是恃着强势的大恶棍，所以府县都不敢奈何他。想必历任的府县，都与他来往，受他的贿赂，所以弄得根深本固，不得摇动得倒。即使张青等此去，亦是无用，徒将他们委屈矣，但是立法不得不如此。"想了半晌，忽唤海安到来，对着他耳畔说道："如此如此，这般这般。"海安应诺，旋即来到班馆。

张青等正在那里敷棒疮药，见了海安，众人齐立起来。海安道："请自方便。你们今日受了委曲了。"张青叹道："今日真是委曲。在堂上挨了三十重重的板子，又勒了限，妻子又提去监禁了。这条贱命，料亦走不去的。"海安道："你们做了许多年的差役，难道官的意思都不晓得么？"张青道："大老爷的意思我们怎么晓得？乞大叔说知，这就感恩不浅了。"海安道："我见你们可怜，待我实说与你们听罢。我家老爷是在京降调来的，幸得严丞相提携，才得了这个知县。一路出京而来，就闻得这位刘东雄是本县大大一个富豪，故此到任就出票拿他，却欲弄他三五千两。谁知你们拿不到手，他便生气。在公堂之上下不得场，所以将你们重打，遮掩众人耳目处。你们说他是严太师的干儿子，恰好我们这太爷又是拜在严太师膝下的，如今甚悔。你们不用忧心，只管将养就是，这事是罢手的了。你们家眷，不上三日，包管出来。"张青等听了，如梦初觉，方才悟道："原来如此，这有何难？这位刘大爷是好挥霍的。每常那一位新太爷到，他不来交结？待我们棒疮好了，走到他的庄上说知此意，包管是有礼送来的。连大叔你老人家也得沾点风气呢！"海安又说了许多话，方才别去。

青等私相笑道："这位太爷怎么这样，弄银子都没办法！若是早有声息，这时候银子到手了。"胡斌道："我们明日去对刘大爷说，看他如何。好歹叫他送个礼来就是，免得我们受苦了。"众人齐声道："有理。"过了三五日，各人的棒疮都痊愈了，遂一同来刘东雄庄上见了，以此意说知。东雄笑道："这叫做过后寻舟——不得渡矣。他先前若是恭恭敬敬的，我即与他个脸面。如今知我是相爷的人，他便转过话来，我却不吃这一注的。"众役齐道："大爷好歹赏些薄面与他，救一救小的们性命则个。"东雄道："你们且回，我自有处。"差役谢了回衙不表。

再说海瑞自命海安与众差役说话之后，时令海安打探他们口气。海安这一日来说，差役业已前往刘东雄处说了，他说自有主意等语。海瑞听了点点头，却不言语。

又说刘东雄正在床上，忽然庄丁传进一札，说是北京千里马付来。东雄拆书观看。其书云：

> 屡接厚惠，感佩良深，只以途遥，未遑面谢为歉。兹有义儿海瑞，原在部曹，缘事左迁，出为贵县令尹，前月已抵贵境。但此人赤贫，自行作吏，悉仆提携。令远隔一天，自难照拂。惟先生推此屋乌之爱，时济惠之，并赐教言，使彼知避凶趋吉，则有造于仆者也。专此布达，并候近福不一。
> 东雄先生文几
> 分宜严嵩顿首

东雄看毕，便问投书人何在。庄丁道："其人手拿许多书信，说还有几处投递，忙迫去了。"东雄自思："差役来说的话不差。今既太师有书到此叫我照应他。也罢，看在太师面情，与他一个分上罢。"

次日具了十色礼物，一个名帖，着庄丁送到县署而来。海安接着礼单并帖子，拿与海瑞，海瑞暗喜道："中我计矣。"只见礼单上是：

> 金爵杯十对，玉箸子一双，锦缎十端，西毡毯一席，白银一千两，黄金四绽，绍酒十坛，金华茶腿十只，燕窝一盒，钩翅四桶。

海瑞吩咐收了，又将名帖来看，只见上写着："年家眷同门弟刘东雄顿首拜。"海瑞不觉笑了起来，照旧回了一个帖子，赏了一两银子与那庄丁，着海安出来致谢。海瑞吩咐送来的东西，一概封志，不许动了一些。次日对安、雄二人道："昨日刘东雄送了一分厚礼前来，我已故意收下，以稳其心。今却要回送过去，方才像样。怎能够得些礼物来呢？你二人可为我到那里借一借礼物去，挡一挡架子何如？"海雄道："别的可以借得，若是这些东西，纵然借了来，送到那边去，倘若他竟收了，将来拿甚么去还人？"海瑞道："你们且到店内，与掌柜的商量，他肯借时，却问明白了价。若是他那边收了，照价送还。待等冬季领了俸薪银两，照依原价发给就是。"海安道："如此，恐怕他店内的不肯。"海瑞道："大抵你们不愿去，自觉难于启齿是真。也罢，你可将名帖分头去请那京果店、绍酒店、绸缎店、玉器店四处的掌柜到来，我当面向他求借就是。"海安、海雄二人只得分头去请。到了下午，请了四处掌柜来到。

　　海瑞衣冠出迎，请到花厅内坐。那些掌柜的那里肯坐，说道；"大老爷是小的们父母，小的们焉敢冒坐？"海瑞道："这原是私见，就是与宾主。公堂之上，方拘正礼。"瑞再三推让，方才坐下。那绸缎店里的姓鲁名祺，当下鲁祺说道："不知父台老大人相召，有何吩咐？"海瑞道："说来惭愧。只因本县在此一贫如洗，前日有个乡绅送了我几色礼物，虽然不曾受他的，只是礼相往还，本县亦要回敬过去。只奈没有一些东西，又没银子去买，故特请列位到来商议，要向宝店内各借几色，装一装脸。若是那边收了，该多少价钱，照依送还就是。"各人道："大老爷吩咐，小的们凛遵就是。要取多少，只管着人到店取来。"海瑞道："不是这等说，本县不过权宜之事，你等不必疑心。每店只要动借四色就很够了。"各人唯唯应命，叩谢而出。

　　海瑞复唤转来，吩咐道："只要四色，若是我的家人多借一些，你等须来见我。"店人齐叫道："真难得这位太爷这样清廉，真是我们行户有福。若是往时新任的官来，便是那一位官亲挂账，这一位师爷赊取，其余家人们各各到来侵沾小利。怎似得这位太爷，这般清静，向我们借几样东西，还是这样恭恭敬敬，真是不愧上苍的知县了。"各人回到店中，将货物上好的拣了四色，即刻送到署内。须臾之间，绸缎、火腿、绍酒、京果、玉器，十六色俱已齐备。海瑞写个名帖，夹着礼单，令海安、海雄抬了送去，并嘱其留心窥察庄上来往路径。海安二人领命，抬着礼物来到庄上。庄丁问了来历，即来报知。刘东雄看了礼单名帖，笑道："这才是个道理呢。他是个贫知县，怎好受他的礼物？"一些不收，赏了来人十两银子，礼物仍复发回出来。

海安有心要窥探他的地方，便对庄丁道："家老爷略备些须之敬，今大爷不肯受，是不肯赏脸与家老爷，乞大叔引在下到大爷面前面恳赏收，不然就连这赏钱都不敢领了。"庄丁遂引着二人进内，转弯抹角，过了一带粉墙，进三重朱门就是水阁；过了水阁，又是一座小桥，桥下一个大池，池中许多莲花，红白相间；三间暖阁，方才是刘东雄坐的地方。海安进到里面，只见刘东雄身穿单衫，坐在一张湘妃竹椅上。海安二人慌忙叩头请安问好，道了海瑞想慕的意思。东雄也不说"请起"，大端端的坐了不动，说道："就烦二位尊管归报贵主人，说我心收就是。"海安道："小的家主素慕大爷慷慨，又属同门，忽承大爷赐惠，不以客套，故将厚礼全收，以显相好。今主人稍备一芹之敬，而大爷挥之门外，岂不屑与家主相交耶？"刘东雄道："不过一刺到了便是，何必定要收下？今尊管既然如此，就收一二色礼就是。"乃吩咐庄丁，将两坛绍酒收下，其余的璧回。海安复又再三相恳。刘东雄道："主意已定，无须尊管强劝矣。"复令每人赏银五两。海安、海雄叩谢而出，抬了礼物循着旧路而回。正是：

有心窥捷径，奸恶岂能知？

毕竟海安回署，见了海瑞如何说话，且听下文分解。

第三十六回

## 窃书失检受奸殃

却说海安、海雄二人，把礼物抬回，来见海瑞，备言其事，并说其得了二十两银子的赏封。海瑞道："除了两坛绍酒的价银，余者你二人拿去，买些衣物。"想海安、海雄二人自随海公作吏不下十载，今日却得了二十两，这是他二人大造化之处。安、雄二人叩谢。海瑞道："你可曾探得路径否？"海安便将庄内的路径，口说指画，备说一番。海瑞听了，心中记着。

过了两天，就是七月十五日中元盛会。探得那刘东雄延僧仗众，在荒地搭起一座高台，做功德，超幽施食。如此歹恶心肠，即做大千亿万功德亦难补缺得。想必因陷害人口过多，故特设此盂兰盆会，以冀万一之忏悔矣。庄上张灯结彩，十分热闹。远近的人，都到那里去看。当下海瑞得知这个消息，即便改了装，扮作算命先生的模样，由署后而出，随着行人，来到庄上。只见灯烛辉煌，梵音咒韵。其中又设茶缸十余个施茶，往往来来的不知多少人数。正面就是八个僧人，在台上念经开解。台左一所小厅样，摆设着八张学士椅，俱系顾绣大红缎椅帔。中间一张香几，一张紫榆八仙桌子。那桌上东边是插屏，西边是天青色大花瓶，上供着几枝玉簪花，当中一个宝鹤仙炉，内焚沉檀，香气扑鼻，却没有人在此。海瑞暗想，必是刘东雄坐的。便故意走到椅子上坐着。少顷，只见三两个高长大汉子来到。海瑞料是助纣为虐的庄丁，竟不出声，只管坐着。

那庄丁上前喝道："你这人好没分晓。既来看高兴，若是渴了，东廊下有茶，又有板凳，那里歇脚吃茶，岂不是甚便么？竟在这里则甚！看你的打扮，莫非是个算命的么？"海瑞便立起身来，道："我正是个算命的。"内中一人道："我几年的运气怎么这般颠倒，先生，你且与我算一算命，看是如何。"海瑞道："今年贵庚？"那人道："丙申三月十一巳时。"海瑞故意推算良久，说道："大叔莫怪在下直讲。你这八字，虽然不少穿，不少吃，惟是宾强主弱，都要靠着他人的，却不能自振家声。行至己巳、庚午这两个字，还却有些意思，亦是有限的财帛。寿享八旬，一子一女成家。"那人听了带笑谢道："先生真是再生鬼谷，是眼见的一般。"众人听说，都要求他占算。海瑞一一赠之，左撞右盘，自然有几分合着。直算到点灯时候，恰遇刘东雄出来，那庄丁们见了，急急走开。

东雄见了海瑞却不认得，便问众庄丁道："这是甚么人？你们在此做甚么？"庄丁道："他是算命的，偶来此观看高兴。遇了小的们叫他占算，果然灵验非常，再没一句话假的。所以大家都叫他推算，直至这个时候，不料撞了大爷。"海瑞听他叫大爷，知是东雄，便急急上前作揖道："小可不知，多有得罪大爷。"东雄笑道："他们说你占算十分灵验，你可与我推算一纸如何？"海瑞乘机道："大爷提挈是最好的，只是天色黑了，小可还要进城，明日一早来罢。"东雄笑道："这时候城门已闭了，你且先与我推算。这里很有便铺，你不必过虑。"海瑞谢道："怎好打扰？"东雄道："这时候谅亦饿矣，且请用晚膳再算罢。"因对庄丁道："外面喧哗，你们可引到红渠阁去，那里又清净，就在那里摆饭，不论你们那一个相陪，用了饭我却来呢。"海瑞又谢了。

那庄丁便引着海瑞来到阁中，只见那沼里满栽红莲，一片清香。进得阁来，明窗净几，放着文房四宝，瑶琴宝剑。原来是东雄常坐的所在。那庄丁搬了一桌酒菜而来，坐以相陪。海瑞恐怕醉了误事，却推不饮酒的，只是用饭。饭毕，庄丁收拾去了。少顷，只见两个绛纱灯笼照东雄而来，海瑞急忙起身迎接。东雄带着醉意坐下道："先生不要拘礼，请坐。"海瑞坐下。东雄道："在下生于戊申年正月初五子时，烦先生直言一算。"海瑞即将八字排开，推算一回说道："此乃系双蝴蝶之格，大富大贵之命也。"东雄笑道："先生休奖，须要直言。"海瑞道："台造于戊申年所生，戊乃中央之土，土能生金，故主大富；申庚皆金，金旺生水，水旺生财，故断得大富。若论'贵'字，得怪勿怪，一生得贵人提挈，至四十一岁必得异路功名，正途则无分也，得官不在三秩之下。若论子息，三枝送老，但妻室略要少些为妙。尊驾一生疏财仗义，虽然挥霍，每遇谋望，皆事事如愿。贸易则利倍于本。此时正交子运，目下虽未用定，却现有贵人扶持，禄马暗动，官秩不日就有消息。寿可至九十。此是在下直言，幸勿见怪。"

东雄一边听，一边点头说道："先生真是灵验，所言皆合。不才仰承祖父所遗，颇称饶富。若说'贵'字，在下虽不善读书，然幸得大贵人与我交好，若论二三品的官秩，他不过吹嘘之力，便可为得的。今岁正月间，曾有信息来知会我，约在明年，可以得官。今先生之言，恰如亲见一般。尚有小儿及拙荆、小妾的八字，亦求先生一算。今夜辛苦了，且宿一宵，明起来再推罢。"海瑞道："不妨的，夜静人稀，心清气静，更得精神。请大爷写下八字，明早来取。待小可逐一批评如何？"东雄便将儿子、妻妾八字写下了，交与海瑞，又说了许多好话，方才作别道："先生就在此相屈一宵。只因今夜功德圆满，焰口超幽之时，在下要去参佛，不能相陪，先生休怪。"海瑞道："大爷请便。"东雄别去。海瑞看见天气尚早，才交二更，乃挑起灯来，把八字排毕。少顷，只见一个丫环，十五六岁，捧着一壶香茗、一盘点心进来，放在桌上说道："这是大娘送来与先生下茶的。先生为我们推算辛劳，大娘说烦先生留意直言，明日重谢呢！"说罢自去。海瑞想道："如此妇人，却这般有礼，可惜错配匪人。"且把门来闭上，自思："我今日之来，原为着要打探刘东雄的犯罪实迹，好去禀知上宪，如今却坐在里面，济得甚事？"独坐无聊，只见桌几上堆着好些书札在内，海瑞即随手捡一札来看。事有凑巧，却是严嵩从京来的，其书云：

字付东雄老谊台先生阁下。启者：前蒙惠我东珠百颗，光洁圆净，实为罕希之珍。拜登之下，深铭五内。贵省巡按熊岳，乃仆门下生也，今将次到任，若是抵省之后，自当来拜候矣。但彼人地生疏，诸事之中还祈指示。前者所言关伦氏一案，该抚业已具题，以威逼毙命为定谳，仆驳饬之矣。至于捐衔一节，朝廷定例，捐二品封典以赠父母则有。如若捐自身职衔则不许，惟四品可矣。以仆忖之！莫若来年到京，援例加捐郎中，此际复加捐即用，仆自当以刑、兵两部掌印握篆为君谋之。旋以绩最，随奏擢侍郎，则不三年可出外任矣。如此筹度，不知有当尊意否？如可行之，则赐回示。俾是日报捐，预为根本，届期庶毋庸又费周章也。专此布达，并候近祺不备。

海瑞看毕，自思道："这厮真是财可通神。他竟有本事勾通奸相。若不早除，他日养成气候，得了官爵，则天下百姓无遗类矣！但关伦氏到底何人？又见上有'威逼毙命'字样，此必这厮所犯之案。上司具题，却彼贿赂严嵩，将案驳回，遂使冤无可伸了。怎的本县却不见有这案卷移交？这就奇了。将此书且收起，明日却将为证，奏嵩杀府尊在此书矣。"

复又翻阅别札，都是各省官员与他来往致候之札，内中有兼叙案件者，有特托夤缘者。阅至尾后一札，却是本府的，内云：

启者：前云关伦氏一案，闻上宪业已具题。然先生能致意于严相，则必奏驳。但见证之张三姥，矢口不移，将来似难移转。今该县已将该氏押候，必欲令其改供。而张三姥再四不肯，似此殊碍结案。前日该令曾有密函来禀，欲在旬日内将该氏鸩却，以免疑碍。但该氏一死，则案易于转动矣。专此布覆，并候日安不备。

海瑞看了，才明白是停质出详的，但不知关伦氏属在那一县的百姓，料亦在济南府属，这是还可以查访得的，亦将这书取了。不觉已是四更将尽，其时实觉困乏，乃就几上睡了。

天明，庄丁持水进来，只见门尚未开，又见纱窗未闭，便从窗口而入。见海瑞隐几而卧，鼻息呼呼。近视案上书札，翻得乱了，庄丁便想道："书札怎么这般乱了？莫非这先生翻阅了么？"遂走近案前，将书叠齐，只不见两封信书。庄丁自思道："这两封书札，未知是闲书札或事关紧要？却不见了。必是他偷藏过了。"遂急急摇醒海瑞问道："先生，你可曾翻阅这书札否？"海瑞道："我在案上推算八字，直至五更方才睡了，却有甚空时去翻阅你的书札？"庄丁道："你休要瞒隐，那些书札都乱了！"便一把抓住往外就跑。正是：

一札私书能致祸，总因失检遭奸殃。

毕竟那庄丁抓住了海瑞往外就走，欲到何处，海瑞的性命如何，且看下回分解。

第三十七回

# 机露陷牢冤尸求雪

　　却说那庄丁搜书不见，心疑海瑞偷盗，上前把海瑞叫醒，便问书信。海瑞道："我在此推算八字，那里见你家甚么书信？"庄丁怎肯依他？一手抓着海瑞，一手开门，竟扯到刘东雄面前来。

　　那刘东雄正在书院打坐，忽见庄丁扯着算命的过来，便问："你们为甚么？怎的把先生抓着，成何规矩？"庄丁说道："他是个歹人！"东雄道："怎么知他是个歹人？"庄丁道："昨夜大爷好意，叫他在阁中安歇。谁知他竟把大爷的书札偷了。想来是个歹人，不知是那里来的，大爷审他便知来历。"海瑞叫道："勿要屈我。我从二更推算八字，直至五更方才睡去的，不信且看桌上批评了几纸八字，就可以知道了。"东雄道："不用多辩。但在你身上搜得书札出来，便是真的。"遂叱命庄丁把他身上搜遍，果然搜出两封书信。东雄看了，不觉大怒道："可巧天地哀怜窥破，不然我的性命送在你手。"乃唤："庄丁，抓到后花园去，待我来审问来历！"众庄丁答应一声，早把海瑞簇下，拥到后花园，来到亭子上，只见俨然摆着公案刑具。海瑞自悔失于检点，今一旦却遭在这厮手上。

　　东雄坐在正面，吩咐将这歹人带上来。众庄丁把海瑞拥到面前，叱令海瑞跪下，海瑞勃然大怒道："你是甚么人，本县却来跪你？"东雄听得"本县"二字，心中猛笑道："你莫非历城知县海瑞么？"瑞笑道："本县便是，你敢无礼！"东雄大怒，叱道："畜生，你自视得一个知县恁大，却想来胡弄我么？今日被我拿住，又有何说？"海瑞道："我乃堂堂县令，是你父母，你敢把本县做甚么？"东雄道："慢说你是这一个畜生，不知多少巡按、府县，葬于水牢者，不知凡几。"吩咐庄丁："把他推到水牢去，叫他知道厉害。"庄丁应诺，将刚峰蜂拥而去。过了一带高墙，又是一重小门，开了小门，推在里面。只见黑暗暗的不辨东西，听到水声潺潺。却原来这所在乃是跨濠搭篷的，上是大板，下是濠堑。将人推到里面，断了水米，七日间必然饿死。随将尸首推在水里，下面团团竖了木桩，那尸首在内却流不出去的，所以无人知觉。

此时刚峰被推到里面，听得庄丁将门锁了，自思："这个所在，必死无生的。我刚峰亦是为民起见，今日却要遭于此地。海安那里知道？就是夫人亦难明白我之去向。过了几日，衙内没了官，他们必然去报上司知道，另换新官来署。我那家眷却不知作何光景？况且宦囊如洗，安、雄二人那里弄得盘费送夫人回家？上司还说我不肖，逃官而去。这刘东雄还怕不肯干休，又要斩草除根，连家属都要陷害，这是可知的。"想到此处，不觉掉下泪来，长叹道："我刚峰一生未尝有欺暗之事，怎的如此折磨？"然亦无可如何，只得坐在板上，不禁长叹。

不知红日西沉，又不知晓暮，远远听得更鼓之声，方知入夜。刚峰此际又饿又倦，把身子躺在板上。朦胧之间，似有一人衣冠楚楚，立在面前，说道："刚峰，你不用忧愁，自然有个出头的日子。但我等含冤于此十有余载，尸骸水浸，还望刚峰超雪。"刚峰道："你是甚人？在此为甚的被害？可说来我听。若有出头日子，自然与你伸冤雪恨。"其人道："我乃江南华亭县人，姓简，名缥，字佩兰。于正德庚辰科乡荐，旋叨鼎甲第二名，即蒙亲点巡按此省。一出京城，沿途密访，已知刘东雄稔恶。到了本省，未及上任，先改扮混入此地，以冀密访东雄实迹。谁知被他窥破，饱打一顿，备极非刑，推在这里，饥寒而死，将我尸体推在水内，屈指十有一年，现有巡按印信为证，尚在怀中。明日刚峰上去，可即禀知提督，乞其领兵前来，将此庄围住。先拿了东雄，随来此地搜检。下面有五个尸体，一是太守李珠斗，一是本县尹刘东升，其余三个乃是本县百姓：一因妻子被抢，寻妻受害；一因欠了东雄米谷，被陷于此；一因妹子被抢，寻妹遭祸，竟无发觉者。刚峰前途远大，正未有艾，不日自当出去。"言罢，一阵阴风，倏忽不见，却把刚峰惊醒，原来是南柯一梦。

　　刚峰自思："我难道还有出头之日么？梦中之言，大抵不差。但不知怎的得出去才好。"乃立起身来，再拜道："倘君有灵，立即指示我路途，再见天日，何惧冤仇不报！"说毕，忽闻风声吼吼，少顷雷雨大作，电光射入牢来。刚峰叫道："天呀！可怜刚峰今日为国为民，反陷身于此。瑞死何足惜，但有六人之冤，无由得雪。倘蒙眷佑，俾瑞得出牢笼，收除凶恶，共白沉冤，则瑞死无所憾矣！"言未已，忽然一阵红光射入，一声霹雷，打将下来，把那水牢打一个大洞。一阵光亮，狂风大作，此际刚峰心摇胆战，不知所以。谁知这阵大风，竟把海瑞掳出牢外。

　　少顷，雷声少息，电光尚未息时，有光亮射来。海瑞醒了转来，却不是牢里，凭着电光细看，乃是一座危桥，自身坐于桥上。刚峰暗想："适间雷雨，就是救我的。"遂望空叩谢，乘着雨而走，亦不辨东西。但听得前面更鼓之声，侧耳听时，已交五更。刚峰便向着更鼓之处而奔，此际顾不得衣衫淋湿。远远透出灯光，却原来就是提督行署。明朝所设提督，每三年一次巡边，所以各府俱有行署，以备巡察驻脚的。当下刚峰到灯光近处，方才知道是一所衙门，便闯进里面，却被更夫拿住，叱道："甚么人，敢是奸细么？"刚峰说道："我乃是历城县知县。"更夫笑道："你是知县，怎么这般狼狈？快些直说！"刚峰便问："这是甚么人员的衙署？"那更夫道："这是提督行署。你既是知县，为甚么不见你来叩接我们大人？"

刚峰听了，喜得手舞足蹈的说道："我正要求见大人，相烦通传一声，说历城县知县海瑞要见，有机密事面禀。"更夫道："你休要走了。"海瑞道："我是特来求见的，怎肯走？你若不信，可与我一同携着了手，去门上大叔处说话。"更夫应诺，便与刚峰来到大门，叫醒了那守门的家人，说了上项事情。那家人把刚峰看了一看，说道："你且在门房坐着，待我上去禀明了大人。"

且说那提督姓钱名国柱，乃是浙江严州人，由武状元出身，历任到提督，平生耿直，不避权贵。家人走到面前，当下便报有历城知县海瑞冒雨而至，声称有机密事要面见大人等语。钱国柱自忖："这知县是在城里的，如今冒雨而至，想必有甚关系本县的事，故此冒雨而来。"便吩咐即传进见。家人领命，急急来到门房说道："大人起来了，传你进见呢！"刚峰随着家人来到穿堂，灯光之下，见提督行了庭参之礼。国柱道："贵县何以冒雨一人至此？请道其详。"刚峰便将如何访察，被刘东雄关在水牢，幸得某人梦中示知，及雷雨相救，逐一告知。国柱听了道："那里有这等土豪势恶！可见当时府县废弛政务，致此养虎为患。依贵县尊意若何？"刚峰道："求大人立刻传令兵丁前往，把刘东雄庄上围住，一齐打进里面，不分好歹，见人就拿。若是迟延，东雄知风必然远扬了。"提督依允，即时传令点兵三百，命中军官领着，随海瑞前往庄上，捉拿刘东雄全家。

这令一下，中军官立即点齐兵丁，同着海瑞如飞而来。及至到了庄前，天尚未明。刚峰道："先分一百五十名，将这庄子团团围住；一百五十名，随我进去。"中军官应允，即令兵依计而行。一声呐喊，刚峰在前领导，打进庄来。那些庄丁一个个梦中惊起，不知何故。有的穿衣不及已被拿了的。一百五十名兵丁，奋勇拿人。那些庄丁虽然有勇，然值此仓猝之际，又见是官兵来拿，各各手软脚酸的，被他拿了。当时东雄正在惊慌，急急披衣走出来看，却被刚峰看见，叱令兵丁上前拿下。

至此时，天色大明，刚峰对中军官道："大老爷，且先押解犯人前往行辕请功，待卑职在此拆毁水牢，打捞尸首。"中军官应诺，传令留下五十名官兵，听候刚峰使用，余者押犯回辕而去。刚峰即时把那红渠阁中的私书，尽行放在身上，随令十名官兵把守庄门，余者带着来至水牢。令四十人一齐动手，即时把水牢拆去，地板揭起，只见下面尽是浊水。刚峰令人把水略略车干，然后命十人下去，跃入水里，果然负了六个尸首上来。只因其被水浸着的，所以不烂，但一身黑肿，不辨面目矣，衣服仍在。及至负到水上，其尸就烂了，只剩白骨。刚峰亲自细查一番。内中有一尸，中有钢印一颗。刚峰细视，印上有文曰"山东巡按关防"六字。刚峰道："此必简巡按之尸也。"即忙拜谢其阴相之恩，令人别以锦被裹之。但不知那个是前任县令尸首，再加详检，只见一尸的衣服，尚有角带在内，刚峰道："此必是前县令也。"亦向着再拜。拜了，亦令人别以布裹之，亲书记认。余者四尸，悉用布帛包好，取了六张竹笪，把六个尸首盛着，令人先行抬到庄外之大安寺前放着。

其时，海安、海雄二人寻到庄上来。只见主人浑身湿透，仍自在那里指手划脚的，竟不知自己身上湿了。安、雄二人上前见了，才把自己的衣服脱下，去与刚峰换了。海瑞令他二人先回，随将东雄庄上各物，当众点过，上了清单，一一封志。其诸妇女关在一室，不许他人扰乱。留兵丁三十人把守，自己来行辕缴令。正是：

　　不惜身劳苦，为民除害先。

要知刘东雄如何，且听下回分解。

第三十八回

# 案成斩暴奉旨和番

却说海瑞吩咐已毕,便与众兵丁一齐来到行辕。海安业已将冠带拿来伺候。海瑞整冠束带,来见国柱。国柱起身迎接道:"贵县辛苦了,请坐。"瑞告坐毕,呈上搜得刘东雄私书一束,共三十六札,都是严嵩及各部并本省的官员往来关系利弊的书信。国柱看了,对海瑞说道:"此项书札,若复留之,只恐他们不安,莫如焚之,以安众官之心,如何?"海瑞躬身道:"大人所见甚是。"随令人取火至,当面焚之。海瑞又将点封东雄之财物各项清单呈上。国柱道:"这清单仍归贵县案卷就是。"海瑞把清单收了,随将六个尸首现放在大安寺上,听候相验过,以便收殓的话禀明,又呈缴巡按印信一颗。国柱道:"此案事关重大,军门亦不在主政,贵县将人犯带回审确,详办就是。"海瑞应诺,就请提督着兵护解过县。海瑞揖谢,方才押着人犯进城。

到了衙门,进内用过膳,随令升堂。留官兵在署防护,随即出堂升座,三班衙役,两旁伺候。海瑞吩咐把东雄带上堂来。左右带到,东雄立而不跪。海瑞喝道:"你乃土豪恶势,今日被我拴来,罪该万死。怎么见了本县还不下跪?"东雄笑道:"若论百姓见了你,或竟要跪。只是你老爷见了你这一个鸟官,不怪你不来送接就罢了,怎么反说是要你老爷下跪呢？这般不知好歹。且问你，我好端端的在家中，把我簇拥到这里，为甚么？"海瑞骂道："你乃土豪恶势，目无法纪，交结内官，逼毙人命，擅囚大臣，私立水牢，罪恶滔天，万死难偿。那关伦氏一案可即招来。"东雄道："你老爷犯法，何止一宗？你问时，我亦记不得许多，莫费了你的气罢。"海瑞道："水牢内三个百姓是那个那个？从实招来！"东雄道："莫说你是一个知县，就是府里，还不敢问我！"海瑞大怒喝道："你平日恃着权势，却不把官府放在眼里。今日要你晓得我海某厉害。"叱令左右拖下，取头号大板子，先重打四十，然后再来问话。此际差役们看见本官盛怒之下，亦不敢用情，即来扯着衣服，拖翻在地，把东雄重重的打了四十板，打得两股皮开，鲜血迸流。

海瑞喝令上堂再问，东雄只是不招，还自怒目圆睁，骂不绝口，说道："让你怎么的委曲于我，只恐一封书信到京，你这顶小纱帽还戴得牢否？"海瑞道："王子犯法与庶民同罪。今你恃着严嵩，便辄欲横行天下？本县是不能稍贷你的！"吩咐带去监禁，其余家人、庄丁人等，一共四十五名，发在外羁押候听审。

海瑞退入私衙，自思："刘东雄这厮不肯招供，其意盖欲迟延，待他好弄手脚。我偏与他个不然，坐供出详便了。"遂连夜查检刘东雄历犯款迹，录案详报上台。其时巡按员缺，系布政司王绮兼护。文书详到，王绮见了，便再三研勘，一则与刘东雄向有往来，二则知他是严嵩门下，却有心回护，遂将详文批驳：

> 据详称刘东雄恃财倚势，凌虐乡愚，侵田占地，强夺良人妻女，并敢私设水牢，卒陷多人，并将巡按、知县擅自囚害，如果属实，亟应严办。但查正德年间，有简巡按来山东，未及到任，即无踪迹。其家人报乃疯颠迷失，屡觅不获。今据该县指称，前简巡按尸首，现在刘东雄庄内水牢捞起，现有印信可据。查简巡按自迷迹之日，屈指计算十有一年，岂有其尸尚未腐，仍捧印信耶？此固不足深信。候委员确验详复到日再为核夺。其余各尸，均着一体殓

埋，候查案再夺。

这批文一下，海瑞料是上司有故纵刘东雄之意，若不严鞫招成，将来必至反案。遂即刻升堂，复提出刘东雄再审。这一回极备严刑，五般重刑，均已用过。刘东雄却打熬不过，只得招认。海瑞令人给与纸笔，唤令尽招。刘东雄只得亲笔招供，一共认了大小不法事情，总共计三十六款。水牢共淹毙六命，简巡按为首。其余威逼自尽者，连关伦氏案共逼死七人，一一尽招，已成铁案。海瑞即又详上司，令人批解上去。此际上司见了亲供，也不能为他护卫，却叹其自招之速而已。

次日，那护巡按不忍自审，乃委按察代讯过口供。海瑞便上院面请上方剑杀刘东雄。上司无奈，只得从其所请，遂将刘东雄寸磔于市，人人称快。其余助虐之家人、庄丁，分别军、流、徙、杖，发落完案。刘东雄之家属，分别问罪。海瑞既除这刘东雄，所有平日匪类，闻风知警，各皆勉而为善。海瑞复行出示，暴东雄之罪于市。一日宣传到京，严嵩得知东雄为海瑞所杀，心中大怒，触起前仇，又要计陷于他。终日伺隙寻衅，只奈一时无从入手，暂且按下不表。

且说那南交地方，即今之交趾国是也，地近粤西、贵州等省。那国素来强悍，不遵王化，时有入寇之心。国王姓朱名臣，乃是汉人。只因其祖在南交贸易日久，宗族蕃大，遂广施金帛以买众心，首先倡乱，遂得南交一带，自称交王。太祖皇帝因其地远难征，只得赐玺以服其心而已。

及至正德年间，其国王乃名朱光裕，便妄自尊大，自称南交大帝，便欲侵占本朝土地。乃暗令番将瑚元领兵五万，来至南关。这南关属粤西南宁府界，那府里只有一员都司，领兵八百把守。此时瑚元领番兵一路奔杀前来，好不声势，分队而进：头一队番将乌尔坤领兵五千为先锋；二队番将一珠领兵五千为副先锋；三队番将广心领兵五千为应护使；四队番将五十七领兵五千为合后；五队番将陆海领兵五千为解粮官；六队番将乜先大领兵五千为探听使。六队番将，一路奔杀前来。到了南关，一声炮响，安下营寨。那都司与知府听了番兵入寇，自见兵马稀少，慌做一团，不敢出迎，惟令兵马紧守关隘，飞报指挥使马湘江。听知如此厉害，亦不敢擅动，急急申本奏闻朝廷，请旨定夺。

严嵩接着告急本章，喜道："海瑞今番难逃我手也！"连夜修起本章，次早入朝具奏。帝接奏章，展于龙案，只见写道：

> 太师丞相臣严嵩谨奏为边烽乍起，请旨定夺事：现据粤西指挥使臣马湘江表称，于本年二月内，有交趾国王某顿萌异志，特遣番将瑚元领卒五万，前来侵界，兹已兵抵南关。其都司、郡守，以兵微将寡，不敢出迎，即指挥使亦不敢擅调大兵，飞章告急前来。臣窃思太祖皇帝朝，当时天威远播，犹以地远难征，赐予敕玺，以慰其心。今升平日久，政事废弛，若与之决胜负，诚恐一旦稍败，有辱国家锐气。臣愚意以为宜抚。陛下若遣一介素受番人仰望之臣，前往宣示圣谕，说以利害，则番将自当慰服。但查得现有历城知县海瑞，本乃琼南人。粤东琼州，邻近南交，可悉番将情形。陛下若以之前往，必有可观。不知有当圣意否？伏乞皇上睿鉴施行，天下幸甚！

帝览奏，即时下了一道旨意，差兵部差官星夜赍往山东。差官领了圣旨，飞驰前往，不日来到山东。当下文武官员，一齐恭迎圣旨，到那万寿宫开读，差官高声朗诵道：

> 奉上谕：兹据粤西指挥使马湘江奏称，交趾国王不遵王化，遣兵入寇，已抵南关。该指挥以兵微将寡，未敢擅动，飞奏前来。复据丞相奏称，非用名望素著之官，前往说以利害不可。今查历城县知县海瑞为人忠耿，乃琼州本土，善诸番人言语。故特奏请，表海瑞为天使行人之职。朕如所请，今差官赍旨前来，加升海瑞为兵部郎中，并赐方物若干。你于拜受恩命之日，即刻起程，前去讲和。有功之日，再加升赏，钦此！

钦赐海瑞各物，计开：玉如意一枝，蟒袍一袭，角带一围，皂靴一对，飞鱼袋一对，锦缎百端，黄金十锭。

　　钦赐南交国王方物，计开：敕书一度，银玺一枚，蟒服一袭，平天冠一顶，皂靴一对，玉拱璧一双，玉如意一枝，金爵杯十对，玉箸十对。

　　宣读毕，海瑞谢恩，送天使于驿馆安歇。

　　次日，具表申谢，顺付天使回朝讫，海瑞即时收拾起程，文武各官相送出城。海瑞把家眷留下，着海雄服侍夫人，自己带领海安望着粤西地面而来。所过地方，文武护送。其时，严嵩暗中欢喜，以为瑞必被番人所杀。正是：

　　　　一心指望将人害，事到头来陷自身。

　　毕竟海瑞此去可得平安否，且听下文分解。

第三十九回

# 诈投递入寨探情形

却说海瑞拜受恩命,即日赍捧着御赐敕玺,离了历城,一路望着山东大路而行。出了本境,就由粤东肇庆水路进发。所过地方官供应船只夫马,自不必说。海瑞每到一处,先发告示一道,以杜滋扰。其示云:钦差兵部郎中行人大使海,为严禁滋索,以肃功令事:照得本府膺钦命,持节南交,并赍捧恩纶,宠赐番徼。所过地方州县,不免供应。但本府自出境以来,除扛抬龙亭之外,只用一仆,日用两餐,所费无几,不必珍膳,即园蔬苦菜,亦堪下饭。你等州县,不必特为设置。如有匪类乘供借称本府亲随,诈索船只夫马折价以及饭食等弊,许你等立即捉拿,解赴行辕,本府以凭严究,决不徇纵。你等一体遵照毋违。特示。所过州县,秋毫无犯。

海瑞在路次,亦不与州县官员交接。到了粤东,就由肇庆水路进发,过了多少险滩恶峡,来至南宁。该府尹即时督率属员,出郭迎接。海瑞此时因有王命在身,大小官员都来朝请圣安。当下海瑞进了馆驿,将圣旨敕玺放下,随赴有司衙门询问军情。太守道:"前月番王朱臣,命将瑚元领兵到此,在属不过数百护城兵弁,自难迎敌。故此飞禀指挥使,指望发兵来援。谁知指挥心怯贼众,不敢擅动,只令附近营哨之兵卒，同乡民守护土城而已。今被困一月有余，而贼仍未少退。城中绝了樵薪，四民磋怨。观此情形，亡在旦夕。幸得大人远来，必有以赐教。"海瑞道："番兵乃乌合之众，乘兴而来，若是日久，不许与战，彼必粮尽而逸，此时乘势击之，必获全胜。彼若败北，我遂以恩旨抚之，则彼无不乘机感激矣。"郡守应诺。海瑞乃在南宁住下。

那指挥使闻得天使已到，即赶到南宁来与海瑞相见，便问皇上之意若何。海瑞道："圣上以蛮夷地远难征，故今特命仆赍捧御赐敕玺前来安慰。但不知大人之意若何？"指挥道："番兵虽已逼近关隘，计有月余。然我军不出，南关坚固，彼亦不敢正视，如此相持而已。"海瑞道："然则并不曾交锋耶？"指挥道："并不曾出战，彼亦按兵扎寨而已。"海瑞道："彼远涉内地，粮草不继，必当自退，虚而乘之，此胜算也。以愚意忖之，今军中乏绝樵薪，此是第一桩紧要的事。今可驰檄邻郡，饬令每郡供应柴薪十万担，即日取齐。若百姓得薪，则不致惶恐，可无内顾之忧。然后相时而动，乘彼遁逸之际，一鼓而下，则获全胜矣。"指挥使道："大人高见不差，但是天子有命，今故延搁，倘将来朝廷知之，岂不致干未便耶？"海瑞道："将在外，君命有所不受。盖以机不可失，而事不固执者也。今若以敕玺前往，必致自讨没趣。夫彼主朱臣，积怀不轨，非止一日矣。今贸贸而来，其锋正不可当。若以弱示之，彼必自骄其志，不以为备。粮尽，势难久驻，当谋归计。彼军卒一退，我却乘虚以袭其后，必获大胜，随以威命收抚之，彼必投降无疑矣。此乃两得之方：一则可以保养士卒，二则恩威并济。人有良心，岂不自忖？此将军立功之时也，惟详察之。"指挥使谢道："大人所见极是，依计行之可也。"海瑞乃与指挥同驻南宁之内。指挥使即檄饬各营将佐，各以精兵赴南关听调。

再说番将瑚元，已率兵五万直抵南关。一声炮响，把南关围了，只望明兵出迎。谁知一连十余日，并不见动静。瑚元心疑，速令细作探听。回报明兵俱扎于关内，并无出战之意，惟日筑垛塞缺，并督率民壮在内相守，防范十分严密。瑚元听了，心中忧闷："彼恃坚固，深沟高垒，不与我战，是将欲老我师也。我远涉而来，利在速战，若与久持，是必粮草不继。似此如之奈何？"辗转忧思，终夜不寐。次日升帐，召集诸将议曰："我等奉命而来，本欲与主上出力，夺取大明关隘。今到此将及一月，并不得利。我料明兵之意所以坚壁不出者，欲老我师也。若与彼相持日久，我军必疲，且恐粮草不继，如之奈何？"诸将皆曰："我等自领兵以来，却不曾与彼交过兵刃。今日事势，元帅何不发书请战，彼岂能忍辱耶？彼若肯出，我等竭一朝之勇气，或可成一世之功，亦未可定。不知元帅尊意若何？"瑚元听了诸将之言，自忖若不请战，何以回报主上？乃即时令中军幕官，立作战书，令人到门下投递。

那守关的军士接着，即呈与指挥使。指挥使便拆开来看，却是本朝字体，并非番字。原来南交国俱读《四书》，惟奉解缙而不敬奉孔子，故此能作国家字体。当时指挥使细看其书云：

南交国统兵大元帅瑚元谨顿首拜书于大明元戎麾下：窃元奉国王之命，领兵五万，欲将军会猎于关外，以决雌雄。兹驻扎月余，而未曾一睹大国军容。岂以元军过弱，不足以交锋刃耶？抑将军实有马头不敢向西之意？如书到日，可即示知。如果畏威惧剑，则请即日来降，早献关隘，我主待下有礼。若将军来归，必蒙恩擢，定以元戎加之，此千古一时之功也。惟大元戎察之。专待来命不赘。上致大元戎老将军麾下，瑚元拜订。

指挥看了，不觉勃然大怒，掷书于地说道："瑚元何人，敢将此不逊之词前来欺侮！"便问投书人何在。左右答道："今早番将着人前来致书，守关军兵不敢放入，用麻绳缒木桶于关下，以接其书。那投书人早已回去了。"指挥即持书来见海瑞，备言其故。

海瑞接来细看，说道："大人知其意否？"指挥道："此番人见我军

第三十九回　诈投递入寨探情形　511

日久不出，故以此不逊之词，前来激怒，盖欲激我军出战，彼则奋力以劫我关隘也。"海瑞拍掌笑道："大人之言，明如指掌矣。今贼即欲劫我，大人却有何妙策以御之？"指挥道："大人胸中具数万甲兵，必有良谋，幸祈赐教。若仆则空空如梦矣，切勿吝却。"海瑞谢道："岂敢，但是为今之计，大人可即批回。待瑞扮作小军模样，到彼寨中探听虚实，并探熟彼之出入路径。若知道便捷之径，则容易进兵了。"

指挥道："番将不近人情，大人若到彼处，恐彼不情，将大人陷害。如之奈何？"海瑞道："不妨。我命系于天，死生自有定数，何必患之？大人可即修书来，待瑞即去可也。"指挥乃立即修下回书，用了印信，递与海瑞观看。只见上写着：

大明粤西指挥使谨顿首复书于大元帅瑚元庭下：兹接来书，已悉一切。但本朝素以仁慈治政，所以我太祖洪武皇帝平定八荒，四海来归，何止八十余国。你南交一隅之地，先亦伏阙来顺。我太祖皇帝惠及天下，无不一视同仁。故以特予敕玺，封你主为南交国王。历昔至今，皆区区伏德，不敢稍萌异志。迨后该国王某以酒失德，国人怨之。你主以商贩流民，诈谲成性，幸得起家，并图大位，年来亦自蠖屈，惟恐我天朝兴起问罪之师。而我世祖皇帝，复特加格外之恩，故免讨逆之众。今你主不知报德悔罪，反敢逞此小丑，意欲跳梁，独不思天朝一十三省，雄兵猛将，何止百万！你乃一隅小国，辄敢与大国抗衡，此真所谓犹欲以卵敌石，安得不破者也！南关金汤之固，谅你辈亦奚能为耶？书信到日，可即弃甲抛戈，早为悔罪，犹可予以自新。倘若执迷不悟，恐大兵一出，你等无遗类矣。统限一月之内，尽行退回本国，上表请罪。如敢违抗，即当帅众来剿。书不尽矣，你意知悉。

海瑞看了赞道："大人笔下如刀剑之利，彼等一见，自当碎胆矣。瑞当即行。"指挥道："大人须要加意提防，幸勿轻入虎口。"海瑞应允，即便取小军衣服换了，带着战书，独自一人而往。

只见关门已被大石顶住，瑞乃用绳系腰，由城上缒下。既落在关外，即将绳索解脱，望着番营而来。早被伏路番将拿住。

海瑞道："我是大明元帅帐下的小卒，奉了本营主帅之命，特来下书与你家元帅的，烦一引进。"那个小番把海瑞看了一看，暗自笑道："这般软弱的军士，怎能抵敌得我们过？所以闭门不出，却原来就为此也。"乃作笑容道："你家元帅战又不战，只管把守着做甚么？这又不是来与你们考文的，怎么书来书往做甚么？"海瑞道："你且休问，相烦通传一声就是。"

小军遂将海瑞领着带到辕门，时正交二鼓。小卒道："天色尚早，你且在此候着，待等三鼓报了，我自然与你通传就是。"海瑞只得应允，乃取了一锭银子，送与小卒道："这关外的地方，亏了我们是个本地的兵丁，却不曾得见过关外的光景。如今天气尚早，相烦老兄跟我走遭，看看关外地方的景色，也是好的。"小军既得私馈，也不暇备细查问。正是：

　　钱可通神，财能役鬼。

未知海瑞观看景色如何，且看下回分解。

第四十回

# 计烧粮逼营赐敕玺

却说小军应允,将银子收下,说道:"你既当兵,怎么连地方不曾见过呢?"海瑞道:"我们是新充的,食粮不上两月,所以不曾见过这个关外的地方。故特烦老兄引我一游。"小卒道:"虽则引你到外面玩赏一回,不是紧要。但你身上穿的号衣,不合我们军中的样。你可脱了下来,待我将这一件号裤与你穿上,这就可以去得了。"海瑞道:"如此更好。"那小卒遂将自己的衣服换了,与海瑞穿着。随即出了营门,领着海瑞到各处营寨观看,复一一令其指示。小卒那里知得他的就里,每到一处,便把怎么怎么,这般这般,说了出来,一则要自夸威勇,一则谈谈闲心。海瑞一一记清,不一会,把番营大寨全行观看清楚,记在心中。

小卒道:"你可观尽否?"海瑞道:"八门俱已看过,果然威风。但只欠了些粮草屯积。若是有了粮草,只恐我们都不能与你家相拒呢!"小卒道:"你说我们没有粮草?你且随着我去看一看呢!"遂领着海瑞转过营后,只见一个小山头上,有些小军在那里扎营,上面俱是被车。小卒指道:"这不是粮草么?"海瑞故意道:"有限的,怎么得够支应?"小卒道:"你却是个新当兵的,难道你家关内,也堆着十年二十年的粮草么？不过是陆续运解而来。"海瑞又道："我们解粮运草是邻省接解来的，所以便捷。若是你们老远的运解，岂不费力么？"小卒道："我们虽则远涉，但是亦有以逸待劳之计。"海瑞道："怎么说是以逸待劳？我却不晓得。"小卒道："我们的粮草，却是从贵州那边偷运过来，到了东京口上岸，离这里不过五百里之遥，两三日便到了。"海瑞道："如此却才容易，不然就运转难矣。"小卒道："好夜深！我们前去这时候大抵已报三鼓矣。我们且回去罢。"海瑞遂与小卒一同回到大寨而来。恰好那瑚元升帐理事，小卒令海瑞仍旧换回穿来原服，领了进去，禀道："小番们奉令巡哨，拿着一个小军。询问起来，却是大明营中遣来送书的，业已带来，请令定夺。"瑚元道："带了上来！"小卒便将海瑞带领到帐中跪下。海瑞叩了三个头，说道："小的乃是大明营中奉元戎差来下书的。"遂向袖中将书取出，呈递上去。瑚元接来细看一遍，不觉勃然大怒，将书扯得粉碎，骂道："你家战又不敢战，只管推延，这是何故？我却不管，明日就引大军前来攻关。好汉的只管出关迎敌，若不敢出，就算不得成的了，可即草表献关。如若不然，有朝攻破城池，玉石俱焚。"海瑞唯唯领命，故意做出惊慌之状，抱头鼠窜而出。

瑚元乃集诸将听令道："今日大明指挥有书回报，内中延以时日，其意却真欲老我师也。本帅已对来使说了，准以明日攻关。诸帅宜各竭力向前，初阵须要得利，譬如破竹，数节之后，迎刃而解矣。"乃令乌尔坤领兵三千攻打头阵，乜先大领兵二千往来接应。明日五更造饭，天明进兵。务要奋勇齐攻，如有怠惰不前者，即按军法。众领命各各准备去了。瑚元随后点起大军继进，暂且按下不表。

再说海瑞急急奔回，到了关下，仍用麻绳吊了上去。来到行辕，见了指挥。指挥便问："探得军情如何？"海瑞道："瑚元轻勇无备，不足惧之。"遂将瑚元如此这般，逐一说知。指挥惊道："各路援兵，尚未到来，今大敌猝至，如之奈何？"海瑞道："贼乃乌合之众，全无队伍。一则我所恃者城池坚固，濠壑甚深，彼焉能立破？刻下可令随营各将，连夜上城防守，且把鼓声偃息，彼兵若到，且不理他，待至骄惰之际，然后以大炮乘高视下攻之，则彼必败走矣。且先挡了目前这一阵，然后徐图良策，截其粮草。彼军乏食，不战自乱矣，必速奔归。那时我却乘虚袭之，无不应手矣。"指挥听了大喜，随即传令：各随来将佐，率部下兵丁，尽伏城垛上，以大炮、檑木、灰瓶等物，预先藏着，听得炮声响处，一齐突起，放炮攻之。各营将佐领了将令，即时尽率佐部上城。到了次日黎明时候，远远听得人叫马嘶。海瑞此时亦在城楼观看，远远望见番兵旗帜，海瑞即令各人偃旗息鼓，各各伏于城上地基，不许交头接耳。

番兵来近，只见关上并无旗帜，又不见一卒在上，心中疑惑，急急报知乌尔坤。乌尔坤乘马亲来观看，果如所云。自思道："此必明兵疑兵之计。"吩咐各人奋力攻城。军中鼓声大震，众番兵只顾奔前呐喊，却不见一人。开炮打去，却那城楼坚固得很。一连攻了半日，亦不见有人迎敌，城墙果然攻打不开。瑚元领了大队，随后亦到。

前军报知，瑚元传令各军士下马裸骂，以激其众。军士听令，各各下马，坐在地下大骂道："不早出降，攻破城池，草木同铲，悔之晚矣！"百般的辱骂，城上只是不应。竟有脱衣露体扇凉而骂者。约近巳时，海瑞在垛伏张良久，说道："可矣。"指挥令人将号炮点着，一声炮响，三军一起突起，将火炮、灰瓶一齐施放。那番兵正得意之时，忽然被那炮子、灰瓶打来，那里抵挡得住？只顾躲避，急急奔逃。那灰尘乘着风势，刮面吹来，开眼不得。霎时之间，被炮者不计其数。瑚元后军，却被前军推动阵脚，自相践踏，死者甚众。城上发喊助威，番兵只道明兵开关杀出，急急奔走，逃去十余里下寨。

海瑞望见番兵去远，乃令开关，乘势出屯，就与指挥驻于关外。一则便于调遣人马，二者且占形势，不致番兵迫近关门。当下瑚元败了一阵，急奔十余里，才下寨扎住。查点折去五千余军，笑道："我却中了蛮子之计也。头阵已此,后当加意便了。"忽然军吏来报,粮草只剩五日。瑚元道:"如之奈何?新粮草未到,军中乏食,必然生变。"即着了乌尔坤领兵一千,去寨外五里屯扎,以为犄角之势,一有消息,即刻回报。是时,乌尔坤领了将令,即着兵前往屯扎去了。瑚元又传令着乜先大持令箭沿途催赶粮草接应,自不必说。

再说海瑞在关外屯了几日,忽然城内郡守着人来报:所调兵马俱已陆续到齐,请令定夺。海瑞即来对指挥说道:"刻下各营新兵已到,大人何不尽令出扎关外,好待在下调遣也。"指挥称善,即传令箭,立时传了新兵,尽出关外驻扎。海瑞道:"我料番将之粮不日将至,谁可去截他的?"帐下一将应声出道:"末将不才,愿去走遭。"海瑞视之,乃骁骑额附庞靖也。当下海瑞道:"此去东京口,乃是番将运粮上岸之所。你可领着一千军士,到夜半偷至那里埋伏,若是番将运粮上岸,待其尽,突起烧之。"庞靖应诺,立即点起军兵,携带硫磺、焰硝引火之物,连夜起行,前去埋伏。

过了三日,番营各将俱以乏粮为忧,乃皆来帐上禀瑚元道:"刻下营中乏食,解粮官未到,似此如之奈何?"瑚元道:"我亦因此忧愁。前日已令乜先大前往催赶矣,谅不日亦至,你等皆宜静守,不得惊扬,恐怕敌人知之,必然乘虚来袭矣。"说尚未毕,人报:"乜先大奉命催粮,中途为明军所杀。明兵夺了本国衣甲并令箭,去到东京川口候着。恰好运粮来到,被明军诈称元帅有令,令将粮草屯积荒野地。是夜三更时候,一齐火起,那粮草尽被烧完了,特来报知。"瑚元听了此言,不觉大叫一声道:"天亡我也!民以食为天,兵亦以粮为命,今粮被毁,目下又即乏食,如之奈何?"帐前幕官进道:"可即连夜遁归,再作道理。"瑚元称善,即令暗传号令,令军士各各束结,就今夜三更拔寨齐起,急急遁归,不得违令。众将应诺,各各准备不提。

再说海瑞在寨中正与指挥商议退敌之策,忽庞靖回来报称,业已尽将番人粮草烧毁一空,特来缴令。瑞与指挥大喜,即将庞靖上了头功。未几，探子来报："番将因为烧了粮草，现今营中乏食，即刻束装，意欲遁归。即来报知。"瑞听得急对指挥道："今贼势已蹙，即夜欲遁，我等可即赍捧敕玺前去劝降，彼返迎受矣。"指挥道："贼势既窘，我兵乘虚击之，此为上计，大人何故反纵之去？"瑞曰："不然，彼先逞其跳梁之心，今不得利，又值乏食，其众心已散，故此连夜遁归，欲再复来。今我不以兵马加之，而反以圣恩施之，使其复得兴头，所以服其心也。若以兵袭之，彼必大败而怨愈深，彼返国旦夕皆思报复，则无限之边患也。"指挥道："大人果然善于算度，即可行之。"海瑞道："请即令便行如何？"指挥道："当以多少人马随往？"海瑞道："一军不用，只携我仆一人而往足矣。余者扛抬赐物，照式人夫而已。"指挥即时传令兵丁，改装扮作扛抬夫役，仍藏利刃在身，以备不虞，立即随跟海瑞星夜前往。海瑞携着海安，押着赐物，如飞的奔向番营而来。

将近二更左侧，已近番营。海瑞吩咐暂将夫马各物扎在一里之外，先令海安一人前往通知。海安本不敢往，只因海瑞这般说话，又见主人如此用心，那里便敢推托，只得慨然而往，独自一骑来到番营。那些番兵正在忙忙迫迫之时，收拾不迭，那里还有心前去了望！海安闯进鹿角，直至营门，才见有两个番兵，在那里闲坐。海安拼胆上前说声："老爷！"那番兵却一把将他拿住，骂道："甚么奸细？敢来此探听消息！"海安说道："老爷且莫如此。我若奸细，亦决不直到此地，并显然招呼老爷了！"番兵道："如此，你来何干？"海安道："我是特来报喜信的，相烦立即通报一声。"番兵听得"报喜"两字，便不胜大喜，急应道："如此随着我来。"正是：

欲知伊利钝，但听口中言。

毕竟海安此时见了番将如何，且听下回分解。

第四十一回
# 设毒谋私恩市刺客

却说海安随着了番兵,一直来到大营。番兵道:"你且站在这里,待我进去通禀了,然后再来唤你。"海安答应了。小番兵即进帐中,恰好瑚元在帐督率各人收拾各物,忽见小番进来,便问何事。小番道:"现有大明营中差来一人,声称是朝廷天使海大人的家人,今奉了伊主之命,前来相请元帅,前往迎接天朝皇帝恩旨。"瑚元听说,吩咐且唤那来人到来,有言相问。

小番领命,即来到营外,带领海安进帐。海安急忙跪下叩头:"拜上大元帅!"瑚元道:"你是那里来的?"海安禀道:"小的乃是大明营里钦差海某家人,名唤海安,奉了家主之命,前来敬请大元帅出寨迎接恩旨。"瑚元道:"你家老爷奉着甚么恩旨前来,与我何干?为甚的要请我去接呢?"海安道:"小的家主乃是兵部郎中,奉了天子圣谕,特赍恩旨而来,并有天子所赐敕书、银玺、方物等项,故此特着小的前来,家主现在一里以外相候。"瑚元道:"你家主既到这里,如何不直进帐,却在一里之外相候,叫你前来通话,莫非其中有诈否?"海安道:"我国以信义待人,从不作贼盗之事,因为现有皇帝敕玺在身,故要大元帅前去迎接恩旨,并无别意。"瑚元自忖:"彼既称是奉钦差而来的，又有敕玺，我想当日我家先王，亦是曾受天朝恩典，既有敕玺之予我，今师既败，彼有此惠，我何不承机就之？一则可以挣扎颜面。"主意已定，便吩咐海安道："你且先回，本帅随后就来迎接。"海安叩谢而出。

瑚元一边吩咐军士摆队迎接，一路火把齐明，接着海瑞齐到大营而来。海瑞开读圣旨道：

奉天承运皇帝诏曰：大国有征伐之师，小国有预备之众，此不得已而用。朝廷之有造于你国者，不谓不深也。兹你不思报本，而反欲弄兵潢池，是弃旧好而图速灭也！朕垂拱八方，勇猛之将，何止万员；精锐之兵，难计亿兆。若以大旗一指，何难立灭此朝食？但不教而诛，有所不忍。今特差兵部官员，捧赍御赐方物，并予封爵，你其受之，自当革面洗心，无再自造其孽。封你朱臣为南交国王，银玺一颗，以彰显荣；其部下文武，各加一级。你当恪遵，毋负至意。勖哉钦此！

宣读已毕，瑚元谢恩。海瑞令人将御赐各物交替，呈上银玺一颗，瑚元再拜而受之。复与海瑞见礼，并询阀阅。海瑞通了姓名，说道："今元戎既已奉诏，即当班师各守疆土，毋生妄念，岁修好礼，永为唇齿，则瑞实有厚望矣。"瑚元道："大人放心，南人不复反矣。"时天色已明，海瑞辞回，瑚元直送至十里，方才分别，随即传令班师回国。海瑞看见番营拔寨齐起，亦即与指挥作别，回京复命不提。

再说严嵩自从打发了海瑞去后，心中暗喜，以为必借瑚元之力以杀之也。遂尔肆志横行，无所不作，每欲倾害张皇后以及太子，然奈无从入手之处，日与赵文华、张居正等商议。赵文华献计道："太师何不寻觅一人作刺客，带到宫中，待等圣驾出朝之时，突冲而出，必被拿获。其人便称张皇后与太子所使，帝必大怒，定发三法司审议。此时张后与太子虽有双翅，亦不能飞出宫闱矣！"严嵩听了大喜，道："此计甚妙！然那得其人为我行此妙计？"张居正道："在下现有一人，姓陈名春，乃山东青州人，投在府中，业有十载。在下待之甚厚，彼每欲以死图报。今当与彼商之，许其不死，彼必应诺，则此事有济也。"严嵩喜道："既有此等妙人，大人即当为仆行之，自当厚报。"张居正道："这个当得竭力。"遂即告辞回府，唤陈春入内，以言挑之曰："你自来吾家，不觉已近十载，但是我待你似比他仆厚之。今欲遣你为我干一事，不知你愿去否？"陈春道："小的自投府上而来，蒙老爷爱如子女，小的受恩甚厚，时愧捐躯莫报万一。今老爷若有用小的之处，虽赴汤蹈火，粉身碎骨，亦所不辞也！老爷但有使用，只管驱策就是。"居正道："非我要用你。只因那太师严嵩，向我寻一个有胆有勇的人，所以我将你举荐了。过日可过府去，他有一事，与你商议。你与他去干，就如报答我一般。"陈春道："但不知太师要使我那件，老爷可知一二否？"居正道："你乃我之心腹，谅你不肯泄漏我的机密，对你说知罢：只因严太师先日有位小姐，曾进于天子宫中，封为昭阳正院，把前后张氏及太子皆贬于冷宫，已经四载。谁知那刑部主事海瑞，乘着皇上四旬万寿之日，在天子面前再三耸谏。天子一时念起父子之情，准了海瑞的保本，立即恩赦了他母子出来，仍旧封为昭阳正院，把严氏退出偏宫。今严氏失宠，太师心中不安，故屡欲以计去张后母子，仍复严氏之位，故此想出这条计策。明日你过去，充在他们家人队内，跟到宫里去。太师是常常与帝饮酒弈棋的，这日故意在宫到黑。你那时却在宫中躲着，身怀利刃，五更三点，天子必然出朝，那时你却直冲御道，一刀杀了皇上。严太师得了天下，你就是一个开国功臣，封王屡代不替。若是不能杀得，被仪从之人擒获，你便大声高叫：'太子、皇后教我！'此际天子必要将你发在三法司去审问，严太师必在其列。那时你只口口咬定是与冯保相好，他是个太子心腹太监，叫我来如此如此，这般这般的是太子吩咐。若是他登了九五，必然显爵相酬。太师必自超生于你，重有赏赐。你肯去否？"陈春道："既是老爷将我荐了，怎么叫爷失信？明日随爷过府去见太师便是。"居正大喜，便立时赐以酒帛金珠。次日，果然带着陈春来到严府相议，自不必说。

再说太子此时年已一十三岁，终日常侍帝侧，帝甚爱其孝顺聪慧。一日，帝问道："朕万岁后传位于你，你将何以治天下？"太子道："臣奉祖宗遗法，陛下现宪，加之仁慈，庶可以不忝厥职矣。"帝又问道："然则处下如何？"太子道："忠良之辈用为股肱，俾以显爵厚禄，小人则逐之。所谓亲贤远佞，恩威并济。务使天下无贪墨之官，殃我赤子，朝中有贤能之佐，以卫社稷。所以仰报陛下也。"帝道："处边备如何？"太子道："修城浚池，时刻预备，以能将镇之，绥远怀柔，使彼等马首不敢西向。"帝道："夫用将贵以老成，休任少年。老则历练军纪，讨抚得宜，年少者则轻于趋进。你其牢记之可也！"太子谢过。方欲出宫，忽然御前起了一阵怪风，刮面吹来。帝觉毛骨悚然，对太子道："日午天晴，何以有此怪风？朕甚不解。"太子道："此名旋风，乃惊报也。陛下宜防之。"帝笑道："太平日久，君臣相乐，有甚不测之虞？"乃呼酒与太子对饮。

太子三爵后，即停杯止酒。帝问："何以不饮？"太子道："夫酒者，可以怡情，而适足以召祸，故儿少饮，以免祸耳。"帝道："酒可怡情，故文人墨客，皆藉以为消愁闷之由。朕亦性好之，宁可一日无饭，决不可无酒矣。"太子道："圣人云：'惟酒无量，不及乱。'愿陛下少节之，臣不胜幸甚矣。"帝喜道："我儿所谓善于机谏者也！"太子谢出。帝是夕宿于正宫。张后道："陛下数日未曾临朝，窃恐诸臣疑议，乞陛下以政务为要。"帝道："这几日朕躬不快，今日粗安，后日即是朔日，当出听政矣。"

到了次日，严嵩将陈春扮作家人，充在众奴队内，随进宫中，与帝问安。看官，你道臣子入宫，怎么又带得家人进去？只因他与别个臣子不同，一来又是国戚，二者帝宠之深。嵩常常入宫，与帝弈棋、饮酒时，或要取甚么东西，要那中贵走动不便，帝即敕嵩准带家人三四名,相随入宫,以便使用。所以严府的家人,随主入宫之时,即在宫门外伺候。当下严嵩见帝问了圣安,帝道:"昨日暹逻国来贡西洋哑叨酒,其味香烈,今当与丞相试之。"严嵩谢道:"陛下爱臣过深,虽口食亦必予臣,虽粉身碎骨,无以报陛下于万一也!"帝令左右将酒摆于百花亭上,与严嵩对饮畅谈。

酒至半酣,严嵩起奏道:"天气炎热,西洋之酒,其性过烈,陛下少饮为佳。"帝道:"然则何以消此永日?"严嵩道:"与陛下手谈如何?"帝喜,即令撤席,取棋与严嵩对着。嵩故意留神细看,每下一子,必致再三思索,以延时刻。帝连着三局,嵩起抖乱棋子道:"陛下且休,何以呕此心血!"帝因命侍夜膳。嵩在宫中,直到初更方出。

此时陈春乘着黑暗之处,早已伏于复道之下,将身蹲着,专待五更行事。嵩辞出,帝带酒来到昭阳,张后服侍安寝。才五更,张后便请帝起身洗面穿衣,临朝听政。众内情以及侍卫人等,皆来随从。

帝出宫,两行红灯照一路而来。刚到复道,那陈春观得亲切,将及驾到之际,即时突出,持刀冲入道来。那侍卫惊觉,将陈春拿下,夺了利刃。陈春故意大叫道:"罢了,罢了!谋事不成,天也!张娘娘,太子爷,快来救我!"帝大惊,听得亲切,即时退回内宫。侍卫等便将陈春行刺之事具奏。帝未深信,即发三法司审讯确实具奏。正是:

明枪容易挡,暗箭最难防。

毕竟陈春此到三法司处,如何供出来,且听下回分解。

第四十二回

## 施辣手药犯灭口供

却说当下陈春被捉，口称是张后、太子所使，又供冯保所荐，侍卫等即将缘由奏闻。帝沉吟未答，自思："青宫素来仁慈，未必敢行此不轨之事，况且太子年纪尚幼，又无别个兄弟，恐致别立，此事却有疑难之处。"又思："张皇后并无亲眷在京，且已正位昭阳，未必有此。"故特发下三法司会勘实情具覆。此刻众侍卫得了旨意，即时将陈春拥簇到廷尉衙内收管，听候三法司提讯。

严嵩早已知道，故意不出。及人至报陈春行刺皇上，今奉旨着三法司并太师会勘，严嵩故作惊愕之色道："岂有此理，可曾究出主使之人否？"从者道："事关内院主使，案情重大，故特旨命太师会勘！"严嵩即时吩咐打轿，来到法司衙门，那三法司早已在此等候。你道三法司是谁？就是这三位：刑部尚书赵文华，太常寺正卿张居正，兵部给事中都察院监察御史胡正道。

当下三人见了严嵩，各各见礼。赵、张二人自是一党，自然会意，惟胡正道不与同心。当时严嵩对三人道："此案情节重大，三位大人当如何审判？"赵文华道："此乃内院之事，你我自当秉公研讯。"随即升堂。少顷，将陈春提到，当堂跪下。严嵩问道："你是那里人氏？"陈春道："小的是山东青州人氏，姓陈名春。"严嵩道："是山东青州，怎么在这里犯事呢？"陈春道："只因小的来京贸易，折了本钱，无可生计，就在大街上卖拳为生。"严嵩道："你既是流落的人，怎么反与内监相识？"陈春道："那冯公公与小的本不相识，只因小的在街上卖拳，冯公公看见小的生得魁伟，两胁有力，蒙他唤到酒楼谈心，说起无依之苦。蒙冯公公施济，认为相知，与了我一百两银子，在大街上寻了一个旅店住下，不时将些酒肉来与小的畅饮。彼此往来，共有半载，遂成莫逆之交。前月冯公公偶然与小的说起：'欲做官否？'小的道：'世上谁不欲富贵？'冯公公便向小的说道：'你欲要富贵，但只肯依我一件，即便立可得官。'此际小的便问他有甚事务。冯公公道：'如今正宫皇后与太子意欲寻一个有胆有识的人，去行刺皇上，若是事成之后，可做大官。'此时小的那里便敢应承。冯公公道：'只管去做，自有我与太子担承。'再三相求。小的看见他如此恳切，又有恩惠于小的身上，只得依允。次日，冯公公便领小的到东宫去见太子。蒙太子赏金帛酒饭，并蒙太子当面吩咐，许小的做一将军职衔，此际小的不合应允。过了几日，太子复召小的进宫商议，他说皇上一连数日不曾御殿，明日届当朔望之期，必然御殿，随令小的身怀利刃，藏在复道，待等驾到突出行刺。小的应允，蒙太子赏刀一把，黄金二十锭，并以酒食相馈。而小的既感太子与冯公公之深恩，虽赴汤蹈火，自无不允。继蒙娘娘召小的进昭阳正院，特赐以金珠翡翠等物。所以小的不得已，随时就从冯公公到复道中藏躲。及见圣驾，此时小的事出不已，即便趋前行凶是真。求列位大人开恩则个。"

严嵩大怒，拍案骂道："皇宫内院，岂是别人进得去的？难道宫门外都没有人守的么？且问你，你是昨夜进宫，还是预早进宫的？"陈春道："小的是前月初九，蒙冯公公带进宫去，直住到此时的。"严嵩怒道："皇后贤淑，太子仁孝，天下共知。你何妄思诬捏，以卸己罪？可即从实招来，如有半句支吾，我这里刑法重得狠呢！"陈春道："小的今日既已被获，那敢说谎？此是确言，求爷详察。"赵文华在旁插嘴道："不肯招认，就要用刑。你还是招不招？"陈春道："小的一概都是真言，再没一毫谎诬的了。"赵文华道："不打如何肯招？"吩咐下去："重打四十大板，看他招不招？"左右答应，一声险喝，如鹰拿虎捉一般，把陈春簇下。

此时陈春只道勉强过便可以过去，也不言语，随着众人下阶，被众人按在地下，叫声"行杖"！赵文华吩咐："取头号板子，与我重打！"左右即将头号板子重重打将下去。五板之后，陈春就不能叫喊了，打到四十板之后，竟不能动弹，几致失声。赵文华喝令以冷水浇其面。少顷，方才醒来。陈春此时虽则复苏，然痛极心迷，不知人事矣。文华叱令复拖上堂来，又问："到底此是外边甚么人主使呢？快些说来！不然，复使三木矣。"陈春只是昏昏沉沉，不闻上面说话，又恐再用极刑，只得点头，以冀免打。严嵩道："此人句句确供，似无遁饰，亦不必苛求根株矣。"立即吩咐左右，仍带往廷尉处收管，听候再讯。胡正道在旁说道："如此供词，岂足凭信？当细心鞠之，方能澈其泾渭。"严嵩道："彼已昏去，容当再讯。"于是各各散去。

是日，严嵩回府，即请赵文华、张居正二人过府商议。严嵩道："今日虽然陈春这般口供，且看胡正道之言，似不深信的言语。倘若再究真情，如何是好？"居正道："这却容易，今夜杀之以灭其口，则可以无忧矣！"严嵩道："怎的能够杀他？还望赐教。"居正道："待座下今晚自往狱中杀之，明日敬来覆命就是。"严嵩致谢道："全仗驾上。"居正即便拜辞而出，回到府中，令家人立即办下酒席一桌，以便应用。旋又令家人到外边，取了毒药为末，然后将酒席抬了出来，居正已暗将毒药搅在酒内，旋着人抬到刑部狱中而来。时赵文华早已在狱门等候，居正一到，即便开门放入。来到狱中仓神亭上，提出了陈春。

居正道："你怎的受了这般的苦楚，自己放心，我自有处。"陈春道:"小的有死无异,老爷再休见疑。"居正道:"这个我自有主,却念着你自到此地,未尝不饱衣足食。如今困在牢里,只恐茶饭不敷,今特办些酒饭在此,你可饱餐,且莫愁闷。"命从人将酒饭抬到陈春面前,说:"见你向日是穿吃惯的,如今在狱,诸事掣肘,我恐怕你饿了,所以把些酒饭来与你吃了。一面放开心事,不过旬日之间,便可以了局的了。"陈春叩谢讫,文华令人将他的刑具松了,等他好去吃酒吃饭。那陈春那里得知就里,遂放开量大嚼一顿。此时酒饭肉餍,好生快活,竟自睡了。张居正、赵文华一齐来到相府回复,自不必说。

再说那张皇后正在深宫,忽见冯保气喘喘的急奔而来,说道:"祸事到了!"张后是个受过惊恐的人,听了这一句说话,吓得魂不附体,急问道:"到底为着甚么?快些说来。"冯保道:"如天大事,难道娘娘还不知道么?"张后道:"我在这深宫内院,知道甚么来?有话快说,免得狐疑!"冯保道:"今早圣驾在娘娘这里出宫,刚出到复道,突遇刺客走来,幸喜侍卫官捉住。这人姓陈名春,乃是山东青州人氏,供称曾与奴才相好,因而娘娘、太子与伊相议,教他伺便弑君,一一说出。如今皇上将这陈春发往三法司会勘去了。但不知究是何人所使,致累内院,此特来报知。"

张后听得此言,吃惊不小,指着苍天说道:"那个天杀的,这般狠毒,要害我母子性命!"冯保道:"这也不妨。如今娘娘何不领着太子,一同前往,到万岁爷跟前问个明白,却不是好?"张后点头称善,即令冯保到青宫来请太子。

太子听得母后传宣,即便趋赴。比及见了娘娘,娘娘说道:"你的大祸临身,你可知否?"太子听了这一句,却不知话从那里说起,呆了好一会,复问道:"母后,到底为着甚么,说起这话来?"张后道:"你只晓得在青宫诵诗,却不知这祸事呢!"遂将冯保所言,备细说知。太子听了,吓得三魂飘渺,七魄悠扬,自思:"这桩罪案,却也不小,似此则我母子无活命矣!"乃向张后而泣。冯保在旁也觉不安,进曰:"娘娘、殿下,且止悲泪,事当从长计议才是。"太子道:"你有何策,可解此危?"冯保道:"亦无别策,惟殿下与娘娘即当诣皇上面剖是非,庶或皇上恩爱不究,也未可知。"张后点头,乃携着太子望着帝处而来。于路十分惊惧,冯保亦不离左右。

　　帝恰好在焚椒阁内,独自一人坐着。张皇后母子进阁,俯伏于地而泣。帝令平身,问道:"卿与我儿何故如此?"张皇后与太子、冯保皆免冠奏道:"臣等死罪,今突遭诬陷,因来匍叩金阶,历表清白,伏惟陛下察之。"帝随道:"卿乃朕之内助,儿乃国之储贰,岂不深爱耶?且起来说话。"张皇后与太子、冯保谢过了恩,起来侍立帝侧。帝道:"你们所忧者,不过因陈春之事而已,然朕虽不读书,亦颇明理,岂有受嘱切而一口便说某人所嘱者?朕未之信也。但该陈春口口声称与冯保交好,辗转传言,然亦在理者。此事当细研讯之,务得其实。"太子复奏道:"臣蒙荣养之恩,于今一十有余岁,然时时躬侍圣躬,又何暇得与别人徘徊?此事还望圣上详察。"皇上笑道:"今据陈某所供,干累内院,朕固不信。然以弑逆大罪,不得不发与法司会勘。你且回宫,朕自有处。"太子山呼叩谢,回宫而去。张皇后甚属不安,冯保亦甚惶恐。帝皆叱令各回所处:"朕已明白了,决不为你等害也。"张皇后与冯保各各谢恩,便即退回。正是:

　　君命无妄僭,子孝父已宽。

　　毕竟皇上打发三人去后,还有何说,下文分解。

## 第四十三回

# 畏露奸邪奏离正直

却说帝令太子与张后、冯保三人各退之后，自思："观此情形，实不干他母子之事。若说没有人引诱，这陈春怎么得进宫？事属狐疑，到底莫释。"乃召严嵩进宫，问其审出陈春实情否。严嵩奏道："陈春口供干连内院，臣正无设法之处，所以未曾得其确据。昨着刑部司狱收管，仍待复讯。"帝道："此事虽乃陈春行刺有据，然彼有牵连内宫，朕家人父子岂骨肉自戕贼耶？此决不得以此定谳者，惟当究其主使实在之人可也。"严嵩道："臣亦这般疑议。惟赵文华以陈春乃一介愚民，非有宫中擅能出入者引诱入内，陈春焉得直进宫门？所以只将陈春重责，而陈春则故意诈死，臣等不得已暂且缓讯，押于狱中，再行定夺。"帝道："姑且研悉其情，幸勿造次，致谤宫廷。"严嵩唯唯领旨而出，心中闷闷不乐，恐怕一朝败露，岂不弄巧反拙耶？及至府中人报，陈春已于昨夜死于狱中，严嵩方才放心。这是没得败露的了，已成死供，再不能翻案的，暂且不提。

再说海瑞平定了南交，与指挥商酌定善后事宜，便起程回京复命。循着旧路而行，在路风餐露宿，夜住晓行，不必多赘。由粤至京，七千余里，亏他历尽驰驱，二月有余，方才到得盛京。先在丞相府销了差名，然后见帝覆复命。帝见海瑞降夷回京，乃细询其形："如何到彼寨中宣读圣旨之处，卿可备细奏朕知道。"海瑞遂将到粤西与指挥如何商议，复如何定计烧毁番人粮草，致彼粮尽遁去；即刻连夜追到某地，开读圣谕，瑚元大喜，深以悔罪，拜受恩眷，逐一告知。帝喜甚，当殿赐酒与瑞慰劳，即擢海瑞为都察御史，留京办事。海瑞谢恩出朝，即日上任视事。

此时，严嵩正自与张居正、赵文华一班人朋比为奸，今见海公突任京秩，又升都察御史，这京都多少官员，为都察御史最堪畏惧的。三日一奏利弊，凡有大小官员，以及宗室亲王，若有作奸犯科，皆由都察御史参劾。所以严嵩与张居正等，俱不得安，时又有行刺一案，正在狐疑之际，恰好胡正道与海瑞同衙办事，未免把这宗案情对他细说。

海瑞道："这必是奸贼所为！皇上怎么发落？"胡正道："皇上明知此事不足为据，只因陈春死于狱中，无可对质之处，所以皇上草草了事，也不提及了。"海瑞道："岂有此理！若不严行彻究，则将来必效尤。"

次日，遂上一本草章，其事所奏略云：

> 都察御史臣海瑞谨奏，为事涉暧昧，乞恩澈分泾渭事：窃臣蒙恩擢在御史，备位言官，不敢哑忍，以亏厥职。兹查得本年月日，有青州人陈春藏匿内廷，伺便劫驾，经侍卫臣登时拿获，即闻陈春大呼"皇后、青宫救我"等语。旋奉圣旨，发交三法司，并严相等会勘，已经录有供词在案。次日，陈春即毙于狱。似此骤死，实属起疑。夫陈春未曾受刑，当三司会审之时，不过只杖四十，又非带病受刑，何以猝然而死？臣窃疑之！今春已死，是案无可翻之日。然小人计毒，既欲牵连内院，并祸青宫，此与弑君奚异？岂可因陈春一死，而竟漠漠不问耶？以致事归暧昧。伏乞皇上悉将陈春案卷发臣复核，务使葛藤立断，澈清泾渭，则国宪有赖矣。伏乞皇上恩准施行，谨具以闻。

这本章一上，帝阅毕，自思海瑞之言，却是有理。且将案卷发往他那里去，看他怎么凭空勘得出来。遂提起御笔，批其本尾云：

陈春一案，业经三法司员会勘，录供在案。第未经得实，而陈春已死，是为疑案。今据该御史以事属暧昧，请再复核，以断葛藤，亦未为不可。着将陈春一宗案卷，发交该御史复核具奏，钦此。

这旨意一下，严嵩吃了一惊，急请赵文华、张居正商议道："刻下皇上因海瑞奏请，将陈春一案仍发交与他复讯，似此如之奈何？"居正道："恩相不必忧心。今陈春已死，难道海瑞凭空去根究不成？"文华道："不是这般说，海瑞审事精详，今值此无头之案，正在无从入手之处，其奏章所云'陈春又非带病受刑，何以猝死'这语，却是要根究陈春病死之由，必要提取狱卒拷掠，他们受刑不过，必然招供出来，这岂不是连你我二人都拖在水里么？为今之计，须要弄了计策，使海瑞不能出问这案，方才得免。不然，我等三人皆为海瑞所算矣！"严嵩道："此言甚合我意。只是没有甚么差使，叫他立即去的。"居正道："有了，有了。往年各国俱有贡物来京，惟安南一国自那年就不曾入贡，屈指三载。今太师何不具奏，请差海瑞前往催贡，则可以免这祸患了。"

严嵩大喜，乃即时修本，连夜入宫见帝。帝问："卿乘夜来此何干？"嵩奏道："适闻人传安南国造反，边鄙之民，尽皆惊窜，臣窃虑之。倘若安南入寇，必连诸番，则两粤之地不复为国家有矣！"帝闻言也觉不安，对嵩道："人言不知真否，怎么并无边报？"嵩道："边上未得若疾。譬如番人入寇，该指挥必然率兵堵御，彼此相敌，胜则毋庸请兵，败则具奏。如此，那得如此之快。若一动兵，必损钱粮兵马，不如抚之为愈也。"帝道："谁人可往为使？"嵩奏道："前者南交不靖，乃都察御史海瑞前往。彼以利害说之，番人拱手听命。陛下何不再令一往，必然有济矣。"帝道："海瑞出差回京，座席未暖，怎么又令他去？似属过于奔驰。"嵩道："海瑞素著名望，番人钦仰，此去无不济之理。"帝不得已准奏，加海瑞兵部侍郎，充天使之职，前往安南催贡，并察动静，并赐以一品仪从，立即前往。严嵩领旨出宫，心中大喜，即时到吏部去令人报知海瑞。

再说海瑞自上了那奏章，即便在寓静候批发。海安道："今日老爷已经升庭了，夫人尚在历城。何不令小的前去迎接来京，同享荣华如何？"海瑞道："且慢，现有疑案未决，待等皇上批发下来，办清了案，然后再接来京未晚。"过了两日，只不见圣旨下来。海瑞自思道："莫非奸贼已知，故意留中不发否？"次日，吏部差人送钦加职衔并上谕处。海瑞看了上谕，只得拜受恩命，自怨自嗟道："我正欲澂清泾渭，免玷宫廷，谁知又有这个远差，不得已搁下。"且把行李收拾，打点起程。次日，吏部、礼部，各各差人送仪从圣旨到。海瑞谢恩毕，即与海安一路出京而来，望着粤省而去。

严嵩看见海瑞出京去了，复与张居正商议道："海瑞这厮虽然去了，彼若回来，却又要与你我作对。何不趁早想条计策将他杀了，斩草除根干净，去了我们祸患？"居正道："这有何难哉？海瑞一主一仆，此去未远。在下又有一人姓沈名充，此人生来有胆，性喜杀人。令他赶上海瑞住宿之处，伺夜静时，突入杀之可也。"严嵩道："甚妙，可即行之。"居正即便回府，唤了沈充，吩咐如此如此，这般这般。赏他金帛，成功之日，保他一个千总之职。沈充领命，身藏匕首即日起程，如飞的追来，自不必说。

再说海瑞过了卢沟桥，是夜宿于饭店。那桥头有一座关帝古庙，海瑞吩咐海安道："明日五更时候，便即唤我起来，到庙拈香。一则保佑皇图永固，帝道遐昌，二来求庇你我一路平安。休得误了。"即便烧汤沐浴。至五更，海安起来，请起海瑞。海瑞洗面更衣，恭肃至庙，点烛炷香，祝道："弟子海瑞，蒙圣恩差往安南国催贡，伏乞神明福庇，该国王拱手悔罪，钦遵圣旨；二则祈保皇图永固，帝道遐昌；三则求神恩保弟子与仆海安，一路平安至抵该国，无负圣恩。"说罢再拜起来，签筒抽了一枝签来，是要问路途上可有凶险之处否？见是第十九签，海瑞谢了神命。海安便即跑去取了签簿来看，只见上面写的是第十九签下下：

波浪无端起，扁舟起复沉。野林防暴客，夜渡祸还深。解曰：喜中惊，惊中喜，一朝时至矣，两度皆全美。

海瑞看了一会，详解不透，乃取了纸笔，抄录怀于袖中。回到店中，天尚未明。海瑞向店主讨了夫马，用过早膳，与海安并十余个挑夫出店，趁着早凉而行。正是：

披星非为利，戴月岂图名？
只缘干禄重，万里作长征。

海瑞在路上，尤以不得彻底根究陈春一案为恨。走了一日，就到了野林店面，打了住店。海瑞自思："签语上有'野林防暴客'一句，今夜投居正是野林地面，莫非是今夜有甚凶险之处么？"满腹疑团，且用过晚膳。海瑞愈想愈慌，自忖神圣之言，不可不信，今夜必有暴客至此。暴客二字，非仇即盗者。我一生不曾与人有仇，但只恐窃盗到来，偷取行李。况且现有圣旨在那箧中，倘或失去，如之奈何？遂开箱箧取出圣旨，端正供着在帐中，暗暗唤起海安道："你今夜与我躲在帐中，必有匪人至此，小心防守，庶无遗失之虞。"海安道："不必在帐中，待小的躲在门后，那贼必然钻门而入，那时拴之，岂不容易。"正是：

防他有策，证彼无知。

毕竟海安可拿得着贼否，且看下回分解。

第四十四回

## 卖凶杀害被获依投

当下海安道:"既有贼人到此,这也不妨。亦不必在帐中守候,小的躲在房门背后伏着,那贼人进来,必从房门而进,那时小的乘其不备,突起擒捉,有何难哉?"海瑞点头称善。

且不题主仆二人计议,再说那沈充领了张居正之命,藏带着匕首,一气急急追随着。这日追到野林地方,望见海瑞在前,他也不去惊动,谅海瑞必投店安歇,徐徐跟着。到了黄昏时候,海瑞主仆果然投店住宿。沈充大喜,待他入店之后,自身亦入此店,就在海瑞邻房,专待夜静时动手。吃过夜饭,又用了许多酒,以壮其胆。在那店房内直等到二更之后,听得满店的客人俱已睡静,沈充即便把衣服脱下,只穿一件皂布紧身,两腿着套裤,足下登了快鞋,怀了匕首,轻轻的把自己房门开了,悄步潜踪,印着脚儿,来到海瑞房门之外。只听海瑞在内朗吟道:

百年秋露与春花,展放眉头莫自嗟。
诗吟几首消尘虑,酒酌三杯度岁华。
敲残棋子心情乐,抚罢瑶琴兴趣赊。

分外不加毫末事，且将风月作生涯。

沈充听毕，自忖道："这些举动，真是腐儒之气，这等时候不早去睡，还在那里吟咏。"只得又等了片刻。又闻吟道：

小窗无计避炎氲，入手新诗广异闻。
笑对痴人曾说梦，思携樽酒共论文。
挥毫墨洒千峰雨，嘘气光腾五彩云。
色即是空空即色，淮南春色共平分。

吟毕少晌，又听里面说道："见此诗新异，令人阅之不忍释手，当作一律以美之。"又复吟曰：

绝调新异已闻语，几重旧案又翻新。
狐狸冢现衣冠古，傀儡场中面目真。
冰柱雪花空幻象，鸡鸣犬咬属何人？
寻常事久非人想，领土轻云亦染尘。

吟毕，乃渐闻欠伸之声；迨后寂然不闻复吟矣。

沈充窃听良久，自思："此时当睡去。"乃从门缝之中窥张，只见孤灯一盏，帐子内鼻息如雷。沈充便大着胆，将那房门轻轻的推了一推，却是挨实的。遂将匕首钻了门缝，撬了几撬，那门闩也就开了。此际海安正立着不动。沈充挨着门扇，轻轻的挨身进去，被海安黑地里突出双手将他揪住。叫道："拿住了，拿住了！"海瑞却从帐内跳出来，帮着海安。那沈充几次挣扎，因海安蛮力，双手捏住，不但不能动弹，连气险些被他捏绝了。海瑞道："且勿放松，我把条麻绳来缚住，休教走去了！"沈充自知不好，欲动匕首，谁知捏住不能用力，刚要斩海安，却被海安一丢落地。沈充见无法可施，只得哀求道："不用绑我，如今既已捉住，料难走脱，不必费力。"海瑞乃将房门闩实，把一张交椅靠在门后，自己坐着，方叫海安将他放松。海安道："放松不得的，他有凶器在身。先时拿一小刀来斩小的，幸得看见打落地下了。怕他身还有刀，放了必来刺人。"

海瑞闻言，先把灯照过地下，将匕首拾起，又把他身搜过，见并无做贼器具，乃令海安释放了他。沈充见手无寸铁，料知插翅难飞，只得跪下哀告道："小人肉眼不识泰山，冒犯尊颜。幸开一面之网，恕免小人之死，则生生世世，感德靡既矣。"说罢，叩头不迭。海瑞怒骂道："我先还只道你是小户贫民，逼于饥寒，故一时萌此不肖之念，觊觎行客。谁知你身藏匕首，盖意欲行刺，并非作窃。我且问你，系何人主使来？快些说来，还可略宽一线，不然夤夜怀刀，行刺钦差大臣，只恐寸斩有余，而复累及妻妾祖宗也。你慎思之，毋贻后悔也！"

沈充听了海瑞这番言语，自思句句不差。既已被拿，自然不能逃脱。且又露凶器，不能强辩的了。不若直对他说，或者原谅我，为人所使来，系为从犯，尚可宽恕。否则天明将我交与有司，只怕一顿板子夹棍，不得不招。那时官官相护，有司岂肯容我直供？如严刑锻炼，逼我招认为首，这是有冤难伸，岂不白白的坐了典刑？不如在他跟前直说为妙。乃叩头说道："小的原是张居正府内家奴。只因大人出京之后，家主命小的身怀匕首，来赶上大人，不论甚么地方，杀却大人，将首级回去领赏。可怜小的逼于主命，不得已来此，今为大人所获，罪该万死。伏乞恩开汤网，大发鸿慈。念小的系威逼而行，宽开性命，则来生犬马图报矣！"说罢又叩首。

海瑞见他言词直切，谅无遁饰之处，乃对沈充说道："你的说话，果是真的么？"沈充道："焉敢乱说，但望开恩！"海瑞道："你身为家奴，自然身不由己，主人有命，不得不从，自非你心中起意。我自谅你，你且起来。"沈充叩头称谢，起来立着。海瑞乃移椅转座，将房门开了，问道："你如今不成功，如何回见家主？"沈充道："小的只幸大人不罪，就是沈氏历代祖宗之幸。即此回去，家主虽将小的杀了，也不敢再萌异志了。"海瑞道："不是这般说话，你既为他家奴，自然要受他约束，不能抗违的了。如今又没有首级回报他，岂不怒你？还要打个主意才好。"沈充听了，连忙双膝跪下道："小的蒙大人不杀之恩，无以为报，情愿投在府中，作个家人，早晚侍奉大人，以图报答深恩，恳乞大人收录。"海瑞道："我如今要往安南催贡，一番跋涉，怎肯相累你？也罢，住在店中，待我回时，再作商量罢。"

沈充听得要往安南，只一句话，不觉喜得手舞足蹈起来，说道："大人要往安南，小的最熟路径，正要与大人出力，好报高厚之恩。"海瑞道："怎么，安南的路径你却熟识？"沈充道："小的幼时从父亲往安南去贸易，其国王姓黎名梦龙，原是广东广州东莞人氏。其父名唤黎森，在安南贸易。那时尚是安南郑王居位，无子，单生一位公主，名唤花花儿，生得美貌多才。这郑王要招一位乘龙佳婿，不喜他本国的人，要招汉裔，遂高搭彩楼，便在五凤楼前出下榜文，要招驸马。此时所有各商人，俱各齐齐整整的前去迎接彩球，以冀打中便为驸马。那黎森才得二十二岁，生得面庞俊俏，此际亦走到人丛中去看一看。谁知天缘有在，恰好无千无万的人，公主都不中意，偏偏就看上那黎森。一个绣球打将下来，正中那黎森的肩上。那些番人大声齐说：'有人中了！'大众哄然而散。须臾，一群番女走下楼来，将黎森拥簇到里面去见番王。那郑王看见了黎森生得好相貌，不胜之喜。即时把番服与黎森更换，立即封为驸马。唤了礼倭，请公主与他拜了天地祖宗，合卺交杯，送入洞房，共成夫妇之礼。不上二年，那公主生下一子，郑王也一病而死。国中无人掌权，番人看见他是个半子，就一齐议立黎森为主。黎森虽登宝位，不忍改易郑王宗社，仍奉郑氏为主，自称郑王之后。在位五年，黎森亦死。其时黎森之子，方才六岁，幸有大司马侯光宗，忠心为国，拥着那六岁之儿，取名黎梦龙即大位。及至梦龙到了一十二岁上，便晓得仁义，不敢蔑祖，仍以郑氏为主，取国号郑黎氏,自号为郑继王,如今已是十八岁了。小的随着父亲之际亲见其事。后来小的父亲死在安南,小的不知长进,没人管束,便任意花消,不半年,已弄得干干净净。一身无靠,又病起来,倒在大街之上。虽有乡亲,也不肯周济分文,遂至一丝残喘,待毙通衢。适值继王出来郊游,见了小的,问起根由,动了恻隐之心,将小的带回养病,足足养了半年方痊愈。又蒙继王格外施恩,赏小的为禁中军士,在宫六年。想起父亲棺柩无归,乃向继王哀恳,给假回家葬父棺柩。继王大喜,说小的孝思不匮,赏了一百两银子,拨定船只夫马给与小的。自那年回家之后,葬了父柩,又没生意经营,日复一日,就把那些银子用光了,依然流落,幸得张居正老爷收录。若说起到安南那里,是小的最熟的路径;二则可为大人致意,或可少报大人恩典于万一,伏乞大人俯赐收录。"

海瑞听他说得有原有由,笑道:"你本是一个孝子,怎么一时差错,却投在奸贼府中听用,行此不仁不义、悖理逆天之事?好的是遇着了我,若是遇了别人,只恐你今夜就不得生全了。也罢,你若肯改邪归正,随我前去。若是回来之际,却是始终如一,我却荐你一个啖饭之处。若说要随我回京城里去,这却不能的。那张、严等在彼见了你,怎肯相容?你自去想来,如果坚心,方才可应允我呢!"沈充叩首道:"小的蒙大人这番恩典,怎能怀着异心?"乃对天指灯发誓,海瑞方才放心,将他收下。

次日,海瑞起程,携带着沈充而行,一路上多亏他用心用力的服侍。后人读到此处,有诗单赞海瑞能以正言点化顽劣。其诗云:

  石中本有璞,只少切磋人。
  若得良工剖,堪为席上珍。
  凡人皆有性,惯习失其真。
  今得一木铎,谆谆改易心。

恶念时时改，金言日日亲。
芝兰同作伴，不觉有香薰。
试看沈充者，一念作好人。

毕竟沈充随着海瑞到安南去，可催得贡物否，且听下回分解。

第四十五回

## 催贡献折服安南

话说海瑞带领着海安、沈充二人，一路望着安南而来，按下不表。

再说那安南国番王黎梦龙，乘着父遗社稷，自称继王，有自大之意。往昔每年遣使到天朝进贡方物一次，自这黎梦龙登位以来，便欲妄自称雄，起初十三年还遣官进贡，后来三年竟不来贡。其时有丞相何坤奏道："伏见国家以来，皆与天朝通好。今圣上欲自尊大，三年不贡，天朝必然见罪，窃料不久当有问罪之师临境矣。"黎梦龙道："孤自蒙祖宗遗下社稷，复赖上天庇眷，物阜民丰，更兼邻国皆惧孤威，莫不前来结好。全赖卿等同心协辅，兵精粮足，即使不贡，天朝谅亦无奈我何！孤不忍久居人下，自非池中之物，卿勿复言。"何坤见梦龙立此心意，也不再言，出而叹曰："仅得弹丸之地，而遽欲自大，故激大国，是犹欲以卵敌石，安得不破哉！"

不说何坤磋叹，再说海瑞与海安、沈充二人，一路兼程而来，到粤西由贵州一路兼程进发，直至南宁。此际，那郡守指挥忽然惊讶，只道他为甚的复来，俱向海瑞问安。海瑞道："在下来此非为别事，只因安南国三年不贡，奉圣旨到彼催贡，经临贵境，搅扰不安。"指挥道："大人差竣未几，何以又出远差？"刚峰道："食君之禄，当报君之恩，何分劳逸？"即欲出关而去。指挥道："大人车骑到此，岂有一宵不宿即便出关的道理？不佞稍备一杯之敬，伏乞大人赏脸！"刚峰说道："既蒙大人厚意，只得叨扰了。"是夜宿于关内。

次日，指挥点了一百名精兵，护送刚峰前去。刚峰道："不敢相烦。我有二仆服侍足矣。只要十数名挑夫，很够了。"指挥道："虽然如此，实不放心。今大人既实不欲多人相从，在下只拨三十名，以听驱策，如何？"海瑞见他情意殷殷，只得应允。指挥便选了三十名悍兵相随，亲与郡属官员相送至关外十里，方才作别。犹自千声珍重，万句叮咛。海瑞既出了南关，不远就是安南地界了。沈充道："老爷且在这里驻扎，待小的先到里面说知番王，叫他前来迎接，方才体面呢。"刚峰道："此去须要小心，必要早早的回信。"沈充应诺了，即望安南城关而来。

走了二个时辰，已到番城。沈充才得入城，便有许多旧相识问安询好。沈充此时都不暇应接，只顾望着皇殿而来。这日恰好是十五望日，诸番官文武俱到殿上朝贺。这继王对着诸臣办事，故此坐得许久，尚未退朝。沈充恰是走熟的道路，一直而进。那些侍卫都晓得他是继王的家奴，没一个不向他致意询问寒温的，所以并无阻拦。沈充一直走到大殿，正见诸臣侍立两旁，继王当中端坐。沈充即便趋至案前，俯伏道："奴才沈充叩见，愿大王千岁！"继王开目看见是沈充，不觉喜动颜色，敕赐平身。问道："沈充，你自别寡人，一去数载，今日却记得回来看看孤么？"沈充道："奴才自从叩别龙颜，扶父骸骨归葬，幸借大王福庇，一路风和浪静，直抵家乡。葬父之后，即欲回来服侍大王。谁想天不从人，一病三年，终然落魄，不知受了多少奔驰，流到京城。幸遇兵部侍郎海大人收落。又幸海大人钦奉圣旨，前来催贡，小的思念大王厚恩，故特前来请安。"继王道："甚么海大人？"沈充道："是天朝的官员，现为兵部侍郎。钦奉圣旨，前来我国催贡的。"继王道："如今现在那里？"沈充道："他现在郊外十里坡扎下，特请大王前去迎接圣旨。这位海大人就如宋朝的包龙图一般的人品性情，皇上十分喜爱他的，所以特旨命他前来。"继王道："当朝有名的，只有一个严太师。怎么不令他来，却令这人到此？"沈充道："严太师见了这海侍郎，犹如蛇见硫磺一般。"继王道："为甚么缘故？"沈充道："只因这位海大人，生来性情耿直，只知有公，不谙徇私，不避权贵。他自出身做知县之时，便敢公然盘查国公的赃款。及至升进京城，做了一个司员，他又奏劾严太师。后来太师有罪，皇上发他在彼衙过堂应卯，这位海爷竟敢将太师行杖。即此两般，这就是个不避权贵，概可见矣。此人乃是天朝一个真正之臣也。"继王道："他来我国何意？"沈充道："不过与大王相见，要催贡物而已。"继王道："孤王不去接他，你且代孤请他进来相见，孤王殿下立等就是。"沈充应诺，辞了继王，即便飞奔来见刚峰，备将言语说知。

刚峰怒道："梦龙何物，擅敢抗旨，敢不出郊迎接？"沈充道："老爷且请息怒，耐着些性儿，到了那里，却以硬对硬，彼即喜也。"刚峰道："原来他是这般性的。"遂与海安、沈充飞马而来，一路昂然而入。

继王自沈充出去之后，即令帐下武士百人，各带宝剑，分列两行，自殿下直至阶下。又将大鼎一只，下堆红炭数十斤，鼎内注了沸油，方请瑞入见。海瑞竟昂然而入。看见阶下武士百余人，各各手按刀鞘，怒目而视，海瑞全不以为意，只顾上走。但见当中坐着一人，你道他是怎生打扮？

　　头戴鹿皮雉尾冠，身穿锦络绣龙蟠。
　　狮蛮宝带腰间系，粉底皂靴绿线盘。
　　两眉恰似残扫把，双眼浑似铜铃悬。
　　一部落腮似胡草，鹰钩大鼻胆难圆。

刚峰见了，长揖不拜。继王道："刚峰见孤，焉敢不拜？"刚峰笑道："岂不闻大国之臣不拜下邦之主耶？"继王道："孤自定疆界，数年来未曾与你国通问，你今来此，莫非要作刺客耶？你亦有孤之武士足备否？"海瑞笑道："大王只知好武，不知修文，不十年而国中之人皆目不识丁矣！社稷不亡，其可得乎？"继王怒道："我国文修武备，你何得言此？"刚峰笑道："大王以'文修武备'四字来哄何人耶？"继王道："孤且举其一二与你知道：丞相何坤，侍中江元，翰院劳孔，皆有济世之才，非书生之见，数黑论黄，口有千言，聊无一策，弄章摘句，抱膝长吟者。比武则有瓮都督、齐总兵、王游府、张全镇等，皆有万人不敌之勇，熟谙兵略，何谓无人？"刚峰道："大王之文臣武将，只能在此恐吓番愚则可，若以之临敌，则恐不战而逃矣。瑞乃一介之使来到，而大王动辄百十余人，设鼎以待，则修文备武之度可知矣。"

继王听了不觉赧颜，即下殿谢曰："寡人有犯尊严，幸勿见罪！"遂请海瑞上坐，问道："先生远辱敝邦，有何见教？"海瑞道："久闻大王仁义卓识，素仰盛名，惟恨无由得瞻龙颜。今瑞有幸，奉使而至，得睹光仪，殊慰鄙念。我天子向有俾于大国，而大国亦时修好贡，臣服抒诚。今已隔绝三年矣，故寡君以大王为不敬，如楚之不贡包茅，无以缩之之法。特命瑞在大国催征，伏乞大王察之。早日预备贡物，俾瑞回朝复命，则不胜幸甚矣！"继王道："孤三年不贡者，盖别有意也。今先生乃天朝直臣，不远而来，孤不忍拂先生之意。且权屈旬日，待孤饬令侍臣，赶紧商议，备办贡物，遣使赍表，一同先生回朝请罪就是。"刚峰再拜谢之。继王即宣丞相何坤设宴光禄寺，相陪于刚峰。饭毕，送瑞于馆驿安歇。

沈充仍不时到宫中伏侍。继王道："你又无父母，何不仍在寡人宫中与孤掌管内务，岂不胜似奔走天涯海角么？"沈充道："新恩固好，旧义难忘。小的久有此心，但念海大人视小的恩如父子，高厚之德，未报万一，故不忍遽离之也。今大王恩谕，明日小的对海大人说，仍来侍奉大王左右。"继王大喜。沈充出宫,即将此意对海瑞说知。海瑞说:"我亦有意欲待把你交继王,如今你既有言,明日搬进宫去就是。"沈充叩了头。次日,又在海瑞面前说了一些好话,方才别去。

光阴似箭,日月如梭。海瑞不觉在那里住了月余,贡物尚未收拾完备。刚峰恐怕皇上盼望,乃修了一纸奏章,令人递回京中,以慰圣怀。严嵩接着,不知又是甚么缘故,遂私自拆开。看见写道:

钦差大臣海瑞诚恐诚惶,稽首顿首谨奏,为番酋奉诏悔罪事:窃臣不才,谬蒙圣恩,俾以行人之职,恭赍敕旨前往安南,传谕催贡。遵即谨赍诏前往,开读恩旨。该番酋深惧伏罪,稽首乞恩,请即赶紧备办贡物。臣已仰体圣意,督同该番日夕并工赶办。但需时日,约六月尽方能竣工。臣计离京五月有余,诚恐有廑圣怀,并滋怠慢之罪,臣理合将该番伏罪情由,及赶办贡物日期,先行恭折奏闻。候该番工告竣之日,臣即督同番使押解进宫,伏乞皇上睿鉴!臣海瑞谨奏。

严嵩看了自忖道:"难怪沈充一去无踪,谁知海瑞已到了安南。怎么这黎梦龙又听他的?只是不知这沈充如何下落?赶不上海瑞,畏罪不敢回来还好;倘是见了海瑞,被海瑞用软言哄他,带着他回往,将来回朝,就是有证有赃之祸事了,这便如何是好?"即令家人速请了居正来府说话。正是:

一封奏至心惊恐,又用奸谋起祸殃。

未知居正可曾来否,且听下回分解。

第四十六回

# 捏本章调巡湖广

却说严嵩看了海瑞本章，恐怕他日败露不便，遂使家人立即前往张府，去请居正前来商议。当下居正闻召，速速来至相府。彼此叙会礼毕，严嵩携了居正的手，来到内书房，私自相窃议。

严嵩道："前者足下差沈充前往中途行事，至今半载，不见踪迹。初时仆犹以为彼因不能成功，畏罪逃匿，不敢回来。如今海瑞却是有本章到京，称说已到安南。如今番国伏罪，立即赶紧办贡。恐怕圣上盼望，故此先行具奏。约以六月底在该处起程，不过九月间尽能回京。仆见此本，心却疑惑。若是沈充不曾赶上犹可；若是赶上了，遇着海瑞，这厮是极会说好话的，一顿甜言蜜语，那沈充系一勇之夫，那里晓得利害？只顾免了目前之祸，却不料后来之利害。或者跟着他一路向那安南而去了，亦未可定。日后回来，岂不是你我一场大祸么？"居正听了，如梦初醒一般，不禁跌足道："是了，不错的。丞相一言，却把在下提醒了。正所谓：'只因一句话，惊醒梦中人。'这沈充他自幼随父亲到安南贸易，后来父死，他便流落难归。这番王本是广州东莞县人，乃念乡情，遂把沈充收为内务家奴，十分得用。过了七八年，番王只因沈充之父柩未葬，特赐百金为路费。沈充得了百金，便将父柩归葬。后来一病三年，复行流落，沿至京城，在下收留为奴。实见他身材雄伟，所以把这件差事委他。谁知他却如此。丞相之言，犹如目见的一般了。不然，海瑞竟能说得番王纳贡么？必因沈充，他就是一个活证，这还了得！大家都有些不便之处，如何是好？"

严嵩道："我正为此着急，足下才大，可想一妙计，能阻止海瑞不得回京么？"居正一时努嘴闭目，抓耳挠腮的，沉吟思想了一会，拍掌笑道："有了，有了！"严嵩急问："足下有何妙计？"居正道："便有了！只要丞相出名具奏方可。"严嵩道："只须止得他不回京，又何惜略动纸笔？足下且说，看是如何。"居正道："将计就计。目下湖南一带，地方不靖，匪类连党，白昼横行，官兵亦无法可治。明日丞相可将海瑞奏本一并申奏，兼道湖广利害，非海瑞前往不可。目今安南贡物将次解京，可以无庸海瑞督解，着其就近前往三楚镇抚。若是皇上准了，那时丞相即着委兵部官员飞驰前往，拦住海瑞不必进京，就往三楚镇抚。若海瑞不能进京，就缓缓的打探沈充消息，另作计议。所谓急则治其标也，惟丞相察之。"

严嵩听了，不胜大喜，说道："果然妙计，当即行之。"遂修奏本，照依张居正口中之言，一一写毕，递与居正观看。只见写的是：

臣严嵩谨奏，为据情转奏，并乞恩改授，以资弹压，以安黎庶而彰国宪事：照得奉旨钦差安南使臣海瑞飞章前来，据称奉旨前往安南催贡，于本年月日业已到境，宣读恩诏，该番仰诵皇仁，畏威怀德，即时稽首服罪。立饬番工采取奇珍异宝，日夕上紧赶办各物贡献。海瑞督办在彼，约计六月底始可告竣。计程九月间，始可回京复命。海瑞诚恐主上廑怀，故先行飞章具奏，候贡物工竣，即应督率回京等情，飞奏前来。据此，理合粘连海瑞原奏，一并上呈陛下。再者：湖广全属，地连贵州，交界巴蜀，其地惯出匪类，每多不守正业，游手好闲，三五成群，七九结党，凌辱乡民，种种不法，皆因地方官有司历来法弛所致。匪等见惯，竟成习性，不独不知有天，而且蔑法，因此愈炽愈多，几如蝗蝻，势难扑灭。即省垣有司严访查拿，而该匪等势必逃匿，充斥四乡，村民转难安枕。良善之家，畏其凶暴，纵被鱼肉，竟不敢与较，忍气吞声，敢怒而不敢言。匪等藉此肆无忌惮，被害之民，无可如何，欲控不敢，惧其报复惨酷。忍之难堪，却之受害，几有无以为生之苦。似此则愈纵其嚣张，势将不靖。近年荒旱水火频仍，若不乘时镇抚，必致愈肆猖狂。臣不敢瞒隐，有负国恩。伏乞皇上早拣贤能，迅速前往镇抚，严正捕获。则匪等尽究有法，而良善之家，借此得安枕席，实我皇上仁慈所致。臣等不胜幸甚，荆楚黔黎亦不胜幸甚矣！臣严嵩具奏以闻。

张居正阅毕赞道："文不加点，具见洞达利弊。此本一上，天子自无不准之理。若能得皇上批准，海瑞到了湖广，然后太师发札遍谕阖省官员，遇便参奏，则可断绝祸根矣。"

次日上朝，众文武山呼毕，严嵩出班奏道："昨据海瑞令人飞章具报，今将原奏并臣严嵩另有奏章，恭呈御览，伏乞皇上睿鉴施行。"天子令内侍接了奏章，展开细看，便道："据海瑞所奏，不日安南贡物将至。有此一人前往，使徼外番酋，亦知大义。海瑞可谓使于四方，不辱君命。朕甚嘉之。他日回朝，自当格外擢用，以酬其劳。但丞相并言湖广一带匪类，聚众为害，亟当着人前往整饬，不致劳我黎民。但不知谁堪充此任役？丞相以为何人可使，即须启朕知道。"严嵩俯伏奏道："现任安南钦差天使可充此职。皇上若以之前往，臣保得不三月当奏敷功矣。"皇上说道："海侍郎品望才智有余，以之前往，可必济效。但他现在安南催贡，尚未差竣回京，那得遣之？"严嵩奏道："地方利弊，只在一时，若不早除其小丑，臣恐不止此矣！海瑞虽未差竣回京，然该番既已有心赶办贡物，谅不日亦当告竣，决然遣官随同钦差伏阙谢罪。伏乞陛下以地方百姓为重，敕令海瑞急催贡物完竣，催番使督起行程。若入本境，则交有司地方官护送，督解来京。仍着海瑞纤道迅速飞赴荆楚镇抚，不必回京。此则实为两便，伏乞陛下察之。"皇上听奏大喜，即饬翰林院修撰草诏，差了八百里的飞递前往。

严嵩得了旨意，谢恩出朝，竟到兵部遴选差官起程，方才放心回府去了，不提。

且说那海瑞在安南时常向蛮王催贡竣工，俾得回京覆命。又有沈充在内为之照应一切。这沈充不时假传王旨，到各处工场严催追索，所以那些工匠不敢迟延，日夕赶办。未及三月，贡物俱已告竣。当下安南王将贡物一一点验，装璜封志，令翰林臣修了悔罪乞赦之表，具一清折，将所贡献各物计注明白，随请海瑞同到殿上，当面交代，呈上清单，请海瑞观看。海瑞接过清单细看，上写道：

　　金树玉树盆景四座，火浣布二十匹（长二丈、阔一尺二寸），碧犀念珠一副（一共一百零八颗），另佛头间子（猫儿眼的），象牙一双（重一百八十余斤），火鸡四只（每日食红炭十斤），石犬一对（如鼠大，共重二两三钱），石猴一对（如拳大，高三寸，善晓人意，能持文房四宝），碧玉插屏一对（高五尺），红玉酒杯十只（如血色光），文犀烛一对（燃之能照水中怪物），玄狐皮四张（可作冠罩，能御风火雨雪），浑天球一个（能量天上广狭、度数、时刻）。

海瑞看了，作揖拜谢。安南王即差御前丞相何坤、都督元成，领兵一百护送。各人领旨，遂往殿上摆酒送行。沈充亦来作饯，彼此实不忍舍。继王与沈充直送出关外三十里，方才分别。正是：

　　一旦成知己，那堪赋别离？

欲知海瑞回朝如何，且听下回分解。

第四十七回

# 巡抚台独探虎穴

却说海瑞领了何坤等众，押着贡物，望着内地而来。此际方才到桂林地方，即便接着兵部差官，唤住行脚，开读圣旨道：

奉天承运皇帝诏曰：贤能廉介，国之股肱；尽瘁鞠躬，臣之大节。兹尔海瑞为国为民，屡著劳绩。前者南交抗命，寇虐边隅。你乃多筹广略，亲宣朕德，故边氛不作，一旦消除。今安南不贡，你复代宣朕旨，三年不贡之酋，立即伏罪。卿之功绩，当载在旗，常理宜来京慰劳，左右匡襄。无如国而忘家，公而忘私，如卿之为臣者卒少。今闻湖广一带匪逆甚众，鸱张四载，放肆抢劫，害我良民。故复命你镇抚，无使寇逆滋蔓，擢你为湖广巡抚天使，仍兼兵部侍郎衔监察都御史。拜受恩命之日即便驰赴新任，毋用回京复命。其安南贡物，即于接旨之地，交该地方有司护送来京。你其速赴到任。钦此。

海瑞接了圣旨，山呼谢恩毕。然后即对差官点明贡物，以及令差与何坤等相见。随请该指挥交替，即时分路，领了海安转途而行，望着湖广进发，一路访问民情，呈谢恩奏本，暂且按下不表。

再说湖广地名三楚，界连贵粤，地方辽阔，水环山列。更兼民情犷悍，无业之家，不谋生计；游手好闲，恃强凌弱。又俗尚结会联盟，动以百计。其党甚夥，其凶愈烈，良善之家，受其鱼肉。匪徒又勾结兵弁，串通衙役，以作护符。那不肖兵役，心利分肥，不特纵匪为害，且反为匪所用。若是衙门中有甚消息，他们即便飞报。官差一出，而该罪早已远扬。因而愈无忌惮，往往打家劫舍。官府未尝不办，无奈百票不获一犯，以致如此。

当时衡州有一著名匪类，姓周名大章，其人生得魁伟，性烈如猛火，两臂有数百斤之力。其父原是一个商贾，遗下数千家财。母亲余氏，现有一妹名唤兰香，姿色颇生得美貌，更兼伶俐。这周大章自从父死之后，不安本分生意。初时犹有几分畏惧老母、邻右，不过延请教师到他家中教他枪棒各技；渐至交结朋友太多。只因他有些产业，手里呼应得来，更兼他疏财慷慨，挥金如土，每日里那些不长进的狐朋狗友，邀同各处游玩，或酒楼，或娼馆，一举一动无非是要闹事的意思。终日醉而不醒的，在街头巷尾打架滋事。声言好打抱不平，其实恃着人众，分明寻事，捕风捉影的。良善之家，莫不受其暴虐。如此日复一日，朋友愈众，家业顿消。不到三年光景，便将一副家财弄得精光了。他们是平日饮惯吃惯的，一旦穷了，那里便肯安分？不免纠约众匪，做些没本钱的生意。一次便思二次，二而三，三而四，其匪愈众，其胆愈大起来了。虽衙门中有些知觉，官府票出拘拿，而该匪等又有贿赂官差，故得优游自在。不一年，其胆更大，其党布满一郡。这大章便在河干收拾一只大渡船，每逢往来，必够百人之数，然后开摆过去。遇了夜间，则行搜劫，日里假名生理，民间受过了许多祸患。衡州之地，被劫之家，不下数百家，而府里竟无可如何。近有知者，不敢搭船，称呼船曰"阎王渡"，其意谓渡者必死也。大章终日在那衡州码头摆渡，亦自恃其勇，非足百人不肯开。周大章复聚党羽三百余人，或绿林抢劫，或凿壁穿窗，无所不至。同时有李阿宁、陈荣华等，各统匪类数百多人，日日在那湖广搅扰，良善之家，几不欲生。

当下海瑞受了皇命，带了海安一路访问而来，并无一人知他是个现在特授巡按。一日，海瑞访到衡州，在路即闻周大章"阎王渡"之名，意欲前往乘渡。海安道："老爷休要轻往。小的曾记得，在桥头关帝庙祈得签语上，有'阎王渡'字样，是要遇惊险的。今日恰逢其名，神圣之言不可不信。莫若老爷且挨到任之后，再访未迟。"海瑞说："非也，夫国家养士，原欲为君分忧、为民除害者也。今我钦奉圣旨，来访利弊，岂可因'阎王渡'一节，便退缩不前，诚有负国厚恩！你勿多言，只在左右伺候便了。"

海安听了主人这一番言语，也不敢再言，只得远远的相随，跟着海瑞，来到衡州渡头。只见并无船只，却有许多人聚在一处说道："今夜三更，方才开船。我们却要候到三更了。"有一老者道："即此待到五更，亦要耐烦，不然到那里去找渡船？"一少年道："我们幸喜没有要紧的事，若有要紧的事，只怕误了呢！"海瑞听得亲切，便走到那说话的之内问道："我们是外江的人，到此不知风俗。适间我听得列位之言，好生诧异。"那老者听了，忙忙摇手道："休得多言多语，连累我们。"海瑞道："老丈怎么说这话？就是官渡，人来迟了些，也难怪不得人家说话。"老者道："你乃外江的人，那里晓得我们的乡风？这只渡船，不是当耍的。你若得罪他，只怕你们当不起呢！"海瑞道："难得是他摆渡，领了本府的文凭照会，输捐摆渡，有甚么不可说之处？"老者道："你到底是个外江的人，不晓得利弊。偏偏我们这渡船，不曾领帖输捐，又不是官渡，从这位'阎王渡'主出世，比那有文照官渡者更利害着多呢！"海瑞道："若无文凭，不输国饷，便是自摆私渡，有干禁例，何以如此利害？"老者道："这里本是一个合郡的摆渡生理。自此'阎王'一到，他便把那一概渡船逐去，并不许一只小舟在此湾泊，惟有这一只港船在此开摆。每一开船，必足百人之数，然后解缆。若是少一人，再去不成的。"海瑞道："向来各渡，皆藉此以为糊口，难道被他占了，就不敢出声么？"老者道："且勿高声,待我与你说个透彻罢了。"海瑞知意,即拖了那老者的手,去到对面荫凉树下坐着,问道:"适闻老丈吩咐莫要高声,是何缘故?我们是异乡人,不知贵地利害,敢烦老丈指示,庶免有犯乡规,感激无既。"

老者复把海瑞看了一会,说道:"我不说明,你不知情。且坐着,待我说与你听。"海瑞道:"你我二人云水一天,有甚么话但说无妨。你看那渡船尚早,你我何不坐此一谈以解呆闷如何?"老者笑道:"因是没可消遣的,待我说来。那'阎王渡'主,姓周名大章,此人生来好勇刚强,两臂有千斤之力,又是一个破落户。他早先为人仗义疏财,专肯结交英雄好汉,情愿把这一副家私花消了,结下这许多朋友。又好相识衙门中的差役,所以他就有意作奸犯科,衙门里亦将委曲从他。如此,数年以来,这周大章不知犯了多少重案,官府虽知而不办,各衙门俱为护卫。所以他便占了这个码头,将从前的渡船多皆逐去,自己起造了一只大船,日只一归,夜只一往。百人为率,多亦不落,少也不开。若有人说那些不知世务的话,在码头上包管有祸。所以人多畏惧,改他为'阎王渡',连官府也不敢征他渡税。我看你是个外江人,不晓得其中利害,故说饬知。在此间少要多嘴,自招祸患呢!"海瑞道:"难道这周大章就没有家小的,一味在码头胡闹么?"老者道:"怎么没有?现在前面狮子坡居住,他家还有人呢!"海瑞道:"还有何人?"老者道:"老母,幼妹。"海瑞道:"既有相牵,就该体念骨肉之情,怎么又横行?一朝犯法,只恐悔之无及。"老者道:"休要管他,他自有无边的法力呢!我们且到那里等渡去罢。"正是:是非只为多开口,烦恼皆因强出头。老者与海瑞作别,乃往码头去了。

海瑞自思:"据老者之言,确确有据。但这周大章既有家眷在岸,我何不到彼家中探其虚实,好叫差人前来拿获?"遂不回码头,竟大踏步向着老者所指之地行去。只见沿河一带俱是人家,细询周大章的住址,俱言:"彼家现在前面居住。过了此街,到屋宇尽头之处,约一里外便是溪源。此地并无别家,惟有茅屋三间,就是周大章屋了。"

海瑞听了不胜之喜，急忙向着河边而来，果见一带俱是人家。及走至郊外，望见一片野地，独有三间茅屋。海瑞自思："此必周大章的家了。"遂挺身向前，只见双扉紧闭，似甚寂寥。海瑞又不敢叩门，只得在对门河边坐下。

少顷，见一个妇人，开门出来，手提水桶，约有六十余岁，走到河边汲水。海瑞自思："此必大章之母也。我若去探消息，就在此人身上。"乃故意作出嗟叹之声。这余氏亦听得明白，不觉动了恻隐之心，便问道："这位客官，我看你不是这里人，怎么在此长叹？"海瑞道："小子乃是粤东人氏，只因为有个密友，在此贸易参茸生意，小子特来投他。谁想这朋友于正月间已经回粤东去了。小子盘缠用尽，寸步难行，只得沿路访找乡亲，望其念些乡情，少助资斧，俾得藉此回家。今我一路飘泊至此，自忖身上并无分文，又不敢客寓居住，只得在此坐着，但不知今夜寄宿何处也！"余氏见他说得可怜，说道："你在此也无用，倒不如及早前往，找寻个把乡亲，帮你三文二文，也是好的。"海瑞假泣道："小子亦知如此甚好，但是囊中如洗，怎生行走？况且昨日就没有吃饭，今早起来，又走了许多路，如今觉得身子空虚，竟走不动了。"余氏叹道："你既是饥饿不起，也罢，随我进去，待我弄饭你食。暂且舍下权宿一宵，明日一早起行罢。"海瑞道："多谢姥姥，尊姓何名？"余氏道："我先夫姓周，老身余氏。"海瑞道："听姥姥说来，姥姥是孀居了。可有几位令郎、令媛？"余氏道："有一子一女。儿名大章，在这村前摆渡养生。请问客人尊姓大名？"

欲知海瑞如何答应，且看下回分解。

第四十八回

## 黄堂守结连贼魁

　　却说余氏怜念海公孤旅无依，慨然动念，遂将海公唤到家中，留其过宿，周济酒饭。当下海公谢了，便随着余氏进了茅屋。余氏提水进来，复来问道："适间忙了，未曾请教尊姓大名。"海公道："小子姓钟名生，乃是广东海康人。"余氏道："原来是个大边省人，不远数千里而来，亦云苦矣。那边小房空着，请贵驾到里面暂屈一宵，少顷茶饭便到。"海公再拜谢之，便随着余氏进内。只见一间小小茅房，正面铺着一张土炕，两边摆了竹椅，壁上有架，上面放着许多枪刀器械，白闪闪的锋利无比，令人心胆俱寒。海瑞想道："这就是贼人凶器了。"
　　少顷，余氏拿了一碗饭，四碟荤菜出来，俱系些珍惜之品。海瑞谢道："多承妈妈厚惠，小子何以报德！"余氏道："偶尔方便，何须介意？"海瑞便将菜物略用了些，就罢了。余氏道："你既苦饥，为甚么只用这些？难道是嫌粗粝，不堪下咽耶？"海瑞道："我闻古人有云：'饥食过饱，必殒命。'小子已饿三天，若是饱餐一顿，未免有累，故宁可少食。"余氏笑道："这也说得有理。"徐徐将家伙收了进去，掌出灯来，放在桌上，说道："你且在此安歇，明日用了早膳才去。"海瑞道："今已打搅不安，那敢再扰尊厨？"余氏道："行得方便且方便，带笑而去,把房门反扣了。海公坐在灯下,自思:"余氏为人还近人情,可怜其子法外营生,波及其母。将来破案之时,我必格外宽恕,报以一饭之德。但如今坐在这里,也是无用。对着这个客堂有何益处?我却来错了。"辗转沉思,愈加烦恼,那里睡得着?忽见案头放着一札,海公便拿起来看,只见上面有"周大章老兄手披"数字。海公便取出书笺来看。上写着:

  前者接得尊谕云云。但此案现据失主黄三小称,伊夜过渡船,背负纹银七百两,过了对岸时已三更。正行之际,忽闻后面追呼之声,转瞬十余人直至,将彼银子抢去净尽。月光之下,惟认得足下面貌。供词坚甚,似不肯于甘休者。弟深以彼昏夜搭船,何得独负多银,使招匪人眼目?意欲移重就轻。奈彼坚执不从,以抢为劫。弟实无奈,暂批候访拘追。但此案若以三限期满,不能破获,彼必控,似此如之奈何?愚见欲烦足下留心,察其出入,乘便刺之,以缄其口。否则赃情重大,必须勒限严缉,深恐上宪添差会营访缉,似有不利于足下。惟祈高裁,弟不胜幸甚!专此布达,并请近安。
  呈大章老兄台鉴
关上遥手书

海公看了,暗自怒道:"那关上遥乃是衡州知府,怎么反与贼通?不肖劣员,其罪实堪发指!"乃收其书札于袖内,以为他日质证。

  少顷,忽闻扣门之声甚急,海公伏在门里窃听,里面余氏答应,出来开了门。又听得男子之声说道:"甚么时候了?如何恁早关门!"余氏道:"又到那里吃得这等大醉回来?今夜又作出不好事来呢?"那人道:"你且休管,扶我到里面睡罢。"余氏道:"你且在草堂上坐着,待我说与你听。"那人道:"且到里面睡了,再说罢。"醉得紧了,就要呕吐出来。余氏道:"里面有一位迷路的客人在那里借宿,这时必定睡了,休要惊动他。你且在这里睡罢。"

  大章听了母亲一席话,不觉吃了一惊,说道:"我的房里有许多要紧的东西在内，怎么留过客在里面？"便带着醉，一步一跌的，走到房门口。此际海瑞大惊，听他口气分明就是周大章无疑，又听得脚步响，要进来，此时欲退不得，欲往不能。正在惊疑之间，忽然一声响亮，那门被周大章挨倒，连人跌进来了。那余氏便拿灯来照。周大章已爬了起来，不见犹可，见了海瑞，不觉怒从心上起，恶向胆边生，不分清白，把海公抓住骂道："你是甚么人，敢来窥探我的事情！"海瑞道："请快放手，待我说来。"大章将手放开。海瑞被其一推，早已跌在地下。那余氏急来挽起道："勿惊，勿惊。他是吃醉了的人，休要见怪！"海瑞犹未及回答，那周大章厉声大叱道："还不快说！敢是要叫我动手么？"海公道："勿怒，勿怒！"只吓得战战兢兢的道："我是个过路赶不上站头的，承蒙老太太好意，唤我进来歇宿。不知壮士回来，有失回避，幸勿见怪！"大章道："你是失站的，怎么不向大路上走，却来向我家这条断路上来？这明明是来窥伺我家消息。好呀，你却不知老子的厉害！到这里来，是个自来送死的了。正是：天堂有路多不走，地狱无门却要来！到底你是甚么人？快快说来，如有隐瞒，受我一刀！"说罢，身上取出把利刀，掷在地下道："你还是说不说？"海瑞道："小子实系迷路的；若是认得路途，就不会走进这条断头路来了。"余氏亦在旁代为分辩，求他宽恕，大章那里肯听？余氏自进里面去了，他却将房门反扣着说道："老子此时精神困了，明早再来与你算账！"说罢，带醉的把一张大椅顶住房门躺着，不觉呼呼的睡去了。

再说海公看见明亮亮的利刃掷在地上，又见门已扣了，听得大章呼呼的鼻息如雷，正在房门之处，自料不能得脱的，对着利刃道："再不想我海某今日是这般尽头的了。"不觉惨然悲泣起来。

且说余氏回房见了女儿兰香，说道："往日你哥哥却不回来，今夜留了这人歇宿，偏偏他跑回来。如今将利刃丢在地下，又将房门反扣了，岂不是明明要他性命么？好端端的一个人，却被我断送了性命，于心不安。"说罢竟掉下泪来。兰香道："明明知哥哥这般性气的，怎好留那人在家过夜？这就是母亲少了打点之处。况且哥哥平生心最多疑，那肯放了过去？这般光景，如何是好？"余氏道："虽然如此，还要想个计儿救他才好呢。不然这罪孽是了不得的。"兰香说道："有甚么计儿能放走他就好了。"余氏道："救他出来不得，把那人关在房内，你哥哥又顶住房门睡的，如何救得他出来？"兰香道："既如此，待我想个计策出来。"正是：眉头方一皱，妙计上心来。

兰香思了一会说："却有了！如今趁哥哥未醒，可将外窗门撬开，母亲轻轻唤此人跳出，带至后门口放了，回身把窗门放在地上。哥哥醒来，只道他晓得此道的，却不连害我们的了。"余氏听了大喜，即时走到小房门口，细听大章呼呼鼻息，正在黑甜之中。余氏将窗门解脱，悄悄的轻唤海瑞跳出。海公一听，连忙向窗门跳出，上前求救。余氏道："且勿高声，若要活命，快些随着我来。"海公便紧紧的随着余氏。黑夜之中，不辨东西，只是随步而行。约略转了两三个弯，余氏止步，把门开了，说道："你只从此条路转过西去，急急前进，如有迟延，恐难逃了性命。"海瑞得了活路，谢过了余氏，便依着余氏所指的路，飞奔而去。正是：鳌鱼脱了金钩钓，摆尾摇头再不来。

后人读史至此，有诗赞海公忠心为国。诗曰：

> 为国忧民不惮劳，几经凶险几多遭。
> 身危虎穴终难祸，命寄悬梁亦脱牢。
> 信是忠诚能感格，焉知正直不须逃？
> 海公幸有余婆救，否则黄粱熟已糟。

又有赞余氏心诚慈善，终有好报，诗曰：

> 余妇贤良女，心存恻隐时。
> 怜穷施碗饭，恤寡寄栖迟。
> 孰料儿为梗，翻凭女巧思。

一朝疏密网，万载羡功奇。
有心怜性命，无计束顽儿。
吾钦余氏女，千古令人思！

又有人以诗赞兰香慧心巧思，诗曰：

二八深闺女，胸中有巧思。
能施活命计，慷慨胜男儿。
只恨兄心毒，翻怜自好姿。
赤绳何日系，谁画妾双眉？
令女钦叹赏，当赠五言诗。

当下海瑞得脱了性命，急急的望西而走，幸有微月引路。时已五更天气，海公只顾狂奔，乃至天明，已见城开。便走回店中，叫海安伺候，穿了衣服，来至指挥衙门，正值衙门才发头梆。海安上前，向那把门的军官说道："新任巡按到拜，有机密事要见你家大人。"

那把门的军官听了，即忙进内通报。指挥急忙出堂迎接，携手入内。海瑞亦无暇告诉别事，便将"阎王渡"事情，如此如此，这般这般，逐一说知。立即请去拿人。指挥听罢，吃了一惊，喜得巡按未遭毒手。即令中军官点兵三百，前去拿人。正是：

只因平日作邪人，惹起官兵动杀声。

未知官兵此去如何，且看下文分解。

第四十九回

# 逃性命会司审案

　　不说指挥使听得海瑞所说，吃了一惊，急急传令左右两旁游击，各带百五十名官兵，前往捉拿周大章。再说周大章睡到五更酒醒起来，唤醒余氏点灯。余氏自从放走了海瑞，那里去睡得着？今忽然听儿子叫唤，故意不即答应，装成熟睡的光景，周大章叫了好几声，方才应道："好端端的睡了，又叫甚么？"大章道："快些点个灯来。"余氏方才爬起床来，打着了火，点上灯，拿将过来。

　　周大章即便接过，自拿到小房面前开眼一看，只见两扇窗门儿开了，不觉大惊。急忙进内瞧看，不见了海瑞。大章复到后门来看，只见门已开了。忙转身到房细看，说道："不好了！这厮亦会此道，怪不得走了，这就是我酒醉误事。"转问余氏："可曾听得其动静否？"余氏道："三更以后，我还与你说话；想必是四更走的呢。"大章懊悔不已，急忙到房内检点各物，惟是不见了书札，跌足道："不好了，这书被此人盗去，这还了得！我料他亦走不远，势必追回，着他取到书札，才免祸根。"

　　正欲出门时，天色已明。忽然，一派声叫，前后门打将进来，拥了一屋官兵。大章见了，自知不好，急忙要走，早被军兵拿下。大章大叫道："你们拿我做甚么？"官兵道："你是个积匪大盗，怎么不拿你去见官爷？"说罢，蜂拥而去。余氏与兰香此际亦无可如何，只是哭泣，请人探听消息而已。

这里，海瑞辞了指挥使，回到店中。那地方有司早已知道，顷刻之间，多来问安参见。海瑞吩咐："回衙理事，候上了任，然后接见。一切供应俱免。本部院并无眷属，只携一仆，日常两餐蔬菜下饭已足。"地方官听了，不敢照常供应，惟略具而已。次日，海瑞清晨起来，梳洗已毕，穿起那件大红布圆领，戴了乌纱。不多时，就有地方官领着仪从来到。三声炮响，海瑞升舆。一路鸣锣喝道，来到巡按公署。海瑞下轿，拈香祭门，行了大礼入衙后出正堂。两旁书差各役整齐，分班站立。掌印使捧上印盒，跪请开印。用印毕，当即有司道府各官进上手本禀见。

海瑞看了，吩咐单请两司入见。须臾，两司趋入，行了庭参大礼。海瑞吩咐另设两张公案，请两司左右坐下，独传本地知府关上遥进见。那知府只道有体面，得意洋洋的趋进大堂，朝上唱衔行礼毕，侍立于旁。海瑞道："贵府荣迁此任，有几年了？"知府道："卑职前年调补来任的。"海瑞笑着说道："贵府令望久闻，衡民倚之如父母者，正贵府之功德也。"知府忙打一躬道："卑职无才无识，谬蒙圣恩知遇，并荷列位大人培植，饬守此郡，自愧有负圣明与列位大人鸿恩。"海瑞道："本院钦奉圣旨，按临此地，在路稔闻本处匪类甚多。贵府在此已经二年有余，郡内颇有著名匪类否？"知府说道："湖广民情犷悍，性好勇武，多有不务正业者，惟长沙、贵阳一带为最。敝属前有数名颇肆枭张，自卑府到任，概已拘拿，立置之法，今幸宁静，无烦大人挂怀。"

海瑞道："多亏贵府设法卫民，驱除奸徒，百姓得以安枕，皆君之力也。但闻本地有周大章，其人不守本分，又好结党横行，现在码头开摆'阎王渡'，贵府可闻乎？"知府说道："周大章不过一渡夫耳，何得有此强暴？渡名'阎王'者，以大章面黑似阎王也，惟大人察之。"海公道："大章面貌亦不甚黑，身体颇见魁伟。本院昨夜曾在他家歇宿，承他照拂。现有一札托本院转致，惟君收看便知。"即令海安，将一纸书札传与他看。知府接书到手，不觉吃了一惊，认得是自己手迹，寄与大章的。此际正是：三魂飘海外，七魄在天边。知府自思："此书如何得到他手里？"只得免冠叩头说道："这非大章之书，亦非卑职之笔。此必有人栽祸，还望大人明鉴。"海瑞道："既非贵府笔迹，想必名姓相同者，而本院错传了，可将此札交回本院。"知府此时不敢怎的，只得原札仍复呈上公案。

那海瑞接回，又对两司道："两位大人有所不知，只因本院昨过周大章家中，大章将此书札托本院转致于他，谁知倒错了。今烦两位大人看是如何。"遂令海安将书札递与两司看。两司同立起来共看。可怜知府此际恰如热盆上蚂蚁一般，不知所以，浑身汗下，跪在阶下，只是叩头，口称："该死。"两司看毕，共说道："这知府同贼交通，瞒禀大人，实罪无可逭之理，求大人参办就是了。卑职等有失稽查属吏，亦难免咎，并求大人处分。"说毕退立阶下。

海瑞道："二位且请复坐，本院自有话说。凡为府州县者，乃民之父母；更沐皇上殊恩，当以爱国保民为本务。何期身膺四秩，位列黄堂，而乃与贼交通，抹案贪墨，纵盗行凶，殊觉有负天子厚恩。似此何以居民之上？本院若不正之以法，则将来效尤者不一而足，只恐民不聊生矣。"两司躬身道："该府有罪应得，惟大人施行。"海公便对知府道："你平日只是为盗，今日有何话说？"知府叩头自说："死罪，求大人格外施恩！"海瑞道："害民纵盗之贼，那里还有恩典与你！"吩咐左右将知府穿服剥下，且带往狱中监禁，听候奏办。左右答应一声，如鹰拿虎抓一般，早把知府簇拥下去，押往司狱收管去了。

少顷，人报指挥使大人委中军官押解周大章到了。海公大怒，吩咐"标滚"进来。施刀手答应一声，飞奔出头门而来，将周大章一滚三标的滚到大堂阶下伏着。海公问道："周大章，你可认得我么？"周大章道："小的乃是村民，怎么认得大人？"海公道："你且抬头一看，本院是谁？"大章道："小的有罪，怎敢抬头？"海公道："恕你无罪，你且抬头一看！"大章抬头一看，不觉吃了一惊，呆了半晌，自思："这位大人，我昨夜不该得罪了他。"遂叩头如捣蒜一般，说道："小的真是不曾会过金面的。"海公笑道："昨夜二更之时，你曾在家将利刃交我自决。怎么这时候就不认得本院了？你的款迹本院是晓得的。你从实招来，免受刑法之苦。"大章道："小的本来不肖，今已被拘，生死惟大人操之。"海瑞怒道："本院怎敢擅主人之生死！因你犯法，特此会二位大人在这公堂勘问，怎么说这话来？快些招供，如迟刑杖立加矣。"大章只是不承认。海瑞大怒，即对按察司道："这厮不承认，还要相烦大人刑讯，务取实供归案为要。"说罢拱一拱手，退入内堂去了。

当下二司送过了海公，也退回司法所来，唤了差役人等将周大章提到案前严讯。大章只肯招称："平日不守本分，所作所为之事业多不正道。至于抢劫杀人，实系小的不敢。"东臬司道："胡说！你的所为早已被巡按大人访得确切。昨夜大人宿在你家，搜出书札。如今吴知府已经监在本司监狱，听候奏办。谅你一犯人，何敢屡屡不招！岂坚强不供，即可漏网？"立即吩咐左右动刑，先取皮巴掌尽力重打一百。左右答应一声，即将大章扯到阶下，掌了一百个皮巴掌，大章还不招供。臬司大怒，命取夹棍上来。左右将大章上了夹棍，收了紧紧的绳子，把这周大章昏了过去。忙用冷水喷面，少顷醒来。周大章被夹得五内皆裂，打一百个嘴巴掌，虽则口吐鲜血淋淋，这夹棍比他苦痛十分。将此夹棍渐渐提起，绳子松开，大章坐在阶地。臬司又问道："你今可愿招供么？"此际大章思想："如不招来，又恐夹棍起来，五内迸裂。"慌忙道："小的情愿招了。"臬司道："不怕你不肯招承！"令左右授他笔砚，令其自己写供。

周大章无奈，只得执笔亲供。一共认了一十二款，写完呈上堂来。臬司接过一看，只见上写着道：

> 具供招人周大章，只因自幼不肖，不思学习正业，与那匪类朋友商议，要做无本钱事业。业已犯过一十二案。今在大人台前，切实供明，并不敢隐瞒，求乞开恩！案款列左：
> 一案犯白日强奸幼童黄阿槛，未经告发。
> 一案犯黺夜入劫梁阿兴家衣服、银钱，业经屡控，院司未破。
> 一案犯酗酒打架，伤任阿六，到案。
> 一案犯摆渡行劫，在本郡河面摆渡，每遇黑夜便劫掠行客衣物。
> 一案犯白日持刀，杀死本街吴错元妻女两口。
> 一案犯殴毙茶坊小乙胡亚六，经控未获。
> 一案犯伙窃本城刘大绅家衣服、首饰物件，拒捕伤家丁。
> 一案犯拦街截抢屠户古阿珍买猪银两，经告未获……

二司看了笑道："你何止犯一十二条案件？还有与那知府通贿这一案，怎的不承认？快些一并写来。"大章道："小的自己犯法，宁甘万死。怎忍连坐公祖之官？"臬司道："该府自己均已供明旧案，你何苦独欲拌煞？只恐他亦不能为你救也。"周大章无奈，只得提笔再写。正是：

> 平时贪贿赂，一旦见诸书。

毕竟大章供了知府，后来如何，且听下文分解。

第五十回

# 登武当诚意烧头香

却说按察司取了周大章的口供,即与布政司会同呈上公堂。海瑞看了大章的口供,即发该司拟议。二司不免再三会酌,方才拟了上去。海瑞将详文一看,只见上写着道:

> 湖广布、按二司张敬齐等为会议详复事:职等会议周大章一案,罪情重大,共犯二十余款,刻难缓决。合依大盗扰害地方律,拟议凌迟碎剐处死。其通盗之知府,实属不肖,有玷官箴。合依贪墨纵盗例,请旨定夺。但该犯在该属历肆扰害,受害之家,平日畏其凶悍,敢怒而不敢言者,不知凡几。今经审明,合行恭请尚方宝剑,立将该犯押赴市曹,凌迟处死,以快人心,特彰显戮。其有供开伙党,候即严拿务获,按律惩办。职等会议,不知有当否?伏候大人察核遵行。须至会详者。左申钦命巡按湖广部院海。
> 
> 　　　　　　　　　　　　　　　嘉靖　年　月　日申

海瑞看了详文,即行批道:"该司会办殊属协允,如详可也。"复即令书吏立时悬牌一张,其牌示云:

> 巡按湖广部院海示:照得匪犯周大章业经弋获,审明在案,合行处决。为

此牌仰按察司差役知悉，于本月初十日，即将匪犯周大章带赴辕门，听候本部院会同指挥部堂，督同司道当堂研讯，恭请王命处决，毋违。特示切切。

当下将牌悬在辕门。海瑞立即差人持帖往请指挥。这是个故套，原是不来，不过遵循着"节制"这两个字而已。

次日，各司道早已在辕门伺候，海瑞整衣冠而出，三声炮响，升了公座。各司道等上堂参见毕，分东西两旁而坐。海瑞令将周大章带上堂来。按差答应一声，即时把那周大章由东角门带进，跪于阶下。海公道："周大章，你今日还有悔恨否？"大章道："小的犯法，万死不恨。惟有老母、幼妹，未曾安结，尚思念耳。"海公道："你之母、妹，自有本院格外恩恤，你可不必记挂矣。"随令绑下推出。刽子手一声吃喝，将大章五花大绑了。海瑞提起朱笔勾了，吩咐推出。左右将大章簇拥而下，由西角门带出，旋有官兵护押而行。海瑞特请尚方宝剑，令中军官接着，按察司二员亲押犯匪大章到市曹处决。顷刻之间，周大章已经首身俱碎，见者无不快心欢喜。

中军官等缴令已毕，海瑞令海安将银子十两周恤余氏，拨送老人普济堂，俾余氏终老，以报其相救之恩。惟知府尚在狱中，海瑞即便修了本章，将知府以及周大章犯案情形，具折奏闻，差官驰驿进京。差官领了奏章，即便飞驰而去，自不必说。

海瑞既清了周大章及党羽匪犯一切，遂起马巡按他郡。一路访察而来，所过地方，俱不许有司供给。每到一处，必告示先行，贴于要紧之地。其告示十分严肃，略云：

钦差巡按湖广部院海，为关防诈伪，以肃功令事：照得本院恭膺简命，巡按此邦。先宜关防慎密，毋使有借端之弊。本院虽非起家词翰，然以一榜出身，仰蒙恩眷，由司铎而转县尹，历任部曹。后承殊遇，俾任封疆。受恩深重，图报维艰。本院惟有矢公矢慎，饮冰茹蘖，以报我国恩。所有文案，一切皆出亲裁，并无假手他人。其余一切交游，早已屏绝；山人、墨客、医卜、星相,素无往来。倘有不肖匪徒冒充本院知交,谓关节可通,面情可许,希图诓骗,亦未可定。为此示谕合属诸色人等知悉:如有前项匪类,假称本院知交,从中舞弊,许你等立时扭获,交地方官有司详解行辕,以凭重究。各宜懔遵毋违,特示。

却说这告示先行,海瑞随后继至,所以经过地方秋毫无犯。那些百姓闻得海瑞来到,即便沿途迎接,箪食壶浆,以迎其驾。有屈抑者,即到马前呈诉,海瑞即为申理。欢声载道,百姓忭舞。

一日来到府属,海瑞想起武当山十分灵应,只是要到山上进香者必须斋戒沐浴;果然问心无愧者,方能上得山上。否则那当殿的王灵官,就是一鞭打落山下,所以到那里进头炷香者甚少。当下海瑞来到山下扎住。是夕斋戒沐浴。次日五更,即便起来换了新衣,连茶也不吃一口,即便拈香步行前进。海安打着火把引路,那山果真险峻,海瑞挣扎了精神,许久方才到得山上,远远听得钟鼓之声。及至山门,就有道士出来迎接。海瑞来到殿前,抬头一看,见那王灵官神像,手执金鞭,立于当门,恰如生的一般。海瑞再行盥手炷香,只见那炉已有了头炷香在此。海瑞自思:"上山只有一条路上的。我五更来此,并无一人同行,怎么已有头炷香烧好在此炉中?想必我心不诚所至。"遂上了二炷香,拜祝道:"弟子海瑞,蒙天眷佑,当今天子殊恩,伏乞神明鉴察。一愿皇图永固,帝道遐昌;二愿湖广合省黎民,皆知孝友仁慈,共为良善;三愿风调雨顺,五谷丰登。"祝毕再拜而退。

道士进茶,海瑞问道:"今早可有人来上香否?"道士答道:"就是大人一人来此。"海瑞道:"既没有人来参拜,怎么头炷香已有人烧了?莫非是你们上的么?"道士答道:"小道们上香点烛,是在殿外的。这炷香的炉,乃是等那诚心的信士来上的。"海瑞道:"这又奇了,又没有人来烧,又不是你们烧的,怎么却有香在炉上?"道士答道:"大人有所不知。这里神道最灵,若来上头香的信士,身心稍有些不清静，就不能上得头香。那怕三更到来，也有香在炉上。"海瑞道："原来如此，想必是我身心上不得干净，明日再来罢。"说罢起身下山而去。一路思想："我平生却没有一些不清不白的事，若说身子上不干净，昨夜沐浴，又未茹荤，怎么神圣却不鉴我诚心？"忽又转念道："是了。只因我未曾斋戒三日，又未得尽其苦心，是以如此。"回到店中，即向海安说道："我今要斋戒三日，然后前往烧香拜神。你等亦宜斋戒沐浴，方随我去。"海安应允。

是日为始，致斋三日。到了第四日，海瑞从四更将尽，即便起来梳洗更衣，仍令海安引路。一路上黑暗如漆，四面松声，幽鸣断涧，猿啼鹤唳，甚不可闻。海瑞只顾前行，却不理会。惟海安一人不免心惊胆战。来到庙前，只见双扉还闭，侧耳细听，远闻五鼓。海瑞喜道："我今定烧得头炷香矣。"遂令海安叩门。道士此际尚未起来，听得外边有人叫门，即便起来看一看，神前灯火尚明，那香炉内已有头炷香在内。海瑞即唤开门，那道士连忙开门。海瑞恭恭敬敬的走到殿上，又看已有头炷香上在炉内。海公即唤道士问道："日前我是不曾斋戒，所以不得上的头香。下官自从下山，即时沐浴斋戒，不特荤酒不茹，连一杯清茶也未曾吃。成夜无眠，候至四更五点，即便起程而来。来到宝山，山门尚闭，怎么却又有头炷香在炉内？"道士说道："大人只要一些不犯，才上得了头炷香呢！若是不信，请大人即就今夜在此歇宿，看明日如何？"海公说道："也罢，我且在此过宿一宵。"如是唤了海安，到寓所取了铺盖，以及自备的素菜淡饭，来到庙里。

道士见了不胜惊愕道："怎么大人一口饭，一口茶，也不肯赏脸，远远的还要累大叔搬来？"海安说道："不是这般说。我家老爷，平生是一个清廉耿介之官，自做官以来，从不曾吃过百姓一杯茶酒。不特今日身为巡按，即是当日出身县令，也是这般举动，一切可不用道长费心。"道士见他说得恳切，也不勉强，只得由他主仆自便去了。

当时海公吃过了饭，复令海安取了热水，重新洗澡一番，夜宿于道房。到了三更，即便起来洗脸梳发。海安即将香汤送上。海公再三盥浴，复又换了衣服，即到大殿而来。道士们已是成夜守着的，及至海瑞上殿之时，仍是寂然的。海公私自道："此时才交三更，谅这一炷香烟，定是我上得的了！"欣然趋上殿廷，不觉吃了一惊，细看炉中，亦是一炷香烟缭绕。

海瑞此时，实无可如何，连自己的香也不烧，便来方丈坐下，道士侍立于侧。海瑞叹道："我自筮仕以来，曾未尝虐民贪贿，怎么欲进一头香而不可得，这是何故？"道士对曰："大人前者在寓安歇，贫道窃意稍有不洁，致不竭诚。今晚却宿在贫道山中，自然清净，只是不能烧得头香，贫道窃亦不解其故？"海公道："道院之中，难道亦未洁净的么？"道士道："道院固属洁净。大人今日宿院洁净，何以未得头香，实所不解。"旁有一行者道："师勿疑矣！我观大人自从来此，无不诚心。一连三日而不能上头香者，我以为大人所穿之靴乃是皮的。本山最禁杀牛，岂非因此耶？"海瑞道："我靴固是牛皮所造，但那大殿之鼓，又岂非牛皮所造耶？"

说声未了，忽闻殿上一声响亮，恰如天崩地裂一般，把众人吓得一跳。大众正在惊疑之际，忽行者来说道："大殿上牛皮鼓，忽然无故自破，其鼓上之皮，纷纷都撒于山门之外。"海瑞听了，不觉吃了一惊，叹道："神灵不爽，今信然也。"正是：

　　一诚能感格，神岂不听人。

毕竟海瑞后来如何，且听下文分解。

第五十一回

# 小严贼行计盗娈童

却说海瑞正说之间，忽听外面响声如雷，正在惊疑之际，见行者来报道："殿上一面大鼓，不知何故，无故破得粉碎，鼓皮纷纷飞出山门之外。"海公与道士各皆惊讶，同出方丈，携手来到殿上，果见架上只剩得一个鼓圈在此。海公道："我就当场说了句话，故此鼓面破了。"道士曰："大人适才说了这一句话，而神道现灵如此之速，是真可敬！"于是海瑞随到神前谢过。是夜，海公仍宿于道院，暂按下不表。

又说武当山供奉的玄云上帝及诸神将圣像，最为灵感。只由神明听得海瑞这一句话，所以立即将鼓皮撤去。帝尊即传王灵官一道法旨："今有海瑞，自恃耿直，以不得上头炷香为恨，故将鼓皮撤去，以示灵应。明日与他当上头炷香。你却于他进香之后，即随着他行走。如有半点歪邪之念，许将他金鞭打死，回来覆旨。"王灵官领了法旨，专一侍候着海瑞。次日，海瑞果然上了头炷香，不胜之喜。遂赏了道士五钱银子，即便起马巡按他郡。却不知帝尊法旨，敕王灵官日夕随着，察其动静。

一日，海瑞巡按到湘潭地面，时当天气炎热，走的又是山路，况且又是改装私行，所以地方有司竟无知者。海瑞走了半日，仍在万山之中。此刻炎热溽暑，浑身是汗，喉中又渴，山上又无茶肆。海瑞向海安道："如此烦渴，如何是好？"海安道："对面一派是瓜田，老爷且走那里去，摘一个瓜来解渴亦好。"海瑞此时渴得慌了，遂依了海安之言。走到对面瓜田之中，只见一个个西瓜结熟在那田上。海瑞吩咐海安取一个瓜上来解渴。海安领命，即便取来。不知那王灵官在后面看着，不觉动怒起来，正要举鞭照下打来，忽转念："想他如今方才摘瓜，看他食罢如何，再作道理。"海瑞取瓜，令海安割开，自己吃了一半，只觉凉沁心骨，顿觉凉生腋下。余者与海安解渴。

二人食讫，海瑞便问道："此瓜可值几何？"海安道："只值二十文。"海瑞道："可取四十文，穿在瓜蒂之上，以作相酬之意。"海安道："只值二十文。何故加倍偿之，岂非太过？"海瑞道："不然，物各有主。今因一时之渴，不问自取，已属不应，故倍其价而偿之，以赎不问自取之咎，庶不有愧于心。"此刻王灵官方才解了怒气。而海瑞又何曾知道？后来，王灵官直跟了三年，见海瑞毫无一些破绽，才去回复帝旨，此是后话。

海瑞巡按各郡已毕，仍回长沙府驻扎，更加勤慎，爱民如子，仁声大著。海安道："老爷自从到任已经年余，可怜夫人此时在历城，不知怎生的苦了！"海瑞道："不是你言，我几忘之矣。你可即日前往迎接夫人来任。"遂将一百两银子，交与海安前去迎接张夫人前来，共享荣华，自不必说，暂且按下不表。

又说那严嵩把海瑞截往他省，不使回京，此时无所忌惮，越发肆其凶残。此刻，严世蕃已经夤缘内监王惇，现为吏部侍郎。王惇以司礼内监转管东厂。看官须知，明朝自宣宗朝，即以内监干预政事。或有谏者，帝曰："彼宫中之人，只图衣食足矣，此外更无他求。况这等人乃朕家使用之人，何碍之有？"自此以后，竟无敢谏者。历代相沿，皆以内监兼管宰相各部事。正德年间，分设东西两厂，东厂监吏、刑、兵三部，西厂监户、礼、工三部。所有天下大小事情，皆要关照会稿具奏，惟两厂之权是重。当下严世蕃专意奉承王惇，王惇亦要他辅助，彼此往来甚密。世蕃有了王惇这个保镖，便自目中无人，而王惇又恃着帝宠，愈加狂悖，遂与世蕃朋比为奸，种种凶顽，不堪枚举。即如定亲王朱宏谋有一内侍任宽，偶出王府闲游，恰当世蕃退朝，在轿内看见，不觉神魂飘荡，在轿内自思道："天下那有这样的绝色男子！但不知彼何人斯，生得这般美貌？倘得同他一夜之乐，奚啻身入仙界？"一路思想不置。回到府中，只是默默思念，连饭也不要吃。

那家奴任吉看见主人这般烦恼，连饭也不要吃，便问道："老爷每日退朝，纵有甚么大事，都不在意，多是欢天喜地的，今日回府，如何这般闷闷不乐之色？莫非朝中有大事故么？"世蕃笑道："我父在朝权秉钧衡，在皇上跟前，言必听，计必从。我又同王内监情同骨肉一般，即有甚么弥天大祸，有此二人保镖，还怕甚么大事！只因我有一件心事，只是难言，所以闷闷不乐。"任吉道："老爷有甚心事，只管向奴仆们说知，何必闷闷若此？或可代老爷分忧。"世蕃道："适才退朝，在大街上偶然见了一个绝色的少年，果然夺人魂魄，但不知他是何人之子，似此又不知其姓名，只可冥想，故此闷闷不乐。"任吉道："老爷，莫非在那翠花胡同见的那一个穿绣衣直裰的小后生么？"世蕃道："不错，不错，就是那个人。"任吉道："小的只道老爷看见了甚么再世的潘安，复生的宋玉，谁知就是这个。不是别人，就是小的同宗，他的名字唤做任宽，今年才一十七岁，现在定亲王府中充役。这定亲王就是朱宏谋，乃先朝王爷兄弟。只因这位王爷性好男风，不理政务，所以朝廷不肯封藩，将就封为定亲王，使其在京居住，只此以乐余年。他府中的少年约有四十余人，俱是十六七岁的，个个美貌如花。这定亲王分他们为四班，每班十人，每五日一换。个个皆晓得歌唱，更能效女妓婆娑之舞。四十多人中，惟任宽最是定亲王之宠爱，比他人更加十倍。昨日老爷所见者，即此人也。"

世蕃道："你既知是一个王爷的亲随，又与你同宗，大抵与你相知，你可能招致来否？"任吉道："他是小的同姓兄弟，彼此往来甚密。老爷若要他来，这是何难之有？待小的明日自去拉他到来吃酒，那时老爷撞将出来，见机而行就是。"世蕃道："你若引得他来，我却有重重的赏你！"任吉说："小的明日引来就是了。"世蕃大喜。任吉即便前去干事不题。

再说定亲王朱宏谋自受封以来，却未曾出镇，只是在京闲住，终日只以男风为事。皇上念他是个皇叔，况且他不理政事，惟此醉好后庭花，所以不去理会。这定亲王日与一群少年取乐，惟任宽美丽多诈，百事承顺，善宽主人之意，所以定亲王再不能离任宽片刻。正所谓食则同器，寝则同床。任宽自恃宠幸，有母现在内城居住，定亲王爱其子，兼爱及其母，即赏赐他一间宅子，其日用薪水，一切皆代为给办。任宽虽属长随，然门庭光彩，以及宅内所用一切器皿，皆与公侯相等，只因俱是王府分给来的。

这一日，任宽适而到外边游玩，不料为世蕃看见，彼却不知，仍回王府而去。次日，忽见任吉来访，彼此相见，略叙寒温。任吉道："贤弟近日何如？"任宽道："近日天气炎热，少到外边，只在府中避暑，所以许久不曾见兄。老兄近日可好么？"任吉道："愚兄只是终日忙忙碌碌的，不曾得半刻的空闲，所以少候多时。今日偷空特来看看我弟。"任宽道："多谢我兄关照。如此天热，我们到那里去乘凉好？"任吉道："这城内那一处不是如火热的？惟有我们府里新起的凉亭，甚是凉快，内中花柳森森，前面荷花霭霭，洵足一乐。我们何不到那里走走，谈谈心事罢。"任宽道："甚好，甚好！"于是二人出了王府，直至严府世蕃宅中而来。任吉引他进到里面，来至花亭，果是花木荫翳，金碧辉煌。玉石栏干之外，就是荷花池。那池中的荷花红白相间；花下数对鸳鸯，戏于水上，果然清幽雅致。香风徐来，沁人心骨。当下，任吉请他到亭子上坐着。随即有两个小厮上来伺候，献过香茗。

任宽饮了两口，只觉香气异常，那茶色碧青。任宽道："小弟在王府三载，所有各处茗茶，也亦尝过，惟此种茶，却不知名。"任吉道："不瞒弟说，这茶并不是日常杂用的茗叶，此乃皇上所用的玉泉龙团香茗。其茶出于栈道之玉泉涧，涧甚深，内黑，多峭岩怪石，且深不可测，人难得到。涧内出茶树，乘雾而生，人固不能往采。惟涧中有白猿作乐，人若采叶，即到涧边坐下，以鲜果掷去，与猿相换，方才到手。涧中所产无多，每年地方官只贡十余斤。这是御用之物，天子赐与太师的，家老爷是太师那里得来的。昨日愚兄值日，恰好王内监到来，家老爷命我煮此御茗，所以才偷些出来。恰好贤弟今日来此，此亦我弟有口福也。"任宽道："多蒙我兄见爱，只恐没福消受。"任吉道："舍得在这严家，怕没得御用之物？"

旋有一小厮，捧着一个果盒进来。任吉便令将一张八角桌子儿，靠在玉石栏干摆着。小厮把果盒放下，将一对玉杯，两双玉筷，对面安放。任吉便让任宽坐下，二人对酌。任宽本来量小，略饮几杯，便觉昏昏不能安坐，便要告辞。任吉道："人世几何？酒杯在手，对此良辰美景，若不畅饮几杯，岂不被花鸟所笑乎？"遂再三苦劝。任宽却情勿过，又饮几杯。此际真是酩酊，人事不知矣，伏在桌上。任吉恐他呕吐，便令小厮将他扶到亭内凉床睡了。任宽醉得狠了，依着枕头便睡，鼻息呼呼，已入睡乡矣。任吉看见了是个真醉，即便来到世蕃内宅。

此时世蕃专听佳音已久，见任吉到来，不胜欢喜，忙问道："事情究竟办好否？"任吉道："那任宽早已睡倒了。"世蕃即问道："任宽现在睡在那里？"任吉道："就睡在荷花亭内凉床上，真醉睡着了呢！"世蕃大喜道："你在屏门外守着，不许闲人入内。"任吉答应一声，即到园门口守着，自不必说。世蕃此际，恰似拾得活宝一般，喜孜孜的来到花园内，走上荷花亭子来，只见那凉床上，任宽朝外睡着。那任宽脸上两颊红晕，恰如桃花着雨、海棠初睡一般，一见令人魂飞魄散。此际意马心猿，牵制不住，急急宽褪衣服，于是乎有此一端。正是：

　　不向桃源洞，偏从峻壁穿。

毕竟世蕃与任宽如何，且看下文分解。

第五十二回

# 老国奸诬奏害皇叔

却说严世蕃乘着任宽醉中,竟不顾得嫩蕊姣花,只自风雨摧残。那世蕃之巨,倍巨于定亲王几倍,所以大为凿枘。任宽在醉梦之中痛醒,急欲转身,却被世蕃紧紧搂定。开目看时,方才得知是世蕃。此际挣扎不得,复兼酒醉身子瘫软的,只得任其所为。事毕,世蕃起来,那任宽下面已不胜其楚矣。当下任宽勉强起来,不觉掉下泪来。世蕃着意抚慰道:"卿勿怪唐突,只缘卿治容迷人魂魄也。"任宽带怒说道:"侍郎何欺人太甚!即小人不堪怜惜,亦当体念俺家王爷才是。"世蕃道:"我只爱卿,卿何必以王爷压我?我岂惧此,而断爱卿之心哉!"大笑不止。

任宽带怒而出。路至园门,恰见任吉在此。此际更加气怒,乃骂道:"我当日以你为好人,故此认为兄弟。谁知你却是这般不堪之辈,亏我瞎了双眼,不识歹人。"一路大骂而去。任吉自觉惭愧,无言可答,只得来见世蕃。未及开口,世蕃先说:"任宽如此矫强,你有何计可使他常在我处?"任吉道:"适间小的正在园门,与他相遇,却被他抢白了一场,悻悻而去。料彼此去,必对王爷说知,因这小事,却要惹出大事来。"世蕃道:"你且宽心。即使定亲王知觉怒了,我亦不惧的。有了我父亲及王公公，还怕甚么？"遂不以为意。当下，那任宽负痛而回。

那定亲王正在花园内与诸少年取乐。恰好任宽来到，见了定亲王，即忙跪在面前，放声大哭。定亲王却不知何缘故，即挽起来，置于膝上，问道："你好好又不在宅内，到那里去来？如何这般光景？"任宽哭着说道："小的一旦被严世蕃欺负。"便将任吉如何引诱，如何被世蕃凌辱等情，一一说知备细，说罢又哭将起来。定亲王即将袖儿与他拭泪，又以手探入内衣来，摩至肛门坟起，不觉大怒道："好好的一件东西，怎么被他弄坏了？这还了得！"不觉火起，按捺不住。正是：怒从心上起，恶向胆边生。

却说定亲王忍耐不住，即便吩咐家奴何德道："你可立即传齐府中人役，立即备马，从孤有事去。"何德不敢怠慢，立刻传唤府中人役，共四十名，各人备了马匹。定亲王即上了马，令各人都随他去，径到世蕃府中而来。不一刻，已到府门，下马直奔进去。那守门的如何敢来拦阻，只得由他进去。当下定亲王直入内堂，恰与世蕃刚刚对面，撞过满怀。定亲王一见，无名火起，急把他一把捉住，大骂道："贼子，怎敢如此胆大，欺负孤家！"说罢，发拳就打。幸得众家人用力拦劝，世蕃见势头不好，方得脱手，即往内面走了，将三堂的门令人紧闭。定亲王那肯罢手，追入里面。只见门扉紧闭，即令家人用力打开，直闯进去，要找世蕃。谁知此府有后门可出的，世蕃听见打门之声，即时已从后门走了。及定亲王进来，已寻找不见。

定亲王忿气不伸，乃令众家人："把他的众家人与我痛打一顿！"家人们答应一声，即奋起拳头，逢人便打，遇物即毁，闹了一个翻江搅海，把府内许多物件打得粉碎；一众家人，又被他们家人打得头破血流，个个奔逃不已。定亲王乘兴还要去寻世蕃，却被众家丁劝阻回去。按下不表。

又说那严世蕃出了后门，无处可逃，只得走到父亲相府而来。严嵩见了，便问何故。世蕃谎说道："好端端的，不料那定亲王率领匪徒百余人，打进孩儿府中，把物件抢掠。孩儿与他理论，亦被他打了几拳。若是孩儿走迟了一步，险被他送了性命。现今还在那里胡闹呢！"严嵩听罢，吃了一惊，说道："这事从那里说起？我家与他平日并无仇隙，怎么青天白日打劫我家，这是何故？"即刻打轿，领着世蕃如飞的赶到新宅而来。

此时定亲王已自回去了，只见众家人个个头破血流，上前禀说，是如此如此，这般这般，自然加些使人动怒的话头。严嵩听众家人之言，勃然大怒；又见那些东西物件，尽行损毁，正是火上加油。即大骂道："素日与你无怨，怎么这样糟蹋我儿家中？你虽是个亲王，我怎肯干休！"遂吩咐打道进宫，来见天子。

帝见丞相面色不和，便问道："太师今日何故不悦？"严嵩俯伏奏道："臣蒙天子厚恩，父子皆叨显爵。臣儿另有宅第。不知定亲王何故，突于今日率领着不识姓名匪徒，约有百余多人，打抢进宅，把臣儿扭住苦打。又喝令众匪将臣儿家人打伤，抢劫一空；其余抢不去的东西，多行损毁。幸得臣儿走脱，不然亦遭毒手，性命难逃矣！伏乞陛下作主。"帝闻嵩言，不解何故，便道："向日太师可与王往来否？"严嵩道："臣向未与王结交。"帝曰："既没有来往，必无仇隙。彼何以突然寻祸，只是何解？"嵩乘机奏道："臣略有闻，伏乞皇上屏退左右，方可奏闻。"帝乃叱退内侍，问道："卿有何见闻，只管奏来。"严嵩走近御前，低声奏道："臣闻定亲王素怀大志，不愿伏我主之下。每有欲出外镇之心，以便树植羽党，行其大事。只因皇上不令他出外镇，不得遂其不臣之志，深怨皇上。久蓄死士于府中，屡欲大举。只因臣爷子在朝碍目，故此率匪类先欲收臣爷子，以便举事。惟陛下察之。"帝闻奏，便问道："他尊朕一辈，朕仰体先帝之心，特封为亲王，使这尊贵。奈他忽怀异心，忘本一至于此！太师且退，朕自有处。"严嵩谢恩，出宫而去。

帝即宣吏部尚书唐瑛进宫，问道："诸王皆出外镇，惟定亲王在京，朕恐他不得外镇为怨，欲以边藩封之，使其受国，天官以为何如？"唐瑛奏道："诸王皆可封为外藩，惟定亲王则不宜俾以处任，惟陛下察之。"帝问道："何以不宜出外？卿可细细奏来。"唐瑛奏道："定亲王自幼便无大志，凡事迂腐。先帝在日，便知其不能为民牧者，故久未受封，只留在宫养闲而已。及陛下登极，方封亲王。然王自受职以来，不曾理问外事，终日只与家奴为乐。日夜嬉笑，全然不知一体尊贵。似此若使之外出，只恐徒惹人笑矣。"帝即说道："卿却未知王之心，今王久怀大志，欲谋不轨，常以朕不封彼为外镇生怨。故此在京阴蓄死士，屡欲大举逐朕。奈有严嵩父子在朝为梗，不敢举动。今将世蕃毒打，并领匪徒将严府劫抢一空，其反迹已彰明于外。朕欲除之，卿以为何如？"唐瑛听了，大惊失色，慌忙俯伏奏道："陛下何出此言？必有奸臣暗奏矣！定亲王乃陛下之叔，何得有此不臣之事？若说别人，臣不敢信，况王乃废腐之人，岂懂作此事乎？伏乞陛下说明察之，休听奸佞之言，致伤骨肉之情，则天下幸甚矣。"皇上说道："卿不必代为饰说，且退出，勿再多言。"唐瑛只得退出宫廷。

帝即命廷尉特旨，即将定亲王下狱，发交三法司严讯歹情。那廷尉领了圣旨，即把定亲王拿在狱中。次日，三法司再三严讯，无奈未定谋不肯承认，要对头质证。三法司只得奏复。帝见本上写：

  三法司臣为奉旨严讯事：案奉圣旨发交定亲王发臣等会审谋反实情，臣等遵旨再三研讯，而定亲王实无此情，坚不承认，必须质证，方可输服。臣等只得仍将定亲王禁下，请旨早发所指定亲王之确证，臣等复讯。使得输服。臣等谨奏，伏乞皇上圣鉴。谨表以闻。

帝看毕，遂与奸相严嵩商议。嵩曰："陛下若发臣往彼对质，则廷臣不无私议，臣为陛下谋去亲王者，惟陛下思之。"帝闻言点头不语，良久乃道："如此，则何以处之？"嵩奏道："为今之计，陛下可将他这本章留住不发，该法司又不敢轻纵之，永远禁于狱中。臣另有计，可以为陛下除之。"帝准奏，留本不发。三法司候了半月，只不见旨下，各皆猜疑，然不敢再奏，只得任他便了。

这定亲王在狱中，又不能立见皇上，只得终日愁闷。又想起府中那一班少年，不知如何下落，恐其走了，不得回去作乐，直至泪下。今且按下不表。

再说那一位海瑞，在鄂已满了任，即便请旨回京。皇上心中忽然想起忠直海瑞恰有三载未见，当时即批一道圣谕云：

> 海瑞出按湖广，于兹三载。在省访拿匪类，遂致地方宁谧，甚属可嘉。着即来京办事。其所遗湖广巡按一缺，即着严世蕃去。钦此。

圣旨一下，那跑折子的官，即便向湖广复命。不日已至本省，呈缴了回头折子。海瑞即日打点回京陛见，将印信交送于指挥署理，择日携了家眷起马。那湖广百姓个个都来挽留，海瑞俱用好言慰之，竟有流涕不舍者。

不说海瑞回京，一路无事。再说严世蕃得了圣旨，满心欢喜。自思又好讹诈百姓，即日出京。临行时谓其父曰："海瑞不日回京，皇上必然重用。父亲不可与他作对，凡事稍须依顺他一点，儿就放心。"又拜托王惇代为照应一切，方才出京而去。正是：

> 只为尊年远祸，致教拜嘱谆谆。

欲知海瑞回京如何，再看下回便知。

第五十三回

# 礼聘西宾小严设计

　　却说海瑞一路星驰进京而来，到了内城，将妻子暂且寄寓。次日入朝见了天子，山呼万岁毕，帝慰劳道："卿自筮仕以来，多著劳绩，真股肱之臣也。今封卿为户部尚书，都察院左都御史。你其勖哉！"海瑞再拜谢恩而出，将家眷搬入户部衙门居住。闻得定亲王犯法，现在狱中未决，遂再三详访，尽知始末情由，勃然大怒道："如此目无君上，将来不知作何定局了？"即写表，次日早朝奏上。天子览其表曰：

　　　户部尚书兼都察院左都御史臣海瑞，诚惶诚恐谨奏，为事无确据，诬捏显然，乞恩睿鉴事：窃照定亲王犯法一案，蒙圣旨发交三法司会勘，其有无谋逆不轨等情，已经三法司再三细究，而定亲王坚不承认，复加严讯，始终并无供认。想王系玉叶金枝，锦绣丛中长大，乃备尝刑楚，并不供认一词，其无悖逆之心可见矣。三法司不敢再加严刑拷打，曾经联名伏奏，请旨发出确证对质。至今三月未蒙批发，案疑莫决，使定亲王久羁禁狱，案结无期。岂久羁可以自明耶？此臣窃有所不解者。陛下以仁孝治天下，复何忍听奸佞之言，以乘友爱之义。伏乞陛下早发指控定亲王确证，修三法司得以结案，而定亲王虽死亦分所应得，在所甘受也。如无确证，则其事必外人诬捏无疑。乞陛下即将诬捏亲王之人，发交三法司，治以反坐，以儆奸宄，以肃律令。则朝廷幸甚矣！臣海瑞不胜恳切待命之至。谨表以闻。

帝览表，自觉难决。复召严嵩入宫，将海瑞奏本与他看。严嵩不觉汗流浃背，奏道："海瑞自恃其才，故翻旧案。陛下宜叱之，以儆将来，使诸谏臣以为前车之鉴也！"帝曰："不然，定亲王乃朕之叔，非比另犯。今海瑞所奏之言，皆有并条，势难留中不发。朕意欲释之，奈王法大逆，若遽释之，如同儿戏。还是如何设法，太师为朕思之。"严嵩道："陛下既欲释放定亲王，何不就令海瑞保其出狱？令彼具状保出，那时释放，便可掩饰矣！"帝首肯。即批在奏章上云：

据奏已悉，准将定亲王释放，但无人敢保。你即知其忠诚，你能保之，即予释放，仍归藩封可也。

朱批已下，海瑞看了不胜之喜，即时具了保状呈进宫中。定亲王得释，万分感激海瑞。

惟王惇与严嵩二人心中不快，私相议道："欲害海瑞，奈无隙可乘。"王惇又修书于严世蕃，说道"海瑞到京师，即保朱宏谋出狱"等语。世蕃看了，不胜惊讶，也不回书，即将原书尾批云："纵虎容易捉虎难。"王惇得了这句话，便心中只是不安，然追悔不及，只得隐忍，暂且按下不表。

再说严世蕃自到任以来，却不以政务为心，专要贿赂，所接地方，勒索供给铺垫银一万两。如有不足者，立即搜罗其失，立时参劾。湖广合省官吏，几不聊生。然畏他有势，无可奈何，敢怒而不敢言，恨入骨髓。加之世蕃性好男风，在任专好选用少年美貌者，充作跟班，闲时取乐，不分昼夜。

时有胡湘东者，貌美潘安，才比宋玉，年十六岁，即游泮水。一日，世蕃诣太学宣讲圣谕，时湘东亦在执事列内。世蕃偶见其貌，不觉魂飞魄散，已不成体。宣谕毕，世蕃坐于明伦堂上，该学教官率领诸生参谒。各各打躬作揖毕，严世蕃问湘东名字，湘东打躬道："生员姓胡名湘东。"世蕃笑道："好个美名。正所谓'湘东品第留金管'也。"复问："已进学几年？"湘东道："三载。"世蕃道："今岁正当科场，宜用心举业，以图上进。本部院实有厚望焉！"湘东揖谢。世蕃起身上轿而去。回来自思："湘东又高任宽数倍，焉能与彼一亲，亦人生一大快事。"转念彼又非任宽可比。宽乃是小人，彼乃校庠之士。倘彼不允，反弄得不像样子。辗转思念，是夜目不交睫，慕想不止。次日清晨起来，发了一通名帖，着人持去学中请那教官前来问话。

那教官见了巡按名帖，即刻穿了衣服趋署，连帖亲自缴还。世蕃令人请进，教官参谒毕，侍立于侧。世蕃唤令坐下，教官道："大人在上，卑职理当侍立听命，焉敢僭越就座？"世蕃道："燕室私见，即为宾主，那有不坐之理？"教官道谢，方才坐下，说道："不知大人有何教诲？乞即示知。"世蕃道："并没甚事相劳，因昨日偶见贵门人胡湘东者，其人词气温雅，文艺必佳。本院衙门少一书禀西席，欲请胡先生为之，未知老师心中以为可否？"教官起身道："胡生才学颇优，大人不弃，以为主书启之席，必有可观。此大人栽培之恩，而胡生之幸也。卑职即当令其趋叩崇阶，早晚听训诲也。"世蕃道："既老师代为应诺，在下有关书赘仪，统烦带去。"旋令家人取了一百两银子，关书一札，交与教官。那教官接了银子、关书，作谢而别。回到学署，即令门斗去胡湘东家传他来见。

湘东听得老师请往，随着门斗到学官内来见老师。湘东问曰："老师见召，有何教谕？"教官道："贤契运来矣，可喜可贺！"湘东道："门生一介贫儒，有何喜贺？伏祈老师明示。"教官笑道："昨日，巡抚大人偶见贤契词气清华，心切仰慕。今日特召我去，意欲延足下代主笔砚之任。现有关书、赘仪，着我代请，不知足下意味何如？"湘东道："门生是一介儒生，兼之庸愚成性，毫无知识，何敢受此大任？"

教官道："巡按以足下才貌过人，故欲延置之幕府，此所谓礼贤下士者也。"湘东道："既有关聘，烦借一看。"教官乃将关书、银子，递与湘东观看。湘东见其关书上写束脩银子一年一千两整，又见贽仪一百两，喜不自胜，便欣然应允。教官亦喜，即日回复按院。严世蕃一听教官回复应聘之言，喜不自胜，真惬心愿。过了两日，严府令亲随、跟班来接湘东，湘东欣然就馆。初见宾主甚欢，而世蕃深心达算，故不露其面目，凡有书契之类。悉送湘东代笔。

光阴似箭，日月如梭，早已过了两月。世蕃巡按各郡，东与之俱往。一日，巡到辰州，此时朔风骤至，彤云密布，十分寒冷，人役各皆畏寒。是日世蕃传令，且停车马，就在馆驿之中扎住。湘东政主书笺，自然相随在内。世蕃久有此心，然无隙可乘。有时语及猥亵，湘东则正色不答。是以空有攀花之心，实乏侥幸之便。这日世蕃却忍不住，心生一计，吩咐近身家人，叫取些蒙汗药来，带在身边，说道："我请胡师爷吃酒。酒至半酣，你可将蒙汗药放于酒中，即是你之头功，自有重赏。"那家人应诺，即到外边采取回来，专备应用。世蕃即办酒来请湘东赏雪饮酒。湘东正在无聊之时，便欣然而赴宴。

当下二人见礼毕，分宾主坐下。世蕃坐下道："今日本欲前往按临，但见大雪漫漫飘下太甚，夫役难以进前，故暂止于此地。然值此寒日无聊之际，无可排遣，故备一杯水酒同先生赏雪。"湘东道："烧叶暖酒，取雪烹茶，正文人雅事，当与雅人共之。"世蕃道："先生本属雅人，故特请先生共之。"旋即令家人将酒筵摆上，彼此坐下，相与畅饮。二人酒至半酣，世蕃即道："值此佳景，先生岂可无章句以志咏耶？今以三分安息香为限，如诗不成，罚以金谷酒数杯。"此时湘东诗酒之兴正豪，欣然应允，即请命题。世蕃故以险韵作难，乃道："即景为题，赏雪可也。但韵限用八庚，若过香限者，罚巨觥三大爵，仍再作新诗。"湘东应诺。

世蕃令人取过纸笔两具，各放一旁，相与罢饮构思。果然世蕃诗才敏捷，香未及半，已经脱稿，而湘东始得首句。而世蕃故意谆谆絮絮，同家人共语，以乱其心。香限已过，湘东之诗，方才急急脱稿写成。世蕃笑道："香已过限，无用看阅，先生当罚三大爵再作。"遂将花笺放下。湘东道："过限受罚，理所应得。"立饮之。

世蕃复令点香，说道："先生今当急作矣。但不得与前诗相合一字，以杜袭前之弊，如有袭前一字，照罚三爵，另起炉灶。"湘东终是个年轻之人，不觉英气勃勃，大声应之。复挥毫思索，只因前诗已被他拿住了，若犯一字，不特不算，反要受罚，所以湘东左思右想，改八句诗词，涂抹不尽。及至脱稿，香限早已过了。世蕃说道："今番又过了限，如何是好？也罢，倍饮以终其令罢。"湘东道："晚生学力迟钝，酒量浅小，惟大人谅之。"世蕃遂以三爵劝湘东，而自己饮三杯相陪。湘东此时酒已八分，又一连饮下几大觥，就有十分醉意，说道："不限香，晚生就与大人联句罢。"正是：

  酒兴诗豪难制伏，故教勇夺诗坛帜。

毕竟湘东后事如何，且看下回分解。

## 第五十四回

# 鸡奸庠士太守逃官

却说世蕃又以香限已过，不肯收阅，乃道："兄才过于修整，只患不工，故以迟钝，今已连做两首，足见真才矣。但先已有令，兄饮六觥就算完了酒令罢。"湘东是个好胜之人，便欣然而饮。饮毕，将诗呈于世蕃观看。世蕃看毕，大加称赏道："今艺比前艺更佳，妍丽非常，果是人才，无关迟钝也。"复以巨觥相敬，湘东不得已，勉饮一觥。此时酒气上涌，不觉呕吐狼藉，醉卧于几上，人事不知。世蕃见他沉醉得很，乃令人去其外面污衣，扶到床上，卸其衣裤，乘其坚而入。

湘东醉痛正醒，开目朦胧，仿佛乃是世蕃。然此际头重身轻，欲动不能，挣扎几回，旋复沉沉睡去。世蕃恣意取乐一番，元精已泄，又复抱持而宿。直至夜深，湘东酒才稍醒，自觉身被箍持，急挣扎起来，犹见残灯在几。走下床门，自觉肛门肿痛，举步维艰，不觉勃然大怒。回视床中，正见世蕃呼呼鼻息，此刻不能按捺，无名火起，只见几上有大石砚一个，急取手内，掷向床中。世蕃假作睡状，观其所以。今见湘东怒掷石砚，急起躲闪。那砚块掷去，幸而未中世蕃身上。那一大块石砚，把床梆打得粉碎。世蕃不觉大怒，走下床来，将湘东抱住，大叫家丁："快来！快来！"连说"有贼"。

那些家人正在梦中，听得是家主房中喊贼，一统来到房中，只见是湘东与世蕃相持。世蕃见家人来了，急唤道："快来捉那贼子！"众家人走将上前，把湘东拿下。世蕃道："这贼黉夜入内行刺，代我权且看守，到了天明，自有处法。"众家人将湘东拥下，胡湘东亦不言语。

次日天明，世蕃写了一道文书到学里，先行斥革湘东功名，随令发去府狱监禁。这里教官，将公文展开一看，只见上面写道：

> 吏部侍郎巡按严为逆生谋杀事：照得该学生员胡湘东，乃一介寒儒，本院爱其清才延至幕府，厚其束脩，一则冀养其才，二则俾以笺启之任。本院爱才，不谓不深，栽培不谓不厚。令该生潜入行辕，暗藏利刃，入帐行刺。幸本院知觉得早，不然命已断送于该生之刃下矣。立即呼起家人拿获，搜得利刃行刺之具，现在赃证显然。除将该生即发府监禁押听候提讯审理，合移知学道并檄悉该学照遵，立即将该生详革，以凭本都院提讯究办。该学毋庸拘延干咎，速速须至檄者。

教官看罢，不觉吃了一惊。过了半晌，自思："胡生沉潜蕴藉，岂有此事？况且严公与胡生素无仇隙，而生何故行此悖逆之事？其中必有缘故。然一檄已下，不得不详。"遂将湘东所犯事迹，上详学道。

这学道姓朱，名柴，字佩兰。原是探花出身，由礼部郎中得授此职，为人耿介不阿。今见该学申详，大为诧异，细想："天下刺客尽多，但未曾见有秀才持刀杀人者。况详称该生现与严公为宾主，而该生无故欲行刺于行辕之中，此事难凭一面之词。今已将该生发府监禁，必饬该府讯详。况严氏权势正炎，地方官不无仰承其意。胡生怎免冤屈之祸？我为学道，但此学中艰难之日，可不一拯手耶？"遂吩咐书吏立备移文一道，前往严公行辕投递，移提胡生到辕问讯。书吏领了言语，即时写好呈上。那朱柴连忙押了签，由驿飞驰前往，自不必说。

又说那胡湘东当日下了监禁，也不言语，任由他拘押，再不则声。那知府受了世蕃嘱托，立时提出湘东审讯，要他承认行刺。湘东笑道："秀才行刺，此是新闻。公祖大人照样法办就是了！"知府道："你这话又奇了！那严公以你为一介饱学秀才，故此不惜千金聘你。你却不知报德，而反以为仇，身怀利刃，私人卧内，非行刺而何？到底你同严公有甚仇恨之处，只管对着本府直供，或可原宥，亦未可定。如若不直说来，今日本府又奉严公面谕，岂可草率了事不成？若再三推诿，三木之刑将及你矣。"湘东笑道："若论世蕃以千金之聘，则为过厚。况以书契之席，何须千金？老公祖亦可想见矣。至于无故受人厚聘，正愧无功享其禄。宾主相欢，并无一言不合，出入俱随，其宾主之情可谓深矣，又何得谓之仇隙耶？实而以行刺之罪诬人，惟公祖大人察之。欲直说来，则有玷斯文体面，若不承认，则无以解脱。所谓'哑子食黄连，自家有苦自家知'者也。"知府听了，疑其言语有因，乃缓其刑，仍复收监再讯。

过了几时，那学道移文已至世蕃行辕。世蕃展开一看，只见写道：

> 湖广学道朱为移提事：案据辰州府学申详，称该学生员胡湘东蒙聘请为幕，以主书笺西席，关书、贽仪皆经该学手送。该学应聘驰赴行辕，蒙格外之施，按临各郡，出入俱随。突于本年月日，奉檄内闻，该生于某月日夜怀利刃，私入行辕幕帐，意将行刺。想该生读书明理，受恩必报，其人何意行刺行辕，被喊众当场拿获，发府监候审讯。檄饬详革该生，奉此，合即遵照。据详前来，查该生身隶既微，蒙恩隆聘，侍于按院，以为望外之幸。兹敢突怀悖逆行刺大僚，殊堪诧异。理合移提来省，本道亲讯，以正刑章，而戒合学之将来。希照移提事，乞将该生移解来省，以便按拟，实为公便。须至移者。右移钦差巡部按部院严。
>
> 　　　　　　　　　　　　　　　　　　嘉靖　年　月　日移

世蕃看了，忖思："学道忽然移文前来移提，若不发往，即属不实，倘若发去，只恐前事一旦败露，丑态不堪，反为不美。"踌躇不决，乃吩咐家人前去请知府来。家人领命，去不多时，把知府请至行辕。参见毕，世蕃道："前者发来该犯，至今已久，还不见动静，是甚么缘故？"知府道："据讯该生不认不讳，事涉嫌疑，放此复行监禁，再行复讯。"世蕃道："该生刁狡，彼既犯法，便欲含血喷人，扯人入水。贵府即不能定狱，也罢，本部院却有个善法，你当依法行之。"随即袖中取出一个小柬，递交知府道："归请看阅，依法而行，幸勿有误。日后定然厚报。"知府唯唯而退。

回到府中，将小柬拆开，只见上面写道：

纵虎容易捉虎难，幸勿轻轻使归山。
须当聊效东窗事，何必区区方寸间？

知府看了寻思道："这几句话，分明要我效那秦桧害岳飞之事，想此生必有冤抑。我今若遽杀之，何以对天地、鬼神与孔子？宁可弃官不做，岂可以害人性命！"便有释放该生之意。伺至深夜，令人于狱中提出该生，来到内堂，细讯原委。湘东只是不言。知府道："今君生死在即，只争一言。若不早说，自悔无及。我以你读书人，未必有此悖逆之事，不忍加害。足下不言，死立至矣！"湘东道："事实有因，言难启口，乞赐纸笔一用。"知府即令家人，去其刑具，给其文房四宝。湘东原有不欲下笔之意，知府道："生死关头，在此一刻了！"胡生不得已，把笔写了几句道：

丈夫贫岂受人欺，儒士何劳厚聘钱？
堪恨将人为媵妾，余桃焉肯啖他先。
秀才不作龙阳宠，国士那堪入帐缘！
酒醉被污谁忍得，端州石砚把床穿。

使君若问何原故，只看其中字与言。

写毕呈上知府。知府笑将起来道："彼亦太无廉耻，岂可把秀才作龙阳者乎？"湘东不觉红涨满脸。

知府忽然大怒道："国贼辱及斯文，这还了得！"遂将世蕃之柬与胡生观。看毕，泣告道："愿公祖大人早刻行事罢，免得有累公祖。"知府道："非也，若是本府肯从所使，亦不肯将柬与你看了。为今之计，定当释你。你可星夜奔往京师，去那海瑞大人处，告他一状，以申其冤可也。"湘东道："虽蒙公祖大人恩释，但生员此去，岂不累及公祖大人么？"知府道："我亦不欲久在此为官。况我又无家眷在此，不过数名家人相随。今夜就与足下弃官而逃如何？"湘东道："公祖十载寒窗，才博得黄堂四秩，前程远大，正未可量，何必区区为此一人而弃官耶？"知府道："不必多言，且随我去。"叱令家人将湘东刑具尽行释放。急急收拾行李细软物件，将印信挂于梁上。当下收拾毕，知府带了家人同湘东，从衙门内后门奔逃而去。

比及天明，衙役起来过堂时候，还不见里面有动静之处。进内一看，方知知府合家逃走去了。衙役书吏立即飞报上司。正是：

有道则治世，此官亦足嘉。

毕竟后来知府、湘东如何，且听下回分解。

第五十五回

# 王太监私党欺君

却说那些衙役,次日见署内无人出入,又见印箱悬于梁上,方知知府弃官而逃,连着湘东亦不见了。即忙报知本道。这兵备道即来查验仓库,却不曾亏空,便收了印信,申详巡按及指挥。世蕃一见大怒,即诬控知府主使湘东行刺,今又私释重犯,弃官同逃。立了文案,一面委员暂署府篆,一面通饬合属访拿,按下不表。

且说那学道听了这个消息,十分狐疑,只得罢了。再说那知府同湘东带家人等行未及三日,见通街遍贴榜文,严拿甚紧。遂不敢日行,惟有夜走而已。可怜他们受尽多少风霜之苦,方才捱到京师。知府寻觅寓处,同湘东寓下。打听得现为户部尚书海瑞大人清如白水,当时遂写了状子,着湘东前去拦舆喊冤。适当海大人退朝,出了午门,将至衙前,忽见一人大叫冤枉。湘东道:"青天大人伸冤!"正喊着,海大人止住轿,便问那人道:"你是那里人!姓甚名谁?纵有冤枉,该赴地方官处呈控,怎么到此拦舆叫冤?"湘东道:"生员姓胡名湘东,乃湖广辰州府人氏,原是府学生员。冤被巡按严世蕃所陷,如今如此千难万难,才得到大人跟前伸冤,伏乞恩准。"

海大人听是严世蕃,心中对头,就有几分喜悦,遂问道:"你既有冤情前来告状，可有状呈否？"湘东遂向袖中取出呈子送上。海大人接了状词，便吩咐道："且将胡湘东押候。待本院作主就是了。"湘东叩谢了。

海瑞回转衙门，把状词拿出放案上观看，只见上写着道：

> 告状人湖广辰州府学生员胡湘东，禀为目无法纪，辱及斯文事：窃生以一介寒儒，于某年得游泮水，于本年因在府学宣讲圣谕，冤遇现任巡按严世蕃，窥生年少，意欲移甲作乙，监作龙阳。预伏奸心，故托本学某，致生关书赘仪，称延聘生入幕，以主书启之席。孰知其用心深苦，初见并无一语相戏，生在彼两月有余，岂料于某年某月日，以酒将生灌醉，竟污于体。及生酒醒忿怒，以石砚掷之。奸则登时唤令家奴将生绑缚，发交府监候，诬害生员突至卧室内行刺。幸托知府某体仰上苍之心，以事涉嫌疑，权且监候，再行复讯。孰料世蕃又怀恶念，欲置生于死地。私授知府小柬，央令将生效岳王东窗之事，则奸之心如秦桧可知。知府不忍害生，承彼大义，放生奔逃。生以释己累人，亦所不忍，复不肯行。而知府某仗义弃官，与生同进至此。伏乞大人申此奇冤，究此不法，则天下幸甚！沾恩上赴大人爵前作主。

海瑞看完了状子，勃然大怒，骂道："那有此事！世蕃贼奴欺人太甚！辱及斯文，又复坑害，这还了得！"即批道："阅悉状词，殊堪发指。候具奏差提世蕃来京质讯，如果属实，立即按拟，你乃静候可也。其该府弃官同逃，因事逼于从权，原无过犯，尚属可嘉，着即前往吏部衙门具呈，听候奏办可也。"将批语悬于衙前。

海瑞便连夜修起本章，将世蕃所犯事款，以及该府仗义释放胡湘东，同逃进京控告各情，逐一具列在上。次早入朝，俯伏金阶说道："臣海瑞有本章启奏陛下。"帝说道："卿有何奏？"海瑞便将胡湘东如何被污，怎的受陷，知府某如何弃官同逃，逐一奏知。遂将本章呈上龙案。天子看了本章，笑道："那有这等奇事？如今知府某在于何处？"海瑞道："现在内城寓处，同胡湘东居住。"天子道："可即宣来见朕。"

海瑞领旨出朝，着人随湘东至寓所，宣召知府某上殿。及至，天子问道："你是某知府么？"知府奏道："臣就是某府某某。"天子说道："胡湘东一事，你尽知否？"知府便将胡湘东为何受聘被污，世蕃怎么陷害，他便如何释放湘东，备细奏了一遍。天子闻奏说道："你尚有仁心，朕敕吏部注名入册，仍以府道用。"那知府谢恩而出。天子问海瑞道："卿意如何办法？"海瑞奏道："王子犯法，同于庶民。今严世蕃身为大员，而作禽兽之行，且又诬捏故陷，情罪重大。伏乞陛下立提进京，交臣严审按拟，则国家除此奸臣而天下幸甚矣。"天子道："依卿所奏就是。"即下一道旨意云：

> 据户部尚书海瑞所奏，严世蕃在任，污辱秀士胡湘东，复行诬陷，致该知府某不忍陷害，仗义释放湘东，同逃来京控告，殊堪骇异。着廷尉官立即差缇骑，前往该省锁拿劣员严世蕃来京，交户部尚书，会同三法司审拟具奏。钦此。

这旨一下，廷尉官即差了缇骑，前往锁拿严世蕃去了。

再说那严世蕃之父，听得此事，大惊失色，急请张居正、赵文华到府问计。文华道："偏偏又发在户部去审。若是别人，还可以说个情分。这海瑞向来同我们不对的，如何是好？"居正道："此事除非去求王惇，方可有济。他同令郎相好，必然肯出力在皇上跟前保奏的。"严嵩道："足下所说甚好，就烦足下一行。"居正应诺，即便告辞，一路来到东厂。

时王惇权威日甚，兼理西厂事务。六部之权，多归掌握。其门如市，所有六部人员每日清晨俱来参谒，竟拥挤不堪。居正在门房候了半日，方才略觉清静。又值王惇用点心，又候了一个时辰，始得传进。居正随着小太监，来至内堂。只见王惇危坐几上，手执柳木牙签，在那里剔牙。居正跪下，口称："王公公！"那王惇只似未曾听见一般样子。居正不敢复语，跪在地下。约有一个时辰，王惇方才问道："下面跪的何人？"左右小太监答道："礼部尚书张居正，早已在此。"王惇道："早参已过，来此何干？"居正道："卑职奉太师的钧命，来请公公过太师府上一叙。"王惇道："既是奉太师之命，可即起来说话。"居正谢了，起立于侧。王惇问道："太师安否？"居正答道："太师借庇安康，太师亦着卑职来请公公安好。"王惇笑道："这几日还吃的斤把烧酒，太师请咱去做甚么？"居正道："太师有要话请公公光降面陈。"王惇道："你也不知么？"居正道："卑职略知一二，未悉其详。"王惇道："你且略略说与我知道。"

居正道："只因太师令郎出任湖广巡按，现辰州秀才胡湘东与某知府前来控告严少爷污辱斯文等事，皇上大怒，发交户部海瑞会同三法司审讯。现已差人前往锁拿少爷。太师此际不知所主，因念公公同少爷曾有八拜之交，故特命卑职前来，敬请过府商议。"王惇道："这从那里起的？"居正道："就是那胡湘东来京告状，闹出的。"王惇道："难道他竟告了御状么？"居正道："亦不曾告了御状，只在那户部里告的。"王惇道："此事定是海瑞在皇上跟前说的！"居正道："正是。他还请旨，发在他那里审问。才是冤家难解呢！"王惇道："且自由他！咱也不到相府去了，待在明日上朝，说个分上就是。"居正谢道："略得公公吹嘘之力，则少爷可以不死矣。"王惇道："你且放心，一面回话太师，说我既与他令郎相好，彼事就是咱事一般！"居正听言后，辞谢而出。回到相府，复言不表。

且说王惇思想了一夜，若说不办，又碍法宪，若说要办，则世蕃不能幸免。次早入朝，侍于帝侧。文武山呼，奏事已毕，帝退入内宫，王惇亦随侍于侧。帝问道："你在此做甚么？"王惇便俯伏在地奏道："奴才有个下情，上渎天听，伏乞皇上俯容奴言。"天子道："有甚么事，只管起来细奏。"王惇谢恩起来，奏道："严家父子有功于国，今为狂生所陷，致被户部尚书加以诬奏罪，天威震怒，立差缇骑拿问。但胡湘东不过一狂生也，贪他人之贿赂，未免含血喷人，欲扯世蕃俱入浑水。惟陛下察之。"

帝道："胡湘东之言固难凭信，现在某府释犯逃官，经朕面讯此事，却明明不爽，岂能为彼掩过耶？"王惇道："某知府安得又不听从阖省有司上宪所使，有意诬害忠良？然陛下不可不察。"帝道："世蕃所犯，诚属有之。但朕念其父子功勋，未忍究，每欲一为之庇护，又无法可解，如之奈何？"王惇道："陛下诚开一面之网，则奴才自有解祸之法。"帝问道："你有何法可解？"王惇奏道："陛下主天下生死之大权。欲恕一臣子，只在一言耳！今胡湘东既已前来告状，亦经陛下准了海瑞的奏章，若遽不问，则廷臣必有窃议。且胡湘东心中不服，必致哓哓渎听。为今之计，陛下广施仁泽，仰体上天好生之德，将世蕃罚俸三年，革职留任，亦足以蔽其辜。况《春秋》有云：'罪不加尊'。今世蕃身为封疆大吏，亦足为尊贵矣。陛下诚能仿《春秋》之义，恩赦世蕃，谁不云天子有德，善准人情？"天子听了大喜，道："你乃一内宦，犹知大义。朕依你所奏，即差兵部快马追回圣旨。"正是：

  只因几句话，遗下万年讥！

毕竟差官飞马驰去，可能赶得到否，且看下回分解。

## 第五十六回

# 海尚书奏阉面圣

话说王惇再三在天子面前为严世蕃解说。天子准奏,即时差了兵部跑役,限日行八百里,赶回廷尉官。另颁圣旨,着吏、兵两部知会,将严世蕃罚俸三年,革职留任。胡湘东加恩赏赐举人,就留京会试,以偿其辱。圣旨既下,各各凛遵。

海瑞闻知不胜之怒:"我想如此大事,王惇一言,便可免议,似此则无青天矣!若宦官专权,将来朝廷法令,俱为他们败坏了。"于是连夜修成本章,要与王惇去做对头。其奏章云:

> 户部尚书臣海瑞奏为宦官近禁,理宜复阉,以杜复萌,以肃宫闱事:窃照内侍一项,原因自宫而进,充役于内廷,听候驱使。但念初割之际,其人尚幼,淫具未发。及至年近十六,血气当生,其具因之亦长,难保寸长之虑。但古谚云:"饱暖思淫欲,饥寒起盗心。"今该宦等,承恩豢养,饱食终日,无所事事,复近禁帏,日恒与诸宫娥杂沓,春花秋月,不无有感。似此声息易通,往来皆便,不可料之事难免无虞。倘有不测,污玷宫闱。非此等宦官,不足以驱使,今既舍之不能,则当思其所以制之之法。请得以五年为期修之,差令宗人府丞查验复阉。如有物具稍长者,即复加阉割,则可以无患矣。伏乞皇上睿鉴施行,臣海瑞谨奏表以闻。

次日早朝，海瑞拿了本章，趋殿朝贺毕。天子道："有事启奏，无事退班。"海瑞当时奏道："臣户部尚书海瑞有本章面奏陛下。"天子道："卿又有何事？"海瑞俯伏金殿，将本章呈上。内侍手接放于龙案之上。天子细看毕，笑道："卿家所奏之言，殊为有理。朕亦每常以此为虑。今卿家所奏正合朕意，即当举行。宗人府丞事务烦多，恐不能分理，就委卿主政就是。"是时，海瑞谢恩，当着殿前大呼道："奉旨着户部尚书海瑞，查验内廷宦官。若有阳具稍长者，及早报名，听候复割。如有隐匿者，即以违制律治之。"当下海瑞大呼三次。是海瑞恐怕日久，皇上悔约，故此当殿大呼，以为君无戏言，使众闻知，而不能改命之意也。那些内侍们听了，个个吓得面如土色。

海瑞领了圣旨，即日传了掌理宫闱总管老太监沙惠元来到，将圣意对他说知。沙惠元道："依大人的尊意如何？"海瑞道："这是皇上的旨意。如今特请老公公到此，非为别的，烦将宫内所有年近二十者，不问好歹，俱要开列名字、年岁，备造清册，送过敝衙门来，待在下好点验。如应割者，再行阉割，如不应割者，免之。此是钦命，老公公幸勿迟误；如其不然，大家多有处分。"沙惠元笑道："咱如今年已经八十二岁，还要阉割否？"海瑞道："事有定例，七十以上者毋庸阉割。老公公即此未届六十，也可以免验的。"沙惠元道："这就是大人的恩典了。"哈哈大笑，方才别去。

过了两日，沙惠元着小太监送清册过府。那小太监见了海瑞叩头不已。海瑞笑道："你之意不过要求免验否？"小太监复叩头道："求大人恩典免验罢了。"海瑞道："你叫甚么名字？"那小太监道："小的唤做进禄，今年才一十三岁。"海瑞道："你今才得一十三岁，休慌，且去罢。"进禄叩谢回宫不题。海瑞将送来花名册子，展开细看，只见上面写载甚悉，共有一十八处，各有所统。共有一千五百人，处处声叙得明白，且看下面便知：

总理内府攀管司礼监沙为备造清册，移送查核事：现奉圣旨，准户部尚书海咨准前情，合备清册，以备凭查核。

须至册者。计开：正大光明殿，值殿司礼太监四名，率领副司礼太监六名，统领小太监共九十名。

司礼太监姓名计开：

王一熄，年三十八岁；黄珩，年四十岁；漆磷，年二十三岁；朱瑗，年五十二岁。

副司礼太监六名：

任行，年十八岁；李宁，年十七岁；荣华，年三十一岁；温饨，年二十五岁；周吉，年三十岁；喜儿，年四十岁。

小太监胡敬堂等共九十名，下有注明年岁、姓氏。

奉先殿司礼太监四名，率领副司礼太监六名，小太监九十名。

司礼太监四名开列：

钟山，年四十八岁；十进儿，年二十七岁；朱升，年四十三岁；龟公，年三十二岁。

副司礼太监六名：

朱开，年五十三岁；尤远，年三十八岁；翠儿，年二十五岁；广住，年二十九岁；张喜，年四十二岁；狗儿，年十七岁。

小太监何仁等共九十名，皆有姓氏、年岁注明。

崇正殿司礼太监四名，副司礼太监六名，统领小太监共九十名。

司礼太监四名开列：

某某，年二十五岁；三宝，年五十一岁；周章，年十八岁；甘兴，年十七岁。

副司礼太监六名：

罗曜星，年九十岁，免差验；松寿儿，年五十三岁；柏龄，年四十一岁；柳春，年三十七岁；张松，年二十岁；金定儿，年三十六岁。

小太监优福等共九十名，皆有姓氏、年岁注明。

大安殿司礼太监四名，副司礼太监六名，统领小官、小太监共九十名。

司礼太监四名开列：

一清，年二十五岁；二福儿，年十八岁；玉儿，年二十四岁；侯光，年二十岁。

副司礼太监六名：

张仙保,年二十八岁;三星儿,年五十二岁;乔儿,年九十二岁,免差验;广仁,年六十六岁;羽四四,年八十一岁,现病;八十九,年二十五岁。

小太监区朱等九十名,皆有姓氏、年岁注明。

景安殿司礼太监四名,副司礼太监六名,率领小太监九十名。

司礼太监四名开列:

苏源,年七十一岁,现出差;唐福,年五十六岁;优禄,年三十九岁;广才,年二十八岁;侯福,年三十七岁;张福,年五十三岁。

副司礼太监六名:

吴喜,年六十三岁,现出差;恭达,年四十五岁,现出差;海英,年三十三岁;钟福,年四十六岁;张约,年五十二岁;朱廷,年三十三岁。

小太监仇喜等共九十名,皆有姓氏、年岁注明。

太清宫司礼太监四名,统领副司礼太监六名,率领小太监共九十名。

司礼太监四名开列:

尤儿,年三十六岁,现病;广善,年二十一岁;吉儿,年三十七岁;清海,年二十九岁。

副司礼太监六名:

得福儿,年十九岁;中庸,年二十八岁;李珊,年五十四岁;任禄,年五十二岁;何祺,年七十岁;周祺,年一十二岁。

小太监:马儿等共九十名,俱有姓氏、年岁注明。

册内烦絮,不能备载,不过记其大略而已。

当下海瑞看了花名册子,随即唤手下书吏进衙,吩咐道:"即日就要查验诸内侍,你们诸书吏中,选六十名,伺候本部堂。再到有司衙门去借六十名精壮差役,并悬示日期,听候查验。"众书吏领命,即去备办。正是:

　　三年一割断淫根,内侍闻知也失魂。

毕竟海公如何再行阉割,且看下文分解。

## 第五十七回

# 刚峰搜宦调任去钉

却说书吏领了海瑞言语，立将应行事宜，逐一备办。行文到大兴县里，去相借得精壮差役六十名，前来供役。书吏遂将牌示送来，刚峰签押毕，接了出去，悬在那午门之外。此际惊动许多内监，前来观看。人人无不吐舌皱眉，都道："好厉害！"惟有叹气而已。其牌示云：

> 钦差查检海为晓谕事：照得本院恭奉圣旨，查验内外宫监，如有应再阉割者，即行阉割。如不需阉割者，即行注册免割，钦遵在案，合行牌示内监等知悉：凡有你等应行再割者，于某月日齐赴本堂衙门东边站立，听候亲行查验再割。如无需复阉者，亦如应割之内侍，齐集西边，站立听验，注册免割。如有一名不到，即系抗违圣旨，本部堂即以违制律处之。各宜凛遵毋违，特示。

众内侍看了，人人愁闷，个个吃惊。

其时王惇亦已知晓。那小太监道："明日海蛮子要将咱们再行阉割，不知为何这样冤业呢？"王惇道："他们自有他们的事，再不干连咱们的。前日老沙造花名册子时，也着小厮前来这里知会，被咱抢白了几句。后来又着人来说，却不敢把咱们这里的人名字上册，恁他怎的？"

不表王惇自固，再说海瑞将册子反复细看，却不见有王惇名字，寻思道："这沙惠元亦怕这个人，连'王惇'二字也不敢上册子。我正要收拾这厮，今日怎肯由他漏网？明日要他知我这海蛮子的厉害呢！"即时吩咐海安道："你明日伺候时节，将圣旨以及万岁龙牌，供在当中，吩咐刀斧手、皂隶、人役等，俱要齐集。我一喝打，立即拿下，决不容情。"海安听命自去备办，且不必说。海瑞又想道："他们到底是天子的亲近家奴，我若遽然行刑，须有碍他们体面。"思忖已定，急急入宫见帝。帝问海瑞进宫何干，海瑞奏道："臣奉命明日查验诸宦官，但恐有躲匿不到、畏惧再割者，臣即当拘提。此辈乃陛下家奴，若不绳之以法，则不成宪典。臣若行刑，则手亦不便，故臣特来请旨。"帝道："这是朕躬所行之事，他们何敢不遵？彼辈如有躲匿不遵者，卿即以法律绳之，休得容情！"海瑞谢恩。天子又恐他们恃强不服，乃点了四名御前侍卫，如有诸宦不遵，你等立即拘提，便宜行事。当下四名御前侍卫，随着海瑞出宫而来，听候差遣。

海瑞回到衙门中，即令厨下备了一席酒筵，特请了四名侍卫进内共饮。饮至半酣，海瑞道："四位是奉了圣旨来的，他们如有藏匿，怕再割者，诸位不须畏惧，只管前往拘提就是。"侍卫道："俺等受足了这班狗子的污气非止一日，明日他们不犯便罢，若稍有犯，俺等怎肯依他？"海瑞道："如此方才是与天子办事的。"当时相与尽欢而散。

次日清早，海瑞升堂坐下，沙惠元早已伺候。海瑞念其年老，厚礼待之，令取椅来让他旁坐。沙惠元道："大人不再阉咱就够，怎敢邀坐？"海瑞道："那里说来这话？都是与朝廷出力，焉有不坐之理？"沙惠元再谢而坐。当下海瑞就问惠元道："他们曾来否？"惠元道："俱已到齐，听候大人查验！"吩咐阉割手，前来伺候。随令应再阉割者进。须臾，五百余人，一齐进来，立于东边，个个面如土色。海瑞看了笑道："不必忧，割过的就永不用割了。"随令六十名书吏，分作六队,每名领着内侍五名,详加搜验。六十名差役,督率阉割手用刀,不得私徇,如违者立毙杖下。一面点名,一起起的叫了过堂,押去验割。须臾,听得东庑下喊疼之声大作。沙惠元听了,不觉手塞了两耳,合了双眼,恰似呆的一般。真兔死狐悲,无不凄然。海瑞谈笑自若!不上两个时辰,早已阉割完了。一个个捧着阳具,候示而行。随又传进不应割的来到,仍令吏着差役督率查验,一面注册,不一时完了。

海瑞问道:"惟有东厂王惇,西厂柏霜,为何不到?"沙惠元道:"他二人咱也曾遣人前去知会,奈彼不肯注册,称是厂臣,不到内院,不须过验。"海瑞听了,怒道:"岂有此理!他虽在厂,亦是家奴一例,怎敢违抗圣旨?"即吩咐侍卫官四名,立刻分提二人到来问话。四人听了如飞的前往。

恰好王惇这日原是要躲这厄,走到严府里下棋去了。侍卫官到东厂、西厂二处,只看见柏霜,不见王惇,二人将柏霜拥去,余者二人寻觅殆遍,却不见王惇,只得回复。

海瑞道:"他没甚么地方去躲,只在严府里面。你等可到严府内去寻,必然见的。"当下四个侍卫官如飞而去。海瑞指着柏霜道:"你这狗奴才!本部堂今日钦奉圣旨查验,你等竟敢不来伺候么?"柏霜笑道:"我只道是甚么事情!咱乃侍奉皇上的人,怎么受你的约束?你小小的一个尚书,也不受咱节制,怎么这等大模大样的?"海瑞大怒,吩咐海安备下香案,请过圣旨、龙牌,供在当中。海瑞与沙惠元皆退坐一旁。柏霜方才朝着圣旨跪下。海瑞道:"本部堂面承圣谕,如诸宦官不遵查验者,立行提拘究惩。今你敢在本部堂面前违抗,就与违旨的一般罪名。"吩咐左右拖下,先打八十板,再行验割。

柏霜此际知道上了当,也不敢矫强,只得哀求海瑞道:"望大人施恩!"海瑞道:"那里施恩于你这等残人?左右,速速行杖!"左右答应一声,不由分说,竟将柏霜剥去冠袍,扯到丹墀之下,重重地打了四十大板。柏霜早已失声。海瑞叱令止杖，以冷水喷其面，须臾复苏。海瑞叱令按着在地验过。只见阳具稍长一寸有余，海瑞即令阉割手齐根割去。可怜那柏霜咬牙晕去，鲜血迸流。

海瑞令抬过一边，急见四个侍卫，簇拥着王惇而来。王惇一眼看见了柏霜这般光景，又见有圣旨供在当中，急急跪下认罪。海瑞道："为甚么不早来伺候？"王惇道："只因今早皇上召进宫去问话，是以来迟，伏乞恕罪！"海瑞道："也罢，既是皇上那里宣召，却还恕得过。"吩咐带将下去验割。王惇叩头道："求大人看在厂臣面上免验罢！"海瑞道："这是朝廷公事，海某怎敢以私废公？这却断使不得的。"吩咐带转来亲验，此时王惇也不敢则声，一任由他。海瑞亲自走下座来，仔细验过，只见本不甚长，只有一寸突出。海瑞随令齐根割了。王惇痛不可忍，大呼几声，登时晕了过去。海瑞道："不割死这厮，留他在朝何用？"约有半个时辰之久，方才苏醒。海瑞道："今番你却自在了。本部堂有几句言语，你且听着，则永无忧矣。"王惇道："敬听教训。"海瑞在座上吟了八句诗道：

　　自作孽来还自受，奸谋到底遇天收。
　　罚俸革职存留任，枉法偏徇可知否？
　　莫言暗室相欺惯，上天视听岂能休？
　　金刀一割邪心事，回去还思早回头！

王惇听了这几句言语，方才悔悟。知是海瑞为着自己庇护严世蕃一案所致，乃悔悟道："从今以后，咱再不去管闲事了，伏乞大人开恩一线，许咱自新，以图报效罢。"海瑞笑道："你且依着我的好言语，自然做了好人。你且去罢。"王惇这次被海瑞去了他的八分威风，从此不敢作威，专门守分，安命度日。

后人有诗八句，单道海公能以正气化人，而王惇亦可谓善于改过者，虽有前愆，亦足宥之。诗云：

> 圣言有过休惮改，善能补过即为贤。
> 芝兰香久熏身德，鲍厕闻深不觉然。
> 若使早能迁善日，免教此际受沌难。
> 如今并看王惇者，且自先教用洗煎。

当下海瑞把诸宦官阉割讫，进宫复旨，且奏知王惇善于改过，堪嘉。帝道："卿可谓'正能逐邪'者也。"钦赐匾额，以旌其忠，而御笔亲书"盛世直臣"四字。海瑞谢恩出朝。

严嵩闻知，心中愈怒，又见王惇如此光景，如失左右手一般。张居正、赵文华等日夜要害海瑞，只恨皇上又赐匾额，宠任正重，无计可施。

日夕思维，并无计策。忽然南京户部尚书员缺，严嵩便与三司联奏，保举海瑞前往。只因这南京乃是当日太祖建都之处，后因永乐皇帝迁过北燕，改为北京。那金陵现改为南京，仍有宫殿，以及诸王府第并先帝陵，故尚设五部尚书在此，所缺的就是吏部，惟户、礼、兵、刑、工五部是实。这南京就是诸亲王在此居住，事务极烦，责任甚重，人人都不愿到彼做官。然非才干廉能者，不克此任。当下天子见了奏章，寻思南京重地，非海瑞前去不可。乃批了一道圣旨云：

> 南京户部尚书员缺，该处重地，非才学优长、廉能耿介者，不可当此重任。现据太师联同三司会奏议，调现任盛京户部尚书海瑞以之调补，则地方庶有裨益。着海瑞立即前往补授可也。钦此！

圣旨一下，严嵩与张、赵二人大喜，即到吏部那里会知。吏部领了旨意，即把海瑞改注了南京户部尚书册名。

海瑞受了恩命，只得即日离任就道。一路上好不严肃，带领着海

安及张氏夫人,一路餐风宿水而来。正是:

> 多能多干多奔逐,那得偷安半刻闲?

毕竟海公此去南京,吉凶如何,且听下回分解。

第五十八回

# 继盛劾奸矫诏设祸

却说海瑞领了圣旨，即日携了眷属，到南京赴任而去，按下不表。

再说那严嵩等看见海瑞不在朝中，越加横暴。此时严世蕃亦已回京，仍复旧职。惟王惇一人不与相济，其余一党奸贼，把个朝廷弄得不成体统。严嵩等又在辽东开了马市，使夷、汉互相贸易，多官不敢谏阻。又效王安石青苗钱之法。青苗钱者，以时届青黄不接之际，农夫正值拮据，必为钱粮追呼，所以将钱借与百姓纳粮，候其禾稻成熟之时，倍利偿还。此法王安石行之，而民滋扰，几不聊生。今嵩复行之，而民益敝。又将北直一带关隘之兵将卸去，其地贴近北番，朝廷关隘被胡人占着，不计其数。边报日急，而嵩不肯发兵相援。或谓之曰："今边境是被诸胡侵掠，而守将被围甚急，朝廷不发兵往救，岂不误事？"嵩曰："不然，若一关将失，有人去救，以后都望人救。"故此专意不肯发兵，致北直一带关隘，俱被胡人侵占。

时有兵科给事中杨继盛，恨嵩误国，连夜修了本章，数嵩十罪。本将修起，继盛正欲缮完，忽见灯烛风摇，火光顿灭，十指疼痛。又闻鬼泣之声，自窗而入，黑暗之中，见其先人立于灯下，以手指其奏稿，又摇手再三。一阵阴风，倏然不见。继盛悟道："莫非先人来显灵，不许我上此本么？"又转念道："食君之禄，当报君恩。严嵩等误国，岂忍旁观，默不一见言语乎？即此受诛，亦必要上此本。"乃令其子杨琪代缮，琪亦谏道："嵩固误国，然朝廷不少大臣，曾不敢以一言劾嵩者，今父亲以一给事而欲参奏宰相；况嵩乃上之心腹宠臣，今欲劾之，是犹以卵击石也，惟大人察之！"继盛怒道："为臣尽忠，只知兴利除弊，至于死生祸福，非所计也。"喝令杨琪急缮。琪不得已缮之。

次早，继盛入朝，趋班出奏严嵩、赵文华、张居正、严世蕃等欺君罔上，召衅卖国，将本章呈上。内侍手接本章，展放龙案上。帝看，只见写道：

兵科给事臣杨继盛诚惶诚恐，谨奏为国贼欺罔，召衅殃民，弄法坏纪，请将拟议，而肃庙廊，以安社稷事：窃见丞相严嵩，出身虽属科甲，而品行实同小人。巧媚工逸，以青词得幸。蒙皇上不次擢用，不三年而秉钧衡。受恩既深，图报宜殷。乃嵩不知报本，专权肆横，擅作威福，树党卖官，弄法坏纪，蠹国而肥家，召衅以殃民，无所不至。朝廷正士惟恐去之不速，村野奸徒只忧置之不上。复庇于世蕃，无恶不作。甚至诬陷亲王，玷污秀士，种种不堪，擢发难数。廷臣畏其权势，结舌不敢上陈。即有一二谏臣，而嵩必借以他事陷之，不致其死不休。年来言路闭塞，朝廷、村野之士，实睹而心伤，敢怒而不敢言。似此国贼专窃之日，正社稷倾危之时。臣受国恩深重，万死不足以报高厚，敢惜微躯，袖手旁观国家之危哉？伏乞陛下俯听臣言，请速斩嵩等以谢天下，则天下幸甚！社稷幸甚！谨列严嵩十大罪于左：

一宗专权肆横，自视尊大。在京文武以及内外镇，皆要勒取贿赂；否则诬陷。

一宗卖官鬻爵。嵩自秉钧衡，以张居正、赵文华参用，分任吏、刑各部，以为爪牙；内外官缺，任意贿卖，门庭如市。败坏纪纲，莫此为甚。

一宗罔上欺天。嵩贪赂贿，积赃百兆，不能悉数；建造楠木房屋，其中园亭窗隔，仿照大清宫仪式，欺罔僭越特甚。

一宗淫辱污秽。嵩选良家女子年十五以上者，藏于府第，动以千数，倍胜宫廷嫔妃，擅用御乐。

一宗擅召边衅。嵩贪胡人赂贿，私开马市。番、汉往来杂沓，致启边鄙兵端。又不奏闻，致失北直一带关隘。

一宗忌贤妒能。内外臣工，凡有忠介者，嵩必以计陷之，致朝无正士。

一宗擅主生杀。内外功臣凡有不附于己，立即指示他人，诬以重罪。如刑部侍郎胡敬岩、詹事府洗马郭光容等，皆以忤嵩开罪，卒毙于狱。

一宗纵子行凶。伊子严世蕃，毫无一善，辄置之上卿。世蕃藉势殃毒士林，如荆州秀才胡湘东，竟受玷污，世蕃反加诬陷。致诬亲王造反，可恶已甚。神人共愤，罪不容诛。

一宗图危椒殿。嵩以甥女育为己女进于陛下，图谋大位，致陷皇后、青宫被禁，幸蒙犀烛，几致久幽。

一宗收括民财。嵩以贪壑未满，效王安石青苗钱法，加之倍利，民不聊生。又纵家人严二等，重利放债，剥众民脂膏。

帝览表意颇不悦，然细察其词，亦属真切，乃温语道："卿乃一给事，擅劾大臣，无乃太过。朕姑留之，采择而行。"继盛谢恩而出。

帝退入后宫，令内侍召嵩入，以表示之。嵩忙俯伏奏道："杨继盛与臣不睦，故擅造臣十罪潜害，伏乞陛下作主。"帝道："杨继盛未必尽诬，然卿有则改之，无则加勉，无致廷臣哓哓上陈，扰朕听闻可也。"嵩泣谢道："陛下视臣如子。"帝令退出。严嵩回到府中，急召张、赵二人进府，以杨继盛之本章示之。张居正吓得汗流浃背，赵文华慌得目瞪口呆，二人半响方才说得出话。严嵩以天子之语对张、赵二人道："幸蒙皇上宽容，不然我等已付廷尉矣！"赵文华道："太师当即除之，否则复生祸矣。"嵩道："如何法儿收拾他？你当想出个妙策来。"张居正道："为今之计，太师即可矫旨杀之，以绝将来效尤者接踵而起。"严嵩然之。即使人诬继盛罪，立付廷尉。

时继盛之子方在书房临池，家人来报道："老爷已被廷尉执去。探道是因前日之表所致，嵩要斩草除根，少爷在所不免，可早为计。"琪叹曰："破巢之下，焉有完卵？"家人曰："少爷如不肯走，旋亦被执去。"未几日，继盛父子皆被害于狱中，而帝实未尝知也。

嵩既鸩杀继盛父子，愈加凶横。时有苏州府知县莫怀古，秩满擢任光禄寺丞。莫怀古携妾雪娘，带仆莫成来京供职。上任后大加修饰衙门，糊壁糊窗，栽花种竹。时此有裱褙匠汤忠来与裱糊书院窗壁，恰好怀古手弄玉杯。汤忠看见异光莹洁，白涧无瑕，在旁不胜欣羡。怀古道："你亦好此耶？"汤忠道："小的当日原是开古玩店的，因为落了本钱，致此改行裱褙。月前蒙各衙大人叫去，认识宝物，所以略知一二。今见了大老爷这一只杯儿，不免失口称好，果然稀世之珍也。"怀古道："你既认得，此杯何名呢？"汤忠道："这是'温凉宝玉杯'，又名'一捧雪'，原是隋朝之物。炀帝在江都陆地行舟，有余氏进的二只杯，亦名'余杯'，本是一双。只因炀帝在龙舟之上，与萧后饮醉，彼此把杯，偶然失手，碎了一只。其杯斟酒在内，杯却随酒之色，温凉有度，此乃罕有之物也。"怀古道："你果然说得不差，此杯乃先人所遗，只有佳客前来，我亦未尝露白，今你见之，亦云幸矣。"汤忠道："小的这双眼睛看的也不少，只是未曾见此。"说罢，随到上房裱褙。

　　恰好雪娘在内，被汤忠看见，不觉魂飞天外，魄散九霄。一面做活，一边偷眼看雪娘，目不转睛的，只管呆看。谁知里面雪娘未曾得知，所以任他偷看一饱。这汤裱褙暗思道："天下间那有这样绝色的妇人？我老汤若得与他一沾兰蕙之气，胜做二品京堂了！"一肚子的胡思乱想，故意慢慢的裱糊至晚工竣，方才出来。回到铺中，呆呆的坐着，连饭也不去吃，即便上床睡下。这一晚那里睡得着，一味的思想计策。忽然想出一条毒计来，拍掌笑道："是了，是了！"

　　次日来到世蕃府中，特请世蕃安。原来这汤忠每常到严府认识宝玩惯的，世蕃因此也亦喜他。当下汤忠见了世蕃，世蕃问道："这几日可有甚么好玩器否？"汤忠道："没有甚么好的，只因昨日偶到新任光禄署中，见这位莫老爷手弄一只'温凉一捧雪玉杯'，真是稀世之宝。"遂将此杯始末，备细对世蕃说知一遍。世蕃道："这也容易，明日我到他那里，与他买了就是。"汤忠道："这恐不易，那莫老爷是个古板人，他曾说过，虽有佳客，不轻露白的，只怕他不肯呢。"世蕃道："你可先到他家说知，若是不允，再作理会。"汤忠领会，急急来到莫府，以世蕃之意对怀古说明。

怀古道："此是先人之遗宝，那肯轻易与人？这却使不得的！"汤忠道："不然。今日之势论之，莫说小人得罪老爷，自不能与老爷相抗，老爷亦不能与严府相抗。莫若舍此杯以博严府之欢如何？"怀古道："此却不能，情愿弃官不做。"汤忠道："如今老爷可连夜另找白玉，并工做成照样一只送去就是了。"怀古道："只恐怕露出马脚来，反为不美。"汤忠道："不妨的，老爷送杯前去，严府必唤小的去认，那时小的就说原物便了。"怀古道："就烦善为我致意，容后日装璜送去就是。容当厚报。"汤忠道："这个算甚么？不过要老爷好结识，解仇怨，小的何敢望报？"

汤忠告辞去了，怀古即刻选了一块雪白羊脂美玉，唤了精工巧匠，日夕并工，赶造起来。正是：

不忍丢遗物，甘教弃此官。

毕竟怀古做伪杯送去如何，且听下回分解。

第五十九回

# 仆义妾贞千秋共美

不说这莫怀古日夕令匠人并工去赶做那玉杯,却说那汤裱褙仍回到严府,扯谎说道:"小的奉了钧命,前往莫府传意,莫怀古听得大人要取玉杯,不胜之喜。听说还有几色薄礼,连夜赶办,不过数日,他亲自送府来。"严世蕃喜不自胜。

过了几日,汤裱褙又到莫府来问造起那个假玉杯否,那莫怀古道:"昨夜方才完工做起。"遂取将出来,递与汤裱褙观看。那汤裱褙接过手一看,假意欢喜称赞道:"果然巧匠,做得一点不差,如同那真的一般。明日老爷可亲自另备过几色陪礼送将过去,那严大人必然欢喜,就可以掩得过了。"莫怀古听了大喜道:"受教。"果然次日备了几色礼物,将那假玉杯一并亲自到严府送上。

世蕃见了大喜,设宴相谢,莫怀古亦以为掩饰得过了,尽欢而散。到了次日,严世蕃召汤裱褙入府内去认识那玉杯是真是假,那汤裱褙故意失惊道:"罢了,罢了!"世蕃急急问道:"何故如此失惊?"汤裱褙指着玉杯说道:"这个那里是真的玉杯呢?"世蕃道:"你怎么知道不是真的?"汤裱褙道:"若是真的'温凉宝杯'斟酒在内,随着酒气立即温凉,又玉色随着酒色变易的。若是大人不信,可即刻试之,自然就辨得出真假了。"世蕃即令人取了酒，满满的斟在杯内，果然玉色不变，酒又不温不凉，如同常杯一样。世蕃见果然不是真杯，不觉勃然大怒，说道："莫怀古何等样人，焉敢竟是当面相欺，这还了得！"汤裱褙从旁说道："这都是那莫怀古看大人不在眼里，所以如此。"世蕃此际犹如火里加油一般，那里忍耐得住，即时吩咐左右道，亲到莫府搜取真杯，领着家丁、汤裱褙等而来。

再说那莫怀古自送了假杯之后，心中只是不安，正与雪娘商议此事。忽见莫成慌慌而至，急说道："祸事到了！"怀古忙问何事？莫成道："如今严府验出了假杯，这位严大人亲自前来搜检呢！"说毕，便往里面而去。怀古听得此言，吓得魂不附体。

正在无可如何之际，只听得一片声叫道："快些出来接见！"莫怀古急急出迎，只见世蕃盛怒，立于堂上叱道："你是何等样人，敢来哄我？该当何罪！"莫怀古道："卑职只有这只玉杯，今已与大人了，何处说起乃是假的？"世蕃道："你休要瞒我，那温凉杯的原故我已知之。今送过府者，乃是假的，一些也不是，还敢在此胡言搪塞么？本部堂要来搜了呢！"莫怀古只得答理硬强说道："任大人去搜就是了。"

世蕃越发大怒，吩咐左右进内，将妇女、家人拦住一边。随即率领狠仆入内遍行搜检，所有箱匣尽行打开，却终搜不出来，便说道："你却预先收藏，故无真杯踪迹。今我限你三日，却要那真杯呈缴。如若不然，将你的首级来见。"怀古唯唯而退，世蕃恨恨而出。怀古气倒在地，雪娘急入相救。约有半个时辰，方才苏醒。怀古道："怎么不见了真杯？如何是好？"雪娘道："适见莫成在内，此际却不见了。莫成想必怕搜，着早将真杯藏过，从后门去了，也未可知。"怀古正惊疑之际，忽见莫成却从屏门后转出来说道："险些被他搜出真杯来了。"遂将预知世蕃必来亲搜，故此预先藏过了真杯，从后门走了，待他们去了方才回来的话备说一遍。随将真杯交还怀古。怀古接了，复以世蕃限期对莫成说知。莫成道："老爷之意若何？"怀古道："此杯乃先人遗下的手泽,岂肯拿去以媚奸贼?宁舍此官不做,亦不肯为此不肖之事!"莫成道:"如此老爷则当早自为计。"怀古听了,即令莫成与雪娘连夜收拾了细软,黉夜走出城去了。

次日,人报世蕃。世蕃大怒道:"这贼怕他飞上天去不成?"即时召了张居正到府,告知备细。居正道:"这也不难,待弟这里出一角广缉逃官的捕文,又到赵兄处说,差了兵部差官沿途赶去,不问那里拿着,只称太师钧旨,就交该处有司正法就是了。"世蕃大喜。居正即便前去行事不提。

再说莫怀古一行人出了城,急急望着小路而行,一路上怕惊怕恐的,行了两夜,是夜宿于野店。那雪娘本是身怀六甲,此时胎气已足,又因在路上辛苦,动了胎气,晚上腹中作痛,到了二更半后时分,产下了一子。怀古虽则欢喜,然在奔逃之时,未免觉得凄凉,又嫌累赘,又不敢在店息肩。次日只得雇了一乘暖车,与雪娘坐了,仍复没命的奔逃,不敢少息,正欲奔回四川而去。这一日,正来到黄家营地方。怀古乘着马,押着车子先行,莫成在后照料行李。怀古正行之际,忽然前面走出几个人来,大声喝道:"逃官往那里走?"那怀古在马上吃了一惊。说时迟,那时快,那几个差官不容分说,早把怀古与雪娘拿下,吓得仆夫魂不附体,急急奔回,路逢莫成,告知原委。莫成大惊失色,乃不敢进,将行李寄于野店。沿路探得前面只有黄家营总兵戚继光驻扎,谅此去必交与总兵正法。莫成即便赶上,遥望前途数人,细看果是主人。莫成此际不敢前进,躲在松林之内,时已天色昏黑。

再说差官押着莫怀古夫妇,望前直进。问从人此地知府、知县衙门何在。从人称道说:"此地名野店铺,三百里均是山路。前面二十里,就是黄家营。那里有一员总兵驻扎,奉得皇命有先斩后奏之权,生死机关,在他自主。"差官听了,即令从人赶早前行,急急的奔驰,一更以后,方才来到营门。差官立时通报,进见了戚总兵,备说逃官莫怀古已获，现奉太师钧旨，不问何处，即叫有司正法。戚继光便问逃官何人？四个差官道："前任苏州府知府，擢升京秩的莫怀古。"戚继光听了是莫怀古，不觉心中吃了一惊，暗暗叫苦不已。原来戚继光前在苏州参将任上时，曾与莫怀古结为刎颈之交。今日闻知，岂不吃惊？只得强装面目道："既是逃官，又有太师钧旨，即当正法！但不知有何凭据发来否？"差官道："有。"即向怀中取出牌文一道。戚继光就灯之下细看，果见有丞相与兵部的印信。将牌文收下，吩咐道："犯官权且监在后营，待等本镇立传军官，摆围处决就是。"差官道："小的明日黎明就要起身的，大老爷休得迟误。"说毕就将莫怀古夫妇交与军士收入，差官自去休息不题。

再说那莫成看见主人入了营门，遂急急的赶上。正到营门，遇着几个差官刚刚走出来，慌忙回避。待他们去后，乃直闯到帐中，早被军士拿下。莫成道："我不是歹人，乃是犯官莫怀古的家人莫成，要面见大老爷，有机密事报。"

军士将莫成带到内帐，继光正在灯光之下，踌躇设法，要救莫怀古。忽然见莫成来到，即时叱退了军士，遂问："莫成，你家老爷所犯何罪？你且将原委说与我听。"莫成便将如何起，如何止，说与继光知道，说罢，痛哭伏在地下，哀求拯救主人。继光道："你且起来，我自有处法。"即令人取莫怀古夫妇至，彼此相持对哭。继光道："此非是哭处，须得想出个计策，脱此牢笼。若是天明，则难活矣。"怀古道："死就死了，还有甚么计策？"莫成道："小人倒有个计策在此。"继光道："快些说来。"莫成道："小的蒙老爷豢养深恩，又为小的成了家室，今既有了后嗣，死无恨矣！欲替老爷一死，不知可否？"继光听了，不觉双膝跪在莫成面前道："若是如此，你主人不致死了。"怀古道："岂有此理！此我之事，岂忍累你性命？"莫成道："小人不过是一个无用的家奴，老爷乃莫氏一家香火的独苗，岂有就死而不顾宗祧耶？"当时叩头流血。怀古道："我今有子了，还怕甚么？"莫成道：

"出胎十多日，何便为人？老爷休要错了主意！"便向戚继光道："乞大老爷将小的立即绑了出去，放了家主，则死亦瞑目矣。"

继光不胜嗟叹，劝怀古道："兄勿过迂，莫成有此忠义之气，只索成其美名罢！"怀古方才允肯，与雪娘当着莫成拜了几拜。继光即令人将莫成上了锁，怀古开了锁，随取号衣军帽，令箭一支，交与怀古道："快些改换，星夜奔走，勿得留恋。令妾自当随差回京，谅亦无妨大害。"旋又对雪娘道："少顷娘子须要作出真情，休露出马脚来。"雪娘应允。继光便催赶怀古起行。于是夫妻、主仆、朋友大哭一场。时已交三更，继光迫令怀古急去，随将莫成、雪娘依旧带回后营。随即吩咐人去请几位差官，一同前来监斩。一面吩咐军士摆围押犯，不必多点灯火。差官已到，继光道："特请尊差来此监斩犯官。"差官道："大老爷处决就是。"继光道："不然。夜里去行刑，须要眼同处决。"当下吩咐押犯前去校场伺候，继光随后就与众差官押后而至。

只听得前面那莫怀古，大骂严贼、汤裱褙不止。到了校场，继光升座方毕，只见一妇人扑至公案之前。军士将他乱打。继光喝住细问，方知是怀古之妻雪娘，要求面诀。继光道："这也使得。"即令军士把他领到怀古行刑处相见。那雪娘一见，就相抱而哭，说不尽夫妻的情义。那莫成道："你且附耳朵上来，我有话讲。"雪娘忙附耳上去。莫成道："我腰下现藏了玉杯在此，你可取去藏过，交与戚老爷收贮，待等老爷回日交还。"雪娘闻知，旋向莫成腰间取过，藏于身上。又说了许多的话，又哭个不止。继光在座，叱令众军士，将那个妇人带过一边，立即行刑。

众军士领命，将那雪娘扯过一边去了。莫成大笑不止，引颈受刑。继光在座，不觉掉下泪来。那差官见了问道："犯官被获，立置典刑，大老爷为甚么掉下泪来呢？"继光道："上天有好生之德。今见人死，岂有不下泪之理？"当下刽子手呈上了人头。继光用银朱笔，点将下来，囚在小木笼之内，复又用封皮封了，交与差官，随即又具了申复完案文书。

　　那几个差官得了莫成的首级，也不曾细看，回到寓中，天已大明。**少顷**，戚继光着人送了申详的文书过来。差官对来人道："犯官还有一个妻氏，怎么不一并解去见太师爷呢？"差官回衙，以此言对戚继光说知。继光随请雪娘出来，告知备细。雪娘道："既如此，即便请行。如若到了北京，必当要亲杀那二贼，与我的老爷报仇！"戚继光大喜，以好言慰之。雪娘抱着半个月的孩儿，慷慨就道。

　　那些差官看见雪娘抱着个孩子，呱呱的终日啼哭，各不耐烦，便顺着手夺了那个孩子，抛在地下，驱押而去。幸得那些戚府的从人，把那个孩子抱回。戚继光见了大喜，雇了乳母，好生抚养。又念着莫成乃是一个忠义奴仆，便叫从人去备了棺木，以木作首级，衣冠殓之，葬在荒郊之外，暗暗的作了记号，大大的设一个奠祭功德超度，以报忠义之心。又令人走到四川，去报与那莫夫人知道，把那孩子附回归养，取名为寄生。此是后话。正是：

　　惨遭倾陷事，谁不痛伤悲？

　　毕竟不知那个莫怀古他夫妻二人如何报仇雪恨，且看下回分解。

第六十回

# 臣忠士鲠万古同芳

却说雪娘随了差官,回到京城,差官将莫怀古的首级呈了。汤裱褙此时亦在旁。世蕃验看毕后,令裱褙验看。裱褙看了道:"此不是莫怀古的首级,此乃是其仆莫成之首级也。"世蕃便问:"何以分别?"汤裱褙道:"怀古须长,左耳有痣。今首级须短而耳无痣,此其仆莫成之首级也。"世蕃大怒,即时差廷尉往黄家营去拿问戚继光进京,自不必说。

再说那汤裱褙便向世蕃乞雪娘为妻,世蕃即以雪娘赐之。是夜,汤裱褙大醉,正欲与雪娘成亲。不料雪娘身怀匕首,就帐中刺之,旋亦自刎。次日,人报雪娘与汤裱褙皆以刀死,世蕃不胜惊讶,只得着人收殓。及至提到戚继光到京,责以假首之事,继光探得雪娘已死,遂坚不承认。世蕃因见汤裱褙已死,无可对质,况是私事,只得罢了,仍放继光回任。后来莫怀古之子,于隆庆年间及第。莫成之子得莫夫人视如己子,教令读书,亦中进士。那莫怀古自从得脱,竟不敢回家,由粤径航海逃难而去。后听严家父子破败逮罪,方才敢回家中,此是后话。再说嘉靖皇帝,一日染病沉重,自知不起,乃召严嵩等人入内,以太子托之。遗诏仍以严嵩为相国。嵩等受命讫,帝大叫一声而崩，寿享六十二。当日文武百官，请太子挂孝，停梓棺于正殿。过了三天，嵩等秘不发丧。

张皇后闻知，不胜忧惧。即召一班旧臣，奉太子即位于柩前。改元隆庆，尊母张后为皇太后，立妃袁氏为皇后。葬帝于恭陵，颁诏大赦天下。严嵩等心中不安，屡请放回田里。帝不准，仍命兼丞相事，拜海瑞为文华殿大学士，遣使往迎。

再说海瑞自到南京，诸务悉心尽理，处事亦属和平，即诸王亦多敬服。光阴迅速，不觉在任三年。这天，海瑞正欲请旨陛见，忽接哀诏，海瑞大哭，即与文武挂孝开丧，设位遥祭。海瑞闻得新君登极，即修本遣使，参奏严嵩父子之罪。海瑞心忧严嵩危国，又不得进京面奏，遂终日忧心如焚，不觉染成一病，乃对夫人曰："我不幸，今与你中道分别。我自出仕以来，历任封疆，却未曾受民间一丝一线。今有红袍一件，贮于箱中。倘我死后，当以此袍为殓，亦表我生平之耿介也。"说毕而终。夫人大哭，即遵遗命，将此大红袍蔽瑞之尸，备棺而殓。诸王闻知，各皆悲泣，俱来吊唁。张夫人搜检行匣，竟无分文，遂不得还乡。诸王飞章具奏。

且说赍恩旨之使，一日到了南京，闻知海瑞已死，叹惜不已。回京复命，称说海瑞一身别无长物，临殓只有大红布袍一领蔽尸。其家眷贫不能回粤，现在南京落魄。天子闻奏，念其忠勤耿直，敕赐谥曰忠介，命本省拨帑项银一万两，送海瑞灵柩回籍安葬，追赠少保。及阅海瑞奏，乃参严嵩父子之事，旋有许多廷臣参劾严之党羽，天子大怒。立下嵩与世藩、张、赵等于狱，百姓无不欢喜。从此天下肃靖矣。

后人有诗赞海公之忠心爱国，其诗曰：

  正气贯天日，艰难国运时。
  忠心盟白水，赤胆古今稀。

又有短章以赞之云：

　　五指灵钟岳，华芳冠四时。
　　如撑凭指掌，得此可挣持。

时有颠道人，有无题诗十首：

　　　　其一
　　一帘花影拂轻尘，路认仙源未隔津。
　　密约夜深能待我，胆大心细善防人。
　　喜无鹦鹉偷传语，剩有流莺解惜春。
　　形迹怕教同侣妒，嘱郎见面不相亲。

　　　　其二
　　惭愧题桥乏妙才，枉将心事诉妆台。
　　津非少妇偏能妒，山岂彭郎易起猜？
　　底事妄传仙子降，何曾亲见洛神来？
　　劝君莫结同心带，一结心同解不开！

　　　　其三
　　惺惺最是惜惺惺，倚翠偎红雨乍停。
　　念我惊魂防姊觉，教郎安睡待奴醒。
　　春寒被角倾身让，风过窗棂侧耳听。
　　天晓余温留不得，隔窗密约重叮咛。

　　　　其四
　　回廊百折转堂坳，阿阁三层锁凤巢。
　　金扇暗遮人影至，玉扉轻扣指声敲。
　　脂含重熟樱桃颗，香解寒衾豆蔻梢。

傍烛笑看屏背上,角巾钗索影先交。

### 其五
窗外闻势竹声吟,暂将小别亦追寻。
羞闻软语情犹浅,许看香肌爱始深。
他日悲欢凭妾命,此身轻重恃郎心。
须知千古文君意,不遇相如不听琴。

### 其六
窗外闻声暗里迎,胸中有胆亦心惊。
常防遇处留灯影,偏易行来触瑟声。
条脱光寒连臂战,汤苏春暖放钩轻。
枕边梦醒低低唤,消受香郎两字名。

### 其七
闻说将离意便愁,情郎无计泪交流。
身非精卫难填海,意是游鱼任钓钩。
锦衾角枕凄凉况,从此相思又起头。
影散落花随马勒,同仇心事怕逢秋。

### 其八
知郎无赖喜诙谐,极决承欢事事偕。
学画鸳鸯调翠黛,戏签蝴蝶当荆钗。
减侬绣事来磨墨,助我诗情坐向怀。
百种温柔千婉转,不留踪迹与同侪。

### 其九
对面欢娱背面思,人生能得几多时?
盟心好订他生约,咬指难书薄命词。
相思满腹凭谁寄?凄凉犹恐被人知。
强笑暂将愁闷解,前事回思自觉痴。

其十
同心好叠寄书函，字字簪花细细缄。
紫凤已飞空寄曲，青蝇虽小易生逸。
半矜秋水怀新月，遍体余香借故衫。
安得射来双孔雀，教他带绶一时衔。

后人只录十首，以志其意。后来皆以《大红袍》一书为美谈。不知海公乃是当时杰士，千古忠臣，死而后已，则作书者亦从此而已矣。

我深怪今之说《大红袍》者，则以海公遇事辄奏，如做知县时，便劾严嵩，孰不知尊卑有分，不得妄奏哉！又以海公审断宫闱，以何妃生子不为王裔，严嵩故陷西宫，海公令滴血以验真假，此真所谓村野之谈。纵帝宫闱不净，亦不于严嵩主政之得奏帝者。海公又何从不审？至于明遣刺客，而赖何氏，则更荒唐。谁道竟无其事，则不必更有其文！以史校之，竟无何氏在宫，亦无何太师，究竟何人？官居何职？一派胡言乱语，殊堪笑煞！故特标明，免愚者为其所惑，而玷我海公也！

夫人臣事君，宜得际遇。若非其时，则徒有鞠躬尽瘁之心，偏乏言听计从之日。所以得际遇者，嵩也。其不合时宜者，海公也。海公秉丹心于方寸，而帝虽知公之贤之忠，而言不曾确听，计不曾确从，此亦公之时与命也！嵩之遇帝三载三迁，骤秉钧衡，旋晋太师，数十年如一日。虽有继盛等之劾奏，而留中不发，卒得安享，此所谓得其时者也！至于世蕃恃父之势，肆其凶横，无所不至，竟至诬陷亲王，污辱秀士，擅杀大臣，恶贯满盈。父子不败于嘉靖之朝，而败于隆庆之日，可谓成败有时者也！人几疑其幸免，而隆庆诛之，始快人心。不然读书者至此，则不禁喟然而叹，慨然废卷矣！